일라이자는 평소와 마찬가지로 무명실로 수를 놓고 있더군.

그러더니 잡힌 손을 쑥 빼고 한두 발 뒤로 물러서더군.

부인은 창문을 열더니 나를 불러 세우고 이렇게 말했어.

방에 들어가니 애너벨라 월못이 내 화장대 앞에 서 있어서 깜짝 놀랐다.

해터즐리는 책을 몇 권 집더니 분노의 대상인 아서에게
한 권씩 던지기 시작했다.

마차 문이 열리자마자 그녀는 획 뛰어내렸다.

"하지만 오늘 꼭 봐야 해요, 레이철."
내가 말했지.

The Tenant of Wildfell Hall & Agnes Grey (J. M. DENT, 1905)에 수록된
에드먼드 뒬락(Edmund Dulac, 1882~1953)의 삽화들

The Tenant of Wildfell Hall

THE TENANT OF WILDFELL HALL

와일드펠 저택의 여인

앤 브론테

손영미 옮김

ANNE BRONTË

은행나무

| 서 문 |

제2판 작가 서문

　이 작품은 내가 예상했던 것보다 더 큰 인기를 끌었다. 몇몇 평자로부터 분에 넘치는 호평을 받았지만, 어떤 이들은 내 감성뿐 아니라 이성으로 판단해도 부당하고 전혀 예기치 못했을 정도로 호된 비판을 가한 게 사실이다. 그런 이들의 논리를 반박하고 자신의 작품을 변호하는 것이 작가의 소임은 아니지만, 처음부터 편견을 가진 채로 읽거나 한번 쓱 훑어보고 설익은 판단을 내리는 이들이 느낀 이런 오해를 예견했더라면 초판에 붙였을 서문을 여기 써보려 한다.
　이 소설은 그저 독자를 즐겁게 할 목적으로 쓴 것이 아니다. 나의 개인적인 취향을 만족시키거나, 언론이나 대중의 입맛에 맞는 작품을 쓰고 싶었던 것도 아니다. 나는 진실을 밝히고 싶어서 이 소설을 썼다. 진실은 그것을 받아들일 수 있는 이들에게는 나름의 교훈을 주기 때문이다. 하지만 가장 귀한 보물은 우물 바닥에 숨어 있는 경우가 많기에, 진실을 캐내려면 우물 속으로 뛰어드는 용기가 필요하다. 그런데 사람들은 그가 찾아낸 보석에 감사하기보다는 그걸 찾으려고 흙탕물로 뛰어드는 그의 행동을 경멸하고 손가락질한다. 칠칠치 못한 독신남의 집을 치우는 여인이 깨끗한 청소 솜씨를 칭찬받기보다 먼지를 일으켰다고 욕을 먹기 마련인 것이나 마찬가지다. 그렇다고 내가 사회의 부정과 폭력을 고칠 수 있다고 생각하는 건 아니다. 그저 미력이나마 그에 이바지하고 싶을 뿐이다. 독자들이 내 말을 들어준다면, 나는 그럴싸한 허구 한 보따리보다 건전한 진실 몇 마디를 속삭이고 싶다.

전작 《아그네스 그레이》에서는 아무런 과장 없이 현실을 충실히 그려낸 부분들이 너무 비현실적이라는 비난을 받았다. 이 소설 역시, 그걸 읽는 가장 예민한 비평가보다도 내가 더 고통스러운 마음으로 묘사한 일부 장면들 때문에 내가 "잔혹하다고 할 정도는 아니어도 끔찍이 거친 장면에 대한 병적인 사랑"을 가졌다며 비난받고 있다. 그런 장면들에서 내가 너무 지나쳤다면 앞으로는 더 조심하겠다. 그렇지만 나는 악행이나 악인은 미화 없이 있는 그대로 그려야 한다고 생각한다. 작가 입장에서는 나쁜 것을 실제보다 덜 추악하게 묘사하는 게 편할 것이다. 하지만 그게 과연 정직하고 안전한 길인가? 젊고 철없는 독자들에게 인생의 덫이나 함정을 드러내 보여주는 게 좋을까, 아니면 꽃과 나뭇가지로 숨기는 게 좋을까? 아, 독자여! 그처럼 교묘히 현실을 숨기거나, 하나도 괜찮지 않은데 "괜찮다, 괜찮다" 하고 속삭이는 일이 줄어들면, 젊은 남녀들이 죄를 짓고 비참한 지경에 빠지는 일도 줄어들 것이다. 우리 사회는 그들이 쓰라린 일을 겪고 나서야 경험으로 삶의 교훈을 얻도록 방치하고 있다.

이 작품에 등장하는 불운한 악당과, 그와 어울리는 방탕한 패거리가 우리 사회에 흔히 있는 인물들이라고 주장하는 것은 아니다. 독자 여러분도 능히 알겠지만, 아서는 극단적인 경우다. 하지만 그런 사람들이 실제로 존재한다는 사실을 나는 알고 있고, 이 책이 그런 이들의 발자취를 따르려는 무모한 청년을 한 사람이라도 말릴 수 있거나, 우리 여주인공처럼 아주 할 법한 실수를 범할 위험에 처한 순진한 소녀를 한 사람이라도 구할 수 있다면 작가로서 보람이 있을 것 같다. 그렇지만 내 의도와 달리 선량한 독자가 이 소설을 읽고 즐거움보다 고통을 더 느끼고, 다 읽고 나서 마음에 불쾌감이 남았다면, 다음에는 더 나은 작품을 써보겠다. 독자들에게 건전한 즐거움을 주고 싶은 마음이 간절하다. 하지만 그저 즐거움을 주고 "완벽한 예술 작품"을 만들어 내는 것에만 그친다면 시간과 재능을 허비한 셈이 된다. 나는 신께서 주신 이 변변찮은 재능을 최대한 발휘해 독자들에게 즐거움뿐 아니라 교훈도 주고 싶다. 듣기 거북한 진실을 말하는 것이 내 의무라는 생각이 들면, 설사 내가 오해를 받고 나 자신뿐 아니라 독자들의 즉각적인 즐거움까지 해치게 되더라도 나는 신의 도움을 받아 그 진실을 말할 것이다.

끝으로 한마디만 더 하겠다. 작가의 정체에 대해 분명히 말해 둘 게 있는데, 액턴 벨은 커러 벨, 엘리스 벨과 다른 사람이니, 그의 잘못을 그 두 사람 탓으로 돌리지 말아주길 바란다. 작품을 통해서만 그를 아는 이들에게는 그 이름이 실명이든 가명이든 별 상관 없을 것이다. 평자 한두 사람이 작가가 여성인지 남성인지 안다고 주장했는데, 그 문제 역시 마찬가지다. 내가 여자라는 주장은 이 소설에 등장하는 여성들을 내가 제대로 묘사했다는 칭찬으로 받아들이겠다. 이 작품에 대한 혹평 중 상당수가 여성 작가의 작품이라는 추측에서 기인했겠지만, 굳이 반박하지 않겠다. 내가 볼 때 좋은 책은 작가의 성별과 상관없이 그냥 좋은 책이기 때문이다. 모든 소설은 남성과 여성 모두가 읽도록 쓰였거나 쓰여야 한다. 그러니 어떤 남성 작가가 의도적으로 여성에게 아주 수치스러운 책을 쓴다거나, 여성 작가가 남성에게 적절하고 잘 어울리는 책을 썼다고 비난받는 건 내게 상상하기 힘든 일이다.

1848년 7월 22일

차례

|서문|
제2판 작가 서문 · 5

서언 · 13

1장 발견 · 16

2장 대화 · 30

3장 논란 · 38

4장 파티 · 49

5장 화실 · 61

6장 깊어지는 우정 · 67

7장 소풍 · 78

8장 선물 · 93

9장 풀밭의 뱀 · 100

10장 우정의 약속, 연적 · 116

11장 신부의 재방문 · 123

12장 대화와 발견 · 131

13장 일상으로의 복귀 · 145

14장 공격 · 151

15장 조우와 그 결과 · 160

16장 경험자의 경고 · 171

17장 더 많은 경고 · 188

18장 작은 초상화 · 200

19장 사건 · 217

20장 끈질긴 구애 · 227

21장 다양한 의견 · 239

22장 우정의 징표 · 246

23장 신혼 · 268

24장 첫 번째 부부 싸움 · 276

25장 첫 번째 부재 · 288

26장 파티의 손님들 · 304

27장 큰 실수 · 309

28장 모성애 · 319

29장 하그레이브 씨 · 324

30장 가정불화 · 333

31장 사회적 관례 · 350

32장 비교, 신뢰 · 368

33장 이틀 저녁 · 387

34장 감추기 · 406

35장 도발 · 413

36장 함께 있어서 외로운 부부 · 422

37장 유혹 · 429

38장 상처 입은 남자 · 444

39장 탈출 계획 · 459

40장 좌절된 계획 · 479

41장 "끊임없이 되살아나는 희망" · 486

42장 개심 · 496

43장 선을 넘다 · 504

44장 도피 · 513

45장 화해 · 523

46장 친구의 조언 · 544

47장 충격적인 소식 · 554

48장 이후의 소식 · 572

49장 "비가 내리고……" · 580

50장 의심과 실망 · 595

51장 예기치 않은 사건 · 608

52장 변화무쌍한 세상사 · 621

53장 결말 · 631

| 해 설 |
《와일드펠 저택의 여인》, 최초의 본격적인 페미니즘 소설 · 649

일러두기

- 번역 대본으로는 Anne Brontë, *The Tenant of Wildfell Hall* (Oxford World's Classics, 2008)을 사용했다.
- 원문의 이탤릭체가 강조의 의미일 경우 고딕체로 표기했다.
- 본문 하단의 각주는 모두 옮긴이의 것이다.

서언(序言)

J. 해퍼드 씨 귀하,

 지난번에 만났을 때, 우리가 친해지기 전에 일어난 자네 젊은 시절의 가장 중요한 사건들을 세세하고 흥미진진하게 들려줘서 고마웠다네. 나한테도 그런 이야기를 해달라고 했는데, 그때는 그럴 기분이 아니었기 때문에 이야기할 만한 사건이 없다는 등 이런저런 핑계를 대면서 거절했지. 그러자 자네는 말도 안 된다는 표정이었어. 겉으로는 순순히 받아들이는 듯 바로 화제를 돌렸지만 많이 상처받은 눈치였고, 그날 헤어질 때까지 얼굴빛이 어두웠지. 그 뒤에 보내온 여러 편지 속 자네의 어조가 어딘지 좀 근엄하고 침울하게 딱딱하고 서먹한 걸 보면 지금도 그런 기분인 것 같더군. 내 양심에 비추어 봤을 때 자네에게 그런 상처를 줄 만한 일이었다면 아주 미안했을 걸세.
 그런데 우리가 그토록 오래 절친한 사이였고, 나는 나보다 더 폐쇄적이고 과묵한 자네를 전혀 탓하지 않고 늘 신뢰하며 솔직하게 대해왔는데, 그 나이에 이렇게 삐지다니 부끄럽지 않나? 하지만 자네가 그렇게 느꼈다면 어쩔 수 없지. 원래 말수가 적은 자네가 그 특별한 날 나를 믿고 그렇게 진솔하게 과거를 털어놓았으니, 그 큰 결단에 대한 최소한의 보답으로 내가 한순간의 망설임도 없이 내 이야기를 들려줄 거라고 기대했겠지.

자네를 탓하거나, 그날 내가 과거 이야기를 안 해준 걸 변명하거나, 전에 저지른 여러 잘못에 대해 사과하고 싶어서가 아니라, 가능하다면 보상을 하고 싶어서 펜을 들었다네.

비 내리는 궂은 날씨에 식구들도 모두 외출 중이라, 나 혼자 서재에서 오래된 편지와 기록을 들춰 보며 옛 추억을 돌아보고 있으니 지금이야말로 자네에게 과거 이야기를 들려주기 딱 좋은 상황이라네. 난롯불에 발도 뜨듯하게 녹였고 책상 앞에 앉아 자네에게 이렇게 배경 설명까지 했으니, 최소한 잭 해퍼드와 친해지기 이전의 내 삶에서 가장 중요했던 사건에 관련된 여러 상황을 간단하게, 아니 아주 상세하고 사실적으로 적어보겠네. 그걸 다 읽고 나서도 내가 은혜를 모르고 새치름하게 말을 아끼는 사람인지 생각해보게.

자네가 긴 이야기를 좋아하고, 우리 할머니만큼이나 세세한 사항이나 각 상황의 세부 요소에 관심이 많은 걸 알고 있으니 그 점을 감안해서 자세히 이야기해주겠네. 시간 닿는 대로 찬찬히 적어보겠네.

아까 말한 편지와 기록 중 누렇게 변색된 일기장 한 권이 있다네. 나는 총기가 좋은 편이지만, 이 글이 내 기억만이 아니라 그 당시에 쓴 내 일기장에도 바탕을 두고 있다는 사실을 알려주는 걸세. 그러니 여기 등장하는 상세한 묘사를 믿어도 될지 너무 고민 안 해도 되네. 긴 이야기니까 첫 장부터 바로 시작하겠네.

1장
발견

 먼저 1827년 가을에 있었던 일을 이야기해보겠네.
 자네도 알다시피 우리 아버지는 ──셔의 호농(豪農)이셨고, 나는 아버지의 명확한 바람대로 그 일을 물려받아 조용히 살고 있었지만 더 큰 일을 하고 싶은 야망이 있었지. 그 야망을 억누르는 것은 타고난 재능을 땅에 묻고 내가 지닌 빛을 곡식 더미 아래 숨기는 짓이라는 생각이 있었기에 호농으로 사는 일이 그다지 달갑지는 않았다네. 어머니는 내가 엄청난 능력을 타고났다는 걸 늘 강조하셨지만, 아버지는 야망이 지나치면 여지없이 신세를 망친다고, 변화는 곧 파멸이라고 믿으셨기 때문에 나든 누구든 더 나은 삶을 살 방도를 이야기하면 말도 못 꺼내게 하셨어. 그런 건 다 헛소리라며, 돌아가시는 순간에도 아버지는 나에게 절대 좌고우면하지 말고 당신과 할아버지가 살아오신 그대로 성실하게 평생을 살다가, 대대로 물려받은 땅을 적어도 내가 물려받았을 때만큼 비옥한 상태로 내 자식들에게 물려주는 것을 최고의 목표로 삼으라고 하셨거든.

"이렇게 생각해봐! 착실하고 부지런한 농부야말로 세상에서 제일 유용한 존재야. 우리 땅을 가꾸고, 그럼으로써 타고난 재능을 전반적인 농업 발전에 이바지하는 데 발휘한다면, 그건 우리 가족이나 주변 사람들뿐 아니라 어느 정도는 인류 전체에 도움이 될 거고, 그렇게 보면 나름 보람 있는 삶이라고 할 수 있지 않겠니?"

춥고 습하고 구름 낀 10월 하순의 어느 날, 나는 이런 생각으로 애써 마음을 달래며 터벅터벅 집으로 돌아오고 있었다네. 하지만 아무리 그런 교훈으로 마음을 다잡으려 해도 그때는 겨우 스물네 살이라 지금의 반만큼도 자제력이 없었기에, 아까부터 힘겹게 이어온 상식적인 고려와 건실한 결심들보다 우리 집 응접실 유리창에서 새어 나오는 밝은 불빛이 더 기분을 풀어주고 배은망덕한 신세 한탄을 그만두게 해주었지.

하지만 일단 흙투성이 장화를 깨끗한 신발로 갈아신고 때 묻은 외투를 깔끔한 걸로 갈아입어서 매무새를 가다듬어야 우리 가족이 모여 있는 그 아늑한 안식처에 들어갈 수 있었어. 어머니는 아주 자애로운 분이셨지만 어떤 면에서는 무척 까다로우셨거든.

그런데 그날 내 방으로 올라가다가 예쁜 얼굴에 곱게 차려입은 열아홉 살 아가씨와 계단에서 마주쳤어. 깔끔하고 작달막한 몸매에 둥근 얼굴, 밝고 발그레한 두 뺨, 윤기 나는 풍성한 고수머리, 웃음 띤 갈색 눈동자, 자네도 알다시피 내 동생 로즈였다네. 동생은 결혼한 지금도 여전히 예쁘고, 자네가 보기엔 틀림없이 처음 본 날 못지않게 사랑스럽겠지. 내 동생이, 당시에는 나와 전혀 모르는 사이였지만 훗날 동생보다도 더 가까운 친구가 될 사람, 그다음 순간 나와 부딪칠 소년보다도 더 친해질 사람과 몇 년 후에 결혼하게 되리라는 사실을 그때는 알지 못했지. 어쨌든 그날 어떤 버릇없는 열일곱 살 소년이 계단을 내려오다가 나와 부딪쳤고, 그 때문에 나는 하마터면 넘어질 뻔했는데, 내가 반사적으로 한 대 갈기는 바람에 그 애는 벽에 붙은 장식 촛대에 세게 부딪혔다네. 그런데 그 촛대가 유달리 두꺼운 데다 그의 짧고 (어머니는 적갈색이라고 부른) 붉은 고수머리가 워낙 숱이 많아서 일종의 보호막 역할을 해준 덕에 별 손상은 입지 않았어.

응접실에 들어가니 한 점잖은 숙녀분이 벽난로 옆 안락의자에 앉아 평소에도 달리 할 일이 없을 때 으레 그러듯 열심히 뜨개질을 하고 계셨어. 그 전에 난로를 깨끗이 청소하고 불을 지핀 덕에 난롯불이 활활 타오르고 있었고, 응접실의 아늑한 불빛 속에서 하인이 막 차 쟁반을 들여온 참이었고, 로즈는 잘 닦은 흑단처럼 윤기 나는 검은 참나무 그릇장에서 설탕 그릇과 차 상자를 내오는 중이었다네.

"아, 둘 다 왔구나!" 어머니는 반짝이는 뜨개바늘을 여전히 바삐 놀리면서 이렇게 소리치셨어. "얼른 문 닫고 난롯가로 오렴. 아주 시장하겠어. 로즈가 차 준비하는 동안 오늘 있었던 일을 얘기해보려무나. 우리 애들이 뭘 했는지 다 알고 싶으니까."

"쟁기꾼 아이가 아직 일 머리가 없어서 제가 직접 회색 망아지를 길들였는데, 쉽지 않더라고요. 그러고 나서 미처 못 캔 밀 그루터기를 마저 캐냈어요. 저지대에 있는 목초지의 물을 최대한 광범위하고 능률적으로 빼내는 방법도 실행해봤고요."

"정말 대단하구나! 퍼거스는 오늘 뭐 했니?"

"오소리 괴롭히는 장난을 했어요."

동생은 오소리와 개들이 얼마나 대단했는지, 어떤 일이 벌어졌는지 자세히 이야기했고, 어머니는 지나치게 자애로운 눈길로 퍼거스의 들뜬 얼굴을 건너다보며 열심히 듣는 척하셨지.

"퍼거스, 이제 그런 거 말고 진짜 일을 해야지." 동생이 잠깐 말을 멈췄을 때 내가 얼른 한마디 했다네.

"내가 대체 뭘 할 수 있는데? 배 타는 것도, 군대 가는 것도 엄마가 다 못 하게 하시니, 식구들이 차라리 나를 내보내는 게 낫겠다 싶어질 때까지 속을 썩일 거야." 퍼거스가 말했어.

어머니가 퍼거스의 짧고 뻣뻣한 고수머리를 달래듯 부드럽게 쓰다듬자 동생은 애써 토라진 표정을 지으며 구시렁거렸다네. 로즈가 세 번씩이나 차 마시라고 재촉한 뒤에야 모두 식탁에 앉았어.

"어서 차 드세요. 제가 오늘 뭐 했는지 말씀드릴게요. 오늘 윌슨 부인 댁에 갔는데, 일라이자 밀워드가 와 있더라고요! 길버트 오빠도 같이 갔으면 참 좋았을 텐데." 로즈가 말했어.

"그래? 그 아가씨가 왜?"

"별거 아냐! 그 아가씨 얘긴 안 해줄 거야. 기분이 좋으면 아주 상냥하고 재미있는 아가씨라는 것만 빼고. 그런 사람이 우리 —— 가 되면 좋을 텐데."

"그 아가씨 얘긴 그만해! 네 오빠는 그럴 생각이 전혀 없단다!" 어머니가 손가락을 쳐들며 진지하게 속삭이셨어.

"그런데 거기서 중요한 얘기를 들었어요." 로즈가 말을 이었어. "듣자마자 말하고 싶어서 입이 근질근질했어요. 한 달쯤 전에 누가 와일드펠 저택에 세 들어올 거라는 소문이 있었잖아요.

근데 실제로 일주일쯤 전에 누가 들어왔다는 거예요! 우리는 까맣게 모르고 있었는데!"

"어떻게 그런 일이!" 어머니가 소리치셨다네.

"말도 안 돼!" 퍼거스도 놀라서 외쳤고.

"사실이야! 그것도 여자 혼자 들어왔대!"

"어머, 어찌 그런 일이! 집 상태가 엉망일 텐데!"

"우선 쓸 방만 두어 개 청소하고, 나이 든 하녀 한 명 말고는 아무도 없이 그 여자 혼자 살고 있대요."

"저런! 아쉽다. 그럼 마녀는 아닌 거네." 퍼거스는 버터 바른 빵을 두툼하게 자르며 이렇게 말했어.

"퍼거스, 그게 무슨 소리야? 그런데 엄마, 정말 이상하긴 하죠?"

"이상하지! 믿기지가 않아."

"믿으셔야 해요. 제인 윌슨이 그 여자를 만났거든요. 제인네 엄마는 동네에 누가 이사 오면 직접 만나서 모든 걸 알아내야 직성이 풀리는 사람이잖아요. 이사 온 사람은 그레이엄 부인이고, 과부는 아니지만 상복 비슷한 옷을 입고 있대요. 사람들 말로는 많아야 스물대여섯 정도 되는 젊은 부인인데, 아주 과묵하다고 하더라고요! 어디서 온 누군지, 어떤 사람인지 알아내려고 윌슨 부인이 예의 그 집요하고 무례한 방식으로 급소를 찌르는 질문을 퍼붓고 윌슨 양이 이리저리 교묘하게 떠보기도 했는데, 그 부인의 과거와 현재 상황, 인맥에 대한 궁금증을 풀어줄 만한 확실한 대답은커녕 지나가는 말조차도 못 들었대요. 심지어 그 부인은 별로 예의도 안 차린 데다, "안녕하세요"보다 "안녕히 가세요" 소리를 더 좋아하는 눈치더래요. 하지만 일라이자 밀워드 말로는 곧 밀워드 씨가 심방을 가서 영적 조언을 줄 거라고 하더라고요. 지난주 초에 이사를 왔는데 일요일에 교회에 안 나온 걸 보면 분명 신부님의 인도가 필요한 사람인 거잖아요. 일라이자는 밀워드 씨가 심방 갈 때 꼭 데려가달라고 졸라볼 거래요. 자기는 그 부인에게서 뭔가 알아낼 수 있을 거라고요. 오빠도 알지, 일라이자는 맘만 먹으면 뭐든 다 한다는 거. 그리고 엄마, 우리도 곧 한번 찾아가봐요. 그게 맞잖아요."

"그야 그렇지. 그 부인 정말 안됐구나! 얼마나 외롭겠어!"

"어쨌든 빨리빨리 다 알아 와. 홍차에 설탕을 얼마나 넣는지, 모자랑 앞치마는 어떤 걸 쓰는지 그런 거 전부 말이야. 그런 걸 다 알기 전까지는 궁금해서 살 수가 없을 것 같아." 퍼거스가 아주 엄숙하게 말했어.

하지만 크게 한번 재치를 뽐내보려던 이 농담은 완전히 실패로 돌아갔다네. 아무도 웃지 않았거든. 그래도 퍼거스는 별로 실망하지 않았어. 버터 바른 빵을 한 입 베어 물고 차를 한 모금 삼키려던 차에 갑자기 본인이 한 말이 너무 우스워서 목이 멘 나머지 벌떡 일어나 끅끅대며 밖으로 뛰쳐나가야 했으니까. 그리고 1분 후 정원에서 고통에 찬 비명 소리가 들려왔지.

어머니와 동생이 신비에 싸인 그레이엄 부인의 곁으로 드러난 현재 상황과 드러나지 않은 상황, 그럴듯한 과거와 있음 직하지 않은 과거에 대해 계속 이야기하는 동안 나는 너무 배가 고파서 말없이 홍차, 햄, 토스트를 허겁지겁 먹고 있었다네. 하지만 퍼거스가 웃음을 참느라 얼마나 고생하는지 방금 봤기 때문에 찻잔을 한두 번 처들긴 했지만 감히 마시지는 못했어. 섣불리 마셨다가 다 뿜으면 체면만 구길 게 아닌가.

이튿날 어머니와 동생은 서둘러 그 미모의 은둔자를 찾아갔지만 별 성과 없이 돌아왔다네. 어머니는 알아낸 건 별로 없지만 알려준 게 꽤 많고 그 편이 더 낫다면서, 그 집에 간 걸 후회하지 않는다고 하셨어. 유용한 걸 몇 가지 알려줬으니 잘 활용하길 바란다고 하셨지. 그 부인은 별말은 안 했고, 어딘지 주관이 강해 보였지만 생각도 있어 보였다고 하셨다네. 하지만 대체 어떻게 살아온 건지, 가엾게도 어떤 문제들에 대해서는 정말 아무것도 모르고 그걸 부끄러워해야 한다는 것도 모르는 눈치였다고 하시더군.

"어떤 문제들요?" 내가 물었어.

"꼭 실생활에 써먹지는 않더라도 여자라면 당연히 알아야 할 집안일에 관한 문제나 요리와 관련된 세세한 사항, 그런 것들 말이야. 그래서 몇 가지 유용한 정보를 주고 아주 좋은 레시피도 몇 개 알려줬는데, 자기는 사람들과 별로 어울리지 않고 간소하게 살기 때문에 그런 요리를 할 일이 없을 것 같다면서 사양한 걸 보면 별로 고맙지 않은 눈치였어. 내가 '그래도 여자라면 당연히 알아야 할 것들이에요. 지금은 혼자 살지만, 계속 혼자 살지는 않겠지요. 부인은 전에 결혼했었고, 아마―내가 보기에는 거의 확실히―또 결혼하게 될 테니까요' 그랬더니 그 부인이 거의 건방진 어조로 '그럴 일 없어요, 절대 그럴 일 없습니다' 하는 거야. 그래서 내가 '그럴 리가요' 해줬지."

"낭만적인 젊은 과부네요. 평생 그 집에 혼자 살면서 먼저 간 남편을 마음속으로 애도하겠다는 거겠죠……. 아마 오래 못 갈 걸요." 내가 말했다네.

"맞아." 로즈가 말했어. "사실 그렇게 슬퍼 보이지도 않았거든. 그리고 굉장히 예뻐―잘생겼다고 해야 하나. 오빠도 꼭 한번 봐

봐. 완벽한 미인이라고 할걸? 일라이자 밀워드와 닮았다는 말은 차마 못 하겠지만."

"일라이자보다 예쁜 사람은 많겠지만 더 매력적인 아가씨는 없을걸. 일라이자는 완벽하다고 할 순 없지만, 더 완벽했다면 덜 흥미로웠을 거야."

"그럼 오빠는 완벽한 미인들보다 살짝 아쉬운 일라이자의 얼굴이 더 좋다는 거네?"

"맞아, 우리 어머니만 빼고."

"이런, 길버트, 우리 아들, 무슨 그런 말을 하니! 엄마 듣기 좋으라고 하는 소리지? 말도 안 돼." 어머니는 내가 아니라고 말하려는 순간 할 일이 있다면서 서둘러 방을 나가셨다네.

그 후 로즈는 그레이엄 부인에 대해 더 많은 것을 이야기해주었어. 그래서 본의 아니게 그녀의 외모, 태도, 옷차림, 심지어 그녀가 지내는 방의 가구까지 명확히 알게 되었다네. 하지만 흘려들은 거라 로즈가 한 말을 그대로 전해줄 수는 없겠구먼.

그다음 날은 토요일이었고, 일요일이 밝자 그 미모의 부인이 교구사제의 말씀을 받들어 교회에 올지 온 동네 사람이 궁금해했어. 사실 나 역시 유서 깊은 와일드펠 저택 집안의 신도석을 관심 있게 지켜보았다네. 오랜 세월 한 번도 다리거나 갈아 끼우지 않은 진홍색 등받이와 방석이 붙어 있고, 신도석과 그 옆 벽에 퇴색된 검은 천으로 테두리를 두른 음침한 문장(紋章)이 걸려 있는 그 자리 말일세.

그날 거기 검은 옷을 입은 늘씬하고 우아한 여성이 앉아 있었어. 내 쪽을 보고 있었는데, 한번 보면 다시 보게 되는 얼굴이었다네. 윤나는 흑갈색 머리는 당시에는 보기 드물었지만 언제 봐도 우아하고 매력적인 모양으로 길고 곱슬거리게 늘어뜨리고 있었고, 피부는 맑고 창백했지. 기도서를 보고 있었기에 눈망울은 내리깐 눈꺼풀과 길고 검은 속눈썹에 가려져 있었지만, 그 위의 눈썹은 또렷하고 표정을 잘 담고 있더군. 높고 지적인 이마와 완벽한 매부리코, 전체적으로 나무랄 데 없는 이목구비를 가지고 있었지. 하지만 뺨과 눈이 살짝 우묵했고, 입술은 또렷했지만 좀 얇은 편인 데다 너무 꼭 다물고 있었어. 그래서 아주 부드럽거나 상냥한 성격은 아니라는 느낌이 들었지. 나는 속으로 '아름다운 부인, 당신을 멀리서 좋아할 순 있겠지만 같은 집에 살고 싶지는 않군요'라고 생각했다네.

그런데 바로 그 순간 부인이 눈길을 들었고, 나와 눈이 마주쳤어. 나는 시선을 거두지 않았고, 그녀는 다시 책으로 눈을 돌렸지만, 그 잠깐 동안 뭐라 말할 수 없는 조용한 경멸의 표정을 지었는데 그게 형언할 수 없을 정도로 도발적이더군.

나는 생각했지. '나를 건방진 애송이로 보는군. 흥! 얼마 안 가서 생각이 바뀔걸? 그럴 만한 여자라면 말이지.'

하지만 교회에서 그런 생각을 하는 건 아주 부적절한 짓이고 그 상황에 그렇게 행동하는 건 옳지 않다는 생각이 뇌리를 스쳤다네. 그래서 예배에 관심을 돌리기 전에 혹시 누가 나를 지켜보고 있나 불안해하며 좌중을 둘러보았지. 그랬더니, 세상에, 기도서를 보고 있지 않은 신도들—우리 어머니와 여동생, 윌슨 부인과 그 딸을 포함하여—은 모두 이 이방인을 바라보고 있지 뭔가. 심지어 일라이자 밀워드까지도 슬그머니 곁눈질로 그녀를 보고 있었다네. 그러다 나와 눈이 마주치자 낯을 붉히며 선웃음을 치고는 기도서로 눈길을 돌리고 표정을 가다듬더군.

나도 모르게 또 부인을 보고 있다가 이번에는 당돌한 내 남동생이 팔꿈치로 옆구리를 푹 찌르는 바람에 정신을 차렸지. 난 일단은 동생의 발가락을 꽉 밟아주었고, 이 모욕에 대한 복수는 예배 후 밖에 나가서 하는 수밖에 없었다네.

그럼, 해퍼드, 이 편지를 끝내기 전에 일라이자 밀워드가 누군지 말해주겠네. 일라이자는 신부님의 둘째 딸이고 아주 귀여운 아가씨였어. 그런 말 한 적 없는데도 내가 자기를 얼마나 좋아하는지 잘 알고 있었지. 하지만 어머니가 이 근방 30킬로미터 안에는 나와 결혼할 만큼 훌륭한 아가씨가 없다고 늘 주장하셨고, 여러 가지로 부족한 데다 자기 재산이 단돈 20파운드도 없는 일라이자와 내가 결혼한다는 생각을 견딜 수 없어하셨기 때문에 나로서는 감히 그녀에게 내 마음을 전할 엄두도 낼 수 없었다네. 일라이자는 작고 통통한 체격에 얼굴은 내 동생만큼 둥글었어. 피부는 로즈와 엇비슷했지만 더 섬세하고 덜 화사했지. 완벽한 이목구비는 아니었지만 코끝이 오뚝했고, 예쁘다기보다 사랑스러운 사람이었다네. 하지만 적어도 외양만 볼 때 일라이자의 제일 매력적인 부분은 눈이었어. 가늘고 긴 모양에 눈동자는 검거나 아주 진한 갈색이었고, 눈빛이 끊임없이 달라졌는데, 항상 기이할 정도로—악마적일 정도라고 해야 하나—사악하거나 못 견디게 매혹적이었고, 그 두 가지 표정은 종종 동시에 나타나기도 했지. 목소리는 어린아이처럼 귀여웠고, 걸음걸이는 고양이처럼 가볍고 부드러웠는데, 행동거지는 귀여운 장난꾸러기 아기 고양이처럼 기분에 따라 당돌한 악동 같을 때도 있고 소심하고 얌전할 때도 있었다네.

일라이자보다 몇 살 위인 언니 메리는 동생보다 키도 훨씬 크고 체구도 더 통통한 편이었어. 수수한 외모에 말수가 적고 분별력이 있는 그녀는 오랜 세월 힘들게 투병한 어머니를 끝까지 진득이 간호했고, 그때부터 지금껏 가사를 돌보고 집안일을 도맡아 하고 있지. 아버지는 큰딸을 믿고 존중했고 온 동네의 개, 고양이, 가난한 사람들도 그녀를 좋아하고 따랐는데, 그 이외의 사람들은 전부 그녀를 깔보고 무시했다네.

마이클 밀워드 신부 본인은 키도 크고 덩치도 상당한 노인이었는데, 눈 코 입이 다 큰 넙데데하고 각진 얼굴에 그 위에는 국교회 신부 모자를 썼고, 손에는 굵직한 지팡이를 들고 다녔으며, 튼실한 다리는 반바지와 각반(행사가 있는 날은 검은 실크 스타킹)으로 감싼 차림을 하고 다녔지. 확고한 원칙과 강한 편견을 가지고 있었고, 규칙적인 생활을 했으며, 자기 의견은 언제나 옳고 그와 반대되는 생각을 하는 사람은 한심할 정도로 무식하거나 완고하게 무지하다고 생각했기 때문에 어떤 형태의 반대 의견도 용납하지 않았다네.

나는 어릴 때는 그분을 하늘처럼 우러러보았지만, 얼마 전부터는 생각이 달라졌어. 신부님은 행실이 바른 아이에게는 자애로웠지만 아주 엄격한 사람이었고, 어린 우리들의 실수나 사소한 잘못도 호되게 꾸짖었다네. 그뿐 아니라, 어릴 때 그분이 부모님을 만나러 오시면 우리는 그 앞에 나란히 서서 교리문답을 암송하거나, '부지런한 어린 벌'*이나 다른 찬송가를 외워야 했어. 더 최악은 그 전에 내준 성경 구절이나 이전 설교의 주제에 관한 질문을 하시는 거였는데, 그건 기억을 해내는 법이 없었지.

* 영국의 신학자이자 찬송가 작자인 아이작 와츠가 어린이를 위해 쓴 교훈적인 시.

어떤 때는 성경에 나오는 엘리**나 다윗, 압살롬의 예를 들면서 아들들을 너무 응석받이로 키운다고 우리 어머니를 책하기도 하셨다네. 어머니는 그분을 아주 존경했지만 이건 정말 싫어하셔. "신부님도 아들을 키워보셔야 하는데! 그러면 남의 일을 그렇게 쉽게 말씀하실 수 없을 거야. 아들을 둘이나 훈육하는 게 얼마나 힘든지 모르셔서 그래."

신부님은 건강관리를 정말 철저히 하셨는데, 아침 일찍 일어나 매일 식전에 산책을 했고, 날씨에 딱 맞게 얇거나 두꺼운 옷을 골라 입었으며, 건강한 폐와 강력한 목소리를 가졌는데도 설교 전에는 반드시 날계란을 챙겨 먹었고, 절대 금욕적인 성격은 아니었지만 본인이 섭취하는 음식이나 음료에 대해서는 전반적으로 엄청나게 까다로웠다네. 음식에 대한 본인만의 취향이 확고했기 때문에 홍차나 국 종류를 아주 싫어했고, 맥주, 베이컨, 계란, 햄 그리고 육포나 그와 비슷한 다른 질긴 고기 등 본인이 소화가 잘되는 음식은 남들 몸에도 좋고 유익하다고 주장하면서 아직 기력이 약한 회복기 환자나 소화불량 환자에게도 권하곤 했지. 그런데 그 결과가 안 좋으면 덜 먹어서 그렇다고 했고, 더 먹고 나서도 불편을 겪었다고 하면 그럴 리가 없다고 받아쳤다네.

이 편지에서 언급한 이들 중 두 사람에 관해서만 더 이야기하고 마무리하겠네. 상당한 부농이었던 윌슨 씨의 과부와 그 딸인데, 부인은 굳이 묘사할 가치도 없는 성격을 지닌 늙고 편협한 고자질쟁이였다네. 슬하에 아들이 둘 있었는데, 거칠고 촌스러

** 사무엘서에 나오는 유대인 민족 지도자로, 실로의 대제사장.

운 농부 로버트와, 성직자가 되려고 교구사제의 지도하에 고전 작품들을 읽으며 대학 시험을 준비하고 있던 내성적이고 학구적인 리처드였지.

그들의 누나인 제인은 재능이 조금 있었고 꿈은 컸다네. 본인이 원해서 정규 기숙학교를 다녔는데, 지금껏 그 집안에서 그만큼 교육받은 사람은 없었지. 학교를 다니면서 행동거지도 상당히 우아해졌고 사투리도 거의 안 쓰게 됐으며 교구사제의 딸들보다 더 높은 교양을 갖추게 됐어. 다들 제인이 예쁘다고 했지만 난 한 번도 그런 느낌을 못 받았다네. 그녀는 스물여섯 정도 됐고, 깡마른 몸매에 키가 컸으며, 머리칼은 밤색도 진갈색도 아닌 아주 밝은 붉은색이었지. 밝고 윤기 나는 피부에 작은 얼굴, 긴 목, 예쁘지만 아주 짧은 턱, 붉고 얇은 입술을 가졌고, 맑은 녹갈색 눈은 빠르게 움직이면서 상대방을 꿰뚫어 봤는데, 거기엔 어떤 낭만이나 감정도 깃들어 있지 않았어. 그녀와 신분이 같은 구혼자는 아마 여럿 있었을 텐데, 제인은 그들을 전부 경멸하면서 내치거나 차버렸지. 자신의 세련된 안목에 맞는 상류층 청년이나, 평소 품고 있는 큰 꿈을 이루어줄 부자를 원했거든. 그런데 얼마 전부터 그녀에게 호감을 보이기 시작한 한 신사의 마음과 가문, 재산에 그녀가 진지한 관심을 보이고 있다는 소문이 돌았어. 로런스라는 젊은 신사였는데, 대대로 와일드펠 저택에 살다가 15년쯤 전에 그곳을 버리고 옆 교구에 있는 더 넓고 현대적인 저택으로 이사 간 집안의 아들이었다네.

해퍼드, 오늘은 여기서 마무리하겠네. 자네에게 진 빚은 이렇게 갚아나갈 걸세. 이 동전이 맘에 들면 그렇다고 말해주게. 나머지도 차차 보내줄테니. 하지만 이렇게 볼품없고 무거운 주화를 자네 지갑에 넣기 싫다면, 그때도 솔직히 말해주게. 그러면 그대의 형편없는 안목을 용서하고 이 보물은 그냥 내가 간직하겠네.

한결같은 우정으로,
길버트 마컴

2장
대화

 가장 소중한 친구여, 자네가 마음을 풀어서 정말 다행이야. 다시 밝은 얼굴로 나를 축복하고 내 이야기를 들어준다니, 바로 다음 사연으로 넘어가보겠네.
 지난번 편지에서 1827년 10월의 마지막 일요일에 있었던 일을 이야기했지. 그다음 주 화요일에 나는 개를 데리고 린든카* 영지로 사냥을 갔는데, 사냥감이 별로 없어서 매와 까마귀를 잡기로 했다네. 이 새들이 다 잡아먹는 바람에 괜찮은 사냥감이 없었던 것 같아. 그래서 사람들이 많이 다니는, 나무가 우거진 계곡과 옥수수밭, 초원을 벗어나서 우리 지역에서 제일 거칠고 높은 지역인 와일드펠 경사지를 올라갔지. 올라가다 보니 산울타리와 나무들의 수가 점차 줄어들고 크기도 작아지더군. 더 위로 올라가니 산울타리 대신 군데군데 푸른 담쟁이덩굴과 이끼로

---

* 린든카(Linden-Car)라는 지명에서 카(car)는 영국 북부 방언으로 '웅덩이, 연못, 저지대의 습지' 등을 뜻한다.

덮인 거친 돌담이, 작은 나무들 대신 낙엽송, 스코틀랜드 전나무 그리고 산사나무가 나타났다네. 그 옆 들판은 거칠고 자갈이 많아서 쟁기질을 못 하니 주로 양이나 소를 놓아먹이는 용도로 쓰고 있었어. 토양은 메마르고 척박했고, 푸른 둔덕에는 잿빛 바위들이 여기저기 튀어나와 있더군. 담 아래쪽에는 더한 야생 상태였을 때 무성히 자랐다가 일부 살아남은 빌베리나무, 히스 등이 보였고, 울타리를 두른 여러 풀밭에는 돼지풀이나 골풀 같은 잡초들이 얼마 안 되는 목초를 뒤덮고 있었다네. 우리땅이 아닌 게 다행이었지.

린든카에서 약 3킬로미터 떨어진 이 언덕 꼭대기 부근에 와일드펠 저택이 서 있었어. 엘리자베스 여왕 시대**에 진회색 돌로 지어진 이 저택은 멋지고 고색창연해 보였지만, 석조 문설주와 작은 격자 유리창, 세월이 흐르면서 생겨난 바람구멍들을 보면, 그리고 얼마나 고립되고 노출된 상태인지를 고려하면 사람이 살기에는 너무 춥고 음울한 집이었지. 이 집을 바람과 변덕스러운 날씨로부터 지켜주는 것은 몇 그루의 스코틀랜드 전나무뿐이었는데, 이 나무들 자체가 강풍에 시달려 반쯤 죽어버린 상태라 그 저택 못지않게 음산하고 암울해 보였다네. 저택 뒤로 황량한 들판이 펼쳐져 있고, 갈색 히스로 뒤덮인 언덕 정상이 보이더군. 저택 앞에는 (빙 둘러 돌담이 있고, 지붕과 박공을 장식한 것과 비슷한 회색 둥근 화강암 장식이 붙은 두 문설주 사이에 달린 철문을 통해 들어갈 수 있는) 정원이 있었는데, 한때 이 정원에는 이곳의 토양과 날씨를 감내할 정도로 강한 식물과 꽃들이

** 영국 여왕 엘리자베스 1세가 집권한 1558~1603년 사이의 시기를 가리킨다.

자랐을 것이고, 원하는 대로 가지들을 쳐내는 정원사의 전지가 위를 견뎌낼 만큼 튼튼한 나무와 관목들이 서 있었겠지. 그러나 너무 오래 다듬지도, 갈아엎지도 않은 채 풀과 잡초, 서리와 바람, 비와 가뭄에 내맡겨져 있었던 터라 정원은 상태가 말이 아니었어. 중앙 산책로 양편에 있는 푸른 쥐똥나무 산울타리는 3분의 2가 죽고 나머지는 산지사방 멋대로 우거져 있었지. 흙긁개 옆에 놓인 오래된 회양목 백조는 목이 잘리고 몸통도 반쯤 떨어져 나간 상태였고. 정원 중앙에 성곽 모양으로 심긴 월계수들과 진입로 입구 한쪽에 서 있는 거대한 전사(戰士)상, 그 반대쪽에 있는 사자상은 모두 풀로 뒤덮여 있거나 원래와 전혀 다른 모습으로 변해 있었어. 하지만 젊은 내 눈에는 이 모든 것이 유모가 들려주었던, 유령이 출몰하는 이 저택과 이곳에 살았던 망자들에 대한 음산한 이야기와 잘 어울리는 음침한 풍경으로 느껴졌다네.

  매 한 마리와 까마귀 두 마리를 잡은 후 언덕을 내려오다 보니 저택이 보이더군. 나는 새로 이사 온 사람이 이 오래된 집을 어떻게 수리했는지 보고 싶어서 사냥을 그만두고 저택 주변을 훑어보았다네. 정문 쪽에 가서 들여다보기는 싫어서 정원 담 옆에 서서 살펴보니 바뀐 건 별로 없었어. 저택 한쪽의 깨진 유리창과 부서진 지붕을 고친 게 보였고, 굴뚝에서 가느다란 연기가 피어오르고 있었지.

  그렇게 총을 짚고 선 채로 전에 거기 살던 사람들과 지금 그 안에 사는 아름답고 젊은 부인에 대해 이런저런 상상을 해보며 헛된 망상에 빠져 짙은 색의 박공지붕을 쳐다보고 있는데, 정원에서 조용히 바스락거리는 소리와 급히 움직이는 소리가 들리더군. 소리 나는 곳을 보니 담 위로 누군가의 작은 손이 보였어. 그 손은 맨 위의 돌을 붙잡았고, 곧이어 다른 쪽 손이 올라와 돌을 더 단단히 잡더라고. 그러더니 밝은 갈색 머리칼과 작고 하얀 이마, 그 아래 짙푸른 두 눈과 작고 뽀얀 코가 나타났지.

그 눈은 나를 보지는 못했지만, 쿵쿵거리며 들판을 돌아다니고 있던 흰색과 검은색이 섞인 내 귀여운 세터 산초를 보자 기쁨으로 반짝였다네. 아이는 얼굴을 쳐들고 개를 불렀는데, 착한 산초는 멈춰 서서 고개를 들고 꼬리를 흔들었지만 달려오진 않았지. (다섯 살쯤 된) 이 소년은 담 위로 기어오르더니 계속 개를 불렀어. 그래도 개가 안 오니까, 산이 안 오니 직접 다가간 마호메트처럼 담을 넘어가려고 하더라고. 그런데 바로 옆에 있는 해묵은 벚나무의 앙상하고 굽은 가지들 중 담 너머로 뻗어 있던 하나에 옷이 걸렸어. 그걸 빼려다가 발이 미끄러지면서 아래로 굴러떨어졌는데, 가지에 걸려 있어서 땅바닥으로 쿵 떨어지진 않았다네. 소년은 잠시 균형을 잡으려고 애쓰더니 곧 날카로운 비명을 질렀지. 그래서 나는 얼른 풀밭에 총을 던지고 소년을 두 팔로 받아 들었어.

나는 아이의 옷으로 눈물을 닦아주고는 괜찮으니 걱정 말라고 달래준 다음 산초를 불러 만져보라고 했어. 아이가 작은 손을 개의 목에 얹고 눈물 맺힌 눈으로 막 미소를 지은 바로 그때 뒤에서 철문이 열리더니 숙녀복이 바스락거리는 소리가 들렸고, 아! 그레이엄 부인이 달려왔다네. 목에는 아무것도 안 두르고 검은 머리칼이 바람에 휘날리는 모습으로 말일세.

"애 이리 주세요!" 부인은 아주 작지만 놀랍도록 단호한 목소리로 말하더니 아이를 붙잡았고, 마치 내 손에 엄청나게 해로운 물질이 묻어 있기라도 한 듯이 홱 잡아채더군. 그러고는 크고 빛나는 검은 눈으로 나를 노려보면서 한 손으로는 아들의 손을 단단히 움켜쥐고 다른 손으로는 아들의 어깨를 잡은 채 일어섰다네. 창백해진 그녀는 숨이 턱에 닿은 채 충격으로 떨고 있었지.

"아드님을 해치려던 게 아닙니다, 부인." 나는 놀라기도 하고 화도 나서 이렇게 말했어. "저기 저 담에서 떨어지다가 나무에 거꾸로 매달린 걸 다행히 제가 붙잡은 겁니다. 안 그랬으면 다칠 수도 있었어요."

"죄송해요." 놀라서 이성을 잃었던 부인이 급히 마음을 가라앉히고 살짝 얼굴을 붉히며 이렇게 사과하더군. "누구신지 몰라서 — 저는—"

부인은 허리를 굽혀 소년에게 입을 맞추고는 한 팔로 다정하게 목을 껴안았어.

"아드님을 유괴한다고 생각하신 건가요?"

그녀는 좀 멋쩍게 웃으며 아이의 머리를 쓰다듬었어. "애가 담을 기어 올라간 걸 몰랐어요." 그러더니 약간 갑작스럽게, "마컴 씨 맞으시죠?" 하고 묻더라고.

나는 고개를 숙여 답했지만 날 어떻게 아느냐고 묻지는 않았어.

"며칠 전에 동생분이 어머님을 모시고 저를 찾아오셨어요."

"저희가 그렇게 닮았나요?" 나는 약간 놀란 어조로 물었지. 로즈와 닮았다는 말에 좋아해야 하는데, 왠지 그런 기분이 안 들더군.

"눈매랑 피부가 비슷하신 것 같아요." 부인이 내 얼굴을 슬쩍 훑어보며 대답했어. "일요일에 교회에서도 뵌 것 같고요."

나는 빙긋 웃었어. 그런데 내 미소나 그 미소 때문에 떠오른 어떤 기억이 부인에게 아주 불쾌하게 느껴진 것 같더라고. 그 순간 갑자기 일요일에 교회에서 나를 그렇게 질리게 만든 그 오만하고 차가운 표정을 지었거든. 얼굴은 하나도 찌푸리지 않은 채, 아주 쉽고 자연스럽게 상대방에 대한 경멸을 보여주는 그 혐오스러운 표정 말이야. 그 표정이 그렇게 도발적으로 느껴진 것은 그게 가식이 아니라 진심 같기 때문이었어.

"안녕히 가세요, 마컴 씨." 부인은 더 이상 아무런 말도, 시선도 건네지 않고 아들을 데리고 정원으로 들어갔어. 나는 왠지 분하고 화난 상태로 집으로 돌아왔는데, 나도 그 이유를 모르니 자네에게 설명할 수도 없군.

집에 가서는 총과 화약통을 치우고 일꾼에게 몇 가지 필요한 지시만 내린 다음 바로 사제관으로 건너갔다네. 일라이자 밀워드를 만나 대화를 나누면 기분도 좋아지고 화도 풀릴 것 같았거든.

일라이자는 평소와 마찬가지로 무명실로 수를 놓고 있었고 (그때는 털실 자수가 유행하기 전이었다네), 언니는 벽난로 옆에 앉아서 무릎에 고양이를 올려놓은 채 양말을 여러 켤레 깁고 있더군.

"언니— 메리 언니! 그거 빨리 치워!" 내가 방에 들어서자마자 일라이자가 급히 말했어.

"아니, 그렇겐 안 할 거야." 차분한 언니가 그렇게 말했지만, 내가 들어서는 바람에 더 이야기는 안 하더군.

"마컴 씨, 정말 운이 나쁘시네요!" 일라이자가 예의 그 놀리는 듯한 곁눈질로 날 바라보며 말했다네. "아빠는 방금 막 심방을 가셔서 앞으로 한 시간은 안 돌아오실 텐데."

"괜찮아요. 그분 따님들이 받아만 주신다면 잠깐은 같이 시간을 보낼 수 있으니까요." 나는 이렇게 말하고는, 물어보지도 않고 의자를 벽난로 옆으로 들고 가 앉았어.

"흠, 아주 상냥하고 재미있게 해주시면 안 된다고는 안 할게요."

"그렇게 조건 달지 말고 그냥 받아줘요. 난 즐겁게 해주려고 온 게 아니라 즐기려고 온 거니까." 나는 이렇게 대답했지.

하지만 같이 있는 시간이 유쾌하도록 나도 어느 정도는 노력할 필요가 있었고, 크게 애쓰지 않았는데도 일라이자 양이 아주 즐거워한 걸 보면 결과는 제법 좋았다네. 그 아가씨와 나는 정말로 같이 있는 걸 즐겼고, 별로 심오하지는 않지만 명랑하고 활기찬 대화를 이어갈 수 있었지. 메리 밀워드 양은 어쩌다 한 번씩 동생의 잘못된 주장이나 지나친 과장을 지적할 때 말고는 별말 안 했기 때문에 사실상 일라이자 양과 둘이서만 이야기하는 셈이었고, 딱 한 번 탁자 밑으로 실뭉치가 떨어져서 동생한테 주워 달라고 말하기에 어쩔 수 없이 내가 주워주었다네.

"고마워요, 마컴 씨." 실뭉치를 건네주자 밀워드 양이 말했어. "제가 주울 수도 있지만, 고양이가 깰까 봐서요."

"메리 언니, 마컴 씨가 보기에 그건 변명이 안 될걸. 다른 신사분들처럼 이분도 고양이를 노처녀들만큼이나 질색하시거든. 안 그래요, 마컴 씨?"

"숙녀분들이 고양이를 너무 애지중지하시니까 우리 남자들은 싫어할 수밖에 없죠." 내가 말했지.

"고양이는 정말 너무 귀여워요!" 일라이자는 갑자기 흥분해서 몸을 돌리더니 언니의 고양이에게 키스를 퍼부었다네.

"그러지 마, 일라이자!" 메리 양이 얼른 동생을 밀어내며 약간 무뚝뚝하게 말했어.

그러고 있다 보니 가야 할 시간이 되었다네. 서둘러도 가족들과의 티타임에 늦을 것 같아 얼른 떠나야 했지. 어머니는 우리가 시간을 엄수하고 뭐든 제대로 하는 걸 정말 중요하게 생각하셨거든.

   일라이자는 내가 가는 걸 영 아쉬워하는 눈치였어. 그래서 그녀의 작은 손을 지그시 잡아주었더니 그 어느 때보다 부드러운 미소와 매력적인 눈빛으로 답해주더군. 나는 자부심과 일라이자에 대한 사랑이 그득한 아주 행복한 마음으로 집으로 돌아왔다네.

3장
논란

 와일드펠 저택에 이사 온 미지의 숙녀가 일반적인 사교 예절에 전혀 관심이 없을 거라는 로즈의 예상과 달리, 이틀 후 그레이엄 부인은 린든카를 찾아왔다네. 사실 윌슨 가족도 로즈와 같은 생각이었지. 윌슨가(家)와 밀워드가 사람들도 부인을 만나러 갔었는데 두 집 다 아직 찾아오지 않았었거든. 그런데 로즈는 핑계일 뿐이라고 생각했지만, 거기에는 이유가 있었어. 그레이엄 부인은 아들을 데리고 왔는데, 어머니께서 그렇게 어린 애가 이렇게 멀리까지 걸어올 수 있다는 게 정말 놀랍다고 하자 부인이 이렇게 말했거든. "애가 걸어오기에는 먼 거리지만 혼자 두고는 올 수가 없어서요. 아들을 절대 혼자 두지 않거든요. 마컴 부인께서 밀워드 가족과 윌슨 부인께 말씀 좀 전해주세요. 아서가 좀 더 크면 찾아뵙겠다고요."
 "하녀가 있잖아요. 아드님을 하녀한테 맡기고 오시면 안 되나요?" 로즈가 말했지.

"하녀도 해야 할 일이 있고, 나이가 많아서 애를 따라잡기가 힘든데, 아들은 워낙 활달해서 나이 든 사람 옆에 붙어 있질 않아요."

"교회에는 혼자 오셨잖아요."

"네, 그때 딱 한 번요. 교회에 가는 게 아니었다면 다른 일로는 애를 혼자 두지 않았을 거예요. 앞으로도 아이를 데리고 가든지 그냥 집에 있든지 할 생각이에요."

"아드님이 그렇게 개구쟁이예요?" 어머니가 깜짝 놀라 물으시더군.

"아뇨." 부인은 서글프게 미소 지으며 발치에 놓인 낮은 스툴에 앉은 아들의 고수머리를 쓰다듬었다네. "아들은 제 유일한 보물이고, 저는 아들의 유일한 친구거든요. 그래서 서로 떨어져 있기 싫은 거죠."

"부인, 아들을 너무 응석받이로 키우시는 거 아니에요?" 평소 입바른 소리를 잘하는 어머니가 말씀하셨지. "그렇게 오냐오냐 키우면 아들도 잘못되기 쉽고 부인도 웃음거리가 될 거예요."

"잘못되다니요! 마컴 부인!"

"그래요. 그런 걸 익애(溺愛)라고 하잖아요. 이렇게 어릴 때라도 엄마 앞치마 끈에 늘 매달려 있으면 안 돼요. 그건 창피한 일이라는 걸 애도 알아야 하고요."

"마컴 부인, 최소한 아들 듣는 데서는 그런 말씀 마세요. 우리 아들이 엄마를 사랑하는 걸 창피해할 일은 절대 없을 거예요!" 부인이 너무 진지하게 이런 말을 해서 다들 깜짝 놀랐다네.

어머니는 부인을 달래려고 몇 마디 하시다가, 그 문제는 충분히 이야기했다 싶으셨는지 갑자기 화제를 돌리셨어.

'역시 내 짐작이 맞았어. 얼굴은 희고 상냥하고, 생각과 고난이 반반 흔적을 남긴 듯한 이마도 기품 있지만 성격은 결코 온순하지 않은 거야.' 나는 이런 생각을 했다네.

그동안 내내 나는 방의 반대쪽 끝에 있는 탁자에 앉아 부인이 오기 전부터 보고 있던 〈파머스매거진〉을 열심히 읽는 척하고 있었어. 지나치게 정중해 보이기 싫어서 부인이 들어올 때 인사만 하고는 하던 일을 계속했던 거지.

그런데 얼마 안 되어 누군가가 가볍지만 느리고 조심스러운 발걸음으로 다가오는 게 느껴졌어. 내 발치에 엎드려 있는 산초를 보고 너무 반가웠던 어린 아서가 2미터쯤 앞에서 맑고 푸른 눈으로 홀린 듯이 개를 바라보고 서 있더군. 산초가 무서워서가 아니라 주인의 눈치가 보여서 그런 것 같았어. 그래서 가까이 오라고 한마디 하니까 순식간에 카펫에 꿇어앉아 두 팔로 산초의 목을 껴안더니, 금세 내 무릎에 앉아서는 탁자에 놓인 책에 나오는 말, 소, 돼지, 농장의 그림을 열심히 들여다보는 거야. 수줍긴 하지만 뚱한 아이는 아니었어. 이렇게 갑자기 친해진 우리를 아서 엄마가 어떻게 생각하는지 궁금해서 건너다보니 왠지 아이가 내 품에 안겨 있는 걸 불안해하는 눈빛이더군.

이윽고 그녀가 말했지. "아서, 이리 와. 책 보시는 데 방해되잖니."

"아닙니다. 그냥 두세요. 아서만큼 저도 즐거워요." 내가 이렇게 말했는데도 부인은 손짓과 눈빛으로 아들을 부르더라고.

"싫어요, 엄마. 이 그림들 다 보고 나서 자세히 말해드릴게요." 아이가 말했어.

그때 우리 어머니가 이렇게 말씀하셨다네. "11월 5일 월요일에 작은 파티를 열 건데, 그레이엄 부인도 꼭 와주세요. 아드님도 데리고 오세요. 심심하지 않게 해줄 수 있어요. 밀워드가와 윌슨가 사람들도 다 오니까 사과도 직접 하시고요."

"감사하지만 저는 파티에는 안 다녀서요."

"아, 이 파티는 작은 가족 모임 비슷할 거예요. 일찍 모이고, 우리 식구랑, 이미 거의 다 만나보신 밀워드가와 윌슨가 사람들만 올 거예요. 부인이 사시는 집 주인 로런스 씨는 꼭 만나보셔야 하고요. 참석자는 그게 다예요."

"로런스 씨에 대해서는 좀 알아요. 감사하지만 저는 다음에 불러주세요. 요즘엔 날도 일찍 저물고 저녁 공기도 습한데, 아서가 좀 약해서 그 시간에 데리고 나가면 안 될 것 같거든요. 낮이 더 길어지고 밤 기온도 좀 올랐을 때 초대해주시면 고맙겠습니다."

어머니가 눈짓을 하자 로즈가 찬장과 식기대에서 와인 한 병과 잔 여러 개, 케이크를 내왔고, 금방 상이 차려졌다네. 부인과 아서는 케이크는 먹었지만 어머니가 아무리 권해도 와인은 한사코 거절하더군. 특히 아서는 레드와인에 대해 거의 공포심과 혐오감을 가진 듯했고, 어머니가 한번 마셔보라고 하시니까 울상이 되었지.

"괜찮아, 아서. 마컴 부인은 네가 걸어오느라 지쳤으니 와인이 피로를 풀어줄 거라 생각해서 권하시는 건데, 안 마셔도 된단다. 아서는 와인을 보는 것 자체를 싫어하고, 냄새를 맡으면 거의 토하거든요. 아이가 아플 때 와인이나 물 탄 화주를 약처럼 조금씩 먹였어요. 술을 싫어하게 만들려고 애 많이 썼죠." 아이 엄마가 말했다네.

그 말을 듣고 다들 웃음을 터뜨렸지만 아서 모자(母子)는 웃지 않더군.
 너무 웃느라 빛나는 푸른 눈에 맺힌 눈물을 훔치며 어머니가 말씀하셨어. "그레이엄 부인, 그렇게 안 봤는데 정말 놀라운 말씀을 하시네요. 그런 식으로 기르면 아서는 온실 속 화초가 되고 말 텐데, 이 노릇을 어쩨요? 애가 커서 나중에 어떤 남자가 될지 정말―!"
 그러자 그레이엄 부인은 전혀 상관없다는 듯 차분한 어조로 이렇게 말했다네. "제가 볼 때는 아주 좋은 계획인데요. 그러면 인간을 타락하게 만드는 여러 문제 중 최소한 한 가지로부터는 아이를 지킬 수 있을 테니까요. 제 입장에서는 그와 똑같이 해로운 모든 문제로부터 아들을 지키고 싶죠."
 그래서 내가 이렇게 말했지. "하지만 그런 방법으로는 아들을 도덕적인 사람으로 만들 수 없을 겁니다. 그레이엄 부인, 도덕성이 뭔가요? 유혹을 이겨낼 능력과 의지를 가진 상황을 뜻하는 걸까요, 아니면 이겨내야 할 유혹이 아예 없는 상황을 뜻하는 걸까요? 나중에는 지쳐 쓰러질지라도 강력한 근력을 발휘해 엄청난 난관을 극복하고 놀라운 업적을 이루는 사람이 강한 걸까요, 아니면 벽난로의 장작을 뒤적이고 입으로 음식을 가져가는 일 이외에는 아무런 운동도 하지 않는 사람이 강한 걸까요? 아드님이 이 세상을 제대로 살아가길 바라신다면 길에 놓인 돌을 치워주실 게 아니라 그 돌을 씩씩하게 딛고 넘어갈 수 있는 힘을 길러주셔야 해요. 아서의 손을 잡고 이끌어주실 게 아니라 혼자서도 잘 걸어가는 법을 배우게 해야 하고요."
 "마컴 씨, 저는 아들이 혼자 걸어갈 힘을 갖출 때까지 손을 잡고 이끌어줄 생각입니다. 아들이 가는 길에 놓인 돌을 최대한 많이 치워주고, 나머지 돌들은 피해 가거나 마컴 씨 말씀대로 씩씩하게 딛고 넘어가도록 가르치려고 해요. 제가 아무리 열심히 치워도 삶을 살다 보면 너무도 많은 돌이 나타날 테고, 정말 기민하고 침착하고 신중하게 행동하지 않으면 아들은 나머지 돌들에 걸려 넘어지고 말 겁니다. 고결한 저항이니 도덕적 시련이니 하는 말들이 있지만, 유혹에 넘어간 50명, 아니 500명 중에서 유혹에 저항하는 도덕성을 가졌던 사람이 한 명이라도 있을까요? 아서가 유혹에 직면한 1000명 중에서 그걸 이겨내는 유일한 한 사람이 될 거라고 믿기보다는, 제가 미리 방지하지 않으면 다른 사람들과 똑같이 유혹에 넘어갈 거라고 상정하고 최악의 상황에 대비하는 게 낫지 않을까요?"

"저희 모두를 칭찬해주시네요." 내가 말했지.

"마컴 씨에 대해서는 아는 바가 없지만, 제가 아는 사람들을 생각하면 그렇더라고요. 인생길을 걸어가면서 (아주 드문 예외도 더러 있지만) 다들 넘어지고 실수하는 모습, 나타나는 구덩이마다 다 빠지고 장애물이 등장할 때마다 넘어져서 정강이를 다치는 모습을 보면, 아서는 좀 더 편하고 안전한 길을 가도록 제가 온 힘을 다해야 하는 거 아닌가요?"

"그렇죠. 하지만 제일 좋은 방법은 유혹을 제거하는 것이 아니라 맞서 싸울 힘을 길러주는 거예요."

"마컴 씨, 저는 둘 다 할 겁니다. 제가 아무리 본질적으로 혐오스러운 행동들을 싫어하게 가르쳐도 아서는 살면서 안팎에서 많은 유혹을 받을 거예요. 저 자신도 세상이 악하다고 하는 행동들을 할 동기는 거의 없었지만, 또 다른 종류의 유혹과 시련에 봉착했었고요. 그리고 많은 경우 그에 맞서는 데는 이전보다 더

한 경계심과 강인함이 필요했어요. 평소에 생각이 깊고 본능적인 타락을 이겨내고 싶어 하는 사람들은 다들 이런 경험을 해봤을 겁니다."

"그래요." 어머니는 부인의 말을 완전히 이해하지는 못한 상태로 이렇게 말씀하셨다네. "하지만 그레이엄 부인, 아들에 관해서는 부인 혼자만의 판단을 믿으면 안 돼요. 미리 말씀드리는데, 아이를 혼자서 교육하는 실수, 제 생각에는 그야말로 치명적인 그 실수를 범하면 안 됩니다. 어떤 일들에 대해서는 잘 알고 또 영리하시니 그럴 능력이 있다고 생각하실 수 있지만, 실은 그렇지 않거든요. 계속 그렇게 하시면 나중에 일을 그르치고 나서 크게 후회하실 거예요."

그러자 부인이 씁쓸하게 웃으며 대답하더군. "학교에 보내서 엄마의 권위와 사랑을 경멸하는 아이로 키우라는 말씀이시네요."

"아, 그럴 리가요! 아들을 집에 데리고 있으면서 왕자 대접을 해주고, 아들이 말도 안 되는 짓을 벌이고 변덕을 부려도 다 받아주느라 날밤을 새우면 엄마를 경멸하는 아이로 크겠지요."

"저도 똑같은 생각이에요, 마컴 부인. 하지만 그 정도로 터무니없이 나약한 행동은 제 원칙과 생활에 완전히 어긋나는걸요."

"그런가요. 그레이엄 부인, 어떤 생각이신지 모르겠지만 부인은 아드님을 딸처럼 취급할 거고, 정기를 흐려놓고 계집애 같은 소년으로 만들어버릴 거예요. 어쨌든 저는 밀워드 씨에게 부인과 그 문제에 대해 얘기해보라고 말씀드릴 거고, 그런 양육이 어떤 결과를 낳을지 그분이 명명백백하게 말씀해주실 겁니다. 그런 다음 부인이 뭘 해야 할지 알려주실 거고, 그러면 부인도 틀림없이 금세 생각이 바뀔 거예요."

"신부님께 수고를 끼칠 일은 아닌데요." 그레이엄 부인은 나를 흘깃 보며 이렇게 말하더군. 나는 신부님에 대한 어머니의 무한한 신뢰에 빙긋 웃고 있었던 것 같아. "여기 계신 마컴 씨는 본인이 적어도 밀워드 씨만큼은 설득력이 있다고 생각하시는 것 같은데, 제가 이분의 말을 듣지 않는다면 설사 죽은 자가 살아 돌아왔다 하더라도 믿을 수가 없겠지요?* 자, 마컴 씨, 당신은 아이를 악으로부터 보호하는 대신 다른 사람의 도움 없이 혼자 그에 맞서 싸우게 하고, 삶의 덫을 피해 가는 대신 용감하게 그 속으로 뛰어들거나 그걸 짓밟고 가게 하라고, 또 위험을 피하는 대신 오히려 찾아 나서게 하고, 유혹을 통해 도덕성을 길러주라고 하셨죠. 당신 아이라도 그렇게 하실 건가요?"

"그레이엄 부인, 실례지만 너무 앞서가시는 것 같아요. 저는 아이를 삶의 덫 속으로 뛰어들게 하거나, 유혹을 극복함으로써 도덕성을 기를 수 있도록 일부러 그런 상황을 찾아 나서게 해야 한다는 말을 한 적이 없어요. 저는 그저 적을 무장해제하고 약화하는 것보다는 이쪽의 용사를 무장시키고 강하게 만드는 편이 낫다고 말씀드렸을 뿐이에요. 온실에서 밤낮으로 돌보고 바람한 자락 안 맞게 막아주며 기른 참나무 묘목이, 산비탈에서 온갖 풍파를 겪고 폭풍우까지도 견딘 나무보다 더 강할 수 있을까요?"

"그건 아니겠죠. 하지만 여자아이의 경우에도 그렇게 말씀하실 건가요?"

---

* 루가의 복음서 16장 31절 인용.

"그건 아니죠."
"그렇죠. 여자아이면 온실 속 화초처럼 부드럽고 섬세하게 키우고, 다른 사람의 지도 편달과 지원에 의지하라고 가르치고, 가능한 한 악에 대해 알지도 못하게 최대한 보호하시겠죠. 그런데 그렇게 남녀를 구분하시는 이유가 뭔가요? 여자아이는 아예 도덕성이 없다고 생각하시는 건가요?"
"그럴 리가요."
"글쎄요, 그런데 당신은 도덕성이 유혹에 의해서만 발현된다고 주장하시잖아요. 그리고 여성은 유혹에 조금이라도 노출되거나 사악함 또는 그와 관련된 그 어떤 것도 알면 안 된다고 생각하시고요. 그렇다면 당신은, 여성은 본질적으로 너무 사악하거나 나약해서 유혹을 이겨낼 능력이 없다, 무지하고 절제된 상태에서는 순수하고 순결하지만 진정한 도덕성이 없기 때문에 여성에게 죄악에 대해 가르치면 그들은 바로 죄를 지을 것이다, 여성은 아는 게 많을수록, 더 큰 자유를 누릴수록 더 심하게 타락할 것이다, 반면에 남성은 천성적으로 선을 지향하고 여성보다 도덕적으로 더 강건하기 때문에 이런저런 유혹과 위험에 노출될수록 더 도덕적인 사람이 된다, 그렇게 생각하신다는—"
"제가 어떻게 감히 그런 생각을 하겠습니까?" 나는 그녀의 말을 끊었어.
"아, 그럼 당신은 여성은 나약하면서도 유혹에 잘 빠지고, 아주 작은 실수나 타락도 그녀를 나락으로 이끈다고 생각하시는 거네요. 반면에 남성은 현실에서 금지된 것들을 적절히 경험하도록 지도하면 도덕성이 더 강화되고 풍부해진다는 말씀이시고요. 소년들에게 그런 경험은 (진부한 비유를 쓰자면) 참나무를 단련

하는 폭풍우 같아서, 잎사귀는 좀 떨어지고 잔가지는 좀 부러질지언정 뿌리를 더 강하게 내리게 하고 나뭇결을 더 단단하고 굳게 만들어준다는 거잖아요. 딸들은 대리 경험을 통한 교육도 못 받게 하면서 아들들은 직접 본인들의 경험을 통해서 배우게 하라는 말씀인 거죠. 저는 남자애든 여자애든 모두 다른 사람의 경험과 더 높은 도덕적 원칙을 배워서 악에 직면했을 때 그걸 거부하고 선을 택할 수 있어야 한다고 생각합니다. 꼭 직접 경험하게 함으로써 타락의 사악함을 가르칠 필요는 없다는 거죠. 저는 나쁜 사람들과 싸울 방책도, 삶의 길에 놓인 덫들에 대한 지식도 갖추어주지 않은 채로 어린 소녀를 세상에 내놓는 짓은 하지 않을 겁니다. 그 소녀가 자존감과 자립심을 잃고 스스로를 돌보고 방어할 의지나 능력을 상실할 때까지 그저 지켜보며 방어해주지도 않을 거고요. 제 아들 얘기를 해보자면, 저는 아서가 소위 노련한 사람, '세상을 살아봤고' 자신의 경험을 자랑스러워하는 남자가 되는 것보다는—설사 아이가 그런 경험을 통해서 결국 정신을 차리고 사회에 유익하고 존경받는 사람이 된다고 해도—차라리 내일 바로 백 번이고 천 번이고 죽는 편이 나을 것 같아요!" 부인은 소중한 아들을 옆에 꼭 안고 이마에 뜨겁게 입을 맞추며 이 말을 진지하게 되풀이했다네. 아서는 아까 이미 산초 곁을 떠나 엄마 옆에 와서 그녀의 얼굴을 쳐다보며 뻥한 표정으로 이해할 수 없는 말을 듣고 있었지.

"늘 숙녀분들이 마지막 결론을 내리지요." 그레이엄 부인이 일어나 어머니께 작별 인사를 하는 걸 보며 내가 말했어.

"얼마든지 더 말씀하셔도 좋지만 저는 이만 가야 해서요."

"됐습니다. 원하시는 만큼만 들으시면 되죠. 나머지는 허공에 날려버리면 되니까요."
"그 문제에 대해서 더 얘기하고 싶으시면 다음에 동생분과 같이 오세요." 그녀가 로즈와 악수를 하며 이렇게 말하더군. "그러면 당신이 무슨 말을 하든 다 열심히 들어줄게요. 신부님보다는 당신 설교를 듣는 게 더 좋아요. 얘기를 다 듣고 나서 제가 애초에 했던 생각을 하나도 안 바꿨다고 말해도 미안하지가 않거든요. 상대가 신부님이든 당신이든 아마 그렇게 될 테니까요."
"그럼요, 물론 그러시겠죠." 나는 약이 올라 일부러 화를 돋우었어. "숙녀분이 자기와 다른 의견을 듣겠다고 할 때는 그걸 거부하겠다고 작정한 거니까요. 귀로는 듣지만, 아무리 옳은 소리라도 마음으로는 다 거부하는 거죠."
"마컴 씨, 이만 갈게요." 부인은 안됐다는 표정으로 말했다네. 그러고는 더 이상 대꾸하지 않겠다는 듯 미소를 지으며 살짝 고개를 숙였어. 그런데 아서가 아이답게 입바른 소리로 부인을 멈춰 세웠지. "엄마, 마컴 씨랑 아직 악수를 안 했잖아요!"
부인은 웃으며 돌아서서 손을 내밀었어. 나는 처음 만난 순간부터 받아온 부당한 대우에 짜증이 나서 일부러 손을 꽉 쥐었지. 그녀는 내 성품이나 원칙에 대해 전혀 모르면서 부당한 편견에 사로잡혀서는 나를 나 자신이 생각하는 것보다 훨씬 형편없는 사람으로 간주하고 있다는 걸 이런저런 방식으로 계속 표현해 왔었거든. 내가 원래 과민한 성격이라 그런 건 참기 힘들더라고. 어쩌면 어머니와 동생, 내가 아는 다른 여자들이 평소에 너무 떠워줘서 그렇게 느꼈을 수도 있지. 그렇지만 자네는 어떻게 생각하는지 몰라도, 나는 절대 멋만 내는 놈팡이가 아니라네.

4장
파티

　11월 5일에 열린 우리 파티는 그레이엄 부인이 불참했는데도 아주 성공적이었어. 사실 부인이 참석했으면 덜 화기애애하고 덜 자유롭고 덜 즐거웠을 수도 있지.
　어머니는 평소와 마찬가지로 즐거운 표정으로 대화를 나누셨고, 아주 상냥하고 활발하셨다네. 딱 한 가지 실수하신 건, 손님에게 잘해주려는 마음이 지나쳐서 상대방이 정말 싫어하는 음식이나 음료를 권하거나, 활활 타는 난롯불 바로 앞에 앉히거나, 조용히 있고 싶어 하는 사람에게 억지로 말을 거신 거야. 그래도 다들 축제 분위기에 들떠 있었기 때문에 크게 내색 안 하고 잘 넘어갔다네.
　밀워드 씨는 참석자 모두에게, 그중에서도 특히 그의 말을 주의 깊게 듣는 청자들―그를 우러러보는 우리 어머니, 정중한 로런스 씨, 조용한 메리 밀워드 양, 말 없는 리처드 윌슨, 입바른 소리를 잘하는 로버트 윌슨―에게 길잡이가 되어줄 중요한 교리와 훈계조의 농담과 우쭐함이 묻어나는 경험담과 미래에 대한 예측을 쏟아냈지.

　윌슨 부인은 새로운 소식과 전부터 떠돌던 추문들을, 소소한 질문과 논평 그리고 그저 한순간도 쉴 새 없이 입을 계속 놀릴 목적으로 계속 되풀이하는 발언들과 한데 엮어 참석자들을 그 어느 때보다 더 즐겁게 해주었다네. 뜨개질감도 갖고 왔는데, 혀와 손가락 중 어느 쪽이 더 빠르게 끊임없이 움직이는지 내기라도 건 듯했어.

　부인의 딸 제인은 물론 더할 나위 없이 우아하고 품격 있고 재기 발랄하고 매혹적이었다네. 참석한 여성 중 본인이 제일 빛나야 했고, 거기 있는 모든 남성, 그중에서도 특히 로런스 씨를 사로잡아 굴복시켜야 했기 때문이지. 그를 제압하기 위한 그녀의 전술은 너무 교묘하고 은근해서 나는 전혀 감지하지 못했다네. 하지만 그녀는 아주 세련된 방식으로 자신의 우월함을 부각하고 오만한 자의식을 드러내고 있었는데, 이것이 그녀의 장점을 모두 깎아먹었어. 이윽고 제인이 떠나자 로즈가 그녀의 이런저런 눈빛과 말, 행동을 날카롭고 신랄하게 해석해주었다네. 나는 제인의 교묘한 유혹술만큼이나 동생의 날카로운 통찰력에 탄복하면서, 혹시 로즈도 로런스 씨를 마음에 두고 있나 궁금해졌지. 하지만 해퍼드, 그건 아니었어.

　제인의 동생 리처드 윌슨은 기분 좋은 표정이었지만 다른 사람의 주의를 끌까 봐 조용하고 수줍은 얼굴로 한쪽 구석에 앉아 있었다네. 다른 사람들이 하는 말에 귀를 기울이면서 그들을 지켜보고 있더군. 익숙한 환경은 아니었어도 우리 어머니가 가만히 놔두었으면 그만의 조용한 방식으로 충분히 즐거워했을 텐데, 어머니는 그가 부끄러워서 못 먹는 줄 알고 계속 이런저런 요리를 권하고 그를 대화에 참여시키려고 온갖 질문과 의견을 던져서 방 건너편에서 큰 소리로 대답하게 만드셨다네.

로즈 말로는 리처드가 절대 이 파티에 올 리가 없는데, 집안에 로버트보다 더 점잖고 세련된 남동생이 적어도 한 명은 있다는 걸 제인이 로런스 씨에게 보여주려고 굳이 끌고 온 거라고 하더라고. 제인은 로버트와 말을 섞지 않으려고 무척 애쓰고 있었다네. 하지만 로버트는 자신이 다른 사람들은 물론이고 마컴과 노부인(우리 어머니는 사실 아직 젊으신데), 아름다운 로즈와 신부님과 웃고 떠들지 못할 이유가 없다고 했고, 그건 맞는 말이었지. 그는 우리 어머니와 로즈를 만나서는 일상적인 이야기를 했고, 신부님과는 교구의 일을, 나와는 농사일을, 신부님과 나와 셋이 있을 때는 정치를 논했다네.

메리 밀워드 역시 과묵한 사람이었어. 그래도 상대방의 질문에 아주 짧고 확실하게 대답하고 거절하는 성격인 데다 수줍다기보다는 뚱한 편이라는 평가를 받고 있어서 딕* 윌슨만큼 우리 어머니의 친절에 시달리지는 않았지. 그렇지만 같이 있을 때 그다지 즐거운 사람은 아니었고, 본인도 그런 상황을 별로 즐기는 것 같지 않았어. 일라이자 말로는, 부친 생각에 큰딸이 너무 집안일에만 몰두한 나머지 그 또래 아가씨들이 흔히 하는 소일거리나 오락을 즐기지 못한다 싶어서 억지로 끌고 온 거라고 하더군. 그녀는 대체로 기분 좋아 보였고, 한두 번은 인기 있는 누군가의 농담이나 장난에 소리 내어 웃기도 했다네. 가만히 보니까

---

*   리처드의 애칭.

메리는 맞은편에 앉은 리처드 윌슨의 눈을 마주 보는 것 같았어. 리처드가 밀워드 씨 밑에서 공부했으니 둘 다 수줍은 성격임에도 안면을 트게 되었고, 서로에 대해 일종의 동지애를 가지게 됐던 것 같아.

일라이자 양은 말로 설명할 수 없이 매력적이었고, 가식 없이 애교스러웠으며, 파티에 온 그 누구보다 내 주의를 끌고 싶은 눈치였다네. 말이나 행동은 짓궂게 해도 얼굴에서 빛이 나고 가슴이 부푸는 걸 보면, 내가 자기 옆에 앉거나 서서 귓속말을 하고 춤출 때 손을 꼭 쥐는 걸 얼마나 즐거워하는지 훤히 보였지. 하지만 더 이상 이야기하면 안 될 것 같군. 지금 이런 걸 자랑하면 나중에 민망해질 것 같거든.

그럼 그날 모인 사람들에 대해 좀 더 이야기해보겠네. 로즈는 평소처럼 솔직하고 자연스러웠고, 아주 명랑하고 생기발랄했어.

퍼거스는 그날 건방지고 우스꽝스럽게 행동했는데, 그 때문에 그 애를 더 좋게 보지는 않았어도 다들 즐거워하더군.

(내 이야기는 뺄 거니까) 마지막으로, 로런스 씨는 모든 사람을 선선하고 신사적으로 대했고, 신부님과 숙녀들, 특히 우리 어머니와 로즈, 윌슨 양에게는 아주 깍듯했지. 일라이자 밀워드보다 윌슨 양을 좋게 보다니, 안목이 별로 없는 사람이었다네. 로런스 씨와 나는 그런대로 친한 사이였어. 그는 본래 내성적인 데다, 부친이 돌아가신 후로는 한적한 곳에 있는 생가에서 혼자 지내왔기 때문에 여러 사람과 친해질 기회도, 의향도 부족한 상황이었지. 그런데 그가 알고 지낸 사람들 중에서는 (결과를 놓고 보면) 내가 가장 마음에 들었던 것 같아. 나도 그를 좋아했지만, 그 친구 성격이 워낙 냉담하고 소심하고 자족적이라 다정한 사

이가 되긴 어려웠다네. 로런스 씨는 거칠지 않으면서 솔직하고 진솔한 사람을 좋아했는데, 본인이 그런 사람이 될 수는 없었어. 자신의 삶에 대해선 아무 말도 안 하는 면이 짜증 났고, 냉담하게 느껴지기도 했지만, 그건 오만함이나 상대에 대한 불신보다는 본인도 알지만 고칠 힘은 없는 병적인 예민함 내지는 기이한 소심함 때문이라는 걸 확실히 알았기 때문에 용서할 수 있었지. 그의 마음은 햇살을 받으면 잠깐 피어났다가 누가 살짝 손을 대거나 조금이라도 바람이 불면 금세 꼭 닫혀버리는 예민한 화초 같았어. 그래서 전반적으로 볼 때 로런스 씨와 나의 관계는 자네와 나처럼 깊고 굳건한 우정이라기보다는 서로 흠모하는 사이였다네. 그 후에 알게 된 우리는, 자네가 가끔 신경질을 부릴 때도 있긴 하지만, 그래도 오래된 코트 같은 사이지. 좋은 천으로 만들었고 입고 있으면 몸에 맞게 재단된 듯 편안하고 넉넉한 데다, 아무렇게나 입고 다녀도 손상될 위험이 없어서 편하게 입을 수 있는 그런 옷 말일세. 반면 로런스 씨는 보기에는 정말 멋지고 깔끔하지만 팔꿈치 부분이 너무 꽉 끼어서 팔을 움직이면 솔기가 터질 것 같고, 천 자체가 너무 고급지고 매끈해서 빗물 한 방울만 떨어져도 상할 것 같은 새 옷 같았다네.

손님들이 모두 도착하자 어머니는 그레이엄 부인이 파티에 못 와서 서운하다고 하시면서 부인의 말을 전하시더군. 파티에 참석하지 못해 아쉽다, 아들 때문에 밀워드가와 윌슨가에 답방을 하지 못해 죄송한데, 상황이 그러니 무례를 용서해달라, 기회가 되면 언제든 만나 뵙고 싶다, 그런 내용이었지. "그런데 정말 독특한 분이더라고요, 로런스 씨. 어떻게 이해해야 할지 잘 모르겠던데— 세입자니까 좀 알지 않으세요? 로런스 씨와 좀 아는 사이라고 하던데요."
 그 말에 다들 자기를 바라보자 로런스 씨는 필요 이상으로 당황한 눈치더라고.
 "저랑요? 그건 마컴 부인께서 잘못 아신 거예요. 물론 만나보긴 했지만— 저는— 그러니까— 그레이엄 부인이 어떤 사람인지 전혀 몰라요."
 그러더니 그는 곧바로 로즈를 바라보며 모두를 위해 노래든 피아노 연주든 한 곡 들려달라고 청했다네.
 "저 말고 윌슨 양에게 부탁하셔요. 노래든 연주든 그분이 제일 잘하시거든요." 로즈가 말했지.
 윌슨 양이 그렇지 않다고 빼더라고.
 그러자 퍼거스가 끼어들었어. "로런스 씨가 옆에 서서 악보를 넘겨주시면 바로 할걸요."
 "윌슨 양이 허락하신다면 기꺼이 넘겨드리죠."
 윌슨 양은 긴 목을 치켜들고 미소를 짓더니 로런스 씨와 같이 피아노로 가서 여러 곡을 멋들어지게 연주했다네. 로런스 씨는 그녀의 의자 등받이에 손을 얹고 다른 손으로 악보를 넘겨주었고, 연주자 못지않게 감동한 눈치였지. 나름 멋진 연주였는데 나는 별 감흥을 못 느꼈어. 기교도 연주도 뛰어났지만, 아무런 감정도 실리지 않았거든.
 하지만 그레이엄 부인에 대해 할 이야기는 더 있었지.
 "마컴 부인, 저는 와인은 안 마셔요." 와인이 들어오자 밀워드 씨가 이렇게 말하더군. "부인께서 직접 빚으신 맥주만 조금 마실게요. 저는 늘 그 술이 어떤 음료보다 더 좋더라고요."
 이 칭찬에 고무된 어머니는 종을 울렸고, 하녀가 우리 집에서 제일 맛있는 맥주가 든 도자기 병을 가져와 술맛을 제대로 아는 밀워드 씨 앞에 놓았다네.

"이게 바로 그 명품이지!" 밀워드 씨는 한 방울도 안 흘리면서 거품은 많이 나도록 술을 길고 가늘게 유리잔에 따르며 이렇게 외쳤어. 그러더니 잠시 촛불에 그 잔을 비춰 보고는 쭉 들이마신 후 쩝쩝 소리를 냈고, 숨을 길게 내쉬고 다시 한 잔을 따르더군. 어머니는 말할 수 없이 흡족한 얼굴로 그 모습을 지켜보셨다네.

"세상에 이런 술은 또 없어요, 마컴 부인!" 밀워드 씨가 말했어. "저는 부인께서 담그신 이 맥주와 비견할 만한 술은 세상에 없다고 장담합니다."

"그렇게 좋게 봐주시니 다행이에요. 치즈와 버터를 만들 때뿐 아니라 이 술을 담글 때도 제가 직접 감독을 하거든요. 전 뭐든지 하려면 제대로 해야 한다고 생각해요."

"옳으신 말씀이에요, 마컴 부인!"

"그런데 밀워드 씨, 가끔 와인이나 화주를 조금 마시는 건 괜찮지 않나요?" 윌슨 부인에게 김이 나도록 뜨거운 물을 탄 진을 건네면서 어머니가 물으시더군. 윌슨 부인은 와인을 마시면 속이 더부룩하다고 주장했는데, 그 순간 부인의 아들 로버트는 진한 와인을 한 잔 따르고 있었어.

"당연하죠!" 사제가 제우스 신처럼 엄숙하게 머리를 끄덕이며 대답했다네. "우리가 제대로 활용만 한다면 이 모든 게 다 신의 축복이고 자비예요."

"그런데 그레이엄 부인은 생각이 다르더라고요. 부인이 엊그제 무슨 얘기를 했는지 말씀드릴게요. 본인한테도 신부님께 말씀드리겠다고 했어요."

어머니는 모든 사람 앞에서 술에 대한 그레이엄 부인의 잘못된 생각과 태도를 자세히 설명하고는, "정말 황당하지 않아요?" 하고 물으시더군.

"황당하군요!" 신부님은 평소보다 더 엄중하게 대답했다네. "그래요, 거의 죄악이라고 해야겠어요! 그렇게 하면 아들을 바보로 만드는 것일 뿐 아니라 신의 은총을 멸시하는 것이고, 아들에게 그 은총을 짓밟으라고 가르치는 거예요."

그러더니 이 주제에 대해 더 자세히 이야기하면서, 그레이엄 부인의 주장과 행동이 얼마나 어리석고 불경스러운 것인지 설명했지. 어머니는 말할 수 없이 경건한 마음으로 귀를 기울였고, 윌슨 부인까지도 잠시 수다를 멈추고 흡족한 표정으로 물을 탄 진을 홀짝이면서 조용히 듣고 있었어. 로런스 씨는 탁자에 팔꿈치를 기대고 앉아 가만히 미소 지으며 와인이 반쯤 남은 잔을 돌리고 있었고.

"그런데 밀워드 씨." 마침내 신부님이 말을 마치자 로런스 씨가 이렇게 묻더군. "예컨대 부모나 조상 때문에 아이가 선천적으로 술에 빠지기 쉬운 경우에는 좀 예방을 하는 게 좋지 않을까요?"(로런스 씨의 부친은 술 때문에 일찍 돌아가신 것으로 알려져 있었다네.)

"어느 정도 예방은 할 수 있죠. 그렇지만 절주와 금주는 전혀 다른 문제입니다."

"하지만 절주―절제―가 거의 불가능한 사람들도 있다고 들었어요. 또 금주가 나쁘다면(그렇지 않다고 생각하는 사람들도 있던데), 폭음은 더 나쁘잖아요. 자녀에게 종류에 상관없이 술을 전혀 못 마시게 하는 부모들도 있어요. 하지만 부모의 권위가 평생 유지될 수는 없지요. 아이들은 천성적으로 금지된 걸 갈망하는 경향이 있고, 그런 상황에 처한 아이들은 다른 사람들은 그렇게 좋아하고 즐기는데 자기들에게는 그토록 엄격하게 금지된 것을 맛보고 싶다는 호기심이 더욱 클 거예요. 그러다가 기회가 오면 이 호기심은 곧바로 행동으로 옮겨질 거고, 그렇게 자제력이 한번 무너지면 심각한 결과가 뒤따를 수도 있어요. 제가 이런 일을 평가할 자격은 없지만, 마컴 부인께서 그레이엄 부인의 계획이라고 부르신 그 방법은 좀 특이하긴 해도 나름 이점이 있는 것 같아요. 그레이엄 부인의 아들은 유혹에서 완전히 벗어나 있으니까요. 비밀스러운 호기심도, 그 유혹의 대상을 갈망하게 만드는 욕망도 없지요. 그 아이는 그런 음료들에 대해 알 기회가 충분히 있었고, 부작용으로 고생해보지 않고도 술을 아주 싫어하게 된 거예요."

"그런가요? 어린아이에게 신의 축복을 제대로 활용하는 대신 모욕하고 혐오하도록 가르치는 게 얼마나 나쁘고 성경과 이성에 어긋나는 짓인지 아까 제가 입증해드리지 않았나요?"

그러자 로런스 씨가 미소 지으며 말하더군. "신부님, 아편을 신의 축복이라고 생각할 수도 있지만 대개는 그 약물을 사용하지 않는 편이 낫다고 생각하지요. 적은 양조차도. 하지만 제 비유를 너무 철저하게 따르실 필요는 없습니다. 그런 의미에서 제 와인을 마저 마시겠습니다."

그러자 어머니가 와인병을 밀어주며 이렇게 말씀하셨지. "그리고 한 잔 더 드세요, 로런스 씨."

로런스 씨는 정중히 사양하고 탁자에서 좀 물러나 앉더니 의자를 뒤로 젖히며 내게 그레이엄 부인을 아느냐고 무심히 물었다네. 나는 일라이자 밀워드와 같이 좀 뒤에 있는 소파에 앉아 있었거든.

"한두 번 만난 적 있지." 난 대답했어.

"부인에 대해 어떻게 생각하나?"

"난 별로야. 겉으로 보기에는 멋진데—아니, 기품 있고 흥미로워 보인다고 해야 하나—전혀 상냥하지 않고, 강한 편견을 가진 채 어떤 경우에도 그걸 고집하면서 모든 것을 자신의 선입견에 짜맞추는 사람 같아. 한마디로, 내가 볼 때는 너무 강하고 날카롭고 신랄해."

로런스 씨는 묵묵히 눈을 내리깔고 입술을 깨물더니 곧 자리에서 일어나 윌슨 양 옆으로 걸어가더군. 그녀가 좋아서 그랬겠지만 내 말이 마음에 안 들어서 그런 것 같기도 했다네. 그때는 몰랐는데 나중에 되돌아보니 이것뿐 아니라 비슷한 일들이 여러 번 있었던 것 같아. 너무 앞서가면 안 되니까 이 이야기는 나중에 또 해주겠네.

그날 파티의 마지막 순서는 춤이었는데, 우리 훌륭하신 신부님도 그런 자리에 있는 걸 대수롭지 않게 생각하는 것 같았고, 동네 악사 한 사람이 바이올린으로 반주를 해주었다네. 그런데 메리 밀워드는 아무리 권해도 절대 안 추겠다고 버텼고, 리처드 윌슨 역시 우리 어머니가 간곡히 권하고 심지어 파트너가 되어주겠다고 하시는데도 안 추더라고.

그렇게 두 사람이 빠졌는데도 다들 즐겁게 춤을 추었어. 카드리유 한 세트와 컨트리댄스 몇 곡을 추다 보니 시간이 꽤 늦어졌고, 악사에게 왈츠곡 연주를 부탁해서 로런스와 제인 윌슨, 퍼거스와 로즈와 함께 그 즐거운 곡에 맞추어 일라이자를 안고 신나게 춤을 추려는데 밀워드 씨가 "그만, 그만! 자, 이제 집에 갈 시간이야" 하며 만류하더군.

"안 돼요, 아빠!" 일라이자가 사정했어.

"어서 가자— 너무 늦었어! 뭐든 적당히 해야지! '중용을 지키는 걸 모든 사람에게 보이십시오'*라는 말씀도 있잖니!"

약이 오른 나는 어둑한 현관으로 따라 나가 일라이자에게 숄을 둘러주는 척하면서 밀워드 씨 몰래 입을 맞추었다네. 그 양반은 목과 턱에 큼직한 목도리를 두르는 중이었지. 그런데 아뿔싸! 돌아서보니 어머니가 내 바로 옆에 서 계셨더군. 그 결과, 손님들이 다 떠나자마자 어머니는 나를 호되게 꾸짖으셨고, 한껏 들떴던 나는 침울하고 불쾌한 기분으로 그날을 마감했다네.

"길버트, 제발 그러지 말렴! 엄마는 네가 얼마나 뛰어난지 잘 알고, 너를 이 세상 그 무엇보다 아끼고 사랑하기 때문에 네가 앞으로 아주 잘 살기를 간절히 바란단다. 그런데 그 애나 이 근동에 사는 아가씨랑 결혼하면 엄마가 얼마나 가슴이 찢어지겠니. 네가 그 애를 도대체 왜 좋아하는지 이해가 안 가는구나. 엄마가 돈 때문에 그러는 건 절대 아니야— 하지만 그 애는 예쁘지도 않고, 머리도 별로고, 착하지도 않은 데다 다른 장점이 있는 것도 아니잖니. 너도 엄마처럼 네 가치를 알면 절대 그런 애랑 결혼 안 할걸. 앞으로 두고 보렴! 그 애랑 결혼하면 더 좋은 상대들이 널린 걸 보면서 평생 후회할 거다. 엄마 말 들어."

"어머니, 제발 그만하세요! 잔소리 싫어하는 거 아시잖아요!

---

* 필립비인들에게 보낸 편지 4장 5절. 원문은 "Let your moderation be known unto all men!"으로, 성경에서는 moderation을 흔히 '너그러운 마음'으로 번역하지만 맥락상 '중용'으로 옮겼다.

아직 결혼할 생각 전혀 없다니까요. 그렇다고 가끔 즐기는 것도 안 된다는 말씀이세요?"

"즐겨도 되지. 하지만 그런 식으로는 아니야. 그런 짓은 하면 안 돼. 일라이자가 제대로 된 아가씨라면 네 그런 행동이 상처가 되겠지. 그런데 그 애는 완전 요물이라서, 너도 모르는 사이에 그 애가 쳐놓은 덫에 빠질 수가 있다니까. 그렇게 되면 엄마가 얼마나 슬프겠니— 그러니까 이제 그 일은 여기서 끝내."

"어머니, 그것 때문에 울지는 마세요." 어머니는 눈물을 줄줄 흘리고 계셨어. "이렇게 키스해드릴 테니 제가 일라이자한테 해준 키스는 잊어버리세요. 이제 그 아가씨 욕 그만하고 마음 가라앉혀요. 어머니가 심각하게 반대하시는 중요한 결정을 내릴 때는 아주 신중하게 생각하겠다고 약속드릴게요."

이렇게 어머니를 달랜 후 나는 촛불을 켜 들고 심란한 마음으로 자러 올라갔다네.

5장
화실

 그달 말쯤, 로즈가 하도 졸라대는 바람에 같이 와일드펠 저택을 방문했다네. 그런데 하녀의 안내로 들어간 방에는 놀랍게도 화가의 이젤이 있었고, 그 옆 탁자에는 둥글게 만 캔버스, 기름과 바니시가 담긴 병, 팔레트, 붓, 물감 등이 가득했지. 막 시작한 스케치와 거의 다 된 스케치, 완성된 풍경화와 인물화 등이 벽에 기대어 있었어.
 "오늘 응접실에 불을 안 피웠는데, 난방 안 한 데서 손님을 맞기에는 너무 추운 날이라 하는 수 없이 화실로 모셨네요." 그레이엄 부인이 말하더군.
 그러더니 여러 화구가 쌓여 있던 의자 두 개를 빼주며 앉으라고 하고 다시 이젤 옆으로 가더라고. 그러고는 거기 비스듬히 서서 우리와 이야기를 하다가도 곁눈질로 그림을 흘깃 보고는 고치거나 더할 데가 있으면 얼른 붓질을 했다네. 손님이 와 있어도 그리고 있는 작품에서 완전히 관심을 끄긴 어려운 눈치였어. 이른 아침에 아래쪽 들판에서 올려다본 와일드펠의 풍경이었는데, 지평선에 아침놀의 붉은 선이 몇 개 비껴 있는 맑은 은청색 하늘을 배경으로 서 있는 검은 저택의 모습을 사실적이면서도 아주 격조 있고 예술적으로 그려냈더군.

"마음이 작품에 가 계시군요. 저희 신경 쓰지 말고 계속 그리세요. 저희 때문에 중단하시면 작업을 방해하는 것 같아서 미안하니까요." 내가 말했지.

"아, 천만에요!" 부인은 예의범절이 갑자기 기억난 듯 붓을 탁자에 던지며 대답했어. "평소에는 찾아오는 사람이 거의 없어서, 이렇게 와주시는 분들께는 잠깐 시간을 낼 수 있답니다."

"이제 거의 다 그리신 것 같네요." 나는 그림에 더 다가가서 자세히 살펴보며 이렇게 말했다네. 그림이 주는 감동과 기쁨이 나도 모르게 얼굴에 나타났던 것 같아. "전경 부분만 몇 번 더 칠하면 완성되겠어요. 그런데 왜 제목을 ──셔의 와일드펠이 아니라 컴벌랜드의 펀리 장원(莊園)이라고 하신 거예요?" 부인이 그림 하단에 작은 글씨로 써놓은 제목을 보며 내가 이렇게 물었지.

그런데 다음 순간 그게 주제넘은 질문이었다는 걸 알 수 있었어. 부인이 얼굴을 붉히며 머뭇거렸거든. 하지만 곧 대단한 용기를 내어 이렇게 대답하더군.

"제가 지금 어디 사는지 감추고 싶은 친구들—지인들—이 있는데, 그림 한쪽에 엉뚱한 이니셜을 써놓기는 했어도 제 그림의 화풍을 알아볼 수도 있어서요. 그래서 지명 자체를 다르게 써서 혹시 이걸 보고 저를 찾으려고 해도 다른 곳으로 가게 하려는 겁니다."

"그럼 이 그림을 파시는 건가요?" 어떻게든 화제를 바꾸고 싶어서 이렇게 물었다네.

"제가 재미로 그림을 그릴 형편이 아니어서요."

"엄마는 그림을 전부 런던으로 보내요." 아서가 말하더군. "그러면 어떤 사람이 그림을 팔아서 우리에게 돈을 보내줘요."

화실을 둘러보니 언덕에서 내려다본 린든호프를 그린 예쁜 스케치와, 조용한 여름 오후의 환한 연무 속에서 빛나고 있는 또 다른 와일드펠 저택 그림, 그리고 뒤로는 어둡고 낮은 언덕과 가을 들판을, 위로는 흐리고 구름 낀 하늘을 배경으로 조용하지만 깊고 서글픈 회한에 사로잡힌 표정으로 시든 꽃 한 줌을 보고 있는 아이를 그린 단순하면서도 인상적인 작품이 보이더군.

"그릴 만한 소재가 정말 드물어요." 아름다운 화가는 이렇게 말했다네. "달빛에 물든 와일드펠 저택을 그린 적이 있는데, 눈 내린 겨울날을 배경으로 해서 한 장, 구름 낀 저녁을 배경으로 해서 또 한 장을 그려야 할 것 같아요. 달리 그릴 게 없어서요. 이 지역 어딘가에 멋진 바다 풍경이 있다고 들었는데 그게 사실인가요? 걸어서 갈 만한 거리인가요?"

"그래요. 6.4킬로미터를 걸을 수 있다면요. 걷기 힘든 험한 길로 왕복 13킬로미터 정도를 걸어야 해요."

"여기서 어느 쪽이에요?"

나는 그 바닷가에 가려면 지나가야 하는 여러 도로와 오솔길과 들판, 직진할 부분들과 왼쪽이나 오른쪽으로 꺾을 지점들을 가급적 자세히 설명해나갔지. 그런데 부인이 갑자기 이러더라고.

"아, 잠시만요! 지금 말고 나중에 얘기해주세요. 지금 들으면 막상 갈 때 기억이 하나도 안 날 것 같거든요. 내년 봄에나 갈 텐데, 가는 방법을 그때 다시 알려달라고 부탁드려야 할 것 같아요. 이제 곧 겨울이 올 거라서—"
 그런데 부인은 그 순간 갑자기 헉하더니 자리에서 벌떡 일어나 "잠깐 실례할게요." 하고는 방문을 닫고 밖으로 나갔다네.
 부인이 그렇게 기겁한 이유가 뭔지 궁금해서 창밖을 보니— 부인이 그 직전에 무심히 창밖을 내다보고 있었으니 말일세— 유리창과 베란다 사이에 있는 큰 호랑가시나무 뒤로 남자 코트 뒷자락이 쏙 사라지고 있더군.
 "엄마 친구예요." 아서가 말했어.
 로즈와 나는 서로 마주 보았다네.
 "그레이엄 부인이 대체 어떤 사람인지 영 모르겠어." 로즈가 속삭였지.
 아이가 심각하게 놀란 눈으로 로즈를 바라보더라고. 그러자 동생은 곧바로 아서에게 이런저런 이야기를 했고, 나는 부인의 그림들을 구경했지. 그런데 어둑한 한쪽 구석에 아까 못 본 그림이 있었어. 작은 소년이 풀밭에 앉아 있는 그림이었는데, 다리 위에 꽃이 수북이 쌓여 있었지. 작은 입과 작은 코, 보물을 싸듯 이마 위에 흩어진 밝은 갈색 고수머리 사이로 웃고 있는 크고 푸른 눈이 내 앞에 앉아 있는 아이와 상당히 비슷한 걸 보니 아서 그레이엄의 어릴 적 초상화인 것 같았어.
 밝은 데서 보려고 초상화를 들어 올리자 그 뒤에 벽 쪽을 향해 있는 또 다른 그림이 있길래 나는 그것도 꺼냈지. 한창때의 남자를 그린 것이었는데, 제법 잘생긴 외모에 그린 솜씨도 괜찮았어. 그런데 같은 화가의 작품이라면 이 초상화는 방에 있는 다른 그림들보다 몇 년 더 일찍 그려진 것 같았어. 최근 작품들보다 세부 묘사가 더 꼼꼼했고, 아까 내게 감동과 기쁨을 선사했던 신선한 색채감과 자유로움이 결여되어 있었거든. 그렇지만 나는 상당한 흥미를 느끼며 작품을 살펴보았다네. 이목구비와 표정에서 어떤 개성이 느껴지는 걸 보면 실물과 상당히 비슷한 작품인 것 같았어. 빛나는 푸른 눈에는 즐거움이 깃들어 있었고(이쪽을 보며 윙크할 것만 같은 느낌이었지), 조금 너무 육감적으로 통통한 입술은 금방이라도 미소 지을 것 같았으며 발그레한 볼에는 붉은 수염이 화려하게 물결치고 있었어. 숱 많은 밝은 적갈색 곱슬머리는 이마 위에 마구 흩어져 있었는데, 남자는 자신의 지성보다는 미모에 더 긍지를 느끼는 것 같았지. 물론 그럴 만큼 잘생긴 얼굴이었어. 하지만 절대 아둔해 보이지는 않았다네.

그 그림을 집어 든 지 2분도 지나기 전에 아름다운 화가가 돌아왔어.

"그림 가지러 온 사람인데 기다리라고 했어요." 부인이 갑자기 나간 이유를 설명했지.

"화가가 벽 쪽으로 돌려놓은 그림을 마음대로 꺼내 보는 건 무례한 행동이겠지만, 그래도 혹시 여쭤봐도 된다면—"

"아주 무례한 행동이죠. 그러니 그 그림에 대해 아무것도 묻지 마세요. 물어보셔도 대답 안 할 거니까요." 대답의 날카로움을 누그러뜨리려는 듯 미소 지으며 부인이 말했어. 하지만 눈빛이 강해지고 얼굴이 붉어진 걸 보니 단단히 화났던 것 같아.

"직접 그리신 건지만 여쭤보려고 했는데." 무렴한 얼굴로 그림을 돌려주며 이렇게 말하자 부인은 무례할 정도로 빠르게 홱 낚아채더니, 원래 있던 어두운 구석에 앞면이 벽 쪽을 향하게 되돌려놓고는 다른 그림을 다시 그 위에 기대어 놓은 다음 돌아서서 나를 보고 웃었다네.

하지만 난 즐겁게 대화할 기분이 아니었어. 그래서 창 쪽으로 돌아서서 황량한 정원을 내다보며 부인이 로즈와 이야기하는 걸 1, 2분간 듣고 있다가, 동생에게 이제 집에 가자고 말한 뒤에 아서와는 악수를, 부인에게는 깍듯이 고개 숙여 인사를 하고는 문 쪽으로 걸어갔지. 그런데 로즈에게 작별 인사를 한 부인이 내게 손을 내밀더니 전혀 기분 나쁘지 않은 미소를 지으며 부드러운 어조로 이렇게 말하더군. "마컴 씨, 오늘 해 지기 전에 마음 푸시길 바라요. 아까 퉁명하게 굴어서 죄송합니다."

숙녀가 사과를 하는데 화를 안 풀 수 있나. 그래서 그때만큼은 기분 좋게 헤어졌지. 그날은 짜증이 아니라 친근한 마음으로 그녀의 손을 꼭 쥐었다네.

6장
깊어지는 우정

그 후 넉 달 동안 나는 그레이엄 부인의 집에 가지 않았고 부인도 우리 집에 찾아오지 않았어. 하지만 숙녀들은 여전히 그 사람 이야기를 했고, 우리의 관계는 느리지만 꾸준히 좋아졌다네. 숙녀들의 대화에 (그 아름다운 은자(隱者)와 관련된 내용일 경우에) 나는 거의 무관심했지만 딱 하나 얻어들은 것은, 어느 맑고 쌀쌀한 날 부인이 어린 아들을 데리고 사제관까지 찾아갔는데 안타깝게도 그날 집에는 밀워드 양밖에 없었다는 사실이었어. 그런데 다들 한결같이 하는 말이, 그럼에도 부인은 그날 사제관에 오랜 시간 머물며 밀워드 양과 아주 많은 이야기를 나누었고, 두 사람 모두 다시 만나고 싶다는 마음으로 헤어졌다는 거였네. 메리는 원래 아이들을 좋아하고, 엄마들은 자신의 소중한 자녀를 살뜰히 아껴주는 사람을 좋아하는 법이지.

그래도 가끔은 나도 부인을 직접 볼 기회가 있었다네. 교회에 나올 때도 봤고, 아들을 데리고 들판을 걸을 때도 마주치곤 했지. 부인은 먼 거리를 빠르게 걷기도 하고 날씨가 아주 좋을 때는 책을 들고 와일드펠 저택을 둘러싸고 있는 황무지나 황량한 목초지를 이리저리 거닐기도 했는데, 그럴 때면 아서는 엄마 옆을 신나게 뛰어다니곤 했다네. 그런 날, 혼자 걷거나 말을 타고 가다가 혹은 농사일을 하다가 우연히 부인을 보게 되면 나는 대개 그쪽으로 가거나 얼른 그들을 따라잡아 만나곤 했어. 그레이엄 부인을 보고 대화하는 게 좋았고, 어린 아서와 이야기하는 것도 아주 즐거웠거든. 처음에는 낯을 가렸지만 일단 어느 정도 가까워지고 나니 아주 상냥하고 총명하고 재미있는 아이여서 우리는 금세 굉장히 친해졌다네. 부인이 이걸 어떻게 생각했는지는 잘 모르겠어. 처음에는 우리 둘의 교유에 찬물을 끼얹어서 내가 아서와 친해지는 걸 막으려는 줄 알았는데, 나에 대한 편견에도 불구하고 부인은 점차 내가 아들에게 어떤 해도 끼치지 않을뿐더러 잘해주려 한다는 걸 깨달았고, 아서가 나와 산초와 같이 있을 때 그 어디에서도 경험할 수 없는 즐거움을 느낀다는 걸 알고는 나와 만나는 걸 반대하지 않았을 뿐 아니라 미소로 나를 반겨주기도 했다네.

아서는 나를 보면 멀리서도 환성을 질렀고, 나를 만나려고 엄마 옆을 떠나 50미터 정도를 달려오기도 했어. 내가 말을 타고 나간 날은 아이를 앞에 태우고 걷거나 달리게 해주었고, 농사용 말이 근처에 있으면 같이 타고 안정적으로 걷게도 했는데, 부인은 언제나 아들 옆에서 함께 걷거나 뛰었지. 아들의 안전을 걱정해서라기보다는, 내가 어린애의 머리에 엉뚱한 생각을 심어주지 못하게 감시하고 아들이 시야에서 벗어나지 않게 하려고 그러는 것 같았어. 부인이 제일 기분 좋아 보일 때는 아서가 산초와 같이 뛰놀거나 경주를 하고 나는 그녀와 같이 걸을 때였다네. 나와 같이 있는 게 좋아서가 아니라(나 혼자 그런 망상에 빠진 적도 있지만), 평소에 같이 놀 또래 친구가 없어서 그렇게 씩씩하게 뛰어놀지 못하던 허약한 아들이 오랜만에 그런 활동을 즐기는 게 기뻐서 그런 것 같았어. 그리고 어쩌면 내가 아서가 아니라 자기와 같이 있기 때문에 의도적이든 아니든 아이에게 직간접적으로 어떤 해악도 가할 수 없다는 게 다행이라고 생각해서 더 좋아했는지도 모르고.

하지만 어떤 때는 부인이 정말 나와 이야기하는 걸 어느 정도는 좋아하는 것 같기도 했어. 2월의 어느 화창한 아침, 20분 정도 황야를 걷는 동안 부인은 평소의 그 통명하고 내성적인 태도와는 전혀 다른 모습을 보여주었다네. 그녀는 내가 생각한 것과 같은 주제에 대해 본인의 생각을 심오한 사고와 깊은 감정을 담아 웅변적으로 토로했는데, 그 모습이 너무 아름다워서 나는 황홀한 마음으로 집으로 돌아갔지. 걸으면서 생각해보니 일라이자 밀워드 같은 사람보다 이런 여성과 사는 게 더 나을 것도 같았고, 나의 변덕이 부끄러워서 (비유적으로) 얼굴이 붉어졌다네.

집에 도착해 응접실에 들어가보니 일라이자가 로즈와 이야기를 나누고 있어서 깜짝 놀랐어. 예기치 않게 만난 거라 평소 같으면 즐거웠을 텐데 그날은 좀 불편하더군. 그날 우리는 아주 오랫동안 이야기를 나누었는데, 성숙하고 진지한 그레이엄 부인과 비교하면 일라이자는 경박하고 심지어 약간 무미건조하다는 생각마저 들었지. 사람의 마음이 이렇게 변덕스럽다니까!

그날 이런 생각이 뇌리를 스치더군. '아무리 그래도 어머니가 그토록 완강히 반대하시는데 일라이자와 결혼할 수는 없어. 이런 상황에서 결혼할 것처럼 행동해서 그 아가씨를 오도하면 안 되지. 이런 기분이 지속된다면 내 마음은 일라이자의 부드럽지만 끈질긴 지배에서 쉽게 벗어날 수도 있을 거야. 어머니 입장에서는 그레이엄 부인도 일라이자 못지않게 맘에 안 드시겠지만, 의사들이 하듯 작은 고통으로 더 큰 고통을 치유할 수도 있는 거니까. 내가 저 젊은 과부를 진심으로 사랑하게 될 리는 없고 그녀 또한 마찬가지일 텐데—그건 확실해—내가 그녀와 같이 있는 게 즐겁다면 그렇게 하도록 두시지 않을까. 부인의 빛이 일라이자의 빛을 흐려놓을 만큼 더 찬란하다면 나로서는 더 잘된 거지. 하지만 지금은 그런 생각을 하기 힘들군.'

그날 이후 나는 날씨가 좋은 날이면 평소 부인이 밖으로 나올 때쯤 반드시 와일드펠 저택을 찾아갔다네. 그런데 그렇게 자주 가도 부인과 다시 이야기할 기회는 많지 않았어. 그녀가 집에서 나오는 시간과 찾아가는 장소가 너무 들쭉날쭉하고 가끔 마주칠 때도 너무 잠깐씩밖에 못 봐서, 내가 부인이 보고 싶은 만큼 부인은 나를 피하고 싶은 게 아닌가 싶었다네. 하지만 그러면 나 자신이 너무 비참한 것 같아서 얼른 그 생각은 떨쳐버렸지.

그런데 3월의 어느 맑고 조용한 오후, 일꾼들이 목초지 땅을 고르고 골짜기 쪽 산울타리를 손질하는 것을 감독하다가 어느 순간 시냇가를 보니 그레이엄 부인은 스케치북을 들고 열심히 그림을 그리고 있고 아서는 바닥에 자갈이 깔린 얕은 냇물에 들어가 조그만 댐과 방파제를 만들고 있더군. 안 그래도 심심했던 차에 이렇게 드문 기회를 놓칠 수 없었지. 그래서 목초지도 산울타리도 다 뒤로하고 얼른 그쪽으로 내려갔다네. 그런데 그 순간 산초 녀석이 제 어린 친구를 발견하고 신바람이 나서 쏜살같이 달려가 덮치는 바람에 아이가 넘어지며 거의 냇물 가운데까지 밀려버린 거야. 그래도 다행히 자갈들 덕분에 푹 젖지는 않았고, 매끈한 자갈이라 별로 다치지도 않아서 이 일을 웃어넘길 수 있었어.

그레이엄 부인은 겨울이라 앙상하게 가지만 남은 나무들을 보면서 종류별로 특징을 관찰하고 섬세하지만 힘찬 필치로 그 가지들을 그리고 있더라고. 그녀는 별말이 없었고, 나는 거기 서서 그녀의 작업을 지켜보고 있었다네. 그렇게 뽀얗고 우아한 손가락이 그처럼 능숙하게 그림을 그리는 걸 보니 정말 흐뭇하더군. 하지만 얼마 안 가 그 손가락들의 움직임이 무뎌지더니, 이내 주춤거리고, 바르르 떨고, 선을 잘못 그리고, 그러다 결국 완전히 멈췄고, 부인은 웃으면서 나를 쳐다보고는 내가 보고 있으니 그림 그리기가 힘들다고 말하더라고.

"그럼 다 그리실 때까지 저는 아서랑 놀고 있을게요." 내가 말했어.

"마컴 씨, 엄마가 허락하시면 저 태워주세요." 아서가 말했지.

"뭘 말이니?"

"저기 들판에 말 있잖아요." 아서는 교토기(攪土器)를 끌고 있는 우람한 검은색 암말을 가리켰어.

"안 돼, 아서, 너무 멀리 있잖아." 부인이 말하더군.

하지만 나는 아서를 말에 태워 한두 번만 풀밭을 왔다 갔다 하고 다시 안전하게 데리고 오겠다고 약속했어. 부인은 아들의 간절한 표정을 보더니 웃으면서 가라고 하더군. 부인이 아서를 들판 반절 거리라도 데리고 가게 허락해준 것은 그날이 처음이었다네.

우람한 암말에 올라탄 아서는 아주 진지한 얼굴로 넓고 경사진 들판을 왔다 갔다 했지. 말은 안 했어도 정말 기쁘고 흡족하고 재미난다는 눈치였어. 하지만 교토 작업은 금세 끝났고, 용감한 어린 기수를 말에서 내리게 해 엄마에게 데려다주자 그녀는 아들을 그렇게 오래 데리고 있는 게 언짢은 듯했어. 몇 분 전부터 스케치북을 덮고 아들이 돌아오길 초조하게 기다리고 있었던 것 같았지.

부인은 이제 집에 갈 시간이라며 작별 인사를 하려고 했지만, 나는 바로 헤어지고 싶지 않아서 와일드펠 저택으로 이어지는 언덕길을 중간까지 같이 올라갔다네. 그녀가 아까보다 좀 더 상냥했기 때문에 기분이 정말 좋아지던 참이었는데, 낡고 음침한 저택이 보이자 그녀는 걸음을 멈추고 내 쪽으로 돌아섰지. 더 이상 따라오지 말라, 오늘 대화는 여기서 끝이니 이제 그만 돌아가라, 그런 눈치였어. 실제로 맑고 추운 저녁이 빠르게 저물고, 해가 진 후 만월에 가까운 상현달이 흐린 잿빛 하늘에 밝게 빛나고 있었으니 그럴 때긴 했지. 그런데 그 순간 연민에 가까운 감정이 엄습해와 나는 그 자리에 박힌 듯 서 있었다네. 그렇게 쓸쓸하고 삭막한 집에 그녀를 혼자 두고 가려니 안쓰러웠다고 할까. 저택은 조용하고 괴괴한 모습으로 우리를 내려다보고 있었지. 저택 한쪽의 아래층 창에서 희미한 붉은 불빛이 새어 나오고 있었지만 그 밖의 창들은 모두 심연 같은 어둠에 잠겨 빛도, 창틀도 보이지 않았다네.

잠시 생각에 잠겼던 내가 부인에게 물었어. "집이 좀 적막하지 않아요?"

"그럴 때도 있죠. 아서는 자고 있고 저 혼자 앉아서 음산한 바람이 웅웅거리며 폐가 같은 방들을 쓸고 다니는 소리를 듣는 겨울 저녁이면, 어떤 책을 읽고 무슨 일을 해도 울적하고 두려운 상념에서 벗어날 수가 없더라고요. 하지만 그렇게 나약해지면 안 되겠지요. 연로한 레이철이 이런 삶을 견뎌내고 있는데 저라고 못할 것 없으니까요. 사실 저런 집이라도 있으니 정말 감사한 일이죠."

부인은 나보다 자신에게 말하듯 마지막 문장을 나지막하게 속삭이더니 잘 가라고 인사하고는 집으로 들어갔다네.

그런데 몇 걸음 걷다 보니 로런스 씨가 귀여운 회색 조랑말을 타고 험한 언덕길을 올라오고 있더라고. 그를 한동안 못 만났던 터라 얼른 그쪽으로 걸어갔지.

"방금 자네와 얘기하던 게 그레이엄 부인인가?" 인사를 마치자 로런스 씨가 이렇게 묻더군.

"맞네."

"역시, 그런 것 같았어." 그러고는 뭔가에 아주 불만인 듯이 생각에 잠긴 채 말갈기를 묵묵히 내려다보더라고.

"그런데 그게 왜?"

"아, 아무것도 아닐세! 난 자네가 부인을 싫어하는 줄 알았거든." 로런스 씨는 약간 비꼬듯이 단정한 입꼬리를 살짝 올리며 조용히 대답했어.

"설사 그랬더라도 더 알아가다 보면 마음이 바뀔 수도 있는 거잖나."

"그럼, 당연하지." 그가 조랑말의 헝클어진 허연 갈기를 능숙하게 풀며 답하더군. 그러더니 갑자기 그 얌전한 녹갈색 눈으로 나를 뚫어져라 응시하며 이렇게 묻더라고. "그러면 부인에 대해 전과 다르게 생각한다는 건가?"

"꼭 그렇지는 않아. 아니, 부인에 대해선 전과 똑같이 생각하는데— 약간 더 좋게 보게 됐지."

"아!" 그는 화제를 바꾸려는 듯 주위를 둘러보더니, 달을 쳐다보며 아름다운 저녁이라고 중얼거렸어. 하지만 주제와 상관없는 말이라 난 대답하지 않았지.

"로런스." 나는 침착하게 그의 얼굴을 마주 보며 이렇게 물었다네. "자네 혹시 그레이엄 부인을 사랑하나?"

십중팔구 아주 기분 나빠할 줄 알았는데, 로런스는 그 대담한 질문에 깜짝 놀라더니 재밌다는 듯 킥킥 웃더라고.

"내가 부인을 사랑한다고!" 그가 내 말을 되풀이했어. "왜 그런 엉뚱한 생각을 했나?"

"내가 그레이엄 부인과 어떻게 교유하고 있는지, 그녀에 대해 내 생각이 어떻게 바뀌었는지 관심이 많잖아. 그래서 나를 질투하나 했지."

로런스는 다시 껄껄 웃었어. "질투라니! 전혀 아닐세. 자네가 일라이자 밀워드랑 결혼할 거라고 생각했어서 그런 거지."

"그건 자네가 잘못 생각한 거야. 난 둘 중 어느 쪽과도 결혼 안 할 걸세."

"그럼 두 사람 다 가까이 안 하는 게 좋을 텐데."

"자네는 제인 윌슨과 결혼할 건가?"

그는 얼굴을 붉히더니 다시 조랑말 갈기를 만지작거리더군. 그러다가 "아니, 안 해" 하고 답했어.

"그럼 그 아가씨를 가까이하지 말아야지."

내 말에 "그 아가씨가 나를 쫓아다니는 거지"라고 할 줄 알았는데, 그는 잠시 멍하니 아무 말 않다가 화제를 돌리더라고. 그래서 이번에는 맞춰주었다네. 그는 이미 많이 참았고, 더 이상 이야기하면 폭발할 것 같았거든.

티타임에 많이 늦었는데도 어머니는 찻주전자와 머핀을 보온 판에 따뜻하게 얹어놓으셨더군. 몇 마디 꾸짖긴 하셨지만 이유를 설명하니 바로 이해해주셨다네. 홍차가 너무 진해졌다고 하니까 좀 따라내시더니 로즈에게 주전자에 새로 물을 받아 오게 해서 다시 끓이셨어. 그런 난리가 없었고, 그러면서 놀라운 말도 오갔다네.

"흥! 내가 늦게 왔으면 아무것도 안 주셨을 거고, 퍼거스였다면 남은 걸 주면서 그것도 과분하니 감지덕지하라고 하셨을 텐데. 오빠한테는 뭘 줘도 안 아깝다는 거잖아. 항상 그런 식이야. 밥상에 뭔가 특별한 게 있으면 엄마는 나한테 눈을 끔적거리고 고개를 까딱이며 먹지 말라는 신호를 보내시지. 그걸 못 본 척하고 먹고 있으면 '로즈, 너무 많이 먹지 마. 저녁에 길버트 주면 좋아할 거야' 하고 속삭이시고. 난 정말 아무것도 아닌 거야. 내가 응접실에서 뭘 좀 하고 있으면 '로즈, 어서 치워야지. 식구들 오기 전에 방을 깔끔하게 정리해놔야 해. 그리고 길버트는 난롯불이 활활 타는 걸 좋아하니까 장작 잘 관리하렴' 하시지. 부엌에서는 또 '로즈, 파이 크게 만들어. 둘 다 아주 배고플 거야. 후추 싫어하니까 너무 많이 넣지 말고'라거나, '로즈, 길버트는 향신료 싫어하니까 푸딩 만들 때 조금만 넣으렴'이라거나, 어떤 때는 '퍼거스는 케이크에 건포도 많이 든 걸 좋아하니까 듬뿍 넣어라'라고 하시잖아. 그래서 내가 '엄마, 난 건포도 싫어요'라고 하면 엄마는 '네 생각만 하면 안 돼. 살림할 때는 두 가지만 명심하렴. 어떻게 하는 게 적절한지, 그리고 어떻게 하는 게 집안 남자들에게 제일 만족스러운지. 여자들은 아무거나 먹어도 되잖아'라고 하셔."

그러자 어머니가 말씀하셨다네. "아주 좋은 원칙이지. 길버트도 나랑 같은 생각일걸?"

"아주 편리한 원칙이죠. 어쨌든 우리 남자들한테는요." 내가 말했어. "하지만 어머니, 정말 제 마음을 생각하신다면 어떻게 하는 게 어머니한테 편하고 편리한지를 좀 더 생각하셔요. 로즈는 스스로를 잘 챙길 거고, 혹시 다른 사람을 위해 뭔가를 희생하거나 특별한 헌신이 필요한 일을 했을 때는 반드시 그 사실을 밝힐 거예요. 하지만 어머니는 평소에 저를 늘 살뜰하게 챙겨주시고, 제가 전혀 알지도 못하는 사이에 필요한 것을 미리 또는 곧바로 해주시니, 제가 다른 사람의 필요에 대해 철저히 이기적이고 무관심한 태도를 갖게 될 위험이 있어요. 로즈가 가끔 얘기해주지 않았다면 저는 어머니가 해주시는 모든 것을 당연하다고 생각하고 그게 얼마나 고마운 일인지 알지 못했을 거예요."

"아! 길버트, 앞으로도 절대 모를 거야. 결혼한 후에야 알게 되겠지. 자신의 즐거움과 이익 이외에는 아무것도 관심 없는 일라이자 밀워드처럼 하찮고 이기적인 여자나, 그레이엄 부인처럼 자신의 제일 큰 책임은 알지도 못한 채 정작 본인과 별 관계 없는 일에 대해서만 아는 척하는 어리석고 고집 센 여자와 결혼해보면 그제야 우리가 그들과 다르다는 걸 알게 될 거야."

"그게 저한테도 좋을 거예요, 어머니. 제가 다른 사람의 능력이나 선의의 덕만 보려고 이 세상에 태어난 건 아니잖아요. 저도 그런 능력과 선의를 발휘해서 다른 사람들에게 덕을 베풀어야죠. 제가 결혼하면, 아내 덕에 제가 즐겁고 편안하게 살기보다 제가 아내를 그렇게 살게 해주어야 더 행복할 것 같아요. 받기보다는 주고 싶거든요."

"아, 말도 안 되는 소리 하지 말렴. 그건 정말 어린애 같은 생각이야! 아무리 매력적인 여자라도 네가 일방적으로 계속 아끼고 기분을 맞춰줘야 하면 얼마 못 버틸걸!"

"그럼 서로의 부담을 덜어줘야죠."

"그러려면 각자 본연의 위치에 자리 잡고 있어야지. 넌 아내를 행복하게 해주려고 노력할 것이고, 너에게 어울릴 만한 여자라면 그쪽도 너를 위해 노력하겠지. 하지만 네가 할 일은 너 자신의 즐거움을 추구하는 것이고 네 아내도 너를 즐겁게 해주려고 노력해야 해. 너희 아버지는 최고의 남편이었는데, 결혼하고 반 년이 지나니까 나를 즐겁게 해주려고 일부러 노력하는 건 하늘을 나는 것만큼이나 어려워하시더구나. 내가 본분을 다하는 좋은 아내라고 늘 말씀하셨고, 본인도 본분을 다하셨단다. 언제나 시간을 잘 지켰고, 이유 없이 나를 비난하지 않았고, 내가 차린 식사를 제대로 평가해주었고, 식사 시간에 늦게 나타나서 내가 만든 요리를 망쳐놓는 일도 없으셨거든. 어떤 여자도 남편에게서 그 이상을 기대할 수는 없어."

해퍼드, 정말 그런가? 그 정도가 남자가 가정에서 해야 할 일이고, 그 정도만 해주면 아내는 그 이상 요구하지 않고 결혼 생활에 만족하는 거야?

7장
소풍

 그로부터 며칠 후, 밝고 포근한 아침이었다네. 마지막으로 내린 눈은 얼마 전에 거진 녹아서 산울타리 아래 푸른 풀밭에 조금씩 남아 있었고, 그 옆에는 어린 앵초가 검고 습한 풀들 사이로 벌써 돋아나 있었지. 종달새는 여름과 희망과 사랑과 모든 좋은 것을 노래하고 있었고, 나는 이런 봄 풍경을 즐기면서 언덕에서 새끼 양들과 어미 양들을 돌보고 있었다네. 그러다가 아래쪽을 보니 일라이자 밀워드와 퍼거스, 로즈가 저 아래 계곡에서 올라오고 있는 거야. 들판을 가로질러 가서 인사를 하고 들어보니 와일드펠 저택에 가는 길이라길래, 같이 가겠다고 하고 일라이자에게 팔을 내밀었지. 그녀는 얼른 퍼거스 대신 내 팔을 잡았고, 나는 동생에게 숙녀들은 내가 모시고 갈 테니 집에 가도 괜찮다고 했어.
 "무슨 소리야!" 퍼거스가 말했어. "내가 숙녀들을 모시고 가는 게 아니라 숙녀들이 나를 모시고 가는 건데. 나만 빼고 여기 있는 사람들 다 그 멋진 이방인을 만난 적 있잖아. 이 무지한 상태를 더 이상 참을 수 없어서 로즈 누나한테 당장 와일드펠 저택에 같이 가서 부인에게 나를 소개해달라고 했지. 그랬더니 일라이자 양이 안 가면 누나도 절대 안 간다는 거야. 그래서 내가 바로 사제관으로 달려가서 모시고 왔고 이렇게 둘이 연인들처럼 팔짱을 끼고 여기까지 왔는데— 일라이자 양을 빼앗은 것도 모자라 저 집에도 못 가게 한다고? 촌스러운 형은 들판에 나가서 가축들이나 돌봐. 형 같은 사람은 우리 같은 신사 숙녀들하고 안 어울려. 우리는 할 일이 없으니 남의 집에 다니며 정보나 캐고, 은밀한 구석이나 들여다보고, 그들의 비밀이나 알아내고, 입은 옷이 우리 취향에 안 맞으면 이러쿵저러쿵 흠이나 잡고 그러는 건데, 형은 우리의 그런 세련된 오락거리를 전혀 이해 못하잖아."

"두 분 다 가면 안 돼요?" 퍼거스가 이야기하는데 일라이자 양이 뒷부분은 듣지도 않고 중간에 끼어들며 물었어.

"맞아, 둘 다 가면 되지!" 로즈가 말했지. "더 여럿이 가면 더 즐거울 거야. 폭이 좁은 격자무늬 유리창도 그렇고, 시커먼 고가구들도 그렇고, 집이 워낙 크고 어둡고 음침해서 명랑한 기운을 최대한 듬뿍 갖고 가야 해. 또 화실로 안내하면 몰라도."

그래서 우리는 다 같이 몰려갔고, 문을 열어준 늙은 하녀는 로즈가 그레이엄 부인을 처음 방문했을 때 봤다고 한 그 방으로 우리를 안내했어. 방 자체는 꽤 크고 층고도 높았는데, 오래된 유리창으로 햇빛이 약하게 비쳐 들고 있었고, 천장과 벽 패널, 벽난로뿐 아니라 탁자와 의자까지 모두 우중충한 흑참나무로 되어 있었지. 벽난로 한쪽에는 이런저런 책이 꽂힌 오래된 책장이 있었고, 다른 쪽에는 구식 소형 업라이트피아노가 놓여 있더군.

그레이엄 부인은 작은 원탁을 앞에 두고 딱딱하고 등받이가 높은 안락의자에 앉아 있었다네. 부인이 앉은 안락의자의 한쪽에는 탁자와 반짇고리가 있고 다른 쪽에는 아서가 엄마 무릎에 한쪽 팔을 얹고 서 있었지. 소년은 엄마 무릎에 놓인 작은 책을 아주 유창하게 낭독하고 있었고, 부인은 한쪽 손을 아들의 어깨에 얹은 채로 아이의 뽀얀 목덜미에 내려와 있는 긴 고수머리를 무심히 만지작거리고 있더라고. 두 사람의 모습은 주변 풍경과 또렷한 대조를 이루고 있었어. 하지만 우리가 들어가자마자 두 사람이 자세를 바꾸었기 때문에 나는 레이철이 문을 열고 잠깐 잡아준 그 몇 초 동안 그 모습을 보았을 뿐이라네.

그레이엄 부인은 우리의 방문이 별로 반갑지 않은 눈치였어. 조용하고 차분하게 예의를 차리는 태도에서 뭐라고 꼭 집어 말하기 어려운 냉담함이 느껴졌거든. 하지만 나는 그녀와 별로 대화하지 않고 일행으로부터 조금 떨어진 창가에 앉아 아서를 불러서 산초와 셋이 아주 즐거운 시간을 보냈지. 그사이 로즈와 일라이자는 이런저런 이야기를 통해 그레이엄 부인에게서 뭔가를 알아내려고 했고, 퍼거스는 다리를 꼬고 두 손은 바지 주머니에 넣은 채 의자 등에 기대서서 천장도 쳐다보고 (방 밖으로 쫓아내고 싶게 만드는 눈빛으로) 부인을 똑바로 건너다보기도 했다네. 그러다가 좋아하는 가락을 나지막이 흥얼거리기도 하고, 숙녀들의 대화에 끼어들기도 하고, 이야기가 잠깐 끊길 때는 아주 부적절한 질문이나 발언을 하기도 했지. 그중 한 번은 이러더라고. "그레이엄 부인, 이렇게 낡고 금방이라도 무너질 것 같은 집을 빌리시다니, 정말 놀랄 노 자예요. 집 전체를 빌려서 수리할 돈이 없었으면 작고 깔끔한 집을 빌릴 수도 있었잖아요?"

그러자 부인이 빙긋 웃으며 말하더군. "제 자존심이 너무 셌나 보죠. 아니면 이 낭만적이고 고풍스러운 저택이 제 맘에 와닿았을 수도 있고요. 이 집은 작은 집에 비해 여러 가지 이점이 있어요. 일단 방들이 더 크고 통풍이 더 잘되지요. 제가 빌리지 않은 방들에 짐을 넣어둘 수도 있고, 비가 와서 아이가 밖에 못 나갈 때는 그 방들을 뛰어다닐 수도 있고요. 아이가 놀 수 있고 제가 일을 할 수도 있는 정원도 있어요." 부인은 창 쪽을 바라보며 말을 이어갔지. "보시다시피 제가 이미 정원을 좀 손질했어요. 저 구석에 심은 채소도 좀 컸고, 이쪽에는 스노드롭과 앵초가 벌써 피어 있네요. 저쪽에는 햇빛을 받아 지금 막 피어나고 있는 노란 크로커스도 보이고요."

"그렇지만 부인께서는 이런 상황을 어떻게 견디세요? 제일 가까운 이웃집이 3킬로미터나 떨어져 있고 들여다보거나 들르는 사람 하나 없잖아요. 로즈 누나가 이런 데서 살게 되면 바로 실성해버릴 거예요. 누나는 매일 새 드레스와 새 모자, 그리고 그걸 입고 쓴 사람을 여섯 명은 봐야 하거든요. 그런데 부인은 하루 종일 저 창밖을 내다보고 있어도 시장에 계란 팔러 가는 할머니 한 분도 못 보잖아요."

"그렇게 외진 데 있다는 게 이 저택의 큰 매력일 수도 있죠. 저는 조용히 살고 싶기 때문에 창밖으로 사람들이 지나다니는 게 달갑지 않아요."

"아! 우리더러 우리 일에나 신경 쓰고 부인에게 관심 두지 말라고 말씀하시는 거죠?"

"아뇨, 많은 사람과 교유하기보다는 몇 사람과 친하게 지내면서 가끔 만나고 싶다는 거죠. 영원히 혼자이면서 행복한 사람은 없어요. 그러니까 퍼거스 씨, 친구로서 저희 집에 찾아오신다면 환영하겠지만, 그렇지 않다면 안 오시는 게 좋겠습니다." 그러더니 시선을 돌려 로즈와 일라이자에게 몇 마디 하더라고.
"그런데 그레이엄 부인." 퍼거스가 5분 후에 다시 입을 열었어. "저희가 오늘 여기 오는 길에 어떤 문제에 대해 토론을 했는데, 주로 부인과 관련된 문제였으니 부인께서 답을 내려주실 수 있을 것 같군요. 저희는 실제로 부인 얘기를 자주 하거든요. 이웃들에 대해 얘기하는 거 말고는 딱히 할 일도 없는데, 우리는 거의 다 여기 태생이라 서로를 너무 잘 알고 서로에 대해 너무 오래 얘기해서 여기 주민들에 대한 얘기는 다들 지겨워하니까요. 그런데 누가 이사 오면 새로운 얘깃거리가 생기니까 아주 좋죠. 자, 부인께서 해결해주실 문제는—"
"퍼거스, 이제 그만해!" 로즈가 걱정과 분노가 섞인 어조로 소리쳤어.
"아니, 싫어. 부인께서 해결해주실 의문은 이런 거예요. 첫째, 출생지, 가문, 이전 거주지. 지금 이 동네에는 부인이 외국인이라는 말도 있고 영국인이라는 말도 있어요. 영국 북부 출신이다, 남부 출신이다 또는—"
"알겠어요, 퍼거스 씨. 말씀드리죠. 저는 영국인이고, 그렇지 않다고 생각할 이유도 없다고 보는데요. 영국의 남쪽 끝도 북쪽 끝도 아닌 시골에서 태어나 주로 거기서 살았답니다. 이제 의문이 많이 풀리셨을 테니 오늘은 더 이상의 질문은 받지 않겠습니다."
"그런데요—"
"아뇨, 더 이상 묻지 마세요!" 부인은 웃으며 자리에서 벌떡 일어서더군. 그러더니 내가 앉아 있는 창 쪽으로 걸어와서는 어떻게든 퍼거스의 질문을 피하려고 나를 대화에 끌어들였다네.

"마컴 씨." 홍조 띤 얼굴로 빠르게 말하는 걸 보니 흥분한 게 분명했어. "전에 멋진 바다 풍경이 보이는 곳 말씀하신 거 기억하세요? 죄송하지만 거기 가는 지름길을 지금 좀 알려주세요. 날씨가 계속 이렇게 좋으면 스케치북을 들고 다녀올 수 있을 것 같아서요. 더 이상 그릴 풍경이 없어서 거기 꼭 가보고 싶어요."

그래서 부인에게 막 길을 알려주려는데, 로즈가 극구 반대했다네.

"오빠, 그만해! 부인은 우리랑 같이 가실 거니까. ——만(灣) 말씀하시는 거죠, 그레이엄 부인? 부인이 걸어가시기에도 너무 멀고, 아서는 절대 못 가는 거리예요. 저희도 날씨 좋은 날 거기 놀러 갈 생각이었으니까, 변덕스러운 날씨가 안정되면 기꺼이 부인을 모시고 가죠."

가여운 그레이엄 부인은 당황한 기색으로 괜찮다고 했지만, 로즈는 그녀의 고적한 삶이 안쓰러워서 그랬는지, 좀 더 가까워지고 싶어서 그랬는지, 어떤 변명도 못 하게 했다네. 그러고는 가까운 친구 몇 사람만 갈 거고, 제일 멋진 경치를 보려면 8킬로미터는 떨어진 ——절벽까지 가야 한다고 말해주더군.

"남자들에게는 걸어가기 딱 좋은 거리지만, 여자들은 마차로 가다가 걷다가 그래야 하는 거리예요. 저희 집 마차를 타고 가면 돼요. 어린 아서와 여자 세 사람, 음식 그리고 부인의 화구까지 실어도 넉넉한 크기거든요."

마침내 부인도 초대에 응했고, 우리 모두 소풍 일자와 방식에 대해 좀 더 이야기를 나눈 후 집으로 돌아왔어.

이 이야기가 나온 게 3월인데, 4월은 춥고 비도 자주 왔고, 5월에 들어서도 두 주일이 지난 다음에야 우리는 비로소 질척거리는 길과 찬 바람과 먹구름에 대한 걱정 없이 멋진 경치와 즐거운 대화, 상쾌한 공기, 운동에 대한 기대에 차서 소풍을 떠날 수 있었다네. 더할 나위 없이 화창한 아침, 그레이엄 부인과 아서, 메리 밀워드와 일라이자 밀워드, 제인 윌슨과 리처드 윌슨, 그리고 로즈와 퍼거스와 나, 이렇게 아홉 명이 그 절벽을 향해 길을 나섰지.

로런스 씨도 초대했지만 본인만이 아는 이유로 거절했다네. 같이 가자고 직접 부탁해봤는데, 잠깐 망설이더니 누가 가는지 묻더군. 윌슨 양 이름을 대자 반쯤 갈 것 같은 눈치더니, 자네가 간다고 하면 그레이엄 부인이 더 좋아할 것 같다고 하니까 오히려 아예 안 간다고 하더라고. 솔직히 말하면, 로런스가 안 간다고 하니, 나도 왜인지는 잘 모르겠지만 다행이라는 생각이 들었다네.

우리는 정오쯤 만에 도착했는데, 그레이엄 부인은 절벽까지 쭉 걸어서 갔고 아서도 반절은 걸어서 따라갔다네. 그 애는 처음 이사 왔을 때보다 훨씬 더 건강하고 활발해졌고, 낯선 사람들과 마차에 앉아 있는 것보다 엄마, 산초, 나, 밀워드 양과 같이 걸어가는 게 더 좋았던 거지. 우리는 마차보다 훨씬 느리게 걸으면서 이런저런 들판과 오솔길을 지나갔다네.

생각해보면 그날 산책은 정말 즐거웠어. 우리는 밝은 초록색 나무들이 여기저기 그늘을 드리우고 있고 꽃 핀 언덕과 달콤한 향기의 꽃들로 수놓인 산울타리로 장식된 단단하고 하얗고 햇빛에 물든 길을 걸었고, 아름다운 5월의 귀여운 꽃들과 눈부신 신록으로 화려한 기분 좋은 들판과 샛길들을 지나갔지. 일라이자는 나와 같이 걷지 않고 친구들과 마차로 갔지만 나 못지않게 즐거웠을 거야. 도보로 간 우리는 지름길로 가느라 도로를 벗어나 들판을 가로질러 걸을 때도 있었는데, 저 멀리 그들을 태운 마차가 초록빛 나무 사이로 사라지는 걸 보면서도 나는 일라이자 밀워드의 작고 귀여운 보닛과 숄을 내 시야에서 앗아 간 나무들을 원망하지 않았고, 그녀와 나 사이를 가린 이런저런 물체들이 내 행복을 가로막는다고 느끼지도 않았다네. 사실 나는 그레이엄 부인과 같이 있는 게 너무 행복해서 그 아가씨가 곁에 없는 걸 아쉬워할 겨를도 없었거든.

  그레이엄 부인은 처음에는 메리 밀워드와 아서하고만 이야기하면서 짜증이 날 정도로 냉랭하게 굴었다네. 부인은 주로 메리와 나란히 걸었는데, 가끔 아서가 둘 사이에 끼기도 했어. 하지만 길이 넓어지면 나는 꼭 부인 옆에서 걸었고 리처드 윌슨은 메리 옆에서 걸었지. 퍼거스는 내키는 대로 이 사람 저 사람 옆에 가 걸었어. 그렇지만 한참 걷다 보니 부인은 좀 상냥해졌고, 나중에는 주로 나하고만 이야기를 해서 정말 행복했다네. 그녀가 대화할 기분일 때 하는 이야기를 듣는 게 너무 좋았거든. 그녀가 나와 같은 견해와 감상을 보여주면 그 양식과 높은 안목, 감성이 마음에 들었고, 그 반대의 경우에는 자신의 입장을 흔들림 없이 대담하게 견지하고 옹호하는 모습과 그녀의 진지함과 예리함이 흥미를 자극했다네. 부인이 차가운 말이나 표정, 나에 대한 비판으로 화를 돋우어도 나는 오히려 그녀에게 그렇게 보이도록 처신한 자신을 탓했고, 그녀의 눈에 더 나은 인품과 성격의 소유자로 보이고 싶어졌으며, 가능하다면 그녀의 존경을 받고 싶어졌지.

좀 더 걷다 보니 드디어 목적지에 도달했다네. 언덕이 점점 높아지고 경사가 급해지면서 한동안은 바다 풍경을 보기 힘들었는데, 가파른 절벽 정상에 올라서서 아래를 내려다보니 만(灣)과 짙은 보랏빛 바다가 눈앞에 펼쳐져 있었지. 바다는 완전히 잔잔한 대신, 아주 눈 좋은 사람도 햇빛에 하얗게 빛나는 날개로 그 위에서 날아다니는 갈매기들과 구별하기 힘든 하얗게 반짝이는 작은 물보라로 덮여 번뜩이는 파도가 일렁이고 있었다네. 먼바다에는 배도 한두 척 떠 있었지.

이처럼 황홀한 광경을 보면서 그레이엄 부인이 어떤 생각을 하는지 궁금해서 옆을 돌아보니 그녀는 말없이 가만히 서서 감동한 눈빛으로 바다를 보고 있더군. 자네한테 전에 말했는지 모르겠지만 부인의 눈은 정말 아름답다네. 크고, 맑고, 갈색이 아니라 거의 검정에 가까운 아주 진한 회색 눈동자에, 감정이 그대로 드러나는 그런 눈이거든. 부드럽고 깨끗하고 건강에 좋을 듯한 시원하고 상쾌한 미풍이 바다에서 불어와 부인의 머리칼을 더 곱슬거리게 만들었고, 평소에는 너무 창백한 뺨과 입술에 붉은 생기를 불어넣어주더군. 그녀는 그런 바닷바람 덕분에 활기를 되찾는 듯했고, 나 역시 온몸에 그 기운을 느꼈지만 부인이 하도 조용히 서 있었기에 감히 내색하지 못했다네. 그녀는 들뜬 마음을 억누르고 있는 듯한 표정이었는데, 나와 눈이 마주치자 기쁨과 즐거움을 공유하는 듯한 미소를 짓더군. 부인이 그토록 아름다워 보인 건 처음이었고 내 마음은 열정으로 불타올랐지. 그녀와 단둘이 2분만 더 그렇게 서 있었다면 어떤 일이 일어났을지 나도 장담 못 하겠네. 그런데 다행히도 때마침 점심 먹으라는 소리가 들려와서 내 체면도 지키고 그날 오후도 즐겁게 보낼 수 있었어. 가보니까 절벽과 나무가 그늘을 드리우고 바다가 내려다보이는 높직한 바위 위에, 마차를 타고 와서 우리보다 일찍 도착한 로즈가 윌슨 양, 일라이자와 함께 점심을 멋지게 차려놓았더군.

그레이엄 부인은 좀 떨어져 앉고, 일라이자가 내 옆에 앉았다네. 그 아가씨는 평소의 부드럽고 은근한 방식으로 쾌활하게 대화를 이어갔고, 분명히 늘 그렇듯 매혹적이고 매력적이었겠지만 그때는 그런 느낌이 안 들더군. 하지만 얼마 안 가서 예전의 감정이 되살아났고, 다들 아주 즐겁고 행복한 분위기 속에서 오랜 시간 점심을 즐겼다네.

식사가 끝나자 로즈가 퍼거스를 불러 함께 남은 음식과 나이프와 접시 등을 바구니에 담아 뒷정리를 했고, 그레이엄 부인은 접의자와 화구를 꺼내더군. 그녀는 밀워드 양에게 아서를 좀 봐달라고 하면서, 아이에게 절대 밀워드 양 곁을 떠나지 말라고 신신당부했어. 그러고는 가파른 돌길을 걸어서 좀 떨어진 곳에 있는 더 높고 깎아지른 듯한 절벽으로 올라갔다네. 너무 위험하니 가지 말라고 다른 숙녀들이 뜯어말렸지만 부인은 그림을 그리기 위해 더 멋진 풍경을 볼 수 있는 자리로 올라간 거지.

그때까지 부인이 뭘 했길래 그렇게 즐거웠는지는 모르겠지만, 어쨌든 그녀가 없으니 왠지 너무 재미없고 심심했어. 그녀는 농담 한마디 안 했고 웃지도 않았지만 나는 그녀의 미소 덕분에 신이 났었고, 그녀의 예리한 지적 하나, 명랑한 말 한마디가 부지불식중에 나를 재기 발랄하게 만들고 다른 사람들의 행동과 말에 흥미를 더해주었거든. 나는 몰랐지만 그녀가 있었기에 일라이자와의 대화도 그렇게 즐거웠던 거였어. 부인이 가고 나니 그 아가씨의 말장난이 재미없어졌고—아니, 피곤하게까지 느껴졌고—나도 농담을 하기 싫어졌다네. 부인이 그림을 그리고 있는 먼 곳에 당장 가고 싶은 충동이 일었고, 얼마간 참고 참다가 결국 아서와 윌슨 양이 이야기를 나누고 있는 틈을 타 슬그머니 빠져나왔어. 그러고는 잽싸게 걷고 열심히 절벽을 기어올라 그녀가 있는 곳에 도착했지. 부인은 암석 해안까지 이어지는 깎아지른 듯한 절벽 끝에 있는 좁은 바위에 앉아 있더군.

부인은 내가 오는 소리를 못 듣고 있다가, 그림 그리던 종이에 내 그림자가 드리우자 감전된 듯 깜짝 놀라더라고. 그러더니 얼른 주위를 둘러보았어. 내가 아는 다른 여성이라면 누구든 그렇게 갑자기 놀랄 일이 생기면 비명을 질렀을 텐데.

"오! 길버트 씨인 줄 몰랐어요. 왜 이렇게 놀라게 하세요?" 부인이 약간 짜증 난 어조로 물었어. "저는 누가 갑자기 다가오면 싫던데."

"그럼 제가 누구인 줄 아셨는데요? 그렇게 겁 많은 분인 줄 알았으면 좀 더 조심할 걸 그랬어요—"

"됐어요. 근데 왜 오신 거예요? 다들 오고 있나요?"

"아뇨, 여기는 너무 좁아서 다 못 들어오죠."

"다행이네요. 오늘 말을 너무 많이 해서."

"그럼 말 안 하고 앉아서 그림 그리시는 거 구경만 할게요."

"아, 하지만 그건 제가 싫어요."

"그럼 그냥 이 멋진 경치나 보고 있을게요."

부인은 여기에는 반대하지 않고 말없이 계속 그림을 그리더군. 하지만 나는 발아래 펼쳐진 멋들어진 풍경을 보다가도 가끔은 곁눈질로 연필을 쥔 희고 섬세한 손과 우아한 목, 도화지 위에 드리워진 윤나는 검은 머리칼을 훔쳐볼 수밖에 없었지.

그러다가 이런 생각이 들더라고. '지금 내게 눈앞에 있는 대상을 정확하게 그릴 재주가 있고 종이와 연필이 있다면, 지금 부인이 그리고 있는 풍경화보다 훨씬 더 아름다운 그림을 그릴 수 있을 텐데.'

비록 그 소망은 이룰 수 없었지만 나는 말없이 부인 옆에 앉아 있는 것만으로도 충분히 행복했다네.

이윽고 부인이 이쪽을 돌아보며 묻더군. "마컴 씨, 아직도 거기 계세요?" 나는 부인의 뒤쪽, 이끼 낀 절벽의 툭 튀어나온 곳에 앉아 있었거든. "내려가서 친구분들과 재미있게 노셔야죠."

"저도 부인처럼 저 친구들과 얘기하는 데 지쳤고, 저들하고는 내일이나 그 후에 언제든 얘기할 수 있으니까요. 그런데 부인은 얼마나 더 있어야 또 보게 될지 모르잖아요."

"여기 오실 때 아서는 뭐 하고 있었어요?"

"부인이 떠나실 때와 마찬가지로 밀워드 양과 같이 있었고 엄마가 빨리 돌아오면 좋겠다고 했어요. 그런데 제가 훨씬 더 오래 아드님을 알고 지냈는데, 밀워드 양이 다른 재주는 없어도 아이들을 잘 달래고 즐겁게 해줘서 그런지 아서를 저한테 맡기지 않으셨네요." 나는 되는대로 주워섬겼다네.

"밀워드 양은 당신 같은 분은 알아채지도, 가치를 인정하지도 못할 좋은 점을 많이 갖고 있어요. 아서한테 몇 분 후에 간다고 좀 전해주실래요?"

"그럼 부인만 괜찮으시다면 그 몇 분 동안 같이 있다가 이 험한 길을 내려갈 때 도와드릴게요."

"고마워요— 하지만 이런 때는 혼자 걷는 게 제일 편하더라고

요."
 "그래도 최소한 제가 접의자와 스케치북을 들어드릴 수 있잖아요."
 부인은 그것까지 거절하지는 않더군. 하지만 나를 빨리 보내고 싶어 하는 게 너무 명백해서 내가 왜 그렇게까지 같이 있으려고 고집을 부렸는지 막 후회하려던 차에 부인이 그날 그린 그림에서 좀 고민되는 부분들에 대해 내 안목과 판단을 묻자 약간 마음이 풀어지더라고. 그에 대해 몇 마디 의견을 말했더니 다행히 선선히 받아들이고 곧바로 그림을 수정했다네.
 "그림을 그리다가 가끔 제 눈이나 판단에 의심이 들 때면 다른 사람의 의견을 듣고 싶었는데 그럴 기회가 없었어요. 한 대상만 계속 보고 있으면 그것에 대해 제대로 알 수가 없으니까요."
 "그게 바로 혼자 고립되어 사는 삶의 많은 단점 중 하나죠." 내가 이렇게 말했어.
 "맞아요." 부인이 이렇게 대답했고, 다시 침묵이 흘렀지.
 그런데 2분쯤 지나자 부인이 이제 다 그렸다며 스케치북을 닫더군.
 아까 점심 먹은 장소로 돌아가보니 메리 밀워드, 리처드 윌슨, 아서 그레이엄만 빼고 다른 사람들은 모두 떠난 후였어. 아서는 메리의 무릎을 벤 채 곤히 자고 있었고, 리처드는 어느 고전 작가의 작은 문고판 책을 들고 그녀 옆에 앉아 있더라고. 그는 어디를 가든 자투리 시간을 활용하기 위해 꼭 책을 들고 다녔어. 공부나 생존에 필요한 최소한의 일 말고 다른 데 쓰는 시간은 전부 낭비라고 생각하는 사람이었거든. 소풍을 나와 있던 이날도 그는 맑은 공기, 부드러운 햇살, 놀랍도록 아름다운 경치, 마음을 달래주는 파도 소리와 그늘을 드리우는 머리 위 나뭇가지 사이를 지나가는 바람 소리, 심지어 (썩 매력적이지는 않지만) 옆에 앉은 아가씨와의 대화조차도 마음껏 즐길 마음의 여유가 없었던 거지. 그 청년은 아까 먹은 간소한 음식을 소화하고 오랜만에 너무 많이 걸어서 지친 몸을 쉬는 동안에도 책을 읽어야 했던 거야.

 그래도 잠깐씩 짬을 내어 메리 양과 대화를 하거나 눈길을 주고받은 것 같았어. 그 아가씨의 소박한 얼굴을 보니 리처드의 행동에 특별히 화가 난 것 같지 않았고, 오히려 평소보다 명랑하고 차분해 보인 데다가 우리가 도착했을 때 그의 창백하고 진지한 얼굴을 흐뭇하게 바라보고 있었으니까.

 돌아오는 길은 갈 때만 못했어. 그레이엄 부인이 마차를 타고 가는 바람에 일라이자 양과 걸어서 돌아왔거든. 그 아가씨는 부인에 대한 나의 호감을 눈치채고 질투를 느꼈지만, 날카롭게 비판하거나 심하게 빈정대거나 삐져서 말을 안 하거나 그러지는 않았어. 차라리 그랬으면 나도 쉽게 견디고 웃어넘겼을 텐데, 원망하는 마음을 부드럽고 서글프게 표현하니까 더 안쓰럽더라고. 나는 어떻게든 그녀를 기분 좋게 해주려고 애썼고 마을에 도착할 즈음에는 어느 정도 성공했지만, 그 자체가 양심에 걸렸다네. 얼마 안 가 그녀와 나의 관계는 끊어질 것인데, 오늘 나는 그녀에게 헛된 희망을 품게 하고 그날을 미룰 뿐이라는 걸 알면서도 그런 짓을 한 거니까.

 마차가 와일드펠 저택 근처의 도로가 끝나는 지점에 멈추자 그레이엄 부인과 아서가 내리고 로즈가 마부석에 앉았어. 저택은 험한 오솔길을 한참 더 달려야 나오지만, 부인이 극구 사양하는 바람에 거기서 헤어진 거지. 나는 일라이자 양에게 아서가 앉았던 자리에 앉으라고 했어. 최대한 편하게 앉게 하고 한기 안 들게 조심하라며 다정하게 작별을 고하고 나니 마음이 한결 편하더라고. 그러고 나서 그레이엄 부인의 짐을 집까지 들어다 주러 얼른 가보니 그녀는 벌써 접의자를 팔에 걸고 스케치북을 들고 서서는 다들 잘 가라고 인사를 하고 있더군. 그런데 이번에는 너무도 상냥하고 친밀하게 내 제안을 거절하는 바람에 거의 용서할 뻔했다네.

8장
선물

그로부터 6주 후, 6월 말의 어느 화창한 아침이었다네. 건초용 목초는 거의 다 베었는데 그 전주에 날씨가 너무 안 좋았어. 그러다 마침내 날이 개서, 비 오기 전에 얼른 목초를 마저 베어야겠다 싶었지. 그래서 일꾼들을 다 목초밭으로 부르고, 나도 가벼운 밀짚모자와 셔츠 차림으로 우리 집 하인들과 날품 파는 일꾼들 선두에 서서 축축한 풀을 한 아름씩 들어 사방으로 훌훌 뿌리며 펼치고 있었다네. 아침부터 밤까지 어느 일꾼보다도 더 열심히 일해서 목초 수확도 마무리 짓고 일꾼들에게 모범도 보이고 싶었는데, 이런 결심은 퍼거스가 뛰어와서 내게 건네준 런던에서 온 작은 소포 때문에 순식간에 물거품이 되고 말았어. 나는 얼른 포장지를 뜯고 얼마 전에 주문해놓고 기다리고 있던 작고 멋진 판본의 《마미언》*을 꺼냈다네.

* 스코틀랜드의 소설가이자 시인 월터 스콧의 서사시 《마미언: 플로든 전투 이야기(Marmion: A Tale of Flodden Field)》(1808).

퍼거스는 들뜬 표정으로 책을 훑어보는 나를 보면서 "누구 줄 책인지 알겠다. 일라이자 양 줄 거지?" 하고 물었어.

동생이 어찌나 자신 있는 표정과 어조로 이 말을 하던지, 그걸 깨주니 통쾌했지.

"틀렸거든." 나는 벗어놓았던 코트 호주머니에 책을 넣은 다음 얼른 입고 길을 나섰어. "코트 벗고 내 위치로 들어가서 나 올 때까지 목초 베고 있어."

"형 올 때까지? 지금 어디 가는데?"

"어디 가는지는 너랑 상관없고, 언제 오는지만 알려주자면 늦어도 저녁 먹을 때까지는 돌아올게."

"아! 그럼 나더러 그때까지 계속 일하고 이 사람들 감독까지 하라는 거야? 알았어. 이번 한 번은 들어줄게. 자, 나도 도울 테니 다들 열심히 합시다. 이리저리 둘러보거나 머리 긁거나 코 푼다는 핑계로 농땡이 치지 말고요. 계속 열심히 땀 흘려 일, 일, 일해야죠."

일꾼들을 지도한다기보다는 웃기려고 그런 말을 늘어놓는 퍼거스를 남겨두고 집으로 온 나는 얼른 옷을 갈아입고 부인에게 책을 전해주러 서둘러 와일드펠 저택으로 갔다네. 그 책은 그레이엄 부인에게 주려고 산 거니까.

자네가 "뭐라고? 선물을 주고받을 만큼 부인과 친해진 거야?" 하고 물을 수도 있겠지만, 그건 아니었다네. 그래도 될지 처음으로 시험해보는 거였고, 그 결과가 어떨지 무척 궁금했지.

──만(灣)으로의 소풍 후 부인을 몇 번 만났는데, 내가 추상적인 문제나 둘 다 흥미를 느끼는 주제에 대해서만 이야기하면 나와 같이 있는 걸 싫어하지 않는 것 같았어. 그런데 감정에 관

련된 이야기를 하거나 칭찬을 하거나 조금이라도 다정한 말이나 행동을 하면 마치 벌을 주듯이 곧바로 태도가 바뀌었고, 그다음에 만났을 때 완전히 철벽을 치거나 전보다 더 쌀쌀맞고 서먹서먹하게 대하더군. 하지만 나는 이런 상황이 크게 걱정되지는 않았어. 부인이 그러는 게 내가 싫어서가 아니라, 우리가 만나기 전에 이미 절대로 재혼하지 않기로 결심했기 때문이었을 것 같았거든. 전남편을 너무 사랑했거나, 남편과의 관계나 결혼 그 자체에 너무 염증을 느껴서 그랬을 수도 있다고 생각했지. 실제로 처음에 부인은 내 자만심을 짓밟고 내 호의를 거부하는 걸 즐기는 눈치였다네. 그런 마음이 나타날 때마다 싹부터 한 잎 한 잎 잘라버렸다고 할까. 그래서 솔직히 깊이 상처받았고, 복수를 해주고 싶었지만, 내가 본인이 처음에 생각한 것처럼 생각 없는 건달이 절대 아니라는 걸 알게 된 이후에는 나의 조심스러운 구애를 전과 다른 방식으로 차단하더군. 거의 처연하다고 할 만큼 심각한 거절이었어. 그래서 나도 그런 반응을 일으키지 않도록 조심조심 행동했다네.

그때 속으로 이런 생각을 했지. '일단 부인의 친구가 되는 거야. 아서에게는 좋은 보호자이자 놀이 친구가, 부인에게는 진지하고 건실하고 진솔한 친구가 되어주는 거지. 그래서 부인이 즐겁고 편안하게 살아가는 데 꼭 필요한 존재가 되면(충분히 그럴 수 있다는 자신이 있었지), 그때 가서 어떤 게 가능할지 보자고.'

그래서 우리는 그림, 시, 음악, 신학, 지질학, 철학에 대해 이야기했고, 한두 번은 내가 책을 빌려주었고 그에 대한 보답으로 부인이 내게 책을 빌려주기도 했다네. 부인이 산책할 때는 가능한 한 자주 같이 걸었고, 집에도 용기가 날 때마다 찾아갔지. 맨 처음에는 산초가 낳은 작은 강아지를 아서에게 선물한다는 핑계로 찾아갔는데, 아이는 말할 수 없이 기뻐했고, 그러니 부인도 기뻐하지 않을 수 없었어. 두 번째 간 날은 그녀의 까다로운 취향을 아는지라 아주 신중하게 고르고 부인에게 미리 허락까지 받은 책을 아서에게 가져다주었지. 그다음에는 로즈에게 미리 부탁해서 얻은 식물을 그 집 정원에 심으라고 가져다주었고. 갈 때마다 지난번에 절벽에서 스케치해 온 그림을 얼마나 그렸는지 보고 싶다고 하자 화실에 들어갈 수 있었고, 부인은 작품에 대해 내 의견과 조언을 구하곤 했다네.

며칠 전, 부인이 빌려준 책을 돌려주러 갔다가 월터 스콧 경의 시 이야기를 하던 중에 《마미언》을 읽고 싶다고 하길래 그 책을 선물하기로 마음먹고 집에 오자마자 오늘 아침에 온 그 멋진 판본을 주문한 거였지. 하지만 일단 부인을 방문할 핑계가 필요했기에 푸른 모로코가죽으로 된 강아지 목줄을 가져다주겠다고 했어. 선물을 받은 아서는 목줄의 가치나 그걸 준 내 이기적인 속셈에 비해 과분할 정도로 기뻐하고 고마워하더군. 난 부인에게 그 그림이 아직 있다면 마지막으로 한 번만 더 볼 수 있냐고 물었어.

"아, 그럼요, 들어오세요." (아까 이미 정원에서 만났었거든.) "완성해서 표구해놨으니 이제 언제든 발송할 수 있어요. 그래도 마지막으로 한 번 더 개선할 부분을 알려주시면 최소한 진지하게 고려는 해볼게요."

그림은 정말 아름다웠어. 그때 본 풍경을 마법을 써서 그대로 화폭에 옮겨놓은 것 같았거든. 그래도 혹시 부인이 싫어할까 봐 그냥 멋지다는 취지로만 몇 마디 했지. 하지만 나를 면밀히 지켜보고 있던 그녀는 진심으로 경탄하는 내 눈빛을 보고 화가로서의 자부심이 충족되었던 것 같더군. 그런데 나는 그림을 보면서도 책을 어떻게 전달할지 고민 중이었고, 도저히 용기가 안 나더라고. 그래도 시도도 안 해보고 그냥 나오는 건 너무 바보 같다는 생각이 들었다네. 기회를 엿보거나 적당한 말을 지어내봤자 별 소용 없을 것 같았고, 차라리 더 솔직하고 자연스럽게 하는 게 나을 것 같았어. 그래서 창밖을 보면서 용기를 내 책을 꺼낸 다음 돌아서서 간단한 설명과 함께 건네주었지.

"그레이엄 부인, 전에 《마미언》 읽고 싶다고 하셨죠. 받아주시면 고맙겠습니다."

그토록 어색하게 전달하는 내가 안돼 보여서 그랬는지 순간 부인의 얼굴이 빨개지더군. 그러더니 진지한 표정으로 책의 앞뒤 표지를 살펴보고, 생각에 잠겨 이마를 찌푸린 심각한 얼굴로 말없이 책장을 넘겨 보더라고. 그러고는 책을 덮고 나를 보면서 조용히 책값이 얼마냐고 물었어. 이번에는 내 얼굴이 화끈거렸지.

"마컴 씨, 기분 나쁘실 수도 있겠지만 책값을 드려야 책을 받을 수 있을 것 같아요." 그러면서 책을 탁자에 내려놓더라고.

"그냥 받아주시면 안 되나요?"

"그건―" 부인은 말을 멈추고 카펫을 내려다보았어.

"대체 왜 안 되는데요?" 내가 발끈해서 묻자 부인은 놀라서 눈을 들더니 내 얼굴을 주시했다네.

"갚을 수 없는 은혜는 입고 싶지 않아서 그래요. 이미 제 아들에게 너무 잘해주셔서 신세를 졌는걸요. 하지만 그에 대한 보답은 마컴 씨 본인도 즐겁다는 사실과 마컴 씨를 향한 아서의 고마움과 애정으로 만족하셔야 해요."

"말도 안 돼요!" 내가 소리쳤어.

본인이 의도한 건지 모르겠지만, 놀란 그녀가 차분하고 엄숙한 얼굴로 쳐다보자 왠지 꾸짖는 것처럼 느껴지더라고.

"그럼 이 책을 안 받겠다는 말씀인가요?" 아까보다 좀 더 부드러운 어조로 물어보았지.

"책값을 받아주시면 기꺼이 받을게요." 그래서 난 최대한 침착하게 정확한 책값과 우편료를 말해주었어. 너무 실망스럽고 속상해서 울고 싶은 심정이었거든.

그녀는 지갑을 꺼내서 차분히 돈을 세었지만 선뜻 건네주지는 못하더군. 잠깐 내 표정을 면밀히 살피더니 달래듯 부드러운 어조로 이렇게 말했어. "마컴 씨, 모욕당했다고 느끼시겠지만 — 뭐라고 말해야 이해하실지 — 제가 —"

"완전히 이해합니다. 지금 이런 하찮은 선물을 받으면 제가 나중에 그걸 빌미로 더 큰 걸 요구할 거라고 생각하시는 거죠. 그건 정말 오해예요. 이 책을 받아주신다고 해서 제가 그것 때문에 헛된 희망을 품는다든가 나중에 뭔가 해주시길 바란다든가 그러지 않을 겁니다. 이건 부인이 제게 신세를 지는 게 아니고, 오히려 제가 부인께 신세를 지는 거예요."

"흠, 무슨 말씀인지 잘 알았어요." 그녀는 그야말로 천사 같은 미소를 지으며 그 원수 같은 돈을 지갑에 도로 넣었다네. "하지만 지금 하신 말씀 꼭 명심하세요."

"알았어요. 제가 한 말 꼭 기억할게요. 하지만 이 책 때문에 저를 내쳐야 한다거나 저와 전보다 더 멀어져야 한다고 하지는 마세요." 나는 너무 속이 상해서 더 이상 거기 있을 수가 없었기 때문에 얼른 자리를 뜨려고 손을 내밀었어.

"좋아요, 그럼 전처럼 지내는 걸로 하죠." 부인이 선선히 손을 내밀며 말하더군. 그 손을 들어 올려 입 맞추고 싶은 욕망이 너무 강했지만— 그건 정신 나간 자살 행위였겠지. 책을 선물함으로써 이미 내 희망을 거의 박살 낼 뻔하지 않았던가.

그날 나는 머리도 가슴도 흥분과 고통으로 가득한 상태로, 타는 듯한 정오의 햇볕 속에서도 방금 떠나온 그레이엄 부인 생각에만 사로잡힌 채 황급히 집으로 걸어갔다네. 내가 아무리 공을 들여도 여지를 안 주는 그녀, 성급하고 요령 없는 나, 그런 나를 계속 거부하기로 결심한 그녀, 그걸 극복할 능력도 희망도 없는 나, 이 모든 게 너무 한심했어. 하지만 오늘은 여기까지! 나의 상충하는 희망과 두려움, 진지한 고민과 결심 이야기로 자네를 지루하게 만들면 안 되겠지?

9장

풀밭의 뱀

일라이자 양에 대한 애정이 많이 줄긴 했지만 사제관에 완전히 발을 끊은 건 아니었어. 그 아가씨가 너무 슬퍼하지 않고 나를 너무 원망하지 않도록, 그래서 동네방네 내 욕을 하고 다니지 않도록 원만히 멀어지길 바랐거든. 내가 사제관에 전혀 안 가면 주로 자기를 보러 왔었다고 생각한 신부도 많이 서운해했을 걸세. 그런데 그레이엄 부인과 만난 그다음 날 찾아가니 신부는 집에 없더라고. 전에는 그러면 좋았었는데 그날은 전혀 그렇지 않았어. 밀워드 양이 집에 있긴 했지만 그녀는 원래 있으나 마나 한 사람이고. 어쨌든 난 거기 오래 있고 싶지 않았고 일라이자와 남매처럼 이야기하기로 결심했다네. 오랫동안 알고 지낸 사이니까 그럴 수 있을 거라고 생각했고, 그래야 그녀가 상처받거나 앞으로 잘될 거라는 희망을 품지 않을 것 같았거든.
평소 나는 그 아가씨는 물론 어느 누구에게도 그레이엄 부인 이야기는 한 적이 없었는데, 그날은 그녀가 만나고 3분도 안 돼서 좀 특이한 방식으로 그 숙녀 이야기를 먼저 꺼내더라고.
"오, 마컴 씨!" 일라이자는 충격에 휩싸인 표정으로 속삭이듯 물었어. "그레이엄 부인에 대한 그 놀라운 소문들을 어떻게 보세요? 근거 없는 소문이라고 생각해도 될까요?"
"어떤 소문인데요?"
"아, 저런, 저런, 다 아시면서!" 일라이자는 능글맞게 웃으면서 고개를 흔들었어.
"전혀 모르는데요. 대체 무슨 말이에요?"
"저한테 묻지 마세요. 도저히 얘기 못 하니까." 일라이자는 내려놓았던 리넨 손수건을 갑자기 집어 들더니 가장자리에 넓은 레이스를 다시 꿰매 붙이기 시작했지.
"밀워드 양, 저게 무슨 말이에요? 일라이자가 지금 무슨 얘길 하는 거예요?" 나는 크고 거친 시트를 감치고 있는 언니에게 물었다네.
"저도 몰라요. 어떤 할 일 없는 사람이 지어낸 헛소문일 거예요. 며칠 전 일라이자한테서 처음 들었는데, 온 동네 사람이 다 떠들어도 저는 안 믿어요. 그러기엔 그레이엄 부인을 너무 잘 아니까요!"
"맞아요. 저도 마찬가지예요. 그게 무슨 내용이든."
그러자 일라이자가 가볍게 한숨을 쉬며 이렇게 말하더군. "우리가 좋아하는 사람의 인품에 대해 그렇게 편안하게 확신을 가질 수 있다면 참 좋겠죠. 그 믿음이 사실이기를 바랄 수밖에요."
그러더니 평소 같으면 내 애간장을 녹였을 아주 애달프고 다정한 시선으로 나를 쳐다보더라고. 그런데 그 눈에는 내가 좋아하지 않는 무언가가 들어 있었어. 어떻게 그런 눈을 좋아할 수 있었을까? 그 순간에는 메리 양의 진솔한 얼굴과 작은 회색 눈이 훨씬 좋아 보였다네. 어쩌면 일라이자가 그레이엄 부인에 대한 절대 사실일 리가 없는 소문을 언급해서 그렇게 보였을 수도 있지. 본인이 사실 여부를 알았든 몰랐든 말일세.

하지만 그날은 그 문제에 대해서는 더 이야기 안 했고, 기분이 영 안 좋아서 농장에 가봐야 한다는 핑계를 대고 사제관을 나왔다네. 그러고는 정말 농장으로 가면서 일라이자가 말한 소문의 내용이 뭔지, 누구 입에서 나온 건지, 어떤 근거가 있는지, 어떻게 하면 없애거나 거짓임을 증명할 수 있을지 곰곰이 궁리했지. 그 소문이 사실일 수도 있다는 생각은 전혀 안 했어.

그로부터 며칠 후, 우리 집에서 다시 조촐한 파티가 열렸다네. 어머니는 늘 오던 친구와 이웃들을 불렀고 그레이엄 부인도 초대했지. 이제 밤길이 어두워서라든가 날씨가 나빠서 못 온다는 핑계를 댈 수는 없었고, 다행히도 정말 와주었다네. 부인이 안 왔으면 견디기 힘들 정도로 지루했을 텐데 그녀가 들어서자마자 온 집 안에 생기가 도는 것 같았어. 그렇다고 내가 다른 손님들을 놔두고 부인만 챙길 수는 없었고 그녀가 나만 바라보고 나하고만 이야기할 것도 아니었지만, 그래도 그녀가 와주니 정말 즐거운 파티가 될 것 같았지.

로런스 씨 역시 참석했더군. 다른 사람들보다 조금 늦게 왔는데, 그 사람이 그레이엄 부인을 어떻게 대할지 궁금했다네. 그는 들어오면서 부인에게 살짝 목례를 한 다음 다른 사람들에게 정중하게 인사를 하고는 부인과 꽤 먼 자리에 있는 어머니와 로즈 사이에 가 앉더라고.

"정말 대단하지 않아요?" 내 옆에 앉은 일라이자가 이렇게 속삭이더군. "꼭 서로 전혀 모르는 것처럼 행동하는 거 봐요."
"거의 그런 분위기네요. 그런데 그게 어때서요?"
"그게 어떻다니요? 그렇게 모르는 척할 거예요?"
"모르는 척하다니? 뭘 모른 척한다는 거죠?" 내가 날 선 반응을 보이니까 일라이자가 깜짝 놀라며 대답했다네.
"아, 쉿! 목소리 낮춰요."
"자, 그럼 말해봐요." 내가 작은 소리로 물었어. "무슨 얘긴데 그래요? 제발 솔직하게 말해줘요."
"저도 확실한 건 몰라요. 알 길이 없죠. 하지만 그 얘기 못 들었어요?"
"아무 얘기도 못 들었어요. 당신한테 들은 게 다예요."
"그렇다면 일부러 안 들은 거네요. 누구나 다 하고 있는 얘기니까. 하지만 그 얘기를 다시 해서 당신을 화나게 하고 싶진 않아요. 그러니까 아무 말 안 할래요."
일라이자는 입을 다물고 상처받은 듯 얌전하게 두 손을 맞잡았어.
"나를 화나게 하고 싶지 않았으면 처음부터 그 얘기를 안 하든지, 솔직하고 정확하게 그 내용을 얘기했어야죠."
일라이자는 얼굴을 돌리고 손수건을 꺼내더니 일어서서 창가로 가더군. 그러더니 우는지 한참을 거기 서 있더라고. 내가 그녀에게 호통을 친 것보다도 그녀가 그렇게 어린애처럼 나약한 걸 보니 놀랍고 황당하고 부끄러웠어. 하지만 그녀가 뭘 하고 있는지 아무도 눈치채지 못했고, 몇 분 후 모두 차를 마시러 오라고 부르는 소리가 들렸지. 그 지역에서는 점심을 일찍 먹기 때문에 티타임에 제대로 식사를 하는 게 관습이었다네. 식탁에 앉으니 내 한쪽에는 로즈가 앉고 다른 쪽은 비어 있었어.

"여기 앉아도 돼요?" 누가 바로 옆에서 부드럽게 묻더라고.

"그러세요." 그러자 일라이자가 그 자리에 쏙 앉더니 반은 슬프고 반은 장난스러운 미소를 지으며 나를 쳐다보고는 "길버트, 정말 엄하네요" 하고 속삭였어.

나는 약간 빈정대는 미소를 지으며 찻주전자를 넘겨주었고, 할 말이 없었기에 잠자코 있었지.

그러자 일라이자가 더 애처로운 어조로 이렇게 묻더군. "내가 뭘 잘못했길래 그래요?"

나는 설탕과 크림을 건네주며 "일라이자, 괜한 소리 말고 어서 차 들어요"라고 했다네.

바로 그때 내 건너편이 잠깐 어수선하더니, 제인 윌슨 양이 와서 로즈에게 자리 좀 바꿔달라고 하더라고.

"마컴 양, 저랑 자리 좀 바꿔주실래요? 그레이엄 부인 옆에 앉고 싶지 않아서 그래요. 당신 어머니가 그 여자를 집에 초대하셨으니 따님이 그런 사람과 얘기한대도 반대 못 하시겠지."

두 번째 문장은 로즈가 간 뒤에 혼잣말로 뇌까린 건데, 나는 그런 소리를 참을 만큼 점잖지 못하거든.

"윌슨 양, 그게 무슨 소린지 말씀해주실래요?" 그 아가씨는 약간 놀랐지만 크게 당황하진 않더군.

그녀는 금세 정신을 차리고 차분하게 대답했어. "그래요, 마컴 씨. 마컴 부인께서 그레이엄 부인 같은 사람을 집에 초대하셔서 좀 놀랐어요. 아니면 어머니께서 그레이엄 부인이 별로 점잖지 않다는 걸 모르셔서 그랬을 수도 있죠."

"어머니도 저도 잘 모르니까 무슨 말인지 좀 더 설명해주시면 고맙겠네요."

"그걸 설명할 때도, 자리도 아닌데요. 사실 마컴 씨도 저 못지않게 그레이엄 부인을 잘 알면서 모르는 척하시는 거잖아요."

"아마 제가 윌슨 양보다는 더 잘 알 겁니다. 그러니까 윌슨 양이 부인에 대해 듣거나 상상한 내용을 알려주시면 제가 그 헛소문을 해명해드릴게요."

"그렇다면 마컴 씨는 그레이엄 부인의 남편이 누군지, 저 여자가 정말 결혼을 하긴 했었는지 아세요?"

너무 화가 치미니까 말이 안 나오더라고. 그런 때와 장소에서 차분히 대답할 자신이 없었다네.

이번에는 일라이자가 묻더군. "저 여자 아들이 얼마나 닮았는지 눈치 못 챘어요? 그러니까—"

그러자 윌슨 양이 차갑지만 예리하고 가혹한 어조로 물었어. "누구랑요?"

일라이자는 깜짝 놀라더군. 나한테만 들리라고 작게 한 말이었거든.

"오, 죄송해요. 제가 착각했을 수도 있어요. 아무래도 착각한 것 같아요." 그런데 말은 그렇게 하면서도 의뭉한 곁눈질로 나를 교활하게 흘끗 보더라고.

"저한테 미안할 필요는 없어요." 그녀의 친구인 내가 말했어. "여기서 저 애가 조금이라도 닮은 사람은 자기 엄마 말고는 아무도 없어요. 그리고 일라이자, 안 좋은 소문을 들으면 그걸 옮기지 않는 게 맞죠. 지금 로런스 씨를 얘기하는 것 같은데, 당신 짐작이 완전히 빗나갔다고 장담할 수 있어요. 혹시라도 로런스 씨가 그레이엄 부인과 어떤 연관이 있다면(그렇게 주장할 자격이 있는 사람도 없지만), 그는 (여기 있는 어떤 사람들과는 달리) 최소한 다른 사람들 앞에서는 부인과 목례만 주고받을 정도로 점잖은 사람이에요. 그녀가 여기 와 있는 걸 보고 놀라고 짜증 났을 텐데도 말이죠."

"그렇지!" 일라이자의 다른 쪽 옆자리에 앉은 퍼거스가 입을 열었어. 식탁의 이편에는 우리 셋만 앉아 있었다네. "좋아, 좋아! 돌들이 어느 하나 제자리에 못 있게 완전히 박살을 내줘.*"

윌슨 양은 차가운 경멸의 표정으로 몸을 곧추세웠지만 아무 말 안 했고, 일라이자가 뭐라고 대답하려 했지만 내가 먼저 (치미는 분노를 애써 억누르며) 최대한 차분한 어조로 이렇게 말했지. "이 얘기는 충분히 했으니 그만하죠. 우리보다 뛰어난 이들을 비방하느니 차라리 조용히 있는 게 낫겠어요."

그러자 퍼거스가 말했어. "그래, 그게 좋겠어요. 신부님도 그러길 바라시고요. 당신들이 여기 앉아서 불경스럽게 소곤소곤, 투덜투덜하고 있는 걸 한 번씩 아주 화난 눈으로 흘겨보면서 아까부터 계속 옆에 앉은 사람들한테 뭐라고 하고 계셨거든요. 그리고 길버트 형, 한번은 이야기인지 설교인지 모르겠는데 도중에 말을 멈추시더니 '마컴 군이 저 두 아가씨와 다 노닥거리고 나면 이어서 얘기할게요' 하는 듯한 표정으로 형을 쳐다보셨어."

그 후에 식탁에서 어떤 이야기가 오갔는지, 파티가 끝날 때까지 내가 어떻게 참았는지 모르겠네. 다만 내가 잔에 남아 있던 차는 억지로 마저 마셨어도 음식은 한 입도 먹지 못한 건 기억이 나네. 그 소동 이후에 내가 제일 먼저 한 일이 식탁 맞은편,

---

* 마르코의 복음서 13장 2절 참고.

자기 엄마 옆에 앉은 아서 그레이엄을 건너다본 다음 그 옆에 앉아 있는 로런스 씨를 본 거였어. 처음에는 정말로 둘이 닮은 것 같았는데, 더 자세히 보니까 그건 상상일 뿐이라는 생각이 들었지. 두 사람 다 보통 남자들에 비하면 골격이 작고 이목구비가 섬세한 건 사실이었지만, 로런스의 얼굴 피부가 창백하고 맑은 편이라면 아서는 우아하게 희었다네. 게다가 아이의 조그맣고 뭉툭한 코는 아무리 시간이 지나도 로런스의 코처럼 길고 반듯해질 수 없을 거였어. 아서의 얼굴은 둥글다고 할 정도로 통통하지는 않았지만, 움푹하고 작은 턱으로 섬세하게 내려가는 선을 보면 각졌다고 할 수도 없었고. 그렇지만 크면서 더 길어져도 로런스 씨처럼 긴 타원형 얼굴이 될 수는 없었을 거야. 로런스는 어린 시절에도 머리칼이 아서만큼 밝고 따뜻한 색이었던 적은 없었을 거고, 아서의 크고 맑은 푸른 눈은 가끔 너무 조숙해 보이기는 했지만 로런스 씨의 수줍은 녹갈색 눈동자와는 완전히 달랐다네. 로런스 씨의 예민한 영혼은 평소에 회의적인 눈으로 세상을 보았고, 너무 거칠고 이질적인 세상의 부조리들을 목격할 때마다 금방이라도 안으로 침잠할 듯했지. 내가 잠깐이라도 그런 끔찍한 생각을 했다니, 정말 최악이었어! 그레이엄 부인을 안다면 도저히 할 수 없는 생각 아닌가? 몇 번이고 부인을 만나고 함께 대화하지 않았던가? 부인이 그녀를 비난하는 그 누구보다 더 영특하고, 더 순수하고 고고한 영혼을 가지고 있으며, 그때까지 실제로 보거나 상상했던 그 어떤 여성보다 더 고결하고 사랑스럽다고 생각지 않았던가? 그랬지, 그러니 나도 (분별 있는) 메리 밀워드처럼 온 세상이 이 끔찍한 거짓말을 내 귀에 왜장쳐도 안 믿을 거라고 결심했다네. 그 사람들보다 부인을 잘 아니까.

 그때 나는 너무 화가 나서 머리가 타는 듯했고, 온갖 격한 감정으로 가슴이 터질 것 같았어. 증오심과 혐오감을 간신히 억누르며 일라이자와 윌슨 양을 노려보고 있는데, 왜 그렇게 딴 데 정신을 팔고 있느냐, 왜 아가씨들을 정중하게 챙기지 않느냐, 여러 사람이 나무라는 소리가 들렸지. 하지만 나는 그런 건 안중에 없었고, 내 머릿속 가장 중요한 주제인 그레이엄 부인을 제외하고는, 하인들이 열심히 홍차를 차려놓긴 하는데 마시는 사람들이 별로 없다는 사실만 생각하고 있었다네. 그리고 밀워드 씨는 그날도 역시 자기는 홍차를 안 마신다고, 그런 음료를 마시느라 몸에 더 좋은 음식을 안 먹으면 건강에 아주 해롭다고 역설하면서 네 번째 잔을 마시고 있더군.

 드디어 파티가 끝났고, 나는 일어서서 사과 한마디 없이 나와버렸어. 그 사람들과 같이 있는 걸 더 이상은 못 견디겠더라고. 부드러운 저녁 공기 속에서 머리도 식히고, 아무도 없는 정원에서 끓어오르는 온갖 생각을 정리하든지 만끽하든지 하고 싶어서 얼른 뛰쳐나왔던 거지.

 그런 다음 누가 창문에서 볼까 봐 정원 한쪽에 난 조용한 오솔길을 따라 그 끝에 있는 장미와 인동초로 둘러싸인 벤치로 갔다네. 거기 앉아서 그레이엄 부인의 훌륭한 점과 그녀에게 가해지고 있는 부당한 비난에 대해 생각해보고 싶었거든. 그런데 2분도 안 돼서 사람들의 말소리와 웃음소리가 들리고 나무 사이로 무언가 움직여서 보니 다른 손님들도 모두 바람을 쐬러 정원에 나온 거였어. 그래서 혹시 누가 나를 보면 옆에 와 앉을까 봐 그늘진 벤치 한쪽 끝으로 옮겨 앉았다네. 그런데 이런, 누가 그 오솔길로 걸어오는 게 아닌가! 정원 한가운데서 꽃구경도 하고 햇빛도 쐴 것이지 왜 내가 (그리고 각다귀와 깔따구가) 앉아 있는 이 으슥한 데까지 오는 거냐고!

  하지만 불청객들(들려오는 목소리를 보니 한 사람이 아니었지)이 누구인지 보려고 향기로운 꽃 덩굴 사이로 길을 내다본 순간 그런 불만은 금세 사라지고, 조금 전과 전혀 다른 감정들이 아직 어수선했던 내 마음을 자극하더군. 그레이엄 부인이 아들을 데리고 이쪽으로 천천히 걸어오고 있었거든. 왜 둘만 따로 있는 거지? 더러운 악소문이 벌써 모두에게 퍼져서 다들 부인에게 등을 돌린 걸까? 그래서 생각해보니, 아까 윌슨 부인이 의자를 우리 어머니 옆으로 바짝 붙이고 머리를 숙인 채 무언가 중요하고 비밀스러운 이야기를 하던 게 기억났다네. 계속 머리를 까닥이고, 주름진 얼굴을 자꾸 찡그리고, 작고 못생긴 눈을 악의적으로 찡긋거리고 반짝이는 걸 보면 아주 흥미진진한 추문 같더라고. 그리고 그렇게 조심하는 걸 보면 그날 파티에 와 있는 사람 이야기일 것 같았어. 그 모든 것에 더해, 어머니가 도저히 믿기 어려운 무서운 이야기라는 표정과 몸짓을 하신 것을 보면 그레이엄 부인에 대한 이야기였던 것 같아. 내가 기척을 하면 딴 데로 가버릴까 봐 둘이 오솔길 끝에 올 때까지 가만히 있다가 인사를 했는데, 부인은 그 자리에 딱 서더니 다른 데로 갈 듯한 눈치였지.

  "오, 죄송해요, 마컴 씨! 잠깐 아들과 둘이서만 있으려고 나왔는데 방해가 된 것 같네요."

  "아닙니다, 그레이엄 부인. 꼭 혼자 있고 싶었던 건 아니에요. 손님들을 두고 이렇게 무례하게 따로 나와 있는 게 그래 보인다는 건 알지만요."

"어디 안 좋으신 줄 알았어요." 부인은 아주 걱정스러운 표정으로 말했어.

"아까는 좀 그랬는데 지금은 괜찮아요. 여기 앉아서 좀 쉬면서 이 자리가 맘에 드는지 말씀해주세요." 엄마를 앉게 할 요량으로 아서를 번쩍 들어 벤치 가운데 앉혔더니 부인은 쉬기에 참 좋은 곳이라며 한쪽 끝에 앉더군. 나는 반대쪽 끝에 앉았다네. 그런데 '쉬기에' 좋은 곳이라는 말이 마음에 걸리더라고. 다른 사람들이 함부로 대해서 이렇게 혼자 쉬려고 온 건가 싶었거든.

"사람들이 왜 부인을 혼자 계시게 둔 거죠?" 내가 물었어.

그러자 부인이 웃으며 말했어. "제가 그분들을 두고 나온 거예요. 도대체 다들 어떻게 그렇게 잡담을 계속 이어갈 수 있는지 모르겠는데, 정말 너무 힘들었어요. 저한텐 잡담만큼 피곤한 게 없거든요."

부인이 그 말을 하도 진지하게 하니 나도 모르게 웃음이 나오더군.

"대화를 계속 이어가야만 한다고 생각하는 걸까요? 그래서 그렇게 생각할 틈도 없이 사소한 얘기를 늘어놓거나, 중요한 주제가 생각나지 않으면 같은 얘기를 쓸데없이 되풀이하는 걸까요? 아니면 정말 그런 대화 방식이 좋아서 그러는 건지?"

"그럴 가능성이 높아요. 사고가 피상적이라 원대한 생각을 할 수 없고, 생각이 경박하니까 작은 일에도 쉽사리 휩쓸려버리는 거죠. 생각이 깊은 사람들은 그런 일들에 전혀 영향을 안 받을 텐데 말이에요. 그래서 그렇게 쓸데없는 잡담으로 시간을 보내거나 떠도는 소문에 완전히 매몰되어버리는 거죠. 그런 사람들은 그게 아주 중요한 오락거리니까요."

"그분들이라고 다 그런 건 아니겠죠?" 내가 워낙 혹독하게 비난하니까 부인이 놀라서 묻더군.

"물론 그렇죠. 제 동생은 그렇게 천박한 취향을 가지지 않았어요. 저희 어머니도 그렇고요. 부인의 혹평에 어머니도 포함되어 있었다면 말이죠."

"꼭 어떤 사람을 찍어서 한 말은 아니었어요. 당신 어머니에 대해 그런 말을 한 건 물론 아니고요. 아주 양식 있는 분들도 어쩔 수 없는 상황이 되면 그런 식으로 대화를 하시는 걸 많이 봤어요. 하지만 저는 그런 대화를 할 능력이 아예 없어요. 오늘은 최대한 오래 집중하다가 더 이상은 못 버티겠다 싶어서 몇 분이라도 쉬려고 이 오솔길로 나온 거예요. 생각이나 감정을 공유하거나 뭔가 좋은 것을 주고받지 않으면서 대화를 계속하는 건 정말 싫거든요."

"알았어요. 혹시 제가 쓸데없이 말을 많이 하면 바로 얘기해주세요. 그럼 바로 입을 다물 테니까요. 저는 친구들과 대화를 나누는 것도 좋아하지만 말없이 같이 있는 것도 좋아하거든요."

"믿기 어렵네요. 하지만 정말 그러시다면 저와 잘 맞으시겠어요."

"그럼 제가 다른 면에서는 전부 부인 취향이라는 거죠?"

"아뇨, 그런 뜻은 아니에요. 저 작은 나무들 뒤에서 햇살이 비치니까 정말 멋지지 않아요?" 부인이 화제를 돌리려고 딴소리를 하더군.

오솔길 건너편에 있는 빽빽한 나무와 관목들 사이사이로 햇살이 들면서 진초록색 나무들 여기저기에 노을에 투명하게 물든 금빛 잎사귀들이 보이니까 정말 아름다웠어.

"이럴 때는 제가 화가가 아니었으면 좋겠어요." 부인이 말했어.

"왜요? 이럴 때야말로 자연의 눈부신 아름다움을 모방할 특별한 능력이 있다는 게 정말 행복하지 않아요?"

"아뇨. 다른 사람들은 그런 순간을 온 마음으로 실컷 즐길 수 있는데, 저는 늘 저런 광경을 어떻게 그림으로 표현할 수 있을지 고민하게 되거든요. 하지만 아무리 노력해도 그건 불가능하기 때문에 그저 괴롭고 허망하죠."

"부인 눈에는 부족해 보일 수 있지만, 그 그림을 보는 다른 사람은 행복할 수 있어요."

"어찌 됐든 불평하면 안 된다는 생각은 해요. 저처럼 정말 좋아하는 일을 하면서 그걸로 생계를 해결하는 사람은 많지 않으니까요. 누가 오는 것 같네요."

부인은 누가 오는 게 달갑지 않은 눈치였어.

"로런스 씨와 윌슨 양이네요. 조용히 걷고 싶어서 나왔을 테니 우리를 방해하지는 않을 거예요." 내가 말했지.

부인의 표정을 명확하게 읽기는 어려웠지만, 질투하는 것 같지는 않아서 다행이었어. 그런데 나는 왜 그럴 수도 있다고 생각한 걸까?

"윌슨 양은 어떤 사람이에요?" 부인이 물었어.

"우아하고, 그 계층의 다른 아가씨들보다 훨씬 교양 있어요. 고상하고 상냥하다고 하는 사람들도 있고요."

"오늘은 좀 냉랭하고 거만하게 행동한다고 생각했어요."

"부인을 대할 때 그랬을 수 있어요. 부인을 경쟁자라고 생각해서 편견을 가졌을 수도 있거든요."

"저를요? 말도 안 돼요, 마컴 씨!" 부인이 깜짝 놀라며 짜증 어린 어조로 말했어.

"글쎄요, 저도 잘 모르겠어요." 부인이 주로 나한테 짜증이 난 것 같아서 부러 또박또박 대답했지.

두 사람은 몇 발짝 앞까지 와 있었어. 우리가 앉은 벤치는 한 구석에 쑥 들어가 있었는데, 오솔길은 그 앞에서 끝나고 정원 끝자락을 따라 만든 더 개방된 산책길로 이어졌다네. 그런데 동행에게 우리가 거기 있다고 알려주는 듯한 제인 윌슨의 몸짓과 차갑고 냉소적인 미소, 들려오는 몇 마디 말로 판단할 때, 그녀는 부인과 내가 아주 가깝다는 걸 강조하는 것 같았어. 로런스 씨는 관자놀이까지 낯이 붉어지더니 우리 쪽을 흘깃 보고는 심각한 얼굴로 지나갔는데, 제인에게 뭐라고 응수를 하지는 않더군.

그렇다면 로런스 씨도 부인에 대해 어떤 감정이 있기는 하다는 건데, 그게 당당한 감정이라면 그렇게 열심히 숨길 리가 없겠지. 부인은 물론 아무 잘못이 없지만, 로런스가 아주 못된 작자인 거야.

내가 이런 생각을 하고 있는데 그레이엄 부인이 벌떡 일어서더니 아들에게 이제 다른 손님들이 있는 데로 가자고 하면서 오솔길을 따라 걸어가더군. 틀림없이 윌슨 양의 말을 들었거나 그 의미를 미루어 짐작했을 거고, 그렇다면 당연히 나와 계속 이야기하고 있으면 안 된다고 판단했을 거야. 더군다나 그때 나는 윌슨 양이 한 말에 화가 나서 얼굴이 벌겋게 달아올라 있었는데, 그녀는 그게 내가 부인과 단둘이 있는 걸 들키는 바람에 당황해서 그런 거라고 오해했을 수도 있겠지. 그 때문에 나는 윌슨 양에게 더 화가 났고, 그녀가 그동안 해온 여러 행동을 생각할수록 더 밉살스럽게 느껴졌다네.

그날 저녁 늦게서야 집 안으로 들어가니 그레이엄 부인은 이미 떠날 채비를 하고 사람들에게 인사를 하고 있었어. 그래서 나는 제발 집까지 모셔다드리게 해달라고 거의 간청했지. 그런데 그때 옆에서 다른 사람과 이야기하고 있던 로런스 씨가 그 소리를 듣더니 잠시 말을 멈추고 부인의 대답을 기다렸고, 거절하는 소리를 듣자 말없이 흐뭇한 표정을 짓더라고.

부인은 싫다고는 했지만 어조는 부드러웠어. 아들과 단둘이 인적 없는 들판과 오솔길을 걸어가도 위험하지 않다고, 아직 햇빛도 남아 있고 중간에 누굴 마주칠 일도 없을 것 같다며, 설사 누가 있더라도 다들 조용하고 순하니 걱정 말라고 했다네. 퍼거스가 나보다 자기가 같이 가주는 게 나으면 그러겠다고 했고, 어머니도 일꾼 한 사람을 따라 보내겠다고 했지만 부인은 누구든 괜찮다며 사양하더라고.

부인이 떠난 뒤에는 모든 게 공허하게, 혹은 그보다 더 안 좋게 느껴졌어. 로런스가 나를 대화에 끌어들이려고 했지만 나는 묵살하고 다른 쪽으로 가버렸지. 잠시 후 파티가 끝나고 그 친구도 작별 인사를 하러 왔는데, 나는 악수도 거부하고 잘 있으라는 인사도 못 들은 척했다네. 두 번째로 인사를 하길래 뚱한 표정으로 말없이 고개만 까딱했지.

"마컴, 대체 왜 그러나?" 그가 속삭이더군.

나는 경멸적이고 화난 표정으로 그를 노려봤어.

"그레이엄 부인이 못 데려다주게 해서 화났나?" 그가 약간 웃는 얼굴로 그렇게 물으니 참을 수 없이 부아가 치밀었지.

하지만 더 심한 말은 참고 이렇게만 물었다네. "그게 자네와 무슨 상관인가?"

"아무 상관 없지." 로런스가 이렇게 속삭이자 더 화가 났는데, 그는 눈을 치켜 나를 올려다보며 아주 진지하게 말하더라고. "그런데 이 말은 해야겠네. 부인에게 마음 두어봤자 절대 안 될 걸세. 자네가 헛된 꿈을 꾸면서 쓸데없이 노력을 기울이는 걸 보니 너무 안쓰러워서 그래. 왜냐하면—"

"이 위선자!" 내가 소리치자 로런스는 핏기 잃은 얼굴로 숨을 들이쉰 채 나를 멍하게 바라보더니, 아무 말 없이 떠나더군.

그에게 정통으로 한 방 먹인 것 같아서 고소했지.

10장
우정의 약속, 연적

　사람들이 다 간 뒤에 로즈와 어머니의 말을 들어보니 정말로 그레이엄 부인이 파티에 와 있는 동안 참석자 전부가 그 저열한 소문을 수군대고 있었더군. 그렇지만 로즈는 그 소문을 믿지 않으며 나중에도 믿지 않을 거라고 했고, 어머니는 로즈만큼 확실하고 한결같은 확신은 없으신 것 같았지만 당신도 마찬가지 입장이라고 하셨어. 하지만 어머니는 그 생각을 떨칠 수가 없으셨는지, 가끔씩 "정말이지 그런 걸 누가 상상이나 했겠어? 그래, 처음부터 뭔가 특이한 여자 같더라고. 다른 사람들과 다른 척하는 여자들이 어떻게 되는지 봐야 해"라고 하셨고, 그럴 때마다 나는 화가 치밀었지. 그러다 한번은 이런 말도 하셨다네.
　"처음부터 뭔가 수상해 보였어. 그러면 끝이 좋을 리 없지. 정말 안타까운 일이야!"
　"엄마, 그 소문 안 믿으신다면서요." 퍼거스가 말했어.
　"안 믿지. 하지만 아니 땐 굴뚝에 연기 날 리 없다는 말도 있잖니."
 그래서 내가 말했지. "그런 소문이 난 건 이 사악하고 거짓된 세상 때문이에요. 로런스 씨가 한두 번 해거름에 그쪽을 지나갔는데 동네 사람들이 그걸 보고 그레이엄 부인을 찾아간 거라고 오해를 했고, 험담꾼들이 얼씨구나 하고 그 말을 부풀려서 그런 악랄한 추문을 만들어낸 거잖아요."
 "그래, 하지만 길버트, 그 여자가 그런 소문이 나게 행동을 했겠지."
 "엄마가 보시기에도 그런 행동을 하던가요?"
 "물론 아니지. 하지만 전에도 말했듯이 그 여자는 항상 뭔가 이상한 면이 있었어."
 내가 다시 한번 와일드펠 저택을 찾아간 건 바로 그날 저녁이었던 같아. 일주일쯤 전에 열린 그 파티 이후 산책길에 부인을 만나려고 매일 노력했는데 한 번도 성공하지 못했거든. 그녀가 일부러 나를 피해 다닌 것 같기도 해. 그래서 밤마다 어떤 핑계를 대고 집으로 찾아갈지 열심히 궁리해봤는데, 마침내 더 이상 참지 말자는 결론에 도달했다네(자네도 짐작하겠지만 이때쯤에는 부인에 대한 마음이 보통 심각한 게 아니었거든). 그래서 부인이 관심 가질 만하지만 변색되고 상태도 안 좋아서 선뜻 읽어보라고 권하지는 못했던 오래된 책을 뽑아 들고 서둘러 집을 나섰지. 하지만 그녀가 어떻게 나올지, 그렇게 하찮은 구실을 대며 그녀를 찾아가도 될지 걱정이 됐어. 들판이나 정원에서 마주치면 그나마 괜찮을 텐데, 격식을 차려 대문의 초인종을 누르고 레이철의 엄숙한 안내를 받아 집으로 들어갔을 때 부인이 깜짝 놀라며 냉랭하게 대하면 어떡하나 정말 걱정이었다네.

하지만 내 바람은 이루어지지 않았어. 집 앞에 도착해보니 부인은 안 보이고 아들만 정원에서 신난 강아지와 놀고 있더라고. 울타리 너머로 얼굴을 내밀고 아서를 불렀더니 아이는 들어오라고 했지만, 엄마 허락 없이는 안 된다고 대답했지.
"들어가서 여쭤볼게요." 아이가 말했어.
"아니, 아니, 아서, 그러지 마. 안 바쁘면 잠깐 나오시라고 해줘. 말씀드릴 게 있거든."
아서는 내 말을 듣고 뛰어가더니 금세 엄마와 같이 나왔어. 부드러운 여름 바람에 살랑이는 검은 고수머리, 살짝 홍조 띤 흰 뺨, 환하게 미소 짓는 얼굴의 그녀는 정말 아름다웠네. 귀여운 아서, 이날도 그렇고 그 후로도 여러 번 그 아이 덕분에 쓸데없는 격식이나 두려움, 제약 없이 부인을 만날 수 있었어. 분열된 두 마음을 이어주고, 둘 사이를 가로막는 관습을 약화하고, 냉담한 망설임을 녹여주고, 부담스러운 격식과 자존심의 벽을 허물어주고 싶어 하는 명랑하고 순진한 어린아이만큼 연애에 도움이 되는 존재는 없지.
"마컴 씨, 어쩐 일이세요?" 부인이 밝게 미소 지으며 묻더군.
"이 책을 한번 훑어보시고, 괜찮다면 받아서 시간 있을 때 읽어주셨으면 해서요. 겨우 이런 일로 오긴 했지만 이렇게 아름다운 저녁에 꼭 무슨 이유가 있어야 올 수 있는 건 아니잖아요."
"들어오시라고 해요, 엄마." 아서가 말했어.
"들어오실래요?" 부인이 묻더군.
"네, 그동안 정원이 어떻게 변했는지 보고 싶습니다."
"로즈 양이 준 꽃나무들이 잘 크고 있는지도 살펴보시고요."
부인이 대문을 열어주며 말했지.

우리는 정원을 걸으면서 꽃, 나무, 책 그리고 다른 여러 주제에 대해 이야기했다네. 달콤하고 부드러운 저녁이었고, 부인 역시 그러했네. 나는 점점 (그 어느 때보다) 더 다정하고 열정적인 감정에 빠져들었지만 그걸 말로 표현하지는 않았고, 부인도 별 반론을 제기하지 않았어. 그런데 몇 주 전에 내가 동생이 보내는 거라며 가져다준 이끼장미를 지나칠 때 반쯤 핀 아름다운 꽃봉오리를 하나 따더니 로즈에게 가져다주라고 내밀더군.

"제가 가져도 될까요?" 내가 물었어.

"아뇨. 하지만 따로 하나 따서 드릴게요."

그걸 얌전히 받는 대신 나는 그 꽃을 내민 손을 쥐고 부인의 얼굴을 마주 보았다네. 그녀는 잠시 가만히 있었고, 눈은 기쁨으로 빛나고 얼굴은 즐거움에 들떠 발갛게 물들더군. 그래서 드디어 승리의 순간이 다가온 줄 알았는데, 다음 순간 쓰라린 기억이 떠올랐는지 부인의 이마에 고뇌의 그림자가 어리고 뺨과 입술이 대리석처럼 하얗게 핏기를 잃더라고. 그러더니 잠시 마음속에 갈등이 일었다가 갑자기 정신을 차린 듯, 잡힌 손을 쑥 빼고 한두 발 뒤로 물러서더군.

그러고는 애써 평정을 되찾으며 이렇게 말했어. "마컴 씨, 제가 이럴 수 없다는 걸 분명히 말씀드려야 할 것 같아요. 여기서 혼자 외롭게 지내다 보니 마컴 씨를 만나면 반갑고, 그 누구보다 마컴 씨는 좋은 대화 상대시지만, 제가 그냥 친구—덤덤하고 평범한, 엄마나 남매 같은 그냥 친구—이상의 존재가 되길 원하시는 거면 우리는 앞으로 만날 수 없고 서로 모르는 사이로 지내야 해요."

"친구든 동생이든 뭐든 부인이 원하시는 사람이 될 테니 계속 만나게만 해주세요. 그런데 그 이상의 존재가 되면 안 되는 이유가 뭔가요?"
　부인은 당황한 듯 잠시 생각에 잠기더군.
　"전에 누군가에게 그런 맹세를 성급히 하신 건가요?"
　"비슷해요. 언젠가 말씀드릴게요. 하지만 지금은 어서 돌아가세요. 그리고 길버트, 지금 제가 한 말 절대로 다시 하게 만들지 마세요." 부인은 진지한 어조로 이렇게 말하더니 엄숙하면서도 상냥하게 손을 내밀었어. 부인이 불러주니까 내 이름이 그렇게 감미롭고 음악적일 수가 없더라고!
　"알았어요. 하지만 오늘 일은 용서해주시는 거죠?"
　"앞으로 절대 안 그런다면요."
　"그럼 가끔 찾아와도 되죠?"
　"너무 자주만 아니라면 ― 가끔은 괜찮겠죠."
　"저는 지키지 못할 약속은 안 합니다. 앞으로 지켜보세요."
　"약속 안 지키시면 우리 관계는 그날로 끝이에요."
　"그럼 앞으로 항상 길버트라고 불러주실 거죠? 그게 더 남매같이 들리고, 우리 약속을 기억하는 데도 도움이 될 것 같아요."
　부인은 빙긋 웃더니 빨리 가라고 했어. 나도 그러는 게 좋을 것 같아서, 부인이 다시 집으로 들어가고 나자 돌아서서 걷기 시작했지. 그런데 어디서 말발굽 소리가 들려와 이슬 덮인 저녁의 고요를 깰래 오솔길 쪽을 보니 누가 말을 타고 오고 있었다네. 날이 저물고 있었지만 딱 봐도 회색 조랑말을 탄 로런스 씨였어. 나는 쏜살같이 들판을 가로지르고 돌담을 뛰어넘은 다음 그 친구가 있는 오솔길로 걸어갔다네. 그런데 나를 본 순간 그는 말을 세우고 돌아설까 하더니 안 그러는 게 낫다고 생각한 듯 다시

오던 길을 오더라고. 고개를 살짝 숙여 인사를 하고는 담 옆에 바짝 붙어 지나가려고 하더군. 하지만 난 그냥 가게 놔두기 싫어서 그의 말고삐를 붙잡고 크게 소리쳤다네. "자, 로런스, 무슨 일인지 설명해보게! 지금 어디 가는지, 뭘 하려고 가는지 당장 확실하게 말하라고!"

그러자 그는 조용히 말했어. "그 고삐 빨리 놔줘. 말의 입이 다치겠어."

"자네도, 자네 말도 그냥—"

"마컴, 왜 이렇게 거칠고 잔인하게 구는 건가? 내가 다 부끄럽네."

"묻는 말에나 대답하시지, 지금 당장! 이렇게 야비한 속임수를 쓰는 이유가 뭔가?"

"자네가 아침까지 기다린다고 해도 그 고삐 놔주기 전에는 대답 못 하네."

"자, 됐지." 나는 고삐는 놔줬지만 그 자리에 그대로 서서 말했다네.

그러자 로런스가 이렇게 말하더군. "다음에 좀 더 점잖게 이야기할 수 있을 때 다시 물어보게." 그러면서 다시 지나쳐 가려고 하더라고. 그래서 얼른 말고삐를 다시 잡았지. 이 무례한 행동에 말도 로런스 못지않게 놀란 눈치였어.

"마컴, 이건 정말 너무 심하지 않나! 내가 사업상의 이유로 내 세입자를 보러 간다는데 이런 식으로 공격을 하다니—"

"지금이 사업 얘기를 할 시간인가? 자네가 지금 무슨 짓을 하는 건지 말해주지!"

"그 얘기는 다음 기회에 듣는 게 좋겠어." 로런스가 낮은 소리로 말하더군. "저기 신부님이 오고 계셔." 그러고 보니 멀리 심방을 나갔던 신부가 내 뒤에서 다가오고 있었지. 내가 얼른 말고삐를 놔주자 로런스는 신부에게 인사를 하고 가던 길을 갔다네.

"세상에! 설마 지금 그 젊은 과부 때문에 싸운 건가, 마컴?" 신부가 한심하다는 듯 고개를 흔들며 내게 묻더군. 그러더니 중요한 비밀을 살짝 알려준다는 듯이 내게 얼굴을 들이밀며 "그 여자는 그럴 가치가 없어!" 하고는 강조하듯이 근엄하게 고개를 끄덕이더라고.

"밀워드 씨!" 내가 분노가 치밀어 위협하듯이 소리치자 신부는 처음 보는 무례한 행동에 깜짝 놀라서 '아니, 감히 내게 이런 말을 해?' 하는 표정으로 내 얼굴을 빤히 쳐다보았다네. 하지만 나는 너무 화가 나서 사과도 대꾸도 하지 않고 그냥 홱 돌아섰어. 그러고는 신부가 오든 말든 그 거칠고 가파른 오솔길을 혼자 서둘러 걸어 내려와서 집으로 와버렸지.

11장
신부의 재방문

그로부터 세 주쯤 지나자 그레이엄 부인과 나는 친구—그리고 우리 생각에는 남매 같은—사이가 되었다네. 부인은 내가 청한 대로 나를 길버트라고 불러주었고, 나는 부인의 책에 쓰여 있던 이름을 보고 그녀를 헬렌이라고 불렀지. 한 주에 두 번 정도만 보려고 했고, 최대한 조심하는 게 좋을 것 같아서 만나는 것도 될 수 있는 한 우연히 마주친 것처럼 가장한 데다 극도로 정중하게 행동했기 때문에 부인은 나를 혼낼 일이 없었다네. 하지만 그녀가 가끔 서글퍼 보이고 또 자기 자신이나 자신의 처지가 마음에 안 드는 듯한 눈치였기에 신경이 쓰였고, 그런 상황에서 남매처럼 거리를 유지하는 게 정말 어렵더라고. 종종 나 자신이 정말 형편없는 위선자 같았다네. 부인도 겉으로는 그렇게 행동했지만, 사실은 소설 속 주인공들이 점잖게 표현하듯 "나도 그에게 무관심하지 않았다" 하는 심정인 게 느껴졌어. 그래서 나는 현재의 행운에 감사하면서도 더 나은 미래를 소망하고 기대했는데, 그 꿈은 내 마음속에 꼭꼭 숨기고 일절 내색하지 않았다네.

"오빠, 어디 가려고?" 어느 날 저녁, 하루 종일 농장에서 힘들게 일한 다음 차를 마시고 일어나는데 로즈가 갑자기 이렇게 묻더라고.

"산책하러 가려고."

"오빠는 산책할 때 그렇게 공들여 모자를 솔질하고, 머리를 그렇게 멋지게 빗고, 그렇게 좋은 새 장갑을 끼고 나가?"

"항상 그러진 않지." 내가 대답했어.

"지금 와일드펠 저택에 가는 거지?"

"왜 그렇게 생각해?"

"오빠를 보니까 그런 것 같아서. 그런데 그 집 그렇게 자주 가지 마."

"무슨 소리야! 6주에 한 번도 안 가는데, 그게 무슨 말이야?"

"글쎄, 내가 오빠라면 그레이엄 부인과 그 정도로 친하게 지내지 않을 것 같아."

"로즈, 너까지 동네 사람들 의견에 부화뇌동하는 거야?"

그러자 동생이 조심스럽게 대답하더군. "그건 아닌데, 최근에 윌슨가와 사제관에서 부인에 대해 너무 많은 소문을 들어서 그러지. 게다가 엄마도 그 여자가 제대로 된 사람이면 그 집에 혼자 살 리 없다고 하시잖아. 그리고 오빠, 작년 겨울에 그 여자가 그림에 제목 이상하게 바꿔서 붙였던 거 기억나? 그러는 이유를 물어보니까 자기가 지금 사는 곳을 알리고 싶지 않은 친척이나 지인들이 있다고 그랬었지. 그 사람들이 자기를 찾아내는 게 무섭다면서. 그러다가 어떤 사람이 나타나니까 갑자기 벌떡 일어나서 나가더니 우리가 그 사람을 못 보게 막았잖아. 아서도 뭔가 숨기는 듯한 태도로 그 사람이 엄마 친구라고 했고."

"맞아, 로즈, 다 기억나. 그리고 네가 그 일을 그렇게 곡해하는 것도 이해는 해. 내가 그레이엄 부인을 몰랐다면 나 역시 그런 일들을 다 엮어서 너 같은 결론을 내렸을 거야. 하지만 다행히도 나는 그 사람을 잘 알고, 그래서 사람들이 뭐라고 떠들어대든 부인 본인에게서 직접 듣지 않는 한 어떤 소문도 안 믿어. 안 그러면 나는 사람도 아니지. 사람들이 로즈 너에 대해 그렇게 말하더라도 안 믿을 거고."

"아, 길버트 오빠!"

"윌슨가나 밀워드가 사람들이 떠들어대는 얘기를 내가 하나라도 믿을 것 같아?"

"안 믿어야지!"

"그건 내가 너를 알고, 그만큼 부인에 대해서도 잘 알기 때문이야."

"아, 그건 아니지! 오빠는 부인이 여기 이사 오기 전에 어떻게 살았는지 전혀 모르잖아. 작년 이맘때만 해도 오빠는 그런 사람이 존재한다는 사실조차 몰랐어."

"상관없어. 어떤 경우에는 눈만 봐도 상대방의 마음을 꿰뚫어 볼 수 있고, 평생에 걸쳐서 발견할 수 있는 것보다 한 시간 만에 그 사람 영혼의 높이, 깊이, 넓이까지 더 많이 알아낼 수 있지. 상대방이 보여줄 마음이 없거나 이쪽에서 그걸 볼 능력이 없으면 평생 봐도 아는 게 별로 없고."

"그러면 오늘 저녁에 정말 부인을 만나러 갈 거야?"

"그래!"

"오빠, 엄마가 알면 뭐라고 하시겠어?"

"아실 필요 없지."
"이런 식으로 계속하면 엄마도 곧 아시게 될 거야."
"이런 식으로 계속한다고? 그런 거 아냐. 그레이엄 부인과 나는 친구 사이고 앞으로도 그럴 거거든. 아무도 그걸 막을 수는 없고, 우리 둘 사이에 끼어들 권리도 없어."
"사람들이 뭐라고 하는지 알면 오빠도 더 조심할 텐데. 꼭 오빠만이 아니라 그 사람을 위해서도 말야. 제인 윌슨은 그레이엄 부인이 오빠를 만나는 것 자체가 또 다른 타락의 증거라고 주장하거든."
"망할 제인 윌슨!"
"그리고 일라이자 밀워드는 오빠 때문에 아주 슬퍼해."
"제발 그랬으면 좋겠네."
"그런데 내가 오빠라면 안 그럴 것 같아."
"뭘 안 그래? 그나저나 내가 거기 가는 걸 사람들이 어떻게 아는 거야?"
"그 사람들은 뭐든 다 알아. 모든 걸 캐내거든."
"아, 그건 몰랐군! 그럼 그 사람들은 감히 나의 우정을 그녀에 대한 추문의 근거로 활용하고 있다는 거네. 로즈, 앞으로 어딜 가든 혹시 그런 소리가 나오면 그게 아니라고 꼭 반박해줘야 한다. 그게 바로 그들이 지껄이는 다른 소문들도 거짓말이라는 걸 보여주는 증거니까 말이야. 혹시 다른 증거가 없었다면 말이지."
"내 앞에서는 그런 말을 직접적으로 안 하고 넌지시 암시만 하니까 문제지. 나는 다른 사람들이 하는 말을 들어서 아는 거야."
"그럼 오늘 와일드펠 저택에 가는 건 접을게. 어차피 시간도 많이 늦었고. 아, 그렇게 악랄한 말들을 퍼뜨리다니, 나쁜 사람들 같으니." 나는 너무 화가 나서 투덜거렸다네.

그런데 바로 그 순간 신부님이 들어왔어. 우리 둘 다 이야기에 빠져서 노크 소리를 못 들었던 거지. 밀워드 씨는 평소 아끼는 로즈에게 밝고 자애로운 어조로 인사를 하더니, 나에게는 엄중한 말투로 이렇게 말했어.

"길버트, 요즘 자네 얼굴 보기가 아주 어렵구먼. 자— 보자—" 신부는 천천히 말을 이으며 로즈가 공손하게 내놓은 안락의자에 앉더니, 강조하듯 지팡이로 바닥을 탁탁 치며 이렇게 말하더군. "자네가 우리 집에 왔던 게— 그러니까— 6주쯤 전이군!"

"그런가요?" 내가 말했어.

"맞아, 그렇다네!" 그는 묵직한 지팡이를 두 무릎 사이에 끼고 손잡이에 두 손을 얹은 채 노한 얼굴로 나를 계속 바라보며 엄숙하게 대답했어.

"좀 바빴거든요." 신부님의 말투가 사과를 요구하는 듯해서 이렇게 둘러댔지.

"바빴다라!" 그가 빈정대듯 받더군.

"네, 목초를 거둬들이느라요. 이제 수확도 해야 하고요."

"흠!"

다행히 바로 그때 어머니가 들어와 귀한 손님인 신부님에게 요란하고 기운차게 환영 인사를 올리셨어. 조금만 일찍 오셨으면 티타임이었는데 너무 아쉽다며, 혹시 드시겠다면 지금이라도 얼른 차리겠다고 하셨지.

"고맙지만 저는 됐어요. 몇 분만 가면 집인걸요."

"아, 그래도 5분이면 차리니까 좀 드시고 가세요."

신부님은 멋들어진 손짓으로 그 제안을 거절했다네.

"마컴 부인, 그럼 차 말고 그 명품 맥주로 한 잔 주세요."
"그러시죠!" 어머니는 재빨리 종을 울려 신부가 좋아하는 맥주를 내오라고 시키셨어.
"지나가다가 다들 잘 지내시는지 안부도 묻고 부인이 손수 담그신 맥주도 한잔하고 싶어서 들렸어요. 그레이엄 부인 집에 다녀오는 길이거든요."
"아, 그래요?"
신부님은 엄숙하게 고개를 끄덕이더니 의미심장한 어조로 "그래야만 할 것 같아서 간 겁니다" 했다네.
"정말요!" 어머니가 외치셨어.
"밀워드 씨, 그게 무슨 말씀이세요?" 내가 물었지.
신부님은 약간 싸늘한 얼굴로 나를 건너다보더니 어머니를 보며 다시 말하더군. "그래야만 할 것 같았어요!" 그러면서 지팡이로 바닥을 탁 쳤어. 신부님과 마주 앉은 어머니는 두려우면서도 흠모하는 표정으로 그 모습을 지켜보셨고.
신부님은 고개를 흔들며 말을 이어갔다네. "제가 이렇게 말했어요. '그레이엄 부인, 아주 끔찍한 소문이 돌고 있어요.' 그러니까 부인이 시침을 딱 떼고 이렇게 묻더군요. '어떤 소문요?' 그래서 제가 이렇게 말했죠. '저는 주임사제로서 부인의 잘못된 행동과 모든 의심스러운 부분을 지적하고, 사람들이 부인에 대해 얘기한 것들을 부인에게 말해줄 의무가 있어요.' 그리고 나서 모든 걸 얘기해주었죠."
"정말 그러셨다고요?" 내가 벌떡 일어나 주먹으로 식탁을 내리치며 물었어. 신부님은 곁눈질로 나를 흘깃 보더니 다시 어머니께 이렇게 말하더라고.

"마컴 부인, 힘들었지만 저로서는 마땅히 해야 할 일이었어요. 그래서 다 얘기했죠."

그러자 어머니가 물으셨어. "부인은 뭐라고 하던가요?"

"너무 완고해서 가망이 없어요, 전혀!" 신부님은 낙담한 듯 고개를 흔들며 말했다네. "그뿐 아니라 뉘우침도, 순종할 생각도 전혀 없이 오히려 당당하더군요. 얼굴이 하얗게 질리고 흥분한 나머지 숨을 사납게 훅훅 들이쉬면서도 참작할 만한 이유를 대거나 방어를 하지 않았어요. 그렇게 젊은 사람이 그러다니 충격적이었죠. 아주 뻔뻔하게 차분한 태도로, 당신이 훈계해봤자 소용없다, 나한테 사제의 가르침은 아무 의미 없다, 아니 그런 소리를 하는 당신의 존재 자체가 불쾌하다, 거의 그런 식으로 이야기하더군요. 결국 제가 할 수 있는 일이 아무것도 없다는 게 너무 확실하고, 그 여자가 회개할 가망이 없다는 게 안타깝기도 해서 그냥 나왔어요. 마컴 부인, 저는 제 딸들은 그 여자와 어울리지 못하게 하기로 단단히 결심했어요. 부인께서도 따님이 그 여자 못 만나게 하세요! 그리고 두 아드님은— 길버트 자네는—" 신부님은 엄한 표정으로 나를 돌아보며 말을 잇더군.

"저는요, 신부님." 나는 그렇게 운을 뗐지만, 말문이 막히고 너무 화가 나서 온몸이 부들부들 떨리는 바람에 모자를 획 집어 들고 뛰쳐나오며 집 전체가 흔들릴 정도로 요란하게 방문을 쾅 닫았어. 어머니의 비명이 들려왔지만 그러고 나니 잠깐은 흥분이 가라앉더라고.

다음 순간 나는 명확한 의도나 목적 없이 와일드펠 저택을 향해 빠르게 걷고 있었어. 일단 어디로든 가야만 했고, 다른 무엇보다 그녀를 만나서 이야기를 나누는 것이 급선무였지. 하지만 만나서 뭐라고 할지, 어떻게 처신할지는 잘 모르겠더라고. 여러 강렬한 감정과 수많은 결심이 밀려드는 통에 내 마음은 온갖 열정이 뒤섞인 혼돈 그 자체였다네.

12장
대화와 발견

 20여 분 후 나는 와일드펠 저택에 도착했고, 대문 앞에 멈춰 서서 이마의 땀도 닦고 숨도 돌리며 어느 정도 마음을 가라앉히고 있었어. 빠르게 걸었더니 흥분이 좀 가시더군. 그래서 일정한 속도로 차분히 정원의 산책로를 걷고 있는데, 열린 창문을 통해 그레이엄 부인이 자기 방 안을 천천히 왔다 갔다 하는 모습이 보이더라고.
 나 역시 자기를 비난하러 왔다고 생각했는지 부인은 나를 보고는 불안하고 실망한 기색이었어. 그녀를 만나면 같이 사악한 세상을 탓하고, 신부님과 그에게 악소문을 전해준 비열한 사람들을 욕할 셈이었는데, 막상 만나니 그 문제를 언급하는 것 자체가 치욕스럽게 느껴져서 부인이 먼저 거론하지 않는 한 그 이야기는 묻어둘 생각이었다네.
 "제가 너무 늦은 시간에 왔죠." 나는 부인을 안심시키려고 일부러 밝은 어조로 말했어. "하지만 금방 갈 거예요."

부인은 걱정했던 일이 아니라 다행이라는 듯 희미하지만 아주 상냥하게, 아니 거의 고맙다는 듯이 웃어주었지.
"헬렌, 집이 너무 스산한데요. 왜 불을 안 피웠어요?" 나는 썰렁한 방 안을 둘러보며 물었어.
"아직 여름인데요, 뭘."
"하지만 우리 집은 너무 덥지만 않다면 저녁에는 거의 매일 난롯불을 지펴요. 이렇게 춥고 을씨년스러운 집에서는 특히 불을 피워야죠."
"좀 더 일찍 오셨으면 불을 피워드렸을 텐데, 지금 피우기는 좀 아깝네요. 당신은 금방 갈 거라고 했고, 아서도 이미 자고 있으니까요."
"그래도 저는 난롯불이 있으면 좋겠어요. 제가 하녀를 부를 테니 불 좀 피우라고 해주실래요?"
"하지만 길버트, 추워 보이지는 않는데요!" 부인은 빙긋 웃으며 내 얼굴을 마주 보더군. 당연히 그랬겠지.
"맞아요. 하지만 가기 전에 당신이 아늑하게 있는 걸 보고 싶어요."
"제가 아늑하게 있기를 바란다고요!" 부인은 그런 생각 자체가 웃긴다는 듯 비통하게 웃더니 체념한 듯 씁쓸하게 덧붙였어. "저한테는 이게 더 편해요."
하지만 그건 용납이 안 되어서 나는 기어이 종을 울렸지.
"자, 헬렌!" 종소리를 듣고 레이철이 왔으니 부인은 돌아서서 난롯불을 피우라고 지시할 수밖에 없었어.
오늘날까지도 나는 그날 레이철이 나를 보고 지은 표정을 용서할 수가 없다네. '당신이 여긴 대체 왜 온 거야?' 하고 따지는 듯한, 정말 못마땅하고 의심스럽고 의아하다는 얼굴이었거든. 부인도 그걸 간파한 듯했고, 일말의 불안감으로 얼굴이 어두워지더군.

"길버트, 여기 오래 있으면 안 돼요." 문이 닫히자 부인이 이렇게 말했어.

"오래 안 있어요." 오지랖 넓은 하녀에게는 화가 났어도 부인에게 화가 난 건 아니었는데도 나는 좀 짜증스럽게 대답했어. "하지만 가기 전에 부인께 드릴 말씀이 있어요."

"무슨 얘긴데요?"

"아뇨, 나중에 얘기할게요. 아직은 그게 정확히 뭔지, 어떻게 얘기해야 할지 잘 모르겠어요." 솔직하긴 하지만 신중하지 못한 대답이었지. 그러고는 부인이 이만 가라고 할까 봐 시간을 벌기 위해 아무 이야기나 늘어놓았다네. 이윽고 레이철이 들어와 빨갛게 달아오른 부지깽이로 쇠살대 사이사이를 쑤셔서 이미 놓여 있던 장작에 불을 지피더니, 다시 한번 나를 차갑고 불친절한 눈빛으로 쏘아보며 나가더군. 하지만 나는 신경 쓰지 않고 계속 이야기를 이어갔어. 부인이 가라고 할까 봐 불안했지만, 난롯불 한쪽에는 부인의 의자를 놓아주고 난 다른 쪽에 의자를 놓고 앉았지.

그런데 얼마 안 가 침묵이 흘렀고, 우리 둘 다 한동안 멍하니 난롯불을 응시했다네. 그녀는 자신만의 서글픈 상념에 빠져 있었고, 나는 우리를 방해할 그 누구도 없이(그때까지는 한 번도 아서 없이 만난 적이 없었는데, 그 아이마저도 없이) 이렇게 부인과 단둘이 난롯가에 앉아 있을 수 있다면, 또 내 마음을 밝히고, 오랫동안 내 가슴속에 들끓고 있었으나 간신히 억눌러온, 그러나 이제 더 이상 숨길 수 없을 것 같은 이 사랑을 털어놓을 수 있다면 얼마나 행복할까 상상하고 있었지. 지금 여기서 사랑을 고백하고, 내 마음을 받아달라고 호소하고, 이제부터 그녀를 내 사람으로 간주하고 악랄한 소문으로부터 그녀를 지켜줄 권리와 힘을 달라고 애원하면 어떤 장단점이 있고 그 결과가 어떻게 될지 고민하고 있었어. 한편으로는 부인을 설득할 수 있을 것 같았다네. 그녀에 대한 열정이 있으니 말이 술술 나올 것 같았고, 부인의 사랑을 얻어내겠다는 굳은 결심과 욕망이 그런 내 꿈을 이루어줄 것 같았지. 그런데 다른 한편으로는 섣불리 경솔한 행동을 하면 그동안 그렇게 궁리해서 힘들게 쌓아온 그녀의 신뢰를 한순간에 잃어버리거나, 좀 더 참고 기다렸으면 얻을 수도 있었을 것을 한 번의 무모한 행동으로 영원히 잃을 수도 있겠다는 생각이 들더라고. 말하자면 내 인생 전부를 걸고 주사위를 던지는 셈이었지. 그래도 나는 그렇게 하기로 결심을 한 상태였어. 어쨌든 나는 부인에게, 우리 사이를 가로막는 이 가증스러운 장벽, 나의 (그리고 내 생각에 그녀의) 행복을 방해하는 이 미지의 방해물이 왜 있으며 그 정체가 무엇인지 전에 약속한 대로 설명해달라고 요구할 생각이었다네.

  이걸 어떤 식으로 물어볼까 궁리하고 있는데, 생각에 잠겨 있던 부인이 작은 한숨을 내쉬며 깨어나더니 창밖을 바라보더군. 섬뜩하고 특이하게 생긴 상록수 위로 막 떠오른 중추의 핏빛 보름달이 우리를 비추고 있었어. "길버트, 너무 늦었어요."

  "알았어요. 빨리 가라는 거죠?" 내가 물었지.

  "그러는 게 좋겠어요. 우리의 상냥한 이웃들이 이 방문에 대해 알게 되면—모를 리가 없겠죠—저에 대해 또 안 좋은 소문들을 지어낼 테니까요." 부인은 신부님이 사납다고 표현한 그런 미소를 지으며 이렇게 말했다네.

"맘대로 지어내라고 해요. 우리가 스스로에게, 그리고 서로에게 당당하다면 그 사람들이 무슨 생각을 하든 상관없잖아요. 그렇게 악랄한 헛소문을 지어내고 거짓말을 늘어놓는 사람들은 다 망해버렸으면 좋겠어요!"

그러자 부인의 얼굴이 붉어지더군.

"그럼 그 소문들을 알고 있다는 거네요?"

"가증스러운 거짓 소문을 몇 가지 듣긴 했지만, 바보가 아닌 이상 누가 믿겠어요? 그러니까 헬렌, 신경 쓰지 말아요."

"밀워드 씨는 바보가 아닌데도 그걸 다 믿잖아요. 우리가 아무리 주변 사람들의 견해와 인격을 하찮게 생각한다 해도 그들이 우리를 거짓말쟁이와 위선자로 낙인찍고, 우리가 우리 스스로 혐오하는 짓을 한다거나 우리 스스로가 용인하지 않는 악행을 조장한다고 오해하고, 우리의 선의를 짓밟고, 비난이 두려워 아무 일도 못 하게 만들고, 우리가 믿는 원칙들을 모욕하면 마음이 안 좋죠."

"그렇죠. 만약 제가 외양을 신경 쓰지 않고 이기적으로, 무심하게 처신해서 부인이 그런 고난들을 겪는 데 조금이라도 일조했다면, 꼭 되돌려놓게 해주세요. 부인에 대한 헛소문을 다 불식하고, 부인의 명예를 제 명예처럼 여기고, 부인의 명성을 제 목숨보다 더 소중히 지킬 수 있는 권한과 권리를 제게 주세요."

"당신 주변 사람들이 모두 의심하고 경멸하는 사람과 손을 잡고, 당신의 이익과 명예를 그런 사람의 이익과 명예와 동일시할 만큼 용감하세요? 잘 생각하세요. 이건 심각한 문제예요."

"헬렌, 그럴 수 있다면 영광이죠. 말로 다 할 수 없이 기쁘고 행복하죠! 우리의 결합을 막는 게 그것뿐이라면 그건 이미 제거됐으니, 이제 당신은 내 사람이어야 하고, 그렇게 될 거예요!"

사랑의 열기에 흥분한 나는 자리에서 벌떡 일어나 부인의 손을 부여잡고 입 맞추려 했어. 그런데 그녀가 갑자기 손을 홱 빼더니 너무도 괴로운 어조로 소리쳤다네. "아니, 아니, 그것만이 아니에요!"

"그럼 뭔가요? 언젠가는 얘기해준다고 했었잖아요? 그리고 지금—"

"나중에 말해줄게요. 하지만 지금은 안 돼요. 머리가 너무 아프네요." 부인이 이마를 누르며 말했어. "지금은 좀 쉬어야겠어요. 오늘은 이 정도 고생했으면 됐어요." 그녀는 거의 거칠게 덧붙였지.

"얘기해주는 게 그렇게 힘든가요? 저한테 털어놓고 나면 외려 마음이 좀 편해질 수도 있어요. 그래야 저도 어떻게 위로할지 알 수 있고요."

부인은 힘없이 고개를 저었어. "모든 걸 알고 나면 당신도 저를 탓할 거예요. 어쩌면 제가 저지른 잘못 이상으로 저를 비난할 수도 있고요. 제가 당신한테 크게 잘못한 건 맞지만요." 부인은 마치 말로 생각하듯이 조용히 중얼거렸지.

"헬렌 당신이요? 그럴 리가요."

"그랬어요, 의도적으로 그런 건 아니었지만요. 당신이 얼마나 진심으로, 얼마나 깊이 저를 사랑하는지 몰랐으니까요. 저는 저에 대한 당신의 감정이 당신이 공언한 것처럼 남매간의 정 같은 거라고 생각했어요. 아니, 적어도 그렇다고 생각하려고 노력했어요."

"아니면 당신이 저한테 가진 감정하고 비슷하다고요?"

"그렇죠. 당신은 그래야 했어요. 저를 그처럼 가볍고 이기적이고 피상적으로 좋아해야 했어요. 그래야—"

"그건— 정말 너무했네요."

"알아요. 그때도 가끔은 너무한가 생각했어요. 하지만 전반적으로 당신이 저에 대해 느끼는 사랑이나 미래에 대한 희망은 그냥 놔두어도 시간이 가면 꿈처럼 저절로 사그라지거나 더 적당한 상대에게 옮아 갈 거라고 생각했어요. 저에 대한 감정은 우정으로 남고요. 만약 당신이 저에 대해 느끼는 것처럼 보이는 그 깊은 사랑이 너그럽고 사심 없는 애정임을 알았더라면—"

"'느끼는 것처럼 보이는'이라고요, 헬렌?"

"그럼 '당신이 느끼는'이라고 해두죠. 그걸 알았다면 저도 다르게 행동했을 거예요."

"어떻게요? 당신은 더할 수 없을 정도로 철저히 제 사랑을 무시했고 저를 냉정하게 대했잖아요! (부인이 항상 명확히 하셨듯이) 더 가까워질 수 있다는 희망이 전혀 없는 상황임에도 저와 우정을 나누고 가끔 대화를 해주신 것이 제게 잘못을 저지른 거라고 생각하신다면, 그건 틀린 말이에요. 부인의 그런 우정과 호의는 그 자체로 제 마음을 기쁘게 해주었을 뿐 아니라, 제 영혼을 정화하고 드높이고 고귀하게 해주었거든요. 저는 이 세상 그 어떤 여성의 사랑보다 당신의 우정을 택할 겁니다."

내가 이렇게 말했음에도 부인은 여전히 괴로운지 두 손으로 본인의 무릎을 감싸고 신의 가호를 빌듯 고뇌에 찬 눈으로 말없이 위를 쳐다보더군. 그러더니 차분한 어조로 이렇게 말했다네.

"내일 정오쯤 황무지로 오시면 궁금해하시는 내용을 모두 말씀드릴게요. 그러면 아마 저를 더 이상 사랑하지 않게 될 거고, 최소한 우리가 왜 멀어져야 하는지 알게 되실 거예요."

"그럴 일은 절대 없을 겁니다. 그 정도로 심각한 비밀이 있을 리 없죠. 헬렌, 지금 제 마음을 시험해보는 거죠?"

"아니에요. 절대 그런 거 아니에요." 부인은 진지한 어조로 대답하더군. "차라리 그런 거였으면 좋겠어요! 다행히도, 제가 거창한 죄를 고백할 일은 없어요. 하지만 제가 말씀드릴 내용은 당신이 알면 안 좋아할 만한 것이고, 어쩌면 쉽게 용납하지 못할 일일뿐더러, 지금 할 수도 없는 얘기예요. 그러니 제발 이만 가주세요!"

"갈게요. 하지만 한 가지만 대답해주세요. 저를 사랑하나요?"

"대답 못 해요!"

"그럼 사랑한다는 뜻이군요. 이만 갈게요."

그녀는 주체하기 힘든 감정을 숨기려고 고개를 돌렸지만, 나는 그녀의 손을 잡고 열렬히 입을 맞추었어.

"길버트, 제발 가줘요!" 그녀가 어찌나 처절한 소리로 애원하던지, 거기 있는 게 너무 잔인한 일인 것 같아 얼른 나왔다네.

문을 닫으며 마지막으로 한 번 돌아보니 부인은 두 손으로 눈을 덮고 탁자에 엎드려 경련하듯 흐느끼고 있었어. 하지만 그 순간 위로하러 돌아가는 게 그녀를 더 고통스럽게 할 것 같아서 그냥 말없이 나왔지.

그날 저택을 나와 언덕길을 내려오면서 떠오른 온갖 의문과 추측, 두려움, 희망 그리고 머릿속을 뒤죽박죽으로 채운 온갖 감정을 자네에게 다 전하려면 책 한 권을 써도 모자랄 걸세. 그런데 그 길을 반쯤 내려오다 보니 그녀가 너무 가여워서 다른 생각은 다 사라지고 빨리 돌아가야겠다 싶더라고. '지금 내가 왜 이쪽으로 달려가고 있지? 이대로 집에 가면 내가 과연 이 모든 당혹감과 슬픔, 불안을 떨쳐버리고, 평화, 확신, 만족을 느끼고 안식과 위안을 얻을 수 있을까?' 하는 생각이 들기 시작했지.

  나는 돌아서서 그 낡은 저택 쪽을 쳐다보았어. 오르막이라 집 자체는 안 보이고 굴뚝만 몇 개 보이더군. 그래서 다시 걸어 올라갔고, 집 전체가 시야에 들어왔을 때 잠시 멈춰 서서 그 음울한 광경을 바라보다가 곧 그쪽으로 계속 걸어갔다네. 뭔가가 나를 가까이, 더 가까이 오라고 부르고 있었어. 그리고 안 갈 이유도 없었지. 지금 내 감정과는 맞지 않게 모든 것이 가볍고 생기 넘치고 쾌활한 우리 집으로 돌아가는 것보다는, 구름 한 점 없는 하늘에 뜬 보름달의 차분한 빛, 8월 밤에만 보이는 그 푸근한 노란 빛에 물든 고색창연한 저택과 그 안에 앉아 있는 내 영혼의 주인을 보는 편이 더 낫지 않을까? 더군다나 우리 집 식구들은 모두 생각만 해도 피가 끓는 그 끔찍한 소문들을 어느 정도는 믿고 있으니, 그중 누군가 그 이야기를 대놓고 하거나 조심스럽게 암시만 해도—그중 어느 쪽이 더 기분 나쁠까?—나로서는 도저히 견딜 수 없을 것 아닌가. 나는 이미 "그 소문이 사실일 수도 있지"라고 끊임없이 귓가에 속삭이는 악마의 목소리에 시달리고 있었고, 그날 집에 가기 전에 부인으로부터 한마디라도 답을 듣든지, 적어도 그녀를 한 번 보기라도 하고 싶더라고.

  저택에 더 가까이 가자 부인의 응접실 유리창에서 벽난로 불빛이 희미하게 새어 나오는 게 보이더군. 나는 정원 담벼락에 기대서서 격자창을 바라보며 그녀가 뭘 하고 있을지, 무슨 생각을 하고 있을지, 어떤 고통을 받고 있을지를 상상했고, 돌아가기 전에 어떻게 한마디라도 나누거나 잠깐 얼굴이라도 볼 수 없을까 머리를 굴리고 있었어.

그렇게 그쪽을 쳐다보며 기회를 엿보고 머리를 굴리다 보니 부인이 아까 헤어질 때보다 조금이라도 더 마음의 안정을 되찾았는지 유리창을 통해 확인하고 싶은 욕망이 너무 커져서 결국 정원 담을 뛰어넘어 안으로 들어갔다네. 아직도 많이 괴로워하고 있다면 바보같이 성급한 사랑 타령만 하느라고 아까 하지 못한 한마디 위로의 말을 건네고 싶었던 거지. 그래서 창 안을 들여다보니 그녀도 안 보이고 방도 텅 비어 있었어. 그런데 그 순간 누군가 덧창을 열었고, 누군가의 목소리, 바로 그레이엄 부인의 목소리가 들려왔다네. "나와봐. 저녁 공기도 마시고 달도 보고 싶네. 그게 기분 전환에 제일 좋을 것 같아. 기분이 나아질 수 있다면 말이지."

그러더니 그녀와 레이철이 산책하러 정원으로 나오더라고. 아까 담을 넘지 말고 밖에 있었으면 좋았을 텐데. 다행히 나는 키 큰 호랑가시나무 그늘에 숨어 있었고, 그 나무는 창문과 베란다 사이에 서 있었기 때문에 그들이 나를 볼 수는 없었지만 나는 달빛 속으로 걸어 나온 두 사람을 볼 수 있었어. 그레이엄 부인과 또 한 사람, 레이철이 아니라 늘씬하고 키가 큰 편인 젊은 남자였다네. 아, 이럴 수가, 관자놀이가 욱신거렸고, 너무 불안해서 눈앞이 흐려질 지경이었어. 그래도 그게 로런스 씨라는 건 알 수 있었지. 목소리를 들으니 확실하더라고.

"헬렌, 그것 때문에 너무 걱정하지 마. 이제부터 내가 더 조심할게. 시간이 가면 —" 그가 이렇게 말하더군.

그다음부터는 못 들었어. 로런스가 그레이엄 부인 바로 옆으로 가서 아주 작은 소리로 말하는 바람에 무슨 이야기인지 알 수가 없었거든. 증오감에 가슴이 쪼개지는 것 같았지만 부인이 뭐라고 답하는지 궁금해서 귀를 쫑긋 세웠어. 그랬더니 무슨 말인지 들리더라고.

"그래도 난 여길 떠나야 해. 여기선 절대 행복할 수 없어. 어딜 가도 마찬가지겠지만." 그녀는 억지웃음을 지으며 덧붙였다네. "하지만 여기서는 쉴 수가 없어."

"그래도 이보다 나은 데가 어디 있겠어? 아주 외진 데다 우리 집과도 가깝잖아. 그게 너한테 조금이라도 중요하다면 말이지."

"맞아. 사람들이 날 가만히만 놔두면 내 입장에서 이보다 더 좋은 데는 없지."

"하지만 헬렌, 그건 어디를 가든 마찬가지일 거야. 난 널 보낼 수 없어. 어딜 가든 우리는 같이 가야 해. 남의 일에 감 놔라 배 놔라 하는 사람들은 어디에나 있고."

두 사람은 이렇게 이야기하면서 천천히 내 옆을 지나갔고, 더 이상 말소리는 들리지 않았어. 그렇지만 로런스가 한 팔로 그녀의 허리를 안고 부인이 다정하게 그의 어깨를 껴안는 건 보였다네. 그 순간 눈앞이 꺼멓게 흔들리고, 토할 것같이 가슴이 두근대고, 머리가 타는 듯이 아파왔어. 나는 잠시 공포에 휩싸여 꼼짝도 못 하다가 이내 허둥지둥 비틀거리며 그 자리를 빠져나왔고 담을 뛰어서 넘었든지 굴러서 넘었든지 해서 밖으로 나왔다네. 그러고는 떼쓰는 아이처럼 땅바닥에 팩 쓰러져서 분노와 절망으로 몸부림쳤지. 얼마나 그렇게 쓰러져 있었는지 모르겠는데, 상당히 긴 시간이 흘렀었나 봐. 실컷 울고 나니 흥분이 약간 가라앉아서 하늘을 쳐다보니, 내 마음을 부드러운 달빛이 달래주지 못하듯이 달도 내 불행에 큰 영향을 받지 않은 듯 보였고, 내가 차라리 죽게 해달라고, 모든 걸 잊게 해달라고 간절히 기도했는데도 아주 평화롭고 무심하게 빛나고 있더라고. 나는 일어나서 집으로 향했다네. 어떻게 왔는지 잘 기억은 안 나지만 본능적으로 발이 움직이는 대로 집에 와보니 대문이 잠겨 있었고, 내가 노크를 하자 혼자 깨어 계시던 어머니가 바로 문을 열어주시고는 화를 내시며 온갖 질문을 퍼부으셨어.

"아, 길버트, 네가 어떻게 이럴 수 있니? 대체 어딜 갔던 거야? 빨리 들어와서 밥 먹어라. 아까 초저녁에 그렇게 이상한 소리를 하고 집을 나가서 이 엄마를 그렇게 걱정하게 만든 걸 생각하면 저녁 먹을 자격도 없지만, 다 차려놨으니까 빨리 먹어. 신부님이 아주— 아니, 얘, 아주 죽을상이네. 세상에, 대체 무슨 일이니?"

"아, 아무것도 아니에요. 양초나 주세요."

"조금이라도 먹고 올라가지?"

"아뇨. 얼른 자고 싶어요." 나는 초를 받아서 어머니가 들고 계신 초에서 불을 붙였어.

"오, 길버트, 덜덜 떨고 있는데? 얼굴도 백지장 같고! 무슨 일이야, 대체? 무슨 일 났어?" 어머니는 근심 가득한 얼굴로 물으셨다네.

"아무것도 아니에요." 양초에 불이 안 붙어서 발을 구르고 싶을 정도로 짜증이 났지만 그래도 꾹 참고 대답했어. "너무 빨리 걸어서 그래요. 그뿐이에요. 편히 주무세요." 그러고는 "너무 빨리 걸었다고! 대체 어디를 갔길래?" 하고 등 뒤에서 들려오는 어머니의 질문을 무시하고 바로 잠자리에 들었어.

어머니는 내 방문 앞까지 따라 올라와 내 건강과 처신에 대해 여러 질문과 훈계를 퍼부으셨지만, 나는 아침까지 제발 혼자 있게 해달라고 간청했다네. 몇 분 후 어머니가 당신 침실 문을 닫는 소리가 들리더군. 하지만 그날 밤 나는 예상했던 대로 잠을 이룰 수가 없었어. 그래서 애써 잠을 청하는 대신, 어머니가 발소리를 들으실까 봐 신발을 벗은 다음 빠른 걸음으로 방 안을 왔다 갔다 했지. 그런데 마룻바닥이 삐걱거렸고 어머니도 깨어 계셨기 때문에, 15분도 안 돼서 내 방에 다시 오셨다네.

"길버트, 왜 안 자니? 얼른 자고 싶댔잖아?"

"맞아요, 잘 거예요!"

"그런데 왜 그렇게 안 자고 있어? 무슨 고민거리 있니?"

"엄마, 제발 저 좀 가만 놔두고 얼른 주무세요."

"그레이엄 부인 때문에 그렇게 고민하는 거야?"

"그런 거 아니에요, 아무것도 아니에요."

"아무것도 아니었으면 좋겠구나." 어머니는 그렇게 중얼거리시고는 한숨을 푹 쉬며 당신 방으로 돌아가셨고, 나는 유일하게 남아 있던 단 하나의 작은 위안거리도 앗아 간 어머니를 원망하며 가시밭에 누운 듯 고통의 시간을 보냈지.

내 평생 그렇게 길고 그렇게 비참한 밤은 처음이었어. 하지만 그날 밤을 꼬박 새운 건 아니었다네. 새벽이 되자 나름 정리해보려던 온갖 고민이 뒤죽박죽으로 뒤섞이면서 강렬하고 혼란스러운 꿈이 되어 나를 괴롭혔고, 얼마 후 나는 마침내 깊은 잠에 빠져들었다네. 그런데 이른 아침에 깨어나보니 쓸쓸한 회상이 계속 이어졌고, 삶은 공백처럼, 아니 거기서 한 걸음 더 나아가 고통과 불행으로 가득 찬 공백, 그냥 텅 빈 게 아니라 가시덤불과

엉겅퀴로 가득한 황무지처럼 느껴졌고, 나는 속고 사기당하고 희망도 잃고 애정은 짓밟힌 꼴이더라고. 여태 그녀를 천사라고 생각했는데 천사가 아니었고, 친구라고 생각했는데 악의 화신이었고— 그런 생각을 하다 보니 차라리 한순간도 안 자는 게 나을 뻔했지.

  그날 아침은 정말 음산하고 암울했어. 날씨마저 내 앞날 따라 변한 건지 비가 후드득후드득 유리창을 치더군. 그래도 나는 일어나서 밖으로 나갔다네. 농장에 갔다 왔다고 둘러대면 편하겠지만 진짜 일하러 가는 것은 아니었고, 머리를 좀 식히고 가능하면 아침 먹을 때 가족들을 마주할 수 있을 만큼의 마음의 안정을 되찾으려 그랬던 거였지. 안 그러면 다들 난처한 질문들을 해댈 게 뻔했으니까. 비에 흠뻑 젖고 식전에 일도 많이 한 것처럼 보이면 갑자기 밥맛이 없다고 해도 믿어줄 테고, 그러다가 감기라도 걸리면 뚱한 표정과 한동안 얼굴을 그늘지게 할 우울하고 축 처진 기분도 다 감기 때문이라고 이해해주겠지. 그렇다면 감기가 심할수록 더 좋을 것 같더군.

13장
일상으로의 복귀

"길버트, 얘야, 조금만 더 상냥해지려고 노력하면 좋겠구나." 어느 날 아침 내가 이유도 없이 짜증을 부리니 어머니께서 이렇게 말씀하셨어. "넌 아무 일도 없었고 슬퍼할 이유도 없다고 하는데, 지난 며칠 동안 네가 변한 만큼 많이 바뀐 사람은 평생 처음 본다. 친구에게든 처음 보는 사람에게든, 그게 동년배든 아이든, 모든 사람에게 계속 무뚝뚝하게 굴고 있잖니. 이제 안 그러면 좋겠다."

"뭘 안 그래요?"

"뭐긴, 너의 그 이상한 행동 말이지. 그것 때문에 네가 얼마나 엉망이 됐는지 넌 모르겠지. 내가 볼 때는 너보다 성격 좋게 태어난 사람이 없단다. 그러니 타고난 성격 때문이라고 둘러댈 수도 없어."

어머니가 그렇게 나무라시는 동안 나는 책을 한 권 펼쳐서 탁자에 놓고 열심히 읽는 척했어. 내 행동을 정당화할 수도 없고,

잘못한 걸 인정하기도 싫고, 그냥 이 사안에 대해 아무 말도 하고 싶지 않았거든. 어쨌든 어머니는 계속 훈계를 하시다가 이내 달래는 쪽으로 마음을 바꾸셨는지 내 머리를 쓰다듬으셨어. 그래서 좀 뉘우치는 쪽으로 기울고 있었는데, 방에서 빈둥거리고 있던 심술궂은 퍼거스가 갑자기 소리치는 걸 듣고 다시 화가 치밀었다네.

"엄마, 형 만지지 마세요. 확 물 거예요! 사람의 탈을 쓴 호랑이거든요. 저는 형 완전히 포기했어요. 거의 의절했다고나 할까요. 6미터 이상 떨어져 있어야 안전한 사람이라고요. 며칠 전에 형을 즐겁게 해주려고 그냥 귀여운 사랑 노래를 불렀는데 하마터면 형한테 머리 깨질 뻔했어요."

"아, 길버트, 어떻게 그럴 수가 있니?" 어머니가 말씀하셨어.

"퍼거스, 그러니까 내가 그만 부르라고 했잖아." 내가 말했지.

"맞아. 그래서 내가 전혀 힘들지 않다고 하면서 형이 더 좋아할 것 같은 그다음 절을 불렀더니 형이 갑자기 내 어깨를 움켜쥐고 확 끌어다가 저 벽에다 홱 밀쳐버렸잖아. 어찌나 세게 부딪혔는지 그때 정말 내 혀가 두 동강 나고 두개골이 깨져서 뇌수가 사방에 쏟아지는 줄 알았어. 그래서 머리를 만져봤는데 안 깨진 거야. 그야말로 기적이 일어난 거지. 아무튼 형이 안됐어. 사실 실연도 당했고, 머리도—" 그러면서 안됐다는 듯 한숨을 쉬더군.

"제발 그만 좀 해!" 내가 벌떡 일어나서 죽일 듯이 동생을 노려보니까 어머니가 내 팔을 붙잡고 제발 참으라고 애원하시더라고. 퍼거스는 바지 호주머니에 손을 넣고는 약 올리듯이 '그녀가 아름답다고 내가 죽어야 하나……'*의 몇 소절을 흥얼거리며

---

*   영국 시인 조지 위더의 서정시 'Shall I, Wasting in Despair'의 첫 두 행.

여유롭게 걸어 나갔다네.

나는 말리는 어머니께 "저놈 때문에 제 손을 더럽히고 싶지 않아요. 집게로도 만지기 싫거든요"라고 했어.

그러고 있다 보니 우리 밭 옆에 붙은 땅을 사는 문제로 로버트 윌슨을 만나기로 했던 게 기억났어. 요즘은 아무것에도 관심이 없었기 때문에 차일피일 미뤄온 일이었지. 게다가 그즈음엔 인간 자체가 싫었고, 그중에서도 특히 그레이엄 부인에 대한 소문을 퍼뜨린 제인 윌슨이나 윌슨 부인을 만나는 건 정말 피하고 싶었다네. 이제 그 소문에 일말의 진실이 있다는 걸 알게 됐고 내 믿음에 대한 확신이 줄어든 것도 사실이었지만, 그렇다고 해서 그 모녀나 일라이자를 더 좋게 보게 된 건 아니었거든. 그래도 오늘은 일상으로 돌아가려고 노력해야 한다는 생각이 들었어. 그들이 보기 싫어도 그냥 노는 것보다는 이 거래를 진행하는 게 낫고, 아무튼 이익을 볼 수도 있으니까. 내 직업이 즐겁지는 않았지만 이 일 말고 다른 길이 있는 것도 아니었으니 앞으로는 잘 길든 짐수레 말처럼 열심히 농사에 전념하며 인생길을 걸어갈 작정이었다네. 썩 마음에 들지는 않더라도 유익한 일이니, 만족은 못 해도 불평은 말아야겠다고 생각했어.

이렇게 내 처지를 받아들이고 체념하고 나니 좀 착잡했지만, 그래도 마음을 다잡고 라이코트 농장으로 걸어갔다네. 로버트가 이 시간에 집에 있을 리 만무했지만 지금 어디 있는지 가서 물어볼 생각이었지.

그 집에 가보니 과연 로버트는 외출 중이었어. 하지만 금방 돌아올 테니 응접실에서 기다리라고 하더군. 윌슨 부인은 주방에서 일하고 있다고 들었는데, 응접실에도 누가 있었어. 윌슨 양과 일라이자 밀워드가 거기서 이야기하고 있는 걸 보고 나도 모르게 움찔했지 뭔가. 하지만 나는 침착하고 깍듯하게 처신하기로 마음먹었고, 일라이자도 같은 생각을 하는 게 보이더라고. 파티 이후 처음 본 거였는데, 그녀는 나를 만나서 좋은지 괴로운지 일절 내색하지 않았고, 연민을 자아내려는 노력도 하지 않았으며, 짓밟힌 자존심 때문에 약이 오른 기미도 없었어. 그녀는 그냥 침착하고 정중하게 행동했고, 심지어 (나와 달리) 여유 있고 명랑하게 보이려고 했지만 감정이 잘 드러나는 그녀의 눈을 보니 나에 대한 원한과 깊은 적개심이 빤히 보이더군. 나를 차지하겠다는 욕심은 버렸어도 그녀는 여전히 경쟁자인 그레이엄 부인을 증오했고, 그 악감정을 나한테 풀면서 통쾌해하는 게 분명했어. 반면에 윌슨 양은 극도로 싹싹하고 상냥하게 굴었고, 난 별로 대화할 기분이 아니었지만 두 아가씨는 끊임없이 잡담을 이어갔다네. 그런데 잠깐 틈이 나자마자 일라이자는 장난치듯이 (그러나 정말 악의가 넘치는 눈빛으로) 곁눈질을 하면서 아무렇지도 않은 어조로 최근에 그레이엄 부인을 만난 적이 있는지 내게 묻더라고.

"최근에는 못 만났는데." 나는 그녀의 악랄한 눈빛을 되받아치며 가볍게 대답했다네. 아무렇지도 않은 척하려 했는데 이마가 붉어져서 난처하더군.

"정말요? 설마 벌써 사랑이 식은 거예요? 그렇게 고상한 여자라면 최소한 1년은 당신의 사랑을 유지할 줄 알았는데!"

"지금 그 사람 얘기하고 싶지 않은데요."

"아! 그럼 드디어 당신이 착각했다는 걸 깨달은 거네요. 당신의 여신이 그렇게까지 완벽하지 않다는 걸 알게 된 거죠?"

"일라이자 양, 그 사람 얘기 하지 말아요."

"오, 죄송해요! 큐피드의 화살이 너무 날카로웠나 보네요. 화살이 깊이 파고들어서 아직 치유가 안 된 상태라 누가 그 여자 얘기를 할 때마다 다시 피가 나나 봐요?"

그러자 윌슨 양이 끼어들었어. "그게 아니라, 마컴 씨는 정신이 제대로 박힌 여성들 앞에서 그 여자 이름을 거론하는 건 부적절하다고 생각하시나 봐. 일라이자, 여기 있는 사람들 앞에서 그런 여자 얘기를 하는 건 좀 거슬리지 않니?"

이걸 어떻게 참겠나? 너무 화가 치밀어서 벌떡 일어나 단박에 모자를 집어 쓰고 밖으로 뛰쳐나올까 했는데, 그렇게 바보 같은 짓을 하면 두 아가씨가 얼마나 신이 나서 나를 비웃을까 싶어 간신히 참았다네. 그뿐 아니라, 고작 그런 사람—비록 전에 느낀 사랑과 추앙의 감정이 아직 희미하게 남아 있어서 다른 사람들이 그 이름을 더럽히는 건 듣기 힘들었지만—때문에 내가 조금이라도 피해를 감수할 필요는 없다는 생각이 들어서 그냥 말없이 창가로 걸어가 입술을 깨물며 끓어오르는 화를 억눌렀지. 그런데 로버트 윌슨이 영 안 오길래, 시간이 아까우니 그가 확실히 집에 있을 시간을 알아서 내일 다시 오는 게 낫겠다고 윌슨 양에게 말했어.

그러자 그녀가 이렇게 말하더군. "아, 아니에요. 로버트는 오늘 L—— 마을(이 지역의 시장이 서는 마을)에 갈 일이 있는데, 출발하기 전에 간식을 먹으러 올 테니 조금만 기다려봐요."

나는 최대한 예의 바르게 알겠다고 했고, 다행히도 정말 조금 있다가 로버트가 돌아왔다네. 그때쯤에는 원래 상의하러 온 땅거래나 그 땅이나 땅 주인에 대해 이야기하고 싶은 마음이 다 사라진 뒤였지만, 그래도 마음을 다잡고 금세 거래를 마무리 지었어. 잇속에 밝은 로버트는 표는 안 냈지만 만족한 눈치였지. 그런 다음 나는 든든한 '간식'으로 뭘 먹을까 이야기하는 로버트를 두고 홀가분한 마음으로 그 집을 나와 우리 일꾼들을 찾으러 갔다네.

일꾼들은 골짜기 사면에서 일하게 놔두고 나는 옥수수가 수확할 만큼 익었는지 보려고 더 높은 곳에 있는 밭 쪽으로 올라갔어. 하지만 그날 밭에는 가지 못했다네. 거의 다 왔을 때 반대쪽에서 그레이엄 부인과 아서가 걸어오는 게 보였거든. 두 사람도 나를 보았고, 아이가 막 뛰어왔어. 나는 얼른 뒤돌아서 우리 집 쪽으로 걸어갔다네. 그녀를 다시는 만나지 않기로 굳게 결심했으니까. 그래서 아서가 어린 목소리로 "잠깐만 기다려요" 하고 외치는데도 계속 걸어갔고, 결국 아이는 포기했거나 아니면 엄마가 그만 돌아오라고 부른 것 같았어. 어쨌든 5분쯤 후에 돌아보니 둘 다 안 보이더군.

이 사건 때문에 나는 크게 동요했고, 그럴 이유가 없는데도 속이 완전히 뒤집어졌어. 혹시 날카로운 데다 가시까지 돋친 큐피드의 화살이 내 심장에 너무 깊이 박혀버린 걸까? 그래서 그랬는지는 모르겠지만, 어쨌든 그날은 종일 너무도 비참한 심정이었다네.

14장
공격

그 이튿날, 나도 L——에 볼일이 있어서 아침을 먹자마자 말을 타고 길을 나섰다네. 흐리고 비도 부슬부슬 내리는 날씨였지만 상관없었어. 오히려 내 기분에 잘 맞았지. 장날이 아니라서 아무래도 나 혼자 가게 될 것 같았어. 평소에도 장날이 아니면 오가는 사람이 거의 없는 길이었거든. 하지만 나는 그 편이 오히려 마음에 들었다네.

그런데 고독을 씹으며 가다 보니 뒤에서 다른 말이 걸어오는 소리가 들리는 거야. 그러거나 말거나 나는 누군지 궁금하지 않았고, 굳이 돌아보지도 않았다네. 그러다가 경사가 좀 급해지는 지점에서 말고삐를 당겨서 더 천천히 걷도록 속도를 늦추었더니—생각에 빠져 있느라 그 전까지는 말이 알아서 느긋하게 걷도록 놔두었거든—뒤따라오던 사람이 곧 나를 따라잡고는 내 이름을 부르더라고. 바로 로런스 씨였어! 그를 보자 손가락이 본능적으로 저릿해지며 들고 있던 채찍을 더 꽉 움켜쥐게 되더군.

하지만 나는 그런 충동을 억누르고 그의 인사에 고개만 까딱한 후에 가던 길을 계속 가려고 했지. 그런데 그자가 옆으로 오더니 날씨와 농작물에 관한 이야기를 늘어놓는 거야. 그래서 그의 질문과 여러 발언에 대해 최대한 간단하게 대답하고 뒤로 처지려 했다네. 그랬더니 본인도 속도를 늦추면서 내 말이 절름발이냐고 묻는 게 아닌가. 내가 매섭게 노려보자 로런스는 아주 태평하게 웃었어.

그가 그처럼 이상하게 끈질기고 여유작작하게 행동하는 걸 보니, 화도 났지만 충격적이더라고. 지난번 만났을 때 상황을 생각하면 나를 멀리하고 차갑게 대하는 게 맞는데, 어찌 된 일인지 그는 그 전에 있었던 안 좋은 일들을 다 잊어버렸을 뿐 아니라 지금 내가 저지른 무례한 행동에 대해서도 아무렇지도 않은 듯 행동하고 있었다네. 전에는 내가 조금만 차가운 눈길을 주거나 섭섭한 말을 해도 바로 물러났으면서 지금은 이렇게 무례하게 구는데도 계속 옆에서 걷고 있다니. 혹시 내가 부인에게 거절당한 걸 알고 어떻게 반응하는지 보면서 고소해하는 것일까? 나는 아까보다 채찍을 더 단단히 움켜쥐었지만 아직 쳐들지는 않은 채로 그가 더 큰 실수를 하길 기다리며 말없이 길을 갔다네. 영혼의 수문(水門)을 열고 내 마음속에 가득 차서 부글부글 끓어오르고 있던 분노를 쏟아낼 기회를 엿보고 있었던 거지.

이윽고 로런스가 평소의 나직한 어조로 이렇게 묻더군. "마컴, 한 사람한테 실망했다고 여러 사람과 싸우는 거야? 바라는 걸 얻지 못했다고 나를 원망하는 건가? 내가 미리 경고했었잖나, 그건 안 될 일이라고—"

그의 말은 거기서 끝났다네. 팔꿈치에 악마라도 붙었는지, 내가 채찍의 작은 쪽 끝을 잡고 반대쪽으로 번개 치듯 빠르고 갑작스럽게 그의 머리를 후려쳤거든. 그 순간 로런스의 얼굴이 파랗게 질리고 이마에서 붉은 피가 몇 방울 흘러내리는 걸 보니 잔인한 만족감이 들더군. 맞은 순간 그는 잠시 비틀거리더니 뒤로 쿵 떨어졌어. 갑자기 등에서 무거운 게 사라지자 조랑말은 깜짝 놀라 껑충거리고 두어 번 뒷발질을 하더니 산울타리의 풀을 뜯으러 가더라고. 주인은 죽은 듯 말없이 가만히 누워 있는데 말이야. 혹시 내가 로런스를 죽였나 싶어 숨도 못 쉬게 긴장한 채로 반듯이 누운 그의 파리한 얼굴을 들여다보고 있자니, 차가운 손이 내 심장을 움켜쥐고 맥박을 재는 것 같은 느낌이 들었다네. 그런데 죽은 건 아니었어. 눈을 깜박거리더니 작은 신음 소리를 냈거든. 그걸 보니 다시 숨이 쉬어지더라고. 말에서 떨어진 충격으로 잠깐 정신을 잃었었나 봐. 응분의 벌을 받은 거니 앞으로는 더 조심해서 행동하겠지. 부축해서 말에 태워주어야 하나 싶었지만, 다른 사람은 몰라도 이자는 절대 용서할 수 없는 짓을 저지르지 않았던가. 말에 타고 싶으면 이따가 알아서 타겠지. 그는 벌써 깨어나 사방을 둘러보고 있었고, 말은 그 옆 길가에서 조용히 풀을 뜯고 있었거든.

  그래서 나는 그자에게 나직하게 욕을 해준 다음 말에 박차를 가해 그 자리를 떠났다네. 뭐라 분석하기 어려운 감정들이 밀려오더군. 정말 분석을 해봤으면 좀 부끄러웠을 것 같아. 내가 저지른 일의 결과가 마냥 기쁘지만은 않았으니까.

  불과 몇 분 후 흥분이 가라앉기 시작했고, 나는 바로 돌아서서 로런스에게 다시 달려갔어. 내가 너그럽거나, 화가 풀렸다거나, 그를 거기 내버려둠으로써 더 큰 부상을 입도록 방치했을 때 내가 사람들의 비난을 받게 될 것이기 때문이 아니었다네. 그건 그냥 양심의 소리 때문이었지. 그렇게 바로 양심의 소리에 귀를 기울인 건 잘한 일이었어. 그러느라고 치른 희생으로 미루어 그 일의 가치를 생각해보면 그렇게 하는 게 맞는 거였으니까.

다시 가보니 로런스 씨와 그의 조랑말은 아까와 약간 다른 상태였어. 조랑말은 8~9미터 정도 떨어진 곳에 가 있었고, 길 한가운데 쓰러져 있던 로런스는 어떻게 움직였는지 피에 젖은 흰 손수건을 이마에 대고 아주 창백하고 병약한 얼굴로 길가의 둔덕에 기대앉아 있더라고. 채찍에 아주 세게 맞았나 봐. 하지만 그 책임 또는 공(功)의 반은 채찍에 있었어. 로런스가 맞은 그쪽 끝에 도금한 쇠로 된 큰 말 머리 장식이 붙어 있었거든. 그는 비에 푹 젖은 풀밭에 누워 있었고, 옷은 진흙투성이에 모자는 길 반대편의 진흙탕에 굴러다니고 있더군. 하지만 그는 말이 더 걱정되는지 아련한 눈길로 그쪽을 쳐다보고 있었어. 어쩔 수 없는 상황에 대한 걱정과, 걱정해도 별수 없다는 무력감이 반반인 상태였겠지.

나는 말에서 내려 가까운 데 있는 나무에 말을 맨 다음, 먼저 모자를 집어다가 씌워주려고 했어. 그런데 머리가 모자를 쓸 상태가 아니라고 생각했는지 아니면 모자가 머리에 쓰기엔 너무 더러운 상태라고 생각했는지, 로런스가 모자를 잡더니 경멸하듯 옆으로 휙 던져버리지 뭔가.

"자네한테 딱 어울리는데 왜 그래." 내가 말했어.

그다음에는 그자의 조랑말을 데려와야 했어. 원래 순한 편이라 내가 고삐를 잡기 전에 잠깐 멈칫하고 피했을 뿐 곧 순순히 따라왔는데, 문제는 그를 말에 태우는 거였지.

"이 못된 인간아, 손잡아줄 테니까 어서 타."

그는 역겹다는 표정으로 얼굴을 홱 돌리더군. 그래서 팔을 잡아주려고 했더니 내 손에 더러운 거라도 묻어 있다는 듯이 움츠리는 게 아닌가.

"뭐, 말에 안 탄다고! 그럼 끝까지 여기 앉아 있든가. 그래도 온몸의 피가 다 흘러나오는 건 바라지 않을 테니 상처는 매주고 가지."

"제발 혼자 있게 해주게."

"흥, 그러시든지. 세상 망할 때까지 여기 있어봐."

하지만 그를 운명의 손에 맡기기 전에 나는 조랑말의 굴레를 산울타리 말뚝에 매주고 이미 피에 푹 젖은 그의 손수건 대신 쓰라고 내 손수건을 던져주었다네. 그랬더니 그는 혐오와 경멸의 표정을 지으며 있는 힘을 다해 그걸 다시 내게 던지더군. 그가 내게 저지른 잘못을 완결해주는 행동이었다고 할까. 나는 조용하지만 강한 어조로 욕을 퍼부으며 그를 운명에 맡기고 그 자리를 떴어. 그를 도와주려고 했으니 내 할 일은 다 했다고 생각하면서 말일세. 애초에 내가 그를 때려서 그런 상황에 몰아넣고 모욕적으로 도움을 제안하는 잘못을 저질렀다는 생각은 못 했어. 나중에 로런스가 내가 그를 죽이려 했다고 주장하면 그 결과를 감수하겠다는 각오는 했지. 그렇게 끈질기게 내 도움을 거절하는 걸 보니 그런 악의적인 주장을 할 수도 있겠더라고.

나는 다시 말에 올라타 그 자리를 떠나기 전에 그가 어쩌고 있는지 살피려고 뒤를 돌아봤다네. 로런스는 바닥에서 일어나 조랑말의 갈기를 붙잡고 안장에 올라타려고 애쓰고 있었어. 하지만 등자에 발을 올리자마자 구토나 현기증이 엄습했는지 조랑말의 몸에 머리를 기대고 잠깐 쉬더라고. 그러고는 다시 말에 올라타려고 하다가 실패하자 땅에 도로 주저앉았고, 마치 자기 집 소파에서 쉬는 것처럼 젖은 풀밭에 머리를 대고 조용히 누워 있더군.

그가 거부해도 도왔어야 했어. 여전히 피가 흐르던 상처를 매주고 말에 태워서 집까지 안전하게 데려다줬어야 했지. 그런데 그에 대한 원망 때문만이 아니라, 이 상황을 그의 하인들에게 그리고 우리 가족들에게 어떻게 설명할지 난감했다네. 내가 그를 때렸다고 인정한다 하더라도 동기를 설명하지 않으면 미친 사람 취급을 받았을 텐데, 그 동기를 어떻게 밝히겠나? 아니면 거짓말을 지어내야 했는데 그것도 쉬운 일이 아니었지. 로런스가 모든 걸 폭로할 것이고, 그러면 나는 배로 형편없는 인간으로 보였을 테니까. 그것도 싫으면 목격자가 없었다고 가정하고 내가 악랄한 거짓말을 지어내서 로런스를 실제보다 훨씬 더 나쁜 인간으로 만들어야했어. 아니, 다 아니었어. 그는 관자놀이 위만 약간 찢어졌고, 말에서 떨어지면서 혹은 자기 말한테 차여서 몇 군데 멍이 좀 들긴 했지만 한나절 동안 그대로 누워 있는다고 해서 죽을 리는 없었지. 자력으로 못 돌아온다 해도 누군가는 그 길을 지나갈 것이고. 그 길을 하루 온종일 우리 둘 말고 아무도 안 지나가는 건 있을 수 없는 일이었거든. 로런스가 나중에 어떤 말을 하든 나는 그때 가서 대처하기로 했다네. 그가 거짓말을 하면 반박하면 될 것이고, 사실을 말하면 최선을 다해 내 입장을 변호하면 되니까. 나는 내가 생각하기에 필요한 만큼만 상황을 설명할 셈이었어. 로런스는 사람들이 그 싸움의 원인을 파고들다가 본인과 그레이엄 부인의 관계가 밝혀지는 게 두려워서 이 일에 대해 아무 말 안 할 수도 있겠더라고. 두 사람의 관계는 드러나지 않는 게 로런스 본인에게든 그레이엄 부인에게든 최선일 테니 말일세.

이런 계산을 하면서 나는 L—— 마을에 들어섰고, 상황이 많이 달라졌는데도 내 볼일을 다 보고 어머니와 로즈가 원한 물건들을 아주 정확하게 찾아서 구입했다네. 그런데 돌아올 때는 로런스 때문에 이런저런 걱정으로 머리가 복잡해지더군. 아직도 축축한 땅바닥에 누워 추위와 피로로 죽어가고 있거나 이미 죽어서 차갑고 뻣뻣하게 굳어버린 그를 발견하면 어쩌나 하는 생각에 꺼림칙했고, 아까 그 자리가 가까워질수록 그런 오싹한 장면이 더 생생하게 그려져 심란했지. 그런데 아, 다행히도 로런스도 말도 사라지고 내게 불리할 수 있는 증거는 두 가지만 남아 있더라고. 길 한쪽에는 빗물에 젖고 진흙이 묻은 데다 그 끔찍한 채찍 손잡이에 맞아 윗부분이 푹 파이고 찢어진 모자가, 다른 쪽에는 그사이 쏟아진 비 때문에 생긴 짙은 핏빛 웅덩이에 반쯤 잠긴 손수건이 있었지. 이것들은 그 자체로도 기분 나빴지만, 보기에도 아주 흉하고 참혹했다네.

나쁜 소식은 금방 퍼지는 법. 4시도 채 안 되어 집에 왔는데 어머니가 심각한 어조로 말씀하시더군.

"아, 길버트! 끔찍한 사고가 일어났어. 로즈가 뭘 사러 동네에 나갔다가 들었는데, 로런스 씨가 말에서 떨어져서 위독한 상태로 실려 왔다지 뭐니."

자네도 짐작하겠지만, 이 소식을 듣고 나는 크게 놀라지는 않았어. 그래도 로런스의 두개골이 골절되고 다리도 부러졌다는 어머니의 말을 들으니 마음이 좀 놓이더군. 그의 부상이 그 정도로 과장됐다면 나머지 이야기도 똑같이 허풍일 테니 말일세. 어머니와 동생이 그의 상태를 땅이 꺼지게 걱정하는 걸 들으니 사실대로 이야기해주고 싶었지만 꾹 참았다네.

"내일 병문안 꼭 가." 어머니가 말씀하셨어.

"오늘 가든가. 아직 시간 많잖아. 오빠 말은 지쳤을 테니 조랑말 타고 가. 뭐 좀 먹고 바로 갈 거지?" 로즈가 말했어.

"아니, 아니, 그게 다 헛소문일 수도 있잖아. 어떻게 그런—"

"아, 헛소문일 리 없어. 지금 온 동네가 난리야. 로런스 씨를 처음 발견한 사람을 만난 사람들을 만난 두 사람을 내가 만났거든. 좀 과장일 수 있을 것도 같지만, 생각해보면 그렇지 않아."

"근데 로런스 원래 말 잘 타잖아. 그런 사람이 자기 말에서 떨어질 리도 없고, 만약에 그랬다고 해도 그렇게 뼈가 부러질 리 만무하지. 최소한 엄청 과장된 이야기 같은데."

"아냐, 말이 차든지 그랬겠지."

"뭐라고? 그 얌전한 조랑말이?"

"오늘 그 조랑말을 탔는지 오빠가 어떻게 알아?"

"다른 말은 거의 안 타니까."

그러자 어머니가 이러시더군. "어쨌든 내일 꼭 가봐. 사실이든 거짓이든, 과장이든 아니든 로런스 씨가 어떤 상태인지 알아야지."

"퍼거스한테 다녀오라고 하세요."

"너는 왜 못 가고?"

"저는 지금 바쁜데 걔는 한가하잖아요."

"오, 길버트, 어쩌면 그렇게 무심하니? 네 친구가 위독한데 일이야 한두 시간 미뤄도 되지 않아?"

"그 친구 안 위독해요."

"위독할 수도 있지. 실제로 보기 전까진 모르는 일 아니니. 어쨌든 끔찍한 사고를 당한 건데 당연히 가봐야지. 안 그러면 굉장히 섭섭해할걸."

"제발 그만하세요. 저는 못 간다니까요. 요즘 그 친구랑 별로 안 좋아요."

"아, 이런, 어쩜 이럴 수 있니! 설마 그런 사소한 일을 가지고 이렇게 끝까지 뒤끝 있게 구는 건―"

"사소한 일이라뇨!"

"그래도 지금 상황을 생각해보렴. 어쩌면―"

"그만, 그만, 이제 저 좀 내버려두세요. 한번 생각해볼게요."

곰곰이 생각해본 뒤, 나는 다음 날 아침 퍼거스에게 어머니의 작은 선물을 들려 보내며 안부를 묻고 오라고 했어. 내가 직접 가거나 편지를 보낼 수는 없었으니까. 병문안을 다녀온 동생 말로는, 로런스는 머리를 다친 데다 말에서 떨어져서 타박상(구체적인 경위에 대해서는 굳이 밝히지 않았지만 말에서 떨어진 일과 그 뒤에 이어진 말의 잘못 때문에 입은 상처라고 했다더군)을 입었고 빗속에 오래 누워 있어서 걸린 심한 감기로 앓고 있었지만, 뼈가 부러진 건 아니었고 위독한 상태도 아니라고 했어.

그렇다면 로런스는 그레이엄 부인을 생각해서 내 행동에 대해 아무 말도 하지 않을 심산인 게 확실했지.

15장
조우와 그 결과

 그날은 그 전날과 마찬가지로 비가 내리다가 초저녁에 그쳤고, 그다음 날 아침은 맑고 화창했다네. 나는 추수꾼들과 같이 밀을 베고 있었어. 산들바람이 밀밭 위로 불어왔고, 자연 전체가 햇살 속에서 웃고 있었지. 종달새는 은빛 구름 속에서 즐겁게 노래하고 있었고. 얼마 전 내린 비 덕분에 대기는 깨끗하고 하늘도 맑았고, 나뭇가지와 풀잎에는 아름다운 보석처럼 반짝이는 이슬이 맺혀 있었다네. 농부들조차도 비를 미워할 수 없었지. 하지만 내 마음에는 밝은 햇살이 비치지 않았고 부드러운 바람이 상쾌하게 불어오지도 않았어. 그 어떤 것도 헬렌 그레이엄에 대한 나의 믿음, 희망, 기쁨이 떠나간 빈자리를 채워줄 수 없었고, 아직 내 마음을 짓누르고 있던 뼈아픈 후회와 사랑의 쓰라린 찌꺼기를 몰아내줄 수 없었거든.
 팔짱을 낀 채로 아직 추수꾼들이 들어오지 않은 밭의 밀이 바람에 일렁이는 모습을 무심히 보고 있는데, 무언가가 내 옷자락을 살짝 잡아당겼다네. 그리고 이제는 별로 듣고 싶지 않은 작은 목소리가 "마컴 씨, 엄마가 오시래요"라고 해서 깜짝 놀랐지.

"나를 오라고 하셨다고, 아서?"

"네. 그런데 얼굴이 왜 그래요?" 내가 홱 돌아서자 아서는 예기치 않은 내 표정을 보고는 놀라기도 하고 겁도 났던지 그렇게 물었어. "그리고 왜 그렇게 오래 안 오신 거예요? 빨리 와요! 같이 가는 거죠?"

"지금은 바쁜데." 나는 뭐라고 대답해야 할지 몰라서 그렇게 말했지.

아서는 천진하게 놀란 표정으로 나를 올려다보았어. 그런데 바로 그 순간 부인이 나타났다네.

"길버트, 얘기 좀 해요!" 부인이 작지만 격앙된 목소리로 말했어.

나는 그녀의 창백한 뺨과 빛나는 눈을 마주 보았지만 대답은 하지 않았지.

"잠깐이면 되니까 이 옆 밭으로 오세요." 부인은 궁금증에 대놓고 자기를 쳐다보는 추수꾼들을 보며 이렇게 말했어. "금방 끝날 거예요."

나는 그녀를 따라 옆 밭으로 갔다네.

"아서, 저기 가서 블루벨 좀 꺾어 오렴." 부인은 멀리 산울타리 아래 피어 있는 꽃들을 가리키며 말했어. 아이는 내 옆을 떠나기 싫은지 잠깐 망설였지만, 부인이 상냥하면서도 즉시 복종할 수밖에 없는 어조로 "자, 어서 가!" 하자 바로 그쪽으로 뛰어갔어.

나는 차분하고 냉정한 어조로 "그레이엄 부인, 무슨 일이시죠?" 하고 물었고, 그녀가 상처받은 모습에 가슴이 아팠지만, 그래도 내게 부인을 괴롭게 할 힘이 있다는 사실이 기뻤다네.

그녀는 내 가슴을 꿰뚫는 눈길로 나를 쳐다보았어. 하지만 나는 빙긋 웃었다네.

"길버트, 왜 이렇게 변했는지는 묻지 않을게요." 부인이 차분하지만 비통한 어조로 말하더군. "저도 잘 아니까요. 하지만 다른 모든 사람이 저를 의심하고 비난하는 건 조용히 견딜 수 있어도, 당신이 그러면 견디기 힘들어요. 설명해준다고 한 날 왜 안 왔어요?"

"부인이 얘기해줄 내용뿐 아니라 그 이상을 그 전에 알게 되었으니까요."

"말도 안 돼요. 모든 걸 말해주려고 했는데!" 부인이 격렬하게 외쳤어. "그런데 그러지 않으려고요. 지금 보니 당신은 그럴 가치가 없네요!"

그녀의 창백한 입술이 흥분으로 파르르 떨리더군.

"왜 가치가 없다는 거죠?"

그녀는 분노와 경멸이 섞인 눈빛으로 나의 빈정거리는 미소를 물리쳤다네.

"저를 정말 이해했다면 모함꾼들 말부터 듣지는 않았을 테니까요. 당신은 제가 생각했던 그런 사람이 아니었네요. 당신을 믿었으면 실수할 뻔했어요. 가세요. 이제 당신이 저를 어떻게 보든 상관없어요."

부인이 돌아섰고, 나도 즉시 그 자리를 떠났어. 그게 부인에게 제일 큰 고통을 줄 것 같았거든. 내 짐작이 맞았어. 1분 후에 뒤돌아보니 부인은 내가 아직 옆에 있는지 보려고 또는 있기를 바라며 반쯤 몸을 돌렸다가 우뚝 멈춰 서더니 뒤를 돌아보더라고. 그런데 분노보다는 쓰라린 고통과 절망이 담긴 눈빛이었어. 나는 얼른 아무래도 상관없다는 표정으로 무심히 주변을 둘러보았고, 부인은 계속 걸어간 것 같았지. 혹시 그녀가 돌아오거나 나를 부를까 봐 잠깐 서 있다가 다시 한번 그쪽을 보았는데, 벌써 꽤 멀리 가 있더라고. 아서는 뭐라고 말하면서 엄마 옆에서 뛰어가고 있었고, 부인은 억누르기 힘든 어떤 감정을 숨기려는 듯 아들에게서 고개를 돌린 채 들판을 빠르게 걸어 올라가고 있었어. 그리고 나는 밀밭으로 돌아갔다네.

  그런데 얼마 안 가 부인을 그렇게 서둘러 보낸 게 후회되기 시작했어. 부인이 나를 사랑한다는 건 분명했거든. 로런스에게 싫증이 나서 대신 나를 만나려는 심산이었을까. 내가 처음부터 그녀를 덜 사랑하거나 덜 추앙했다면 이런 변심이 흐뭇하고 즐거웠을 걸세. 그런데 부인의 외적 처신과 내적 감정 사이의 대조와, 그녀의 인품에 대한 내 견해의 변화가 너무 참혹하고 고통스러워서, 그보다 더 가벼운 문제들은 모두 안중에도 없었지.

  그렇더라도 그날 내가 갔더라면 부인이 이 모든 걸 어떻게 설명했을지, 또는 지금 내가 설명을 요구하면 어떻게 나올지 궁금하긴 했어. 진실을 얼만큼이나 고백할지, 어떤 변명을 늘어놓을지 궁금했던 거지. 부인의 어떤 점을 멸시하고 어떤 점을 찬탄해야 할지, 얼마나 동정하고 얼마나 미워해야 할지, 무엇보다 더 알아야 할 게 뭔지 알고 싶었거든. 그렇다면 멀어지기 전에 그녀를 한 번 더 만나서 어떤 사람인지 알아볼 필요가 있었어. 그녀를 영원히 잃은 건 사실이지만, 우리가 마지막에 그렇게 비참하고 냉정하게 헤어졌다는 건 견디기 힘들었으니까. 그녀의 마지막 모습이 가슴에 남아 잊히지가 않았어. 하지만 나를 속이고, 내게 상처를 주고, 내 행복을 영원히 앗아 간 사람을 다시 보고 싶다니 정말 바보 같은 생각이었지! 그럼에도 내 마지막 결심은, '그래도 만나봐야지'였다네. 하지만 오늘은 아니었어. 오늘 밤낮은 부인이 자신의 죄를 뉘우치고 괴로워하도록 놔두고, 내일 다시 만나서 그녀에 대해 더 알아볼 생각이었다네. 내일의 만남이 그녀에게 도움이 될지 어떨지는 모르겠지만, 어쨌든 그녀를 잃고 앞으로 그날이 그날 같을 내 인생에는 한 줄기 설렘의 기억이 되어주고, 이 혼란스러운 상념들을 확실히 정리해줄 테니 말이야.

어쨌든 그 이튿날 부인을 만나러 갔는데, 낮에는 이런저런 일을 처리하고 6시에서 7시 사이에 도착해보니, 기우는 저녁 해가 와일드펠 저택을 붉게 물들이고 격자 유리창을 이글이글 빛내며 평소와 다른 명랑한 느낌을 내고 있었어. 치명적인 한 가지 진실이 다 앗아 가긴 했지만, 수없이 많은 즐거운 추억과 황홀한 꿈으로 가득했던 그 저택, 얼마 전까지만 해도 열렬히 사랑하던 이가 사는 집으로 걸어가며 느낀 감정은 이루 형언할 수 없었지.

레이철이 나를 응접실로 안내하고는 부인을 부르러 갔어. 그런데 거기 있는 등 높은 의자 옆의 작은 원형 탁자에 그녀의 접이책상이 열려 있었고, 그 위에 책 한 권이 펼쳐져 있었다네. 그 수가 많지는 않지만 수준 높은 장서들은 거의 내 책인 듯 익숙했는데, 거기 처음 보는 책이 한 권 있었어. 험프리 데이비 경의 《철학자의 만년》*이었고, 면지에 '프레더릭 로런스'라고 쓰여 있

---

* 험프리 데이비는 영국의 화학자로, 프리스틀리, 패러데이, 와트 등과 함께 전기화학을 선도했으며 유명한 과학 대중 강연자였다. 《철학자의 만년 (Consolations in Travel; or, the Last Days of a Philosopher)》(1830)은 그의 회고록이다.

더군. 나는 책을 덮어 손에 들고는 벽난로를 등진 채 문 쪽을 향해 서서 조용히 부인을 기다렸어. 분명히 올 거라고 생각했거든. 얼마 안 되어 부인의 발소리가 들리자 가슴이 두근거렸다네. 하지만 얼른 마음을 다잡고 적어도 겉으로는 아주 차분하게 서 있었지. 부인은 평온하고 창백하고 침착한 얼굴로 들어왔어.

"마컴 씨, 어쩐 일로 이렇게 왕림해주셨어요?" 부인은 듣는 이의 가슴이 철렁할 정도로 아주 엄격하면서도 조용히 품위 있는 어조로 그렇게 물었어. 그런데 나는 건방지게 싱긋 웃으며 대답했지.

"설명 들으러 왔죠."

"설명 안 한다고 말씀드렸는데요. 당신은 믿을 만한 분이 아니니까요."

"아, 그러시구나." 나는 그렇게 대답하고는 문 쪽으로 걸어갔어.

"잠깐만요. 앞으로는 볼 일 없을 테니, 아직 가지 마세요."

나는 멈춰 서서 그녀의 말을 기다렸지.

"어떤 근거로 저에 대한 소문을 믿으시는 거예요? 누구한테 무슨 얘기를 들으셨어요?"

나는 잠시 기다렸어. 부인은 아무 잘못 없다는 듯 당당하게 내 눈을 마주 보더군. 어떤 질 나쁜 소문이든 듣고 반박할 기세였어. '저 기를 꺾어야 해' 하고 나는 생각했다네. 그래서 자신감을 가지고, 고양이가 쥐를 가지고 놀듯 부인을 상대하기로 작정했지. 나는 그녀의 눈을 마주 보며 여전히 들고 있던 책을 펴서 면지에 적힌 이름을 가리켰어. "이 사람 알죠?"

"물론 알죠." 그녀는 이렇게 말하더니, 수치심 때문인지, 아니면 분노 때문인지는 모르겠지만 얼굴이 빨갛게 물들더군. 아마도 화가 나서 그런 것 같았어. "다음 질문은 뭔가요?"

"이 사람을 마지막으로 본 게 언제예요?"

"무슨 권리로 저를 심문하시는 거죠?"

"아, 권리가 있는 건 아니죠! 대답하고 말고는 부인 맘이니까요. 자, 그러면 또 물어볼게요. 이 친구분에게 최근에 무슨 일이 있었는지 아세요? 혹시 못 들으셨다면—"

"마컴 씨, 절 모욕하지 마세요!" 부인은 내 태도에 화난 얼굴로 소리쳤어. "그러려고 온 거라면 당장 나가세요."

"모욕하러 온 게 아니라 설명을 들으러 온 겁니다."

"설명 안 합니다!" 부인은 완전히 흥분한 듯이 두 손을 꽉 맞잡고 숨을 몰아쉬며 나를 매섭게 노려보고는, 방 안을 이리저리 걸으며 쏘아붙였다네. "그렇게 끔찍한 의혹들을 가지고 농담을 하고, 그 의혹들에 속아 넘어가는 사람한테 내 입장을 설명할 필요는 없으니까."

"그레이엄 부인, 그 문제에 대해 농담한 적 없습니다." 나는 바로 냉소적으로 비웃는 말투를 버리고 대답했어. "그 소문들이 정말 농담거리에 불과했으면 좋겠어요. 그런 의혹들에 쉽게 속아 넘어간다고 하셨는데, 당신에 대한 내 신뢰를 흔들려고 했던 모든 소문에 여태껏 눈을 감고 귀를 닫은 채 무조건 당신만을 굳게 믿다가 결국 결정적인 증거를 보고서야 사랑이 식었으니 전 천하의 눈먼 바보지요!"

"증거라니요?"

"말씀드리죠. 지난번에 제가 여기 온 날 기억하죠?"

"네."

"그날도 제가 조금만 더 영리했다면 금방 알아챘을 실마리들이 당신 행동 중에 몇 개나 있었는데 저는 그러지 못했어요. 그저 계속 당신을 신뢰하고, 믿으면 안 되는데도 믿고, 이해할 수 없는 걸 추앙했죠. 그런데 그날 당신과 헤어진 후, 대놓고 당신 앞에 나서지는 못했지만, 당신이 너무 안쓰럽고 애틋해서 어떤 상태인지 창문 너머로라도 보고 가려고 다시 돌아왔었어요. 그날 우리는 당신이 아주 괴로워하는 듯한 상태에서 작별했으니까요. 어느 정도는 제가 인내심이 부족하고 신중하지 못해서 그렇게 됐다 싶기도 했고요. 제가 잘못한 게 있다면 순전히 사랑 때문이었는데, 그에 대한 벌은 혹독했지요. 다시 돌아와서 저 나무가 있는 데까지 왔을 때 당신이 친구와 함께 정원으로 나왔거든요. 나설 상황은 아닌 것 같아서 두 사람이 제 앞을 지나갈 때까지 나무 뒤 그림자 속에 서 있었어요."

"우리 얘기를 얼마나 들었는데요?"

"충분히 들었어요, 헬렌. 그랬으니 다행이죠. 안 그랬으면 당신에 대한 이 사랑은 절대 치유되지 않았을 테니까요. 당신에 대해 누가 무슨 말을 하든 난 당신에게서 직접 듣지 않는 한 티끌만큼도 안 믿는다고 공언하고 다녔고, 실제로 그렇게 했어요. 다른 사람들이 넌지시 던진 암시나 주장은 모두 악의적이고 근거 없는 비방이라고 생각했고, 당신이 스스로를 깎아내리려도 과장이라고 믿었어요. 당신이 이해하기 힘든 말을 할 때도, 그러고 싶다면 당신이 다 설명해줄 거라고 생각했고요."

그레이엄 부인은 걸음을 멈추더니, 벽난로 선반 저쪽 끝에 기대서서는 꼭 쥔 손에 턱을 고인 채 분노가 아닌 다른 감정에 휩싸인 듯 열띤 눈빛으로 나를 바라보았어. 그녀는 그런 눈으로 말하는 나를 지켜보기도 하고, 반대편 벽을 훑기도 하고, 카펫을 내려다보기도 하더군.
 "그래도 여기 와서 직접 제 해명을 들었어야 맞아요. 그렇게 열렬히 사랑을 고백한 직후에 아무 이유도 대지 않고 그런 식으로 갑자기 돌아선 건 무심하고 잘못된 행동이에요. 아무리 매몰차게라도 제게 다 말했어야죠. 이렇게 아무 말도 안 한 것보다는 그 편이 나았을 거예요."
 "제가 왜 그랬어야 하죠? 제가 중요하게 생각한 그 문제에 대해서는 더 해명할 수 없으셨을 텐데요. 부인이 뭐라고 해명했든 제가 직접 보고 들은 것을 못 믿게 하지는 못했겠죠. 전에 제가 모든 걸 알게 되면 우리 사이도 끝날 거라고 하셨는데, 그날 저는 우리의 친밀한 관계가 즉시 끝나기를 원했어요. (당신도 인정했듯이) 당신은 나에게 깊은 상처를 주었지만, 당신을 비난하고 싶지는 않았어요. 그래요, 당신은 제게 당신뿐 아니라 그 누구도 절대 치유할 수 없는 상처를 주었고, 제 청춘의 신선함과 희망을 파괴했고, 제 인생을 황무지로 만들어버렸어요! 제가 100년을 살아도 절대 이 파괴적인 경험에서 벗어나지 못할 거고, 이 경험을 깨끗이 잊지도 못할 거예요! 이제부터— 그레이엄 부인, 지금 웃음이 나와요?" 본인이 초래한 이 비극적인 결과를 보고도 부인이 웃는 걸 보니 너무 놀라서 나는 격렬하게 소리치다 말고 말문이 탁 막혔다네.
 "제가 웃었다고요?" 부인이 진지한 얼굴로 나를 쳐다보며 묻더군. "몰랐어요. 만약 내가 웃었다면, 그건 제가 당신에게 상처를 주었다는 생각이 즐거워서가 아니에요. 그런 일이 생길 수도 있다는 상상만 해도 말할 수 없이 고통스러웠어요. 당신이 깊이 있는 영혼과 감정을 가지고 있다는 걸 알고 정말 기뻤고, 당신의 가치에 대한 제 판단이 틀리지 않기를 바랐어요. 하지만 저에게는 웃는 것과 우는 것이 너무 비슷해서, 그 어느 쪽을 해도 꼭 한 감정에만 국한되지 않더라고요. 저는 행복한데 울 때도 있고, 슬픈데 웃을 때도 많거든요."

그녀는 다시 나를 보았고, 뭔가 대답을 기다리는 눈치였지만, 나는 아무 말 안 했다네.

"당신이 내린 결론이 틀렸다는 걸 알게 되면 아주 기쁠 것 같아요?" 부인이 다시 말을 잇더군.

"헬렌, 어떻게 그런 질문을 해요?"

"제가 모든 걸 완전히 해명할 수는 없을 거예요. 그래도 제가 당신이 생각한 것보다는 더 나은 사람이라는 걸 알게 되면 기쁠 것 같아요?" 흥분으로 맥박이 빨라지고 가슴이 부푼 부인이 낮은 목소리로 빠르게 물었다네.

"당신에 대한 제 감정을 조금이라도 되찾아줄 수 있다면, 지금도 여전히 당신을 흠모하는 마음을 정당화해줄 수 있다면, 그리고 그 때문에 느끼는 이 뼈아픈 후회를 덜어줄 수 있다면, 그게 무엇이든 저는 기꺼이 받아들일 겁니다!" 부인의 얼굴이 붉게 달아올랐고, 너무 흥분한 나머지 전신이 부들부들 떨렸다네. 그녀는 말없이 접이책상으로 날듯이 가더니 거기서 두꺼운 공책을 꺼냈고, 끝부분에서 몇 장을 북 뜯어내고는 나머지를 내 손에 쥐여주며 말하더군. "전체를 읽을 필요는 없지만, 집에 갖고 가세요." 그러더니 서둘러 방을 나갔다네. 그런데 내가 밖으로 나와서 산책로로 접어들자 부인은 창문을 열더니 나를 불러 세우고 이렇게 말했어. "다 읽고 나면 다시 가져오세요. 그리고 거기 있는 내용은 절대 아무한테도 발설하면 안 돼요. 믿을게요."

미처 대답하기도 전에 부인은 여닫이창을 닫고 돌아서더니, 오래된 오크 의자에 주저앉아 얼굴을 두 손에 묻더라고. 감정이 너무 극에 달해서 눈물을 흘릴 수밖에 없는 것 같았어.

한시라도 빨리 읽고 싶어서 숨을 헐떡이며, 그러면서도 애써 희망을 억누르며 나는 얼른 집으로 돌아와 (아직 해 질 녘도 아니었지만) 촛불을 챙겨 들고 내 방으로 올라갔다네. 그런 다음 아무도 방해하지 못하게 문을 걸어 잠그고 책상 앞에 앉아 그녀가 빌려준 공책을 읽기 시작했어. 처음에는 책장을 급히 넘기며 여기저기 한 줄씩 읽었지만, 곧 마음을 다잡고 처음부터 쭉 읽어 나갔다네.

지금 내 눈앞에 그 공책이 있다네. 물론 그 내용에 대해 자네가 나만큼 관심이 있을 순 없겠지만, 그렇다고 요약한 내용만 알고 싶지는 않을 것 같거든. 그래서 부인이 그 부분을 쓸 당시에만 관심을 가졌던 내용이나, 이야기에 대한 이해를 돕기는커녕 전개에 방해만 될 것 같은 이런저런 부분들을 뺀 나머지 전체를 보여줌세. 이야기는 중간에서 갑자기 시작되는데, 그 시작 부분은 다음 장(章)에서 이야기해주겠네.

16장
경험자의 경고

1821년 6월 1일. 스태닝글리로 돌아온 지 얼마 안 되었다. 즉 며칠 전에 돌아왔는데, 나는 아직 적응이 안 되었고, 앞으로도 영원히 안 될 것 같은 기분이다. 삼촌이 편찮으셔서 예정보다 일찍 떠나온 것인데 애초에 계획했던 날까지 있었으면 어떻게 됐을지 궁금하다. 정말 부끄럽지만, 거기 있으면서 시골 생활이 싫어졌다. 전에 했던 모든 일이 다 지루하고 재미없게 느껴지고, 전에 즐기던 것들도 유치하고 무익해 보인다. 들어줄 사람이 없으니 음악도 연주하기 싫고, 만날 사람이 없으니 산책하기도 싫다. 집중이 안 되니 독서도 싫다. 지난 몇 주 동안 있었던 일들이 머릿속에 가득 차 있어서 책을 봐도 생각이 딴 데로 흘러간다. 그나마 그림 그리는 게 제일 낫다. 그림 그릴 때는 생각도 할 수 있으니까. 또 지금은 내 그림을 볼 사람이 없고, 본 사람들도 크게 관심을 가지지 않지만, 그림은 나중에 좋아할 만한 사람이 볼 수도 있으니까. 요즘 매일 어떤 한 사람의 얼굴을 스케치하고 그리는데, 항상 잘 안돼서 짜증이 난다. 그 사람을 잊을 수가 없다. 사실 잊으려고 노력한 적도 없다. 그 사람도 나를 생각한 적이 있는지, 언젠가 다시 보게 될지 궁금하다. 시간과 운명만이 답해 줄 수 있는 일이겠지만, 정말 여러 생각이 머릿속을 지나가다가도 결국 하나의 질문으로 귀결된다. 그 외의 모든 의문에 대한 답이 '예'라면, 나는 그걸 후회하게 될까? 아마 내가 무슨 생각을 하는지 알면 이모는 후회하게 될 거라고 말씀하시겠지. 런던으로 떠나기 전날 밤 난롯불을 쬐며 이모와 나눈 대화가 생각난다. 이모부는 통풍 기운이 있어서 먼저 자리에 드신 후였다.

말없이 생각에 잠겨 계시던 이모가 입을 여셨다. "헬렌, 혹시 결혼에 대해 생각해본 적 있니?"

"그럼요, 자주 생각하죠."

"이 사교 시즌이 끝나기 전에 네가 결혼하거나 약혼할 수 있다는 생각도 해봤어?"

"가끔요. 그런데 제가 실제로 결혼할 것 같지는 않아요."

"왜?"

"이 세상에 제가 결혼하고 싶은 남자는 정말, 정말 몇 명 안 될 것 같아서요. 제가 그 극소수의 남자 중 하나를 만날 확률은 10분의 1도 안 될 거고, 혹시 만난다 해도 그 사람이 독신이거나 저를 좋아할 확률은 20분의 1도 안 될 테니까요."

"그런 말이 어딨어. 물론 네가 결혼하고 싶은 남자는 많지 않겠지. 나도 그러길 바란단다. 그리고 상대가 누구든지 그쪽에서 청혼을 해야만 너도 그 사람과 결혼하기를 원할 수 있겠지. 여자는 자신에게 구애하지 않는 상대를 좋아하면 안 되거든. 그런데 남자가 구혼을 하면—마음의 성채가 꾸준히 공략당하면—여자는, 그래서는 안 되는 줄 알면서도, 그리고 본인이 전에 생각했던 것과 전혀 반대되는 사랑이어도, 여간 조심하고 신중히 행동하지 않으면 자기도 모르는 사이에 거기 굴복하는 경우가 많아. 헬렌, 나는 네가 이런 것들을 조심하길 바라고, 네가 사교계에 진출하자마자 만나는 첫 남자, 네 애정을 탐내는 어리석고 부도덕한 남자한테 마음을 빼앗기지 않도록 처음부터 늘 경계하고 신중하게 행동했으면 좋겠다. 넌 겨우 열여덟 살이니까 앞으로 시간이 많단다. 나도 네 이모부도 널 빨리 시집보내고 싶은 생각이 전혀 없고. 게다가 너는 집안도 좋고, 상당한 재산도 있고, 상속받을 유산도 많고, (이건 내가 얘기 안 해도 남들이 얘기해줄 테지만) 예쁘기까지 하니까 구혼자는 얼마든지 있을 거야. 하지만 그 미모 때문에 앞으로 후회할 일은 없었으면 좋겠구나!"

"저도 그랬으면 좋겠어요. 근데 왜 걱정을 하세요?"

"왜냐하면 미모야말로 최악의 남자들이 돈 다음으로 탐내는 거거든. 그래서 미인들은 많은 고난을 겪곤 한단다."

"이모도 미모 때문에 고생하신 적 있어요?"

"아니, 없다." 이모는 꾸짖듯 엄하게 대답하셨다. "하지만 그런 사람을 많이 봤어. 경솔하게 처신하다가 속임수에 넘어가서 비참하게 사는 여자들도 있고, 너무 나약해서 입에 담기도 어려운 덫과 유혹에 넘어가는 경우도 있지."

"저는 경솔하지도 나약하지도 않을 거예요."

"헬렌, 베드로가 뭐라고 했는지 기억하렴! 자만하지 말고 깨어 있어야 해.* 네 눈과 귀를 통해 들어와 네 마음을 훔치려 드는 사

---

* 마태오의 복음서 26장 참고.

람들을 경계하고, 네가 부주의할 때 네 입을 통해 나가는 말을 조심해야 해. 누가 접근해오거든 그 사람의 가치를 확인하고 제대로 평가하기 전까지는 냉정하고 공정하게 대하고, 괜찮은 사람이라고 확신한 경우에만 친하게 지내렴. 먼저 잘 알아보고 확인한 다음 교제하는 거지. 외모에 눈이 휘둘리지 않게 하고, 아첨과 유머에 귀가 매료되지 않게 조심해. 그런 건 아무것도 아니란다. 아니, 그보다 훨씬 나쁘지. 그게 다 어리석은 여자들을 유혹해서 파멸에 이르게 하는 자들이 써먹는 덫이고 술수거든. 도덕성이 제일 중요하고, 그다음이 양식(良識), 품위, 그리고 어느 정도의 재산도 갖추고 있어야지. 만약 네가 제일 멋지고 교양 있고 겉으로 볼 때는 아주 매력적인 남자와 결혼했는데, 그 사람이 실은 형편없는 패륜아나 무능한 바보라는 걸 알게 되면 얼마나 비참하겠니."

"하지만 이모, 그럼 패륜아나 바보들은 어떻게 해요? 만약 모든 사람이 이모가 시키는 대로 한다면 이 세상은 금방 끝나고 말 거예요."

"걱정 마라, 얘야! 패륜남이나 바보 같은 남자들이 장가 못 갈 일은 없어. 패륜녀와 바보 같은 여자들도 얼마든지 있어서 그런 자들의 짝이 되어주거든. 하지만 너는 꼭 내 말 명심하렴. 헬렌, 지금 웃을 때가 아니야. 네가 이 문제를 그렇게 가볍게 생각하다니 참 걱정이다. 내 말 들어, 결혼은 정말 중요한 문제야." 이모가 어찌나 심각하게 말하던지, 혹시 본인의 쓰라린 경험에서 나온 말인지 궁금해졌다. 하지만 나는 더 이상 건방진 질문은 안 했고, 그냥 이렇게 대답했다.

"결혼이 중요한 문제라는 거 저도 알아요. 다 옳은 말씀이고 수긍이 가요. 하지만 제 걱정은 안 하셔도 돼요. 저는 양식이 없거나 부도덕한 남자와 결혼하는 건 옳지 않다고 생각할 뿐 아니라, 그런 사람에게 끌리는 일도 없을 거예요. 다른 면에서 아무리 멋지고 매력적이라도 양식이 없고 부도덕하다면 사랑은커녕 좋아하지도 못할 거고, 싫어하고 무시하고 동정할걸요. 저는 인격을 갖춘 사람을 사랑해야 한다고 생각만 하는 게 아니라, 앞으로 틀림없이 그런 사람만 사랑할 거고, 그럴 수밖에 없을 거예요. 그런 사람이 아니면 저는 사랑할 수가 없어요. 말할 필요도 없지만, 미래의 제 남편은 사랑은 물론이고 존중하고 존경할 만해야 해요. 안 그러면 사랑할 수가 없으니까요. 그러니까 이모, 걱정하지 마세요."

"그랬으면 좋겠구나." 이모가 말씀하셨다.

"꼭 그렇게 될 거예요." 나는 자신 있게 말했다.

"헬렌, 너는 아직 시험에 들어본 적이 없으니 꼭 그러기를 비는 수밖에." 이모가 예의 그 차갑고 신중한 어조로 말씀하셨다.

이모가 내 말을 믿어주지 않아서 짜증 났지만, 걱정하시는 것도 무리가 아니었다. 이모의 말씀은 나중에야 기억했지 막상 그런 상황에 처했을 때는 도움이 되지 못했고, 이모의 그 원칙들이 맞는지 의심한 적도 있으니까. 어쨌든 이모의 조언은 크게 보면 맞았지만, 이모가 놓친 부분들도 더러 있었다. 이모가 정말 누구를 사랑해본 적이 있기나 한지 모르겠다.

나는 주로 이모와 나눈 이 대화 덕분에 타오른 눈부신 희망과 꿈을 품고, 그리고 나 자신의 신중함에 대한 자신감에 가득 찬 채로 (이모부가 나의 첫 출정이라고 부른) 사교계 생활을 시작했다. 처음에는 런던에서 사는 것이 새롭고 신나서 좋았는데, 얼마 안 가 너무 소란스러우면서도 제약이 많아서 지치기 시작했고, 곧 상쾌하고 여유로운 고향에서의 삶으로 돌아가고 싶어졌다. 남자든 여자든 새로 알게 된 사람들은 기대만 못했고, 그들과 어울리다 보니 성가시기도 하고 우울하기도 했다. 그들의 특이한 점을 관찰하고 결점들을 비웃는 일에도 금방 싫증이 났기 때문이다. 이모가 그런 이야기는 안 들어주어서 나 혼자만 알고 있어야 하니 더욱 그랬다. 그중에서도 특히 여자들은 짜증 날 정도로 생각이 없고 비정하고 인위적이었다. 남자들은 조금 나아 보였지만, 나에게 아첨을 하기 때문에 제대로 파악하기 어려워서 그런 것일지도 몰랐다. 나는 그중 누구와도 사랑에 빠지지 않았는데, 아첨을 받으면 좋기는 했지만 그다음 순간 그런 소리에 넘어간 나 자신의 허영이 싫어졌고, 계속 그러다가 결국 내가 그토록 경멸하는 여성들처럼 될까 봐 두려웠기 때문이다.

그중에서도 이모부의 친구인 한 나이 많은 신사가 특히 짜증 났는데, 그는 본인이 내게 최고의 신랑감이라고 생각했다. 그런데 그 사람은 나이도 많을뿐더러, 정말 못생기고 불쾌하고 사악한 남자였다. 이모는 그렇게 말하지 말라고 하시면서도 그 남자가 천사는 아니라고 하셨다. 그 사람보다는 덜 밉살스러웠지만 더 지긋지긋한 남자가 있었다. 이모가 마음에 든다며 자꾸 나한테 떠민 데다가 그가 끊임없이 들이대면서 내 귀에 찬사를 퍼부었기 때문에 그랬다. 보럼(Boarham)이라는 사람이었는데, 나는 보렘(Bore'em)으로 표기하는 편을 더 선호한다. 정말 지겨운 남자(bore)였기 때문이다. 내 옆에 앉아서 30분씩 주저리주저리 떠들던 그의 목소리를 떠올리면 지금도 치가 떨린다. 그러면서 그는 내게 지적으로 도움이 될 유익한 정보를 준다거나, 자신의 교조적인 견해를 심어주며 나의 잘못된 판단을 고쳐준다거나, 내가 알아듣기 쉽게 수준을 낮춰서 이야기한다거나, 재미있는 이야기를 해서 나를 즐겁게 해준다고 생각하는 눈치였다. 그래도 꽤 점잖은 남자였기 때문에 어느 정도 거리만 지켜줬으면 그렇게 싫어하지 않았을 텐데. 그러나 그는 내 옆에서 나를 지겹게 했을 뿐 아니라 내가 더 나은 사람들과 이야기할 시간을 빼앗은 셈이었으므로, 나로서는 어쩔 수가 없었다.

  하지만 어느 날 밤 무도회에서 보럼 씨가 평소보다 더 심하게 따라다니는 바람에 내 인내심이 바닥날 지경이 된 적이 있었다. 그날은 저녁 전체가 엉망이 될 운명인 듯했다. 머릿속은 텅 비고 멋만 내는 어떤 남자와 춤을 추고 돌아오니 보럼 씨가 나타났고, 그는 무도회가 끝날 때까지 내 옆에 붙어 있기로 작정한 것처럼 굴었다. 그는 춤을 안 추는 사람이었고, 그날은 내 옆에 앉아 얼굴을 들이밀며 모든 사람 앞에서 마치 나와 미래를 약속한 사이인 것처럼 처신했다. 이모는 흐뭇한 얼굴로 이 모습을 지켜보며 그를 응원했다. 싫다는 눈치를 아무리 보여도 못 알아듣기에, 나는 무례해 보이더라도 그를 떼어낼 작정으로 짜증이 난 걸 감추지 않았다. 그는 상대방이 자기랑 있는 걸 싫어할 수도 있다는 건 상상도 못 했다. 보럼 씨는 내가 아무 말 않고 뚱하게 있으면 자기 말에 매혹되어 집중하고 있다고 생각하고 더 열심히 떠들었고, 차갑게 대답하면 명랑한 소녀의 재기 발랄한 반격이라고 생각하고 귀엽다는 듯이 나를 나무랐으며, 그의 주장에 대놓고 반발하면 불에 기름을 부은 듯 더 열심히 새로운 논리를 동원해 설명하고 내 머릿속에 자신의 의견을 심어주기 위해 끝없이 추론을 이어나갔다.

그런데 그날 무도회에 내 사고방식을 좀 더 잘 이해해주는 듯한 사람이 있었다. 그 사람은 우리 옆에 서서 보럼 씨와 내 대화를 한참을 지켜보면서 그의 끈질긴 수다와 나의 노골적인 짜증을 즐겼고, 내가 강하고 대차게 대답하는 걸 보며 혼자 웃었다. 그러다 마침내 안주인에게 가서 나를 소개해달라고 한 것 같았다. 잠시 후 두 사람이 함께 오더니, 안주인이 그를 우리 이모부의 돌아가신 친구분의 아들인 헌팅던 씨라고 내게 소개했기 때문이다. 그가 춤을 청했을 때 나는 기꺼이 승낙했고, 무도회를 떠날 때까지 내내 그 사람과 같이 다녔다. 하지만 이모가 늘 그러듯 일찍 돌아가자고 해서 오래 만나지는 못했다.

헌팅던 씨가 아주 활달하고 재미있었기 때문에 그날 무도회를 떠나는 게 정말 아쉬웠다. 그의 말이나 행동에는 뭔가 우아하게 편안하고 분방한 면이 있었고, 그 덕분에 나는 그곳에서 견뎌야 했던 온갖 제약과 격식에서 벗어나 편안하고 해방되는 듯한 느낌이 들었다. 말과 행동이 지나치게 경솔하고 대담할 때도 가끔 있었지만, 나는 보럼 씨에게서 벗어난 게 너무 즐겁고 고마워서 별로 개의치 않았다.

"헬렌, 지금은 보럼 씨 어떻게 생각하니?" 우리가 탄 마차가 출발하는 순간 이모가 물으셨다.

"정말 최악이에요."

이모는 실망한 표정이었지만 이 문제에 대해 더 이상 거론하지는 않으셨다.

"마지막에 같이 춤춘 남자는 누구니?" 이모가 다시 입을 여셨다. 그러더니 짧은 침묵 후에 이렇게 물으셨다. "숄 하나 둘러주는데 어쩜 그렇게도 친절하니?"

"그런 거 아니에요. 애초에는 도와줄 생각도 없었는데, 보럼 씨가 둘러주러 오는 걸 보더니 웃으면서 '이리 와요, 저 고난으로부터 지켜줄게요.' 한 거예요."

"그래서 그게 대체 누구였다고?" 이모가 냉랭하고 엄숙하게 물으셨다.

"헌팅던 씨라고, 이모부 옛 친구분 아들이에요."

"그 젊은 헌팅던 씨에 대해 네 이모부가 얘기하는 거 들었는데, '괜찮은 청년인데 좀 무모한 것 같아'라고 하더구나. 그러니까 조심하렴."

"'좀 무모하다'라는 게 무슨 뜻이에요?" 내가 물었다.

"원칙이 없고, 청년들이 흔히 범하는 온갖 잘못을 저지르기 쉽다는 거지."

"그런데 이모부는 당신 자신도 젊었을 때 통탄할 정도로 무모했다고 말씀하시던데요."

이모는 근엄한 표정으로 고개를 흔드셨다.

"제 생각에 이모부는 농담으로 그러신 것 같아요. 헌팅던 씨에 대한 말씀도 그냥 되는대로 하신 거 아닐까요? 그렇게 웃음기 어린 푸른 눈을 가진 사람이 무슨 해를 끼치겠어요?"

"헬렌, 그건 잘못된 추론이야!" 이모가 한숨을 쉬며 말씀하셨다.

"이모, 사람들을 너그러운 눈으로 보아야 하잖아요. 그리고 잘못된 추론 아니에요. 저는 관상을 정말 잘 보고, 외모를 보고 사람들의 성격을 짐작해요. 잘생겼나 못생겼나가 아니라 이목구비의 전반적인 구성을 보는 거예요. 예컨대 이모의 얼굴을 보면 이모는 명랑하고 활달한 분이 아니라는 걸 알 수 있어요. 윌못 씨를 보면 형편없는 늙은 무뢰한이라는 걸 알 수 있고요. 보럼 씨 얼굴을 보면 재미없는 사람이라는 걸 알 수 있죠. 그런데 헌팅던 씨 얼굴을 보면, 현자나 성인은 아니어도 바보나 악한은 아닌 걸 알 수 있어요. 하지만 저는 아무래도 상관없어요. 어쩌다 무도회에서 춤 상대로 만날지는 모르겠지만 다시 만날 일은 아마 없을 테니까요."

그런데 그렇지는 않았다. 바로 다음 날 아침에 그를 다시 만났기 때문이다. 그는 이모부를 찾아와서는, 유럽에서 돌아온 지 얼마 안 됐고 그 전날 밤에야 이모부가 런던에 오신 걸 알게 되었다며, 미처 찾아뵙지 못해 죄송하다고 했다. 그 후 나는 그를 자주 만났다. 밖에서 보기도 하고 집에서 보기도 했다. 그는 이모부를 아주 열심히 찾아왔는데, 정작 이모부는 그다지 반가워하시는 것 같지 않았다.

"그 녀석이 왜 이렇게 자주 찾아오는지 알 수가 없네. 헬렌, 너는 알겠니? 그도 나도 같이 있는 걸 좋아하지 않는다는 건 확실한데 말이야."

"그럼 제발 그렇다고 말을 해요." 이모가 말씀하셨다.

"왜, 뭘 위해서? 나는 안 보고 싶어도 (내게 윙크를 하시며) 누군가는 그를 보고 싶어 할 수 있잖소. 그리고 페기, 그 사람 상당한 부잣집 아들이오. 윌못만큼 부자는 아니지만, 헬렌이 윌못은 말도 못 꺼내게 하니까. 이상하게 아가씨들은 아무리 돈이 많고 경험이 풍부해도 나이 든 사람들은 별로인가 보오. 내가 장담하는데, 헬렌은 돈 많은 윌못보다 돈 없는 헌팅던을 택할 거요. 그렇지 않니?"

"맞아요, 이모부. 하지만 그게 헌팅던 씨에 대한 칭찬은 아니네요. 저는 윌못 부인이 되느니 차라리 빈털터리 노처녀가 될 거니까요."

"그럼 헌팅던 부인은? 헌팅던 부인이 되느니 차라리 뭐가 되겠다, 그런 건 없니?"

"그건 생각해보고 나서 말씀드릴게요."

"아, 그건 생각이 필요한 문제구나? 하지만 자, 말해보렴, 가난한 건 차치한다 하더라도, 차라리 노처녀가 되겠다는 거니?"

"청혼을 받아봐야 알 것 같아요."

이모부가 더 물어보실까 봐 나는 그렇게 말하고 얼른 밖으로 나왔다. 그런데 5분 후, 내 방에서 창밖을 보니 보럼 씨가 이모 집으로 오고 있었다. 나는 거의 30분 동안, 언제든 1층으로 불려 갈 수 있다는 긴장감 속에서 그가 얼른 돌아가면 좋겠다는 생각을 하며 초조한 마음으로 기다렸다. 이윽고 계단을 올라오는 발소리가 들리더니, 이모가 진지한 얼굴로 들어와 문을 닫으셨다.

"헬렌, 보럼 씨가 너랑 얘기하고 싶다는구나."

"아, 이모! 제가 몸이 안 좋다고 해주세요. 그 사람을 보면 정말 체할 것 같아요."

"얘야, 말도 안 되는 소리 하지 마라! 이건 가벼운 일이 아니야. 아주 중요한 일로 오셨어. 이모부랑 나한테 너와 결혼하게 해달라고 했거든."

"이모부랑 이모께서는 그건 두 분이 결정할 일이 아니라고 그 사람한테 말씀하셨겠죠? 그 사람은 그걸 나보다 다른 분들한테 먼저 물어볼 권리가 없잖아요?"

"헬렌!"

"이모부는 뭐라고 하셨어요?"

"이 일에 개입하지 않겠다고 하셨어. 네가 보럼 씨의 친절한 제안을 받아들이면, 너는―"
"이모부가 친절한 제안이라고 하셨어요?"
"아니. 이모부는 그냥 네가 그 사람과 결혼하고 싶으면 하고, 싫으면 네가 원하는 대로 하라고 하셨어."
"잘하셨네요. 이모는 뭐라고 하셨어요?"
"내 말이 뭐가 중요하니. 네가 뭐라고 할지 그게 중요하지. 보럼 씨는 직접 청혼하려고 기다리고 있어. 그러니까 내려가기 전에 잘 생각해보렴. 만약에 청혼을 거절할 거라면 나한테 이유를 말해주고."
"당연히 거절할 건데요, 어떻게 거절하면 좋을지 알려주세요. 정중하면서도 단호하게 거절하고 싶거든요. 이유는 저 사람 가고 나면 말씀드릴게요."
"헬렌, 잠깐 기다려봐. 여기 앉아서 차분히 생각을 정리해보렴. 보럼 씨는 네가 받아들일 거라고 굳게 믿고 있으니 급하지 않을 거야. 그러니까 이모한테 왜 이 청혼을 거절하는지 이유를 얘기해봐. 보럼 씨가 성실하고 양심적인 사람인 건 맞지 않니?"
"맞아요."
"양식 있고 건실하고 점잖은 사람 아니니?"
"맞아요, 정말 그런 사람 같아요. 하지만―"
"하지만이라니, 헬렌! 세상에 그런 남자가 몇 명이나 되겠니? 그렇게 성실하고 양심적이고 양식 있고 건실하며 점잖은 사람이 그렇게 단박에 거절할 만큼 흔한 건 아니잖니? 잘 생각해보면 하나하나 그야말로 고귀한 자질이고, 그 안에 헤아릴 수 없이 뛰어난 미덕들이 더 많이 있는 건데(보럼 씨는 이런 것들 이외에도 더 많은 자질들을 갖고 있지만), 이 모든 것이 지금 네 발

앞에 놓여 있는 거잖니. 너는 이 귀한 자질들을 평생 향유할 수 있어. 보럼 씨는 훌륭하고 뛰어난 남편감이고, 너를 깊이 사랑하지만 그게 네 단점들을 간과할 만큼 눈먼 사랑은 아니니 평생 너의 인도자가 될 거고, 너와 영원한 행복을 같이 누릴 동반자가 될 거야. 이렇게 생각해보렴—"

"하지만 이모, 저는 그 사람이 너무 싫어요." 평소와 달리 유창하게 보럼 씨의 장점을 추어대는 이모에게 내가 말했다.

"너무 싫다니, 헬렌! 그게 기독교 정신이니? 너무 싫다고? 그렇게 좋은 사람인데!"

"인간으로서 싫은 게 아니라 남편으로서 싫은 거예요. 인간으로서는 너무 좋아서, 꼭 저보다 훌륭한 아내를 얻으시면 좋겠어요. 보럼 씨만큼 훌륭하거나, 그런 게 가능하다면 그분보다 더 훌륭한 사람과 결혼하시면 좋겠어요. 그 여성분이 보럼 씨를 좋아할 수 있다면 말이죠. 하지만 저는 절대 그분을 좋아할 수 없고, 그래서—"

"그러니까 왜 좋아할 수 없다는 거야? 뭐가 맘에 안 들어서?"

"첫째, 보럼 씨는 최소한 마흔 살이거나, 아마 그보다도 훨씬 더 늙었을 거예요. 근데 저는 겨우 열여덟 살이잖아요. 둘째, 그분은 극도로 편협하고 완고해요. 셋째, 그분은 취향이나 감각이 저와 완전히 달라요. 넷째, 저는 그분의 외모, 목소리, 행동거지가 정말 싫어요. 그리고 마지막으로, 저는 그분에 대한 혐오감을 절대 극복할 수 없을 것 같아요."

"그 혐오감 극복해야 해. 그리고 외모 말고 다른 측면에서 보럼 씨를 헌팅던 씨와 잠깐 비교해보고(외모는 한 사람의 가치나 행복한 결혼 생활에 전혀 기여하지 못하는 데다가, 헬렌 너도 외모는 중요하지 않다고 늘 말했었잖니) 둘 중에 누가 더 나은지 말해보렴."

"헌팅던 씨는 이모가 생각하시는 것보다 훨씬 더 훌륭한 사람일 거예요. 하지만 지금 우리는 그 사람이 아니라 보럼 씨 얘기를 하고 있고, 보럼 씨의 아내가 되느니 저는 차라리 독신으로 성장하고 살다가 죽을 거예요. 기다리게 하지 않고 빨리 말해주는 게 좋을 것 같으니, 이제 가게 해주세요."

"그래도 무 자르듯 끊어내지는 말거라. 그 사람, 전혀 생각도 못 하고 있어서 많이 불쾌할 거야. 지금 당장은 결혼 생각이 없다고만—"

"하지만 결혼 생각 있는걸요."

"아니면 앞으로 더 알아가고 싶다고 하든지."

"더 알아가고 싶지 않아요—완전히 그 반대예요."

나는 그러고는 더 이상 이모의 말을 기다리지 않고 보럼 씨를 찾으러 갔다. 그는 이런저런 가락을 흥얼거리고 지팡이 끝을 잘근대며 응접실을 이리저리 왔다 갔다 하고 있었다.

"사랑하는 헬렌 양—" 보럼 씨는 아주 흐뭇한 듯 실실 웃으며 고개를 숙였다. "친절하신 당신 후견인의 허락을 받았어요—"

"네, 알아요." 나는 가능한 한 빨리 끝내고 싶었다. "저를 좋게 봐주셔서 정말 감사해요. 하지만 당신의 청혼을 거절할 수밖에 없겠어요. 결혼을 하게 되면 금방 알게 되시겠지만, 우리는 서로 맞지 않거든요."

이모 말이 맞았다. 그는 내가 청혼을 받아들일 거라고 확신했고, 대놓고 거절할 줄은 꿈에도 몰랐던 게 분명했다. 그런 거절에 직면하자 그는 너무 놀라서 화도 못 냈고, 잠시 목울대를 울리고 헛기침을 하며 망설이더니 공격을 재개했다.

"헬렌 양, 우리가 나이, 기질 그리고 어쩌면 다른 면에서도 상당한 차이가 있다는 거 나도 알아요. 하지만 나는 헬렌 양처럼 젊고 열정적인 사람의 단점이나 실수는 너무 엄격하게 비판하지 않는다는 걸 꼭 말씀드리고 싶어요. 당신의 그 문제점들을 인정하고 아버지 같은 마음으로 탓할 수도 있겠지만, 연인을 사랑하는 그 어떤 젊은이보다도 내가 헬렌 양을 더 너그럽게 받아들일 겁니다. 그 대신 헬렌 양도 나의 경험과 신중한 처신을 단점으로 보지 않았으면 좋겠어요. 그 전부를 당신의 행복을 위해 쓸 거니까요. 자, 이제 헬렌 양의 의향을 말해주세요. 젊은 아가씨의 변덕 말고, 헬렌 양의 솔직한 생각을요."

"알겠어요. 하지만 아까 말씀드린 내용을 되풀이하는 것뿐이에요. 우리는 서로 맞지 않는다고 생각합니다."

"정말 그렇게 생각해요?"

"네."

"하지만 헬렌 양은 저를 잘 모르잖아요— 시간을 갖고 앞으로 더 알아가고 싶을 텐데—"

"아뇨, 그렇지 않아요. 이미 충분히 잘 알고, 보럼 씨가 저를 아시는 것보다 제가 보럼 씨를 더 잘 안답니다. 저를 정말 잘 아신다면 이렇게 안 어울리고 이렇게 모든 면에서 철저히 안 맞는 저와 결혼하고 싶지 않으실 테니까요."

"하지만 헬렌 양, 나는 완벽함을 추구하지 않아요. 나는 충분히 그런 차이를—"

"고맙습니다. 하지만 저는 보럼 씨의 선한 의도를 악용하고 싶지 않아요. 그런 사랑과 배려를 많이 안 하셔도 되는 더 훌륭한 여성과 결혼하시는 게 좋을 것 같아요."

"부디 이모님과 상의 좀 해보시면 좋겠어요. 그 훌륭하신 분께서는 아마—"

"이미 상의해봤는데, 이모도 보럼 씨와 같은 생각이세요. 하지만 이렇게 중요한 문제는 저 스스로 판단해야 한다고 생각합니다. 어떤 설득도 제 성향을 바꾸지 못할 것이고, 그런 결혼은 저나 보럼 씨를 행복하게 만들어줄 수 없을 거예요. 보럼 씨만큼 경험이 풍부하고 신중하신 분이 저 같은 아내를 고른다는 게 저는 이해가 안 가요."

"거참! 저도 가끔 그런 생각을 했습니다. 한 번씩 저 스스로에게 '보럼, 지금 뭘 쫓아가고 있는 거야? 조심해. 일을 저지르기 전에 생각을 해야지! 헬렌 양은 상냥하고 매력적인 아가씨지만, 연인에게 가장 매혹적인 점이 남편에게는 가장 고통스러울 수 있다는 걸 잊으면 안 돼!'라고 말했죠. 저도 아주 많은 생각과 고민을 하고 청혼했다는 걸 꼭 기억해주십시오. 신중하지 못한 결혼으로 보일 수 있기에 낮에는 이 문제로 속을 태우고 밤에는 몇 시간씩 잠을 설쳤지만, 결국에는 이 결혼이 경솔한 일이 아니라는 결론에 도달했습니다. 헬렌 양이 결점이 없는 건 아니지만, 그건 어려서가 아니라 아직 미덕이 채 피어나지 않았기 때문이라고 생각했어요. 그래서 나는 헬렌 양의 급한 성격이나 잘못된 판단, 의견, 처신은 고쳐질 수 있고, 주의 깊게 지켜보는 용의주도한 조언자에 의해 쉽게 없어지거나 완화될 거라고 생각합니다. 그리고 내가 가르치거나 제어할 수 없는 부분은 헬렌 양의 여러 장점들을 봐서 용서하고 넘어갈 겁니다. 사랑하는 헬렌 양, 내가 이렇게 모든 걸 받아들이는데 당신이 나를 마다하는 이유가 대체 뭔가요?"

"사실 저는 주로 저 자신 때문에 이 결혼에 반대하는 거예요. 그러니 이 얘기는 그만하죠." 나는 이렇게 말하려고 했다. "이 얘기를 계속하는 건 쓸데없는 것보다 더 안 좋으니까요." 하지만 그가 "하지만 대체 왜요? 저는 당신을 사랑하고, 소중히 여기고, 보호할 텐데" 하고 어쩌니 저쩌니 하면서 자꾸 끼어드는 바람에 그 말을 할 틈이 없었다.

우리 둘 사이에 오간 말을 다 적을 필요는 없다. 그저 나는 보럼 씨가 너무 지긋지긋했고, 내가 한 말이 진심이라는 걸 아무리 말해도 믿어주지 않아서 힘들었고, 너무 고집불통인 데다 내게 이로운 게 뭔지 전혀 생각해주지 않았기 때문에 그 사람이나 우리 이모가 내 결정을 바꿔놓을 여지는 전혀 없었다는 것만 말해두겠다. 사실 그 사람이 내 말을 정확히 알아들었는지는 알 수가 없다. 끈질기게 같은 주장을 몇 번씩 반복하고 같은 논리를 계속 펼치면서 내게 같은 답을 하게 만드는 바람에 너무 피곤했지만, 결국 나도 너무 화가 나서 이렇게 말했다. "확실히 말씀드릴게요. 저는 보럼 씨와 결혼할 수 없습니다. 어떤 말씀을 하셔도 저는 원치 않는 결혼은 할 수가 없어요. 저는 보럼 씨를 존경합니다. 아니, 적어도 보럼 씨가 양식 있게 행동하신다면 존경할 겁니다. 하지만 저는 보럼 씨를 사랑할 수 없고, 한 번도 사랑할 수 없었어요. 그리고 말씀을 하실수록 점점 더 보럼 씨가 싫어져요. 그러니 결혼에 대해 더 이상 아무 말도 하지 마세요."

그러자 보럼 씨는 작별 인사를 하고는 불쾌하고 기분 나쁘다는 표정으로 돌아갔다. 하지만 그건 절대 내 탓이 아니었다.

17장
더 많은 경고

　다음 날 나는 이모와 이모부를 따라 윌못 씨 댁에서 열린 디너 파티에 갔다. 그 집에는 숙녀 둘이 머물고 있었는데, 하나는 윌못 씨의 조카딸로, 애너벨라라는 25세쯤 된 멋진 소녀, 아니 아가씨였다. 자기 말로는 본인이 너무 바람둥이라 결혼을 안 한다고 했지만, 신사들은 정말 대단한 아가씨라고 그녀를 칭찬하며 좋아했다. 또 하나는 애너벨라의 사촌인 밀리센트 하그레이브였는데, 성격이 유순했고, 나를 실제보다 훨씬 더 좋게 보고 나에게 완전히 매료된 눈치였다. 나도 그녀가 아주 좋아졌다. 나는 내 주변의 여성들을 비판할 때가 많은데 밀리센트는 그런 여성들과 완전히 다른 사람이었다. 하지만 내가 그 파티를 언급하는 것은 그녀나 그녀의 사촌 때문이 아니라 윌못 씨 집에 온 또 다른 손님, 즉 헌팅던 씨 때문이다. 그가 거기 있었다는 것을 기억할 만한 이유가 있다. 그게 그를 마지막으로 본 날이었기 때문이다.
　만찬 때 그는 나와 가까운 데 앉지 않았다. 그는 어떤 뚱뚱한 노부인을 모셔야 했고, 나는 그의 친구이며 정말 밉살스러운 그림즈비 씨와 입장하게 되었기 때문이다. 그림즈비 씨는 음험해 보이는 얼굴에, 행동거지는 어딘가 무자비하면서도 불쾌할 정도로 깍듯해서 도저히 떨쳐낼 수가 없었다. 꼭 누구와 짝을 맞춰서 만찬장에 들어가야 하다니, 정말 성가신 관습이고, 이 극도로 고상한 계층의 삶이 짜증 나는 여러 이유 중 하나이다. 그리고 꼭 남성이 여성을 만찬장으로 데리고 가야 하는 거라면, 왜 제일 좋아하는 상대와 같이 갈 수 없는 걸까?

하지만 헌팅던 씨가 자유롭게 상대를 선택할 수 있었다 해도 나를 데리고 입장하지는 않았을 것 같다. 윌못 양이 어떻게든 그의 관심을 끌려고 했고 그 사람도 그녀가 원하는 대로 해주고 싶은 눈치였으니 그녀를 골랐을 수도 있다. 두 사람이 웃으면서 이야기를 나누고 옆 사람이 싫어하는데도 식탁 너머로 서로 눈길을 주고받는 것과, 나중에 여자들끼리 있는 응접실로 남자들이 들어왔을 때 그 사람이 들어오자마자 윌못 양이 큰 소리로 그를 부르며 얼른 이리로 와서 자신과 다른 여성 사이의 언쟁에 중재자가 되어달라고 하는 것, 그러자 그 사람이 얼른 뛰어와서 ―내가 볼 때는 분명히 그녀 생각이 틀렸는데도―1초도 망설이지 않고 바로 그녀 편을 들어주고 거기 서서 그녀와 몇 명의 여성과 스스럼없이 이야기하는 것을 보니 그런 생각이 들었다. 그때 나는 밀리센트 하그레이브의 부탁으로 응접실 반대편 끝에 앉아서 그녀가 그린 그림들을 보며 평가와 조언을 해주고 있었다. 그런데 아무리 평정심을 유지하려고 해도 자꾸 그림이 아니라 그 명랑한 무리에 관심이 갔고, 그러면 안 되는 줄 알면서도 화가 치밀어서 얼굴을 찡그렸던 것 같다. 계속 서투른 그림들을 보는 게 지루하지 않냐며 밀리센트가 나머지는 다음 기회에 보기로 하고 그 무리가 있는 데로 가라고 거듭 권했기 때문이다. 그래서 지루하지 않다고, 그쪽으로 가고 싶지 않다고 말하고 있는데, 헌팅던 씨가 우리가 앉아 있는 작은 원탁 쪽으로 걸어왔다.

"헬렌 양이 그린 거예요?" 그 사람이 그림 한 장을 쓱 집어 들며 물었다.

"아뇨, 하그레이브 양 작품이에요."

"아, 그렇군요. 같이 봅시다."

볼만한 가치가 없다고 하그레이브 양이 계속 말리는데도 헌팅던 씨는 의자를 끌어다 내 옆에 앉더니 내가 집어주는 그림을 한 장 한 장 살펴보고는 탁자에 놓았다. 그러면서 이야기는 계속했는데, 그림에 대해서는 한마디도 하지 않았다. 밀리센트가 이런 행동을 어떻게 생각했는지는 모르겠지만 나는 그의 이야기가 너무도 흥미진진했다. 하지만 나중에 잘 생각해보니 그때 헌팅던 씨는 주로 거기 있는 사람들을 조롱하는 말을 했는데, 가끔은 재치 있는 말을 했고 어떤 말은 정말 재미있었지만, 말하는 중에 어쩌다 나타나는 그의 눈빛, 어조, 몸짓과, 그가 하는 모든 행동과 말에 후광을 비춰주고 그의 얼굴을 보는 걸 즐겁게 해주며 설사 말도 안 되는 헛소리를 늘어놓더라도 그의 목소리를 음악으로 만들어주는 그 불명확하지만 형언할 수 없는 매력을 모두 제외하고 그가 했던 말들만 여기에 적는다면 별로 특별해 보이지 않을 것 같다. 그래서 이모가 이 즐거운 대화를 중단시킨 게 더 화가 났다. 이모는 그림에 아무 관심도 없고 잘 알지도 못하면서 그림을 구경한다는 구실을 대며 차분한 얼굴로 나타나더니, 그림을 보는 척하며 아주 냉정하고 불쾌한 표정으로 헌팅던 씨에게 말을 걸었다. 이모는 나를 짜증 나게 하려고 일부러 그에게 가장 진부하면서도 엄청나게 형식적인 질문과 발언을 퍼부어 그의 주의를 돌리려고 했다. 나는 밀리센트의 그림을 마저 본 후, 헌팅던 씨와 이모를 놔두고 멀리 떨어진 소파에 가 앉았다. 그때는 그 행동이 얼마나 이상해 보일지 생각하지 못했고, 그저 짜증 난 마음을 가라앉히고 혼자만의 생각에 빠지고 싶어서 그런 것이었다.

그런데 얼마 지나지 않아 내가 그렇게 혼자 있는 틈을 타 그날 무도회에 온 남자 중 제일 싫은 윌못 씨가 다가와 내 옆에 앉았다. 그 전에 여러 번 그의 구애를 성공적으로 막아냈기에 그의 이 부적절한 호감 때문에 더 이상 걱정할 건 없다고 생각했는데, 그게 아닌 것 같았다. 윌못 씨는 자신의 재산이나 아직 남아 있는 자신의 매력의 힘에 대한 자신감, 여성의 나약함에 대한 굳은 신념에 가득 차서는 다시 구애를 시작했다. 그런데 이번에는 술기운에 더욱 열렬히 밀어붙였고, 그래서 훨씬 더 끔찍하게 느껴졌다. 하지만 그 순간 그가 아무리 역겨웠어도, 이 만찬의 주최자였고 그의 환대를 누리고 있었기에 무례하게 굴고 싶지는 않았다. 게다가 나는 정중하면서도 확실하게 거절하는 방법을 알지 못했고, 설사 알았다 하더라도 별로 도움이 됐을 것 같지는 않다. 워낙 교양이 없는 남자라서 본인이 무례한 만큼 분명하고 확실하게 거절하지 않는 한 별 소용이 없었기 때문이다. 결국 그는 더 노골적으로 다정하게, 더 혐오스럽도록 열렬히 구애를 했고, 나는 거의 자포자기에 빠져 내가 무슨 말을 할지도 모르는 상태가 된 참이었다. 그런데 갑자기 누군가가 소파 팔걸이에 엎고 있던 내 손을 부드럽지만 단단히 움켜쥐었다. 나는 본능적으로 그가 누군지 알아챘고, 고개를 들어 내게 미소 짓고 있는 헌팅던 씨를 보았을 때 놀랍다기보다 즐거웠다. 마치 연옥의 악마를 보다가 고통의 시간이 지났다고 알려주는 빛의 천사를 보는 느낌이었다고 할까.

"헬렌." 헌팅던 씨가 말했다(그는 걸핏하면 나를 이렇게 불렀는데, 나는 그런 분방함이 싫지 않았다). "와서 이 그림 좀 봐요. 윌못 씨도 잠깐은 괜찮다고 하실 거예요."

나는 얼른 일어섰다. 그는 내 팔짱을 끼고 방을 가로지르더니, 전에 스치듯 보긴 했지만 충분히 살펴보지는 못한 반다이크의 멋진 그림 앞으로 나를 데려갔다. 그래서 잠깐 말없이 그림을 훑어보고 작품의 아름다움과 특징에 대해 말하려는데 헌팅던 씨가 아직도 팔짱을 끼고 있던 내 손을 장난스럽게 누르며 이렇게 말했다. "그림은 됐어요. 그것 때문에 이리 데려온 게 아니거든요. 당신을 데려갔다고 저를 칠 것처럼 노려보고 있는 저 늙고 악랄한 난봉꾼으로부터 당신을 구해주려고 그런 거예요."

"정말 고맙습니다. 두 번이나 저런 불편한 사람들에게서 구해주신 거잖아요."

"너무 고마워하지 말아요. 당신을 도와주려는 것도 있지만, 어느 정도는 당신을 괴롭히는 저런 사람들을 약 올리는 게 재미있어서 그런 면도 있거든요. 그 두 사람을 경쟁자로서 크게 겁낼 이유는 없는 것 같지만요. 그렇죠, 헬렌?"

"둘 다 정말 너무 싫어요."

"저는요?"

"헌팅던 씨는— 싫어할 이유가 없는걸요."

"그런데 헬렌 양은 나를 어떻게 생각하나요? 말해봐요! 나를 어떻게 생각하는지."

그는 다시 한번 내 손을 쥐었는데, 이번에는 부드럽다기보다 의식적으로 압박하는 듯한 태도였다. 하지만 그는 내게 고백한 적도 없었기에 자기를 사랑하는지 물을 권리도 없었고, 나도 뭐라고 대답해야 할지 막막했다. 그래서 한참 생각하다가 이렇게 말했다.

"당신은 저를 어떻게 생각하세요?"

"귀여운 천사여, 나는 그대를 숭배하죠! 나는—"

"헬렌, 잠깐 나 좀 보자." 이모가 바로 옆에서 낮고 또렷한 목소리로 부르셨다. 나는 그의 불운을 원망하며 이모에게 갔다.

"이모, 왜 그러세요? 뭐 갖다드릴까요?" 이모를 따라 창가로 가면서 내가 물었다.

"사람들이 볼 수 있게 다들 모여 있는 데로 가야 해." 이모가 엄한 표정으로 말씀하셨다. "하지만 그 충격적인 홍조가 좀 연해질 때까지 여기 있거라. 눈빛도 자연스러운 상태로 돌아와야 하고. 남들이 지금 네 상태를 볼까 봐 부끄럽다."

그 말은 "충격적인 홍조"를 식혀주는 데 전혀 도움이 되지 않았다. 오히려 화가 치밀고 여러 가지 복잡한 감정이 밀려오면서 얼굴이 두 배 더 빨개졌다. 나는 말없이 커튼을 열고 어두운 밤을, 아니 불 밝힌 광장을 내다보았다.

"헬렌, 헌팅던 씨가 청혼했니?" 늘 나를 주의 깊게 지켜보는 이모가 물으셨다.

"아뇨."

"그럼 뭐라고 한 거야? 그 비슷한 말을 하는 것 같던데."

"이모가 안 끼어드셨으면 뭐라고 했을지는 저도 모르겠어요."
"그 사람이 청혼했으면 받아들일 거였니?"
"당연히 아니죠. 이모랑 이모부께 여쭤보지도 않았는데요."
"아, 그런 신중함이 남아 있다니 다행이네." 이모가 잠시 후 말씀하셨다. "자, 하루 저녁에 받을 관심은 충분히 받은 것 같구나. 지금 여자들이 다 궁금하다는 눈빛으로 우리를 지켜보고 있잖니. 난 저 사람들 있는 데로 갈 테니까 너도 평소 같은 상태가 되면 그리 오렴."
"지금 그런 상태예요."
"그럼 부드럽게 말하고, 그렇게 악에 받친 눈빛으로 보지 마." 차분한 태도로 상대방은 화나게 하곤 하는 이모가 말씀하셨다. 그러더니 아주 엄숙하고 의미심장한 어조로 덧붙이셨다. "곧 가야겠다. 집에 도착하면 얘기 좀 하자."
 이모가 엄청난 훈계를 늘어놓을 것 같아 집으로 가는 동안 마음이 무거웠다. 그리 멀지 않은 집까지 가는 마차 안에서는 나도 이모도 별말 안 했다. 그런데 방에 들어가서 오늘 일어난 일에 대해 생각 좀 하려고 안락의자에 몸을 던지자, 이모가 따라 들어오더니 내 장신구를 조심조심 정리하던 레이철에게 물러가라 하고는 문을 닫으셨다. 그러고는 내 옆, 아니 90도 각도에 의자를 놓고 앉으셨다. 그래서 내가 앉아 있던 더 편한 안락의자에 앉으시라고 권하는데, 됐다고 하시더니 말문을 여셨다. "헬렌, 스태닝글리 떠나기 전날 밤에 나눈 이야기 기억하니?"
"네, 이모."
"그날 내가, 네 마음을 가질 가치가 없는 남자에게 마음을 빼앗기지 않도록 조심하고, 상대를 제대로 평가하기 전에 사랑에 빠지지 말고, 너의 이성과 판단력이 거부하는 사람은 만나지 말라고 한 말 기억해?"

"네, 하지만 제 이성은—"

"들어보렴. 그날 너는 걱정할 필요 없다고 장담했지. 아무리 잘생기고 여러 면에서 매력적이더라도 양식이나 도덕성이 모자라는 남자는 사랑할 수가 없으니 결혼할 일 없다고 했어. 그런 사람은 싫어하거나 무시하거나 동정할 수는 있어도 사랑할 수는 없다고— 그렇게 말했지?"

"네, 하지만—"

"그날 너는 상대를 제대로 평가하지 않고는 마음을 줄 수 없고, 네가 인정하고 존중하고 존경할 수 있는 사람이라야 사랑할 수 있다고 하지 않았니?"

"맞아요, 그런데 저는 그 사람을 정말 인정하고 존중하고 존경해요—"

"어째서? 헌팅던 씨가 좋은 사람이니?"

"이모가 생각하시는 것보다 훨씬 더 좋은 사람이에요."

"그건 전혀 상관없어. 그 사람 정말 좋은 사람이야?"

"네, 어떤 면에서는 좋은 사람이에요. 성격이 좋아요."

"도덕적인 사람이니?"

"꼭 그렇지는 않은 것 같아요. 그런데 그건 생각이 모자라서 그래요. 그에게 조언을 해주고 뭐가 옳은지 말해줄 사람이 옆에 있으면—"

"그 사람도 금방 배울 거라는 거지? 그리고 네가 기꺼이 그 스승이 되겠다는 거고? 하지만 헬렌, 그 사람은 너보다 무려 열 살이 많아. 그런데 어떻게 네가 훨씬 더 도덕적일 수 있어?"

"이모 덕분이죠. 이모가 저를 잘 기르셨고, 언제나 좋은 모범을 보여주셨으니까요. 그런데 그 사람은 그런 부모를 만나지 못한 것 같아요. 그리고 저는 천성이 사색적인데 반해 그 사람은 활달하고 명랑하고 생각이 짧은 성격이거든요."
"네 말을 들어보면 헌팅던 씨는 양식도 도덕성도 모자란 사람이구나—"
"그렇다면 제가 그를 위해서 양식과 도덕성을 발휘해야겠죠."
"헬렌, 그건 무모한 생각이야. 네가 두 사람분의 양식과 도덕성을 갖고 있다는 거야? 그리고 그 명랑하고 생각 없는 난봉꾼이 너같이 어린 아가씨가 이끄는 대로 처신할 거라고 생각하니?"
"아뇨, 제가 그 사람을 이끌 수는 없겠죠. 하지만 그가 어떤 실수들은 범하지 않도록 제가 충분한 영향력을 발휘할 수 있을 것 같고, 그렇게 고귀한 품성을 지닌 사람이 타락하지 않게 지키는 것도 보람 있는 인생일 거라고 생각해요. 제가 진지하게 얘기하면 그는 언제나 아주 주의 깊게 듣거든요(그 사람이 함부로 얘기하면 제가 종종 혼내곤 하니까요). 그리고 가끔은 제가 늘 자기 곁에 있으면 절대 나쁜 말이나 나쁜 행동을 안 할 거라고 해요. 매일 저와 잠깐씩이라도 대화를 하면 성인군자가 될 거라고 하고요. 농담이나 아첨일 수도 있지만 그래도—"
"그래도 그 말이 사실일 수 있다?"
"제가 그 말이 사실이라고 믿는다면, 그건 제 힘에 대한 자신감 때문이 아니라 그 사람의 타고난 성품이 착하기 때문이에요. 그리고 이모, 그 사람 난봉꾼이라고 부르지 마세요. 절대 그런 사람 아니에요."

"얘야, 누가 그러던? 그럼 유부녀와 밀통했다는 얘기는 뭐야? 그 여자 이름이 뭐더라? 며칠 전에 월못 양이 직접 말해줬잖니?"

"아니에요, 거짓말이에요. 저는 그 소문 한마디도 안 믿어요."

"너는 그럼 그 사람이 도덕적이고 행실도 바르다고 생각하는 거야?"

"그의 인품에 대해 긍정적인 이야기는 못 들어봤어요. 하지만 제가 아는 건, 그가 나쁜 사람이라는 걸 보여주는 확실한 이야기도 들어본 적 없다는 거예요. 최소한 입증할 수 있는 이야기는 없었다는 거죠. 그러니까 저는 헌팅던 씨를 비방하는 사람들이 증거를 댈 때까지는 그런 말들을 믿지 않을 거예요. 그리고 제가 알기로는, 그 사람이 정말 실수를 했다면 그건 다 청년들이 흔히 범하는 잘못들, 다들 별거 아니라고 생각하는 잘못들이었어요. 모든 사람이 그를 좋아하고, 엄마들도 그를 보면 미소 짓고, 월못 양을 비롯해 그 엄마들의 딸들까지도 그의 관심을 그렇게나 좋아하는 걸 보면 알 수 있잖아요."

"헬렌, 보통 사람들은 그가 저지른 일들을 가볍게 볼 수도 있어. 부도덕한 엄마들은 인품은 따지지 않고 재산만 생각해서 그를 사위 삼으려고 안달할 수도 있지. 철없는 딸들은 내면까지 꿰뚫어 보려 하지 않고 그저 그렇게 잘생긴 청년의 호감을 얻고 싶어 할 수도 있고. 하지만 너는 그런 아가씨들과 다른 눈으로 그를 보고, 그들의 비뚤어진 기준으로 그를 판단하지 않을 거라고 생각했는데. 네가 헌팅던 씨의 그런 행위들을 가벼운 잘못이라고 말할 줄은 몰랐다!"

"저도 그런 일들을 가볍다고 보지는 않아요. 하지만 전 죄는 미워해도 죄인은 사랑해요. 그를 구원하기 위해 노력할 거고요.

이모의 의심이 거의 다 사실이라고 하더라도요. 하지만 저는 그 소문들을 믿지 않고, 앞으로도 그럴 거예요."

"헬렌, 그렇다면 네 이모부께 헌팅던이 어떤 사람들과 어울리는지, 그가 친구 또는 즐거운 동지들이라고 부르는 그 형편없는 난봉꾼들과 어울리며 즐거움을 위해 나쁜 짓을 일삼지는 않는지, 그들이 앞다투어 악마와 그 졸개들을 위해 마련된 곳으로 질주하고 있지는 않은지 여쭤보는 게 좋겠다."

"그럼 제가 그 사람을 그 친구들로부터 구해낼 거예요."

"오, 헬렌, 헬렌! 그런 남자와 결혼하는 게 얼마나 비참한 일인지 전혀 모르는구나!"

"이모, 이모가 뭐라고 하시든 저는 그 사람을 굳게 믿기 때문에, 그 사람의 행복을 지킬 수 있다면 제 행복은 기꺼이 포기할 거예요. 인격적으로 더 나은 남자들은 자신의 행복만을 중시하는 여자들에게 양보할게요. 헌팅던 씨가 과거에 잘못을 저질렀다면, 저는 그를 그 응보(應報)로부터 구해내고 선한 길로 인도하는 데 제 인생을 기쁘게 바칠 거예요. 하느님, 제가 그럴 수 있게 도와주소서!"

대화는 여기서 끝이 났다. 방에 계신 이모부가 어서 자자며 큰 소리로 이모를 부르셨기 때문이다. 그날 밤 이모부는 몸 상태가 악화되어 기분이 안 좋으셨다. 런던에 도착한 날부터 통풍이 점점 심해지고 있었고, 이모는 이 상황을 핑계로 사교 시즌이 끝날 때까지 있을 게 아니라 바로 시골로 돌아가자고 다음 날 아침 이모부를 설득하셨다. 이모부의 주치의는 이 의견에 찬성하며 그렇게 하라고 당부했다. 이모는 평소와 달리 서둘러 출발 준비를 마쳤고(이모부만이 아니라 나를 위해서도 그러신 것 같다),

우리는 며칠 후에 런던을 떠났다. 그래서 헌팅던 씨를 볼 수 없게 됐고, 이모는 내가 얼마 안 가서 그 사람을 잊을 거라고 자축하고 계신다. 내가 그 사람 이름을 한 번도 언급하지 않았으니, 어쩌면 이미 잊었다고 생각하시는지도 모르겠다. 우리가 다시 만날 때까지 이모가 그렇게 생각하시도록 놔둘 셈이다. 언젠가 만날 수나 있다면 말이다. 그럴 수 있을까?

18장
작은 초상화

8월 25일. 이제는 매일 꾸준히 몇 가지 일을 하고 소박한 취미도 즐기면서 전과 같은 일상을 이어가고 있다. 꽤 흡족하고 즐겁지만, 여전히 런던으로 돌아갈 봄을 고대하고 있다. 도시 생활의 즐거움이나 향락을 기대해서가 아니라 헌팅던 씨를 다시 만나고 싶기 때문이다. 아직도 그 사람을 매일 생각하고 꿈에서 본다. 뭘 하고 뭘 보고 뭘 듣든, 결국 그 사람과 연관 지어 생각하게 된다. 내가 뭘 익히고 뭘 배우든 그건 모두 나중에 그를 돕거나 그를 즐겁게 하는 데 쓰일 것이다. 자연이나 예술에서 처음 보는 아름다운 대상을 찾을 때면, 그게 무엇이든 간에 나중에 그에게 보여주려고 그림으로 그리거나 직접 이야기해주려고 마음속에 담아두고 있다. 최소한 나는 이런 희망을 품고 있고, 쓸쓸한 상념에 젖을 때면 이런 생각으로 마음을 달랜다. 이 꿈은 결국 하나의 도깨비불에 불과할 수도 있지만, 그것이 나를 나쁜 길로 인도하지 않는 한 그 빛을 즐기는 게 내게 해롭지는 않을 것이다. 나는 그동안 이모의 충고를 곰곰이 생각해보았고, 내가 온 마음을 다해 사랑할 가치가 없고, 내가 마음속 저 깊은 곳에서 느끼는 최고의 감정들에 반응할 능력이 없는 사람에게 나를 던지는 게 얼마나 어리석은 짓인지 이제는 잘 알기 때문에 이 도깨비불이 나에게 해를 끼치는 일은 없을 것이다. 그게 얼마나 바보 같은 일인지 너무 잘 알기에, 설사 그를 다시 만나고, (그가 처한 상황과 그 주변에 있는 아가씨들을 생각하면 안타깝게도 그럴 가능성은 별로 없어 보이지만) 그가 아직도 나를 기억하고 사랑하며 자기와 결혼해달라고 청하더라도, 나는 그 사람에 대한 이모의 생각과 나의 생각 중 어느 쪽이 진실에 더 가까운지 확실히 알기 전까지는 절대 받아들이지 않을 것이다. 그에 대한 내 생각이 완전히 틀린 거라면, 지금 내가 사랑하는 이는 그가 아니라 내 상상의 산물에 불과한 존재일 것이니까. 하지만 그럴 리가 없는 것이, 내 마음속에는 어떤 내밀한, 일종의 본능적인 느낌이 있는데, 그건 바로 그 사람에 대한 내 생각이 맞다는 것이다. 그 사람은 본질적인 선량함을 지니고 있고, 그걸 발현시킬 수만 있다면 정말 행복한 일이리라! 그가 혹시 잘못된 길에 들었다면, 그를 올바른 길로 불러들이는 건 너무도 즐거운 일이리라! 그가 지금 사악하고 불량한 친구들의 영향 때문에 잘못을 저지르고 있다면, 그를 그런 사람들로부터 구해내는 건 너무도 멋진 일이리라! 아, 내가 이런 소명을 가지고 태어났다고 믿을 수 있다면 얼마나 좋을까!

오늘은 9월 1일이다. 이모부가 사냥터지기에게 신사분들이 올 때까지 자고새를 아껴두라고 지시하시길래 "어떤 신사분들요?" 했더니, 이모부의 친구 월못 씨, 이모와 친한 보럼 씨 등 몇 사람만 오는 작은 사냥 모임이라고 하셨다. 나로서는 최악의 소식이었다. 하지만 헌팅던 씨가 세 번째 손님이라는 말을 듣자 모든 유감과 걱정이 꿈처럼 말끔히 사라졌다! 이모는 물론 그 사람이 오는 게 싫어서 이모부한테 초대를 취소해달라고 간청했지만, 이모부는 웃으시면서 런던을 떠나오기 전에 이미 헌팅던 씨와 로버러 경을 초대한 터라 어쩔 수 없고, 날짜만 정하면 되는 사안이니 그만 말하라고 하셨다. 그렇다면 그 사람은 오는 것이고, 나는 틀림없이 그를 보게 될 것이다. 기쁜 마음을 드러낼 수는 없다. 숨기기가 쉽지는 않지만. 그 사람을 사랑해도 되는지 알기 전에는 섣불리 내 마음을 드러내 이모를 걱정시키고 싶지 않았기 때문이다. 그를 향한 사랑을 포기해야만 한다면 나 혼자만 괴로우면 될 것이고, 모든 걸 고려해서 그를 사랑해도 된다는 판단이 서면 내 가장 가까운 친구인 이모가 화를 내고 슬퍼하셔도 다 감내할 것이다. 그리고 그 판단은 오래 걸리지 않을 것이다. 하지만 그 손님들은 이달 중순에나 온다.

여자 손님 둘도 같이 온다고 한다. 월못 씨가 조카딸과 그녀의 사촌 밀리센트를 데리고 온다고 들었다. 이모는 밀리센트의 조신한 행동거지와 겸손하고 고분고분한 성격이 내게 좋은 모범이 된다고 생각하시는 것 같다. 또 월못 씨 조카가 오면 헌팅던 씨가 나 대신 그녀에게 관심을 쏟을 거라고 믿으시는 눈치다. 이건 싫지만, 그래도 밀리센트가 오는 건 좋다. 나도 착하고 다정한 성격의 그녀와—최소한 지금보다는 좀 더—비슷해지면 좋겠다.

19일. 이모부의 손님들이 와 있다. 그들은 그저께 도착했다. 지금 남자들은 모두 사냥 나갔고, 여자들은 응접실에서 이모와 작업하고 있다. 나는 우울하고 혼자 있고 싶어서 서재에 앉아 있다. 책을 읽어도 집중이 안 되어서, 내가 왜 우울한지 적어보려고 펜을 들었다. 내 이야기를 들어줄 절친한 친구 대신 일기장에 이 넘치는 감정을 다 털어놓을 것이다. 일기장은 내 고통을 공감해주지는 않겠지만 비웃지도 않을 것이고, 내가 일기장을 잘 숨겨놓기만 하면 들은 내용을 떠벌리지도 않을 테니 지금의 내 목적에 제일 적합한 친구인 셈이다.

먼저, 그 사람이 도착한 날 이야기를 해보자. 그날 나는 내 방 창가에 앉아 있었는데, 두 시간을 기다리자 그의 마차가 정문으로 들어왔다. 다른 손님들은 그 전에 모두 도착해 있었다. 헌팅던 씨가 아닌 다른 사람의 마차가 들어올 때마다 얼마나 실망스러웠던지! 가장 먼저 윌못 씨와 두 아가씨가 도착했다. 밀리센트가 그녀가 묵을 방에 들어갔을 때 나는 잠깐 창가를 떠나 그 방에 건너가서 단둘이 이야기를 나누었다. 지난번에 헤어진 후로 몇 번 긴 편지를 주고받았기 때문에 우리는 이제 아주 친한 사이다. 다시 내 방으로 돌아와 창밖을 내다보니 두 번째 마차가 있었다. 그 사람이 온 건가 했는데 아니었고, 어두운색으로 칠한 보럼 씨의 소박한 마차였다. 그 사람은 계단에 서서 자기가 가지고 온 상자와 짐을 정리하는 하인들을 감독하고 있었다. 짐이 하도 많아서 최소한 6개월은 묵으러 온 것처럼 보였다. 그로부터 한참 후에 로버러 경의 사륜마차가 들어왔다. 그 사람도 헌팅던 씨와 어울려 다니는 안 좋은 친구 중 하나일까? 그건 아닌 것 같다. 아무도 그를 '즐거운 동지'라고 부를 것 같지는 않고, 그런 의심을 받기에 그는 너무 진지하고 깍듯해 보였기 때문이다. 나이는 30~40세 정도로 보였고, 키가 크고 마르고 우울해 보이는 인상이었으며, 어딘지 병약하고 근심에 찬 모습이었다.

드디어 헌팅던 씨의 날렵한 사륜 쌍두마차가 잔디밭을 경쾌하게 달려왔다. 그런데 마차가 멈추자마자 그 사람이 현관 계단으로 뛰어내려 집 안으로 들어가는 바람에 잠깐밖에 보지 못했다.

이윽고 나는 레이철이 20분 전부터 재촉한 대로 정찬 드레스로 갈아입었고, 그 중요한 일이 끝나자마자 응접실로 내려갔다. 윌못 씨와 애너벨라, 밀리센트 하그레이브가 앉아 있었고, 곧이어 로버러 경과 보럼 씨가 들어왔는데, 그는 내가 전에 했던 일들을 잊어버리고 용서할 마음인 것 같았다. 거기다 나를 좀 달래고 꾸준히 구애하면 자기를 받아줄 수도 있다고 생각한 거겠지. 창가에서 밀리센트와 이야기하던 내게 보럼 씨가 다가와 전처럼 지겨운 이야기를 늘어놓으려고 하던 참에 헌팅던 씨가 들어왔다.

'저 사람이 나한테 어떻게 인사할까?' 하는 생각으로 가슴이 두근두근했다. 그래서 그에게 다가가는 대신 내 마음을 숨기거나 가라앉히려고 창문 쪽으로 돌아섰다. 그런데 그는 이모와 이모부, 다른 손님들에게 인사를 하고는 곧장 다가와 내 손을 부여잡더니 다시 보니 너무 반갑다고 속삭였다. 그 순간 만찬이 시작되었고, 이모는 그에게 하그레이브 양과 함께 입장해달라고 부탁했다. 꼴도 보기 싫은 윌못 씨가 능글맞게 웃으며 내게 팔을 내밀어서 결국 나는 그와 보럼 씨 사이에 앉아야 했다. 하지만 그 엄청난 고난은 식사 후 모두 응접실로 돌아왔을 때 몇 분 동안 헌팅던 씨와 즐거운 대화를 나누고 나니 모두 보상이 되었다.

  그날 저녁, 참석자들의 요청으로 윌못 양은 피아노를 치며 노래를 불렀고 나는 그동안 내 그림들을 보여주었다. 헌팅던 씨는 음악을 좋아했고 윌못 양의 기량도 뛰어났지만, 내 생각에는 그녀의 연주보다 내 그림에 더 많은 관심을 보인 것 같다.

  거기까지는 괜찮았다. 그런데 그가 어떤 그림을 들고는 조용하지만 아주 강한 어조로 "이 그림들 중에서 이 작품이 제일 낫네요!" 하는 소리가 들렸고, 어떤 그림인지 궁금해서 고개를 들어 보니, 앗, 헌팅던 씨가 한 그림의 뒷면을 흐뭇한 눈으로 보고 있었다. 거기에는 언젠가 스케치해놓았다가 깜박 잊고 지우지 않은 그의 얼굴이 있었다! 설상가상으로 내가 급한 마음에 그의 손에서 그 그림을 빼앗으려 하자 그가 "안 돼요, 내가 반드시 가질 겁니다!" 하면서 자기 조끼 앞자락에 넣고는 즐겁게 웃으며 코트의 단추를 채워버리는 게 아닌가.

  곧이어 그는 촛불을 더 가까이로 옮겨놓고 이미 본 그림과 아직 안 본 그림들을 모두 그러모으더니, "이제 그림 앞뒤를 다 봐야겠다"라고 하고는 열심히 한 장 한 장 살펴보기 시작했다. 나는 처음에는 그의 초상화가 더 나올 리가 없다고 생각하고 비교적 편안한 마음으로 그를 지켜보았다. 사실 헌팅던 씨의 매혹적인 얼굴을 여러 번 그림 뒷면에 그려보려다 말긴 했지만, 그 한

장 말고는 내 짝사랑의 증거들을 모두 열심히 지웠다고 확신했기 때문이다. 그렇지만 아무리 빡빡 지워도 마분지에는 연필 자국이 희미하게라도 남는 경우가 많다. 그런 식으로 그의 얼굴을 그렸다가 지웠지만 자국이 희미하게 남아 있는 그림이 여러 장 있었던 것 같다. 그가 얼핏 보기에는 아무것도 그려져 있지 않은 도화지들을 촛불 아주 가까이에 대고 꼼꼼히 살펴보는 걸 보면서 속으로 얼마나 초조하던지. 그래도 설마 지운 자국들을 보고 자기 얼굴을 확실히 알아보지는 못할 거라고 생각했는데, 그게 아니었다. 내 그림들을 전부 다 살펴본 헌팅던 씨는 조용한 목소리로 이렇게 말했다. "보아하니 젊은 숙녀들의 그림 뒷면도 편지의 추신만큼이나 중요하고 흥미진진한 부분이군요."

그러더니 그는 의자에 등을 기대고 혼자 흐뭇하게 미소 지으며 몇 분 동안 말없이 생각에 잠겨 있었다. 뭐라고 해야 그 자만심을 꺾어줄 수 있을까 머리를 굴리고 있는데 그가 자리에서 일어나 로버트 경에게 엄청나게 애교를 부리고 있는 애너벨라 윌못 양 쪽으로 가더니 그 옆 소파에 앉았고, 파티가 끝날 때까지 그녀와 같이 있었다.

그걸 보며 나는 생각했다. '자기를 사랑한다는 걸 알고 나니 나를 무시하는구나.'

그렇게 생각하니 너무 비참해서, 밀리센트가 다가와 내 그림들을 보며 칭찬을 해도 뭐라고 말을 할 수가 없었다. 누구와도 이야기할 수 없고 다과를 먹을 수도 없을 것 같아서, 나는 차를 내오느라 문이 열려 있고 좀 부산한 틈을 타 얼른 빠져나와서는 서재로 갔다. 이모가 토머스를 보내 차 마시러 오라고 전했지만 나는 오늘 저녁에는 안 마시겠다고 했다. 다행히 이모는 손님 접대에 바빠서 더 이상은 묻지 않으셨다.

그날 손님 대부분이 멀리서 왔기 때문에 다들 평소보다 일찍 잠자리에 들었다. 모든 사람이 2층으로 올라가는 소리를 들었다고 생각한 후 나는 응접실 장식장에 있는 양초를 가지러 갔다. 그런데 헌팅던 씨가 1층에 남아 있었다. 내가 문을 열었을 때 그는 계단 앞에 서 있었고, 복도를 걸어오는 내 발소리를 듣자—나 자신도 내 발소리를 거의 듣지 못했는데—바로 돌아섰다.

"헬렌이에요?" 그가 물었다. "아까 왜 도망갔어요?"

"안녕히 주무세요, 헌팅던 씨." 나는 그 질문은 무시한 채 차갑게 대답하고 돌아서서 응접실로 향했다.

"그래도 악수는 해줄 거죠?" 그는 문간을 막아서며 물었다. 그러고는 내가 뿌리치는데도 내 손을 붙잡고 놓아주지 않았다.

"헌팅던 씨, 놔주세요. 양초 가지러 가야 해요."

"양초는 좀 있다 가져가도 되잖아요."

나는 온 힘을 다해 손을 빼려고 했다.

"헬렌, 왜 그렇게 빨리 가려고 해요?" 그는 약이 오를 정도로 자신만만한 미소를 띤 채 말했다. "나 싫어하지 않잖아요."

"싫어해요. 지금 이 순간에는."

"아니잖아요. 헬렌이 싫어하는 건 내가 아니라 애너벨라 윌못 아닌가?"

"저는 애너벨라 윌못과 아무 상관 없어요." 나는 분개해서 말했다.

"하지만 난 상관있는데요." 그 사람은 묘한 어조로 강조했다.

"그러든 말든 저는 신경 안 써요." 내가 쏘아붙였다.

"정말 신경 안 써요, 헬렌? 맹세할 수 있어요? 정말?"

"아뇨, 맹세 안 할 거예요, 헌팅던 씨! 이만 가볼게요." 웃어야 할지 울어야 할지, 아니면 엄청나게 화를 내야 할지 모르겠어서 나는 그냥 그렇게 소리쳤다.

"그럼 가요, 말괄량이 아가씨!" 말로는 그랬지만, 그는 내 손을 놔주자마자 대담하게도 내 목을 껴안고 입을 맞춰왔다.

분하기도 하고 동요도 되고, 뭔지 모를 온갖 감정에 휩싸여 부들부들 떨며 나는 그에게서 빠져나와 양초를 찾은 다음 내 방으로 뛰어 올라갔다. 그 원수 같은 그림만 아니었으면 그 사람이 이렇게 행동하지 않았을 것이다! 게다가 그는 아직도 그의 긍지이자 나의 치욕인 그 그림을 가지고 있었다!

그날 나는 거의 뜬눈으로 밤을 새웠고, 아침 식사 때 그를 만나면 어떻게 처신해야 할지 모르겠어서 난감하고 당혹스러운 마음으로 일어났다. 그가 이미 자신에 대한, 아니면 최소한 자신의 얼굴에 대한 내 사랑을 알고 있으니 도도하고 차갑게 무관심한 태도를 취할 수는 없었다. 그래도 그의 주제넘은 행동을 제어할 무언가가 필요했다. 그 영롱하고 웃음 띤 눈에 속절없이 휘둘릴 수는 없었다. 그래서 그가 명랑하게 아침 인사를 했을 때 나는 이모 마음에 쏙 들 정도로 차갑고 차분하게 대답했고, 그가 한두 번 나를 대화에 끌어들이려고 했을 때는 아주 짤막한 대답으로 싹을 잘랐다. 그러면서 다른 모든 사람에게는, 특히 애너벨라 윌못에게는 평소보다 훨씬 더 명랑하고 사근사근하게 대했고, 심지어 그녀의 삼촌이나 보럼 씨에게도 아주 정중하게 대꾸했는데, 그들의 환심을 사기 위해서가 아니라 내가 그를 차갑고 신중하게 대하는 것이 내 기분이 나쁘거나 침울해서가 아니라는 걸 보여주기 위해서였다.

하지만 그런다고 그 사람이 물러서지는 않았다. 내게 자주 말을 걸지는 않았지만 일단 대화를 나누게 되면 내가 자기 목소리를 듣는 것을 얼마나 좋아하는지 잘 알고 있다는 듯 자유롭고 솔직하고 상냥하게 이야기했다. 그리고 눈이 마주칠 때면, 주제넘게 느껴지기도 했지만, 아, 너무 달콤하고 밝고 다정하게 미소를 지어주었기에 화가 금방 풀어지고 말았다. 헌팅던 씨가 그렇게 미소 지으면 마치 여름 햇살 앞에 아침 구름이 녹아버리듯 모든 불쾌한 감정이 깨끗이 사라졌다.

아침 식사가 끝나자 남자들은 애들처럼 들떠서는 한 사람만 빼고 다 같이 불쌍한 자고새들을 잡으러 갔다. 이모부와 윌못 씨는 사냥용 조랑말을 타고, 헌팅던 씨와 로버러 경은 걸어서 길을 떠났다. 보럼 씨만 지난밤 내린 비 때문에 신발이 젖을 테니 해가 뜨고 풀이 마른 다음에 출발하는 게 낫겠다고 생각해 집에 남았다. 그는 헌팅던 씨와 이모부가 그렇게 웃고 놀리는데도 전혀 개의치 않고 아주 엄숙한 표정으로 발이 젖으면 일어날 수 있는 온갖 해악에 대해 우리에게 길고 상세하게 설명을 해주었다. 신중한 보럼 씨는 숙녀들에게 의학 이야기를 들려주도록 놔둔 채로 두 사람은 의기양양하게 총을 챙겨 들었고, 마구간으로 가서 말들을 살피고는 개들을 풀어놓았다.

오전 내내 보럼 씨를 보고 있기가 싫어서 나는 서재로 가서 이젤을 꺼내 그림을 그렸다. 혹시 이모가 와서 왜 응접실에서 손님 대접을 안 하느냐고 잔소리하면 그림 그리느라 바빠서 그렇다고 둘러댈 수도 있고, 얼마 전부터 그려온 그림을 얼른 마무리하고 싶기도 했다. 구도가 다소 거창하긴 했지만 그동안 정말 많은 공을 들였고 내 최고의 역작이 될 그림이었다. 밝고 푸른 하늘,

따뜻하고 눈부신 빛과 깊고 긴 그림자로 화창한 아침을 표현하고 싶었다. 나는 풀과 나무들을 여느 화가들보다 훨씬 더 밝게, 봄과 초여름의 초록색으로 과감히 칠했다. 숲속 공터를 그린 것이었는데, 중경(中景)에 짙은 색의 스코틀랜드 전나무들을 그려 넣어 나머지 부분에 가득한 신선한 느낌을 좀 눌러주었다. 하지만 전경(前景)에는 큰 삼림수의 울퉁불퉁한 몸통과 가지들, 밝은 금록색(金綠色) 잎들을 그렸다. 가을 잎의 부드러운 금색이 아니라, 난 지 얼마 안 된 어린잎에 아침 햇살이 비치며 생겨난 금빛이었다. 그리고 어두운 전나무를 배경으로 또렷하게 부각된 이 나뭇가지에는 다정한 산비둘기 한 쌍이 앉아 있었다. 이 새들의 부드러운 암갈색 깃털이 또 다른 종류의 대비를 보여주었다. 그 아래 한 아가씨가 데이지꽃으로 수놓인 풀밭에 앉아 있었는데, 고개를 뒤로 젖혀 풍성한 금발이 어깨 위로 흘러내려 있었고, 두 손을 맞잡고 입술은 약간 벌린 채, 서로에게 푹 빠져서 아가씨가 있는 줄도 모르는 산비둘기들을 흐뭇하지만 진지한 눈길로 뚫어지게 쳐다보고 있었다.

그림은 몇 군데만 더 칠하면 완성될 참이었는데, 미처 작업을 시작하기도 전에 마구간에서 돌아오던 헌팅던 씨와 이모부가 창가를 지나갔다. 유리창이 조금 열려 있었고, 지나가면서 그 틈으로 나를 보았는지 헌팅던 씨는 금세 돌아와 총을 벽에 기대놓고 내리닫이창을 열더니 휙 뛰어 들어와 내 그림 앞에 섰다.

"정말 예쁘네요." 몇 초 동안 찬찬히 살펴본 뒤 그가 말했다. "그리고 젊은 숙녀분에게 딱 맞는 소재고요. 봄에서 막 여름으로 넘어가는 계절, 아침에서 막 정오로 넘어가는 시간, 소녀에서 여인으로 무르익어가는 나이, 희망이 막 결실을 맺는 순간이라……. 정말 사랑스러운 아가씨네요! 그런데 왜 머리를 흑발이 아니라 금발로 그렸어요?"

"금발이 더 어울릴 것 같아서요. 푸른 눈동자에 통통하고, 피부색도 밝고 발그레하잖아요."

"세상에, 헤베 여신 그 자체네요! 화가 본인이 내 앞에 있지 않았다면 이 그림 속 아가씨를 사랑하게 됐을 것 같아요. 정말 예쁘고 순진한 모습이에요! 언젠가는 자기도 저 암비둘기처럼 열정적으로 사랑해주는 연인의 구애를 받고 사랑을 이룰 거라고 생각하고 있겠죠. 그러면 얼마나 행복할까, 그런 사랑을 받으면 자기 자신도 연인에게 얼마나 다정하고 충실할까 하고요."

"그리고 어쩌면 그 연인도 얼마나 다정하고 충실할까 생각하고 있을 거예요."

"그럴 수도 있죠. 그 나이에는 희망이 그야말로 한도 끝도 없이 상상의 나래를 펼치기 마련이니까요."

"그럼 그 희망을 저 아가씨의 허황된 망상이라고 생각하시는 거예요?"

"아뇨, 그건 아니겠죠. 전에는 그렇게 생각했을 수 있지만, 지금은 내가 사랑하는 아가씨를 만나면 여름에서 겨울, 청춘에서 노년, 삶에서 죽음까지, 영원히 그녀에게 그리고 그녀에게만 충실하겠다고 맹세할 겁니다. 노년과 죽음이 다가와야만 한다면 말이죠."

그 사람이 정말 심각하고 진지하게 이 말을 했기 때문에 너무 기뻐서 가슴이 두근거렸다. 그런데 바로 다음 순간 그가 놀리듯 웃으며 전혀 다른 어조로, "혹시 초상화가 또 있나요?" 하고 물었다.

"아뇨." 나는 너무 당혹스럽고 화가 치밀어 낯이 붉어졌다.

그런데 내 화첩이 탁자에 있었고, 그는 차분히 앉아 그림들을 훑어보기 시작했다.

"헌팅던 씨, 그건 미완성 스케치들이에요. 완성되지 않은 건 절대 남에게 안 보여줍니다."

나는 화첩을 빼앗으려고 했지만, 그는 꽉 움켜쥔 채로 "나는 미완성일 때가 가장 좋던데요" 했다.

"저는 미완성 그림은 보여주고 싶지 않아요. 제발 이리 주세요!"

"그럼 화첩 표지는 가져가고 그림들만 줘봐요." 내가 화첩을 빼앗자 그 사람은 날쌔게 스케치의 반 이상을 빼 가며 말했다. 그러더니 몇 장 살펴보고는 "와, 초상화가 여기 한 장 더 있네" 했고, 작은 타원형 모양의 종이를 조끼 주머니에 집어넣었다. 스케치가 꽤 잘되어서 정성을 다해 세심하게 색을 칠한 작은 초상화였다. 하지만 헌팅던 씨가 그 그림을 가지게 놔둘 수는 없었다.

"헌팅던 씨, 빨리 도로 주세요! 제 그림인데 그렇게 가져가실 권리 없잖아요. 빨리 안 주시면 영원히 용서 안 할 거예요!" 내가 소리쳤다.

그런데 내가 돌려달라고 거세게 요구할수록 그는 모욕적이고 놀리는 듯한 미소를 지어 나를 더 화나게 만들었다. 하지만 얼마 후 그는 "자, 자, 그렇게 소중하다니 안 뺏을게요" 하면서 그림을 돌려주었다.

얼마나 소중한지 보여주기 위해 나는 그림을 쭉 찢어 벽난로에 던져버렸다. 전혀 예기치 못한 일이 벌어지자 그의 얼굴에서 웃음이 사라졌다. 그는 놀란 얼굴로 초상화가 화르르 타서 재로 변하는 걸 말없이 지켜보더니, "흥, 이제 사냥하러 가야겠네요" 하고는 빙그르 돌아서서 아까 왔던 대로 창을 넘어 나갔다. 그러고는 아무 일 없었다는 듯이 모자를 휙 쓰고 총을 들고 휘파람을 불며 걸어갔다. 화가 치밀었지만, 그를 골려준 건 고소했기 때문에 그림을 못 그릴 정도는 아니었다.

 응접실에 내려가보니 보럼 씨 역시 동지들을 따라 사냥을 떠난 뒤였고, 그들은 점심때도 돌아오지 않았다. 점심 식사 후 애너벨라와 밀리센트를 데리고 나가 한참 동안 시골의 아름다운 풍경을 보여주고 돌아오는데, 정원으로 들어오는 순간 남자들이 도착했다. 사냥하느라 지치고 땀과 먼지로 얼룩진 상태라 그런지 대부분이 우리를 피해 잔디밭을 가로질러 집으로 들어갔는데, 헌팅던 씨만 우리 쪽으로 다가와 인사를 했다. 온통 물에 젖은 데다 흙과 사냥감의 피까지 묻은 행색이라 평소 예의범절에 엄격한 이모가 질색을 하는데도 그 사람은 밝게 미소 지으며 나를 뺀 모든 사람에게 인사를 했고, 애너벨라 윌못과 나 사이에 끼어들어 걸으며 사냥하면서 겪은 이런저런 이야기를 우리 사이가 좋았다면 배꼽을 쥐고 웃었을 정도로 재미있게 들려주었다. 이모와 밀리센트는 팔짱을 끼고 진지한 어조로 이야기를 나누며 우리 앞에 걸어가고 있었고, 헌팅던 씨가 애너벨라에게만 말을 걸었기 때문에 나는 그녀가 그 사람과 깔깔 웃고 말장난하는 걸 지켜보며, 둘이 무슨 짓을 하든 눈길도 주지 않고 전혀 신경도 안 쓰는 척하면서 두 사람으로부터 몇 발짝 떨어진 채 걸었다. 그런데 갑자기 헌팅던 씨가 내 쪽으로 돌아서더니 아주 작고 비밀스러운 어조로, "헬렌, 내 초상화를 왜 태워버렸어요?" 하고 물었다.

"없애버리고 싶었으니까요." 나는 지금 생각하면 후회스러운 야멸찬 어투로 대답했다.

"아, 잘됐네요! 헬렌이 나를 무시한다면, 나는 나를 존중해주는 다른 아가씨를 찾아야 하니까요."

본심은 그게 아니면서 일부러 포기하는 척, 무관심한 척 농담을 하는 줄 알았는데, 그 사람은 다음 순간 바로 윌못 양 옆으로 가더니 지금 이 시간까지, 즉 그날 저녁 내내, 그다음 날 하루 종일, 그 다다음 날 하루 종일, 그리고 오늘(22일) 오전 내내 내게 상냥한 말 한마디, 눈길 한 번 건네지 않았고, 꼭 필요한 경우에만 말을 걸어왔으며, 그 사람에게서 상상할 수 없었던 차갑고 냉정한 눈빛으로만 나를 보았다.

이모도 헌팅던 씨의 태도 변화를 눈치챘고, 그 원인을 묻거나 그에 대해 내게 무슨 말을 하진 않으셨지만 기뻐하는 눈치다. 윌못 양도 자신의 매력과 아양 덕분에 그의 마음이 변했다고 생각하고 의기양양한 상태다. 나는 스스로 인정하기 싫을 만큼 아주 비참한 심정이다. 자존심도 도움이 안 된다. 이런 곤경에 빠진 것도, 여기서 벗어날 수 없는 것도 모두 자존심 탓이기 때문이다.

그는 나쁜 마음에서가 아니라 그저 명랑하고 장난스러운 성격 때문에 한 일이었을 것이다. 그런데 나는 그의 행동이 너무 괘씸한 나머지 아주 심각하고 과도하게 반응했고, 그럼으로써 그의 감정을 크게 상하게 하고 그를 깊이 화나게 했다. 그가 나를 영원히 용서해주지 않을까 봐 걱정이다. 그저 장난이었을 뿐인데 내가 일을 이렇게까지 키운 것이다! 그 사람은 내가 자기를 싫어한다고 생각하고 있고, 앞으로도 그럴 것이다. 나는 그를 영원히 잃을 것이고, 애너벨라가 그를 차지하고 한껏 으스대겠지.

하지만 내가 정말 한스러운 것은 그 사람을 그녀에게 빼앗긴다는 사실이 아니라 그 사람이 더 나아질 수 있다는 나의 간절한 희망이 깨지는 것, 그의 사랑을 받을 자격이 없는 사람이 그를 차지하는 것, 그런 상대에게 자신의 행복을 내맡기는 데서 오는 위험을 그가 감수할 것이라는 사실이다. 그녀는 자신만 생각하지, 그를 사랑하지 않기 때문이다. 그녀는 그의 내면에 깃든 선한 심성을 제대로 평가할 능력이 없다. 그녀는 그걸 보지도 못하고, 그 가치를 알지도 못하며, 귀하게 여기지도 않을 것이다. 그녀는 또한 그의 결점들을 안타까워하거나 바로잡으려고 애쓰지 않을 것이고, 자신의 결점을 통해 오히려 그것들을 더 악화시킬 것이다. 게다가 그녀는 그를 배신할 수도 있다. 애너벨라는 지금 그 사람과 로버러 경 사이에서 양다리를 걸치고 있다. 활달한 헌팅던 씨와 즐겁게 어울리면서도 동시에 그의 침울한 친구를 사로잡기 위해 별짓을 다 하고 있는데, 만약 그녀가 두 사람 다 굴복시키는 데 성공한다면 매혹적인 평민은 힘 있는 귀족에게 밀려날 수밖에 없을 것이다. 그 사람은 혹 그녀의 교묘한 양다리 전략을 눈치챘더라도 별로 걱정하지 않는 눈치다. 여자가 너무 쉽게 넘어오면 재미없는데, 어느 정도 저항을 하면 더 자극적이고, 그럼으로써 즐거움이 배가되기 때문이다.

  헌팅던 씨가 나를 냉대하는 틈을 타 윌못 씨와 보럼 씨가 더 적극적으로 접근해오고 있다. 내가 애너벨라나 그 주변의 몇몇 아가씨 같은 사람이었다면 그들의 끈덕진 구애를 기회로 그의 마음을 되찾아보려고 할 텐데, 그런 행동이 부당하고 정직하지 못하다는 건 차치하고라도 나는 도저히 그럴 수가 없다. 두 사람은 내가 더 부추기지 않아도 이미 너무 짜증 나게 치근대고 있을 뿐 아니라, 설사 내가 그런 시도를 하더라도 헌팅던 씨는 눈 하나 깜짝 안 할 것이다. 그 사람은 보럼 씨가 오만한 자세로 내 환심을 사려 하거나 지겨운 대화로 나를 지루하게 하고 윌못 씨가 내게 혐오스럽게 추근대는 걸 빤히 보면서도, 나를 조금도 동정하거나 그렇게 나를 괴롭히는 두 사람을 원망하는 기색이 아니다. 그 사람은 나를 사랑한 적이 없었던 것 같다. 그랬더라면 이렇게 쉽게 나를 포기했을 리 없고, 나를 제외한 모든 사람과 그처럼 명랑하게 대화할 수 없었을 것이다. 마음속에 아무 생각도 없는 듯 태평하게 로버러 경이나 우리 이모부와 농담을 하며 웃고, 밀리센트 하그레이브를 놀려주고, 애너벨라 윌못과 노닥거리고 있으니. 아, 왜 그 사람을 미워할 수가 없을까? 정말 그에게 푹 빠져 있나 보다. 그게 아니라면 이렇게 그를 잊지 못하는 나 자신을 멸시했을 텐데. 그렇더라도 이제 남은 힘을 다해 그를 내 마음에서 떼어내야 한다. 저녁 먹으라고 알리는 종이 울리고, 손님들과 어울리지 않고 온종일 책상 앞에 앉아 있었다고 잔소리하러 이모가 올라오는 소리가 들린다. 손님들이 다 가버렸으면 좋겠다.

19장

사건

22일, 밤. 내가 무슨 짓을 저지른 거지? 이게 어떤 결과로 이어질까? 차분히 생각을 할 수도, 잠을 잘 수도 없다. 또다시 일기장에 의지할 수밖에 없다. 오늘 밤 이 일을 기록한 다음, 내일 다시 생각해봐야겠다.

나는 명랑하고 예의 바르게 행동하기로 마음먹고 아래층으로 내려갔다. 머리도 지끈거리고 비참한 심정이었던 것을 감안하면 그래도 그 결심은 잘 지켰다. 요즘 내가 왜 이러는지 모르겠다. 정신적으로도 육체적으로도 이상하게 기력이 약해진 것 같다. 그렇지 않다면 여러 면에서 이토록 나약하게 행동했을 리 없다. 하기는 어제오늘 몸이 안 좋긴 했다. 잠도 거의 못 자고 먹은 것도 거의 없는 상태에서 생각만 엄청 많이 하고, 기분도 엉망이었으니까. 다시 아까 하던 이야기로 돌아오자면, 식사 후 남자들이 응접실로 돌아오기 전에 나는 이모와 밀리센트의 요청으로 여자들을 위해 피아노를 치며 노래를 부르고 있었다(윌못 양은 여자들만 있을 때는 절대 노래하거나 연주하지 않았다). 밀리센트가 청한 짧은 스코틀랜드 노래를 부르고 있는데 곡 중간에 남자들이 들어왔고, 헌팅던 씨는 곧장 애너벨라에게 다가갔다.

"자, 윌못 양, 오늘 밤 우리를 위해 그대가 노래를 좀 불러줄래요? 지금 당장이요! 오늘 내가 온종일 윌못 양 목소리가 너무 듣고 싶어서 애가 탔다는 걸 알면 바로 들려주겠죠? 자, 어서! 피아노가 비어 있네요."

피아노는 비어 있었다. 그 사람이 윌못 양에게 노래를 청하자마자 내가 연주를 중단했기 때문이다. 내가 조금만 더 침착했더라면 나 역시 그녀 쪽으로 돌아서며 명랑한 어조로 노래를 불러달라고 졸랐을 것이다. 그 사람이 그게 나에게 얼마나 모욕적인 일인지 알고 일부러 그런 요청을 한 것이라면 그의 기대를 보기 좋게 박살 내주었을 것이고, 그냥 별생각 없이 그런 것이라면 그의 잘못을 일깨워주었을 텐데. 하지만 나는 너무 상처받은 나머지 아무 말도 못 한 채 피아노 의자에서 일어나 소파에 털썩 주저앉았고, 터져 나오는 울음을 간신히 억눌렀다. 애너벨라의 음악적 재능이 나보다 뛰어나다는 것은 잘 알고 있지만, 그렇다고 해서 나를 그렇게까지 무시하면 안 되었다. 그 사람이 윌못 양에게 연주를 부탁한 시점과 방식을 보면 일부러 나를 모욕한 것 같았고, 그렇게 생각하니 정말 너무 화가 나서 울고 싶었다.

한편 윌못 양은 아주 기분 좋은 얼굴로 피아노 앞에 앉더니 헌팅던 씨가 좋아하는 노래를 두 곡 불렀는데, 어찌나 잘 부르는지 나조차 금세 화났던 것도 잊고 감탄할 수밖에 없었고, 부드러우면서도 활기 넘치는 섬세한 피아노 반주에 맞추어 노래하는 그녀의 깊고 힘 있는 목소리를 들으며 우수 어린 즐거움을 느꼈다.

내 귀는 그녀의 노래에 빠져 있었지만, 내 눈은 여러 감정을 여실히 반영하는 헌팅던 씨의 얼굴을 보며 그와 비슷한, 아니 어쩌면 그보다 더 큰 기쁨을 느끼고 있었다. 그 사람은 윌못 양 옆에 서 있었는데, 그의 눈과 얼굴은 깊은 감동으로 환히 빛났고, 그의 달콤한 미소는 4월의 햇살처럼 나타났다 사라졌다 했다. 헌팅던 씨가 그녀의 노래를 그토록 듣고 싶어 한 것도 이해가 갔다. 나는 함부로 나를 모욕한 그를 용서했고, 그렇게 하찮은 일에 좀스럽게 섭섭해한 것이 창피했다. 또한 그처럼 뛰어난 연주로 우리를 즐겁게 해주는 윌못 양에게 내 마음속 저 깊은 곳을 갉아먹는 쓰라린 질투심을 느낀 것이 부끄러웠다.
"자, 이다음엔 어떤 노래를 부를까요?" 두 번째 노래를 마친 윌못 양이 장난스럽게 피아노 건반을 손가락으로 훑으며 물었다.
그러나 이 말을 하면서 그녀는 로버러 경을 건너다보았다. 그는 약간 뒤쪽에, 의자 등에 기대선 채 주의 깊게 노래를 듣고 있었는데, 얼굴 표정을 보아하니 나와 마찬가지로 우수 어린 기쁨에 젖어 있는 것 같았다. 하지만 윌못 양의 눈은 명백히 이렇게 말하고 있었다. "이제 당신이 노래를 골라주세요. 헌팅던 씨가 좋아하는 노래는 충분히 불렀으니 이제 당신이 원하는 노래를 불러드리고 싶어요." 그러자 로버러 경은 앞으로 나와 악보집을 넘기더니, 내가 눈여겨봤고, 내 마음을 가득 채운 헌팅던 씨를 생각하며 더욱 관심을 가지고 여러 번 읽었던 짧은 노래를 그녀에게 내밀었다. 나는 이미 흥분하고 상당히 신경이 약해진 상태였기 때문에, 윌못 양이 너무도 달콤한 목소리로 그 노래를 부르자 치미는 감정을 억누를 수가 없었다. 마음대로 흐르는 눈물을 혹시 누가 볼까 봐 나는 쿠션에 얼굴을 묻은 채 귀를 기울였다.

소박하고 감미롭고 구슬픈 노래였다. 지금도 그 가사와 멜로디가 머릿속을 맴돈다.

그대여, 안녕! 하지만
당신을 향한 내 사랑은 보낼 수 없네:
내 맘속에 깃든 이 사랑,
내게 힘과 위안을 주리니.

아, 아름답고 우아한 그대여!
그대를 본 적 없다면
나는 현실의 사람이 상상 속 인물보다
더 멋질 수 있다고 생각지 못했으리.

이토록 소중한 모습과 얼굴을
다시 볼 수 없고,
그대의 음성을 듣지 못하더라도, 나는
그대를 영원히 기억하리.

그 음성, 그 마법 같은 어조는
내 맘속에 메아리치며
사랑에 빠진 내 영혼을 황홀경으로 이끌
감정을 불러일으키리.

그 웃음 띤 눈, 찬란히 빛나는 눈동자도
생생히 기억하리라;—

그리고 아, 그 미소! 그 즐거운 빛은
어떤 말로도 형용할 수 없다네.

안녕히! 하지만 이 희망을 나는
늘 고이 간직하리라.
모욕과 냉대에 상처받고 떨더라도
내 맘속엔 늘 희망이 살아 있으리.

어쩌면 하늘이 언젠가
내 모든 기도를 들어주고,
과거의 고통을 미래의 기쁨으로, 또 눈물을 미소로
보상해줄 수도 있으리니.*

노래가 끝나자 나는 도저히 그 방에 더 있을 수가 없었다. 내가 앉은 소파는 문에서 멀지 않았지만, 헌팅던 씨가 가까이 서 있었기 때문에 감히 얼굴을 들 수가 없었다. 게다가 로버러 경의 말에 대답하는 목소리를 들어보니 그는 내 쪽을 향해 서 있었다. 나는 애써 울음을 삼켰지만 어쩌면 살짝 소리가 새어 나가 이쪽을 돌아봤을지도 모른다. 제발 아니기를! 나는 온 힘을 다해 마음을 다잡고 눈물을 닦은 다음, 그 사람이 다른 쪽을 향한 틈을 타 얼른 일어나 그 방을 빠져나왔다. 그리고 내 피난처인 서재로 몸을 피했다.

서재에는 꺼져가는 벽난로의 희미하고 붉은 불빛밖에 없었지

* 앤 브론테 자신이 직접 쓴 시.

만, 나는 아무도 없는 어두침침한 그 방에서 방해받지 않고 생각에 빠져들고 싶을 뿐이었다. 그렇게 안락의자 앞에 있는 작은 스툴에 앉아 푹신한 방석에 머리를 기대고 이 생각 저 생각 하다 보니 다시 눈물이 터져 나왔고, 나는 어린아이처럼 엉엉 울었다. 그런데 그때 누군가 가만히 문을 열고 방으로 들어왔다. 나는 하인이겠거니 하고 가만히 있었다. 문이 다시 닫혔지만, 나는 혼자가 아니었다. 이윽고 누군가 내 어깨를 가만히 만지며 조용히 물었다. "헬렌, 무슨 일 있어요?"

나는 아무런 대답도 하지 못했다.

"나한테는 말해줘야 해요. 그럴 거죠." 그는 더 강한 어조로 이렇게 덧붙이더니, 내 옆의 양탄자에 꿇어앉아 내 손을 부여잡았다. 나는 얼른 손을 빼고 "헌팅던 씨, 당신과 상관없는 일이에요" 했다.

"나랑 상관없는 거 맞아요? 내 생각 하면서 운 게 아닌 거, 확실해요?" 도저히 참을 수 없는 상황이었다. 그래서 일어서려고 했지만, 그가 내 옷을 깔고 앉아 있었다.

그가 말을 이었다. "말해줘요. 만약 나 때문에 울었다면, 할 말이 있어요. 아니라면 이만 갈게요."

"그럼 가세요!" 내가 소리쳤다. 하지만 혹시 그 사람이 정말 가버리고 다시는 안 올까 봐 두려워서 얼른 이렇게 덧붙였다. "아니면 하려던 말 얼른 하고 끝내세요!"

"하지만 어느 쪽이에요? 정말 나를 생각하면서 운 게 맞아야만 말해줄 거예요. 그러니까 헬렌, 말해봐요."

"헌팅던 씨, 당신은 정말 너무 무례해요(impertinent)."

"아니— 너무 적절하죠(pertinent). 정말 말 안 해줄 거예요?

그렇다면 여자로서의 자존심을 존중해드리죠. 그대의 침묵을 '그렇다'라는 의미로 해석해드릴게요. 나를 생각하고 있었고, 나 때문에 울었다고 생각해도 되는 거죠."

"당신은 정말—"

"아니라고 하면 내 비밀은 안 알려줄 겁니다." 그래서 나는 그의 말을 끊지 않았고, 그가 다시 내 손을 붙잡고 다른 팔로 나를 반쯤 껴안는데도 감히 밀어내려는 시도조차 하지 못했다. 그때는 그가 그러는 걸 거의 의식하지도 못했다.

그 사람이 다시 입을 열었다. "내가 할 말은 이거예요. 애너벨라 윌못이 화려한 작약이라면 그대는 보석 같은 이슬이 맺힌 귀여운 들장미고, 나는 당신을 열렬히 사랑한다는 거! 자, 말해봐요, 이 말을 들으니 기분이 좀 나아져요? 또 아무 말 안 할 거예요? 그럼 대답은 '그렇다'네요. 그러면 이 말도 해야겠네. 나는 당신 없이는 못 살겠고, 만약 당신이 이 마지막 질문에 '아니요'라고 대답한다면 나는 미쳐버리고 말 거예요. 내 사람이 되어줄래요? 그럴 거죠!" 그는 나를 으스러져라 껴안으며 소리쳤다.

"안 돼요! 이러지 말아요!" 나는 그의 품에서 벗어나려고 몸부림치며 외쳤다. "우리 이모랑 이모부께 물어보셔야 해요."

"헬렌이 좋다고 하면 두 분은 거절하지 않을 겁니다."

"글쎄요— 이모는 당신 싫어하세요."

"하지만 헬렌, 당신은 날 싫어하지 않잖아요. 사랑한다고 말해요. 그럼 갈 테니까."

"제발 빨리 가세요!" 내가 대답했다.

"사랑한다고 말하면 바로 갈게요."

"그렇다는 거 아시잖아요." 그러자 헌팅던 씨는 다시 나를 껴안고 키스를 퍼부었다.

바로 그 순간 이모가 서재 문을 활짝 열고 촛불을 든 채 우리 앞에 나타났고, 엄청나게 충격받은 얼굴로 그 사람과 나를 번갈아 쳐다보셨다. 우리는 깜짝 놀라 벌떡 일어났고 몇 발짝 떨어져 섰다. 하지만 헌팅던 씨는 금세 안정을 되찾고는 부러울 만큼 자신만만한 어조로 이렇게 말했다. "맥스웰 부인, 대단히 죄송합니다! 너무 역정 내지 마세요. 저는 사랑스러운 조카따님께 청혼을 했고, 착한 헬렌 양은 이모님과 이모부님의 허락 없이는 절대 결혼할 수 없다고 하네요. 그러니 부디 저를 영원한 슬픔 속으로 내던지지 말아주세요. 이모님께서 허락해주신다면 저는 안심일 것 같아요. 맥스웰 씨는 이모님 뜻이라면 뭐든 받아주실 테니까요."

"이 얘기는 내일 하시죠." 이모가 차갑게 대답하셨다. "충분히 생각하고 진지하게 고려할 문제니까요. 지금은 응접실로 돌아가시는 게 좋겠어요."

"하지만 그 전까지 부디 저의 청혼을 너그러이—"

"헌팅던 씨, 제 조카의 행복에 대한 고려와 저 사이에 당신에 대한 너그러움이 끼어들 여지는 없습니다."

"아, 그렇죠! 헬렌은 천사 같은 아가씨고, 저는 그런 보물을 탐내는 건방진 개 같은 존재니까요. 하지만 전 천국에 간 최고의 성자에게도 헬렌을 양보할 수 없어요. 그러느니 차라리 죽겠어요. 저는 제 몸과 영혼을 다 바쳐 조카따님을 행복하게 해줄 겁니다—"

"몸과 영혼이라뇨, 헌팅던 씨— 영혼을 바친다고요?"

"그러니까 제 생명을 바쳐서라도—"

"아무도 당신에게 생명을 바치라고 요구하지 않을 겁니다."
"그렇다면 헬렌을 더 행복하게 해주는 데 제 삶을, 일생을 바치겠습니다."
"그건 다음에 얘기하기로 하죠. 그런데 저는 헌팅던 씨가 다른 때와 다른 장소에서, 그리고 한 가지 더 덧붙이자면 다른 방식으로 청혼을 하셨으면 훨씬 더 긍정적으로 그 제안을 고려했을 것 같아요."
"부인께서도 아시다시피 그건—"
"죄송합니다만." 이모가 점잖은 어조로 말씀하셨다. "다른 방에서 손님들이 헌팅던 씨가 어디 가셨나 궁금해하고 있어요." 이모는 그러고는 내 쪽으로 돌아서셨다.
"그럼 헬렌, 이모님께 내 얘기 잘 좀 해줘요." 그 사람은 이렇게 말하고 드디어 방을 나갔다.
이모는 근엄한 어조로 내게 말씀하셨다. "헬렌, 어서 네 방으로 가거라. 너하고도 내일 이 문제를 상의해야겠다."
"화내지 마세요, 이모."
"화난 거 아니야. 그냥— 놀라서 그래. 우리가 허락하지 않으면 청혼을 받아들이지 않겠다고 그 사람에게 말했다는 게 사실이라면—"
"사실이에요."
"그런데 어떻게 그런 행동을 하게 놔둘 수가—?"
"저도 어쩔 수가 없었어요." 나는 왈칵 눈물을 쏟으며 소리쳤다. 꼭 슬펐다거나 이모한테 혼날까 봐 겁이 나서 울었다기보다는, 그저 전반적으로 여러 감정이 너무 복받쳐서 울었던 것 같다. 하지만 이모는 흐느끼는 내가 걱정되었는지 한결 부드러운 어조로 어서 가서 자라고 하면서 이마에 입을 맞추고 촛불을 건네주셨다. 하지만 머릿속이 너무 복잡해서 잠을 잘 수가 없었다. 아까 있었던 일을 다 적고 나니 이제 좀 안정된 것 같다. 자리에 누워 "지친 마음의 달콤한 복원자"*인 잠을 청해봐야겠다.

* 영국 시인 에드워드 영의 시 '잠(Sleep)'의 한 구절을 인용한 것.

20장
끈질긴 구애

9월 24일. 아침에 일어나니 기분이 밝고 상쾌했고, 말할 수 없이 행복했다. 그 사람에 대한 이모의 견해와 이모가 이 결혼에 반대할 수도 있다는 사실이 마음에 걸렸지만, 내 마음을 가득 채우고 있는 눈부신 희망과 그 사람 역시 나를 사랑한다는 걸 확인한 데서 오는 기쁨이 더 컸다. 아침 날씨가 너무 좋아서 나는 조용히 걸으며 행복한 상념에 빠져들었다. 풀밭에는 이슬이 맺혀 있고, 수많은 거미줄이 미풍에 살랑이고 있었다. 개똥지빠귀가 즐겁게 노래하고 있었고, 나는 감사한 마음이 넘쳐흘러 소리 없는 송가를 부르며 하늘을 찬양했다.

그런데 얼마 가지 않아, 그 순간 내 상념을 교란해도 귀찮은 훼방꾼이라는 생각이 들지 않을 단 한 사람, 헌팅던 씨가 갑자기 나타났다. 어찌나 갑자기 나타났는지, 눈으로만 그 사람의 모습을 봤다면 혹시 흥분한 내 생각이 만들어낸 허깨비가 아닌가 했을 정도였다. 하지만 다음 순간 내 허리를 껴안는 탄탄한 팔과 뺨에 입 맞추는 입술이 느껴졌고, "나의 헬렌!" 하는 즐겁고 열정적인 인사가 들렸다.

"아직은 아닌데요!" 나는 이 과도한 애정 표현이 부담스러워서 얼른 옆으로 빠지며, "저희 이모부와 이모 잊지 마세요. 이모가 쉽게 허락해주시지 않을걸요. 당신에 대해 편견을 갖고 계신 거 알잖아요"라고 말했다.

"나도 알죠. 그 이유를 말해줘요. 그래야 이모님 마음을 바꿀 전략을 세울 수 있으니까. 아마 나를 난봉꾼이라고 생각하시겠죠." 내가 선뜻 대답을 못 하자 그 사람은 이렇게 덧붙였다. "그래서 내가 내 아내를 부양할 재산이 별로 없다고 걱정하시는 거겠지. 만약 그런 거라면, 이모님께 내 자산은 거의 다 가문 대대로 상속하게 되어 있어서* 내 마음대로 처분할 수 없다고 말씀드려요. 그렇지 않은 재산은 소소한 빚 때문에 일부 담보로 잡혀 있지만, 빚은 다 해도 몇 푼 안 돼요. 재산이 전보다 약간 줄어들긴 했어도 남은 돈으로도 충분히 잘살 수 있고요. 헬렌도 알다시피 우리 아버지는 아주 짠 분이었고, 중년 이후에는 돈 모으는 게 유일한 낙이셨어요. 그러니 아들인 나는 그 돈을 쓰는 게 가장 큰 낙인 것도 이해가 되죠? 하지만 사랑하는 헬렌, 당신을 만나고부터 세상에는 다른 시각도 있고 더 중요한 목표도 있다는 걸 알게 됐어요. 당신이 지혜로운 조언과 상냥하고 매력적인 선함으로 나를 더 신중하고 도덕적인 사람으로 만들어줄 거라는 기대도 있지만, 당신을 돌봐야 한다는 생각 자체만으로도 돈을

---

*   원문은 "entailed property". 옛 유럽의 상속법 중 일부로, 우리나라의 종중 땅처럼 특정 개인이 아니라 가문이 대대로 물려받는 부동산이나 재산을 뜻한다. 아주 특별한 경우가 아니면 팔거나 양도할 수 없다.

함부로 쓰지 않고 진정한 기독교인으로 살려고 노력하게 될 것 같아요."

"하지만 그게 문제가 아니에요. 이모가 생각하시는 건 돈 문제가 아니거든요. 세속적인 부를 지나치게 중시하는 분이 아니니까요."

"그렇다면 뭐가 문제죠?"

"이모는 제가— 정말 좋은 사람과 결혼하기를 바라세요."

"그럼 '아주 독실한' 사람과 결혼하길 바라시는 건가요? 에헴! 좋아요, 그렇게 할 수 있어요! 오늘 일요일이죠? 오늘은 아침, 점심, 저녁으로 교회에 가고, 이모님이 내게 감탄하고 자매애를 느끼실 정도로, 불 속에서 꺼낸 부지깽이**처럼 아주 신실하게 행동할 거예요. 용광로처럼 푸푸 한숨을 내쉬고 블레이턴 신부의 설교처럼 열정적이고 번지르르한 구절을 읊어대며 교회에서 돌아오면 되겠죠."

"블레이턴이 아니라 레이턴 신부님이에요." 내가 건조하게 말했다.

"헬렌, 레이턴 신부님은 '좋은 신부님'인가요? '사랑스럽고, 상냥하고, 신심이 넘치는 사람'인가요?"

"좋은 분이죠. 헌팅던 씨, 저는 당신이 그분의 반만이라도 선하면 좋겠어요."

"아, 깜박했는데 헬렌도 천사였죠. 부디 용서해줘요. 하지만 제발 나를 헌팅던 씨라고 부르지 말고 아서라고 불러줘요."

"아무 호칭도 안 쓸 거예요. 계속 그런 식으로 말하면 당신과

**   즈가리야 3장 2절, 아모스 4장 11절에 사용된 표현을 인용한 것.

절교할 테니까요. 아까 말한 대로 이모를 속일 생각이라면 당신은 정말 나쁜 사람이에요. 그게 아니라면, 그런 문제에 대해 그렇게 농담하지 마세요."

"반성할게요." 헌팅던 씨가 웃다가 서글픈 한숨을 내쉬더니 잠시 후 이렇게 말했다. "자, 이제 다른 얘기 합시다. 헬렌, 이리 와서 내 팔짱을 껴요. 그러면 아무 말 안 할게요. 그렇게 멀리 떨어져서 걷는 걸 보면 말을 안 할 수가 없어요."

나는 그의 팔짱을 끼고 빨리 집으로 돌아가자고 말했다.

"앞으로도 한참 동안 아무도 아침 먹으러 안 내려올걸요. 그나저나 이모님과 이모부님 얘길 했는데, 아버님이 살아 계시지 않아요?"

"맞아요. 하지만 저는 늘 이모와 이모부를 저의 보호자로 생각하고 있어요. 명의상으로는 아닐지 몰라도, 실제로는 그렇거든요. 아버지는 저를 두 분께 완전히 맡기셨으니까요. 아주 어릴 때 엄마가 돌아가셨는데, 그 후로 한 번도 아버지를 본 적이 없어요. 그때 이모가 저를 맡겠다고 했고, 스태닝글리로 데리고 와서 지금까지 여기서 저를 키우신 거예요. 제 생각에 이모가 저에 대해 어떤 결정을 내리든 아버지는 반대하지 않으실 거예요."

"그런데 이모님이 반대하시는 일에 찬성하실 수도 있지 않을까요?"

"아버지가 저에 대해 그렇게까지 신경 쓰실 것 같지 않아요."

"너무 무심한 아버지네. 그분은 딸이 얼마나 천사 같은 사람인지 모르시겠네요. 나로서는 다행이에요. 아셨다면 이렇게 소중한 딸을 보내고 싶지 않으실 테니까."

"그리고 헌팅던 씨, 저는 상속녀가 아니라는 거 알고 계시죠."

그는 단 한 번도 그 문제에 대해서는 생각해본 적이 없다면서, 이렇게 즐거운 순간에 그렇게 재미없는 문제에 대해 이야기하지 말자고 했다. 그 사람이 돈과 상관없이 나를 사랑한다니 정말 다행이었다. 애너벨라 윌못은 돌아가신 아버지의 재산을 이미 상속받았을 뿐 아니라, 삼촌의 전 재산까지 물려받을 가능성이 컸으니까.

나는 돌아가자고 재촉했지만, 우리는 이런저런 이야기를 하면서 천천히 걸어갔다. 그 대화 내용을 적기보다는, 아침 식사 후 헌팅던 씨가 이모부께 (틀림없이) 청혼 이야기를 하는 동안 내가 이모와 나눈 이야기를 기록하는 게 좋겠다. 이모는 나를 다른 방으로 데리고 들어가더니 신중히 행동하라고 다시 한번 심각하게 경고하셨다. 하지만 들어보니 이모의 생각이 내 생각보다 더 나은 것 같지도 않았다.

"이모는 그 사람을 너무 나쁘게 봐요. 그 사람 친구들까지 아주 안 좋게 보시잖아요. 그중에는 밀리센트의 오빠인 월터 하그레이브 씨도 있는데, 밀리센트 말을 들어보면 정말 천사 같은 사람이에요. 그 아가씨는 맨날 오빠가 얼마나 좋은 사람인지 자랑하고, 그 사람이 지닌 여러 가지 장점을 칭송하거든요."

"오빠와 사이좋은 여동생이 하는 말만 듣고 어떻게 그 사람에 대해 제대로 알 수 있겠니? 못된 남자일수록 자기 여동생이나 누나, 어머니에게는 본인이 저지른 일을 잘 숨기는 법이야."

"로버러 경도 안 좋게 보시잖아요. 아주 점잖은 분인데."

"누가 그러던? 로버러 경은 지금 막다른 골목에 처한 사람이야. 도박이니 뭐니 해서 재산을 다 날리고 이제 돈 있는 상속녀를 찾고 있는 거라고. 윌못 양한테 이 얘기를 했더니, 알려주셔서 정말 고맙지만 본인은 남자가 돈 때문에 다가오는지 자신이 좋아서 그러는지 딱 보면 알 수 있다고 거만한 태도로 말하더구나. 아가씨들은 다 똑같아. 그런 상황을 많이 겪어봤기 때문에 정확히 판단할 수 있다고 생각하는 거지. 그리고 로버러 경이 돈이 없어도 아무 상관 없다더구나. 본인 재산만 갖고도 둘이 잘살 수 있다고. 그의 방탕한 생활 태도에 대해서는, 다른 남자들도 다 비슷한 거 아니냐고 하면서, 거기다 지금은 개과천선했다고 하더라고. 남자들은 사랑에 눈먼 철없는 여자들을 유혹할 때는 모두들 도덕군자인 척하는데!"

"윌못 양이나 로버러 경이나 오십보백보예요." 내가 말했다. "하지만 결혼하면 헌팅던 씨는 총각 때 친구들과 어울릴 기회가 별로 없을 거예요. 그리고 주변 친구들이 나쁠수록 그들로부터 그 사람을 구제하고 싶다는 생각이 더 강해지고요."

"그렇겠지. 그리고 그 사람이 나쁠수록 너는 그를 그 자신으로부터 구제하고 싶다는 욕망이 더 커질 거고."

"그 사람이 구제 불능만 아니라면 정말 그렇게 하고 싶어요. 그 사람을 자신의 결점들로부터 구해주고, 그 사람이 본인보다 더 못된 사람들과 어울리면서 배운 우발적인 악행들을 떨쳐버릴 기회를 주고, 본인의 참된 도덕성이 내는 밝은 빛 속에서 빛나게 해주고 싶어요. 저는 헌팅던 씨가 스스로의 안 좋은 측면을 버리고 좋은 사람이 되도록 도울 거예요. 만약 그 사람이 처음부터, 당신의 탐욕 때문에 아들이 어린 시절과 청소년기에 누렸어야 할 가장 순수한 즐거움을 규제했고 그럼으로써 모든 종류의 규제에 치를 떨게 만든 저열하고 이기적이고 인색한 아버지와, 아들이 뭐든 하고 싶은 만큼 실컷 하도록 내버려두었을 뿐 아니라 아들이 그럴 수 있도록 남편을 속이고 그럼으로써 엄마로서 당연히 막았어야 할 사악하고 어리석은 행동들을 하도록 최선을 다해 부추긴 어머니 밑에서 자라지 않았다면, 그리고 이모가 안 좋게 보시는 그런 친구들과 어울리지 않았다면 되었을 그 사람이 될 수 있도록 최선을 다해 도울 거예요."

"정말 안됐구나! 친지들 때문에 큰 피해를 봤다니!" 이모가 비꼬는 어조로 말하셨다.

"정말이에요! 하지만 앞으로는 그들도 그러지 못할 거예요. 그의 어머니가 끼친 피해를 제가 바로잡을 테니까요!"

"이런." 이모는 잠시 말을 멈추더니 이렇게 말씀하셨다. "헬렌, 네 판단력과 안목이 이보다는 나은 줄 알았는데. 네가 어떻게 그런 남자를 사랑할 수 있는지, 그런 사람 옆에서 어떤 즐거움을 느낄 수 있을지, 나는 상상이 안 가는구나. 빛이 어떻게 어둠과 사귀고, 신자가 어떻게 불신자와 어울리겠니?*"

"그 사람은 불신자가 아니에요. 저는 빛이 아니고, 그 사람은 어둠이 아니고요. 그 사람의 가장 큰 결점, 유일한 결점은 경솔하다는 거예요."

"경솔하면 온갖 악행을 저지르게 되는데, 하느님의 심판을 받을 때는 별로 도움이 안 되는 핑계지. 내가 보기에 헌팅던 씨는 기본적인 자질은 갖추고 있어. 무책임할 정도로 경박하지는 않고, 이성과 양심도 보통 수준은 돼. 성경도 남들만큼은 아는 것 같더구나. '그가 그들의 말에 귀 기울이지 않는다면 죽은 자가 살아 돌아왔다 해도 믿지 않을 것이다.'**" 이모는 엄숙한 어조로

---

*   고린토인들에게 보낸 둘째 편지 6장 14~15절 참고.
** 루가의 복음서 16장 31절 인용.

말을 이으셨다. "헬렌, 명심하렴. '악인들과 하느님을 잊은 자들은 지옥에 떨어질 것이다!'* 설사 그 사람이 앞으로도 너를 사랑하고, 너도 계속 그 사람을 사랑하면서 평생 어느 정도 안락하게 함께 살아간다 해도— 끝에는 어떤 일이 벌어질까? 너희 둘은 영원히 헤어지게 될 거야. 너는 천국으로 가겠지만 그 사람은 꺼지지 않는 불의 호수에 던져져 영원히—"

"영원히는 아니에요. '그가 마지막 한 푼까지 다 갚을 때까지'**겠죠. '해놓은 일이 불에 타버리면 그는 손해를 입겠지만, 그 자신은 불을 통해 구원받을 것'***이니까요. 그리고 '만물을 자신에게 복종시킬 수 있는 그리스도께서 모든 이를 구원해주실 것'****이고, '때가 되면 모든 것이 예수 그리스도 안에서 하나 될지니, 그분은 우리 모두를 위해 죽음을 맛보셨고, 하느님은 그리스도를 내세워 지상과 하늘의 만물을 당신과 화해시킬 것'*****이에요."

"아니, 헬렌! 대체 어디서 이런 걸 다 알게 됐니?"

"성경에서요. 성경책을 열심히 뒤져보니까 제 생각을 뒷받침해주는 구절이 서른 개 정도 있더라고요."

"성경을 그런 용도로 쓰는 거야? 그럼 성경에서 그런 이론의 위험성과 허무맹랑함을 입증해주는 구절들은 못 찾았니?"

* 시편 9장 17절 참고.
** 마태오의 복음서 5장 26절 참고.
*** 고린토인들에게 보낸 첫째 편지 3장 14~15절 참고.
**** 필립비인들에게 보낸 편지 3장 21절과 디모테오에게 보낸 첫째 편지 2장 4절 참고.
***** 에페소인들에게 보낸 편지 1장 10절과 히브리인들에게 보낸 편지 2장 9절, 골로사이인들에게 보낸 편지 1장 20절 참고.

"네. 맥락을 무시하고 단독으로 읽으면 제 이론과 반대되는 구절들도 더러 있었지만, 그러려면 일반적으로 받아들여지는 의미와 다르게 해석해야 할 것 같았어요. 이때 가장 어려운 것은 우리가 '영원히 지속되는(everlasting)'이나 '끊임없는(eternal)'이라고 해석하는 단어들이에요. 저는 그리스어는 모르지만, 그 단어들은 엄밀히 말하면 아마 '아주 오랫동안'이라는 뜻일 거고, '끝나지 않는'이나 '오래 지속되는'이라는 의미로 볼 수도 있을 것 같아요. 그리고 제 생각이 위험하다면, 남들 앞에서는 발설하지 않을게요. 어느 부도덕한 사람이 이런 얘기를 듣고 아무렇게나 살다가 지옥에 갈 수도 있으니까요. 하지만 너무 멋진 생각이라 저는 제 마음속에 고이 간직할 거고, 이 세상 그 무엇과도 바꾸지 않을 거예요!"

곧 교회 갈 시간이라 이모와의 대화는 이렇게 끝났다. 평소에도 교회에 거의 안 가시는 이모부와, 남아서 이모부와 느긋하게 카드놀이를 하겠다는 윌못 씨를 빼고는 모두가 아침 예배에 참석했다. 오후에는 윌못 양과 로버러 경도 집에 남았다. 그런데 헌팅던 씨는 우리와 같이 다시 가겠다고 했다. 이모한테 잘 보이고 싶어서 그런 건지는 모르겠지만, 그렇다고 하기에는 행동거지가 너무 과했다. 특히 예배 중에 한 행동은 정말 마음에 안 들었다. 기도서를 거꾸로 들거나 이상한 곳을 펼친 채 여기저기 두리번거리다가 이모나 나와 눈이 마주치면 그때만 점잔을 빼면서 근엄하게 읽는 척했는데, 그 표정은 우스꽝스럽기도 했지만 그보다 너무나 짜증스러웠다. 한번은 신부님이 설교를 하시는데 몇 분 동안 주의 깊게 듣더니, 갑자기 금제 필통을 꺼내고 성경책을 획 집어 들었다. 나와 눈이 마주치자 그는 설교 내용을 메모하겠다고 속삭였다. 그런데 옆에서 보니 점잖고 경건하고 나이 지긋한 우리 신부님을 형편없는 늙다리 위선자의 모습으로 그리고 있는 게 아닌가. 그런데도 집에 와서는 마치 신부님의 말을 정말 열심히 듣고 큰 교훈을 얻은 것처럼 겸손하고 진지한 어조로 이모한테 설교에 대해 이야기했다.

저녁 식사 직전, 이모부가 나한테 아주 중요한 문제를 상의해야 하니 서재로 오라고 하셨다. 그런데 막상 가니 불과 몇 마디로 대화를 끝내버리셨다.

"자, 넬*, 이 헌팅던이라는 청년이 너와 결혼하고 싶다는데 내가 뭐라고 대답하는 게 좋겠니? 네 이모는 반대라는데, 네 생각은 어떠냐?"

"저는 좋아요, 이모부." 나는 한순간도 망설이지 않고 대답했다. 이 문제에 대해 이미 확고한 결심이 서 있었기 때문이다.

"좋아! 아주 솔직한 대답이구나. 보통 아가씨들은 그러지 않는데. 그렇다면 내가 내일 네 아버지한테 편지를 쓰마. 네 아버지도 찬성할 거다. 그럼 이 결혼은 성사됐다고 보면 돼. 네가 윌못을 택했다면 훨씬 나았겠지만, 넌 생각이 다르겠지. 네 나이 때는 사랑이 모든 걸 좌지우지하고, 내 나이쯤 되면 탄탄한 재력이 최고니까. 네 남편의 재정 상태나 가문 상속 재산 같은 문제에 대해서는 한 번도 생각해본 적 없겠지?"

"제가 그런 걸 생각할 필요는 없을 텐데요."

"너 대신 그런 걸 꼼꼼히 검토할 사람들이 있는 걸 다행으로 알아라. 아직 그 작자의 재정 상태를 철저히 살펴볼 시간은 없었

---

* 헬렌의 애칭.

지만, 보아하니 부친의 재산을 많이 날려먹었더구나. 그래도 아직은 꽤 많이 남아 있어서 잘만 관리하면 상당히 불릴 수 있을 것 같았어. 네 아버지한테 이번에 재산을 좀 나눠주라고 해야겠다. 어차피 너와 다른 아이 하나밖에 없으니까. 게다가 네가 나한테 잘 보이면 혹시 또 아니? 나도 유언장에 네 이름을 포함할 수도 있고!" 이모부는 코에 손가락을 대며 의미심장한 윙크를 보내셨다.

"이모부, 늘 잘해주시고 그렇게 챙겨주셔서 고맙습니다."

"헌팅던에게 결혼 조건에 대해 물어봤는데, 그 문제에 대해서는 아주 너그럽더구나."

"그럴 줄 알았어요! 하지만 그 문제에 대해 너무 고심하지 마시고, 저나 그 사람한테도 그 얘기는 하지 마세요. 제 재산은 모두 그 사람 것이 될 거고, 그 사람 재산은 모두 제 것이 될 거니까요. 그러면 됐지 뭐가 더 필요해요?" 그렇게 말하고 나오려는데, 이모부가 나를 불러 세우셨다.

"잠깐, 잠깐! 결혼식 날짜 아직 안 정했잖니. 언제 하는 게 좋을까? 네 이모는 한없이 미루려고 하겠지만, 헌팅던은 어서 결혼하고 싶어 난리더라고. 다음 달이 가기 전에 꼭 하고 싶대. 너도 비슷한 마음이겠지? 그러니—"

"아뇨, 이모부. 저는 그 반대예요. 아무리 빨라도 크리스마스 지나서 하고 싶어요."

"아! 하하, 맘에도 없는 소리 하지 말고." 내가 아무리 아니라고 해도 이모부는 믿어주지 않으셨다. 하지만 나는 정말 그러고 싶다. 그렇게나 큰 변화를 앞두고 있고, 너무도 많은 것과 작별해야 하는데, 어떻게 서두를 수 있겠는가? 그 사람과 맺어질 거라는 사실, 그가 나를 정말 사랑하고, 나 역시 그를 헌신적으로 사랑하며, 그 사람을 마음껏 생각해도 된다는 사실만으로도 너무 행복하다. 그래도 이모의 조언을 전부 무시하고 싶지는 않았기 때문에 이모부한테 결혼식 날짜는 이모와 상의해야 한다고 말씀드렸다. 아직 구체적인 날짜는 정해지지 않았다.

21장
다양한 의견

 10월 1일. 이제 모든 것이 정해졌다. 아버지도 이 결혼에 동의해주셨고, 결혼식은 서두르자는 측과 미루자는 측이 타협해서 크리스마스에 올리는 것으로 정리되었다. 밀리센트 하그레이브와 애너벨라 윌못이 신부 들러리를 해주기로 했다. 윌못 양은 별로 마음에 안 들지만 우리 가족과 친하고 딱히 다른 친구도 없어서 그냥 그러자고 했다.
 밀리센트에게도 약혼 이야기를 했는데, 반응이 영 시원치 않았다. 아무 말 없이 눈을 동그랗게 뜨고 나를 쳐다보더니 이렇게 말했다.
 "헬렌, 당연히 축하할 일이고, 네가 그렇게 행복해 보이니 나도 정말 기뻐. 그런데 나는 네가 그의 청혼을 안 받아들일 줄 알았어. 그리고 네가 그 사람을 그렇게까지 좋아하는 게 좀 의외야."
 "왜?"

"모든 면에서 네가 그 사람보다 훨씬 나으니까 그렇지. 헌팅던 씨는 어딘지 뻔뻔하고 무모해 보여서, 나는 그 사람이 저만치서 오는 게 보이면 피하고 싶더라고."

"그건 네가 소심해서 그렇지, 그 사람 탓이 아니잖니."

"외모도 그래. 다들 그 사람이 잘생겼다고 하고, 실제로 잘생겼지. 하지만 나는 그런 식의 미모는 별로던데 너는 괜찮은가 봐."

"별로라고? 왜?"

"글쎄, 그 사람 얼굴을 보면 고귀하거나 고결한 느낌이 전혀 없잖니."

"너는 내가 소설책에 나오는 비현실적으로 멋진 주인공들과 완전히 다른 사람을 어떻게 좋아할 수 있는지 궁금하겠지. 허버트 경이나 밸런타인 경* 같은 사람들은 기꺼이 너한테 양보할게. 찾을 수나 있다면 말이지. 나는 현실에 존재하는 연인이 필요해."

"나도 소설 속 주인공이 아니라 현실 속 남자를 원해. 그래도 정신이 외모를 통해 빛나고, 또 육체를 지배하는 사람이어야지. 그리고 헌팅던 씨는 얼굴이 너무 빨갛지 않니?"

"천만에!" 나는 발끈해서 소리쳤다. "전혀 아니야. 피부에 보기 좋은 홍조가 어려 있어서 건강하고 생기 있는 느낌을 주잖아. 얼굴 전체에 부드러운 분홍빛이 감돌아서 좀 더 짙은 홍조를 띤 두 뺨과 완벽한 조화를 이루고 있고. 나는 얼굴은 하얗고 뺨만 붉은 남자는 색칠한 인형 같아서 너무 싫던데. 아픈 사람같이 얼

---

* 궁중 로맨스나 당시 상연되었던 희곡에 자주 등장하던 남자 주인공 이름들.

굴 전체가 허옇거나, 연기처럼 시커멓거나, 시체처럼 누런 남자도 싫고."

"글쎄, 각자 취향은 다르니까. 나는 얼굴이 완전히 하얗거나 전체적으로 어두운 남자가 좋더라고. 그런데 솔직히 말하면 나는 네가 언젠가 내 올케가 되기를 바라고 있었어. 다음 사교 시즌에 너한테 월터 오빠를 소개할 생각이었거든. 너도 오빠를 맘에 들어 할 것 같고, 오빠도 너를 좋아할 것 같았는데. 그러면 내가 세상에서 제일 좋아하는 두 사람—우리 엄마 빼고—이 맺어지는 거잖아. 오빠는 미남은 아니지만 헌팅던 씨보다 훨씬 더 고상한 외모를 가졌고, 더 친절하고 좋은 사람이야. 너도 오빠를 안다면 그렇게 생각할걸."

"그럴 리가, 밀리센트! 너는 네 오빠니까 그렇게 생각하는 거야. 오빠라서 그런 거니까 용서해줄게. 하지만 그 누가 됐든 아서 헌팅던을 폄하하면 가만두지 않을 거야."

윌못 양도 내 결혼에 대한 생각을 밀리센트 못지않게 노골적으로 표현했다.

그녀는 전혀 우호적이지 않은 미소를 띠며 다가와서는 이렇게 말했다. "헬렌, 헌팅던 부인이 되신다며?"

"맞아요. 부럽지 않아요?"

"아, 그럴 리가. 천만의 말씀! 난 언젠가 로버러 여사가 될 거라서. 그때는 내가 너한테 '부럽지 않니?' 하고 묻게 될걸?"

"이 이후로 저는 아무도 부러워하지 않을 거예요."

"저런! 그럼 지금 그렇게 행복해?" 하고 그녀는 진지하게 물었다. 그러고는 살짝 실망한 듯한 얼굴로 말을 이었다. "그 사람이 너를 사랑해? 그러니까 네가 그 사람을 숭배하는 만큼 너를 숭배하느냔 말이야." 불안한 기색이 역력한 표정으로 그녀는 내 대답을 기다렸다.

"저는 숭배받고 싶지 않아요. 하지만 제가 그러듯 그 사람도 이 세상에서 저를 제일 사랑한다는 확신은 있어요."

"그렇지." 그녀가 고개를 끄덕이며 말했다. "정말—" 그러다가 입을 다물었다.

"정말 뭐요?" 앙심을 품은 듯한 그녀의 표정에 화가 나서 내가 물었다.

그러자 윌못 양이 피식 웃으며 대답했다. "정말 두 남자의 매력과 장점이 하나로 합해진다면 얼마나 좋겠니— 로버터 경이 헌팅던의 미모와 좋은 성격, 기지, 명랑함, 매력을 가졌거나, 헌팅던이 로버터 경의 귀족 작위와 아름답고 유서 깊은 저택을 가졌다면, 그래서 내가 그 사람의 부인이 된다면 참 좋을 텐데. 그럼 너한테 남은 한 사람을 기꺼이 줄게."

"애너벨라, 참 고맙네요. 그런데 제 입장에서는 지금 이대로가 더 좋아요. 당신도 저만큼 약혼자가 맘에 들면 좋을 텐데요." 그 말은 진심이었다. 처음에는 퉁명스러운 그녀의 태도 때문에 화가 났지만, 그녀의 솔직한 심정을 듣고 우리 둘의 상반된 상황을 생각해보니 그녀가 안쓰럽기도 하고 앞으로 잘되기를 빌어주고 싶기도 했다.

헌팅던 씨 지인들도 내 친지들 못지않게 이 결혼이 탐탁지 않은 눈치였다. 아침에 그 사람 앞으로 여러 통의 편지가 배달됐는데, 아침 먹는 자리에서 한 통 한 통 읽으면서 너무 다채롭게 찡그리고 속상한 표정을 짓는 바람에 다들 지켜보게 되었다. 하지만 그는 편지들을 똘똘 구기더니 혼자 씩 웃으며 호주머니에 푹 쑤셔 넣고는 식사가 끝날 때까지 일절 말이 없었다. 그러더니 손님들이 각자 오전에 할 일을 시작하기 전에 난롯불을 쬐거나 이리저리 돌아다니고 있는 사이에 내 의자 뒤로 와서는 내 머리칼에 닿을 정도로 얼굴을 바짝 대어 가볍게 키스를 하고 내 귀에 아래와 같은 불평을 속삭였다.

"헬렌, 친구들 전부가 나를 저주하게 만든 이 마녀 아가씨, 며칠 전에 편지로 내 결혼 얘기를 알렸는데, 축하가 아니라 지독한 비난을 담은 편지들이 한 뭉치나 왔어요. 나를 축복해주는 편지나 당신에게 상냥한 말을 해주는 편지는 단 한 통도 없어요. 이제 재미도 없고, 즐거운 날들과 멋진 밤들도 없을 텐데, 그게 다 나 때문이라는 거죠. 내가 처음으로 이 즐거운 모임을 깼고, 그 때문에 절망에 빠진 친구들이 하나둘 결혼을 할 거라는 거예요. 내가 그 모임의 핵심이고 버팀목이었는데 후안무치하게 신의를 깼다고—"

"원하시면 다시 그 모임에 나가세요." 나는 그 이야기를 하는 그의 서글픈 어조에 살짝 짜증이 나서 이렇게 말했다. "당신과 (또는 당신이 속한 어떤 모임과) 그런 엄청난 행복 사이를 갈라놓을 생각은 전혀 없거든요. 저 역시 당신에게 버림받은 그 가여운 친구들처럼 당신 없이 살 수 있을지도 몰라요."

"이런, 그럴 일 없어요. 나는 '사랑을 위해 온 세상을 버릴 수 있어'*요. 그 친구들은—정중하게 말하자면— 지옥에나 가버리라고 해요. 그들이 나를 어떻게 취급하고 있는지 알면 내가 당신을 위해 얼마나 많은 걸 포기했는지 알 테고, 그러면 당신은 나

---

* 영국의 시인이자 극작가 존 드라이든이 쓴 희곡의 제목. 원문은 "all for love or the world well lost"다.

를 더욱더 사랑할 거예요."

 그러고는 구겨진 편지 뭉치를 꺼내길래, 나한테 보여주려고 그러는 줄 알고 읽고 싶지 않다고 했다.

 "당신한테 보여주려고 그러는 거 아니에요, 내 사랑. 대부분은 숙녀분이 읽기에 맞지 않는 내용이거든요. 하지만 이거 봐요. 이건 그림즈비가 쓴 건데 단 세 줄 뿐이에요. 삐진 거지! 물론 그 친구는 몇 마디 안 했지만, 그의 침묵 자체가 남들이 백 마디 한 것보다 더 의미심장해요. 이건 하그레이브의 편지네요. 놀랍게도 그 친구는 여동생 말을 듣고 당신을 사랑하게 되었고, 실컷 난봉을 다 부린 뒤에 당신과 결혼할 속셈이었기 때문에 나한테 특히 화가 나 있는 상태예요."

 "그분께 신세 진 게 많아요."

 "나도 마찬가지예요. 이거 보세요. 이건 해터즐리의 편지인데, 잔뜩 화가 나서 나를 비난하고, 나에게 쓰라린 저주를 퍼붓고 한심한 불평을 늘어놓더니, 나한테 복수하기 위해 본인도 결혼하겠다고 쓰고 있어요. 아무 노처녀나 다가오면 바로 결혼하겠다는 거예요. 자기가 무슨 짓을 하든 내가 신경이라도 쓸 거라고 생각하는 건지."

 "이 친구들과 인연을 끊어도 당신은 별로 아쉬울 게 없을 거예요. 당신한테 별로 도움이 되는 사람들 같지 않거든요."

 "그럴 수도 있죠. 하지만 같이 어울려서 정말 재미있게 지냈어요. 물론 로버러의 경우처럼 고통과 슬픔이 수반된 경우도 있었지만, 하하!" 그 사람이 로버러 경 이야기를 하면서 껄껄 웃고 있는데, 이모부가 와서 그의 어깨를 탁 치셨다.

 "이보게! 내 조카딸과 사랑을 속삭이느라 꿩 사냥을 포기할 셈인가? 기억하게, 오늘 10월 1일이야. 비가 그치고 햇살이 나니까 보럼조차도 방수 장화를 신고 같이 간다고 하지 않나. 윌못 씨와 내가 자네들을 이겨줄 테니까 각오하라고. 우리 늙은이 팀이 청년 팀을 확실히 눌러줄 걸세."

"오늘 제가 어떻게 하나 보세요. 이모부님이나 다른 손님들보다 더 멋진 사람과 오늘 하루를 즐기지 못하게 하셨으니, 이모부님 꿩들을 다 잡아버릴 거예요."

그 사람은 그렇게 말하고 나간 후 저녁때까지 돌아오지 않았다. 너무 지루해서 앞으로 그 사람이 없으면 어떻게 사나 걱정이었다.

두 청년보다 나이 든 세 사람이 훨씬 훌륭한 사냥꾼인 건 맞았다. 로버러 경과 아서 헌팅던은 요즘 거의 매일 우리와 승마나 산책을 나가느라 사냥할 틈이 없었기 때문이다. 하지만 이 즐거운 시간은 곧 지나갈 것이다. 안타깝게도 이 방문은 채 두 주일도 안 돼 끝날 것이기 때문이다. 보럼 씨와 윌못 씨가 구애를 멈추고, 이모도 잔소리를 안 하고, 헌팅던이 나의 아서가 되어서 그와 마음껏 같이 있을 수 있게 된 이후로는 애너벨라에 대한 질투나 반감도 없어져 하루하루가 점점 더 즐겁게 느껴지는데 말이다. 그 사람이 없으면 나는 정말 어떻게 살까?

22장
우정의 징표

10월 5일. 내 행복은 완벽하지 않다. 아무리 감추려 해도 나 자신에게도 숨길 수 없는 쓰라린 사실 때문에 내 기쁨은 박살 나고 말았다. 나는 행복이 그 고통보다 크다고 스스로를 위로해 보고, 그 씁쓸함을 향기롭고 기분 좋은 맛이라고 불러보지만, 내가 뭐라고 하든 그 고통은 존재하므로 나는 그것을 맛볼 수밖에 없다. 나는 아서의 결점들을 눈감아줄 수가 없다. 그래서 그를 사랑할수록 나의 고통도 커진다. 내가 그토록 신뢰했던 그의 심성 자체가 내가 생각했던 것만큼 따뜻하고 너그러운 것 같지가 않다. 적어도 오늘 그 사람은 '경솔하다'라는 말보다는 좀 더 부정적인 단어로 불러야 할 행동을 했다. 그와 로버러 경은 오늘 나와 애너벨라와 함께 긴 시간 즐겁게 말을 달렸다. 그 사람은 평소처럼 내 옆에서 달렸고, 애너벨라와 로버러 경은 조금 앞에서 가고 있었는데, 로버러 경은 월못 양 쪽으로 몸을 기울여 다정하고 비밀스러운 이야기를 털어놓고 있는 것 같았다.

"헬렌, 우리가 방심하면 저 둘이 선수를 칠 거요. 둘이 결혼할 게 분명하거든. 로버러는 완전히 빠져 있어요. 하지만 윌못 양이 구혼을 받아주면 로버러는 크게 낭패를 볼걸."

"제가 들은 말이 사실이라면, 애너벨라도 저분과 결혼하면 큰 낭패를 볼 거예요."

"그렇지 않아요. 저 여자는 자기가 무슨 짓을 벌이고 있는지 알지만, 로버러는 바보라 둘이 결혼하면 애너벨라가 좋은 아내가 될 거라고 오판하고 있거든요. 윌못 양이 사랑이나 결혼에 있어서 계층이나 재산이 전혀 중요하지 않다고 떠들어댔기 때문에, 로버러는 그녀가 자기를 정말 사랑하는 줄 알고 있어요. 그녀가 자신의 작위가 아니라 사람됨 자체를 사랑한다고 생각하기 때문에 가난하다는 걸 알아도 결혼해줄 거라고 믿고 있는 거예요."

"그분이 애너벨라의 재산 때문에 구혼하는 거 아니에요?"

"아뇨, 그렇지 않아요. 물론 처음에는 그랬지만, 이제는 그걸 완전히 잊었고 계산에도 넣지 않아요. 그 친구는 그저 애너벨라가 결혼해서도 지금처럼 풍족하게 살아야 하기 때문에 이 결혼에 돈이 꼭 필요한 요소라고 생각하는 거지, 그녀의 돈을 욕심내는 게 아니에요. 로버러는 그녀를 정말 사랑해요. 다시는 그럴 수 없을 거라고 생각했지만 다시 사랑에 빠진 거죠. 그 친구 2~3년 전에 결혼할 뻔했는데, 재산을 잃는 바람에 헤어졌거든요. 로버러는 런던에서 우리와 어울리면서 안 좋은 일에 빠졌었어요. 도박에 빠진 건데, 운이 어찌나 나쁜지 한 번 따면 세 번을 잃었어요. 나는 도박은 별로 안 좋아해요. 나는 돈을 쓰면 그만큼의 가치를 충분히 누리고 싶거든요. 노름판의 도둑이나 사기꾼들에게 내 돈을 낭비하고 싶지는 않아요. 거기다 이제까지는 재산이 충분했기 때문에 노름으로 돈을 벌어야 하지도 않았고요. 재산이 부족하다는 생각이 들기 시작해야 따고 싶어지죠. 도박장에 종종 가긴 했지만, 그건 운을 신봉하는 미친 사람들을 구경하려고 그랬던 거예요. 정말 볼만한 광경이고, 때로는 정말 재미있기도 해요. 어리석고 미친 사람들을 보며 많이 웃기도 했죠. 로버러는 도박에 푹 빠져 있었어요. 그러고 싶어서가 아니라 어쩔 수가 없었거든요. 항상 도박을 그만두겠다고 굳게 결심했다가도 금방 다시 하곤 했어요. 매번 '딱 한 번만 더' 한다고 다짐했지만, 몇 푼 따면 다음에는 더 딸 것 같아서 또 하게 됐고, 지면 거기서 멈출 수가 없었던 거죠. 최소한 그 직전에 잃은 돈은 따고 그만두고 싶었던 거예요. 계속 질 리는 없다고 생각했고, 한 번 따면 그때부터 계속 행운이 따를 거라고 생각했거든요. 물론 현실은 그렇지 않았지만. 그러다가 결국 로버러는 절박해졌고, 우리는 그가 곧 자살할 거라고 생각해서 매일 도박장에서 그를 지켜보았어요. 이제 그는 더 이상 우리 모임의 자랑거리가 아니었기에 몇몇은 그렇게 되더라도 큰일이 아니라고 수군거렸죠. 드디어 어느 날, 이기든 지든 마지막 한 판이라며 큰돈을 걸더군요. 전에도 수없이 그런 결심을 하고 또 깼는데, 이번에도 마찬가지였어요. 결국 로버러는 그날 지고 말았고, 이긴 상대가 웃으며 판돈을 다 걸어 가는 동안 그는 얼굴이 백지장처럼 하얗게 질린 채 말없이 허리를 펴고 이마의 땀을 닦더라고요. 나도 그때 거기 있었는데, 그 친구가 팔짱을 낀 채 바닥을 보면서 무슨 생각을 하고 있는지 쉽게 짐작할 수 있었어요.

'로버러, 이게 마지막 도박인가?' 그에게 다가가며 내가 물었죠.

'딱 한 판만 더.' 그는 비장한 미소를 지으며 그렇게 말하고는 도박 테이블로 다시 달려가 주먹으로 탕탕 치더니, 동전 부딪치는 소리와 욕설로 시끌벅적한 실내의 소음을 다 덮을 만큼 큰 소리로, 앞으로 어떤 일이 있어도 이번이 마지막 판이라고 엄숙하게 선언했어요. 그러고는 본인이 앞으로 한 번이라도 더 카드를 섞거나 주사위 통을 흔들면 최악의 저주를 받게 될 거라고 맹세했죠. 그러더니 아까보다 두 배 많은 판돈을 걸고 누구든 덤비라고 소리쳤어요. 다음 순간 그림즈비가 도전에 응했고, 로버러는 그를 독하게 노려보았죠. 그림즈비는 로버러가 운이 나쁘기로 유명한 것만큼이나 운이 좋기로 소문난 사람이었거든요. 어쨌든 두 사람은 도박을 시작했어요. 그림즈비가 기술도 좋고 자신도 있어서인지, 이기고 싶어서 덜덜 떨면서 눈에 뵈는 게 없는 상대 때문에 더 유리했는지는 모르겠지만, 어쨌든 로버러는 또 졌고, 완전히 거꾸러졌어요.

'한 판 더 해보는 게 좋을 것 같은데.' 그림즈비는 로버러 쪽으로 몸을 기울이며 이렇게 말하고는 나에게 눈을 찡긋해 보였어요.

'그럴 돈이 없어.' 로버러가 허옇게 질린 얼굴로 대답했어요.

'아, 돈은 헌팅던이 빌려줄 걸세.' 그림즈비가 말했지요.

'아니, 아까 내가 맹세하는 거 들었잖나.' 로버러가 절망한 얼굴로 조용히 돌아섰어요. 나는 그의 팔을 잡고 밖으로 나왔죠.

'로버러, 정말 이번이 마지막인가?' 거리에 나와서 그에게 물었어요.

'마지막 맞네.' 내 예상과 달리 로버러가 그렇게 말하더군요. 나는 어린애처럼 고분고분한 그를 데리고 집―즉, 우리 클럽―으로 데리고 왔어요. 거기서 물 탄 브랜디를 두어 잔 먹였더니 좀 밝아졌달까, 적어도 생기는 좀 되찾더군요.

'헌팅던, 난 망했어!' 세 번째 잔을 받으며 그가 말했어요. 첫 두 잔은 아무 소리 없이 마신 뒤였어요.

'그렇지 않아. 머리 없는 거북이나 몸 없는 말벌처럼 사람은 돈 없이도 잘 살 수 있어.'

'하지만 빚이 있는걸, 그것도 아주 많이. 평생, 절대 다 못 갚을 걸세.'

'그래서 뭐? 자네보다 잘난 많은 사람들도 평생 빚 속에 살다 죽었어. 게다가 자네는 귀족이라 감옥도 안 가잖나.' 나는 네 번째 잔을 건넸어요.

'하지만 빚지고 사는 건 정말 싫어! 난 그렇게 태어나지 않았고. 그래서 견딜 수가 없어.'

'고칠 수 없다면 견디는 수밖에.' 나는 다섯 번째 잔을 따르며 대답했죠.

'게다가 캐럴라인한테도 버림받았어.' 브랜디 때문에 마음이 약해졌는지 로버러가 훌쩍이며 말했어요.

'괜찮아. 세상에 캐럴라인이 한 명만 있는 건 아니거든.'

'나한테는 한 명뿐이야.' 로버러가 슬프게 한숨을 쉬며 말하더군요. '그리고 설사 50명이 있다 한들, 돈이 없는데 어떻게 결혼을 하겠나?'

'아, 누군가는 자네 작위 때문에 결혼해줄 거야. 저택도 그대로 있잖나. 자네한테 가문 상속돼 있으니까.'

'그걸 팔아서 빚을 갚을 수 있다면 좋을 텐데.' 그가 중얼거리더군요.

'그렇다면 한 판 더 해보지 그래. 내가 자네라면 한 번만 하고 끝내지 않을 걸세. 나 같으면 여기서 안 끝내.' 그때 막 클럽에 들어온 그림즈비가 이렇게 말했어요.

'안 한다고 했잖아!' 로버러는 이렇게 소리치더니 벌떡 일어나 밖으로 나갔어요. 술에 취해서 비틀거리면서요. 그때는 술을 잘 못 마셨는데, 그 이후로는 술로 마음을 달래더군요.

그림즈비가 그를 다시 도박에 끌어들이려고 갖은 애를 썼지만, (우리 모두의 예상을 깨고) 그는 다시는 노름을 안 하겠다는 맹세를 지켰어요. 하지만 다른 습관이 그를 괴롭히기 시작했죠. 술이라는 악마도 도박이라는 악마만큼이나 괴롭고, 그만큼 끊기 힘들다는 걸 알게 된 거예요. 계속 술이 당기는데, 옆에서 친절한 친구들이 계속 권하니까 더더욱 끊을 수가 없었던 거죠."

"그렇다면 그 친구들이 악마였던 거네요." 내가 화를 참지 못하고 이렇게 소리쳤다. "그리고 헌팅던 씨. 당신이 맨 처음 그분을 술에 빠지게 한 거 아닌가요?"

"글쎄, 우리가 뭘 할 수 있었겠어요?" 그 사람이 탄원하듯이 대답했다. "우리는 잘해주고 싶은 마음에 그런 거였어요. 그 친구가 그렇게 비참해하는 걸 두고 보기가 힘들었고, 말 한마디 안 하고 뚱하게 앉아 있으니 우리 모임의 분위기도 침체되는 상황이었거든요. 그 친구는 그때 애인도 재산도 잃고, 마지막 한 판의 패배까지, 세 가지 고통에 시달리고 있었으니까요. 반면 한잔 했을 때는 본인이 즐거운 일이 없어도 언제나 우리를 웃게 해주곤 했어요. 그림즈비조차도 그의 엉뚱한 농담에 쿡쿡 웃곤 했었죠. 그림즈비에게는 로버러의 우스갯소리가 나의 명랑한 장난이나 해터즐리의 요란한 기행보다 더 재미있었던 것 같아요. 그런데 어느 날 클럽에서 저녁 식사를 한 후에 다들 둘러앉아 와인을 마시던 중에 이런 일이 있었어요. 저녁 내내 아주 즐거운 분위기였어요. 그때도 로버러는 요란한 건배사를 하고, 우리의 떠들썩한 노래를 듣고, 같이 노래를 하지 않을 때는 박수를 쳤는데, 어느 순간 입을 다물더니 두 손에 얼굴을 묻고 와인을 안 마시는 거예요. 새삼스러운 일은 아니었죠. 그래서 그냥 내버려두고 계속 즐겁게 떠들었는데, 그가 갑자기 고개를 쳐들고 이렇게 소리치는 바람에 우리는 웃음을 멈추었어요.

'이 모든 게 어떻게 끝날까? 누구든 어서 말해보게. 이 모든 것이 어떻게 끝날지?' 그러고 그는 자리에서 일어섰어요.

'주목, 주목!' 우리는 이렇게 외쳤지요. '로버러가 연설을 한대.'

그는 요란한 박수갈채와 잔 부딪치는 소리가 다 끝날 때까지 잠자코 기다리더니 이렇게 말했어요. '내가 할 말은 이거야. 여기서 더는 가지 마세, 그칠 수 있을 때 그치는 게 좋겠어.'

'옳소!' 해터즐리가 소리쳤죠—

'가여운 죄인이여, 멈추어라, 더 이상
가기 전에 멈추고 생각하라,
영원한 고통의 벼랑 끝에서
더 이상 뛰놀지 마라.'*

'바로 그거야!' 로버러 경께서 아주 근엄하게 말하더군요. '자네들이 지옥에 가고 싶다면 나는 같이 안 갈 거야. 이제 그만 헤어지자고. 나는 여기서 한 발짝도 더 지옥 쪽으로 걸어가지 않을

* 영국의 찬송가 작사가 존 뉴튼의 《올니 찬송가집(Olney Hymns)》(1779) 중 '경고'.

거니까!' 그러더니 와인 잔을 처들고 이렇게 물었어요. '이게 뭔가?'

'마셔보게.' 내가 대답했죠.

'이건 지옥의 수프야! 나는 앞으로 절대 이걸 마시지 않을 걸세!' 그러더니 그는 와인을 테이블 한가운데에 쏟아버렸어요.

'다시 채우게!' 나는 그에게 와인병을 주며 말했죠. '자네의 금주를 축하하는 뜻에서 한 잔 마시자고.'

그 친구는 병목을 잡고 이렇게 말했어요. '이건 고약한 독이야. 앞으로 절대 안 마실 걸세! 나는 도박도 끊었고, 이것도 끊을 작정이야.' 그는 병에 담긴 와인을 전부 테이블에 쏟을 기세였어요. 하지만 하그레이브가 얼른 술병을 잡아챘지요. 그러자 로버러는 '그러면 자네한테 저주가 내릴 거야!'라고 소리치고는 다들 왁자지껄하게 웃고 박수 치는 가운데 '잘 있게, 유혹자들이여!' 하고 떠나갔어요.

다들 그다음 날 로버러가 모임에 다시 올 거라고 생각했는데, 안 나타나서 놀랐어요. 일주일 내내 안 보이길래 정말 자신의 결심을 실행에 옮기나 보다 했죠. 그런데 어느 날 우리 회원들이 거의 다 모여 있는데 유령처럼 과묵하고 음침한 모습으로 모임에 나타나더군요. 평소대로라면 조용히 들어와 내 옆자리에 앉았을 텐데, 그날은 그를 환영한다고 전부 일어났고, 몇 사람이 뭘 마실지 물어보고 술병과 잔을 챙기느라 부산을 떨었어요. 나는 그의 마음을 가장 잘 달래줄 음료가 물 탄 브랜디임을 알고 있었기에 그걸 준비하고 있었죠. 그런데 그가 갑자기 술병과 잔을 홱 밀어내며 이렇게 소리쳤어요.

'헌팅던, 제발 나를 가만 놔두게! 다들 조용히 해! 나는 자네들과 어울리려고 온 게 아니야. 나 자신의 생각을 감당하기 힘들어서 온 거고, 잠깐 있다 갈 거라네.' 그가 팔짱을 끼고 의자에 등을 기대길래 다들 가만히 있었죠. 난 아까 준비했던 술잔을 그 옆에 놔두었어요. 그런데 얼마 후 그림즈비가 내게 그쪽을 가리키면서 윙크를 하는 거예요. 그래서 고개를 돌려보니 술잔이 완전히 비어 있었어요. 그림즈비가 다시 채우라는 눈짓을 하며 술병을 내밀길래 나도 다시 술을 따랐지요. 그런데 로버러는 우리 둘이 주고받는 눈길과 미소를 보더니 내 손에서 술잔을 홱 뺏어다가 그림즈비의 얼굴에 부어버렸고, 내게 빈 술병을 던지고는 밖으로 달려 나갔어요."

"그 사람이 당신 머리를 깨버렸어야 하는데." 내가 말했다.

"그러진 않았어요." 헌팅던 씨는 그때 일을 기억하고 껄껄 웃었다. "머리가 깨지고 얼굴까지 상처가 날 수도 있었죠. 하지만 다행히 이 머리칼 덕분에 (모자를 벗고 풍성한 밤색 고수머리를 보여주며) 머리도 안 깨졌고 유리 술병도 깨지지 않은 채로 테이블에 떨어졌어요."

그는 말을 이었다. "그 사건 이후 로버러는 한두 주일 더 모임에 안 나왔고, 나는 가끔 시내에서 그를 만났어요. 나는 원래 유한 성격이라 그의 무례한 행동에 앙심을 품지 않았고 그 역시 나에게 적개심을 품을 이유는 없었기 때문에, 언제든 나와 대화를 나누곤 했죠. 그는 자신의 맥 빠지고 우울한 성격이 싫어서 오히려 늘 내게 매달렸고, 클럽과 도박장처럼 유혹에 빠지기 쉬운 데가 아니라면 어디든 따라다녔어요. 그러다가 어느 날 나는 절대 술을 권하지 않기로 약속하고 그를 드디어 클럽에 데리고 갔고, 그 후로 그는 한동안 저녁이면 우리 클럽에 들르곤 했죠.

그래도 놀라운 자제력으로 그가 '고약한 독'이라고 부르며 끊기로 했던 술은 일절 마시지 않았어요. 클럽의 어떤 친구들은 그의 이런 행동을 비난했죠. 술판이 벌어졌는데 즐겁게 안 놀고 해골처럼 앉아서 우리가 마시는 술 한 방울 한 방울을 탐욕스럽게 지켜보며 분위기를 흐리는 꼴이 보기 싫었던 거예요. 친구들은 이건 부당하다고 느꼈고, 그래서 로버러도 같이 마시든지 아니면 모임에서 탈퇴시켜야 한다고 주장했어요. 그들은 다음번에 그가 나타나면 그 말을 꼭 전하고, 거기 따르지 않으면 필요한 조치를 취하자고 했죠. 하지만 당시 나는 그와 가까이 지냈고, 클럽 회원들에게 당분간 좀 참아주면 얼마 안 가 예전처럼 같이 어울릴 거라고 설득했어요. 물론 나도 짜증은 났죠. 그 친구가 좋은 기독교인처럼 술은 안 마셨어도, 평소 아편제를 갖고 다니면서 술과 마찬가지로 어떤 날은 참고 어떤 날은 과다하게 들이켠다는 것을 나는 잘 알고 있었거든요.

그런데 어느 날 밤, 우리가 유난히 요란하게 술판을 벌이고 있는데 로버러가 《맥베스》의 환영(幻影)처럼 쓱 들어오더니 평소 그러듯이 우리가 테이블에서 약간 떨어진 자리에 '유령'을 위해 놓아둔 의자에 앉는 거예요. 얼굴을 보니 아편제를 지나치게 마셔서 부작용에 시달리는 것 같았어요. 하지만 아무도 그와 얘기하지 않았고, 그 역시 아무에게도 말을 걸지 않았죠. 그냥 몇 사람이 곁눈질로 그쪽을 보면서 '유령이 나타났다'라고 속삭였을 뿐이에요. 그래서 다들 전처럼 신나게 떠들며 즐기고 있었는데, 그 친구가 갑자기 의자를 당겨 앉더니 테이블에 팔꿈치를 얹고 대단히 엄숙하게 소리쳤어요.

'흠! 자네들이 그토록 즐거운 이유를 나는 알 수가 없구먼. 자네들이 삶에서 뭘 보는지 나는 모르겠거든— 나에게는 오직 영원한 암흑*, 심판과 타오르는 지옥 불의 공포만이 보인다네!**'

그러자 회원들 모두가 그에게 술잔을 내밀었고, 나는 그 잔들을 로버러 앞에 반원형으로 늘어놓았어요. 그리고 그의 등을 부드럽게 토닥이며 마시라고 권했죠. 그러면 기분이 좋아질 거라고요. 하지만 그는 술잔들을 밀어내며 이렇게 중얼거렸어요.

'다 치워! 안 마실 거야, 절대 안 마신다고!' 그래서 나는 술잔들을 원래 주인들에게 돌려주었죠. 그런데 로버러는 그 술잔들을 너무도 아쉬워하는 눈빛으로 지켜보고 있었어요. 그러더니 그걸 안 보려고 두 손을 맞잡아 자기 눈을 가려버리는 거예요. 그리고 2분 후, 그는 다시 고개를 들더니 쉰 목소리로 아주 격하게 속삭였죠.

'그래도 마셔야겠어. 헌팅던, 술잔 좀 주게!'

'병째 마시게!' 나는 브랜디를 병째 그 친구에게 건넸답니다. 이런, 너무 많이 얘기했나." 내 눈빛을 보고 소스라치게 놀란 그가 이렇게 중얼거렸다. 그러더니 개의치 않는다는 듯 "그래도 할 수 없죠" 하고는 다시 이야기를 이어갔다. "너무 갈급한 나머지 그는 브랜디를 병째 꿀꺽꿀꺽 마시더니 갑자기 의자에서 미끄러져 탁자 밑으로 사라졌어요. 친구들이 와자하게 박수를 쳤죠. 이날의 과음 때문에 그는 뇌졸중 발작 비슷한 증상을 겪었고, 그 후 심한 뇌척수막염을 앓았어요—"

"그리고 당신은 자기 자신이 어떤 사람이라고 느꼈나요?" 그 말이 끝나자마자 내가 이렇게 물었다.

---

*   유다의 편지 1장 13절 인용.
**   히브리인들에게 보낸 편지 10장 27절 참고.

"물론 많이 반성했죠. 그 친구가 아픈 동안 한두 번—아니, 두 세 번—아니, 네 번쯤—보러 갔고, 나은 후에는 다시 우리 품 안으로 받아들여줬어요."

"그게 무슨 말이에요?"

"몸도 허약하고 극도로 우울한 로버러가 너무 안돼 보여서 우리 클럽에 다시 합류시켰다는 말이죠. 처음에는 '위장 건강을 위해 와인을 좀 마셔라'라고 권했고, 어느 정도 회복된 후에는 금주와 폭음 사이, 즉 술을 완전히 끊지도 않고 매일 마시지도 않는 중도의 길을 가라고 설득했어요. 천치처럼 죽을 정도로 퍼마시거나 바보처럼 한 방울도 안 마시고 그러지 말고, 나처럼 이성적인 존재로서 술을 즐기라는 거였죠. 헬렌, 나를 술고래로 보지 말아요. 나는 편하게 살고 싶기 때문에 전에도 그런 적 없었고, 지금도, 앞으로도 절대 그럴 일 없어요. 술을 너무 많이 마시면 하루의 반은 비참하고, 나머지 반은 미친 사람처럼 살게 되거든요. 그뿐 아니라 나는 삶의 모든 면을 즐기고 싶은데, 한 가지 쾌락에 사로잡힌 사람은 그럴 수가 없어요. 거기다 술은 외모까지 망치죠." 헌팅던 씨는 얄미울 정도로 의기양양한 미소를 지으며 이야기를 마무리했다. 그런데도 나는 그렇게까지 화가 나지는 않았다.

"그럼 그런 충고가 로버러 씨에게 도움이 됐나요?" 내가 물었다.

"어느 정도는 그랬죠. 그 친구는 상당 기간 술도 적당히 마시고 신중하게 생활했어요. 그래서 자유분방한 우리 클럽 사람들을 짜증 나게 했죠. 그런데 로버러는 원래 중도를 유지할 성격이 아니에요. 어느 한쪽으로 비틀거리면 그쪽으로 넘어지고 나서야 반대쪽으로 일어나는 사람이거든요. 어느 날 밤에 과음을 하고 나면 그 후유증이 너무 괴로워서 낫기 위해 그다음 날 똑같은 실수를 되풀이하는 식이에요. 이런 식으로 계속 지내다가 양심의 가책을 받아 술을 끊었지요. 그런데 술을 안 먹어서 정신이 말짱한 날에는 술 때문에 후회된다, 두렵다, 괴롭다는 식의 한탄을 너무 많이 늘어놓는 바람에, 그걸 듣고 있기가 너무 힘들었던 친구들이 와인이든 옆에 있는 그보다 더 독한 술이든 마구 권해서 그를 취하게 만들어야 했어요. 그래서 일단 그의 양심이 한번 무뎌지면 그는 마시라고 안 해도 마구 퍼마셨고, 그러고 나면 더 괴로운 나머지 더 난동을 부렸어요. 그러다가 술기운이 빠지면 자기가 얼마나 사악하고 타락한 사람인지 한탄하곤 했죠.

마침내, 어느 날 나와 단둘이 있던 자리에서 로버러는 팔짱을 끼고 고개를 푹 숙인 채 침울한 표정으로 멍하니 생각에 잠겨 있더니, 갑자기 벌떡 일어섰어요. 그러고는 내 팔을 으스러져라 붙잡고 이렇게 말하더군요.

'헌팅던, 이건 아니야. 이제 끝장을 봐야겠어.'

'뭐, 자살이라도 하겠다는 거야?' 내가 물었어요.

'아니, 회개하려고.'

'아, 그 소리는 전에도 했잖나! 지난 열두 달 넘게 해온 말이고.'

'맞아, 그런데 자네가 못 하게 막았지. 그리고 난 바보 천치라 그런 자네를 내치지 못했어. 그런데 이제 내가 왜 회개하지 못했는지 알겠고, 어떻게 하면 할 수 있을지도 알 것 같아. 그리고 정말 어떤 수를 써서라도 그렇게 하고 싶네. 그런데 나한테 더 이상 기회가 없을 것 같아 걱정이야.' 그러고는 가슴이 찢어지는 듯한 한숨을 쉬었어요.

'로버러, 무슨 일이야?' 이제 정말 정신적으로 무너진 건가 싶어 내가 급히 물었어요.

'결혼이 답인 것 같아. 나는 스스로를 잘못된 길로 이끌기 때문에 혼자 살 수는 없고, 자네는 내가 회개하는 걸 막는 존재니까 자네와 살 수도 없어.'

'누가— 내가?'

'그래, 자네들 전부가. 하지만 자네도 알다시피 그중에서도 자네가 제일 그랬어. 그런데 내 빚을 갚고 다시 제대로 살게 해줄 재산이 있는 여자와 결혼을 하면—'

'그렇겠지.' 내가 말했어요.

'집 안 분위기를 아늑하게 만들고 정신적으로 나를 편안하게 해줄(아직은 그럴 수 있을 것 같거든) 상냥하고 친절한 성격의 소유자와 결혼한다면 좋을 텐데. 내가 다시 사랑에 빠질 일은 절대 없겠지만, 그건 별문제 아닐 것 같아. 오히려 더 정확하게 상대를 평가하고, 사랑이 없어도 좋은 남편이 되는 데 도움이 되지 않을까? 그런데 과연 나를 사랑해줄 사람이 있을까? 그게 문제야. 자네처럼 잘생기고 매력도 있다면(헌팅던 씨는 흐뭇한 표정으로 그렇게 말했다) 그럴 희망이 있을 텐데. 나처럼 돈도 없고 한심한 사람을 받아줄 사람이 있긴 할까?'

'그럼, 있지.'

'누구?'

'혼기를 놓쳐 점점 더 희망을 잃어가는 인기 없는 노처녀라면 기꺼이 자네와 결혼해줄걸?'

'그건 안 돼. 내가 사랑할 수 있는 사람이어야 하니까.'

'이런, 다시는 사랑에 빠질 일 없다고 했잖나!'

'정확히는 사랑이 아니라, 내가 좋아할 수 있는 사람을 말하는 걸세. 난 전국을 샅샅이 뒤져서라도 그런 여자를 찾을 거야!' 로 버러는 갑자기 희망에 부풀어, 아니면 절망이 밀려와 그렇게 외쳤어요. '성공하든 실패하든, 그 망할 클럽에서 파멸을 향해 달려가는 것보다는 나을 거야. 그러니 이제 클럽도 자네도 안녕일세. 앞으로 자네를 좋은 장소에서 만나면 반가워하겠네. 하지만 다시는 나를 그 악마의 소굴로 이끌지 말게!'

  치욕적인 언사였지만 그래도 나는 그 친구와 악수를 나누고 헤어졌고, 로버러는 정말 약속을 지켰어요. 내가 아는 한 그는 그때 이후로는 정말 반듯하게 살아왔거든요. 그런데 그동안 자주 보지는 못했어요. 가끔 나를 찾아오긴 했지만 내가 자신을 나쁜 길로 끌어들일까 봐 피할 때도 많았고, 나 역시 그와 같이 있는 게 별로 즐겁지 않았거든요. 내 양심을 일깨우려고 하거나, 자신이 빠져나온 나락으로부터 나를 구하려고 할 때는 특히 싫었죠. 그래도 우연히 그 친구와 마주치면 결혼 상대 찾는 일은 잘되어가는지, 어떻게 찾고 있는지 꼭 물어봤는데, 대개 대답이 시원치 않았어요. 딸 가진 엄마들은 로버러가 돈도 없는 데다 도박에도 손을 댔다는 사실을 너무 싫어했고, 아가씨들은 그가 여자를 이해하지도 못할뿐더러 얼굴도 우울하고 성격도 침울해서 싫다고 했어요. 거기다 결혼하겠다는 목표를 이루기에는 너무 무기력하고 확신도 없었죠.

  그런 상황에서 나는 유럽으로 떠났고, 연말에 돌아와서 보니 무덤에서 나온 저주받은 유령 같은 느낌은 확실히 좀 줄었지만 그래도 여전히 침울한 총각이었어요. 그래도 아가씨들은 이제 그를 무서워하지 않았고, 아주 흥미롭다고 생각하는 사람들도 있었지요. 그런데 어머니들은 여전히 그를 싫어했어요. 헬렌, 바로 그때쯤에 천행으로 내가 당신을 알게 되어 당신만을 사랑하게 된 거예요. 그리고 그때 로버러는 그의 천행으로 윌못 양을 알게 됐는데, 그렇게 멋지고 인기 있는 아가씨가 자기를 좋아해 줄 리가 없다고 생각했죠. 그런데 스태닝글리에 와서 좀 더 자주 서로를 접하게 되면서, 윌못 양도 다른 구혼자들이 없는 상황이 되자 그의 주의를 끌었고, 그의 소심한 구애에 늘 용기를 주었어요. 그러자 로버러도 미래에 대한 희망이 생겼지요. 한동안은 내가 그와 그의 태양 사이에 서서 그림자를 드리우며 그를 다시 절망의 구렁텅이에 빠뜨릴 뻔하기도 했지만, 내가 더 아름다운 사람을 얻기 위해 경쟁을 포기하자 로버러는 윌못 양을 더욱 사랑하게 되었고, 미래에 대한 희망도 더 강해졌어요. 아까 말했듯이 그 친구는 지금 윌못 양을 정말 사랑해요. 처음에는 그녀의 단점들을 어렴풋이 감지하고 상당히 불안해했지만, 지금은 그의 열정과 그녀의 애교가 섞이면서 로버러의 눈에 윌못 양은 모든 면에서 완벽한 존재로, 그런 아가씨를 얻은 본인은 최고의 행운아로 보이는 상황이에요. 어젯밤에 그 친구가 나한테 와서는 요즘 자기가 얼마나 행복한지 얘기해줬어요

'헌팅던, 나는 실패자가 아니야!' 그는 내 손을 꼭 부여잡고 말했어요. '나에겐 아직도—심지어 이번 생에—행복해질 기회가 있어. 그녀가 나를 사랑하거든!'

'그렇지. 자네한테 사랑한다고 말하던가?'

'아니, 하지만 이제 의심의 여지가 없어. 그녀가 얼마나 상냥하고 다정하게 행동하는지 봤잖아? 내가 얼마나 가난한지 다 알면서도 그건 신경도 안 쓰더군! 내가 전에 얼마나 사악하고 어리석었는지 잘 아는데도 겁내지 않고 나를 신뢰해. 나의 사회적

위치와 귀족 작위 때문에 나를 사랑하는 게 아니래. 그런 데는 전혀 관심이 없대. 그녀는 가장 너그럽고 고결한 사람이고, 나의 몸과 영혼이 파멸에 이르지 않도록 나를 지켜줄 거야. 이미 나를 더 나은 존재로 만들어줌으로써 내가 나 자신을 전보다 세 배나 더 선하고 지혜롭고 대단하다고 생각하게 해주었잖아. 아! 내가 그녀를 전부터 알았더라면 그 많은 타락과 불행을 겪지 않아도 되었을 텐데! 내가 뭘 했길래 이렇게 멋진 사람을 만나게 되었을까?'"

헌팅던 씨는 웃으며 말을 이었다. "제일 웃기는 건, 그 약아빠진 여우는 오로지 그의 지위와 작위, 그리고 '그 멋진 영지'에만 관심이 있다는 거죠."

"그걸 어떻게 알아요?" 내가 물었다.

"그 아가씨가 나한테 직접 말해줬으니까. '그 남자 자체는 정말 끔찍해요. 하지만 이제 저도 선택할 나이가 되었고, 제 존경과 사랑을 받을 만한 남자가 나타날 때까지 기다린다면 저는 평생 노처녀로 살다 죽을 거예요. 남자들은 하나같이 다 형편없으니까!' 하하! 괜찮은 남자도 더러 있을 텐데. 어쨌든 애너벨라가 로버러 경을 전혀 사랑하지 않는다는 건 사실이에요. 그 친구가 안됐죠."

"그럼 그걸 알려줘야죠."

"무슨 소리! 그럼 그 아가씨의 계획과 미래가 다 망가질 텐데? 그건 믿음을 배신하는 행위죠, 안 그래요, 헬렌? 하하! 로버러는 또 얼마나 슬프겠어요?" 헌팅던 씨는 그러면서 또 껄껄 웃었다.

"헌팅던 씨, 이게 그렇게 재미있는 일은 아니잖아요? 비웃을 일도 아니고."

"지금은 헬렌 때문에 웃는 거예요." 그 사람은 더 즐겁게 웃으며 이렇게 말했다.

나는 그 사람은 혼자 실컷 웃으라고 놔두고 채찍으로 내가 탄 말 루비를 탁 친 다음 윌못 양과 로버러 씨 쪽으로 달려갔다. 헌팅던 씨와 나는 아까부터 계속 말을 천천히 걷게 했기 때문에 많이 뒤처져 있었다. 아서는 금방 다시 내 옆으로 왔다. 그와 더 이상 이야기하기 싫어서 빠르게 말을 달려도, 그 사람은 또다시 금세 따라잡았다. 윌못 양과 로버러 경은 이모 댁 정원 문에서 1킬로미터 정도 거리에 있었고, 우리는 두 사람을 따라잡을 때까지 속도를 늦추지 않았다. 나는 집에 도착할 때까지 그와 말을 섞지 않았고, 그가 나를 도와주기 전에 얼른 말에서 뛰어내려 집 안으로 들어갈 생각이었는데, 승마복을 벗는 사이에 그는 나를 받아서 두 손으로 잡고는 용서해줄 때까지 안 보내주겠다고 했다.

"용서할 거 없는데요. 저한테 상처를 준 건 아니잖아요."

"그건 그렇지! 당신에게 상처 줄 일은 절대 없을 거야. 하지만 윌못 양이 나한테 로버러를 안 좋아한다는 말을 한 것 때문에 삐진 거죠?"

"아니에요, 그것 때문이 아니라 당신이 로버러 경한테 했던 행동들 때문에 화가 난 거예요. 제가 용서해주길 바란다면 얼른 그분한테 가서 그분이 그토록 사랑하고 미래를 건 윌못 양이 어떤 사람인지 말해주세요."

"헬렌, 그러면 그 친구는 엄청나게 상처받을 거예요. 그것 때문에 죽을 수도 있어요. 애너벨라를 배신하는 행동이기도 하고. 그 친구 일은 이제 어쩔 수 없어요. 기도로 해결될 단계는 지났거든. 게다가 윌못 양이 이 연극을 끝까지 계속할 수도 있잖아요. 그러면 로버러는 이 환상을 현실로 믿고 행복할 거고요. 아니면 그녀가 싫어진 뒤에야 자신의 실수를 깨닫게 될 수도 있죠. 어쩌면 그걸 조금씩 천천히 알아가는 게 훨씬 나을 수도 있고요. 자, 이제 내 생각을 다 설명했고, 당신이 요구한 걸 왜 하면 안 되는지도 말해줬으니, 어떤 다른 조건이 있는지 말해봐요. 말만 해요, 기꺼이 들어줄 테니까."

나는 엄숙하게 대답했다. "제가 원하는 건 이것뿐이에요. 앞으로는 절대 다른 사람들의 불행에 대해 농담하지 말고, 친구가 잘못된 길을 가면 그들의 안 좋은 성향을 자극해서 부추기지 말고, 당신의 영향력을 발휘해서 좋은 길로 가도록 인도하라는 것."

"최선을 다해서 천사 같은 감독님의 명령을 기억하고 실행에 옮기겠습니다." 그러더니 그는 장갑 낀 내 두 손에 입을 맞추고 나를 놓아주었다.

방에 들어가니 애너벨라 윌못이 한 손에는 금박 장식을 한 채찍을, 다른 손에는 긴 승마복을 든 채 내 화장대 앞에 서서 거울에 비친 자기 얼굴을 찬찬히 훑어보고 있어서 깜짝 놀랐다.

'정말 멋지긴 멋지다!' 나는 늘씬하고 탄탄한 그녀의 몸과, 말을 타고 질주한 덕분에 살짝, 그러나 우아하게 흐트러진 윤기 나는 갈색 머리칼, 말을 달린 후라 밝게 빛나는 그을린 피부, 오늘따라 유달리 반짝이는 검은 눈동자가 담긴 거울에 비친 아름다운 얼굴을 보며 이런 생각을 했다. 내가 오는 소리를 들은 그녀는 즐거움보다 악의가 느껴지는 소리로 밝게 웃으며 말했다.

"헬렌, 안녕! 뭐 하느라 이렇게 늦게 와? 좋은 일이 있어서 얘기해주러 왔지." 그녀는 레이철이 있는데도 개의치 않고 이렇게 말했다. "로버러 경이 청혼을 했고, 나는 친절하게 받아들였어.

부럽지 않아?"

 나는 "오, 아뇨" 하고 대답하고는 마음속으로 '당신도 그분도 부럽지 않아요' 하고 덧붙였다. "애너벨라, 그분 좋아하세요?" 나는 물었다.

 "좋아하냐고? 물론 — 열렬히 사랑하지!"
 "그래요. 그분께 좋은 부인이 되시길 바라요."
 "고마워! 그거 말고 또 바라는 게 있어?"
 "두 분이 서로 사랑하고, 두 분 모두 행복하시길 바랍니다."
 "고마워, 헬렌도 헌팅던 씨에게 아주 좋은 아내가 되길 바라!"
그녀는 여왕처럼 우아하게 허리를 굽혀 인사하고 방을 나갔다.

 "아, 아가씨! 그분한테 그런 말을 하면 어떡해요!" 레이철이 한탄했다.

 "그런 말이라니?"
 "그분한테 좋은 아내가 되길 바란다고 하셨잖아요. 그런 말은 정말 처음 들어요!"
 "그렇게 되면 좋으니까, 그렇게 되길 바라니까 그랬지. 저 사람은 구제 불능이거든."
 "그래요. 그분도 저 아가씨한테 좋은 남편이 되면 좋겠어요. 아래층에서 그분에 대한 이상한 말을 많이 들었거든요. 뭐라고 하냐면 —"
 "알아, 레이철. 나도 얘기 많이 들었는데, 이제 완전히 달라지셨대. 그리고 하인들이 윗사람들에 대해 이런저런 얘기 떠들면 안 되잖아."
 "알아요. 그런데 헌팅던 씨에 대해서도 이런저런 말이 있더라고요."

"말하지 마, 레이철. 그거 다 거짓말이야."

"알았어요." 레이철은 작은 소리로 대답하고는 계속 내 머리를 손질해주었다.

잠시 후 나는 이렇게 물었다. "레이철, 그 사람들이 하는 말 믿어?"

"아뇨, 전혀 안 믿어요. 하인이 여러 명 모이면 주인들에 대해 떠들기를 좋아하는 법이잖아요. 그중에서 어떤 사람들은 으스대느라 과장된 얘기를 떠들어대고, 다른 사람들을 놀라게 하려고 이상한 암시를 던지기도 해요. 하지만 제가 아가씨라면, 아주 잘 알아보고 나서 결정을 할 것 같아요. 결혼을 앞둔 아가씨들은 아주 신중해야 되거든요."

"그렇지. 그런데 머리 좀 빨리 해줘. 얼른 옷 입어야 해."

착한 레이철이 옷을 입혀주는 동안 나는 너무 우울해서 눈물이 나올 것 같았고, 그녀를 얼른 내보내고 싶었다. 눈물은 로버러 경이나 애너벨라나 나 자신 때문이 아니라— 헌팅던 씨 때문에 나온 거였다.

―――◆―――

13일. 손님들이 다 떠났다. 헌팅던 씨도 떠났고, 두 달, 아니 10주일 이상 기다려야 다시 그를 만날 수 있다. 그렇게 오랫동안 그를 못 본 채 살아가야 한다니! 하지만 그 사람이 자주 편지하겠다고 했고, 자기는 이런저런 일들을 처리하느라 바쁠 거고 난 할 일이 없을 테니 나한테는 더 자주 쓰라고 했다. 편지에 쓸 말은 늘 아주 많을 것 같다. 하지만 아! 하루라도 빨리 그 사람과 같이 지내면서 펜, 잉크, 종이 같은 이런 딱딱한 매개체들 없이 직접 소통하고 싶다!

———◆———

22일. 벌써 아서의 편지를 여러 통 받았다. 짧지만 정말 다정하고, 그 사람답게 열렬한 애정과 장난스럽고 활달한 유머로 가득 차 있다. 그러나 이 불완전한 세계에는 항상 '그러나'가 있다. 그 사람이 가끔은 진지했으면 좋겠다. 내가 아무리 노력해도 그는 진지하고 진솔한 자세로 이야기를 하거나 편지를 쓰는 법이 없다. 지금은 별로 신경 쓰이지 않지만, 만약 그 사람의 태도가 늘 이렇다면, 나 자신의 진지한 부분은 어떻게 해야 할까?

23장
신혼

    1822년 2월 18일. 아서는 오늘 아침 일찍 한껏 들떠서 사냥용 말을 타고 사냥개들을 데리러 갔다. 종일 사냥하고 온다고 했으니 오랫동안 못 썼던 일기를 좀 써야겠다. 이렇게 어쩌다 한 번 쓰는데 '일기'라고 할 수 있나? 무려 네 달 만에 쓴다.
    나는 8주 전에 결혼을 했고, 이제 그라스데일 장원의 헌팅던 부인으로 살아가고 있다. 그 결정을 후회하는가? 그렇진 않다. 하지만 솔직히 말하자면 아서는 내가 처음에 생각한 그런 사람이 아니다. 그때 내가 이 사람을 지금처럼 자세히 알았다면 아마 절대 사랑하지 않았을 것이다. 만약 사랑에 빠진 후에 그의 실체를 알게 되었다면 아마 결혼을 안 하는 것이 나의 의무라고 생각했을 것 같다. 모든 사람이 내게 아서에 대해 말해주고 싶어 했고 그 자신도 거짓말에 별로 재주가 없었으니, 내가 원했다면 그가 어떤 사람인지 알 수 있었겠지. 하지만 나는 애써 진실을 회피했고, 지금은 결혼하기 전에 그의 성품을 정확히 알지 못한 것을 아쉬워하지 않는다. 아니, 오히려 다행이라고 생각한다. 만약 미리 알았더라면 심한 양심의 가책과 거기서 오는 고민, 고통에 시달렸을 테니까. 전에 뭘 했어야 했든 간에, 지금 내가 해야 할 일은 그를 사랑하고, 그의 반려가 되는 것이다. 그것은 내 성정과 맞는 일이다.

그는 나를 정말로, 거의 지나칠 정도로 좋아한다. 지금보다 애무는 좀 덜 하고 이성적인 대화를 좀 더 하면 참 좋을 텐데. 선택할 수 있다면, 나는 아서의 장난감보다는 친구가 되고 싶다. 하지만 불평하는 건 아니다. 열정이 지나치면 진지한 애정이 얕아질까 봐 걱정이 될 뿐이다. 비유를 들자면, 단단한 석탄보다는 크고 작은 나뭇가지들로 타오르는 아주 뜨겁고 맹렬한 불 같다고나 할까. 만약 이 나뭇가지들이 다 타고 재만 남는다면, 그때 나는 어떡할 것인가? 하지만 절대 그렇게 되도록 놔두지 않을 것이고, 그렇게 되지 않을 것이다. 나는 아서의 사랑이 변하지 않게 지킬 힘을 가지고 있다. 그러니 그런 걱정은 당장 집어치우자. 그렇지만 아서가 이기적인 건 사실이다. 그런데 그걸 인정하는 것이 생각보다는 덜 괴롭다. 그를 너무 사랑하기 때문에, 그가 자기 자신을 사랑하는 건 쉽게 용서할 수 있다. 그는 즐겁게 사는 걸 좋아하고, 나는 그를 즐겁게 해주는 게 너무 좋다. 내가 그의 이런 성향을 안타까워하는 건 나 자신을 위해서가 아니라 그 사람을 위해서다.

아서가 그런 성향을 처음 보여준 건 우리 신혼여행 때였다. 그는 유럽의 유명 관광지들을 이미 다 잘 알았기 때문에 여행을 얼른 끝내고 싶어 했다. 여러 번 다녀온 도시에는 흥미가 없었고, 그 밖의 도시들은 처음부터 가볼 이유가 없었던 것이다. 그 결과 우리는 프랑스와 이탈리아의 몇몇 도시를 스치듯 지나쳤고, 나는 떠날 때와 비슷하게 무지한 상태로 돌아왔다. 새로 만난 사람도 없고, 그 지역의 관습을 배우지도 않았을뿐더러, 특별히 뭔가를 알게 된 것도 없어서, 머릿속은 여러 장소와 물건들로 어지러웠다. 물론 몇 가지는 더 깊고 멋진 인상을 남겼지만, 아서와 그런 느낌을 공유할 수 없었기에 씁쓸한 뒷맛만이 남아 있다. 공유하기는커녕 내가 어떤 장소나 대상에 특별히 흥미를 보이거나 구경하고 싶어 하면 오히려 아서는 본인과 무관한 것에서 내가 즐거움을 느낄 수 있다는 사실에 기분 나빠했다.

파리는 정말 스치듯 지나갔고, 로마에서는 시간이 없다며 아름답고 흥미로운 유적의 10분의 1만 보여주었다. 아서는 나 못지않게 외골수에 단순하고 고집불통이었기 때문에, 빨리 귀국해서 나를 본인이 독차지하고, 하루빨리 그라스데일 장원의 여주인으로 들어앉히고 싶었던 것이다. 그는 내가 마치 연약한 나비 같은 존재인 양 유럽의 사교계, 특히 파리나 로마 같은 도시의 사교계 사람들과 접촉하면 날개의 은빛 광택이 손상될 거라고 걱정했다. 그뿐 아니라 로마와 파리에는 자기가 나를 데리고 나타나면 자기 다리몽둥이를 부러뜨릴 여자들이 있다고 털어놓기도 했다.

물론 처음에는 이 모든 게 황당했다. 신혼여행에 대한 나의 기대가 깨져서 짜증 났다기보다는 아서의 행동에 대한 실망감과, 친구나 친척들이 신혼여행에 대해 물어볼 때마다 별로 구경한 게 없다는 것에 대해 아서를 탓하지 않으면서 온갖 변명을 늘어놔야 한다는 사실이 너무 힘들었다. 하지만 집―나의 멋진 새집―에 오자 너무 행복하고 아서도 너무 자상해서, 나는 신혼여행

때 있었던 일을 전부 깨끗이 용서해주었다. 내 삶이 너무 행복하고, 이 세상은 몰라도 내게는 너무 과분한 남편을 얻었다는 생각이 들기 시작하던 참이었는데, 신혼여행에서 돌아온 후 두 번째 일요일에 그의 부당한 요구 때문에 나는 또다시 충격에 휩싸였다. 서리가 내린 멋진 날이었고 교회가 아주 가까웠기에, 내가 마차를 타지 말자고 해서 아침 예배 후 둘이 집으로 걸어가던 중이었다.

아서가 평소보다 심각한 어조로 이렇게 물었다. "헬렌, 맘에 안 드는 게 있어요."

나는 그게 뭔지 물어보았다.

"말해주면 고칠 거예요?"

"신의 뜻에 맞고 내가 고칠 능력이 있는 거라면 고칠게요."

"아, 그게 문제잖아. 당신은 온 마음으로 나를 사랑하지 않아요."

"아서, 나는 그 말이 이해가 안 가요. 최소한 당신이 그런 뜻으로 한 말이 아니라고 믿고 싶어요. 내가 잘못한 말이나 행동이 있다면 얘기해주세요."

"당신의 말이나 행동이 아니라 생각이 문제예요. 당신은 너무 종교적이야. 난 종교적인 여자가 좋고, 경건한 성격은 당신의 가장 큰 매력이지만, 다른 모든 장점과 마찬가지로 신앙심도 지나치면 안 되거든. 나는 여성의 신앙심은 지상에서의 주인인 남편에 대한 사랑보다 더 크면 안 된다고 생각해요. 자신의 영혼을 정화하고 고양하는 정도의 신앙심은 괜찮지만, 감정을 약화하고 인간에 대한 공감 자체를 없앨 정도라면 곤란하지."

"지금 내가 인간에 대한 공감 자체를 잃었다고 말하는 건가요?" 내가 물었다.

"아니, 하지만 당신은 너무 종교적으로 변하고 있어요. 지난 두 시간 동안 나는 당신을 생각하며 눈길을 마주치려고 애썼는데, 당신은 기도에만 마음을 쏟느라 나를 쳐다보지도 않았잖아요. 내가 창조주를 질투하게 만들면 안 되지. 그러니까 내 영혼을 위해서라도 다시는 나를 그렇게 사악한 감정에 빠지게 만들지 말아요."

"가능하다면 나는 온 마음과 영혼을 창조주께 바치고 싶고, 신이 허락하시는 딱 그만큼만 당신께 바칠 거예요. 당신이 뭐길래 자신을 신으로 치부하면서, 내게 모든 것을 주시고 나를 만드셨으며, 내가 지금까지 행했고 앞으로 누릴 수 있는 모든 축복(그중 하나가 바로 당신일 텐데, 당신이 정말 축복이긴 한가요? 이젠 좀 의심스러워요)을 주신 하느님께 내 마음을 바치는 걸 왈가왈부하는 거죠?"

"헬렌, 나한테 너무 야박하게 굴지 말아요. 팔을 그렇게 세게 꼬집으면 어떡해. 손가락이 뼈까지 파고드는 느낌이네."

나는 그의 팔을 놔주고는 이렇게 대답했다. "아서, 당신은 내가 당신을 사랑하는 마음의 반만큼도 나를 사랑하지 않아요. 하지만 당신이 창조주를 더 사랑한다면 나를 덜 사랑해도 괜찮을 거예요. 나는 언제라도 창조주께 열심히 기도드리느라 나를 생각할 마음의 여유가 없는 당신을 보게 된다면 정말 기쁠 것 같아요. 하지만 정말로, 그런 변화는 내게 전혀 나쁠 게 없어요. 당신이 하느님을 더 사랑할수록 나에 대한 당신의 사랑도 더 깊고, 순수하고, 진실해질 테니까요."

그러자 아서는 웃으면서 나를 참신도라고 부르고는 내 손에 입을 맞추었다. 그러더니 모자를 벗고 이렇게 덧붙였다. "그런데 헬렌, 이런 머리를 지닌 남자가 뭘 할 수 있겠어요?"

그의 머리는 평범해 보였다. 그런데 그가 내 손을 끌어다 그 위에 올리자 곱슬머리 속으로 손이 놀랄 만큼 푹 들어갔다.

"내가 성인이 될 재목이 아니라는 거 이제 알겠죠." 아서가 웃으며 말했다. "하느님이 나를 종교적인 사람으로 살도록 만드셨다면, 왜 그를 경배하는 데 맞는 몸을 주지 않으셨을까요?"

"당신은 자신이 받은 한 달란트(talent)를 주인을 위해 늘리는 대신, 주인이 '심지 않은 데서 거두시고 뿌리지 않은 데서 모으시는 무서운 분이신 줄 안다'라고 핑계를 대면서 그대로 돌려주는 하인 같아요.* 적게 받은 사람에게는 적게 기대하시겠지만, 우리는 모두 최선을 다해야 하잖아요. 당신은 신을 경배할 능력, 믿음, 희망, 양심, 이성 등 기독교도로 살아가는 데 필요한 모든 걸 갖고 태어났으니, 그걸 활용할 의지만 있으면 돼요. 우리의 모든 재능(talent)은 사용할수록 강해지고, 좋은 능력이든 나쁜 능력이든 활용할수록 커져요. 그렇기 때문에 당신이 나쁘거나 나빠질 수 있는 능력을 점점 더 많이 사용하고 선한 능력을 방치한다면, 당신은 결국 악에 휘둘리게 되고 선은 잃어버릴 거예요. 그리고 그건 오로지 당신 책임이에요. 하지만 아서, 당신은 많은 재능을, 더 나은 기독교도들도 부러워할 정도의 지성과 감성과 성격을 갖고 있으니, 그걸 하느님을 위해 사용하기만 하면 돼요. 내가 볼 때 당신은 독실한 신자가 될 가능성은 크지 않지만, 밝고 명랑한 사람으로 계속 살면서도 좋은 기독교도가 될 수

---

* 마태오의 복음서 25장의 달란트의 비유를 인용한 것.

는 있어요."

"당신은 정말 신탁(神託)을 전하는 사제처럼 말하는군. 그리고 하는 말마다 반박의 여지가 없이 정확해. 하지만 헬렌, 들어봐요. 난 배가 고픈데 앞에 푸짐한 만찬이 차려져 있어요. 오늘 내가 그 저녁을 안 먹으면 내일 온갖 별미로 가득한 성찬을 먹을 수 있다고들 하고요. 자, 그런데 일단 첫째로, 나는 배고픈 내 앞에 음식이 차려져 있는데 내일까지 기다리는 게 싫다는 거예요. 둘째, 오늘 차려진 진수성찬이 내일 먹을 수 있다는 별미보다 내 취향에 더 맞아요. 셋째, 내일 먹을 수 있다는 만찬은 지금 보이지가 않는데, 오늘 차려진 푸짐한 음식을 본인이 다 먹으려고 어떤 뚱보가 꾸며낸 거짓말이 아니라는 걸 내가 어떻게 알 수 있죠? 넷째, 이 만찬은 누군가를 위해 차려진 것이고, 솔로몬이 말했듯이, '누가 나보다 더 잘 먹고, 더 잘 즐길 수 있을까요?'* 자, 마지막으로, 당신이 괜찮다면 이제 앉아서 오늘의 허기를 달래줄 음식을 먹어야겠어요. 내일의 허기는 내일 어떻게든 채워지겠지. 오늘과 내일의 허기를 둘 다 채울 수 있을지도 모르잖아요?"

그래서 내가 말했다. "오늘 나온 푸짐한 만찬을 먹지 말라는 게 아니에요. 내일 나올 더 맛있는 성찬을 즐기는 데 방해가 안 될 만큼만 먹는 게 좋겠다는 말이죠. 그런데 그런 조언을 무시한 채로 좋은 음식이 독이 될 정도로 짐승처럼 과식하고 과음한 나머지, 당신이 전날의 폭식과 폭음 때문에 고통받는 동안 어제 적당히 먹었던 사람들이 당신이 맛볼 수 없는 진수성찬을 즐기는

---

* 전도서 2장 25절 참고.

광경을 그다음 날 보고만 있어야 한다면, 그건 누구 탓일까요?"

"맞는 말이에요, 나의 수호성인. 그런데 우리의 친구인 솔로몬이 이런 말도 했잖아요. '사람에게 먹고 마시고 즐기는 일보다 더 좋은 것은 없다.'**"

"하지만 솔로몬은 이런 말도 했지요. '오, 청년들이여, 젊음을 즐기고, 눈과 마음이 가는 대로 행하라. 그러나 하느님께서 이 모든 행위를 재판에 붙이시리라는 것만은 명심하여라.'***"

"그런데 헬렌, 나 최근 몇 주 동안 아주 착하게 살았잖아요. 내가 뭐 잘못한 게 있나? 내가 어떻게 했으면 하는 일이 있었어요?"

"그런 거 없었어요. 아직까지 다 잘하고 있어요. 하지만 당신의 생각을 바꾸고 싶어요. 나는 당신이 유혹에 맞설 힘을 기르고 악을 선이라 부르거나 선을 악이라 부르지 않았으면 좋겠고, 지금보다 더 깊이 생각하고, 더 멀리 보고, 더 높은 목표를 세웠으면 좋겠어요."

** 전도서 8장 15절 인용.
*** 전도서 11장 9절 인용.

24장
첫 번째 부부 싸움

3월 25일. 아서는 염증을 느끼고 있다. 내가 지겨워진 게 아니라(그렇다고 믿는다) 지루하고 조용한 이곳에서의 삶이 힘든 것이다. 그럴 만도 한 게, 그는 별다른 취미가 없다. 신문과 스포츠 잡지 말고는 읽는 게 거의 없고, 내가 책을 읽고 있으면 어떻게든 방해해서 그만두게 한다. 그래도 날씨가 좋을 때는 그런대로 시간을 잘 보내지만, 최근처럼 비가 자주 내릴 때는 옆에서 보기도 힘들 정도로 지루해한다. 나는 어떻게든 아서를 즐겁게 해주려고 노력하지만 그는 내가 제일 좋아하는 주제는 재미없어하고, 그가 제일 좋아하는 주제는 내가 흥미가 없거나 짜증이 난다. 아서는 그중에서도 특히 기분 나쁜 주제를 가장 즐겨 이야기한다. 그의 취미 중 하나가 내가 앉아 있는 소파에 앉거나 드러누워서 전 애인들에 대해 이야기하는 건데, 들어보면 꼭 본인을 믿었던 아가씨를 망쳐놓거나 아무것도 모르는 어느 남편을 감쪽같이 속이는 내용이다. 그래서 내가 화를 내거나 질색을 하면 아서는 그게 다 질투심 때문이라며 눈물이 나오도록 웃곤 한다. 처음에는 화를 내거나 울었지만, 내가 흥분하거나 격분할수록 아서가 더 즐거워했기 때문에 이제는 그럴 때 내 마음을 숨기고 경멸하는 낯빛으로 말없이 들어준다. 그럼에도 그는 내 얼굴에 드러난 내적 갈등을 보고는, 그런 미덥지 않은 남편 때문에 내가 느끼는 고통을 질투로 인해 자존심이 상한 것으로 여전히 잘못 해석한다. 그러다가 본인이 충분히 즐겼거나 더 이상 내 화를 돋우면 본인에게도 안 좋겠다 싶으면 내게 키스를 하거나 나를 달래서 다시 웃게 만들려고 드는데, 그때만큼 그의 애무가 싫은 적이 없다! 이건 나쁜 아니라 이전 애인들에 대해서도 이중으로 이기적인 행동이다. 그런 때는 너무 큰 실망감에 순간 마음이 무너져서, 속으로 '헬렌, 무슨 짓을 저지른 거야?'라고 스스로에게 묻곤 한다. 하지만 그럴 때마다 내면의 소리를 억누르고 엄습해오는 잡념들을 쫓아버리려고 애쓴다. 아서가 지금보다 열 배 더 호색한이고, 선하고 고결한 생각을 전혀 안 하더라도 나로서는 그에 대해 불평할 자격이 없다. 나는 지금도 여전히 그를 사랑하고, 앞으로도 사랑할 것이며, 그와 결혼한 것을 후회하지 않고, 앞으로도 그럴 것이기 때문이다.

4월 4일. 아서와 크게 싸웠다. 자세한 내용은 다음과 같다. 아서는 그동안 F 부인이라는 여자와의 연애에 대해 몇 번 이야기 했었는데, 전에는 그게 다 꾸며낸 이야기인 줄 알았다. 그런데 오늘 들어보니 정말 그런 일이 있었고, 다행히도 여러 면에서 아서보다는 그 여자 탓이 컸다. 당시 그는 아주 젊었고, 아서의 말대로라면 그 여자가 먼저 노골적으로 접근해왔기 때문이다. 아서를 타락의 길로 이끈 게 주로 그 여자 같아서 너무 원망스러웠다. 그래서 며칠 전 아서가 그 여자 이야기를 또 꺼냈을 때, 나는 그 이름 자체가 너무 싫어서 그 사람 이야기를 하지 말아달라고 간청했다.

"당신이 그 여자를 사랑했기 때문이 아니라, 그녀가 당신을 해치고 남편을 속인 아주 가증스러운 사람이기 때문이에요. 그런 사람 이름을 입에 올리다니 부끄러운 줄 아세요." 하지만 아서는 그 여자 남편이 도저히 사랑할 수 없는 노망한 늙다리여서 그랬던 거라고 둘러댔다.

"그럼 왜 결혼을 했대요?" 내가 물었다.

"돈 때문이지." 그가 대답했다.

"그럼 그것도 잘못이죠. 남편을 사랑하고 존중하겠다는 혼인 서약을 한 것도 그 잘못을 더 크게 하는 또 다른 죄고요."

"너무 박하게 말하네." 아서가 웃으며 말했다. "하지만 상관없어요. 이제 안 좋아하니까. 헬렌, 내가 알았던 그 어떤 여자보다 당신을 두 배는 더 좋아하니까 그들처럼 버림받을 거라는 걱정은 안 해도 돼요."

"이런 얘기를 전에 했으면 절대 당신이랑 결혼 안 했어요."

"정말이야?"

"당연하죠!"

아서는 그럴 리 없다는 표정으로 웃었다.

나는 벌떡 일어서며 "지금이라도 믿게 만들고 싶네요!" 하고 소리쳤다. 처음으로, 그리고 바라건대 마지막으로, 그와 결혼한 것이 후회스러웠다.

그는 더 진지한 어조로 이렇게 말했다. "헬렌, 당신이 정말 그렇게 생각한다고 믿으면 내가 화날 것 같지? 아니야. 지금 당신은 하얗게 질린 얼굴로 암호랑이처럼 눈을 부라리고 있지만, 나는 당신의 마음을 당신 자신보다 훨씬 더 잘 알거든."

나는 말없이 일어서서 내 방으로 올라가 문을 잠갔다. 30분쯤 있으니 그가 올라와 문손잡이를 돌렸고, 안 열리니 노크를 했다.

"안 열어줄 거야, 헬렌?" 아서가 물었다. 나는 "그래요. 당신 때문에 화났으니까 내일 아침까지는 당신 얼굴도 안 보고 싶고 목소리도 안 듣고 싶어요"라고 대답했다.

그런 말에 어안이 벙벙했는지, 뭐라고 대답해야 할지 몰라서 그랬는지, 그는 잠깐 말없이 서 있다가 돌아서서 아래층으로 내려갔다. 식사한 지 겨우 한 시간이 지났을 때라 저녁 내내 혼자 앉아 있기가 아주 따분할 것이었다. 그런 생각을 하니 화가 좀 풀렸지만 바로 용서할 생각은 없었다. 나의 감정은 그의 노예가 아니고 내가 원하면 그 사람 없이도 살 수 있다는 걸 보여줄 작정이었으니까. 나는 이모에게 긴 편지를 썼다. 물론 오늘 일어난 일은 빼고. 10시가 조금 지났을 때 아서가 다시 올라오는 소리가 들렸지만, 내 방을 쓱 지나 자기 방으로 들어가더니 밤새도록 나오지 않았다.

그가 아침에 어떻게 나올지 적잖이 궁금했는데, 아무렇지도 않게 미소 띤 얼굴로 아침 먹으러 들어오는 걸 보니 정말 실망스러웠다.

"헬렌, 아직도 화났어요?" 그가 다가와 인사하려고 했지만, 나는 쌀쌀맞게 그를 외면하며 커피를 따르고 늦게 내려왔다고 한 마디 했다.

그는 나직하게 휘파람을 불더니 창가로 걸어가, 시커먼 먹구름, 쏟아지는 빗줄기, 흠뻑 젖은 잔디밭, 물방울이 뚝뚝 떨어지는 헐벗은 나무로 이루어진 멋진 풍경을 내다보며 한참을 서 있다가 날씨를 욕하고는 식탁에 앉았다. 그러고는 커피를 마시며 "빌어먹게 차갑군" 하고 중얼거렸다.

"그러게 그렇게 오래 두었다 마시면 안 되죠." 내가 말했다.

그는 아무 말 안 했고, 우리는 둘 다 침묵 속에 식사를 마쳤다. 다행히 하인이 우편물을 가져왔다. 살펴보니 신문, 그에게 온 편지 한두 통, 내게 온 편지 두세 통이었다. 아서는 내 앞으로 온 편지를 말없이 식탁 이쪽으로 휙 던져주었다. 하나는 내 친오빠가, 다른 하나는 어머니와 같이 런던에 가 있는 밀리센트 하그레이브가 보낸 거였다. 아서에게 온 편지는 무슨 서류 같았는데, 마음에 안 드는 내용인지 다른 때 같았으면 뭐라고 한마디 했을 욕설을 내뱉으며 호주머니에 쑤셔 넣었다. 아서는 그러고는 신문을 펴놓고 아침 식사가 끝날 때까지, 그리고 그 뒤로도 한참을 열심히 읽는 척했다.

나는 오전 내내 아침에 온 편지들을 읽고, 답장을 쓰고, 집안일에 관해 이런저런 지시를 내리면서 시간을 보냈고, 점심을 먹은 후에는 저녁 식사 전까지 그림을 그렸으며, 식사 후 자리에 들기까지는 책을 읽었다. 안타깝게도 아서는 즐길 것도, 시간을 때울 취미도 없었다. 그런데도 나만큼 바쁘고 태연한 척했다. 날씨만 괜찮았다면 아침을 먹자마자 말을 내오라고 해서 어디든 멀리까지 갔다가 밤에야 돌아왔을 게 분명했다. 만약 주변에 15세에서 45세 사이의 여자가 누구라도 있었다면 내게 복수하려고 필사적으로 들이댔을 것이다. 그런데 (나한테는 아주 흡족한 일이었지만) 평소 좋아하는 이 두 가지 오락거리를 즐길 길이 완전히 막히자 그는 정말 힘들어했다. 아서는 하품을 하며 신문을 뒤적거리다가 짤막한 편지에 짧은 답장을 썼고, 그때부터 오전의 나머지와 오후 전체 시간을 이 방 저 방 들락거리며 짜증을 내고, 구름을 지켜보고, 비를 욕하고, 개들을 쓰다듬다 약 올리다 때리고, 어떤 때는 도저히 흥미를 붙일 수 없는 책을 들고 소파에서 빈둥대기도 하다가, 그러면서도 틈만 나면 내 얼굴을 훔쳐보면서 혹시 내가 눈물을 흘리거나 잘못을 뉘우치고 후회하는 기색이 있는지 확인하며 보냈다. 하지만 나는 일부러 그날 하루 종일 엄격하면서도 차분하고 평온한 표정을 유지했다. 사실 나는 별로 화나지 않았고, 종일 그가 안쓰럽고 빨리 그와 화해하고 싶은 심정이었다. 하지만 그가 먼저 굽히고 들어오거나 잘못을 인정하고 뉘우치는 모습을 보일 때까지 버틸 심산이었다. 내가 먼저 입을 열면 그의 자존심과 오만함만 키워주고, 내가 그에게 꼭 가르치고 싶은 교훈을 완전히 망치게 될 터였다.

저녁 식사 후 그는 한참이나 식당에 그대로 앉아 있었고, 와인을 평소보다 많이 마신 것 같았다. 하지만 입을 열게 할 만큼 마시지는 않았는지, 여전히 입을 꾹 다문 채 내 방에 들어왔다. 내가 조용히 책을 읽느라 자기를 쳐다보지도 않자 그는 뭐라고 투덜대더니 문을 쾅 닫고 소파에 길게 누워 잠을 청했다. 그러자 내 발치에 앉아 있던 그의 코커스패니얼 대시가 펄쩍 뛰어올라서는 그의 얼굴을 핥았다. 아서는 개를 홱 쳐서 바닥에 내동댕이쳤고, 대시는 낑낑대며 내 발 옆으로 돌아왔다. 30분쯤 후 잠에서 깬 그가 대시를 불렀지만 개는 눈치를 보며 꼬리 끝만 까닥였다. 그가 다시 날카로운 소리로 이름을 부르자 개는 내게 더 바짝 달라붙으며 보호해달라는 듯 내 손을 핥았다. 화가 난 아서는 묵직한 책을 뽑아 개의 머리에 던졌다. 개는 애처롭게 비명을 지르며 문 쪽으로 달려갔고, 나는 개를 밖으로 내보내고는 조용히 책을 집어 들었다.

"그 책 이리 줘." 아서가 거칠게 말했다. 나는 바로 건네주었다.

"왜 개를 내보낸 거야? 내가 불렀잖아."

"어떻게요? 책을 던져서요? 아님 그 책은 나한테 던진 건가요?"

"아니. 하지만 맛은 봤겠군." 그는 책을 같이 맞아 심하게 까진 내 손을 보며 그렇게 말했다.

나는 다시 책을 읽기 시작했고, 아서도 그러려고 애썼지만 얼마 안 가 요란하게 하품을 하더니 자기 책은 "형편없는 쓰레기"라며 탁자에 던져버렸다. 그러고는 8~10분 정도 침묵이 흘렀는데, 아마 그 시간의 대부분을 나를 노려보고 있었던 것 같다. 그러다가 더 이상은 참지 못하고 이렇게 물었다,

"헬렌, 무슨 책 읽고 있어요?"

나는 제목을 말해주었다.

"재밌어?"

"네, 아주 재미있어요."

나는 계속 책을 읽었다. 아니, 읽는 척했다. 하지만 눈으로 읽은 내용이 머리에 들어오지는 않았다. 눈으로는 글자를 보고 있었지만, 머리로는 아서가 언제 무슨 말을 할지 그리고 그 말에 대해 나는 뭐라고 대답할지 생각하느라 정신이 없었다. 그는 내가 차를 끓이려고 일어설 때까지 아무 말도 안 했고, 한잔 마실 거냐고 묻자 싫다고 했다. 결국 아서는 잘 시간이 될 때까지 계속 소파에 누워서 눈을 감았다가 시계를 보고 다시 나를 쳐다보

는 것을 반복하다가, 내가 일어나서 촛불을 들고 방을 나서자 그제야 입을 열었다.

"헬렌!" 방을 나온 순간 그가 나를 불렀다. 나는 돌아서서 그의 말을 기다렸다.

마침내 내가 그에게 물었다. "아서, 뭐 필요해요?"

그는 "필요한 거 없어. 가봐요!" 하고 대답했다.

나는 다시 돌아섰지만, 문을 닫는 순간 그가 뭐라고 중얼거리는 소리를 듣고 걸음을 멈추었다. 거의 확실히 "빌어먹을 년"같이 들렸지만 제발 아니기를 빌었다.

"아서, 무슨 말 했어요?" 내가 물었다.

"아니"라는 답이 돌아왔다. 나는 문을 닫고 내 방으로 건너갔다. 다음 날 아침 식사 때에야 그를 다시 봤는데, 그는 보통 때보다 한 시간이나 늦게 내려왔다.

"많이 늦었네요." 내가 아침 인사를 건넸다.

"기다릴 필요 없었는데." 그는 이렇게 대답하고 또 창가로 걸어갔다. 어제와 똑같은 날씨였다.

"오, 빌어먹을 비 같으니!" 그는 이렇게 중얼거리고는 1, 2분 동안 빗줄기를 유심히 지켜보았다. 그러다 좋은 생각이 떠오른 듯 갑자기 "아, 이제 뭘 할지 알겠다!" 하고 소리치더니 돌아와서 식탁에 앉았다. 그러고는 자기 앞에 있는 우편물 자루를 열어 안에 든 편지들을 훑어보았는데, 아무 말이 없었다.

"저한테 온 편지 있어요?"

"아니."

그는 신문을 펼쳐 들고 읽기 시작했다.

"커피 식기 전에 어서 마셔요."

"다 먹었으면 나가줘요. 혼자 있고 싶으니까."

나는 일어서서 옆방으로 건너갔다. 오늘도 어제처럼 비참한 하루를 보내게 될지 궁금했고, 서로를 괴롭히는 이 싸움이 어서 끝나기를 간절히 빌었다. 그런데 몇 분 후 그가 종을 울리고 긴 여행을 준비하듯 어떤 옷들을 챙길지 지시하는 소리가 들렸다. 그다음에는 마차꾼을 부르는 소리와, 마차와 말, 런던, 내일 아침 7시 같은 이야기를 하는 소리까지 들렸다. 나는 깜짝 놀랐고 너무 불안했다.

"어떻게 해서든 아서를 런던에 못 가게 해야 해." 나는 혼잣말로 중얼거렸다. "저 사람 런던에 가면 온갖 문제에 얽혀들 텐데, 그건 결국 다 내 탓일 거야. 어떻게 해야 안 가려나? 일단 런던 얘기를 꺼내는지 좀 기다려보자."

그래서 초조한 마음으로 몇 시간을 기다렸지만 그는 런던은 물론 다른 어떤 이야기도 하지 않았다. 그냥 휘파람을 불고, 개에게 말을 걸고, 그 전날처럼 이 방 저 방 돌아다니기만 했다. 그래서 내가 먼저 런던 이야기를 꺼내야 하나, 어떻게 이야기를 시작해야 하나 곰곰이 생각하고 있는데 마침 존이 마차꾼의 말을 전해주러 왔다.

"저, 리처드가 그러는데, 말 한 마리가 감기가 너무 심해서, 오늘 치료해볼 테니 괜찮으시다면 내일 말고 모레 가시는 게 낫겠다고 하는데요—"

"그놈이 감히 그런 소리를 해?" 아서가 소리쳤다.

"송구합니다, 주인님. 하지만 괜찮으시다면 그 편이 훨씬 나을 것 같다고 하네요." 존이 되풀이했다. "리처드 말이, 날씨가 곧 바뀔 텐데 말이 그렇게 아프고 약도 먹은 상태에서는 아마—"

"빌어먹을 말 같으니!" 아서가 소리쳤다. 그는 잠시 생각에 잠기더니, "생각해보겠다고 전하게" 하고 덧붙였다. 하인이 나가자 그는 내 얼굴을 찬찬히 건너다보았다. 내가 놀라고 불안해서 어찌할 바를 몰라 할 거라고 생각하고 살펴보는 것이었다. 하지만 나는 미리 준비한 대로 아무렇지도 않은 척했다. 내가 차분한 눈빛으로 마주 보자 그는 표정이 일그러졌고, 실망한 기색이 역력한 얼굴로 돌아서더니 벽난로 쪽으로 걸어갔다. 그러고는 벽난로 선반에 얹은 팔에 이마를 기대고 침울한 표정으로 서 있었다.
"아서, 어디 가려는 거예요?" 내가 물었다.
"런던." 그가 심각한 어조로 대답했다.
"왜요?"
"여기서는 행복할 수가 없으니까."
"왜요?"
"내 아내가 나를 사랑하지 않으니까."
"당신만 잘하면 온 마음으로 사랑해줄 거예요."
"내가 뭘 하면 되지?"
이 정도면 반성도 했고 충분히 진지한 것 같았다. 그뿐 아니라 어제부터 쌓인 슬픔과 기쁨이 몰려와서, 나는 목소리가 떨릴까 봐 잠깐 쉬었다가 입을 열어야 했다.
"내가 당신에게 마음을 주면 고맙게 받아서 잘 써야지, 다시 거두어 가지 못한다고 해서 그 마음을 갈기갈기 찢어버린 다음에 내 얼굴에 대고 웃으면 안 되는 거잖아요."
그러자 아서는 내 쪽으로 돌아서서 벽난로를 등지고 선 채 나를 건너다보았다. "자, 헬렌, 이제 내 말 잘 들을 거지?"
그 말이 너무 오만하고 웃는 표정도 유쾌하지 않아서 대답하기가 망설여졌다. 내가 너무 속이 드러나게 대답을 했을 수도 있고, 눈물을 훔치면서 떨리는 목소리로 말한 걸 눈치챈 건지도 모른다.
"나 용서해주는 거죠?" 그가 좀 더 굽히고 들어오는 어조로 물었다.
"잘못을 뉘우쳤나요?" 나는 그에게 다가가 웃는 얼굴로 그를 빤히 쳐다보며 물었다.
"완전히 상처받았죠!" 그는 서글픈 표정으로 이렇게 말했지만, 눈가와 입가에는 즐거운 미소가 어려 있었다. 그럼에도 나는 그의 품 안으로 뛰어들었다. 그는 나를 꽉 껴안아주었다. 눈물이 펑펑 쏟아지는데도 내 인생에 그 순간만큼 행복했던 적이 없었다.
"그럼 아서, 이제 런던 안 가는 거예요?" 열렬한 키스와 눈물의 몇 분이 지나간 후 나는 이렇게 물었다.
"응, 당신이 같이 안 가면 나도 안 갈 거예요."
"당신이 런던에 가는 편이 더 즐겁고 출발을 다음 주까지 미뤄줄 수 있으면 기꺼이 따라갈게요."
아서는 곧바로 그러겠다고 했다. 하지만 오래 있을 건 아니라서 준비할 게 많지는 않다고 했다. 내가 런던화(化)되는 게 싫고, 사교계 여자들과 너무 많이 어울리면 시골 아가씨다운 내 순수함과 창의성이 사라질까 봐 잠깐만 다녀오려고 한다는 이야기였다. 내가 볼 때는 말도 안 되는 생각이었지만, 나는 굳이 반박하지 않고 그냥 당신도 잘 알다시피 나는 아주 가정적인 성격이라 세상 사람들과 많이 어울리고 싶지 않다고 말했다.
우리는 모레 런던으로 출발할 예정이다. 싸움이 끝난 지 나흘이 지났는데, 생각해보니 우리 둘 다에게 좋은 일이었다. 나는 아서를 전보다 훨씬 더 좋아하게 됐고, 그 또한 나를 대하는 태도가 훨씬 나아졌기 때문이다. 지난 며칠 동안 한 번도 F 부인이나 그런 유의 기분 나쁜 옛날 이야기로 나를 화나게 하지 않았으니 말이다. 그 이야기들을 내 머릿속에서 완전히 지워버리거나, 아서도 그 일들을 나와 같은 시각으로 보게 할 수 있다면 좋을 텐데. 그래도 최소한 그런 주제들이 부부간에 나누는 농담의 소재로 걸맞지 않다는 건 느끼게 만들었으니 그나마 다행이다. 언젠가 더 많은 걸 깨닫게 될 거라고 생각한다. 나는 아서가 얼마든지 더 나아질 수 있다고 믿고 싶다. 이모의 걱정과 내 무언의 두려움에도 불구하고, 아직은 우리가 행복해질 거라고 믿는다.

25장
첫 번째 부재(不在)

　우리는 4월 8일에 런던으로 출발했다가, 나 혼자 5월 8일에 돌아왔다. 나는 절대 반대했지만 아서가 그러기를 원했기 때문이다. 런던에 있는 그 짧은 기간 동안에 아서가 하도 정신없이 여기저기 끌고 다녀서 나는 완전히 기진맥진한 상태였기 때문에 그 사람도 같이 돌아왔다면 집에 오는 게 너무 좋았을 것 같다. 그는 나를 모든 사람, 특히 그의 친구 및 지인들에게 가능한 한 모든 기회를 활용해서 가장 멋진 모습으로 과시하는 데 골몰했던 듯하다. 아서가 나를 자랑거리로 생각하는 것은 좋았지만, 그 만족감을 위한 대가는 혹독했다. 첫째, 그의 마음에 들기 위해 평소의 내 취향을 저버려야 했고, 어두운색의 소박하고 단출한 옷을 입는다는 평소의 내 신념을 깨야 했다. 아주 오래전에 절대 그러지 않겠다고 결심했었지만, 화려해 보이기 위해 비싼 보석을 걸어야 했고 색칠한 나비처럼 차려입어야 했다. 이건 정말 큰 희생이었다. 둘째, 나는 그의 낙천적인 기대에 부응하고 그의 선택이 옳았다는 걸 나의 행동과 처신으로 보여주기 위해 끊임없이 노력해야 했다. 특히 (그런 경험이 거의 없는데도) 아서의 지시로 파티를 주관했을 때, 혹시 어색한 실수를 범하거나 경험 부족으로 사교계의 관습을 어겨서 그를 실망시킬까 봐 갖은 신경을 다 썼다. 셋째, 앞에서 암시했듯이 나는 예전의 삶과 너무 다른, 바쁘고 부산한 일상과 정신없이 분주하고 끊임없이 변화무쌍한 생활 때문에 지친 상태였다. 드디어 어느 날 아서는 런던의 공기가 나와 맞지 않고 내가 집을 그리워하며 힘들어하니 바로 그라스데일로 돌아가야 한다고 말했다.

나는 웃으면서, 그렇게까지 급하지는 않지만 그가 원한다면 나도 돌아가고 싶다고 답했다. 그러자 자기는 런던에서 직접 처리해야 할 일이 있어서 1~2주 더 있어야 한다고 했다.

"그럼 나도 같이 여기 있을게요."

"하지만 헬렌, 당신이 여기 있으면 당신한테 신경 쓰느라 일 처리를 못 해."

"그렇게 안 되게 할게요. 이제 당신이 처리할 일이 있다는 걸 알았으니까 나는 신경 쓰지 말고 그 일을 처리하세요. 사실 나도 좀 쉬어야 하거든요. 말도 타고, 평소처럼 공원에서 산책도 하면 돼요. 당신도 하루 종일 일만 하는 건 아닐 테니, 식사 시간이나 최소한 저녁에는 볼 거 아니에요. 수백 킬로미터 떨어져서 전혀 못 보는 것보다는 이게 낫겠죠."

"하지만 여보, 당신은 빨리 가야 해. 당신이 여기 있다는 걸 아는데 내가 어떻게 당신을 혼자 놔두고 일을 처리하러 다니겠어요—?"

"아서, 당신이 해야 할 일을 하는 동안에는 나를 등한시했다고 생각 안 할게요. 그런 불평 절대 안 해요. 처리할 일이 있다는 걸 미리 말해줬으면 지금쯤 반은 끝낼 수 있었을 텐데. 이렇게 늦어 졌으니까 그만큼 더 열심히 하세요. 무슨 일인지 말해봐요. 시간 뺏는 대신 내가 적극적으로 도와줄게요."

"아니, 아니 괜찮아요." 일 처리에 약한 아서가 이렇게 말했다. "헬렌, 당신은 집에 가야 해요. 그래야 나도 몸은 멀리 떨어져 있어도 당신이 편하고 안전하게 지낸다는 걸 알고 마음이 편하지. 당신 지금 눈빛도 흐려지고 얼굴의 섬세한 홍조도 완전히 사라졌어요."

"그거야 노느라고 지쳐서 그렇죠."

"절대 그렇지 않아. 런던 공기가 나빠서 그런 거예요. 시골의 상쾌한 바람을 맞으면 하루이틀 안에 기운이 날 거예요. 그것도 그렇지만, 소중한 헬렌, 당신 상황도 생각해야죠. 우리의 미래가 당신 건강에 달려 있다는 걸 잊으면 안 돼요."

"그럼 정말 내가 가면 좋겠어요?"

"당연하지. 내가 집까지 데려다주고 다시 올게요. 일주일, 길어야 두 주일 안에는 돌아갈 거야."

"내가 꼭 가길 원한다면 나 혼자 갈게요. 당신은 여기 남아서 일 처리를 해요. 괜히 거기까지 갔다가 다시 돌아오면 시간 낭비잖아요."

하지만 아서는 나 혼자 보내기 싫다고 했다.

"우리 집 하녀의 시중을 받으며 우리 마부가 모는 우리 마차를 타고 160킬로미터를 가는 걸 못 미더워할 만큼 내가 무력한 존재 같나요? 당신이 같이 내려가면 절대 런던으로 못 돌아오게 할 거예요. 그런데 아서, 여기서 처리한다는 일이 도대체 뭔데 그래요? 왜 진즉 얘기하지 않은 거예요?"

"별일 아니야. 변호사와 처리하면 돼." 그러고는 부채를 갚기 위해 땅을 조금 팔아야 한다고 했다. 그런데 그의 설명이 미흡한 건지 내 머리가 부족한 건지 모르겠지만, 그런 일 때문에 나를 먼저 내려보내고 두 주일이나 더 런던에 있어야 한다는 게 명확히 이해가 안 갔다. 심지어 내가 돌아온 지 지금 거의 한 달이 지났는데 아서는 아직도 런던에 있고, 돌아올 기미도 보이지 않는다. 편지를 쓸 때마다 며칠 안에 내 옆으로 돌아오겠다고 약속하고는 매번 나와 본인을 속이고 있다. 늘어놓는 변명은 모호하고 빈약하다. 내 짐작에는 결혼 전에 알던 친구들과 어울리고 있는 것 같다. 아, 나는 왜 그를 혼자 두고 왔을까? 제발 그가 빨리 돌아왔으면 좋겠다!

6월 29일. 아서는 아직도 돌아오지 않았다. 오지 않는 그의 편지를 며칠 전부터 기다리고 있다. 전에 온 편지들을 보면 말과 호칭은 다정한데 길이가 아주 짧고, 믿기 어려운 하찮은 변명과 약속으로 가득 차 있다. 그런데도 나는 그의 편지를 애타게 기다리고 있다! 내가 긴 편지 서너 통을 보내면 아서는 짧고 급히 갈겨쓴 짧은 답장 한 통을 보낼 뿐이지만, 그래도 나는 그의 편지를 받으면 기쁘게 열어서 열심히 읽곤 한다.

아, 나를 이렇게 오래 혼자 두다니 너무 잔인하다! 여기선 대화 상대가 레이철밖에 없다는 걸 잘 알면서 말이다. 위층 창문으로 내다보면 데일* 너머 나무가 우거진 나지막한 구릉들 사이로 희미하게 보이는 하그레이브 저택의 사람들 말고는 이웃도 없

* 원문은 "Dale"로, 계곡을 의미하지만 이 소설에서는 지명으로도 쓰인다.

다. 밀리센트가 그렇게 가까이 산다는 걸 알았을 때 정말 기뻤다. 지금 여기 있어서 만날 수 있다면 큰 위로가 될 텐데. 지금 그녀는 어머니와 같이 런던에 있고 월터 역시 늘 외출 중이라 집에는 어린 에스터와 그녀의 프랑스인 가정교사밖에 없다. 밀리센트 모녀가 그야말로 완벽한 남자라고 자랑한 월터를 런던에서 만났는데, 실제로는 그저 로버러 경보다 좀 더 대화가 잘되고 상냥하고, 그림즈비 씨보다 좀 더 솔직하고 고결하며, 아서가 내게 소개해도 된다고 생각한 또 다른 친구인 해터즐리 씨보다 좀 더 세련되고 정중한 정도였다. 아, 아서, 왜 돌아오지 않는 거예요? 최소한 편지라도 보내주세요. 내 건강을 생각해서 내려가라고 하더니, 매일 외롭고 초조하고 불안한 상태에서 어떻게 얼굴이 빛나고 활력이 넘치겠어요? 돌아왔을 때 내 미모가 완전히 사라져 있다면 그건 당신 탓이에요. 이모와 이모부나 오빠한테 나를 보러 오라고 편지하고 싶지만, 내가 얼마나 외로운지 그들에게 이야기하고 싶지 않고, 사실 외로움보다 더 힘든 일들이 많다. 그런데 그는 대체 뭘 하고 있을까? 무엇 때문에 돌아오지 못하는 걸까? 이 질문이 계속 머릿속을 맴돌고, 그 질문에 대한 안 좋은 답들을 이것저것 생각하니까 마음이 너무 괴롭다.

  7월 3일. 지난번에 쓴 신랄한 편지에 대한 답장이 드디어 오늘 왔는데, 다른 때보다 약간 더 길었다. 하지만 여전히 무슨 말을 하는 건지 이해가 안 간다. 아서는 장난스러운 어조로 나의 잔소리를 비아냥거리더니, 런던에서 처리해야 하는 온갖 일을 열거하고는, 그렇게 분주한 상황이라 정확한 귀향 날짜를 알 수는 없지만 그래도 다음 주말까지는 반드시 집에 돌아오겠다고 단언

했다. 그러고는 "여성이 갖추어야 할 첫 번째 미덕"인 인내심을 가지라면서, "부재는 마음을 더욱 애틋하게 만든다"*라는 말을 기억하라고 했다. 그러니 런던에 오래 있을수록 귀향하면 그만큼 나를 더욱 사랑할 거라고 달랬다. 그러면서, 자기가 돌아갈 때까지 계속 열심히 편지를 써 보내달라고 했다. 종종 너무 바쁘거나 가끔 게을러져서 내 편지에 답장을 쓰기 어려운 날도 있지만, 매일 내 편지를 받고 싶다는 것이었다. 내가 서운한 마음에 편지를 안 쓰겠다고 한 말을 정말 실천에 옮기면, 어떻게 해서든 나를 잊어버리겠다고도 했다. 그리고 끝에는 가여운 밀리센트 하그레이브의 이야기가 쓰여 있었다.

"당신의 작은 친구 밀리센트는 아마 곧 당신의 선례를 따라 내 친구 해터즐리와 결혼할 것 같아요. 그 친구는 자기를 좋아해주는 노처녀가 나타나면 곧바로 결혼할 거라고 말하곤 했는데, 아직은 그 황당한 약속을 실천하지 않은 상태였거든요. 그러면서도 올해가 가기 전에는 반드시 결혼할 거라고 큰소리치고 있어요. 나한테 이렇게 말하더군요. '단 자네 부인 헬렌과 달리 내 아내는 모든 일을 내 맘대로 하게 해주어야 해. 자네 부인은 매력적이기는 하지만, 자기 의지가 강해서 가끔 사납게 나올 때도 있잖아.' (이 이야기를 들었을 때, 겉으로는 아무 말 안 했지만 마음속으로는 '그건 맞는 말씀이지' 했어요.) '나는 내가 뭘 하든, 어딜 가든, 집에 있든 외출하든, 아무런 비난이나 불평 없이 내 맘대로 하게 놔둘 착하고 조용한 여자와 결혼할 거야. 난 잔소리는 도저히 못 참거든.' 그래서 내가 '돈이 없어도 상관없다면 자

---

* 로마 시대부터 내려온 서양 속담. "Absence makes the heart grow fonder."

네의 그런 기준에 딱 맞는 아가씨가 바로 하그레이브의 동생 밀리센트야' 했죠. 그랬더니, 돈은 자기가 충분히 있고, 적어도 아버지가 돌아가시면 그렇게 될 테니 당장 소개해달라고 하더라고. 헬렌, 이 정도면 당신 친구와 내 친구 둘 다를 위해 내가 아주 좋은 일 한 거야."

가여운 밀리센트! 하지만 그녀가 이런 구혼자(존경하고 사랑할 만한 남자에 대한 그녀의 모든 기준에 완전히 반대되는 이런 남자)를 받아들일 리 없다.

5일. 아! 내가 잘못 알고 있었다. 오늘 아침에 밀리센트가 보낸 긴 편지를 받았는데, 이미 그 사람과 약혼했고, 이번 달 안에 결혼한다는 내용이었다.

"이 일에 대해 뭐라고 해야 할지, 뭐라고 생각해야 할지 모르겠어. 실은 헬렌, 나는 이 일에 대해 생각하기도 싫어. 내가 정말 해터즐리 씨의 부인이 될 거라면 그를 사랑해야 하는데, 아무리 노력해도 별 소용이 없어. 제일 힘든 건, 그 사람이 멀리 있을수록 더 나아 보인다는 사실이야. 그 사람의 돌발적인 행동과 묘하게 위압적인 태도가 겁나고, 그런 사람과 결혼한다는 게 무서워. 그럼 넌 이렇게 묻겠지. '그런데 왜 결혼한다고 했어?' 실은 나도 내가 그 청혼을 받아들인 줄 몰랐어. 그런데 엄마 말씀으로는 내가 받아들였다는 거야, 그 사람도 그렇게 생각하는 것 같고. 나는 받아들일 의향이 전혀 없었는데, 대놓고 거절하면 엄마가 슬퍼하고 화를 내실까 봐(엄마는 내가 그 사람과 결혼하길 바라시니까) 일단 엄마와 상의해보겠다고 했었거든. 즉답을 피하면서도 반은 거절한다는 의미라고 생각했는데, 엄마 말씀으로는 그건 받아들인다는 의미이고, 만약 이제 와서 내가 거절하면 그 사람이 나를 형편없는 변덕쟁이로 볼 거래. 사실 그때 너무 혼란스럽고 겁이 났어서 내가 정확히 뭐라고 했는지도 기억이 안 나. 그런데 그다음에 만났을 때 해터즐리 씨가 나를 약혼녀라고 부르면서 곧바로 엄마와 결혼에 대해 협상을 하는 거야. 그래서 그날은 감히 결혼하기 싫다는 말을 못 했어. 그런데 이제 와서 어떻게 그 말을 하겠어? 도저히 용기가 안 나. 결혼 안 하겠다고 하면 내가 미친 줄 알걸. 게다가 엄마는 이 결혼이 성사된 걸 몹시 기뻐하고 계신단 말이야. 나를 최고의 혼처에 시집보내는 거라고 생각하시니까. 그런 엄마를 실망시키는 건 도저히 못 하겠어. 가끔 내 생각을 말씀드리기는 하는데, 그럴 때마다 엄마는 말도 못 꺼내게 하셔. 해터즐리 씨가 돈 많은 은행가의 아들이잖아. 나랑 에스터는 재산이 없고, 월터도 물려받을 게 많지 않기 때문에 엄마는 우리가 꼭 시집을 잘 가길, 즉 돈 많은 사람과 결혼하길 바라셔. 나는 시집을 잘 간다는 게 그런 뜻이 아니라고 생각하지만, 엄마는 그게 최선이라고 생각하시거든. 나를 돈 있는 집에 시집보내면 마음이 너무 편할 것 같으시대. 그리고 이 결혼이 나는 물론 우리 집안에도 좋은 일이라고 하셔. 월터까지도 이 결혼에 대해 아주 흡족한 눈치야. 내가 별로 내키지 않는다고 하니까 왜 애처럼 말도 안 되는 소리를 하냐고 하더라고. 헬렌, 너도 이게 말도 안 되는 소리라고 생각해? 나중에라도 그 사람을 사랑하고 존경할 수 있을 것 같으면 결혼해도 상관없는데, 그럴 리가 없을 것 같아. 그 사람을 보면 사랑하거나 존경할 구석이 전혀 없거든. 내가 미래의 남편에 대해 상상했던 거랑 완전 반대야. 제발 내게 힘이 될 편지를 보내줘. 그렇지만 내 운명은 이미 정해져 있으니까 말리려고 애쓰진 마. 내 주변에서는 이미 그 중요한 행사를 위한 이런저런 준비가 이루어지고 있거든. 그리고 해터즐리 씨에 대해서 한마디라도 안 좋은 얘기 하지 말아줘. 가능하면 좋은 사람이라고 생각하고 싶으니까. 나도 그 사람에 대해 안 좋은 말들을 했었지만, 앞으로는 그러지 않을 거야. 앞으로는 그 사람이 아무리 안 좋은 일을 해도 그 사람을 비난하지 않을 거야. 그리고 내가 사랑하고 존경하고 복종하기로 약속한 사람을 누가 감히 비하하면 따끔하게 항의할 생각이야. 그는 최소한 헌팅던 씨 정도는 될 거고, 사실 그보다 나을 수도 있지. 너는 그래도 남편을 사랑하고, 아주 행복하고 만족해하는 것 같더라. 나도 그렇게 할 수 있겠지. 가능하면 해터즐리 씨가 보기보다 더 강직하고 정직하고 솔직한 사람이다, 실은 다듬어지지 않은 다이아몬드다, 그렇게 말해줘. 그분이 정말 그런 사람일 수도 있겠지만 나는 잘 모르잖니. 나는 겉으로 보이는 부분만 아는데, 내면은 그보다 훨씬 낫겠지?"

밀리센트는 "잘 있어, 헬렌. 네 조언을 고대하고 있을게. 부디 좋은 쪽으로 얘기해줘" 하고 편지를 마무리했다.

가여운 밀리센트! 앞으로 쭉 비참하게 살면서 뒤늦은 후회를 하느니 엄마와 오빠와 약혼자의 분노와 실망을 자초하더라도 용감하게 이 약혼을 깨는 게 낫다는 말 말고 내가 무슨 격려나 조언을 해줄 수 있을까?

토요일, 13일. 이번 주가 끝났는데 아서는 오지 않았다. 나는 기쁨의 숨결을 한 번도 느껴보지 못하고, 그이 역시 여름의 혜택을 맛보지 못한 채로 감미로운 계절이 지나가고 있다. 나는 이 시간을 그와 함께 정말 달콤하게 즐기겠다는 어리석고 헛된 희망으로 한껏 부풀어 있었고, 그렇게 되면 신의 도움과 나의 노력으로 그의 정신을 고양하고, 자연과 평화, 종교적 사랑이 주는 건강하고 순수한 기쁨을 제대로 느끼게끔 그의 안목을 더 높여 줄 수 있을 거라고 생각했었다. 그런데 지금, 붉고 둥근 저녁 해가 나무가 우거진 언덕 너머로 조용히 사라지고 숲이 발그레하고 따스한 금빛 안개 속에 잠기는 걸 보고 있으니, 우리 둘이 즐길 수 있었던 또 하루의 아름다운 여름날이 헛되이 지나갔다는 생각이 든다. 아침에 참새들이 부산하게 날아다니며 지저귀는 소리와 즐겁게 쨱쨱거리는 제비들 소리에 잠에서 깨어나, 그 작은 몸에 가득한 기쁨과 활력으로 새끼들에게 줄 먹이를 열심히 찾는 모습을 보고, 유리창을 열어 부드럽고 신선한 공기를 들이마시며 이슬과 햇살로 빛나는 아름다운 풍경을 볼 때면 너무 참담해서 눈물이 나온다. 런던에 있어 이 사랑스러운 풍경이 주는 생기를 느끼지 못하는 아서를 생각하면 배은망덕하게도 눈물이 나는 것이다. 나는 오래된 숲속을 거닐며 길가에서 웃음 짓는 작은 들꽃들을 보거나, 물가에 선 당당한 물푸레나무 그늘에 앉아 가벼운 여름 바람이 부드럽게 나뭇가지를 흔들고 깃털처럼 부드러운 잎사귀 사이를 지나며 내는 작은 소리가 몽환적인 풀벌레들의 노래와 어우러지는 소리를 들으면서 눈으로는 저 앞에 있는 작은 호수의 빛나는 수면을 멀거니 응시하는데, 호숫가에 우거진 나무들 중 일부는 우아하게 늘어진 가지로 수면에 입을 맞추고, 일부는 멋진 머리를 높이 쳐들고 팔을 넓게 펼쳐 호수를 안고 있고, 이 모두가 넓고 깊게 호수에 그대로 비쳐 있다. 간혹 물벌레가 움직이면서 호수에 비친 이 풍경이 깨지기도 하고, 때로는 잠깐 스쳐 가는 바람에 풍경 전체가 파르르 흔들리며 수많은 조각으로 흩어지기도 하는데, 그럼에도 나는 아무런 기쁨을 느끼지 못한다. 자연이 주는 즐거움이 클수록 그걸 함께 맛볼 아서가 없다는 게 그만큼 더 아쉽기 때문이다. 우리가 공유할 수 있는 행복이 클수록 떨어져 있는 우리의 불행이 더 크게 느껴지기 때문이다. (그렇다, 우리의 불행이다. 아서는 모를 수도 있는데, 그 역시 불행할 것이다.) 내 감각이 즐거울수록 내 마음(heart)은 참담하다. 내 심장(heart)은 지금 런던의 먼지와 매연에 싸인 채, 필시 그 사악한 클럽에 묵고 있는 아서와 같이 있기 때문이다.

그런데 그중에서도 가장 고통스러운 순간은 "하늘의 아름다운 여왕"*인 여름 달이 저 아스라한 "하늘의 검푸른 궁륭"**에서 우리 영지의 정원, 숲, 호수에 너무도 맑고 평화롭고 고운 은색 달빛을 뿌려주는 밤에 고적한 내 침실에 들어갈 때다. 그럴 때면 그이가 지금 어디 있는지, 이 황홀한 풍경을 전혀 의식하지 못한 채 지금 이 순간 뭘 하고 있는지, 혹시 클럽의 친구들과 요란하게 먹고 마시고 있는 건 아닌지 상상을 하게 되고— 그럴 때면 정말, 정말 못 견디게 힘들다!

23일. 아서가 드디어 돌아왔다! 그런데 너무 달라진 모습이다! 열이 나는 듯 안색이 붉고, 무기력하면서 나른하고, 그의 미모는 이상하게 시들었으며, 기력과 쾌활함이 완전히 사라진 상태다. 나는 그를 탓하거나 쏘아보지 않았고, 그동안 뭘 했는지

---

* 스코틀랜드 시인 윌리엄 미클의 발라드 '컴너 홀(Cumnor Hall)'에 쓰인 표현.
** 윌리엄 워즈워스의 시 '밤(A Night Piece)'에 쓰인 표현.

묻지도 않았다. 본인이 스스로 계면쩍어하는 것 같아서 차마 물을 수가 없었다. 분명히 자책하고 있을 텐데, 내가 그런 질문을 하면 우리 둘 다 고통스러울 수밖에 없었다. 아서는 그런 내 태도가 마음에 든 것 같고, 내 생각에는 감동받은 것 같기도 하다. 그는 집에 오니까 너무 좋다고 했다. 나도 그가 (이런 상태로라도) 돌아와서 너무 좋다. 그는 거의 하루 종일 소파에 드러누워 있고, 나는 한 번에 몇 시간씩 피아노도 치고 노래도 불러준다. 그의 편지를 대신 써주기도 하고, 뭐든 말하면 다 가져다주고, 책을 읽어주기도 하고, 이야기도 들려준다. 어떤 때는 그냥 옆에 앉아서 말없이 그를 어루만져주기도 한다. 아서는 그런 대접을 받을 자격이 없기 때문에 내가 이러는 건 그를 더 망쳐놓는 행동일 수도 있다. 하지만 이번 한 번은 그를 아낌없이, 완전히 용서할 것이다. 그러면 아서는 부끄러워서라도 반성할 것이고, 나는 그이가 다시는 나를 두고 떠나지 못하게 만들 작정이다.

그는 내 살뜰한 보살핌에 만족해한다. 고맙다고 생각하는지도 모른다. 그는 나를 옆에 두려고 하고, 하인이나 개들한테는 화도 내고 짜증도 부리지만 나한테는 상냥하고 친절하게 대해준다. 내가 그렇게 세심하게 챙겨주지 않으면, 그리고 어떤 이유에서든 그의 짜증이나 화를 돋울 것 같은 일은 즉각 그만두거나 포기하지 않으면 그가 나를 어떻게 대할지 알 수가 없다. 그이가 나의 이런 살뜰한 보살핌을 받을 자격이 있는 사람이라면 얼마나 좋을까! 어젯밤 아서 옆에 앉아 내 무릎을 베고 누운 그의 아름다운 고수머리를 손가락으로 쓸어주고 있는데 문득 이런 생각이 들었고, 그러자 너무 슬퍼서 눈물이 줄줄 흘렀다. 요즘 자주 그랬는데, 어제는 그의 얼굴에 눈물이 뚝 떨어졌다. 그러자 아서가 얼굴을 쳐들더니 미소를 지었다. 모욕적인 미소는 아니었다.

"헬렌! 왜 우는 거야? 내가 사랑하는 거 알잖아(그는 내 손을 자신의 뜨거운 입술에 가져다 댔다). 더 이상 뭘 바라요?"

"내가 당신을 사랑하는 만큼 당신이 진실하고 충실하게 스스로를 사랑해주면 좋겠어요."

"그건 쉽지 않을 것 같은데요!" 그는 내 손을 부드럽게 쥐며 이렇게 대답했다.

8월 24일. 아서는 다시 이전의 모습을 되찾았다. 활력 있고 무모하고, 마음도 생각도 가볍고, 응석받이 아이처럼 걸핏하면 따분해하고 투정하고 심술을 부렸는데, 특히 비가 와서 밖에 못 나갈 때는 더 그랬다. 그에게도 뭔가 할 일이 있으면 좋을 것 같다. 그게 뭐가 됐든 유용한 사업이나 직업, 직장이 있어서 하루에 몇 시간씩 그가 정신이나 몸을 쓸 수 있고, 자신의 쾌락만이 아닌 뭔가 다른 걸 생각할 수 있으면 좋을 텐데. 시골 지주가 되어서 농장을 관리할 수도 있겠지만 아서는 그런 일에 대해 아는 게 전혀 없고, 알아볼 의지도 없다. 문학을 연구하거나 그림이나 (음악을 그토록 좋아하니까) 악기 연주를 배울 수도 있을 텐데, 내가 아무리 피아노를 배워보라고 설득해도 그는 그러기에는 너무 게으르다. 아서는 자신의 본능적 욕망을 제어하려는 의지가 없는 만큼이나 뭔가 장애물을 극복하기 위해 노력을 기울여야 한다는 생각도 없다. 그리고 이 두 가지가 그를 망쳐놓을 것이다. 내 생각에 이건 너무 엄격하면서도 무관심한 그의 부친과 지나치게 감싸주는 그의 모친 탓이다. 혹시라도 엄마가 된다면 나는 절대로 그런 지나친 관용의 범죄를 범하지 않을 것이다. 그 폐해를 생각하면 그건 범죄라고 부를 수밖에 없다.

다행히 곧 사냥철이니 날씨만 좋으면 그이는 자고새와 꿩을 쫓아다니고 죽이는 일로 시간을 보낼 수 있을 것이다. 우리 영지에는 뇌조가 없는데, 만약 있었더라면 지금도 아카시아나무 아래 누워서 가여운 대시의 귀를 잡아당기는 대신 그 새를 잡으러 가 있을 것이다. 아서는 혼자 사냥하는 건 너무 지루하다며 같이 다닐 친구 한두 명을 초대하겠다고 한다.

"그럼 좀 괜찮은 사람들을 불러요." 내가 말했다. 그의 입에서 '친구'라는 단어가 나오니 치가 떨렸다. 나 혼자 내려보내고 런던에 있으라고 그를 꼬이고 그렇게 오래 붙잡아둔 것도 그의 '친구'들이었으니까. 그이가 별생각 없이 한 말들과 언뜻언뜻 시사한 내용을 종합해보면, 그는 친구들에게 내가 보낸 편지들을 보여주면서 내가 얼마나 열심히 제반사를 챙기고 그를 애틋하게 그리워하는지 이야기한 것이 틀림없었다. 또 그 사람들은 그를 계속 런던에 잡아두고, 애처가라며 비웃음당하지 않기 위해 온갖 나쁜 짓을 하게 만들고, 그토록 헌신적인 아내가 어디까지 참아줄지 보자며 극단을 달리게 했다는 걸 알 수 있었다. 그렇게 생각하기 싫지만 능히 그랬을 것 같다.

"생각해봤는데, 로버러 경과 그의 부인이면서 우리 부부의 친구인 애너벨라를 초대하면 좋겠어요. 그 친구는 부인 없이는 절대 안 올 테니까. 그러니까 둘 다 불러야 해요. 헬렌, 애너벨라가 무서운 건 아니죠?" 아서는 장난스러운 눈짓을 하며 이렇게 물었다.

"그럼요. 무서워할 이유가 없잖아요. 그 부부 말고 또 누굴 부를 거예요?"

"하그레이브는 불러주면 좋아할 거예요. 아주 가까이 살지만, 가진 땅이 적어서 평소에 사냥 다니기 힘들거든요. 그 친구를 부르면, 만약 필요하면 그 집 땅까지 사냥에 포함할 수도 있고. 거기다가 그는 아주 정중하고, 여자들도 그를 좋아하잖아요. 그림즈비도 충분히 점잖고 조용하니 부르면 어떨까 싶은데. 그림즈비 오는 거 싫지 않죠?"

"싫어요. 그래도 당신이 원하면 며칠은 참아볼게요."

"그거 다 편견이에요, 헬렌. 여자들 맘에 안 드는 거지."

"그건 아니에요. 싫어할 이유는 차고 넘쳐요. 그럼 초대 손님은 그 사람들이 전부죠?"

"그래, 그런 것 같아요. 해터즐리는 요즘 신부와 한창 신혼이라 총이나 사냥개에 쓸 시간이 없을걸요." 그러고 보니 밀리센트가 결혼식 이후에 몇 통의 편지를 보냈는데, 정말 그런 건지 그런 척하는 건지는 모르겠지만 자신의 운명에 순응하는 것 같았다. 그녀는 결혼 후에 발견한 남편의 수많은 미덕과 장점을 열거했는데, 그중 일부는 좀 더 객관적인 사람이라면 아무리 자세히 보더라도, 설사 눈물까지 흘리면서 보더라도* 못 찾을 만한 것들이었다. 그리고 이제 남편의 큰 목소리와 갑작스럽고 무례한 행동에 익숙해졌기 때문에 아내로서 마땅히 가져야 할 그런 마음으로 그를 사랑하는 것이 별로 어렵지 않다면서, 그에 대해 안 좋게 말한 지난번 편지를 태워달라고 썼다. 그러니 나도 그녀가 행복할 수 있을 거라고 믿겠지만, 만약 정말 그렇다면 그건 온전

*   히브리인들에게 보낸 편지 12장 17절 참고.

히 그녀의 착한 마음 덕분일 것이다. 그녀가 자신을 운명의 희생자 또는 엄마의 세속적인 지혜의 희생자라고 생각했다면 그녀는 분명히 극도로 불행했을 것이며, 그녀가 의무감에서 남편을 사랑하기 위해 모든 노력을 기울이지 않았다면 그녀는 죽는 날까지 그를 미워했을 것이기 때문이다.

26장
파티의 손님들

9월 23일. 손님들은 약 3주 전에 도착했다. 로버러 경 부부는 8개월쯤 전에 결혼했는데, 그 부인이 대단한 게, 결혼 후 남편 쪽이 완전히 딴사람이 되었다. 결혼 전에 마지막으로 만났을 때와 비교하면 그는 외모, 심리 상태, 성격 모두 눈에 띄게 나아졌다. 하지만 지금도 개선의 여지는 있다. 로버러 경이 늘 명랑하거나 만족해하는 건 아니기 때문에 가끔 부인이 그의 까다로운 성격을 비난하기도 하는데, 그는 부인이 정말 엄청난 잘못을 저지르지 않는 한 그녀에게는 그런 모습을 보인 적이 없기 때문에, 다른 사람은 몰라도 그녀가 이런 비난을 하는 건 정말 부적절해 보인다. 그는 여전히 부인을 추앙하고, 그녀를 기쁘게 할 수 있다면 세상 끝까지라도 갈 것이다. 그녀는 이 사실을 잘 알고, 그걸 이용한다. 하지만 명령을 내리는 것보다 달래고 구슬리는 편이 낫다는 걸 익히 알기 때문에 그녀는 아첨과 감언이설을 강압적인 지시와 적절히 섞어서 사용하고, 로버러 경은 본인이 부인의 사랑을 받는 행복한 남자라고 생각한다.

하지만 애너벨라는 교묘하게 그를 괴롭히곤 한다. 나 역시 생각하기에 따라서는 그 희생자다. 그녀는 지나치게 노골적으로는 아니지만 대놓고 헌팅던 씨에게 교태를 부린다. 아서도 기꺼이 이 게임에 동참하지만, 그건 어디까지나 개인적인 허영심과 내 질투를 불러일으키려는 짓궂은 욕망, 또 어쩌면 친구 로버러 경을 괴롭히려는 의도 때문이라는 걸 알기 때문에 별로 신경 쓰지 않는다. 그녀도 틀림없이 같은 이유에서 그러는 것일 테다. 다만 그녀의 경우는 장난기보다는 악의가 더 크다. 그러니 적어도 내 입장에서는 내내 밝고 평온한 모습을 유지함으로써 그 두 사람의 의도를 좌절시키는 게 유리하다. 그래서 나는 아서를 완전히 신뢰하는 모습, 매력적인 손님의 애교에 전혀 신경 쓰지 않는 외양을 유지하려고 노력 중이다. 애너벨라를 책망한 건 딱 한 번이다. 그녀와 아서가 유난히 다정한 척을 한 어느 날 저녁, 로버러 경이 초조하고 침울한 표정을 짓자 애너벨라가 그를 비웃었다. 그래서 나는 한바탕 잔소리를 하고 아서를 매섭게 비난했다. 그랬더니 아서는 그저 웃으면서 이렇게 말했다. "헬렌, 저 친구한테 공감하는 거야, 그렇지?"

"나는 부당한 취급을 받는 사람에게는 누구든 공감해요. 그런 짓을 하는 사람들도 안됐고요."

그러자 아서가 더 즐겁게 웃으며 말했다. "이런, 헬렌, 당신도 저 친구 못지않게 질투가 심하구먼!" 그런데 어떻게 해도 그게 오해라는 걸 납득시킬 수 없었다. 그래서 그날 이후로는 질투라는 주제에 대해 일절 언급하지 않고 로버러 경 본인이 알아서 감당하도록 놔두기로 했다. 그 사람도 불안감을 숨기려고 무진

애를 썼지만, 나처럼 대처할 기지나 힘이 없었다. 그래서 그런 순간에는 그 감정이 얼굴에 나타났고, 가끔 표정이 일그러지기도 했지만, 겉으로 대놓고 화를 내지는 못했다. 헌팅던과 애너벨라가 그렇게까지 대담하게 행동하지는 않았기 때문이다. 하지만 나도 그녀가 피아노를 치며 노래를 부르고 그이가 피아노 옆에 서서 푹 빠진 표정으로 그녀의 목소리에 귀를 기울일 때면 가끔은 아주 고통스럽고 쓰라린 질투심을 느꼈다. 그이가 그녀의 노래를 정말 좋아한다는 걸 아는데, 나는 그런 감동을 불러일으킬 능력이 없기 때문이다. 간단한 노래로 그를 즐겁게 해줄 수는 있지만, 그렇게까지 기쁘게 해줄 수는 없다.

28일. 어제는 우리 모두 하그레이브 씨 저택에 갔다. 그의 모친은 우리를 자주 초대한다. 그래야 소중한 아들 월터를 볼 수 있기 때문이다. 이번에는 디너파티에 초대한 것이었는데, 근처의 시골 지주들을 다수 초대해서 우리에게 소개해주었다. 아주 잘 차린 파티이긴 했지만, 파티 내내 어디서 그런 돈이 생겼는지 궁금해하지 않을 수 없었다. 나는 하그레이브 부인을 좋아하지 않는다. 무정하고 가식적이고 아주 세속적인 사람이기 때문이다. 본인이 잘 관리하고 아들에게도 그렇게 하도록 가르쳤으면 충분히 안락하게 살 돈을 가지고 있는데도, 그녀는 가난을 부끄러운 범죄처럼 생각하는 천박한 오만함 때문에 늘 무리해서 화려하게 꾸미고 다닌다. 그러면서 가족들을 괴롭히고, 하인들을 압박하고, 두 딸과 본인까지도 진정한 삶의 안락함을 누리지 못하게 만든다. 자기보다 세 배나 부유한 사람들보다도 더 멋지게 차려입어야 하고, 무엇보다도 소중한 아들이 "영국 최고의 신사들과 견주어도 빠지지 않을" 정도로 치장해야 하기 때문이다. 월터는 고급스러운 취향을 가지고 있고, 지나친 낭비벽이 있거나 구제 불능의 난봉꾼은 아니지만 "내 주변의 모든 것이 아름다워야 한다"라는 생각에 너무 많은 돈을 쓰곤 한다. 꼭 본인의 안목에 맞는 걸 사기 위해서라기보다는, 멋쟁이라는 평판을 유지하고, 막 나가는 클럽 친구들 사이에서 점잖은 사람으로 행세하기 위해 그러는 것이다. 그는 이기적인 사람이라서 본인이 멋 내느라 낭비하는 돈으로 자기 어머니나 동생들이 어떤 걸 누릴 수 있는지 생각해본 적도 없을 것이다. 가족들이 1년에 한 번 런던에 올 때 웬만큼만 차려입고 올 수 있다면, 그들이 집에서 얼마나 아끼고 고생하는지는 그의 안중에 없다. 밀리센트의 "소중하고 고결하고 마음이 너그러운 월터"에게 냉정한 평가지만, 안타깝게도 내가 볼 때는 정확한 사실이다.

하그레이브 부인이 어떻게든 딸들을 부잣집에 출가시키려고 하는 것은 어느 정도는 이런 행태의 원인이자 어느 정도는 결과이기도 했다. 일단 사람들의 이목을 끌고 딸들을 돋보이게 꾸며 사교계에 선보임으로써 그들이 더 부유한 결혼 상대를 찾을 확률을 높여주어야 했고, 형편에 맞지 않은 소비를 하고 아들에게 많은 돈을 써주느라 딸들 몫의 재산까지 써버리니 엄마가 딸들을 부양해야 하는 상황이 된 것이다. 가여운 밀리센트는 이미 이렇게 어리석은 어머니의 획책에 희생당했는데, 그 어머니는 본인이 부모의 역할을 아주 잘 완수했다고 자축하며 동생 에스터도 그런 식으로 결혼시키려고 마음먹었다. 하지만 아직 열네 살의 명랑한 아이인 에스터는, 언니와 마찬가지로 순수하고 순진하긴 하지만 자기주장이 뚜렷하기 때문에 어머니한테 그렇게 호락호락 넘어가지는 않을 것이다.

27장
큰 실수

 10월 9일. 신사들이 사냥을 하고 로버러 부인이 열심히 편지를 쓰는 동안, 나는 앞으로 다시는 기록할 일이 없기를 바라는 말과 행동들을 내 일기장에 적어보려 한다.
 4일 저녁, 티타임이 끝나고 얼마 후 애너벨라가 피아노를 치며 노래를 했고 아서는 평소처럼 그 옆에 서 있었다. 그런데 노래가 끝난 후에도 그녀는 피아노 앞에 그냥 앉아 있었고, 아서는 그녀의 의자에 기대서서는 얼굴을 그녀에게 바짝 들이댄 채 뭐라고 속삭였다. 나는 로버러 경을 건너다보았다. 그는 방 저쪽 끝에서 하그레이브 씨, 그림즈비 씨와 이야기를 나누다가 대단히 불편한 표정으로 부인과 아서를 휙 노려보았고, 그걸 본 그림즈비 씨가 빙긋 웃었다. 나는 아서와 애너벨라의 귓속말을 중단시키려고 악보대에서 악보를 한 장 들고 피아노 쪽으로 갔다. 부인에게 한 곡 더 연주해달라고 부탁할 셈이었다. 그런데 애너벨라가 아서에게 손을 내맡기고 빨개진 얼굴에 황홀한 미소를 띤 채 그의 부드러운 속삭임에 귀를 기울이고 있는 걸 보고는 그 자리에 딱 멈춰 섰다. 하지만 그게 끝이 아니었다. 그다음 순간 일어난 일을 보자 피가 가슴을 거쳐 머리로 치솟는 느낌이었다. 내가 다가가는 사이 아서는 어깨 너머로 다른 사람들을 다급하게 휙 돌아보더니 얼른 그녀의 손을 쳐들어 열렬히 입을 맞추었다. 고개를 든 그는 나와 시선이 마주치자 놀라고 당황한 표정으로 얼른 눈을 내리깔았다. 애너벨라도 나를 봤는데, '네까짓 게 어쩔 건데?' 하는 표정이었다. 나는 악보를 피아노에 내려놓고 자리를 떴다. 속이 울렁거렸지만 방에서 나가지는 않았다. 다행히 늦은 시간이라 얼마 안 가 손님들이 나가기 시작했다.

  나는 벽난로 쪽으로 가서 선반에 머리를 기댔다. 1~2분 후에 누군가 다가와 괜찮냐고 물었지만 대답하지 않았다. 사실 그때는 그 사람이 뭐라고 했는지 알아듣지도 못했는데, 기계적으로 고개를 쳐들어보니 하그레이브 씨가 내 옆 양탄자 위에 서 있었다.

  "와인 한 잔 갖다드릴까요?"

  "아뇨. 고맙습니다." 나는 돌아서서 주변을 둘러보았다. 로버러 부인은 의자에 앉아 있는 남편의 어깨에 손을 얹고 미소 띤 얼굴로 그를 마주 보며 뭐라고 이야기하고 있었고, 아서는 탁자에 앉아 판화집을 뒤적거리고 있었다. 나는 바로 옆에 있는 의자에 앉았고, 도와주려다 거절당한 하그레이브 씨는 눈치껏 물러났다. 이윽고 모임이 파하고 손님들이 각자 자기 방으로 올라가자 아서가 자신만만하게 미소 지으며 내게 다가왔다.

  "헬렌, 화 많이 났어?"

  "이건 농담할 일이 아니에요." 나는 최대한 차분하고 진지하게 대답했다. "내 사랑을 영원히 잃는 게 농담거리라고 생각하는 게 아니라면요."

"뭐라고? 그 정도로 화난 거야?" 아서가 내 손을 두 손으로 싸잡으며 웃음 띤 얼굴로 이렇게 물었다. 나는 발끈하며, 아니 거의 역겨워하며 손을 확 뺐다. 딱 봐도 술에 취한 상태였기 때문이다.

"그럼 내가 사죄를 해야지." 그는 내 앞에 무릎을 꿇고는 장난으로 사과하는 척 두 손을 맞잡아 높이 쳐들더니 호소하듯 말했다. "헬렌, 제발 날 용서해줘— 다시는 그런 짓 안 할게." 그는 손수건에 얼굴을 묻고 우는 척했다.

나는 아서를 내버려둔 채 양초를 들고 조용히 응접실을 빠져나와 최대한 빠르게 2층으로 올라갔다. 그런데 내가 나간 걸 알고 아서가 급히 쫓아오더니, 내가 방에 들어가서 문을 닫으려는 순간 나를 껴안았다.

"제발 그러지 마, 그렇게 도망치면 안 돼!" 그는 격분한 내 얼굴을 보고 놀라더니, 얼굴이 창백하다면서 건강에 안 좋으니 빨리 화를 풀라고 했다.

"그럼 빨리 놔줘요." 그러자 아서는 나를 바로 놔주었다. 너무 화가 나 있었기 때문에, 안 그랬으면 내가 어떻게 했을지 모르겠다. 나는 안락의자에 푹 주저앉아 마음을 가라앉히려 애썼다. 그와 차분히 이야기하고 싶었기 때문이다. 그는 옆에 서 있었지만 잠깐 동안은 섣불리 나를 만지거나 말을 꺼내지 못했다. 그러다가 더 가까이 다가오더니 한쪽 무릎을 꿇고 앉았다. 장난으로 사과하는 척하려는 게 아니라, 나를 보면서 이야기하려고 몸을 낮춘 것이다. 그는 한 손으로 의자 팔걸이를 잡고 낮은 소리로 이야기했다. "헬렌, 아까 그거 아무것도 아니었어. 생각할 필요도 없는 그냥 장난이었다고." 그러더니 좀 더 대담하게 말했다. "나 때문에 걱정할 일 전혀 없다는 거 아직도 모르겠어? 내가 당신만을 온전히, 온 마음으로 사랑한다는 걸?" 그러고는 은근한 미소를 지으며 말했다. "혹시 내가 다른 사람 생각을 하더라도 당신은 신경 쓸 필요도 없어. 그런 관심은 번개처럼 휙 왔다가 금방 사라지지만, 당신에 대한 내 사랑은 태양처럼 늘, 영원히 불타고 있으니까. 작고 가혹한 독재자님, 그거야말로—"

"아서, 잠깐 조용히 하고 내 말 좀 들어볼래요? 난 지금 질투 때문에 격분한 게 아니에요. 완전히 편안한 상태예요. 내 손을 잡아봐요." 그러고는 엄숙하게 손을 내밀었는데, 그 말이 무색할 정도로 그의 손을 세게 움켜쥐는 바람에 아서가 빙긋 웃었다. "웃지 마세요." 나는 그의 손을 여전히 움켜쥔 채로 그가 위축될 만큼 차분하게 노려보았다. "헌팅던 씨, 재미로 제 질투심을 불러일으켜도 괜찮다고 생각하는 것 같은데, 그렇게 했을 때 질투가 아니라 증오를 유발할 수도 있으니 조심하세요. 내 사랑을 한 번 꺼버리고 나면 다시 켜기는 쉽지 않을 거예요."

"알았어, 헬렌, 다시는 안 그럴게. 그런데 정말 별 뜻 없이 한 일이야. 와인을 너무 많이 마셔서 정신이 없었어."

"그렇게 과음할 때가 많잖아요. 그것도 너무 싫어요." 아서는 나의 격렬한 항의에 깜짝 놀란 표정이었다. "맞아요. 지금까지는 창피해서 말 못 했는데, 사실은 그것 때문에 너무 괴로웠어요. 당신이 그 습관을 버리지 못하고 계속 그렇게 점점 더 과음하면 너무 끔찍할 것 같아요. 제때 그만두지 않으면 그렇게 될 거고요. 하지만 당신이 로버러 부인에게 한 행동은 술과는 상관없죠. 오늘 밤 당신은 자기가 무슨 짓을 하는지 명확히 알고 있었어

요."

"미안해." 그는 뉘우침보다는 짜증이 더 섞인 어조로 대답했다. "그거 말고 또 무슨 말을 해줘야 해?"

"당신은 들킨 게 아쉽겠죠." 내가 차갑게 응수했다.

그러자 그이는 카펫을 내려다보며 중얼거렸다. "당신이 못 봤으면 아무것도 아닌 일이었어."

가슴이 터질 것 같았지만 나는 애써 감정을 억누르고 차분하게 대답했다.

"아무것도 아닌 일?"

"그럼." 아서가 뻔뻔하게 대답했다. "솔직히 내가 뭘 어쨌는데? 아무것도 아닌 일인데— 당신이 비난하고 괴로워하고 있는 거잖아."

"당신 친구 로버러 경이 이 모든 걸 알았다면 뭐라고 생각할까요? 그 사람이나 다른 남자가 당신이 애너벨라한테 한 행동을 나한테 똑같이 했으면 당신은 어떨 것 같아요?"

"그놈의 머리를 날려버리겠지."

"그런데도 그 일이 아무것도 아니라고요? 당신 스스로 다른 사람의 머리를 날려버릴 만한 잘못이라고 하면서요? 당신 친구가 재산보다도 더 소중히 여기는 아내의 애정을 빼앗아서 그분과 나의 감정을 갖고 노는 게 아무것도 아니라고요? 그분의 재산을 빼앗는 것보다 그게 더 나쁜 일 아닌가요? 결혼 서약이 장난인가요? 장난삼아 결혼 서약을 깨고, 다른 사람도 그러도록 유인하는 게 아무것도 아닐 수 있나요? 그런 짓을 저지르고는 그걸 아무것도 아니라고 주장하는 사람을 내가 사랑할 수 있을까요?"

그러자 아서는 발끈해서 벌떡 일어서더니 방 안을 왔다 갔다 했다. "결혼 서약은 당신이 깨고 있지. 나를 존중하고 내 뜻에 복종하겠다고 서약해놓고, 이제 와서 나한테 으름장을 놓고 나를 위협하고 비난하면서 강도보다 못한 사람이라고 하고 있잖아. 당신의 처지가 지금과 달랐다면 나 이렇게 호락호락하게 안 넘어가줬을 거야. 아무리 내 아내라도 여자한테 그렇게 휘둘리지 않을 거라고."

"그럼 어쩔 건데요? 내가 당신을 정말 미워하게 될 때까지 지금처럼 행동하다가 결국 내가 결혼 서약을 깼다고 비난할 셈이에요?"

그는 잠시 가만히 있더니 이렇게 대답했다. "당신은 절대 나를 미워하지 않을 거야." 그러고는 다시 아까처럼 한쪽 무릎을 굽히고 내 발치에 꿇어앉아 격렬한 어조로 소리쳤다. "내가 당신을 사랑하는 한 당신은 나를 미워할 수 없어."

"당신이 계속 이렇게 행동하는데 내가 어떻게 당신이 나를 사랑한다는 걸 믿을 수 있겠어요? 입장을 바꿔놓고 생각해봐요. 내가 그렇게 행동해도 당신은 내가 당신을 사랑한다고 생각할 거예요? 그런 상황에서도 내 말을 믿고, 나를 존중하고 신뢰할 거예요?"

"경우가 다르지. 정숙한 건 여자의 본성이야. 오직 한 사람만을 맹목적으로, 다정하게, 영원히 사랑하는 거지. 정말 소중한 존재들이야! 당신은 그중에서도 제일 소중한 사람이고. 그런데 헬렌, 남자들 입장도 좀 생각해줘야지. 왜냐하면, 셰익스피어 말마따나—

우리 남자들이 아무리 잘났다고 뻐겨도,
우리의 사랑은 여성의 사랑보다
더 가볍고 불안정하며
더 갈급하고 부침(浮沈)이 심하고, 더 빨리 시작됐다가 더 빨리
　끝나지.*"

"그 말은, 당신이 이제 나 말고 로버러 부인을 사랑한다는 뜻인가요?"
"아니! 하늘에 맹세코, 나는 당신에 비하면 그 여자는 먼지에 불과하다고 생각하고, 당신이 지나친 엄격함으로 나를 밀어내지 않는 한 앞으로도 그럴 거야. 그 여자는 대지의 딸이고 당신은 하늘의 천사야. 다만 천사의 기준으로 너무 엄격하게 판단하지 말고, 내가 그저 가엾고 실수도 잘하는 인간이라는 걸 기억해줘. 자, 헬렌, 이제 용서해주지 않을래?" 그는 부드럽게 내 손을 잡고 천진하게 미소 지으며 나를 쳐다봤다.
"용서해주면 또 그럴 거잖아요."
"맹세코―"
"맹세하지 말아요. 당신의 말도 맹세만큼 믿어줄 테니까. 당신의 말이든 맹세든 믿을 수 있다면 얼마나 좋을까요?"
"그럼 두고 봐, 헬렌. 이번 한 번만 믿고 용서해주면 앞으로 잘할게! 얼른, 용서해준다고 할 때까지 난 지옥의 고통에 시달리고 있을 테니까."
나는 말은 하지 않았지만 그의 어깨에 손을 얹고 이마에 입을

---

*　윌리엄 셰익스피어의 《십이야》 2막 4장 37~40행.

맞추고는 울음을 터뜨렸다. 그는 나를 부드럽게 껴안아주었고, 우리는 지금껏 화목하게 지내고 있다. 아서는 식사 때 술을 줄였으며 로버러 부인에게도 점잖게 처신하고 있다. 첫날은 손님에 대한 예의에 어긋나지 않는 범위 내에서 거리를 두었고, 이튿날부터는 적어도 내 앞에서는 친절하고 정중한 정도로만 처신하고 있다. 로버러 부인이 쌀쌀맞고 기분 나쁜 기색이고 그 남편이 전보다 눈에 띄게 명랑하고 아서에게 상냥하게 대하는 걸 보면 내가 없을 때도 그러는 것 같다. 그래도 그 사람들이 빨리 갔으면 좋겠다. 애너벨라가 싫은데 정중하게 대해야 하는 것도 힘들고, 여자가 우리 둘밖에 없어서 같이 시간을 보내는 일이 많기 때문이다. 하그레이브 부인이 와준다면 정말 한시름 놓을 것 같다. 손님들이 떠날 때까지 그분을 초대하자고 아서에게 이야기해보면 어떨까 싶다. 그렇게 해야겠다. 우리가 초대하면 그분은 친절한 배려라고 생각할 것이고, 나는 그분과 같이 있는 걸 그다지 좋아하지는 않지만 그래도 로버러 부인과 나 사이에 좋은 완충재가 되어줄 것 같다.

그 불쾌한 사건 이후 애너벨라와 처음 단둘이 있게 된 건 그다음 날, 아침 식사를 마치고 한두 시간 후였다. 남자들이 나간 후 우리는 평소처럼 편지도 쓰고 신문도 읽고 이런저런 이야기를 나누었다. 그러다가 2~3분 정도 침묵이 흘렀다. 그녀는 열심히 수를 놓고 나는 20분 전에 이미 훑어본 신문 기사를 다시 읽고 있었다. 나는 그 공백이 정말 어색했는데, 그녀에게는 훨씬 더 그럴 것 같았다. 그런데 그건 내 착각이었던 듯하다. 그녀가 먼저 입을 열더니, 너무도 당당한 어조로 이렇게 말했다.

"헬렌, 자기 남편 어제 기분 좋아 보이더라? 자주 그래?"

그야말로 피가 얼굴로 몰리는 느낌이었다. 하지만 아서가 단지 기분이 좋아서 그렇게 행동했다고 생각하는 것 같아 그나마 다행이었다.

"아뇨, 그리고 제 생각에 앞으로는 안 그럴 거예요."

"베갯머리 훈계 좀 했나 보네?"

"아뇨! 하지만 그런 행동이 싫다고 말했고, 그이도 다시는 안 그러겠다고 약속했어요."

"어쩐지 오늘 아침에는 좀 차분해 보이더라고. 그리고 헬렌, 너 울었지? 그게 우리 여자들의 제일 큰 무기지. 그런데 그렇게 울면 눈 아프지 않아? 울면 다 해결되나?"

"저는 어떤 목적을 달성하려고 울지 않아요. 그런 사람이 있을 것 같지도 않고요."

"글쎄, 그건 모르겠네. 난 그럴 일이 없었거든. 하지만 만약 로버러가 그런 짓을 하면 난 그를 울게 만들어줄 거야. 네가 화난 것도 이해가 가. 내 남편이 그보다 약한 죄를 지어도 나는 잊지 못할 벌을 줄 거거든. 그렇지만 그 사람이 그럴 일은 절대 없을 거야. 그쪽으로는 내가 철저히 관리하고 있으니까."

"다 당신 관리 덕분이라고 착각하는 거 아니에요? 제가 듣기로 로버러 경은 결혼 전에도 이미 지금만큼 금욕적인 생활로 유명했거든요."

"아, 술 문제는 그랬지. 맞아, 이제 과음 문제는 해결됐어. 그리고 내가 살아 있는 한 다른 여자한테 한눈파는 일도 없을 거야. 내가 서 있는 땅바닥까지도 숭배하는 사람이거든."

"그렇군요! 그런 사랑을 받을 자격이 있다고 생각하세요?"

"글쎄, 그거야 난 모르지. 인간은 다 나약한 존재잖아, 헬렌. 어떤 인간도 숭배받을 자격은 없어. 그런데 헬렌, 너는 헌팅던 씨가 네가 주는 사랑을 전부 받을 자격이 있는 사람이라고 생각해?"

대답하기 어려운 질문이었다. 열불이 났지만 나는 속으로 삭이고 입술을 깨문 채 수예 바구니를 정리했다.

그녀는 이때다 싶었는지 이렇게 말했다. "어쨌든 너는 그 사람이 주는 사랑을 다 받을 자격이 있다는 확신으로 마음을 달래면 되겠네."

"너무 좋게 봐주시네요. 하지만 최소한 그렇게 되려고 노력은 해야죠." 나는 그렇게 대답하고 화제를 돌렸다.

28장
모성애

12월 25일. 작년 크리스마스에 나는 신부였고, 약간의 불안감은 있었지만 당시 마음속에는 행복이 넘쳐흘렀으며, 미래에 대한 벅찬 희망으로 가슴이 부풀어 있었다. 지금 나는 한 남편의 아내이고, 그때의 행복은 파괴되지는 않았지만 좀 차분해졌으며, 희망은 사라지지는 않았지만 줄어들었다. 그때 느낀 불안감은 아직 완전히 실현되지는 않았으나 더 커진 상태다. 그리고 너무 감사하게도, 이제 나는 엄마가 되었다. 신께서는 구원의 길을 가르쳐야 할 한 영혼, 새롭고 더 평온한 행복, 그리고 나를 달래줄 더 큰 희망을 내게 주셨다.

1823년 12월 25일. 또 한 해가 지나갔다. 어린 아서는 잘 자라고 있다. 탄탄하진 않지만 건강하고, 순하지만 장난기 넘치고 명랑하며, 벌써 다정한 성격이 나타난다. 아직 말로 표현은 못 하지만 여러 감정에 민감하다. 아서는 드디어 아버지의 마음을 샀는데, 이제 나는 혹시라도 그이가 별생각 없이 하는 행동이 아들을 망쳐놓을까 봐 늘 걱정이다. 나 역시 조심해야 한다. 외동아들을 둔 부모에게 아이를 과잉보호하고 싶은 유혹이 얼마나 강한지 이제야 실감하고 있다.

(말 없는 이 일기장에 털어놓자면) 나는 남편에게서 위안받을 일이 별로 없기 때문에 아들에게서 위안을 얻어야 한다. 나는 아직 남편을 사랑하고 그이도 자기 나름의 방식으로 나를 사랑하지만, 그 사랑은 내가 줄 수 있었고 받기를 원했던 사랑과는 너무도 다르다! 우리 사이에는 진정한 공감이 거의 없다! 나의 생각과 감정은 대부분 내 마음속에 우울하게 갇혀 있고, 나의 더 고결하고 더 나은 자아는 실은 결혼하지 않은 채로 고독의 어두운 그늘 속에서 딱딱하고 시큼해지거나, 이 거친 땅에서 영양실조로 말라가다가 사라져버릴 것이다! 하지만 나는 불평할 자격이 없다. 그저 진실을, 적어도 진실의 일부분을 적어놓고, 나중에 더 어두운 진실들이 이 일기장의 페이지들을 얼룩지게 할지 지켜보려 한다. 우리가 결혼한 지 만 2년이 지났다. 우리 결혼의 '로맨스'가 약해졌을 만한 시간이다. 지금 나는 아서의 애정 전선에서 가장 낮은 위치까지 내려와 있고, 그의 성격에서 가장 안 좋은 부분들을 다 알게 된 상황이다. 만약 뭔가 변한다면 아마 더 나은 쪽으로 바뀌는 것일 테다. 서로 더욱더 익숙해지면서 말이다. 이보다 더 나빠지기는 쉽지 않을 테니까. 만약 그렇다 해도 나는 잘 버틸 수 있다. 적어도 그동안 버틴 만큼은.

아서는 흔히 말하는 나쁜 사람은 아니다. 좋은 면도 많다. 하지만 자제력이나 높은 꿈이 없고, 본능적인 욕망에 충실한 쾌락주의자다. 나쁜 남편은 아니다. 하지만 남편으로서의 의무나 위로에 대한 생각이 나와 다르다. 지금까지 아서가 해온 걸 보면, 그가 생각하는 아내는 남편을 헌신적으로 사랑하고, 늘 집에 있으면서 남편이 집에 오면 가능한 모든 방법으로 그를 즐겁고 편안하게 해주고, 남편이 없을 때는 집안 관리부터 모든 면에서 그의 이익을 도모하며, 그가 밖에서 무슨 일을 하고 다니든 상관없이 진득하게 기다리는 존재다.

이른 봄, 그는 런던에 갈 계획이라고 선언했다. 거기서 처리할 일이 있는데 더 이상 미룰 수 없는 상황이라는 것이다. 혼자 가야 해서 안타깝지만 돌아올 때까지 아들과 잘 지내고 있으라고 했다.

"그런데 왜 혼자 가야 해요? 저도 같이 갈 수 있어요. 금방 준비할 수 있어요."

"저렇게 어린 애를 런던에 데리고 간다고?"

"네, 왜 안 돼요?"

아서는 그건 말도 안 된다고 했다. 런던의 공기가 아이에게 안 맞을 거고, 아기를 돌볼 나도 힘들 거라고. 런던에서는 늦게까지 돌아다니고 생활 방식도 다르기 때문에 내 상황과는 맞지 않을 것이고, 같이 가는 건 전체적으로 너무 번거로우며, 건강에도 해롭고 위험하다는 이야기였다. 그가 혼자 가는 게 너무 걱정이 되어서 나는 온갖 이유를 대며 반론을 제기했다. 나 자신뿐 아니라 아들을 위해서라도, 어떤 희생을 치르든 그건 막아야 했다. 하지만 결국 아서는 분명하게, 그리고 약간 짜증스럽게, 나와 같이 갈 수는 없다고 말했다. 자기가 아기 때문에 여러 날 밤잠을 설쳤고, 너무 피곤해서 휴식이 필요하다는 것이다. 그래서 다른 집을 얻으면 어떠냐고 했더니, 그럴 수는 없다고 했다.

결국 내가 이렇게 말했다. "아서, 사실은 나랑 같이 있는 게 싫어서 절대 같이 안 가려는 거죠. 처음부터 그렇게 얘기하지 그랬어요."

아서는 그게 아니라고 했지만, 나는 곧바로 방을 나와 아기방으로 달려갔다. 마음을 달랠 수 없으면 숨기기라도 하고 싶었다.

너무 속이 상해서 혼자 런던에 가겠다는 그의 계획에 반대하는 이유를 더 이상 말하기도 싫었고, 그 이야기 자체를 입에 올리기 싫었다. 그래서 그저 그의 짐을 챙기고, 집을 비우는 동안 처리할 일들을 상의하면서 시간을 보냈다. 그가 떠나기 전날, 나는 건강 잘 챙기고 제발 유혹을 멀리하라고 당부했다. 그러자 아서는 웃으면서 걱정할 필요 없다고, 내 말 명심하겠다고 약속했다.

"돌아올 날짜를 물어봐도 소용없겠죠?" 내가 물었다.

"그렇지. 지금 상황이 이래서 언제 돌아올지 확실한 날짜는 알 수 없지만, 별로 오래 걸리지는 않을 거야."

"난 당신을 집에 잡아두고 싶지 않아요. 당신이 몇 달씩 집을 비워도—그렇게 오래 나 없이 행복할 수 있고, 별일 없다는 걸 알 수만 있다면—나는 불평하지 않을 거예요. 그렇지만 나는 당신이 런던에서 그 '친구들'과 어울릴 게 걱정돼요."

"하하, 바보 같은 소리! 내가 그렇게 스스로를 못 챙길 것 같아?"

나는 진지하게 당부했다. "지난번에는 그랬잖아요. 하지만 아서, 이번만은 당신이 그럴 수 있다는 걸 보여주세요. 그리고 내게 당신을 믿어도 된다는 걸 알려주세요."

아서는 그러겠다고 약속했지만, 어린아이를 달래는 듯한 어투였다. 그래서 그가 약속을 지켰냐고? 그러지 않았다. 그리고 정말 쓰라린 고백이지만, 이제부터 나는 절대 그의 말을 믿을 수 없을 것이다! 지금도 눈물을 흘리며 이 글을 쓰고 있다. 그는 3월 초에 런던에 갔다가 7월까지 돌아오지 않았다. 전과 달리 변명도 늘어놓지 않았고, 편지도 첫 몇 주 후부터는 전보다 더 짧고, 덜 상냥하고, 더 드물게 왔다. 편지 오는 간격도 점점 더 길어졌고, 올 때마다 그 전보다 더 간단하고 무신경해졌다. 그런데 내가 편지를 빠뜨리면 신경을 안 쓴다며 투덜댔고, 엄하고 냉담하게 쓰면 (사실 끝에는 자주 그랬다) 가혹하다고 하면서, 이러니까 집에 가기 싫은 거라고 했다. 내가 부드럽게 달래는 투로 쓰면 아서도 좀 더 상냥한 필치로 답장했고, 돌아오겠다고 약속했다. 하지만 결국 나는 아서가 뭐라고 약속하든 안 믿게 되었다.

29장
하그레이브 씨

지난 4개월은 극도의 불안, 절망, 분노, 아서와 나 자신에 대한 연민이 교차하는 참담한 시간이었다. 그렇지만 그 모든 고통 속에서도 위안이 없지는 않았다. 아무런 죄도 잘못도 없는 내 아기가 나를 위로해주었다. 하지만 '아서를 닮지 않게 막으면서도 아버지를 존경하게 하려면 어떻게 길러야 할까?' 하는 고민 때문에 이 위안조차도 퇴색되었다.

그렇지만 나 자신이 나서서 이 모든 고통을 자초했으니 묵묵히 견뎌내기로 결심했다. 그와 동시에, 다른 사람의 잘못 때문에 나 자신을 비참한 지경으로 몰아넣으면 안 되기에, 할 수 있는 한 삶의 좋은 요소들을 즐기기로 했다. 내게는 아들도 있고, 분명 내가 느끼는 슬픔을 알면서도 신중한 성격이라 그런 이야기는 일절 입에 올리지 않는 소중하고 충직한 레이철, 책과 연필, 처리해야 할 집안일도 있었으며, 아서의 가여운 소작인들과 일꾼들의 복지와 평안도 돌봐야 했다. 그리고 나는 가끔 내 어린 친구 에스터 하그레이브를 찾아가 즐거운 시간을 보내기도 했다. 주로 내가 에스터네로 갔지만, 한두 번은 에스터가 우리 집에 와서 종일 놀고 가기도 했다. 하그레이브 부인은 이번 시즌 런던에 가지 않았다. 시집보낼 딸이 없으니 집에 있으면서 돈을 아낀 것이었다. 그런데 놀랍게도 월터가 6월 초에 내려와서 8월 말까지 집에 있다 갔다.

  그를 처음 본 것은 어느 아름답고 포근한 저녁이었다. 나는 어린 아서를 데리고 레이철과 함께 정원을 거닐고 있었다. 내가 주로 집에 있고 꽤 활동적인 편이라 시중들 사람이 별로 필요하지 않아서, 레이철 혼자서 아서도 돌보고 나도 챙겨주는 상황이다. 그녀는 나를 키웠고, 이제 아서를 애지중지 키우고 있는데, 아주 충직하기 때문에 나는 다른 사람 쓸 것 없이 레이철이 어린 보조 유모 한 명과 함께 아서를 돌보게 하고 있다. 그러면 돈도 아낄 수 있다. 아서의 일을 맡아서 처리하다 보니 이것도 아주 중요한 요소다. 왜냐하면 내 재산에서 나오는 수입은 앞으로도 몇 년 동안은 거의 전부 아서의 빚을 갚는 데 쓰일 것이고, 그이가 런던에서 펑펑 쓰는 돈은 얼마인지 예측할 수도 없기 때문이다. 어쨌든 하그레이브 씨를 만난 이야기로 돌아가자면, 그때 나는 레이철과 함께 물가에 서 있었다. 레이철에게 안겨 있는 아서를 금빛 강아지풀로 간지럽히며 깔깔 웃는 걸 보고 있는데, 비싼 검은 사냥용 말을 탄 그가 나타나 잔디밭을 건너 내 쪽으로 오길래 깜짝 놀랐다. 그는 필시 오는 동안 생각해둔 듯한 아주 멋진 찬사를 섬세한 어휘로 내게 건네더니, 어딜 가는 길인데 마침 같은 방향이라 어머니 부탁으로 다음 날 가족 만찬에 참석해달라는 말을 전하러 왔다고 했다.

"저희 가족만 참석하는 만찬인데, 에스터가 부인을 많이 뵙고 싶어 합니다. 어머니도 부인이 이 큰 집에 혼자 계시니 더 자주 오시라고, 헌팅던 씨가 돌아오실 때까지 누추한 저희 집에 자주 오셔서 마음 편히 놀다 가라고 하십니다."

"정말 친절하시네요. 그런데 보시다시피 저 혼자 있는 게 아니라서요— 늘 바쁜 사람들은 외롭다는 말을 잘 안 하지요." 내가 대답했다.

"그럼 내일 안 오시는 건가요? 거절하시면 어머니가 많이 실망하실 텐데."

혼자 있으니 외롭겠다는 연민의 말이 듣기 싫었지만, 그래도 다음 날 가겠다고 했다.

"정말 달콤한 저녁이네요!" 그는 멋지게 굴곡진 지형과 조용히 흐르는 냇물, 여기저기 무리 지어 서 있는 거목들을 둘러보며 "정원이 정말 낙원 같아요!" 했다.

"네, 아름다운 저녁이네요." 나는 그렇게 대답했다. 그런데 정작 나는 오늘 저녁의 아름다움을 거의 느끼지 못했고 그라스데일이 얼마나 낙원 같은지 잘 모르겠다는 것, 아서는 이런 곳을 놔두고 런던에 가 있다는 것을 생각하니 한숨이 나왔다. 나의 이런 생각을 미루어 짐작했는지는 알 수 없지만, 하그레이브 씨가 좀 망설이는 것 같기도 하고 안타까워하는 것 같기도 한 진지한 어조와 태도로 최근에 헌팅던 씨에게서 연락받은 적이 있냐고 물었다.

"최근에는 없었어요." 내가 대답했다.

"그랬을 것 같았어요." 그는 생각에 잠긴 듯 땅바닥을 보며 혼잣말처럼 뇌까렸다.

"런던에서 오신 지 얼마 안 되지 않았나요?" 내가 물었다.
"바로 어제 왔어요."
"거기서 그 사람 만나셨나요?"
"네— 만났어요."
"건강은 괜찮던가요?"
"네, 그러니까—" 그러더니 더 조심스럽고, 끓어오르는 화를 억누르는 듯한 표정으로 말을 이었다. "본인의 행동거지를 감안하면 나름 건강하다고 할 수 있죠. 하지만 집에서는 이렇게 애틋하게 걱정하는데……." 그는 고개를 들더니 아주 정중하게 허리를 숙이며 이 문장을 강조했다. 내 얼굴은 완전히 빨개졌었던 것 같다.
"죄송합니다, 헌팅던 부인. 그 친구가 그 정도로 엉뚱한 것에 현혹되고 안목이 비뚤어진 걸 보면 화가 치밀어서요. 그런데 어쩌면 부인께서는 잘 모르실 수도—" 그는 말을 멈췄다.
"저는 그이가 런던에 생각보다 더 오래 있다는 것 말고는 아는 게 없어요. 그리고 만약 지금 아내보다 친구들과 더 있고 싶어 하고, 조용한 시골 생활보다 도시의 향락을 더 선호한다면, 그건 그 친구들 때문이라고 생각해요. 그분들은 아서와 비슷한 안목과 생활 습관을 갖고 있으니 그의 행실을 보고 분개하거나 놀랄 것 같지 않아요."
"저를 형편없는 사람으로 보시는군요. 저는 지난 몇 주 동안 헌팅던 씨를 거의 못 봤어요. 안목과 생활 습관도 그 친구와 전혀 다르고요. 저는 외로운 방랑자 같은 사람이니까요. 제가 맛이나 보고 몇 모금 홀짝거리기나 하는 것들을 그 친구는 바닥까지 완전히 들이마셔버려요. 제가 한순간이라도 광기와 바보짓으로 이성(理性)의 소리를 묻어버리고 무모하고 타락한 친구들과 어울리며 제 시간과 재능을 낭비했더라면, 하지만 그럼에도 헌팅던이 귀한 줄 모르고 내팽개치는 축복의 절반이라도 갖고 있거나, 헌팅던이 멸시하는 도덕성과 질서 정연한 일상으로 그를 이끌려고 부인이 기울이는 노력의 반이라도 제게 기울여주는 이가 있거나, 제게 헌팅던이 지닌 이런 가정과 그걸 공유하는 이런 배우자가 있다면, 저는 그런 친구들을 기꺼이, 완전히 그리고 영원히 버릴 겁니다! 이건 정말 말도 안 되는 상황이에요!" 그는 이를 악물고 이렇게 내뱉었다. 그러더니 큰 소리로 말했다. "그리고 부인, 제가 헌팅던이 지금 하고 있는 행동을 부추겼다고 생각하지 마세요. 저는 몇 번이고 그러지 말라고 말리고 그런 행동을 한다는 데 놀라움을 표하고 그의 의무와 특권을 잊지 말라고 당부했지만, 아무런 소용이 없었어요. 그럴 때마다 헌팅던은 그냥—"

"됐어요, 하그레이브 씨. 제 남편이 뭘 잘못했든, 그걸 낯선 사람에게서 들으면 제가 더 비참할 거라는 점을 고려해주세요."

"제가 낯선 사람이라는 말씀인가요?" 그가 서글픈 어조로 물었다. "가장 가까운 이웃이고 아드님의 대부(代父)이자 남편의 친구지만 부인의 친구는 아니라는 건가요?"

"가까운 지인으로 지냈어야 진짜 친구가 되죠. 하그레이브 씨, 저는 말로만 들었지, 당신에 대해 아는 게 거의 없어요."

"작년 가을에 댁에서 6~7주 지낸 걸 잊으셨어요? 저는 기억하고 있는데. 당신 남편이 세상에서 제일 운 좋은 사람이라고 생각할 만큼 부인에 대해 잘 알고요. 부인께서 저를 친구가 될 만한 사람이라고 생각해주신다면 저는 세상에서 두 번째로 운 좋은 사람이 될 겁니다."

"당신이 저를 더 잘 알았다면 그렇게 생각하지 않을 것이고, 그런 말도 안 할 거고, 그런 말을 듣고 제가 좋아할 거라는 생각도 안 할 거예요."

그렇게 말하면서 나는 한 발 물러섰다. 그는 내가 대화를 끝내고 싶어 한다는 걸 바로 느끼고 엄숙하게 절을 하더니 작별 인사를 하고는 말을 길 쪽으로 돌렸다. 딱한 처지에 공감해주는데 내가 너무 차갑게 반응하니 서럽고 상처받은 표정이었다. 지금 생각하면 그렇게 쌀쌀맞게 대하는 게 맞았나 싶은데, 그날은 그의 행동에 짜증도 났고, 거의 모욕당한 느낌이었다. 남편이 집에 없고 나를 돌보지 않는다고 감히 선을 넘고, 아서를 실제보다 더 나쁜 사람인 것처럼 매도하는 것 같았기 때문이다.

우리가 이야기하는 동안 레이철은 몇 미터 떨어져 있었는데, 하그레이브 씨가 그녀에게 다가가 아기를 보여달라고 했다. 아기를 조심스럽게 건네받은 그는 품에 안고 거의 아버지 같은 미소를 띤 채 보고 있다가 내가 다가가자 이렇게 말했다.

"그 친구는 이 아이까지 저버린 거예요!"

그러더니 아서에게 부드럽게 입을 맞추고는 흐뭇하게 지켜보고 있는 레이철에게 다시 넘겨주었다.

"아이들을 좋아하세요, 하그레이브 씨?" 마음이 좀 풀린 내가 이렇게 물었다.

"일반적으로는 아니에요." 그러더니 더 조용한 목소리로 이렇게 덧붙였다. "그런데 이 애는 너무 귀엽고, 엄마를 쏙 빼닮았어요."

"그렇지 않아요. 아버지를 닮았어요."

"유모, 내 말이 맞지 않아요?" 그가 레이철에게 물었다.

"양쪽을 섞어서 닮은 것 같아요." 그녀가 대답했다.

그가 떠나자 레이철이 정말 상냥한 분이라고 말했는데, 나는 여전히 의심이 남아 있었다.

그 후 6주 동안 그를 몇 번 더 봤는데, 한 번만 빼고는 늘 그의 어머니나 동생 또는 모녀 둘 다와 같이 만났다. 그들을 방문하면 매번 그가 집에 있었고, 그 둘이 우리 집에 올 때는 항상 그가 마차를 몰고 왔다. 하그레이브 부인은 아들이 그렇게 깍듯하게 굴고 전과 달리 가족 일에 관심을 가지니 무척 행복한 눈치였다.

내가 그와 단둘이 만난 건 화창하지만 무덥지는 않은 7월 초의 어느 날이었다. 나는 아서를 데리고 정원을 둘러싼 숲에 가서 푹신한 이끼로 덮인 고목 뿌리에 앉혔다. 그러고는 아들 앞에 앉아서, 가는 길에 꺾은 블루벨과 들장미를 한 송이씩 그 앙증맞은 손에 건네주고 있었다. 아이의 웃음 띤 눈을 통해 꽃들의 천국 같은 아름다움을 즐겼고, 적어도 그 순간은 기쁨에 찬 아이의 웃음소리에 같이 웃으며 모든 근심을 잊을 수 있었고, 아이가 즐거워하는 걸 보니 나도 즐거웠다. 그런데 갑자기 우리 앞의 햇살 밝은 잔디밭에 누군가의 그림자가 드리웠고, 위를 쳐다보니 월터 하그레이브가 서서 우리를 보고 있었다.

"실례합니다, 헌팅던 부인, 너무 아름다운 순간이라 불쑥 나타나 방해하기도 그랬지만, 그렇다고 이런 장면을 두고 그냥 떠날 수도 없었답니다. 제 대자(代子)가 정말 튼튼하게 잘 크고 있군요! 오늘 아침엔 아주 명랑하네요!" 그는 어린 아서에게 다가가더니 몸을 숙여 손을 잡았다. 그런데 아서가 반가워하지 않고 울상이 되자 가만히 물러섰다.

"헌팅던 부인, 아기가 부인께 정말 큰 기쁨과 위안을 줄 것 같네요!" 그는 흐뭇한 눈으로 아서를 건너다보며 어딘지 서글픈 어조로 이렇게 말했다.

"맞아요." 나는 그렇게 답한 후 하그레이브 부인과 에스터의 안부를 물었다.

그는 깍듯한 어조로 대답하더니, 실례가 될까 봐 조심하면서도 내가 피하고 싶은 주제를 다시 꺼냈다.

"최근에 헌팅던에게서 연락이 왔나요?"

"이번 주는 안 왔어요." 말은 그렇게 했지만, 실은 세 주일 동안 소식이 없었다.

"오늘 아침에 그 친구한테서 편지를 받았어요. 부인께 보여드릴 수 있는 내용이면 좋았을 텐데." 그는 내가 아직 좋아하는 아서의 필체로 봉투에 주소가 적힌 편지를 조끼 호주머니에서 반쯤 끄집어내어 쓱 노려보고는 다시 집어넣었다. 그러더니 이렇게 덧붙였다. "다음 주에 돌아온다고 썼더군요."

"저한테는 편지할 때마다 매번 그렇게 말해요."

"그렇군요. 흠, 아서답네요. 하지만 저한테는 항상 이번 달 말까지 있겠다고 했었거든요."

그 말을 들으니 정말 한 대 얻어맞은 느낌이었다. 미리 나를 속일 작정을 하고 있었고, 진실에 대해 아무 관심도 없는 사람이라는 뜻이니까.

"늘 그렇게 행동하잖아요." 하그레이브 씨는 나를 유심히 보더니, 내 얼굴에 나타난 감정을 다 읽은 듯 그렇게 말했다.

나는 잠시 후 이렇게 물었다. "그럼 다음 주에 정말 돌아오는 건가요?"

"아마 그럴 겁니다. 날짜를 아는 게 위안이 되신다면요. 그런데 헌팅던 부인, 그 친구가 돌아오는 걸 정말 기뻐하실 수 있어요?" 그가 내 얼굴을 곰곰이 살피며 이렇게 물었다.

"물론이죠, 하그레이브 씨, 제 남편이잖아요."

"오, 헌팅던, 자네가 그렇게 홀대하는 부인이 어떤 분인지 모르다니!" 그가 화난 어조로 혼잣말을 했다.

나는 아이를 안고 그에게 인사를 한 후, 방해받지 않고 혼자 조용히 생각을 좀 해보려고 집으로 돌아왔다.

그때 내가 정말 기쁘고 즐거웠나? 맞다, 즐거웠다. 아서의 행동에 화가 났고 무시당한 것 같았고 되갚아줄 생각이었지만, 그래도 다행이었다.

30장
가정불화

다음 날 아침, 하그레이브가 말했듯이 아서에게서 곧 돌아온다는 내용을 담은 짧은 편지가 왔다. 그리고 그는 실제로 그다음 주에 돌아왔는데, 몸과 마음이 전보다 많이 나빠진 상태였다. 하지만 그렇게 오래 집을 떠나 있었던 것에 대해 아무 말 없이 그냥 넘어가고 싶지 않았다. 그러면 안 될 것 같았다. 그런데 돌아온 첫날은 너무 지쳐 보이고 그이가 돌아온 것이 너무 기뻐서 그날은 그냥 넘기고 그다음 날 따지기로 했는데, 그다음 날 아침에도 아주 힘들어 보이기에 조금만 더 기다리기로 했다. 그런데 그이가 12시에 소다수 한 잔과 진한 커피로 아침을 먹고, 2시에 점심을 먹으며 소다수 탄 브랜디를 마시고는 상 위에 있는 모든 음식에 트집을 잡으며 요리사를 바꿔야 한다고 했을 때, 드디어 때가 왔다 싶었다.
"아서, 런던에 가기 전부터 있던 요리사잖아요. 그때는 요리 잘한다고 하더니."

"그렇다면 내가 없는 동안에 당신이 감독을 잘못한 거네. 이렇게 역겨운 음식은 독이나 마찬가지야!" 그러더니 짜증스럽게 접시를 휙 밀치고 절망적인 표정으로 의자에 등을 기댔다.

"내 생각에는 요리사가 아니라 당신이 변한 것 같은데요." 나는 그의 기분을 상하게 하고 싶지 않아서 아주 부드럽게 말했다.

"그럴 수도 있지." 그이가 물 탄 와인이 든 잔을 집어 들며 무심히 말했다. 그러더니 물잔을 던지며 이렇게 말했다. "온 세상의 바닷물로도 끌 수 없는 지옥 불이 내 혈관에 흐르고 있으니까!"

"그 지옥 불이 왜 생긴 거죠?" 그렇게 물으려는 순간 집사 벤슨이 들어와 상을 걷기 시작했다.

"벤슨, 빨리 해. 이 쓰레기들 얼른 치워버려! 그리고 치즈 내오지 마. 토할 것 같으니까!"

벤슨은 놀라서 치즈를 도로 내가고 최대한 조용하고 재빠르게 상을 마저 치웠다. 그런데 안타깝게도 아서가 급히 의자를 뒤로 물릴 때 접힌 카펫에 벤슨이 걸려 넘어지면서 쟁반에 받쳐 들고 가던 여러 개의 사기그릇에 쾅 부딪혔고, 큰 피해는 없었지만 소스 그릇이 떨어져 깨졌다. 그러자 아서가 노발대발하며 그쪽으로 돌아서더니 심한 욕설을 퍼부었다. 정말 창피하고 당황스러운 일이었다. 가여운 벤슨은 낯빛이 창백해져서는 덜덜 떨며 바닥에 널린 그릇 파편을 줍기 시작했다.

"아서, 벤슨 탓이 아니잖아요. 카펫에 발이 걸려서 그런 거고, 큰 피해도 없었어요. 벤슨, 그릇 조각에 너무 신경 쓰지 마세요, 이따 치워도 돼요."

겨우 풀려난 벤슨은 얼른 디저트를 내오고 물러갔다.

문이 닫히자 아서는 이렇게 소리쳤다. "헬렌, 내가 아니라 하인 편을 들다니 지금 대체 뭐 하는 거야? 나 심란한 거 안 보여?"
"당신이 심란한 줄 몰랐어요. 갑자기 폭발하니까 가여운 벤슨이 많이 놀라고 상처받았잖아요."
"가엾다고! 당신은 그놈의 망할 실수 때문에 내 신경이 이렇게 박살 났는데도 내가 그 무식한 촌놈의 기분을 헤아려줘야 한다고 생각하는 거야?"
"전에는 신경 때문에 힘들다고 한 적 없잖아요."
"당신만 신경이 있고 나는 없어야 하나?"
"아, 신경이 있는 게 문제라는 게 아니라, 나는 신경 때문에 힘든 적이 없으니까요."
"당신은 당신 신경을 거스르는 일을 하나도 안 하는데 왜 신경이 쓰이겠어?"
"그럼 아서 당신은 왜 스스로의 신경을 거스르는 일을 하는데요?"
"당신은 내가 집에서 아무것도 안 하고 여자처럼 나 자신만 돌보는 줄 아나?"
"그럼 밖에 나가 있을 때 남자답게 스스로 자기 몸을 챙길 수는 없나요? 챙길 수 있다고, 챙기겠다고 했잖아요. 그리고 약속하길—"
"그만, 그만, 헬렌, 그런 쓸데없는 소리 그만해. 도저히 못 참겠어."
"못 참겠다니, 뭘요? 당신이 지키지 않은 약속들을 상기시키는 것 말인가요?"
"헬렌, 당신은 너무 잔인해. 당신이 그런 말 할 때 내 심장이 얼마나 두근거리고 온몸의 신경이 얼마나 고통받는지 알면 안 그럴 텐데. 당신은 멍청한 하인이 접시를 깨도 안쓰러워하면서, 내가 두통으로 머리가 쪼개질 것 같고 이 지독한 열로 온몸이 타오르는 건 신경 안 쓰잖아."

그는 머리를 손에 기대며 한숨을 쉬었다. 가서 이마를 짚어보니 정말 펄펄 끓고 있었다.

"그럼 와인 그만 마시고 같이 응접실로 가요. 하루 종일 별로 먹은 것도 없이 저녁 식사 후에 술만 벌써 여러 잔 마셨잖아요. 그러니 몸이 나아질 리 없죠."

나는 어르고 달래서 그이를 식탁에서 일어나게 했고, 하녀가 어린 아서를 데리고 온 후에는 아기로 아버지 기분을 풀어주려고 했다. 그런데 이가 나는 시기라 아이가 칭얼거리자 그이는 즉시 데리고 나가라고 했다. 한참 아기를 데리고 놀다가 응접실로 돌아오자 아서는 남편보다 아들을 더 좋아한다고 투덜거렸다. 그이는 내가 나갈 때와 똑같은 자세로 소파에 늘어져 있었다.

"흠!" 상처받은 아서는 체념한 듯한 어조로 이렇게 말했다. "하녀를 시켜 부를까 하다가 얼마나 오래 나를 혼자 두나 보려고 내버려두었지."

"아서, 얼마나 됐다고 그래요? 내가 나가 있은 지 채 한 시간도 안 됐는걸요."

"아, 물론 당신에게는 한 시간이 아무것도 아니겠지. 아기랑 같이 있는 게 너무 즐거우니까. 그런데 나한테는—"

"즐겁지 않았어요. 가여운 아서가 요즘 상태가 영 안 좋거든요. 그래서 잠들 때까지 달래주다 왔어요."

"아, 확실히 당신은 나 말고는 모든 것에 사랑과 연민이 넘치지."

"내가 당신을 왜 연민해야 해요? 무슨 문제라도 있어요?"

"뭐라고! 그 누구보다 연민이 필요하지! 온갖 고난을 겪고 아프고 지친 상태로 집에 왔고, 그래서 적어도 아내인 당신은 나를 살뜰하고 상냥하게 돌봐줄 거라고 기대했는데, 당신은 아무렇지도 않게 무슨 문제라도 있냐고 묻네!"

"당신한테 문제가 있다면, 그건 모두 내가 그토록 간절히 부탁하고 호소했는데도 듣지 않아서 본인이 자초한 증상들이에요."

그러자 아서는 반쯤 일어나 앉으며 소리쳤다. "자, 헬렌, 당신이 지금 한마디만 더 하면 하인한테 와인 여섯 병을 들여오라고 해서 이 자리에서 다 마셔버릴 거야!"

나는 말없이 앉아 탁자 위의 책을 내 앞으로 끌어당겼다.

"다른 위안을 못 줄 거면 최소한 조용히 좀 있게 해줘!" 그러더니 그는 아까처럼 소파에 드러누워 한숨과 신음이 섞인 숨을 몰아쉬고는 한참 자려는 듯 힘없이 눈을 감았다.

내가 앞에 펼쳐놓은 책이 무슨 책이었는지 모르겠다. 쳐다보지도 않았기 때문이다. 나는 양쪽 팔꿈치를 탁자에 올려놓고 두 손을 눈앞에서 맞잡은 후에 소리 없이 울기 시작했다. 하지만 아서는 깨어 있었고, 내가 작은 소리로 흑 하고 울기 시작하자 고개를 들고 주변을 둘러보더니 짜증 섞인 목소리로 물었다. "헬렌, 왜 우는 거야? 지금은 또 뭐가 문제지?"

"당신이 걱정돼서 우는 거예요." 나는 얼른 눈물을 닦고 벌떡 일어섰다. 그러고는 아서 앞에 푹 꿇어앉아 그의 힘없는 손을 부여잡고 호소했다. "당신이 내 일부라는 걸 모르겠어요? 당신이 자신을 해하고 타락시키면 내가 그걸 못 느끼겠어요?"

"나 자신을 — 타락시킨다고? 헬렌?"
"맞아요, 타락! 그동안 런던에서 뭘 하고 있었던 거예요?"
"안 묻는 게 좋을 텐데." 아서가 희미하게 미소 지으며 말했다.
"당신도 말 안 하는 게 좋을걸요. 하지만 당신이 스스로를 참담할 정도로 타락시켰다는 건 부정하지 못할 거예요. 자신의 몸과 영혼을 처참하게 망치고, 나한테까지 상처를 줬어요. 난 이걸 절대 조용히 견딜 수 없고, 견디지 않을 거예요!"
"제발 손 좀 그만 누르고 나 좀 자극하지 마! 아, 해터즐리! 자네 말이 옳았어. 감정적으로 예민하고 성격도 특이한 이 여자 때문에 나는 망하고 말 거야. 자, 자, 그만 좀 누르라고."
"아서, 제발 회개해요!" 나는 그를 껴안고 그의 품에 얼굴을 묻으며 절박하게 호소했다. "그런 일을 저질러서 미안하다고 말해요!"
"그래, 알았어, 미안해."
"거짓말! 다시 해요!"
"이렇게 사납게 굴면 절대 사과 안 할 거야." 아서가 나를 밀어내며 대답했다. "너무 꽉 껴안아서 질식할 뻔했잖아." 그는 손으로 가슴을 눌렀다. 정말 놀라고 아픈 표정이었다.
"암호랑이 같으니라고. 당신 때문에 겪은 고통을 덜어주고 싶으면 얼른 와인 한 잔 갖고 와. 거의 기절할 지경이라고."
얼른 와인을 가져다주자 그는 눈에 띄게 상태가 좋아졌다.
나는 빈 와인 잔을 받아 들고 이렇게 말했다. "당신같이 젊고 강한 사람이 이렇게까지 약해지다니, 정말 기가 막히네요!"
"당신이 전모를 알면 이렇게 말할걸? '이렇게 잘 버티다니 정말 놀랍네요!' 지난 넉 달 동안 나는 당신이 지금까지 평생 겪었거나 또는 앞으로 죽을 때까지 겪을 것 못지않게 많은 걸 겪었어. 당신이 100년을 산다 해도 그렇게 많은 걸 경험하진 못할걸. 그러니 어떤 식으로든 그 값을 치러야겠지."

"조심하지 않으면 당신이 생각한 것보다 더 큰 대가를 치르게 될 거예요. 몸도 상하고, 당신이 귀하다고 생각하는지는 모르겠지만, 내 사랑도 잃게 될 테니까요."

"뭐라고? 지금 당신의 사랑을 잃을 수 있다고 또 협박하는 거야? 그렇게 쉽게 무너지는 거면 처음부터 별로 진정한 사랑은 아니었나 보네. 귀여운 독재자님, 조심하지 않으면 나는 당신을 선택한 걸 진심으로 후회하고 고분고분한 부인을 얻은 내 친구 해터즐리를 부러워하게 될 거야. 정말 여성스러운 여자거든. 그 친구는 사교 시즌 내내 부인과 런던에 살고 있는데, 아무 문제 없이 지내고 있다고. 여느 총각과 똑같이 자유롭게 인생을 즐기는데 그 여자는 불평 한마디 없대. 밤이든 낮이든 편할 때 집에 들어가고 필요하면 아예 외박을 해도, 퉁명스럽든 제정신이든 술에 취해 있든, 자기 맘에 내키는 대로 바보나 광인처럼 굴어도 부인의 잔소리를 걱정할 필요가 없다더군. 그 친구가 뭘 하든 부인은 거기에 대해 그를 탓하지도 않고 불평하지도 않는대. 그래서 영국을 다 뒤져도 자기 부인 같은 보석은 없다고, 왕국을 준다고 해도 그녀와 안 바꾼다고 맹세한다더라고."

"그런 남편 때문에 그 부인은 지옥 같은 삶을 살고 있어요."

"그 친구 탓이 아니야! 그 부인은 모든 걸 남편의 뜻대로 하고, 본인의 의지가 없기 때문에 남편만 행복하면 본인도 늘 흡족하고 행복하거든."

"그렇다면 그 부인도 해터즐리 씨와 똑같이 어리석은 것일 텐데, 실은 그렇지 않거든요. 그녀가 보내온 편지 몇 통을 보면 자기 남편의 행동에 대해 땅이 꺼지게 걱정하면서, 아서 당신이 그런 짓들을 하도록 부추기고 있다고 썼더라고요. 그중 한 통에서 그녀는 제발 내 영향력을 발휘해서 당신을 집에 돌아가게 해달라고 썼어요. 당신을 만나기 전에는 남편이 그런 행동을 한 적이 없고, 당신이 런던을 떠나고 남편이 자기 의지대로 행동할 수 있게 되면 바로 그런 행동을 안 할 거라고도 했고요."

"못된 배신자 같으니라고! 그 편지 줘봐. 해터즐리에게 보여줘야겠어."

"안 돼요. 그녀의 허락 없이는 못 보여줘요. 그리고 그 사람이 그 편지, 아니 부인이 쓴 어떤 편지를 보더라도 화낼 일은 없을 거예요. 남편을 비난하는 말은 한마디도 없고, 그냥 그 사람을 걱정하는 내용뿐이거든요. 그녀는 남편의 행동을 아주 완곡하게 표현하면서, 생각할 수 있는 온갖 핑계를 대며 그의 행동을 변호하고 있어요. 본인의 고통에 대해서는 구체적으로 묘사하지는 않지만, 편지를 읽다 보면 느낄 수 있어요."

"하지만 나를 비난했겠지 ─ 틀림없이 당신 얘기를 듣고 그랬을 거고."

"아니에요. 나는 그녀가 당신에 대한 내 영향력을 과대평가한다고 말했고, 할 수만 있다면 당신을 빨리 귀향시키고 싶지만 그건 어려울 거라고, 그리고 당신이 해터즐리나 다른 친구들을 타락시켰다는 건 말도 안 되는 소리라고 그렇게 말했어요. 나도 처음에는 그녀와 같은 생각이었지만, 그동안 지켜보니 당신들은 서로를 타락시켰더라고요. 그녀가 좀 부드럽고 진지하게 남편을 설득해보면 조금은 도움이 될 수도 있을 텐데. 그는 당신보다 더 거칠긴 해도 부인 말은 더 잘 듣는 것 같던데요."

"그게 바로 당신들 둘이 모의하는 방식이군. 서로 반란을 부추기면서 서로의 남편을 비난하고, 각자의 남편에 대해 안 좋은 얘기를 하면서 서로 위안을 주고, 그런 식이네."

"당신 스스로 내 사악한 조언은 그녀에게 별 소용 없었댔잖아요. 우리가 남편에 대한 비난과 비방을 쏟아낸다고 했죠? 우린 실은 남편들의 실수와 잘못이 너무 부끄러워서 편지에서 그런 문제를 거론하지도 못해요. 그녀와 나는 친구지만, 남편들의 결점은 각자만 알고 있고 입 밖에 내지 않아요. 사실은 가능하면 우리 자신에게도 숨기려 하죠. 남편들의 문제를 알아도 우리가 고칠 길이 없으니까요."

"그래, 그래. 나한테 그런 얘기 해봤자 좋을 거 없으니까 그만해. 내가 쇠약하고 짜증을 좀 잘 내도 조금만 참아줘. 내 혈관에서 이 빌어먹을 열을 다 내보내고 나면 전처럼 밝고 상냥해질 거야. 왜 지난번처럼 부드럽고 착하게 대해주지 않는 거야? 그 때 아주 고마웠는데."

"고맙게 느꼈으면 뭐 해요? 아무 소용 없었는데. 나는 당신이 잘못한 게 창피해서 다시는 안 그럴 줄 알았어요. 이제 아무런 희망도 품을 수가 없네요!"

"내 상황이 그렇게 안 좋은 거지? 당신의 그 걱정이 어떻게든 나를 회개시키려는 당신의 수고와 고민을 내가 피하게 해주고, 당신이 그런 노력과 수고를 안 하게 해주고, 당신의 귀여운 얼굴과 고운 목소리가 그것 때문에 망가지지만 않는다면 정말 다행일 텐데. 헬렌, 심하게 화를 내는 건 어떤 때는 아주 좋은 일이고, 눈물을 펑펑 쏟는 것도 상대방의 마음을 자극하지만, 너무 자주 그러면 얼굴도 미워지고 주변 사람들이 피곤해져."

  그날부터 나는 가급적이면 눈물과 화를 꾹 참았다. 내가 아무리 잔소리를 하고 좋은 길로 인도하려 해도 아무 소용이 없다는 걸 깨달았기 때문이다. 하느님께서는 방종한 생활에 빠져 나태하고 흐리멍덩해진 아서를 깨워주시고 관능에 눈먼 그의 눈을 뜨게 해주실 수 있겠지만, 나는 그럴 능력이 없었다. 그이가 힘없는 하인들을 함부로 대하고 그들에게 짜증을 낼 때면 내가 화를 내며 막아주었으나, 대개는 나한테만 그런 태도를 보였기 때문에 그런 때는 차분하게 견뎠다. 그렇지만 그이가 같은 잘못을 여러 번 되풀이하거나 전에 저지른 적 없는 과오를 범해서 너무 화가 치밀면 참으려 해도 어쩔 수 없이 폭발했고, 그이로부터 사납다느니 잔인하다느니 참을성이 없다느니 하는 말을 들었다. 나는 그를 보살피고 즐겁게 해주려 애썼지만, 전처럼 헌신과 사랑으로 그러지는 못했다. 더 이상 그 감정들을 느낄 수 없었기 때문이다. 게다가 나의 시간과 정성이 필요한 또 다른 대상이 있었으니, 바로 병약한 우리 아기였다. 그 때문에 지나치게 까다로운 남편으로부터 걸핏하면 비난을 받고 불평을 들어도 어쩔 수 없었다.

  아서가 태생적으로 성마르고 신경질적인 사람은 아니었다. 아니, 그와 정반대였다. 그래서 이렇게 갑자기 짜증을 내고 신경질을 부리면 그의 본성과 너무 상반되는 일이라 어처구니없게 느껴질 때도 있었다. 본인은 상대방의 화를 돋우기보다는 웃기려고 하는 행동인데, 몸이 안 좋을 때 나타나는 아주 고통스러운 감정들이 섞여 있었기 때문에 결과는 최악이었다. 어쨌든 내가 정성껏 구완한 결과 예상보다 훨씬 더 빨리 몸이 나아지자 그이의 정서적 상태도 점차 좋아졌다. 그렇게 정성을 들인 것은 내가 아직은 포기하지 않고 그를 위해 꾸준히 밀고 나가는 한 가지가 있었기 때문이다. 예상했던 대로 술을 마시려는 아서의 욕망은 점점 커졌다. 이제 그이에게 술은 사람들과 모임이 있을 때 분위기를 띄워주는 존재 이상, 즉 그 자체로 중요한 즐거움의 원천이었다. 나약하고 우울한 이 시기에 아서는 술을 약이자 응원군, 위안, 오락, 친구로 삼으려고 할 것이고, 그러면 본인이 빠져든 나락으로 점점 더 깊이, 영원히 가라앉을 것이다. 하지만 나는 남편의 마음속에 내 영향력이 남아 있는 한, 어떻게든 이것만은 막아보기로 결심했다. 그래서 비록 건강에 해롭지 않은 정도로만 마시게 만들지는 못했지만, 그래도 친절하고 단호하게, 꾸준히 경계하고 달래고 대담하게 시도하며, 굳은 결의로 끊임없이 노력함으로써, 너무도 끊기 힘들고, 너무도 이겨내기 어려우며, 너무도 끔찍한 결과로 이어지는 이 혐오스러운 습관에 완전히 종속되지는 않도록 그이를 지킬 수 있었다.

그리고 그 과정에서 하그레이브 씨의 도움을 적잖이 받았다는 사실을 꼭 기억해야 한다. 그 무렵 그는 그라스데일에 자주 놀러 왔고, 식사도 종종 같이했다. 그럴 때 걱정했던 것이, 아서가 경솔하고 무례하게 '진탕 마셔보자' 하며 친구를 유인하고 그 사람도 거기 동조해서, 내가 몇 주 동안 들인 공이 그야말로 하루이틀 만에 다 수포로 돌아가고, 내가 그토록 어렵고 힘들게 쌓아 올린 허술한 방벽이 맥없이 무너질 수 있다는 거였다. 처음에는 그렇게 될까 봐 너무 걱정이 되어서, 아서가 과음할까 우려가 되니 술을 권하지 말아달라고 좀 무렴하지만 그에게 몰래 부탁을 했다. 하그레이브 씨는 이런 신뢰의 표시에 기뻐하면서 그 부탁을 들어주었다. 그날도, 그리고 그 이후로도 그 사람은 남편에게 술을 권하지 않았고 오히려 그가 과음하지 않도록 막아주었다. 그는 매번 적당한 시간에 아서를 식당에서 응접실로 이끌었고, "자네가 부인께 가는 걸 더 이상 막고 있으면 안 되겠지?"라든가 "헌팅던 부인이 혼자 계시다는 거 잊지 말자고" 같은 말이 안 통하면 본인이 먼저 식탁에서 일어나 내가 있는 응접실로 왔다. 그러면 아서는 아무리 싫어도 하는 수 없이 손님을 따라 일어서야 했다.

그때부터 나는 하그레이브 씨를 우리 가족의 진정한 친구이자, 아서를 즐겁게 해주고 그가 완전한 나태와 (나를 빼면 아무도 없는) 완전한 고립에 빠지지 않도록 그를 지켜주는 무해한 벗, 그리고 내게는 유용한 협력자로 생각하게 되었다. 그런 상황에서 나는 그에게 고맙다고 느낄 수밖에 없었고, 그래서 그럴 계제가 오자마자 사례를 했다. 그런데 그 순간 뭔가 심상치 않다는 느낌이 들면서 내 얼굴이 달아올랐고, 그는 진지한 눈빛으로 그런 나를 응시했는데, 그러자 내 얼굴은 더 붉어졌다. 그런데 그의 태도가 더 우려스러웠다. 나를 도울 수 있다는 건 너무 좋지만 내 상황이 안타깝고 자기 자신이 불쌍해서 그 기쁨이 반감된다는 식이었다. 본인이 왜 불쌍한지 나는 묻지 않았고, 그가 왜 슬퍼하는지 거기 서서 들어줄 수도 없어서 고맙다는 말만 하고 바로 와버렸기에 그 이유는 알 수 없었다. 어쨌든 한숨과 억눌린 번뇌로 가득한 그의 표정을 보니 어떤 강렬한 감정에 사로잡혀 있는 것 같았다. 하지만 그는 그 속내를 숨기려고 노력하거나, 내가 아닌 다른 사람한테 털어놓았어야 했다. 우리 둘 사이에는 이미 비밀이 충분히 많았다. 남편의 친구와 나 사이에 남편이 모르는, 남편에 대한 내밀한 공감이 있으면 안 될 것 같았다. 그런데 좀 더 생각해보니, '만약 이게 옳지 않은 일이라면 이건 내가 아니라 아서의 탓이야'라는 생각이 들었다.

　사실 내가 그날 얼굴을 붉힌 게 나 때문인지 아서 때문인지 잘 모르겠다. 나와 남편은 하나고, 나는 나 자신과 남편을 동일시해서, 그의 타락과 결점, 잘못을 나 자신의 것으로 느끼기 때문이다. 흡사 내가 그 사람인 듯, 나는 아서 때문에 얼굴을 붉히고 걱정하고 회개하고 눈물을 흘리고 기도하고 슬퍼한다. 그러나 아서 대신 행동할 수는 없기 때문에, 나는 스스로의 눈에도 그리고 실제로도 분명 이 결혼으로 인해 저급해지고 더럽혀진 상태일 것이다. 어떤 일이 있어도 그를 사랑하고 그의 잘못을 정당화하려다 보니 나는 끊임없이 아서의 잘못들에 대해 생각하고 그의 형편없는 윤리의식과 최악의 행동들을 감싸주려 애쓰게 되었고, 결국 나 스스로 그의 죄악에 익숙해지고 그와 일종의 공범이 되는 지경에 이른 것이다. 전에는 충격적이고 혐오스럽던 일들이 이제 아무렇지도 않게 느껴진다. 그런 일들이 이성과 성경 말씀에 어긋난다는 걸 알지만, 내가 태생적으로 가지고 있었거나 이모의 가르침과 모범을 통해 배운 본능적인 공포와 혐오감이 점차 약해지고 있는 것이다. 전에는 내가 모든 것을 너무 가혹하게 판단한 것 같기도 하다. 죄뿐 아니라 죄인도 혐오했기 때문이다. 지금은 더 너그럽고 사려 깊어졌다고 생각하지만, 어쩌면 너무 무심하고 무신경해진 건 아닐까? 결혼 전, 아서와 나 자신을 구원할 수 있는 힘과 순수함을 가지고 있다고 생각한 내가 얼마나 바보였는지! 감히 그렇게 건방진 생각을 했으니 그이를 구해내려고 한 나락에 같이 빠져 죽어도 싸다! 하지만 주님, 저를 그 나락에 빠지지 않게 하시고, 아서도 구해주소서. 그래요, 가여운 아서, 나는 아직도 당신을 위해 희망을 가지고 기도하고 있어요. 이 일기에는 당신을 희망도 유예의 여지도 없는, 마치 신의 버림을 받은 악마 같은 존재인 듯 쓰고 있지만, 그건 당신이 잘못될까 봐 너무 걱정이 되고 당신을 구하고 싶은 마음이 너무 커서 그래요. 당신을 덜 사랑했더라면 이보다는 덜 비통하고 덜 한스러울 텐데.

요즘 아서는 '나무랄 데 없이' 처신하고 있다. 하지만 그의 성정은 여전하다는 걸 나는 알고, 그래서 머잖아 봄이 오면 어떤 일이 벌어질지 너무 두렵다.

약해졌던 아서는 평소의 건강 상태와 기력을 어느 정도 되찾자 시골에서 별일 없이 지내는 일상을 다시 따분해하는 것 같았다. 그래서 남편이 기분 전환도 하고 건강도 더 회복할 수 있도록, 그리고 우리 아들에게도 도움이 되도록 바닷가에서 좀 지내다 오자고 제안했다. 하지만 아서는 온천지는 못 견디게 심심해서 싫다고 하더니, 친구들이 스코틀랜드에서 한두 달 정도 들꿩과 사슴 사냥을 하자고 초대해서 어차피 거기 가기로 약속했다고 했다.

"아서, 그럼 또 나를 두고 가는 거잖아요?" 내가 말했다.

"맞아, 여보, 하지만 돌아오면 더 많이 아껴주고 전에 내가 잘못한 것들 다 만회할게. 이번에는 걱정 안 해도 돼. 산에는 타락할 여지가 전혀 없거든. 원하면 나 없는 동안 스태닝글리에 다녀와도 좋고. 이모님이랑 이모부님이 오래전부터 우리더러 오라고 하셨잖아. 그런데 왠지 모르게 이모님이 나와 너무 안 맞아서 도저히 갈 용기가 안 났거든."

스태닝글리에 가면 이모가 나의 결혼 생활에 대해 이런저런 질문을 던지고 평가하실 테니 좀 부담스럽긴 했지만, 그래도 이번 기회를 놓치고 싶지 않았다. 내 결혼 생활에 관해서는 좋은 이야기를 할 게 별로 없어서 그동안 이모한테 보내는 편지에는 그 이야기를 거의 하지 않았다.
  8월 셋째 주에 아서는 스코틀랜드로 떠났고, 다행히 하그레이브 씨도 같이 갔다. 며칠 후 나도 레이철과 함께 어린 아서를 데리고 그리운 스태닝글리로 떠났다. 나는 구분하기 힘들 만큼 희비가 긴밀하게 뒤섞인 심정으로 고향과 고향 친구들을 다시 마주했고, 고향의 낯익은 장면, 목소리, 얼굴들이 일깨운 눈물과 미소, 한숨이 희(喜)와 비(悲) 둘 중 어느 것 때문이었는지 구별해보려 했지만 쉽지 않았다. 이모와 이모부를 약 2년 만에 다시 만나는 거였는데, 그사이 내가 너무 많이 변했기 때문에 그보다 훨씬, 훨씬 더 오랜만에 뵙는 것처럼 느껴졌다. 그동안 정말 많은 것을 보고 느끼고 알게 되었으니까! 이모부 역시 눈에 띄게 나이 들고 병약해지셨고, 이모도 전보다 더 우울하고 엄중해 보이셨다. 이모는 내가 아서와 경솔하게 결혼한 걸 후회한다고 생각하시는 것 같았다. 걱정했던 것과 달리 그 이야기를 대놓고 하지는 않으셨고, 당신이 하신 경고를 무시한 것에 대해 그거 봐라, 내가 뭐랬니 하는 식으로 말씀하시지도 않았다. 그러나 이모는 나를 지나치게 철저히 관찰하셨고, 내 명랑함은 믿지 않으면서 요만큼이라도 내가 슬퍼하거나 심각한 생각에 빠졌음을 암시하는 징후가 있으면 전부 주의 깊게 살펴보셨으며, 내가 별 뜻 없이 한 말들에서도 이모 나름대로 숨은 의미를 유추해내셨다. 그런데 내가 아서의 좋은 점이라든지, 우리 부부 사이의 애정이라든지, 내가 감사해하고 스스로 자족하는 여러 사실을 아무리 강조해서 말씀드려도 이모는 그런 말들은 차갑고 차분하게 듣고는 속으로 나름의 결론을 내리셨다. 물론 내가 내 처지의 좋은 측면들을 너무 강조하긴 했지만, 이모는 수시로 방법을 달리해가며 그러지 않았으면 내가 말하지 않았을 여러 사실을 털어놓게 하셨고, 그렇게 알게 된 내용들을 토대로 내 남편의 잘못이나 내가 겪는 고통을 유추해내셨는데, 내가 볼 때 이모는 내 상황을 실제보다 훨씬 더 안 좋게 생각하셨던 것 같다. 내가 내 처지에 만족하는 듯 보이려고 그토록 열심히 애쓴 것은 자존심 때문이었을까, 아니면 그저 내가 자초한 짐을 스스로 감당하고, 그토록 간절히 막아주고 싶어 하셨던 슬픔으로부터 내 가장 소중한 친구인 이모를 철저히 보호해드리겠다는 온당한 각오 때문이었을까? 둘 다겠지만, 그래도 후자 쪽이 훨씬 더 중요했을 것 같다.

나는 예정한 날보다 훨씬 더 오래 있지는 않았다. 이모가 매 순간 너무 집요하게 지켜보고 내 말을 안 믿어주시는 것이 답답하게 느껴졌고, 이모의 말 없는 질책도 당신은 상상도 못 하실 정도로 부담스러웠기 때문이다. 게다가 이모부는 어린 아서가 잘되기를 바라긴 하셨지만 아이를 성가셔하셨고, 이모는 아서에게 진심으로 애정을 쏟고 잘해주려고 온갖 정성을 기울이셨지만 아이로 인해 큰 기쁨을 느끼지는 못하시는 눈치였다.

사랑하는 이모! 이모는 저를 아기 때부터 그토록 애지중지 돌보고 어릴 때와 청소년기에 그토록 세심하게 이끌고 가르치셨는데, 저는 당신의 바람을 저버리고, 뜻을 거스르고, 경고와 충고를 무시하고, 당신이 해결해주실 수 없는 고난을 자초하여 이모의 말년을 애타는 걱정과 슬픔으로 어둡게 만들고 말았네요.

이런 생각을 하니 가슴이 찢어지는 것 같아서, 나는 지금 행복하고 내 처지에 만족한다고 여러 번, 반복적으로 이모를 달랬다. 하지만 돌아오는 날, 내가 마차에 오르기 전에 이모는 나를 안아주고 내 품에 안겨 있는 아서에게 입 맞추면서 이렇게 말씀하셨다.

"헬렌, 아들 잘 키우렴. 앞으로 좋은 날이 올 거야. 어린 아서가 지금 너에게 얼마나 큰 위로가 되고 소중한 존재일지 상상이 가. 하지만 지금 네 마음을 달래려고 아들을 지나치게 오냐오냐하면 나중에 크게 후회하게 될 거야."

아서는 내가 그라스데일에 돌아오고 몇 주 후에야 집에 왔다. 그래도 이번에는 별로 걱정이 안 됐다. 남편이 스코틀랜드의 거친 산골에서 몸을 쓰는 운동을 하고 있다고 생각하는 것은 런던의 온갖 타락과 유혹에 빠져 있다고 생각하는 것과는 전혀 다른 느낌을 주었다. 거기서 보내는 편지 역시 길지도 다정하지도 않았지만, 그 어느 때보다 더 규칙적이었다. 실제로 그이가 돌아왔을 때도 전보다 더 명랑하고 활력이 넘치는 데다 모든 면에서 좋아져서 정말 기뻤고, 아직까지 별문제 없이 지내고 있다. 여전히 먹고 마시는 걸 너무 좋아해서 내가 늘 지켜보고 말리는 중이지만, 그는 아들에게 관심이 생겨서 집 안에 있을 때는 점점 더 많은 시간을 아이와 즐겁게 보내고 있고, 서리가 안 내려서 땅이 얼지 않으면 밖에 나가서 사냥개와 함께 여우 사냥을 즐긴다. 그러니까 나 말고도 재미난 일이 생긴 것이다. 그런데 이제 1월이고, 다시 말하지만 나는 봄이 오는 게 두렵다. 한때는 즐겁게 고대하던 희망과 기쁨의 시간이었는데, 이제 전혀 다른 느낌으로 그 시간을 기다리고 있다.

31장
사회적 관례

1824년 3월 20일. 두려워했던 시간이 왔고, 예상했던 대로 아서는 런던으로 떠났다. 그는 이번에는 거기서 며칠 지내다가 유럽으로 건너가서 몇 주 있을 거라고 했다. 하지만 그이는 꽤 여러 주가 지나야 돌아올 것이다. 그에게 하루는 한 주일이고, 한 주는 한 달이라는 걸 이제 안다.

원래 나도 그이와 같이 가기로 되어 있었는데, 출발 예정일 얼마 전에 마치 큰 희생이라도 하듯 나 혼자 아버지와 오빠를 보러 다녀와도 좋다고 허락해주었다. 아니, 그러도록 강권했다. 가여운 우리 아버지는 많이 편찮으셨고, 오빠는 아버지의 병환과 그 원인 때문에 아주 침울한 상태였다. 오빠는 내 아들 세례식 때 하그레이브 씨, 우리 이모와 함께 참석했었는데, 그 이후로 볼 기회가 없었다. 남편이 나 혼자 다녀오게 배려해준 게 고마워서 얼른 돌아왔는데, 그라스데일에 도착해보니 그이는 이미 떠난 뒤였다.

그렇게 서둘러 떠난 이유를 설명하는 메모를 남겼는데, 급히 런던에 가야 할 일이 생겨서 내가 돌아올 때까지 기다릴 여유가 없고, 금방 돌아올 예정이라 굳이 따라올 필요 없다는 내용이었다. 또, 자기 혼자 다녀오면 드는 비용이 절반도 안 되니, 이번에 가서 본인이 급한 일을 처리해두고 내 런던행은 내년으로 미루는 게 좋겠다는 것이었다.

이게 사실일까? 아니면 이 모든 게 말리는 나 없이 즐겁게 놀다 오기 위한 핑계일까? 알 수가 없었다. 사랑하는 사람의 말을 믿을 수 없다는 건 정말 괴로운 일이다. 하지만 그이가 나를 속이고 원칙을 완전히 무시했다는 증거가 너무 많으니, 그렇게 황당한 이야기를 어떻게 믿을 수 있겠는가?

한 가지 위로가 되는 것은, 즐기는 능력을 다 잃으면 안 되니 런던이나 파리에 또 가게 되면 그때는 좀 자제하겠다는 그이의 말이었다. 파파 할아버지가 될 때까지 살 생각은 없지만 주어진 수명만큼은 살고 싶고, 무엇보다도 끝까지 즐겁게 살고 싶기 때문에 무리하면 안 되겠다는 이야기였다. 아직 젊은데도 벌써 미모가 좀 시든 것 같고, 평소 자랑스럽게 생각하는 붉은 밤색 머리카락에도 가끔 흰머리가 섞여 있고, 잘 먹고 편하게 살다 보니 살도 좀 찌는 것 같아 조심해야겠다고. 그 외에는 여전히 건강하고 활력 넘치지만, 작년처럼 지나치게 쾌락을 누리고 방종한 생활을 하는 사교 시즌을 한 번 더 보내면 건강에 어떤 영향을 줄지 모르겠다는 것이었다. 그랬다. 아서는 한때 내가 그토록 좋아했던 신난 악동처럼 눈을 찡긋거리는 표정과, 내 마음을 들뜨게 하곤 했던 그 낮고 즐거운 소리로 웃으면서, 아주 뻔뻔한 태도로 이렇게 말했다.

글쎄! 아서에게는 내가 하는 어떤 말보다 건강에 대한 그런 우려가 더 와닿을 것이다. 다른 희망이 없으니, 그런 우려가 그의 건강을 지키는 데 도움이 될지 지켜봐야겠다.

7월 30일. 그이는 3주쯤 전에 돌아왔는데, 가기 전보다 몸은 확실히 더 건강해졌지만 성질은 더 나빠진 것 같다. 하지만 내가 틀렸을 수도 있다. 아서의 부당한 행동, 이기적인 태도, 절망적인 타락에 지친 나머지 내가 전보다 참을성이 적어지고 덜 관대해졌기 때문이다. '타락'보다 더 부드러운 단어를 쓰고 싶지만, 나는 천사가 아니고, 이렇게 불순해진 것이 억울해서 그건 안 될 것 같다. 가여운 내 아버지가 지난주에 돌아가셨는데, 그 소식을 들은 아서는 낭패라는 표정이었다. 내가 충격과 슬픔에 빠진 걸 보자 본인의 일상이 불편해질 것이 걱정되었던 것이다. 내가 입을 상복을 주문하려 하자 그는 이렇게 말했다.

"아, 검은 옷 너무 싫은데! 그래도 체면상 한동안 입어야겠지. 하지만 헬렌, 당신의 얼굴과 태도까지 상복에 맞출 필요는 없다는 거 기억해. ──셔에 사는 생면부지의 노인이 과음으로 죽었는데 왜 당신이 울고 탄식해야 하고 내가 불편을 겪어야 하는지 모르겠네. 지금 일부러 우는 척하는 거 다 알고 있어."

나는 장례식에 참석하거나 하루이틀이라도 가여운 프레더릭 오빠 곁에 있어주고 싶었지만 아서가 말도 못 꺼내게 했다. 그렇게 쓸데없는 짓을 하고 싶어 하는 건 불합리한 일이라며, 아주 어릴 때 한 번 만나고 본 적도 없는 아버지가 내게 무슨 의미가 있냐고 물었다. 아버지가 나한테 아무 관심 없었다는 건 나도 알고 있었고, 오빠도 거의 남이나 마찬가지였다. 그이는 다정한 척 나를 껴안으며 이렇게 말했다. "게다가 여보, 나는 당신이 없으면 하루도 못 견뎌."

"그럼 나 없이 그렇게나 오랫동안 어떻게 살았대요?"

"아, 그때는 내가 오만 데를 돌아다니고 있었지만 지금은 집에 있잖아. 이 가정의 수호신인 당신이 없으면 난 못 견딜 것 같아."

"그렇죠. 내가 있어야 당신이 편할 때는 그렇겠죠. 하지만 전에 나 없이 런던 가려고 날 다른 데 보낼 때는 그런 말 안 했잖아요." 그런데 이 말을 입 밖에 낸 순간 너무 심한 비난 같아서 바로 후회했다. 사실이 아니라면 너무 큰 모욕이고, 사실이라면 그이의 입으로 그렇다고 명확히 말하기에는 너무 굴욕적인 사실이었다. 하지만 잠깐이라도 자책할 필요가 있었을까 싶다. 아서는 그 말을 듣고도 부끄러워하거나 화내지 않았고, 부정하거나 변명하지도 않았다. 그저 낮은 소리로 꽤 오랫동안 킥킥 웃었다. 우리의 대화를 처음부터 끝까지 기발하고 즐거운 농담이라고 생각하는 것 같았다. 이제 드디어 아서를 싫어하게 될 것 같았다!

그러니 아름다운 아가씨, 그대가 담그는 에일,
잊지 말고 꼭 마셔요.*

그렇다, 나는 이 술을 마지막 한 방울까지 다 마실 것이다. 그리고 이 술이 내 입에 얼마나 쓴지는 나만이 알겠지!

---

* 영국 시인 로버트 번스의 시 '시골 처녀(Country Lassie)'의 일부를 인용한 것.

8월 20일. 우리는 다시 평소의 삶으로 돌아왔다. 아서는 이전의 상태와 습관으로 돌아왔고, 나는 적어도 아서와 관련해서는 과거와 미래에 대해 눈을 질끈 감고 현재만을 살기로 했다. 그를 사랑할 수 있을 때 사랑하고, 그가 웃을 때는 나도 (가능하다면) 웃고, 그가 명랑할 때는 나도 명랑해지고, 그가 상냥하게 굴면 나도 기분 좋은 듯 행동하고, 그가 그러지 않을 때는 그렇게 하게 만들려고 애쓰고, 그게 안 되면 참아주고, 너그럽게 봐주고, 할 수 있는 만큼 용서해주고, 그의 화를 돋우지 않도록 내 화를 참기로 했다. 하지만 아서의 좀 더 무해한 성향인 방종함에는 이렇게 굴복하고 맞춰주면서도, 내가 할 수 있는 한 그가 극단까지는 가지 않도록 지키기로 결심했다.

그런데 우리끼리 지내는 시간도 얼마 남지 않았다. 재작년 가을에 초대했던 특별한 손님들이 곧 그라스데일에 도착할 예정이고, 거기에 해터즐리 씨와, 내가 특별히 요청한 그의 아내와 아이도 합류할 것이다. 밀리센트와 그녀의 딸을 정말 보고 싶다. 아이는 얼마 전에 돌이었고, 우리 아들과 좋은 놀이 친구가 되어 줄 것 같다.

9월 30일. 손님들은 한두 주일 전에 도착했지만, 그동안 너무 바빠서 그들에 대해 쓸 틈이 없었다. 로버러 부인이 여전히 너무 싫다. 그냥 개인적으로만 미운 게 아니라, 그녀의 모든 행동이 싫어서 사람 자체가 싫은 것이다. 환대의 규칙에 어긋나지 않는 범위 내에서 최대한 마주치는 걸 피하고 있는데, 서로 이야기를 나누어야 하거나 여럿이 모인 자리에서 그녀는 나를 정말 깍듯이, 심지어는 친한 듯이 대한다. 하지만 나는 그런 우정은 질색이다! 그런 관계는 찔레꽃이나 산사나무꽃 같아서, 보기에는 좋고 표면을 만지면 부드럽지만 다들 그 아래 가시가 숨어 있다는 걸 알고, 가끔은 그 가시에 찔리기도 한다. 그런 경우 화가 나서 자신이 손가락을 다치더라도 그 꽃을 짓이겨버리는 사람도 있다.

그런데 요즘 아서를 대하는 그녀의 태도를 보면 화도 안 나고 걱정도 안 된다. 처음 며칠은 그이의 마음을 사려고 필사적으로 애쓰는 것 같았고, 남편도 그걸 눈치채고 그녀가 교묘하게 애교를 부릴 때마다 혼자 미소 짓곤 했는데, 가상하게도 그녀의 노력은 무위로 돌아갔다. 그녀가 아무리 매혹적인 미소를 짓고 오만하게 얼굴을 찡그려도 그이는 변함없이 무심하게 웃어넘길 뿐이었다. 이윽고 아서가 난공불락임을 깨달은 그녀는 갑자기 노력하기를 멈추었고, 적어도 겉으로 보기에는 그에게서 완전히 관심을 끊었다. 그 후에 보니 아서 역시 그녀에게 짜증을 내거나 그녀를 다시 유혹하려고 애쓰는 것 같지 않다.

이렇게 되는 게 맞다. 하지만 아서는 뭔가 늘 부족한 면이 있다. 그와 결혼한 이후 지금까지 나는 단 한순간도 '고요히 믿고 의지하는 것이 그대 휴식이리라'* 라는 아름다운 말을 경험해본 적이 없다. 그동안 내가 그토록 열심히 노력해온 보람도 없이 그림즈비와 해터즐리, 두 작자가 그를 다시 술에 빠지게 했다. 그들은 매일 아서를 부추겨 폭음하게 만들고, 꼴사나운 술주정을 하게 만들기도 한다. 그들이 도착한 이튿날 밤에 일어난 일은 기억에 오래 남을 것 같다. 내가 여자들과 식당을 나오는데 채 문이 닫히기도 전에 아서가 이렇게 소리쳤다. "자, 이제 우리 한번

---

*   이사야 30장 15절 인용.

신나게 놀아볼까?"

그러자 밀리센트가 왜 말리지 않느냐는 듯 살짝 원망스러운 눈빛으로 나를 건너다보았다. 하지만 문과 벽을 넘어 해터즐리의 소리치는 목소리가 들려오자 그녀의 표정이 변했다.

"좋아! 와인 더 가져오라고 해. 이걸로는 반도 안 차지!"

우리가 응접실에 들어서자마자 로버러 경이 나타났다.

"왜 이렇게 일찍 나오세요?" 그의 아내가 노골적으로 불만스러운 표정으로 물었다.

"애너벨라, 나는 술을 안 마시잖아." 그가 진지하게 대답했다.

"그래도 어느 정도는 있다 나와야죠. 늘 숙녀들 뒤만 졸졸 따라다니면 웃겨 보인다고요. 그럴 수나 있는지 몰라!"

그는 원망과 충격이 섞인 눈길로 아내를 책망하더니 의자에 주저앉았고, 무거운 한숨을 억누르고는 창백한 입술을 깨물며 바닥을 내려다보았다.

"나오시길 잘했어요, 로버러 경." 내가 말했다. "앞으로도 늘 이렇게 일찍부터 저희와 같이해주시리라 믿어요. 애너벨라가 진정한 지혜의 가치와 우매함의, 과음의 고통을 안다면 농담으로라도 저런 말도 안 되는 소리는 안 할 텐데요."

그러자 로버러 경은 고개를 들더니 반쯤 놀라고 반쯤 멍한 표정으로 심각하게 나를 보았고, 곧 자신의 아내에게로 시선을 돌렸다.

"최소한 나는 열정적인 마음과 대담하고 남자다운 정신의 가치를 알아요." 애너벨라가 말했다.

그러자 로버러 경이 무겁고 공허한 어조로 대답했다. "그래, 애너벨라, 내가 여기 있는 게 싫다니 다른 데로 가줄게."

"그럼 그분들한테 돌아가는 거예요?" 그녀가 무심코 물었다.

"아니." 로버러 경이 거칠고 예상치 못한 강한 어조로 소리쳤다. "저 친구들한테 돌아가진 않을 거야! 당신이나 그 어떤 사람이 유혹해도 난 단 1분도 저들과 필요 이상으로 같이 있을 생각 없어! 하지만 걱정할 것 없어. 앞으로 다시는 때아니게 당신 앞에 나타나지 않을 테니까."

그는 방을 나갔고, 곧이어 현관문을 여닫는 소리가 들렸다. 그래서 얼른 커튼을 젖혀보니 습하고 구름 낀 스산한 석양 속에서 어둑한 정원 길을 걸어가는 그의 모습이 보였다.

이윽고 내가 애너벨라에게 말했다. "로버러 경이 만약 전에 그 자신을 파멸시킬 뻔했고 그토록 힘들게 벗어난 과거의 습관으로 돌아간다면, 그건 당신 탓이에요. 그때는 이런 행동을 후회하게 되겠죠."

"천만에! 나는 저 사람이 매일 술을 퍼마셔도 상관없어. 빨리 사라져주는 게 나으니까."

"아, 애너벨라!" 밀리센트가 소리쳤다. "어쩜 그렇게 못된 소리를 해요! 하느님께서 언니 말을 문자 그대로 받아들여서 그렇게 되도록 이루어주시고 언니도 다른 사람들이 느끼는 걸 느끼게 된다면 그건 언니한테 합당한 벌일 테고—" 바로 그때 식당에서 남자들이 요란하게 웃고 떠드는 소리가 들려왔는데, 얼핏 들어도 해터즐리의 목소리가 특히 또렷하게 들렸다.

"네가 지금 느끼는 거 말이지?" 애너벨라는 사악한 미소를 지으며 고뇌에 찬 사촌의 얼굴을 응시했다.

밀리센트는 말없이 고개를 돌리고 눈물을 훔쳤다. 바로 그 순간 문이 열리더니 하그레이브 씨가 들어왔다. 약간 상기된 얼굴에 어두운색의 눈도 평소보다 밝게 빛나고 있었다.
"아, 오빠, 와줘서 정말 다행이야!" 밀리센트가 소리쳤다. "랠프도 같이 나왔으면 더 좋았을 텐데."
그러자 그가 웃는 얼굴로 대답했다. "그건 불가능했어. 나도 간신히 나왔는걸. 랠프가 나를 강제로 붙잡았고, 헌팅던은 지금 나가면 영원히 절교하겠다고 으름장을 놓았거든. 그림즈비는 그 중에서도 최악이었는데, 모범생이라고 나를 비꼬면서 나한테 제일 상처가 될 만한 말로 빈정대고 비아냥거렸지. 그러니 여러분은 아름다운 여러분과 함께하기 위해 이렇게 용기 내어 힘겹게 빠져나온 저를 환영해줘야 해요." 그는 말을 맺으며 미소 띤 얼굴로 나를 향해 고개를 숙였다.
"헬렌, 우리 오빠 정말 잘생겼지?" 밀리센트는 그 순간 다른 걱정은 모두 잊고 흐뭇한 얼굴로 내게 물었다.
"저 빛나는 눈빛, 입술, 뺨이 원래 저렇다면 그렇겠지. 하지만 몇 시간 후에 다시 봐봐." 내가 대답했다.
이때 그가 내 옆자리에 앉으며 커피를 한 잔 달라고 했다.
커피를 건네주자 그가 이렇게 말했다. "이런 걸 바로 천국을 폭풍처럼 삽시간에 사로잡은 격이라고 하는군요. 지금은 천국에 앉아 있지만, 여기 오려고 불과 홍수를 뚫어야 했어요. 랠프 해터즐리는 저를 막다가 안 되니까 문에 기대서서는, (상당히 튼실한) 자기 몸을 뚫고 가지 않는 한 다른 출구는 없다고 했거든요. 그런데 다행히 다른 문이 있었어요. 식기실로 통하는 옆문이 있어서 그리로 나왔는데, 접시를 닦고 있던 벤슨이 깜짝 놀라더군요."
하그레이브 씨가 웃으니 그의 사촌도 따라 웃었다. 하지만 그의 여동생과 나는 심각한 표정으로 말없이 앉아 있었다.

그러자 그는 좀 더 진지한 얼굴로 나를 쳐다보며 낮게 말했다.
"헌팅던 부인, 웃어서 죄송해요. 이런 상황 자주 못 보셨죠. 섬세한 성격이시라 이런 일에 상처받으시는 거 알아요. 저 시끌벅적한 술꾼들 틈에 앉아 있으니 당신이 걱정돼서, 헌팅던에게 부인 생각 좀 하라고 했는데 소용없었어요. 오늘 밤 아주 마음껏 즐길 작정이더라고요. 저 친구들 때문에 커피가 다 식도록 놔둘 필요 없어요. 차 마실 때라도 나오면 다행이죠. 당신 마음속에서 저 친구들 생각을 다 몰아낼 수 있다면 좋을 텐데. 저도 마찬가지고요. 저도 저 친구들 생각 하기 싫거든요. 네, 제 친구 헌팅던까지도요. 그 친구는 그 자신보다 훨씬 뛰어난 사람의 행복을 좌우하는 힘을 갖고 있는데, 그 힘을 이용하는 방식을 보면— 도저히 참을 수가 없어요!"

"그렇더라도 저한테 그런 말 하시면 안 돼요. 아무리 나빠도 남편은 제 일부이기 때문에, 그 사람을 욕하면 저까지 모욕하시는 셈이거든요."

"그렇다면 죄송해요. 당신을 모욕하느니 차라리 죽는 게 나아요. 괜찮으시다면, 지금은 그 친구 얘기 더 안 하는 게 좋겠어요."

드디어 그들이 식당에서 나왔다. 10시가 넘은 시간이었는데, 30분 이상 미뤄진 티타임이 거의 끝나갈 무렵이었다. 그들이 나오기를 간절히 바라고 있었지만, 떠들썩하게 법석을 피우며 나오는 모습을 보니 가슴이 철렁했다. 밀리센트의 얼굴이 창백해졌고, 남편이 심한 욕설을 내뱉으며 뛰어 들어오는 걸 보고는 의자에서 거의 튀어 오를 뻔했다. 하그레이브 씨는 숙녀분들이 계시니 제발 그만하라며 그를 말렸다.

"아! 이 괘씸한 도망자 자식, 너 숙녀분들 얘기 잘 꺼냈다." 해터즐리 씨가 거대한 주먹을 내두르며 자기 처남에게 소리쳤다. "이 숙녀분들 아니었으면 내가 너 눈 깜짝할 새에 해치워서 하늘의 새들과 들판의 백합들*에게 던져줬을 거라고!" 그러더니 로버러 부인 옆에 의자를 가져다 놓고 앉아서는 실없는 소리와 무례한 언사를 쏟아냈다. 그런데 애너벨라는 기분 나쁘다기보다는 재미있다는 표정이었고, 그의 무례에 분개한 척하며 영리하고 씩씩한 반박으로 그를 막아내고 있었다.

그림즈비 씨는 아까 하그레이브 씨가 앉았던 내 옆자리에 앉더니, 엄숙한 어조로 홍차를 한 잔 주면 고맙겠다고 말했다. 아서는 가여운 밀리센트 옆에 앉아서 그녀에게 얼굴을 들이밀었고, 그녀가 물러날수록 더 가까이 다가갔다. 아서는 해터즐리만큼 시끄럽게 떠들지는 않았지만, 얼굴이 새빨갛게 상기된 채 계속 웃고 있었다. 그래도 그녀만 들을 수 있게 작은 소리로 말하고 있어서 그나마 다행이었다.

"정말 바보 같은 사람들이네요!" 내 옆에서 줄곧 진지한 어조로 설교하듯 떠들고 있던 그림즈비 씨가 말했다. 하지만 나는 다른 두 사람, 특히 아서의 한심한 상태를 지켜보느라 정신이 없어서 그의 말에 신경 쓸 여유가 없었다.

"저렇게 말도 안 되는 소리 들어본 적 있으세요, 헌팅던 부인?" 그가 말을 이었다. "제가 다 부끄럽네요. 저 친구들은 한 병을 둘이 나눠 마셔도 완전히 취한다니까요—"

"지금 찻잔 받침에 크림을 따르셨어요, 그림즈비 씨."

"아, 그렇군요. 여기 너무 어둡네요. 하그레이브, 저 촛불 심지

---

* 마태오의 복음서 6장 26절과 28절에서 인용.

좀 잘라주게."

"저건 밀랍으로 만든 촛불이라 심지 안 잘라도 돼요." 내가 말했다.

하그레이브가 빈정대는 듯한 미소를 지으며 이렇게 말했다. "눈은 몸의 등불이니, 그대의 눈이 성하면 그대의 온몸이 빛으로 가득하리라."**

그림즈비는 닥치라는 듯 근엄하게 팔을 휘젓더니, 아까처럼 무겁고 엄숙한 태도와 느릿느릿하고 특이하게 불명확한 어투로 다시 나에게 말했다. "헌팅던 부인, 아까 말씀드렸듯이 저 친구들은 머리 자체가 없어요. 술 반병만 마셔도 취하거든요. 반면에 저는 오늘 밤 저들보다 세 배나 더 마셨는데도 이렇게 멀쩡하잖아요. 부인께는 아주 이상해 보일 수 있겠지만, 제가 설명할 수 있어요. 누구라고 이름은 말할 수 없지만 부인께서도 제가 누구 이야기를 하는지 능히 짐작하실 수 있을 거예요. 저 친구들의 뇌는 원래도 가벼운데, 발효주가 들어가면 그 증기에 더 가벼워져서 머리가 어질어질해지고 결국 취하게 되는 거예요. 반면에 제 뇌는 더 단단한 물질로 이루어져 있어서 술을 꽤 마셔도 그 증기를 흡수하기 때문에 영향이 거의 안 나타나는 거고요."

그러자 하그레이브 씨가 끼어들었다. "술의 효과는 지금 설탕을 넣은 그 홍차에 잘 나타날 것 같은데? 평소에 한 조각 넣던 걸 방금 여섯 조각 넣었거든."

"그랬나?" 그림즈비 씨가 얼른 찻숟가락으로 녹다 만 설탕 조각 다섯 개를 건져냈다. "흠! 정말 그랬군. 부인, 보시다시피, 일

** 마태오의 복음서 6장 22절, 루가의 복음서 11장 34절 인용.

상생활 중에 너무 심각한 주제에 집중해서 정신이 해이해지면 이런 일이 생겨요. 제가 철학자처럼 내면에 집중하는 대신 평범한 사람처럼 눈앞의 일에 집중하고 있었으면 이렇게 홍차를 망치는 일은 없었을 것이고, 부인께 새로 한 잔 부탁드릴 일도 없었겠지요."

"그림즈비 씨, 그건 설탕 통이에요. 이제 설탕까지 망치셨네요. 하녀를 불러서 더 가져오라고 해주세요. 로버러 경이 오셔서 설탕이 더 필요할 테니까요. 로버러 경, 저희랑 차 한잔하세요."

로버러 경은 내 말에 아무 말 없이 엄숙한 절로 대답했다. 하그레이브 씨가 하녀는 자기가 부르겠다고 나섰고, 그림즈비 씨는 홍차와 설탕을 망친 걸 한탄하면서, 그게 다 찻주전자 때문에 식탁에 그늘이 지고 불빛이 너무 어두워서 일어난 일임을 입증하려고 애썼다.

조금 전에 로버러 경이 들어오는 걸 본 사람은 나뿐이었다. 그는 눈에 띄지 않게 문 앞에 서서 어두운 표정으로 좌중을 훑어보다가, 해터즐리 씨 옆에 앉은 애너벨라 뒤로 걸어갔다. 해터즐리 씨는 이제 애너벨라에게 관심을 기울이는 대신 큰 소리로 아서를 욕하고 놀리는 중이었다.

이윽고 로버러 경이 애너벨라가 앉은 의자의 등 뒤에서 몸을 숙이더니 이렇게 말했다. "애너벨라, 당신은 내가 이 '대담하고 남자다운 기백'을 가진 세 사람 중에서 누굴 닮았으면 좋겠어?"

"그거야 당연히 우리 세 사람을 다 닮아야지!" 해터즐리가 벌떡 일어서더니 그의 팔을 무례하게 움켜쥐며 소리쳤다. "어이, 헌팅던! 내가 이렇게 붙잡았으니 얼른 와서 도와주게! 내가 반드시 이 친구를 고주망태로 만들 거야. 이 친구가 그간 저지른 죄를 어떻게든 다 보상하게 만들고 말겠어."

곧이어 보기 민망한 장면이 펼쳐졌다. 힘이 장사인 해터즐리는 술에 취한 채 친구를 방 밖으로 끌고 가려 했고, 로버러 씨는 너무 화가 나서 창백해진 얼굴로 몸을 빼려고 말없이, 필사적으로 용을 썼다. 나는 아서에게 그를 도와주라고 했지만 아서는 웃기만 했다.

"헌팅던, 이 바보야, 빨리 와서 도와줘야지!" 취기로 약간 기운이 빠진 해터즐리가 소리쳤다.

"해터즐리, 잘해봐. 나는 기도로 돕고 있다네. 지금은 너무 기운이 없어서 그렇게밖에 도울 수가 없거든. 아야, 아야!" 아서가 이렇게 말하고는 양 옆구리를 탁탁 치면서 신음 소리를 냈다.

"애너벨라, 양초 좀 갖다줘!" 로버러 경이 소리쳤다. 이제 해터즐리는 문설주를 붙잡고 필사적으로 버티는 그의 허리를 두 팔로 감고 식당으로 끌고 가려고 애쓰고 있었다.

"나는 이런 난장판에 끼고 싶지 않아요! 도와줄 거라고 생각했다는 게 참······." 애너벨라가 냉담하게 대꾸했다.

내가 얼른 양초를 집어다 주자 로버러 경이 그걸로 해터즐리의 손을 지졌고, 해터즐리는 미친 짐승처럼 소리를 지르며 깍지 꼈던 손을 풀어 그를 놓아주었다. 로버러 경은 자기 방으로 올라갔는지 다음 날 아침까지 다시 보이지 않았다. 해터즐리는 미친 사람처럼 욕설과 저주를 퍼부으며 창문 옆 긴 의자에 주저앉았다. 문 앞에 아무도 없는 틈을 타 밀리센트가 남편이 치욕스럽게 난동을 부리고 있는 방을 빠져나가려 했지만, 그가 그녀를 불러 세우더니 옆으로 오라고 했다.

"랠프, 뭐 필요해요?" 그녀가 마지못해 다가가며 이렇게 물었다.

"왜 그따위로 구는지 말해봐." 그는 밀리센트를 붙잡더니 어린 애처럼 자기 무릎에 앉혔다. "대체 왜 우는 거야, 밀리센트? 빨리 말해!"

"우는 거 아니에요."

"울고 있잖아." 그가 눈을 가리고 있는 그녀의 손을 홱 잡아뗐다. "어디서 감히 거짓말이야!"

"지금은 안 울어요." 밀리센트가 애원했다.

"하지만 아까부터 울다가 지금 그친 거잖아. 이유를 말해보란 말이야. 자, 빨리!"

"랠프, 제발 그만해요. 여기는 우리 집이 아니잖아요."

"상관없어. 빨리 대답 못 해?" 해터즐리는 자백을 받으려고 아내를 마구 흔들면서 그 억센 손가락으로 그녀의 가느다란 팔을 가차 없이 움켜쥐었다.

"동생이 저렇게 당하게 놔두지 마세요." 내가 하그레이브 씨에게 말했다.

"해터즐리, 이러지 말게. 제발 내 동생 좀 가만 놔두라고." 하그레이브 씨가 어울리지 않는 부부에게 다가가며 말했다. 그러면서 그는 동생의 팔을 움켜쥔 난폭한 매제의 손가락을 떼어내려 했다. 하지만 다음 순간 해터즐리가 그를 뒤로 밀치더니 가슴을 발로 뻥 차서 거의 넘어뜨리며 이렇게 소리쳤다. "어디서 건방지게 나와 내 아내 사이에 끼어드는 거야!"

"자네가 안 취한 상태였으면 가만 안 뒀을 걸세!" 하그레이브 씨는 걷어차여서 아프기도 하지만 너무 화가 나서 하얗게 질린 얼굴로 숨을 몰아쉬며 이렇게 소리쳤다.

그러자 해터즐리가 "썩 꺼져!" 하더니 밀리센트에게 말했다.

"자, 왜 울었는지 빨리 말해."

"다음에 우리 둘만 있을 때 얘기할게요." 밀리센트가 나직하게 대답했다.

"지금 말해!" 그가 또 한 번 밀리센트를 마구 흔들며 팔을 조이자 그녀는 숨을 들이쉬었고 입술을 깨물어 비명을 억눌렀다.

"제가 말씀드릴게요, 해터즐리 씨." 내가 나섰다. "밀리센트는 당신 때문에 너무 부끄럽고 창피해서 운 거예요. 당신이 그렇게 망신스럽게 행동하는 걸 참을 수 없어서요."

"부인, 닥치세요!" 그는 나의 '건방진' 행동에 너무 놀라서 뻥한 눈길로 나를 쳐다보았다. "밀리센트, 그거 아니지, 응?"

그녀는 대답하지 않았다.

"자, 말해, 어서!"

"지금은 말 못 해요!" 밀리센트가 흐느꼈다.

"말 못 한다고 말할 수 있으면 '예'나 '아니요'도 충분히 할 수 있잖아. 자, 어서!"

"맞아요." 그녀는 고개를 떨구고 얼굴을 붉히며 이 엄청난 사실을 인정했다.

"이런 건방진 년 같으니라고!" 그가 밀리센트를 난폭하게 확 밀치자 그녀는 옆으로 나가떨어졌다. 하지만 그녀의 오빠나 내가 도와주러 가기도 전에 일어나 밖으로 뛰쳐나갔다. 아마 곧바로 자기 방으로 올라간 것 같았다.

그다음 공격 대상은 건너편에 앉아서 이 모든 장면을 실컷 즐겼을 아서였다.

잔뜩 약이 오른 해터즐리는 그에게 소리쳤다. "자, 헌팅던, 그렇게 앉아서 천치처럼 웃는 거 절대 못 봐주네!"

그러자 아서는 웃느라 흘린 눈물을 닦으며 대답했다. "아, 해터즐리, 제발 그만 좀 웃겨."
"그래, 알겠어. 하지만 자네가 생각하는 대로 끝내진 않을 거야. 계속 그렇게 천치처럼 웃으면 자네 심장을 빼버릴 줄 알아! 어쭈, 또 웃어? 좋아! 이렇게 해도 계속 웃나 보자고!" 그러더니 그는 발 받침대를 들어 아서의 머리를 향해 던졌다. 하지만 그의 조준은 빗나갔고, 아서는 옆으로 쓰러져 여전히 눈물을 흘리며 웃었다. 정말 한심한 광경이었다.
해터즐리는 다시 욕설과 저주를 퍼부었지만, 그걸로는 성에 안 찼는지 옆에 있는 탁자에서 책을 몇 권 집더니 분노의 대상인 아서에게 한 권씩 던지기 시작했다. 그런데도 아서가 더 크게 웃자 이번에는 그에게 달려들어 어깨를 붙잡고 마구 흔들기 시작했다. 아서는 깜짝 놀랄 만큼 더 요란하게 웃으며 비명을 질렀다. 나는 거기까지밖에 못 봤다. 더 이상은 남편이 수모당하는 꼴을 보기 싫어서 애너벨라와 다른 손님들이 나오든 말든 놔두고 방을 나왔기 때문이다. 하지만 바로 잠자리에 들지는 않았다. 나는 레이철에게 그만 쉬라고 하고 내 방에서 오락가락 걸으며 참담한 마음으로 방금 일어난 일을 되돌아보았다. 그리고 앞으로 어떤 일이 일어날지, 아서는 언제 올라올지 생각하며 긴장에 휩싸였다.
마침내 그이가 그림즈비와 해터즐리의 부축을 받으며 비틀비틀 천천히 계단을 올라오는 소리가 들렸다. 그 두 사람은 본인들도 제대로 걷기 힘든 상태였지만, 계속 웃고 남편에게 농담을 하며 온 집 안의 하인들에게 다 들릴 정도로 시끄럽게 떠들고 있었다. 아서 자신은 이제 웃고 있지 않았다. 아프고 정신도 몽롱

한 상태였기 때문이다. 그 난리법석에 대해서는 더 이상 쓰고 싶지 않다.

그처럼 (또는 그와 거의 비슷하게) 수치스러운 사건은 그 뒤에도 또 있었다. 아서에게 그 이야기를 꺼내면 득보다 실이 더 많을까 봐 자주 거론하지는 않지만 내가 그런 일을 정말 싫어한다는 건 말했고, 그럴 때마다 그이는 다시는 그런 일이 없을 거라고 약속했다. 하지만 아서가 한때 그나마 가지고 있던 약간의 자제력과 자존감조차 잃어가는 것 같아 걱정이다. 예전에는 그런 행동을 했으면—적어도 아주 가까운 친구들이 아닌 다른 사람들도 있는 자리에서 그랬으면—부끄러워했을 텐데. 아서가 가졌으면 싶은 신중함과 자제력이 있는 그의 친구 하그레이브 씨는 약간 '들뜰' 정도로만 술을 마시기 때문에 그렇게 창피스러운 행동을 안 할 뿐 아니라, 식사 후에는 로버러 경 바로 다음으로 식당을 빠져나온다. 로버러 경은 그 사람보다 더 현명해서, 여자들이 나오면 바로 뒤이어 나오곤 한다. 하지만 애너벨라가 그렇게 심한 모욕을 준 뒤로는 단 한 번도 다른 남자들보다 먼저 응접실에 오지 않았고, 내가 그를 위해 일부러 불을 켜둔 서재에서 시간을 보내고 온다. 달빛이 밝은 밤에는 밖에 나가서 주변을 걷다 오기도 한다. 그래도 애너벨라는 그날 일을 후회하는 것 같다. 그 뒤로는 한 번도 그런 말을 하지 않았고, 요즘은 과거 어느 때보다 더 한결같이 친절하고 세심하게 로버러 경을 챙기면서 아주 예의 바르게 행동하고 있기 때문이다. 내 생각에 그녀가 남편을 대하는 태도가 이렇게 바뀐 것은 아서의 사랑을 얻으려는 노력을 포기한 그 시점부터인 것 같다.

32장
비교, 신뢰

10월 5일. 에스터 하그레이브는 멋진 아가씨로 성장하고 있다. 아직 공부하는 학생이지만, 남자 손님들이 외출 중인 오전 시간에 그녀의 어머니가 우리 집을 방문할 때면 자주 데리고 온다. 가끔은 밀리센트와 나, 에스터가 모여 한두 시간 정도 아이들과 놀기도 한다. 우리가 그로브 저택을 방문할 때면 나는 항상 그녀를 보려고 하고, 다른 누구보다 그녀와 많은 이야기를 나누려 한다. 나도 그녀를 많이 아끼고, 그녀도 나를 좋아하기 때문이다. 나는 이제 옛날처럼 즐겁고 생기 넘치는 소녀가 아닌데 에스터가 나의 뭘 보고 좋아하는지 궁금하다. 하긴 에스터는 마음 안 맞는 어머니와 (그녀의 신중한 어머니가 딸의 천성을 고쳐놓으려고 힘들게 찾은 가식적이고 인습적인 사람인) 가정교사, 그리고 얌전하고 말수 적은 언니 말고는 교류하는 사람이 없는 상황이긴 하다. 난 그녀가 앞으로 어떤 삶을 살게 될지 자주 생각하고, 본인도 마찬가지다. 그런데 에스터가 생각하는 미래는 항상 희망으로 가득하다. 그 나이 때는 나도 그랬다. 그녀가 나처럼 그게 다 헛된 망상이라는 걸 깨닫게 될까 봐 너무 걱정이다. 그렇게 되면 그녀 자신보다 내가 더 좌절할 것 같다. 나는 왠지 그런 운명을 타고난 것 같은데, 에스터는 너무 즐겁고 풋풋하고 밝고 분방하고 순수하고 순진해서 그랬을 것 같지가 않다. 아, 그녀가 언젠가 지금 내가 느끼는 감정을 느끼고 내가 겪은 일들을 겪게 된다면 그건 너무 잔인한 일이다!

에스터의 언니도 동생의 미래를 걱정한다. 어제, 정말 밝고 아름다웠던 10월 아침에, 애너벨라는 응접실 소파에 누워 있고 밀리센트와 나는 30분 동안 정원에서 아이들과 놀고 있었다. 우리도 아이들 못지않게 즐겁고 활발하게 뛰어놀다가 커다란 너도밤나무 그늘 아래 서서 숨을 고르며 거친 바람과 격한 장난 때문에 엉망이 된 머리칼을 다듬었다. 아이들은 햇빛으로 물든 넓은 산책길을 아장아장 걷고 있었다. 우리 아서는 어린 헬렌이 넘어지지 않게 살피며 길가에 핀 예쁜 꽃들을 의젓하게 가리켰고, 그러면서 알아듣기 힘든 말을 재잘거렸다. 헬렌에게는 다른 사람들의 말과 별 차이 없게 들렸겠지만, 밀리센트와 나는 귀여운 두 아이를 보면서 웃다가 아이들의 미래에 대해 이야기하게 됐는데, 그러자 우리는 머릿속이 복잡해졌다. 그래서 둘 다 생각에 잠긴 채 말없이 산책길을 걸었다. 밀리센트는 그러다가 동생의 미래에 생각이 미친 것 같았다.

"헬렌, 에스터 자주 보지?" 그녀가 물었다.

"아주 자주는 아니고."

"그래도 나보다는 더 자주 보잖아. 에스터가 널 아주 좋아하고 존경해. 그 누구보다 네 의견을 존중하고. 엄마보다 네가 더 지혜롭다고 한다니까."

"그건 에스터가 고집이 세고, 너희 어머니보다 나와 생각이 비슷해서 그럴 거야. 근데 그게 왜?"

"응, 에스터가 네 생각을 존중하니까 이걸 꼭 좀 동생 머리에 심어줬으면 해. 어떤 이유로든, 누가 설득하든 절대로 돈이나 지위, 자리, 또는 물질적인 그 어떤 것 때문에 결혼하지는 말라고, 진정한 사랑과 근거 있는 존경심이 있을 때 결혼하라고 말이야."

그래서 내가 말했다. "그럴 필요 없어. 이미 그 문제에 대해서 둘이 여러 번 얘기했거든. 에스터는 사랑과 결혼에 대해서 우리가 바라는 것 이상으로 낭만적인 시각을 갖고 있어."

"하지만 낭만적인 시각으로는 부족해. 진실한 시각이 필요하다고."

"그건 그렇지. 하지만 내가 보기에 사람들이 낭만적이라고 치부하는 것들이 흔히 생각하는 것보다 진실에 더 가까운 경우가 많아. 젊은이들의 낙관적인 시각이 내세에 대한 추잡한 생각들로 인해 흐려지는 경우가 많다고 해서 그게 그들의 시각이 틀렸다는 증거는 아니니까."

"그렇지. 그럼 에스터의 생각이 맞다면 네가 능력껏 강화하고 확고하게 만들어줘. 그래줄 거지? 나도 한때는 낭만적인 생각을 갖고 있었는데— 지금 내 삶을 후회한다는 건 아니야, 그건 확실해. 그렇지만—"

"알아. 너는 네 삶에 만족하지만, 네 동생이 너처럼 사는 건 바라지 않는 거잖아."

"그렇지. 아니면 나보다 더 안 좋은 삶을 살게 되거나. 헬렌, 너는 믿지 않을 수도 있지만, 나는 정말로 만족해. 맹세컨대 이 잎

사귀 뜯기 게임으로 선택할 수 있다 해도 우리 남편을 이 세상 어떤 남자와도 바꾸지 않을 거야."

"알았어, 믿을게. 일단 결혼을 했으니까 다른 사람으로 바꾸고 싶지는 않겠지. 하지만 그의 어떤 면은 다른 사람과 바꾸고 싶을걸."

"맞아. 내 성격의 일부도 더 나은 다른 여자들과 바꾸고 싶은 것처럼. 그이도 나도 완벽하지 않고, 난 나뿐 아니라 그이의 성격도 더 나아지길 간절히 바라. 그이도 바뀌지 않을까? 헬렌, 그럴 것 같지 않아? 이제 겨우 스물여섯 살이잖아."

"그럴 수도 있지." 내가 대답했다.

"그럴 거야. 틀림없이 바뀔 거야." 그녀가 거듭 강조했다.

"확실하게 찬성해주지 못해서 미안, 밀리센트. 세상을 희망적으로 보는 너를 말리고 싶지는 않지만, 너무 많은 희망이 좌절되다 보니 염세적인 팔십대 노인처럼 냉담하고 회의적으로 생각하게 되네."

"하지만 너도 아직은 희망을 갖고 있지 않니? 헌팅던 씨조차도 나아질 수 있다고?"

"실은 그래. 그이 '조차도' 언젠가 나아질 수 있을 거라고 생각해. 희망이 없으면 삶도 끝나는 거 아닌가? 그런데 밀리센트, 아서가 해터즐리 씨보다 그렇게 많이 나쁘니?"

"글쎄, 솔직히 말하자면 그 두 사람은 비교가 안 돼. 내가 이런 말 한다고 섭섭해하지 마. 난 항상 솔직하게 말하잖니. 너도 그렇게 해줘. 난 괜찮으니까."

"안 섭섭해. 내 생각에도 그 두 사람을 비교하면 전반적으로 해터즐리 씨가 훨씬 나아."

밀리센트도 내가 얼마나 비통한 심정으로 이런 말을 하는지 잘 알고 있었다. 그녀는 아무 대답도 없이 어린애처럼 갑자기 내 뺨에 입을 맞추고 휙 돌아서더니, 자기 딸을 껴안고 아이의 원피스에 얼굴을 묻었다. 그녀도 나도 자신의 고통에 대해서는 울지 않으면서 서로의 고통을 생각하며 눈물을 쏟는다는 게 이상하지 않은가! 밀리센트는 이미 자신의 슬픈 처지 때문에 고통받고 있으면서도 나의 가여운 상황을 생각하면 도저히 참을 수가 없었던 것이다. 나 역시 지난 몇 주 동안 나를 위해서는 울지 않았지만, 나 때문에 우는 그녀를 보니 눈물이 쏟아졌다.

그러나 남편을 잘 만났다는 밀리센트의 말은 완전히 거짓말은 아니었다. 그녀는 남편을 정말 사랑했고, 해터즐리는 여러 면에서 아서보다 나았기 때문이다. 그는 아서만큼 무절제하게 폭음을 하지는 않거나, 아니면 심하게 마셔도 원래 체격이 강하고 탄탄해서 술의 해로운 영향을 아서만큼 크게 받지는 않는 것 같았다. 정신이 나가는 지경까지 가는 일도 없고, 밤새도록 마신 날에도 기껏해야 짜증이 심해진다든가 다음 날 아침에 뚱하면서도 흉포한 반응을 보인다든가 하는 정도였다. 오히려 보는 사람을 민망하고 기운 빠지게 만드는 공허하고 우울한 모습, 아서 특유의 짜증스럽고 비열한 신경질 같은 게 전혀 없다. 하기야 전에는 아서도 그렇지 않았다. 지금 그이는 해터즐리의 나이였을 때보다 술의 부작용을 감당하는 능력이 떨어졌다. 해터즐리도 이 습관을 고치지 않고 몇 년 더 지속하면 똑같이 그 능력이 떨어질지도 모른다. 그는 아서보다 다섯 살 어리고, 아직은 술의 노예가 되지 않았다. 그 습관이 고착되어 그의 일부가 되지는 않았다는 뜻이다. 지금은 언제든 마음만 먹으면 쉽게 벗어버릴 수 있는 망토처럼 그를 완전히 사로잡지는 않은 상태지만, 이런 상태가 언제까지 지속될 수 있을까? 인간이 지닌 의무와 고귀한 특권에도 불구하고 감정과 감각의 동물인 해터즐리지만, 그는 관능을 좇는 쾌락주의자는 아니다. 그는 느긋하고 기력을 약화하는 쾌락보다는 활동적이고 활력을 주는 동물적인 쾌락을 즐긴다. 그는 음식이든 뭐든 자신의 욕구를 충족하는 데 있어 지나치게 까다롭거나 세밀하지 않고, 미각이나 시각적 욕망의 추구에 지나치게 몰두해 품위를 잃는 법 없이—우리가 괜찮다고 생각하는 사람들이 물색없이 까다롭게 굴며 음식에 대해 맛있네 맛없네 하면 정말 보기 싫은데, 그러는 법 없이—자기 앞에 차려진 음식을 그저 열심히 먹는다. 아서는 자신의 감각을 돌이킬 수 없을 정도로 둔감하게 만들까 봐, 그래서 더 이상 쾌락을 즐길 수 없게 될까 봐 두려워서 그렇지, 그 걱정만 없다면 향락을 궁극적인 선(善)으로 생각하고, 종국에는 역겨울 정도로 거기에 탐닉할 것이다. 해터즐리는 천박한 악당이지만, 아서보다는 나아질 가능성이 더 크다. 또한, 그가 그런 식의 비행을 저지르는 게 가여운 밀리센트 때문이라는 건 결코 아니지만, 그녀가 해터즐리의 그런 행동에 대해 솔직하게 말할 용기나 의지가 있어서 꿋꿋하게 설득할 수만 있다면 그가 나아질 가능성도 더 클 것이고, 나중에는 아내에게도 더 잘하고 더 사랑할 것 같다. 얼마 전에 그 사람이 내게 한 말 때문에 이런 생각이 든 것 같기도 하다. 나중에 밀리센트에게 이 문제에 대해 조언을 해주려고 하는데, 그녀의 생각이나 성향과 맞지 않는 것 같아서 망설이고 있다. 게다가 만약 내 조언이 효과가 없으면 오히려 그녀를 더 비참하게 만들 수도 있으니까.

지난주 어느 비 오는 날, 손님들 대다수는 당구를 치고 있었고, 밀리센트와 나는 아이들을 데리고 서재에서 책도 보고 아이들과 놀아주기도 하고 둘이 이야기도 나누면서 오전 시간을 아주 즐겁게 보낼 요량이었다. 그런데 두 시간쯤 지났을 때, 복도를 지나가다 자기 딸 목소리를 들은 건지 해터즐리 씨가 들어왔다. 그는 딸을 엄청나게 예뻐했고, 아이도 아빠를 좋아했다.

그는 아침 식사 후 내내 마구간에 있다 온 터라 냄새가 고약했는데, 아이에게는 상관없었다. 거구의 아빠가 문간에 들어서자마자 아이는 좋아서 꺅 소리를 지르더니 엄마 옆을 떠나 두 팔을 쳐들고 환성을 지르며 달려가 아빠의 무릎을 껴안았고, 고개를 젖히고 아빠를 마주 보며 웃었다. 그 역시 순진한 기쁨으로 환한 딸의 작고 뽀얀 얼굴과 반짝이는 맑고 푸른 눈, 가늘고 흰 목과 어깨에 드리워진 부드러운 담황빛 머리칼을 웃음 띤 얼굴로 봤으리라. 그런 딸을 보며 자기한테 과분하다고 생각하지는 않았을까? 그런 생각은 전혀 못 했을 것 같다. 그는 딸을 번쩍 들더니 몇 분 동안 아주 거칠게 놀아주었다. 아빠와 딸 둘 다 요란하고 즐겁게 웃고 소리치며 뛰어놀았다. 그런데 이 떠들썩한 놀이는 갑자기 끝났다. 아이가 다쳐서 울음을 터뜨렸기 때문이다. 섬세하지 못한 해터즐리는 딸을 엄마 품에 푹 내려놓더니 "잘 달래봐" 했다. 아빠를 보고 달려갔던 헬렌은 이번에는 부드러운 엄마 품에 안긴 게 좋은지 바로 울음을 뚝 그쳤고, 노느라 지친 작은 머리를 엄마 가슴에 묻고는 곧 잠이 들었다.

그사이 해터즐리 씨는 벽난로 쪽으로 가서 그 육중한 몸으로 불을 가렸고, 가슴을 내밀고 팔짱을 낀 채 마치 이 집과 모든 부대시설, 내용물이 확실히 자기 것이라는 듯 사방을 둘러보았다.

"날씨가 뭐 이따위야! 오늘은 사냥 못 하겠구먼." 그는 그렇게 말하더니 갑자기 큰 소리로 신나는 노래를 몇 소절 부르다가 뚝 끊고 휘파람으로 마무리했다. 그러고는 나를 향해 이렇게 말했다. "헌팅던 부인, 이 댁 말들이 참 대단하네요! 크지는 않은데 훌륭해요. 오늘 아침에 좀 살펴봤는데, 정말이지 블랙베스, 그레이톰 그리고 어린 님로드는 그동안 본 어느 말보다도 뛰어나요!" 그러더니 그는 각 말의 이런저런 장점들을 설명하고는, 자기 아버지가 은퇴하면 말들과 관련하여 본인이 추진할 거창한 계획들을 늘어놓았다. "하지만 아버지가 당장 은퇴하시기를 바라지는 않아요. 쭉 하시다가 당신이 원하실 때, 그때 그만두시면 좋겠어요."

"그러면 정말 좋겠네요, 해터즐리 씨."

"그렇죠! 말이 그렇다는 거예요. 언젠가는 일어날 일인데, 그래도 좋은 면을 보자는 거죠. 그렇게 생각하는 게 좋잖아요, 그렇죠, 부인? 그나저나 여기서 둘이 뭐 해요? 로버러 부인은 어디 계세요?"

"당구실에 있어요."

"그분 정말 대단하지 않아요?" 그는 자기 아내를 건너다보며 이렇게 말했다. 밀리센트는 얼굴이 붉어지더니 표정이 점점 안 좋아졌다. "어쩌면 그렇게 고상하게 생기셨는지! 아름다운 검은 눈에 뛰어난 정신, 거기다 말은 또 얼마나 잘하는지요. 저는 정말 그분을 숭배합니다! 하지만 밀리센트, 그분과 결혼할 건 아니니까 걱정하지 마. 그분이 지참금으로 왕국을 갖고 온대도 결혼은 안 해! 나는 지금 내 아내가 더 좋아. 뭐야, 왜 그렇게 뾰로통해 보여? 내 말 안 믿어?"

"아니, 믿어요." 그녀는 슬픔과 체념이 섞인 어조로 그렇게 말하더니, 몸을 돌려 소파에 뉘었던 잠든 딸의 머리를 쓰다듬었다.

"그런데 왜 그렇게 뚱한 얼굴이야! 밀리, 이리 와서 왜 내 말을 안 믿는지 얘기해봐."

그녀는 남편에게 가서 작은 손을 그의 팔에 끼더니 얼굴을 쳐다보며 조용히 말했다.

"랠프, 그게 무슨 뜻이에요? 제가 가지지 못한 것들을 갖고 있는 애너벨라가 너무 좋지만 결혼 상대로는 그녀보다 제가 낫다 그런 말인데, 그건 아내는 사랑할 필요가 없다는 뜻이잖아요. 아내는 그저 집안을 관리하고 아이만 돌보면 만족한다는 거죠. 저는 삐진 게 아니라 그저 슬플 뿐이에요." 그러고는 손을 빼고 바닥을 내려다보며 낮고 떨리는 목소리로 말했다. "당신이 나를 사랑하지 않으면 사랑하지 않는 거죠. 그건 어쩔 수가 없고요."

"맞아. 그런데 내가 당신을 사랑하지 않는다고 누가 그래? 내가 애너벨라를 사랑한다고 했어?"

"숭배한다고 했죠."

"맞아, 하지만 숭배는 사랑이 아니야. 내가 애너벨라를 숭배하는 건 맞지만, 사랑하지는 않아. 밀리센트 당신은 사랑하지만 숭배하지는 않고." 그는 그 사랑을 보여주려는 듯 그녀의 연갈색 고수머리를 한 줌 움켜쥐더니 확 비틀었다.

"정말이에요, 랠프?" 그녀는 눈물 사이로 희미하게 미소 지으며 머리를 너무 세게 잡아당겼다는 뜻으로 남편의 손에 손을 얹었다.

"그럼, 사실이지. 가끔 당신 때문에 짜증이 나긴 하지만."

"제가 당신을 짜증 나게 한다고요!" 밀리센트는 너무 놀라서 이렇게 물었다.

"그래, 당신이— 그런데 그건 당신이 너무 착하게 굴어서 그래. 애한테 온종일 건포도와 설탕 바른 자두만 주면 질려서 신맛 나는 오렌지즙을 먹고 싶어 하기 마련이야. 밀리, 해변의 모래 본 적 없어? 처음에는 정말 부드럽고 평평해 보이고, 발에도 편하게 느껴지지. 그런데 걸을 때마다 푹 들어가고, 힘을 줄수록 더 들어가는 양탄자처럼 부드럽고 편한 이 해변을 30분 정도 걷다 보면 꽤 피곤하게 느껴지거든. 그래서 서 있든 걷든 발을 구르든 조금도 들어가지 않는 단단한 바위를 만나면 반갑다는 생각이 드는 거야. 그 바위가 맷돌의 아랫돌처럼 딱딱하더라도 걷기에는 더 편하게 느껴지는 거지."

"무슨 말인지 알아요, 랠프." 그녀는 긴장한 기색으로 회중시계의 끈을 만지작거리고 조그만 발로 양탄자의 무늬를 따라 그렸다. "무슨 말인지 알겠어요. 그런데 저는 당신이 언제나 순종하기를 원하는 줄 알았어요. 이제 와서 바꿀 수는 없는데."

그러자 해터즐리 씨가 그녀의 머리카락을 다시 홱 당기며 대답했다. "물론 그렇지. 그런데 밀리, 오해하지 말고 들어. 남자는 뭔가 불평할 거리가 필요해. 아내가 심술궂고 성질이 나쁘다고 불평할 수 없으면, 너무 착하고 순해서 지친다고 불평해야 한다고."

"하지만 질리거나 불만이 있는 게 아니라면 왜 꼭 불평을 해야 해요?"

"그거야 물론 나 자신의 결점을 방어하기 위해서지. 당신, 아무런 잘못이 없으면서도 늘 나를 도와주려고 하는 사람이 옆에 있는데 내가 나의 모든 잘못을 혼자 떠안을 거라고 생각하는 거야?"

 그러자 밀리센트는 진지하게 대답했다. "이 세상에 잘못 없는 사람은 없어요." 그러고는 자기 머리카락을 움켜쥐고 있는 남편의 손을 잡고 진심으로 헌신적인 자세로 입을 맞추더니 문으로 발걸음을 옮겼다.
 "이제 어쩌려고? 어디 가?" 그가 물었다.
 "머리 다듬으려고요." 그녀는 헝클어진 머리 사이로 미소 지으며 말했다. "당신이 다 흘러내리게 했잖아요."
 "그럼 빨리 가서 해!" 그녀가 방을 나가자 해터즐리가 말했다. "작지만 대단한 사람이죠. 그런데 너무 부드러워요— 잡으면 녹아버릴 것 같거든요. 가끔 취했을 때 제가 밀리를 학대한다는 생각이 들 정도라니까요. 하지만 그때든 그 후에든 일체 불평을 안 하니까 어쩔 수가 없어요. 싫어하는 것 같지는 않아요."
 "해터즐리 씨, 그건 제가 말씀드릴 수 있어요. 밀리는 그런 거 싫어해요. 그거 말고 더 싫어하는 것들도 있어요. 아마 해터즐리 씨한테는 절대 불평하지 않겠지만."
 "부인이 그걸 어떻게 알아요? 밀리가 얘기해준 거예요?" 내가 그렇다고 하면 큰일 날 것처럼 무서운 기세로 그가 물었다.
 "아뇨. 하지만 저는 해터즐리 씨보다 훨씬 오래전부터 밀리센트를 알았고, 더 면밀하게 지켜봐왔어요. 그리고 이건 자신 있게 말씀드릴 수 있어요. 밀리센트는 당신한테 과분할 정도로 당신을 사랑하고, 당신은 그녀를 아주 행복하게 만들어줄 수 있어요. 하지만 그러는 대신 당신은 그녀를 힘들게 하고, 감히 말씀드리건대 하루도 빠짐없이 아무것도 아닌 일로 그녀를 괴롭히고 있어요."

그러자 해터즐리는 호주머니에 손을 찌르고 태평하게 천장을 바라보며 말했다. "글쎄요, 그건 제 탓이 아니에요. 제 행동이 싫다면 그렇다고 얘기를 해야죠."

"밀리센트가 바로 당신이 원하는 그런 아내 아닌가요? 헌팅던 씨에게 그렇게 말하셨다던데요. 어떤 일이든 아무 불평 없이 받아들이고, 무슨 짓을 하든 당신을 탓하지 않을 그런 여자를 원한다고요."

"그랬죠. 그런데 원하는 걸 못 얻는 게 나은 경우도 있어요. 원하던 걸 얻으면 아무리 훌륭한 사람이라도 타락하기 쉽지요, 그렇지 않나요? 제가 좋은 기독교도처럼 행동하든, 타고난 그대로 형편없는 건달처럼 굴든 밀리센트한테는 다 똑같은 존재라는 걸 아는데 제가 어떻게 나쁘게 굴지 않겠어요? 그녀가 한 마리 스패니얼처럼 순하고 얌전하게 제 발치에 엎드려서는 힘들어도 끝까지 깽 소리 한 번 안 내는데 제가 어떻게 괴롭히지 않을 수 있겠냐고요?"

"당신이 애초에 폭군으로 태어났다면 그런 유혹에 빠지기 쉽긴 하겠네요. 하지만 너그러운 사람은 절대 약한 사람을 억압하는 데서 즐거움을 얻지 않고, 오히려 아끼고 보호할 거예요."

"저는 아내를 억압하지 않아요. 하지만 항상 똑같이 아끼고 보호하는 건 정말 너무 지루해서 참을 수가 없어요. 밀리가 늘 '녹아버리고 아무런 기미도 보이지 않'*는데 제가 그녀를 억압하고 있는지 어떻게 알겠어요? 어떤 때는 아내가 감정이 없는 사람인가 싶기도 해요. 그래서 울 때까지 계속하는데, 그러면 기분이

---

*   윌리엄 셰익스피어의 《헨리 6세》 2부 3막 3장 29절 참고.

좋더군요."
"그럼 당신은 밀리센트를 억압하는 게 즐거운 거네요?"
"아니라니까요! 그냥 제가 기분이 나쁘거나 너무 좋을 때, 그냥 위로해주는 게 좋아서 괴롭히고 싶을 때, 아니면 아내가 너무 풀 죽어 있어서 뭔가 자극이 필요한 것 같을 때 그러게 되더라고요. 가끔은 아무 이유 없이 울어서 저를 자극하고는 왜 우는지 말을 안 해요. 그러면 저는 너무 화가 나서 돌아버려요. 특히 취했을 때는 더 그렇죠."
"취했을 때는 틀림없이 그렇겠죠. 하지만 헤터즐리 씨, 앞으로는 그녀가 풀 죽어 보이거나 (당신 말대로) '이유 없이' 울면 그건 다 당신 때문이라는 걸 명심하세요. 당신이 뭔가 잘못을 했든지 전반적으로 안 좋게 처신하니 괴로워서 그러는 거니까요."
"그럴 리가요. 만약 그렇다면 저한테 말을 하겠죠. 저는 그렇게 말도 안 해주면서 조용히 우울해하고 괴로워하는 거 싫어요. 그건 솔직하지 않은 거잖아요. 그런 식이면 제가 어떻게 변하겠어요?"
"밀리센트는 당신이 실제보다 더 지혜롭다고 생각해서, 자기가 아무 말 안 해도 언젠가 당신 스스로 잘못을 바로잡고 나아질 수 있을 거라는 망상에 빠져 있나 보죠."
"빈정거리지 말아요, 헌팅던 부인. 제가 늘 옳지는 않다는 거 저도 알아요. 하지만 어떤 때는 그 피해를 보는 사람이 저뿐이라면 그게 무슨 상관인가 하는 생각이 들고—"
그래서 내가 끼어들었다. "그건 (나중에 그 대가를 치르고 깨닫겠지만) 당신 자신뿐 아니라 당신과 연관된 모든 사람, 특히 당신 부인에게 아주 큰 피해를 주죠. 당신의 오판이 당신 자신에게만 피해를 준다는 건 말도 안 되는 소리예요. 특히 우리가 얘기하고 있는 그런 행동들은 당신뿐 아니라 당신 주변의 수백 명, 아니 어쩌면 수천 명에게 피해를 줘요. 당신이 저지르는 잘못 때문에도 그렇고, 당신이 해야 할 일을 못 하기 때문에도 그렇죠."

그러자 해터즐리가 말을 이었다. "아까 얘기하다 말았는데, 부인이 제 말을 중간에 막지 않았으면 하려고 했던 얘기가 있어요. 가끔은 제가 잘못을 저지를 때마다 그걸 확실하게 지적하고, 악을 피하고 선을 택하도록 확실히 동기부여를 해주는 사람과 결혼했더라면 더 잘 살았을 것 같다는 생각도 들어요."

"다른 사람들의 평가만이 동기가 되는 삶을 산다면 본인에게 좋을 리가 없어요."

"글쎄요, 하지만 만약 제가 늘 순종하거나 한결같이 착하기만 한 사람이 아니라, 가끔은 저한테 맞설 배포가 있고 방금 부인이 그랬듯이 언제나 제게 솔직한 의견을 들려주는 사람과 결혼했다면요. 제가 런던에 있을 때 밀리센트에게 했듯이 부인에게 했다면 그야말로 난리가 났을걸요."

"잘못 보셨어요. 저는 바가지 긁는 여자가 아니에요."

"그렇다면 더욱 좋죠. 저는 평소에 누가 제 말에 반대하는 거 못 참거든요. 다른 사람의 의지 못지않게 제 의지도 중요하다고 생각하고요. 하지만 누가 됐든 너무 자기 뜻대로만 하면 안 되겠지요."

"글쎄요, 저도 정당한 이유 없이 남의 말에 반대하지는 않아요. 하지만 분명 당신의 행동에 대해 언제든 제 의견을 말해주겠죠. 그리고 만일 당신이 저를 육체적으로나 정신적으로, 또는 재산상의 문제로 억압한다면, 제가 '싫어하는 것 같지 않아서' 그랬다는 말은 못 할 거예요."

"알고 있어요, 부인. 그리고 제 아내가 부인처럼 해준다면, 저뿐 아니라 밀리센트에게도 좋을 것 같아요."

"그렇게 전할게요."

"아뇨, 그러지 말고 그냥 두세요. 양쪽 모두 고려할 점이 많은데, 지금 생각해보니 헌팅던 그 야비한 친구는 부인이 좀 더 밀리센트 같으면 좋겠다는 말을 자주 했어요. 부인도 결국 그 친구는 뜯어고칠 수 없고요. 그 친구가 저보다 열 배는 더 나쁜데 말이죠. 그 친구는 확실히 부인을 두려워해요. 다시 말하면, 부인 앞에서는 늘 최선의 모습을 보여주려고 해요. 하지만—"

"그렇다면 아서의 최악의 모습은 대체 어떤데요?" 나는 그렇게 묻지 않을 수 없었다.

"그게, 솔직히 말하면, 아주 나쁘죠— 그렇지 않아, 하그레이브?" 해터즐리가 그에게 물었다. 나는 문을 등지고 벽난로를 향해 서 있었기 때문에 그 사람이 들어오는 걸 모르고 있었다. "헌팅던은 그야말로 사상 최악의 무뢰한 아닌가?"

그러자 하그레이브 씨가 앞으로 나오며 말했다. "그 친구 부인 앞에서 함부로 그 친구 욕을 하면 안 되지. 그렇지만 제가 그런 사람이 아니어서 다행이라는 말은 해야 할 것 같군요."

그래서 내가 이렇게 말했다. "당신을 보면 '하느님, 죄인인 제게 자비를 베푸소서'라고 말하는 게 더 어울릴 것 같은데요."

그러자 그 사람은 가볍게 고개를 숙였다가 당당하지만 상처 입은 표정으로 다시 고개를 들며 말했다. "정말 엄격하시군요." 해터즐리가 웃으며 그의 어깨를 툭 치자 하그레이브 씨는 모욕당한 듯한 기색으로 몸을 빼 양탄자 저쪽 끝으로 걸어갔다.

이윽고 그의 매제가 말했다. "헌팅던 부인, 이건 정말 너무한 거 아닌가요? 여기 온 지 이틀째 밤에 제가 술에 취해서 월터 하그레이브를 때렸는데, 그다음 날 아침에 바로 용서를 빌었는데도 지금까지 계속 저를 본체만체하고 있어요!"

그러자 그 사람이 말했다. "자네가 용서를 비는 태도와 그 일에 대해 기억하는 걸 보면 자네는 그날 완전히 취한 게 아니라 어떤 일이 일어나는지 다 의식하고 있었고, 그래서 그 일에 대해 모든 책임을 져야 해."

"자네가 나와 내 아내 사이에 끼어들었잖아. 그러면 누구나 화가 날 수밖에 없지." 해터즐리가 투덜거렸다.

"그러면 그날 잘했다는 건가?" 하그레이브 씨가 그를 쏘아보며 물었다.

"아니, 내가 흥분하지만 않았더라면 때리지는 않았을 걸세. 그 후에 그렇게 사과를 했는데도 계속 꽁해 있겠다면, 젠장맞을, 그러든가!"

"나라면 최소한 숙녀분 앞에서는 그런 식으로 말 안 할 것 같은데." 하그레이브 씨는 치미는 화를 그저 혐오스럽다는 듯한 표정으로 감추며 대답했다.

그러자 해터즐리가 반박했다. "내가 뭐라고 했는데? 사실 그대로 말한 거잖아. 헌팅던 부인, 형제의 허물을 용서하지 않으면* 지옥행이잖아요, 그렇지 않나요?"

그래서 내가 말했다. "하그레이브 씨, 해터즐리 씨가 용서를 구하니 용서해주셔야죠."

---

*   마태오의 복음서 6장 14~15절과 루가의 복음서 17장 3~4절 참고.

그는 "부인께서 그러라시면 그래야죠!" 하더니, 거의 대놓고 웃으면서 앞으로 나와 손을 내밀었다. 그러자 해터즐리 씨가 얼른 그 손을 잡았고, 두 사람은 적어도 겉으로 보기에는 원만히 화해했다.

하그레이브 씨가 나를 보며 말했다. "이게 더 모욕적이었던 건 이 친구가 부인 앞에서 용서를 빌었다는 겁니다. 하지만 부인께서 저한테 용서하라고 하시니 저도 용서하고 잊어버릴게요."

"내가 할 수 있는 최고의 보답은 꺼져주는 거겠군." 해터즐리 씨가 밝게 웃으며 이렇게 말하자 하그레이브 씨도 싱긋 웃었다. 해터즐리 씨가 방을 나갔다. 긴장되는 순간이었다. 하그레이브 씨는 심각한 표정으로 돌아서더니 진지한 어조로 입을 열었다.

"헌팅던 부인, 제가 이 순간을 얼마나 기다리고 또 두려워했는지요! 놀라지 마세요." 내가 화가 나서 얼굴이 붉어지자 하그레이브 씨가 이렇게 덧붙였다. "부인이 싫어하실 쓸데없는 호소나 탄식을 늘어놓거나, 제 감정을 표현하고 부인의 완벽함을 찬미해서 부인께 부담을 드리려는 게 아닙니다. 오늘 저는 부인께서 꼭 아셔야 하지만, 저로서는 너무 고통스러운 일을 말씀드리려고 합니다―"

"그러면 굳이 얘기하지 마셔요!"

"하지만 이건 중요한 일이라―"

"그게 중요한 얘기고, 특히 하그레이브 씨가 생각하시는 대로 안 좋은 소식이라면 제 귀에도 곧 들어오겠네요. 지금은 아이들을 위층에 데리고 가야 해요."

"종을 울려서 하인들을 시켜도 되잖아요?"

"아뇨, 제가 집 맨 위층까지 갔다 오고 싶어서요. 아서, 가자."

"다시 돌아오시는 거죠?"
"아직 그럴 시간은 아니에요. 기다리지 마세요."
"그럼 언제 다시 만날 수 있어요?"
"점심때요." 나는 한 팔로는 어린 헬렌을 안고 다른 손으로 아서의 손을 잡고 방을 나왔다.
그는 토라져서는 뭔가를 탓하거나 투덜대는 말을 중얼거리며 돌아섰는데, 확실히 들은 건 '무정하다'라는 단어뿐이었다.
"하그레이브 씨, 지금 뭐라고 하신 거예요? 그게 무슨 뜻이에요?" 내가 문간에 멈춰 서서 물었다.
"아, 아무것도 아니에요. 부인 들으라고 한 말은 아니고 그냥 혼잣말한 거예요. 그런데 헌팅던 부인, 실은 말하는 저도 괴롭고 들을 부인께서도 괴로운 내용이에요. 편하실 때 몇 분만 시간을 내주시면 정해주시는 장소로 갈게요. 저의 이기적인 동기에서 말씀드리는 것도 아니고 부인의 초인적인 순수함에 누가 될 내용도 아니니, 그렇게 차갑고 냉정한 경멸의 눈길로 저를 죽이지 말아주세요. 다들 나쁜 소식을 전하는 이를 싫어한다는 것을 너무나 잘 알지만—"
나는 짜증이 난 어조로 그의 말을 잘랐다. "그 놀라운 소식이 대체 뭔데요? 정말 그렇게 중요한 내용이면 제가 가기 전에 세 단어로 말해주세요."
"세 단어로는 안 됩니다. 아이들을 보내고 제 말을 들어주세요."
"안 돼요. 그 나쁜 소식 혼자만 알고 계세요. 제가 듣고 싶지 않고, 그걸 알려주는 당신도 싫어질 그런 내용인 거잖아요."
"정말 정확히 맞히시네요. 그렇더라도 제가 알고 있는 한 말씀드리는 게 도리일 것 같아요."

"아, 우리 둘 다 고통스러울 테니 말하지 마세요. 도리 안 지켜도 됩니다. 당신은 말하겠다고 했고, 제가 안 듣겠다고 했어요. 제가 그 사실을 몰라도 그건 당신 탓이 아닌 거예요."

"그렇게 하죠. 제 입으로 말씀드리지는 않을게요. 하지만 갑자기 알게 됐을 때 충격이 너무 크면, 제가 그 충격을 조금이라도 덜어드리려고 했다는 건 기억해주세요!"

나는 그 자리를 떠났고, 일단 크게 걱정하지 않고 기다려보기로 마음먹었다. 다른 사람도 아니고 하그레이브 씨가 내게 이야기해줄 중요한 일이 있을까? 자신의 불순한 목적을 위해 아서에 대한 과장된 소문을 활용하려고 한 게 틀림없다.

6일. 하그레이브 씨는 그 후 이 엄청난 수수께끼에 대해 다시 말하지 않았고, 나도 그날 그 이야기를 듣지 않기로 한 것을 후회할 이유가 없었다. 아직 아무 일도 터지지 않았고, 나도 별로 걱정하지 않고 있다. 요즘 아서는 잘 지내고 있다. 두 주일 이상 크게 실수한 적도 없고, 지난 일주일 내내 술을 과음한 적도 없어서, 기분도 외모도 많이 좋아졌다. 이게 지속될 거라고 믿어도 될까?

33장

이틀 저녁

7일. 그래, 한번 믿어보자! 오늘 밤, 그림즈비와 해터즐리가 집 주인의 푸대접에 대해 불평하는 소리를 들었다. 두 사람은 내가 가까이 있는 걸 눈치채지 못했다. 나는 퇴창의 커튼 뒤에 서서 어둠에 휩싸인 큰 느릅나무 위로 달이 떠오르는 광경을 보고 있었기 때문이다. 그런데 아서도 밖에 나가 현관문 한쪽 기둥에 기대서서 달을 보고 있었다. 왜 그렇게 감상적이었을까?

이윽고 해터즐리 씨가 말했다. "이 집에서 신나게 술 파티를 하는 건 이번이 마지막이겠지? 아서가 계속 같이 어울려줄 거라고는 생각 안 했지만—" 그러더니 웃으면서 덧붙였다. "이런 식으로 끝날 줄은 몰랐어. 이 집 예쁜 여주인이 고슴도치처럼 가시를 세우고 제대로 처신하지 않으면 쫓아낸다고 위협할 줄 알았거든."

"이렇게 될 걸 예상 못 했다고?" 그림즈비가 쿡쿡 웃으며 대꾸했다. "하지만 그 여자한테 싫증 나면 아서도 태도가 바뀔걸. 1~2년 후에 오면 아마 우리 맘대로 놀아도 될 걸세."

그러자 해터즐리가 말했다. "글쎄, 난 잘 모르겠어. 쉽게 싫증 날 여자가 아니거든. 그건 그렇다 쳐도, 아서가 착실하게 살겠다고 태도를 바꾸는 바람에 우리가 신나게 놀 수 없게 된 건 너무 화가 나."

그러자 그림즈비가 말했다. "이게 다 저 빌어먹을 여자들 때문이야! 여자들이야말로 세상의 골칫거리지. 거짓되고 예쁜 얼굴과 기만적인 혀로 어딜 가든 문제를 일으키고 불편을 야기하니 말야."

이 시점에 나는 커튼 밖으로 나왔고, 그림즈비 씨 옆을 지나가면서 빙긋 웃어주었다. 그리고는 아서를 찾으러 밖으로 나갔다. 아까 관목 숲 쪽으로 걸어가는 걸 봤기 때문에 그쪽으로 가보았더니 아서는 그늘진 오솔길로 막 들어서는 참이었다. 나는 기분도 좋고 아서가 너무 사랑스럽게 느껴져서 휙 뛰어가 그를 껴안았다. 그런데 나의 갑작스러운 행동에 대한 그의 반응이 특이했다. 그는 먼저 "앗, 깜짝이야!" 하더니, 결혼 전처럼 나를 열렬히 껴안았다. 하지만 그러고 나서는 완전히 겁에 질린 어조로 이렇게 외쳤다.

"헬렌! 이게 대체 무슨 일이야?" 우거진 나무들 사이로 비치는 희미한 빛으로 보니, 그는 너무 놀라서 하얗게 질린 낯빛이었다.

먼저 본능적으로 나를 열렬히 껴안고 난 다음에 놀라서 하얗게 질리다니, 이상하지 않은가. 그래도 이걸 보면 그는 최소한 나를 정말 사랑하고 있고, 아직은 나에게 싫증이 난 건 아닌 듯했다.

나는 기뻐서 하하 웃으며, "아서, 나 때문에 놀랐군요. 왜 이렇게 긴장했어요!" 했다.

"대체 왜 그런 거야?" 아서는 짜증 난 어조로 이렇게 말하더니 몸을 빼고 손수건으로 이마를 닦았다. "돌아가, 헬렌— 당장 돌아가! 이러다 감기 걸리면 큰일 나!"
 "당신한테 왜 왔는지 얘기하고 돌아갈게요. 당신이 너무 착실해지고 술도 안 마신다고 친구들이 당신을 원망하고 있어요. 그래서 고맙다고 얘기하러 온 거예요. 그분들은 이게 다 '이 빌어먹을 여자들' 때문이고, 우리가 '세상의 골칫거리'라고 하더라고요. 하지만 그분들이 아무리 비웃고 불평해도 당신이 그간의 결심이나 나에 대한 사랑을 포기하지 않았으면 좋겠어요."
 그러자 아서가 하하 웃었다. 나는 그를 또 한 번 꽉 껴안고 눈물로 호소했다. "제발 그동안 노력해온 대로 버텨줘요. 그러면 그 전 어느 때보다 더 당신을 사랑할게요."
 "그래, 알았어, 그렇게 할게!" 그러더니 서둘러 내게 입을 맞추었다. "자, 이제 얼른 가. 이 추운 가을밤에 그렇게 얇은 이브닝드레스를 입고 밖에 나오다니, 제정신이야?"
 "딱 좋은 날씨잖아요."
 "1분만 더 있어도 감기 걸려 죽는다니까. 빨리 뛰어가, 얼른!"
 "아서, 저 나무들 사이에 내 죽음이라도 있는 거예요?" 마치 내 죽음이 관목 숲에서 오고 있기라도 한 듯 아서가 그쪽을 하도 골똘히 보고 있길래 내가 물었다. 요즘 누린 행복과 되살아난 희망과 사랑이 너무 달콤해서 그이의 옆을 떠나고 싶지 않았다. 그런데 내가 머뭇거리자 아서가 화를 냈다. 그래서 나는 그에게 입을 맞추고는 다시 집으로 뛰어왔다.
 그날 밤 나는 정말 기분이 좋았다. 밀리센트는 내가 파티의 분위기를 다 띄웠다며, 내가 그렇게 재기 발랄한 건 처음 봤다고 속삭였다. 확실히 나는 말도 많이 하고 모든 사람에게 미소를 보냈다. 그림즈비, 해터즐리, 하그레이브, 로버러 부인도 모두 상냥하게 응대했다. 그림즈비는 나를 빤히 쳐다보며 왜 그러는지 궁금해하는 눈치였고, 해터즐리는 (억지로 받아 마신 와인에도 불구하고) 웃으며 농담을 했지만, 그래도 나름 점잖게 행동했다. 하그레이브와 애너벨라는 이유와 방식은 달랐지만 나와 비슷하게 처신했고, 분명 나보다 더 뛰어났다. 하그레이브는 유창한 말솜씨로 다양한 주제에 대해 이야기했고, 애너벨라는 적어도 대담하고 활기찬 태도로는 돋보였다. 밀리센트는 자신의 남편과 오빠 그리고 실제보다 과대평가받는 친구 모두가 그렇게 활약하는 걸 보며 말은 안 해도 기쁨을 감추지 못했다. 심지어 로버러 경도 이 분위기에 취해 어두운 눈썹 아래 진녹색 눈동자가 반짝였고 침울한 얼굴에는 밝은 미소가 감돌았다. 평소의 우울함과 오만하거나 차가운 느낌을 주는 침묵이 모두 사라진 모습이었다. 그는 전반적으로 명랑하고 생기 있게 처신했을 뿐 아니라, 가끔 아주 강렬하고 탁월한 말을 하여 우리를 놀라게 했다. 아서는 말은 별로 안 했지만 웃으면서 손님들의 말에 귀를 기울였고, 술에 취하지는 않았지만 기분이 정말 좋아 보였다. 그래서 그날 파티는 우리 모두에게 아주 흥겹고 무고(無辜)하고 즐거운 시간이었다.

9일. 어제 레이철이 야회복을 입혀주러 왔을 때 보니 울다 온 것을 알 수 있었다. 그래서 이유를 물었는데, 자꾸 아니라고만 했다. 어디 아프냐고 물어도 괜찮다고 하고, 고향에서 안 좋은 소식을 들었냐고 해도 그런 거 없다고 하고, 하인 중 하나가 속상하게 했냐고 물어도 아니라고 했다.
"아, 아니에요, 마님. 제 일 때문에 그런 거 아니에요."

"그럼 뭔데, 레이철? 소설책이라도 읽다 온 거야?"
"그럴 리가요, 아니에요!" 그녀는 서글픈 얼굴로 고개를 젓더니, 한숨을 푹 쉬고 말을 이었다. "사실은요, 마님, 주인어른의 행동이 마음에 안 들어요."
"레이철, 그게 무슨 말이야? 요즘 아주 잘하고 계시잖아."
"글쎄요, 마님이 그렇게 생각하신다면 그런 거죠."
 그러더니 그녀는 차분하고 침착한 평소의 태도와 달리 급하게 내 머리를 꾸며주었다. 그러고는 반쯤 혼잣말로 머리칼이 참 아름답다고, 그들과는 비교도 안 된다고 중얼거리면서 다정하게 내 머리를 쓰다듬고는 가볍게 톡톡 두드렸다.
"유모, 그렇게 다정하게 쓰다듬은 게 내 머리야, 냐야?" 내가 웃으면서 돌아보니 그녀의 눈에 눈물이 고여 있었다.
"레이철, 대체 무슨 일이야?" 내가 놀라서 물었다.
"글쎄요, 잘 모르겠어요. 그런데 만약―"
"만약 뭐?"
"글쎄요, 만약 제가 마님이라면 로버러 부인을 지금 당장 내쫓아버릴 것 같아요. 지금 당장요."
 나는 벼락 맞은 기분이었다. 그런데 충격에서 벗어나 레이철에게 이유를 묻기도 전에 밀리센트가 들어왔다. 평소에도 나보다 먼저 단장을 끝내면 건너와서 기다렸다가 같이 내려가곤 했다. 하지만 오늘 나는 유난히 무심한 동석자였을 것이다. 레이철이 끝에 한 말이 머릿속에 계속 맴돌았기 때문이다. 그래도 나는 희망을 버리지 않았다. 지난달 로버러 부인의 처신을 보고, 또는 이전에 그녀가 방문했을 때 아서와의 사이에서 있었던 일을 보고 하인들이 지어낸 소문일 뿐, 실제로 뭔가 확실한 근거가 있는 말은 아닐 거라고 생각했기 때문이다. 저녁 식사 동안 그녀와 아서를 면밀히 지켜봤지만 (특별히 의심하는 사람의 눈으로 보면 어떨지 몰라도) 두 사람의 행동에 특별히 이상한 점은 없었고, 나는 의심하고 있지 않았기 때문에 아무런 문제도 발견하지 못했다.

애너벨라는 저녁 식사가 끝나자마자 거의 바로 자신의 남편과 같이 밤 산책을 나갔다. 그 전날과 마찬가지로 아주 아름다운 밤이었기 때문이다. 하그레이브 씨는 다른 사람들보다 약간 일찍 응접실로 들어와 내게 체스를 한판 하자고 요청했다. 그는 술에 취했을 때 빼고 평소 나를 대할 때는 슬프지만 당당하게 겸허한 태도를 보이곤 했는데, 그날은 다른 느낌이었다. 그래서 혹시 취했나 싶어 얼굴을 마주 보았다. 그러나 그는 열렬하면서도 차분한 눈길로 나를 건너다보았다. 거기엔 내가 이해하기 힘든 무언가가 있었지만 술에 취한 것 같지는 않았다. 나는 그와 별로 게임을 하고 싶지 않아서 밀리센트와 하라고 했다.

"동생은 실력이 별로라서 부인과 하고 싶습니다. 자, 수 그만 놓고 어서 오세요. 달리 할 일이 없을 때만 수놓으시는 거 알고 있어요."

"하지만 체스를 두는 사람들은 너무 비사회적이에요. 다른 사람들은 놔두고 자기들끼리만 놀잖아요."

"여기 지금 밀리센트밖에 없잖아요. 동생은—"

"즐겁게 지켜볼 테니까 어서 해봐!" 밀리센트가 말했다. "둘 다 고수라 볼만하겠는데! 누가 이길지 궁금하네."

나는 하겠다고 했다.

하그레이브 씨는 체스판에 말들을 놓으면서, 모든 단어에 중의적 의미가 있는 것처럼 묘하게 강조를 주며 또렷또렷한 어조로 이렇게 말했다. "자, 헌팅던 부인, 부인도 실력자시지만 제가 좀 더 나으니 아마 긴 게임이 될 거고, 그 과정에서 저를 애먹이실 수도 있겠죠. 하지만 저도 부인 못지않게 끈질기니까 결국에는 제가 반드시 이길 겁니다." 그는 날카롭고 교활하고 대담하며 거의 건방진, 내 마음에 들지 않는 눈빛으로 나를 건너다보며 이렇게 말했다. 이길 걸 생각하니 벌써 의기양양한 모양이었다.

"하그레이브 씨, 그렇게 안 될걸요!" 내가 큰 소리로 대차게 대답하자 밀리센트가 흠칫 놀랐다. 그렇지만 하그레이브 씨는 그저 빙긋 웃으며 이렇게 중얼거렸다. "시간이 지나면 알게 되겠죠."

우리는 게임을 시작했다. 그는 충분히 집중하면서도, 자기가 더 실력자라는 생각에 차분하고 자신만만했다. (하그레이브도 마찬가지였을 것 같은데) 나는 이 게임이 더 진지한 또 다른 종류의 경쟁을 상징한다는 생각이 들어서, 어떻게든 그의 예상을 깨버리고 싶었다. 그렇게 생각하니 이 게임에 질까 봐 너무 두려워졌다. 어찌 됐든 이 게임에서 져서 그가 스스로 가졌다고 생각하는 힘(내가 볼 때는 오만한 자신감)이 조금이라도 더 커졌다거나 그가 언젠가 나를 차지할 수 있겠다고 잠깐이라도 생각하게 만들 수는 없었다. 그는 신중하고 진지하게 게임에 임했고, 나는 열심히 맞서 싸웠다. 한동안은 둘이 엇비슷했는데, 어느 시점부터 내가 이길 것 같은 느낌이 들었다. 상대의 큰 말을 몇 개 잡았고 그의 공격을 확실하게 막아냈기 때문이다. 그는 적잖이 당황한 듯 손으로 이마를 짚고 잠시 게임을 멈추었다. 유리한 상황이 되어 너무 기뻤지만 대놓고 좋아할 수는 없었다. 이윽고 그가 얼굴을 들어 나를 보더니 조용히 말을 움직이며 차분하게 물었다. "이제 이길 수 있을 것 같죠, 그렇지 않나요?"

"그랬으면 좋겠어요." 나는 그가 내 비숍 앞에 두었던 폰을 집으며 이렇게 대답했다. 그가 너무나 무심히 쓱 놓길래 실수라고 생각했었다. 하지만 그 상황에서 나는 조심하라는 말을 할 만큼 관대하지 못했고, 그 순간에는 방금 내가 둔 수가 게임에 어떤 영향을 줄지 미처 생각하지 못했다. "저 비숍들 때문에 골치 아팠는데, 대담한 기사(knight)는 그들을 다 뛰어넘을 수 있죠." 그가 나이트로 내 마지막 비숍을 잡으며 이렇게 말했다. "자, 비숍들을 다 잡았으니 이제 제 앞에 있는 건 다 제 차지군요."

"아, 오빠, 큰소리치지 마! 아직 헬렌이 오빠보다 말이 훨씬 많잖아."

"앞으로 고생 좀 하실걸요. 그러다가 갑자기 졌다는 걸 깨닫게 되실 수도 있고요. 퀸 잘 지키세요." 내가 말했다.

전투는 한층 더 진지해졌다. 게임은 한참 더 이어졌고, 나는 실제로 그를 고생시키기는 했지만 결국 하그레이브 씨가 나보다 더 실력자였다.

"정말 대단한 고수들이네!" 해터즐리 씨가 들어와 한참을 구경하더니 이렇게 소리쳤다. "헌팅던 부인, 이 판에 모든 걸 건 것처럼 손을 떠시네요. 월터 이 자식은 이길 거라고 확신하는지 아주 진지하고 차분해 보이고요. 거의 부인의 피를 보려는 것처럼 예리하고 냉정해 보이는구먼! 내가 자네라면 져드릴 것 같은데. 자네가 이기면 부인이 자네를 미워할 것 아닌가. 부인의 눈을 보라고, 확실하다니까."

"조용히 계세요, 제발." 내가 말했다. 절박한 상황인데 그 말 때문에 집중이 안 됐기 때문이다. 몇 수 더 두다 보니 상대의 수에 완전히 걸려들어버렸다.

"체크." 하그레이브 씨가 외쳤다. 나는 벗어나려고 열심히 머리를 굴렸다. "메이트!" 그가 기쁜 얼굴로 조용히 덧붙였다. 내가 당황하는 걸 더 즐기려고 일부러 잠시 미뤘다가 말을 한 것이었다. 나는 이 게임 결과에 과도하게 당황했다. 해터즐리는 웃음을 터뜨렸고, 밀리센트는 내가 너무 참담해하는 걸 보고 당혹감을 감추지 못했다. 하그레이브는 테이블 위에 얹고 있던 내 손을 잡고는 부드럽지만 강하게 쥐면서 "졌네, 졌어!" 했다. 그러면서 기쁨과 (그래서 더 모욕적이었는데) 열정, 애정이 섞인 표정으로 나를 건너다보았다.

"하그레이브 씨, 아니에요, 절대로!" 나는 얼른 손을 빼며 이렇게 소리쳤다.

"인정 안 하시는 거예요?" 그가 웃는 얼굴로 체스판을 가리켰다.

"아뇨, 그건 아니에요." 내 말이 아주 이상하게 들렸을 것 같아서 나는 서둘러 덧붙였다. "체스에서는 제가 졌죠."

"그럼 한 판 더 두실래요?"

"아뇨."

"그럼 제가 더 잘하는 거 인정하시는 거죠?"

"네 — 체스는요."

나는 일어서서 수예 바구니를 가지러 갔다.

"애너벨라는 어디 있죠?" 하그레이브 씨가 방 안을 둘러보더니 심각한 어조로 물었다.

"로버러 경과 밖에 나갔어요." 하그레이브 씨가 대답을 기다리는 표정이라 나는 이렇게 대답했다.

"그러고는 아직 안 돌아온 거네요." 그가 다시 심각한 어조로 말했다.

"그런 것 같아요."

"헌팅던은 어디 있나요?" 그가 다시 방 안을 둘러보며 물었다.

"그림즈비와 나갔잖아. 자네도 알다시피." 해터즐리는 웃음을 참으며 말하다가, 마지막 단어에서 웃음을 터뜨렸다. 왜 웃었을까? 하그레이브는 왜 두 사람을 연결 지어 물어봤을까? 그럼 그게 사실일까? 그리고 이게 바로 그가 내게 털어놓으려 한 무서운 비밀일까? 그걸 알아야 했다, 그것도 빨리. 나는 레이철을 찾아서 물어보려고 벌떡 일어나 방을 나섰다. 그런데 하그레이브 씨가 전실(前室)로 따라 나오더니 내가 바깥문을 미처 열기 전에 자물쇠 위에 살짝 손을 얹었다. "헌팅던 부인, 뭐 하나 말씀드려도 될까요?" 그가 진지한 표정으로 눈을 내리깔고 가라앉은 목소리로 물었다.

"들을 가치가 있는 얘기라면요." 온몸이 부들부들 떨려서 침착함을 유지하려 애쓰며 내가 대답했다.

그가 조용히 내게 의자를 밀어주었다. 나는 의자에 손만 얹은 채 말해보라고 했다.

"놀라지 마세요. 제가 얘기하려는 건 그 자체로는 아무것도 아니에요. 들어보시고 그 의미는 부인께서 유추해보세요. 애너벨라가 아직 안 돌아왔다고 하셨죠?"

"네, 맞아요— 계속 말씀해보세요!" 내가 초조하게 말했다. 그가 말하려는 내용이 뭐든 간에, 혹시 그 말이 끝나기 전에 내가 참았던 눈물을 터뜨릴까 봐 무서웠기 때문이다.

그가 다시 물었다. "헌팅던이 그림즈비와 나갔다고 한 거 들으셨고요?"

"그런데요?"

"그림즈비가 부인의 남편― 아니 남편이라고 자칭하는 사람한테 얘기하는 걸 들었어요―"

"계속하세요!"

그는 복종하듯 절을 하고는 말을 이었다. "그 친구가 이렇게 얘기하는 걸 들었어요. '내가 잘 처리할 테니까 두고 보라고! 둘이 강을 따라 걸어 내려갔는데, 내가 가서 숙녀분은 알 필요 없는 일이 있으니 따로 얘기 좀 하자고 하겠네. 그러면 부인은 집 쪽으로 돌아오겠다고 할 테고, 그럼 난 부인한테 미안하다고 사과하고 이런저런 얘기를 하면서 관목 숲 쪽으로 가라고 눈짓으로 알려줄 걸세. 그러고 나서는 로버러에게 아까 한다고 한 얘기를 하고 그것 말고도 이것저것 생각나는 대로 얘기를 하면서 최대한 붙잡아둬야지. 그러고는 다른 길로 해서 집으로 돌아오면서, 중간중간 나무도 보고, 들판도 보고, 뭐가 됐든 이야기할 거리를 찾아서 시간을 끌겠네.'" 하그레이브 씨는 여기서 말을 끊고 나를 쳐다보았다.

나는 아무런 말도, 추가적인 질문도 하지 않고 벌떡 일어서서 그 방을 뛰쳐나와 밖으로 나갔다. 더 이상 초조하게 기다리고만 있을 수는 없었다. 하그레이브 씨 한 사람의 고발만으로 근거도 없이 남편을 의심하지 않을 것이며 이 남자를 무조건 믿지도 않을 것이었다. 당장 사실을 확인해야만 했다. 나는 급히 관목 숲으로 달려갔고, 입구에 들어서자마자 말소리가 들려와 가쁜 숨을 몰아쉬며 그 자리에 멈춰 섰다.

"우리 여기 너무 오래 있었어요. 그이가 곧 돌아올 텐데." 로버러 부인의 목소리가 말했다.

그러자 아서가 대답했다. "그렇지 않아! 그래도 잔디밭을 가로

질러 가서 최대한 조용히 들어가. 난 조금 있다 들어갈게."
 그 소리를 들으니 다리가 후들거리고 머리가 핑 돌았다. 당장이라도 쓰러질 것 같았다. 하지만 그녀에게 이런 모습을 보일 수는 없었다. 나는 관목 사이로 들어가 나무줄기에 몸을 기대고 그녀가 지나가기를 기다렸다.
 "아, 헌팅던!" 전날 밤 내가 남편과 서 있었던 자리에 멈춰 서며 그녀가 비난하듯 말했다. "당신이 그 여자랑 키스한 게 바로 여기잖아요!" 그녀는 잎이 무성한 그늘을 돌아보았다. 아서가 거기서 나오더니 픽 웃으며 대답했다.
 "나도 어쩔 수 없었어, 자기. 최대한 오랫동안 괜찮은 척해야 하니까. 나도 당신이 그 얼간이 같은 남편과 키스하는 거 수십 번은 봤는데, 뭘. 내가 한 번이라도 불평한 적 있어?"
 "하지만 솔직히 말해봐요. 그 여자 아직 사랑하는 거 아니에요? 아주 조금은?" 애너벨라는 그의 팔에 손을 얹으며 진지한 얼굴로 그를 마주 보았다. 달빛이 내가 숨어 있는 나무의 가지들 사이로 두 사람의 얼굴을 정면으로 비추고 있어서, 그들의 표정이 뚜렷이 보였다.
 "하늘에 맹세코, 전혀 아니야!" 아서가 그녀의 상기된 볼에 입을 맞추며 이렇게 대답했다.
 "이런, 빨리 가야겠어요!" 그녀가 갑자기 그의 품에서 벗어나더니 집 쪽으로 뛰어갔다.
 그이가 지척에 서 있었지만 나는 그 앞에 나설 기운이 없었다. 혀가 입천장에 달라붙었고*, 몸이 땅속으로 꺼져드는 것 같았으

---

* 욥기 29장 10절 인용.

며, 내 심장 소리가 조용한 바람 소리와 바스락거리는 낙엽 소리보다 더 크게 울려 그의 귀에 들릴 것 같았다. 모든 감각이 마비되는 것 같았지만 아서의 희미한 형체가 내 앞을 지나가는 건 보였고, 윙윙대는 귀의 이명 사이로 아서가 잔디밭을 올려다보며 이렇게 말하는 소리도 또렷이 들렸다. "저기 바보가 가네! 애너벨라, 빨리 뛰어! 자— 얼른 들어가! 아, 저 친구 못 봤어! 좋아, 그림즈비, 그렇게 잡고 있으라고!" 그이가 멀어지며 조용히 킥킥대는 소리까지도 들렸다.

"신이여, 저를 도우소서!" 나는 덤불에 둘러싸인 젖은 풀밭에 무릎을 꿇고 몇 안 되는 나뭇잎 사이로 달빛 가득한 하늘을 우러러보았다. 눈물로 흐려진 눈으로 보니 모든 것이 희미하고 떨리는 듯했다. 터질 것 같고 불타는 듯한 내 심장은 하느님께 고통을 털어놓고 싶어 했지만 그 고뇌를 기도로 표현하지 못했다. 그러다 어느 순간 강풍이 나를 휩쓸고 갔는데, 죽어버린 희망 같은 낙엽을 주위에 흩어놓으면서도 나의 이마를 식혀주었고 어느 정도 기력을 되살려주었다. 내 영혼이 무언의 기도로 신께 간절히 호소하자 뭔가 신비한 힘이 내 마음을 강화해주는 것 같았다. 그러자 숨쉬기가 편해지고 눈이 맑아졌다. 빛나는 달과 맑은 밤하늘을 떠가는 가벼운 구름들이 선명하게 보였고, 그다음에는 나를 비춰주는 영원한 별들이 보였다. 그들의 신이 나의 신이고, 강하신 그분은 나를 구할 것이며 내 기도를 바로 들어주실 것임**을 나는 알았다. 무수히 많은 별들 위에서 "나는 절대 너를 떠나지 않을 것이고, 저버리지 않을 것이다"*** 하는 속삭임이 들려오

**   야고보의 편지 1장 19절 참고.
***   히브리인들에게 보낸 편지 13장 5절 인용.

는 듯했다. 그럴 것이다. 그분은 나를 고통 속에 버려두지 않으실 것이다.* 무슨 일이 있어도 나는 이 모든 고난을 극복할 힘을 가질 것이고, 마침내 최고의 안식을 얻을 것이다!

　마음의 안정을 찾지는 못했어도 활기와 기력을 회복한 나는 일어서서 집으로 돌아왔다. 그런데 문을 열고 들어서서 상쾌한 바람과 아름다운 하늘을 느끼지 못하게 된 순간 아까 새로이 느낀 힘과 용기는 거의 사라졌고, 집의 현관, 전등, 계단, 여러 방의 문들, 응접실에서 들려오는 사람들의 말소리와 웃음소리 등 내가 보고 듣는 모든 것이 내 마음을 무너뜨렸다. 앞으로의 삶을 어떻게 견딜 수 있을까? 이 집에서, 저 사람들 사이에서— 아, 내가 과연 살아갈 수 있을까? 바로 그때 존이 현관으로 나오더니 나를 찾고 있었다고, 티타임에 필요한 건 다 내갔고, 내가 올 건지 아서가 궁금해했다고 말했다.

　"해터즐리 부인께 차를 끓여달라고 부탁해줘, 존. 오늘 저녁은 몸이 안 좋아서 쉬고 싶다고 전해주고."

　나는 크고 텅 빈 식당으로 들어갔다. 방은 밖에서 들려오는 부드러운 바람 소리와 블라인드와 커튼을 통해 비쳐드는 달빛 말고는 정적과 어둠에 휩싸여 있었다. 혼자서 고통스러운 상념에 잠겨 잰걸음으로 이리저리 걷다 보니 전날 밤과 상황이 완전히 달라졌다는 생각에 서글퍼졌다. 어젯밤이 내 삶의 행복이 사라지면서 마지막으로 빛난 순간이었던 것 같았다. 그렇게 행복에 젖었었다니 얼마나 한심하고 눈먼 바보였는지! 관목 숲에서 아서가 나한테 왜 그렇게 행동했는지 이제는 알 것 같았다. 열렬한

---

*　요한의 복음서 14장 18절 참고.

포옹은 로버러 부인을 향한 것이었고, 아내인 나에게는 고통의 시작이었다. 그날 해터즐리와 그림즈비가 나눈 대화도 이제 더 명확하게 이해가 됐다. 그들은 내가 아니라 그녀에 대한 아서의 사랑을 가리킨 거였다.

이윽고 응접실 문이 열리는 소리가 들렸다. 누군가 가볍고 빠른 걸음으로 전실에서 나와 복도를 건너더니 계단을 올라갔다. 가여운 밀리센트, 나를 보러 간 거겠지. 아무도 나한테 관심을 가지지 않는데 그녀만은 여전히 상냥했다. 전에는 울지 않았지만 이제 눈물이 줄줄 쏟아졌다. 밀리센트는 얼굴도 보지 않고 나를 도와준 것이다. 위층에서 나를 못 찾은 그녀가 올라갈 때보다 느린 걸음으로 내려오는 소리가 들렸다. 혹시 이 방으로 들어와 나를 찾아버리는 건 아닐까 했는데 그건 아니었다. 그녀는 반대쪽으로 돌아서 다시 응접실로 들어갔다. 정작 마주치면 어떻게 대하고 무슨 말을 해야 할지 몰랐기 때문에 그녀가 안 들어온 게 정말 다행이었다. 지금은 누구와 솔직한 이야기를 나눌 기분이 아니었다. 나는 그럴 자격도 없고, 그러고 싶지도 않았다. 내가 스스로 자청하여 짊어진 짐이니, 혼자서 감당할 것이다.

자러 갈 시간이 다가오자 나는 눈물을 닦고 목소리를 가다듬고 마음을 가라앉혔다. 오늘 밤 아서를 만나서 대화를 해야 하는데 요란 떨지 않고 차분히 하고 싶었다. 그이가 친구들에게 불평하거나 떠벌릴 거리를 주지 않고, 애인과 함께 나를 비웃을 빌미를 제공하지도 않게. 손님들이 각자의 방으로 올라가는 시간에 나는 가만히 방문을 열었고 때마침 지나가던 아서를 불러들였다.

"헬렌, 어떻게 된 거야? 왜 차를 직접 끓이러 오지 않았어? 그리고 대체 왜 이 깜깜한 데 서 있는 거야? 무슨 일이야? 완전 유령 같은 몰골이잖아!" 그이가 촛불로 나를 비추며 이렇게 말했다.
"당신이 상관할 일 아니에요. 나한테는 더 이상 관심 없잖아요. 나도 이제부터 당신 상관 안 할 거예요."
"어이! 그게 대체 무슨 뚱딴지같은 소리야?" 그가 투덜거렸다.
"나는 내일 이 집을 나가서 다시는 돌아오지 않을 거예요. 아이를 위해서라면 모르겠지만—" 나는 떨리는 목소리를 가라앉히기 위해 잠시 말을 멈췄다.
"헬렌, 이게 대체 무슨 소리냐고! 무슨 말을 하려는 거야?"
"다 알잖아요. 쓸데없는 설명으로 시간 낭비하지 말자고요, 알겠어요?"
그는 무슨 일인지 전혀 모른다고 격렬히 맹세하더니, 도대체 어떤 괘씸한 늙은 여자가 자기에게 누명을 씌웠고 어떤 흉악한 거짓말을 바보같이 믿는 거냐며 소리쳤다.
"굳이 거짓 맹세하느라 힘 빼지 말고, 거짓말로 진실을 덮으려고 머리 굴리지도 말아요." 내가 차갑게 대꾸했다. "제3자 말 듣고 이러는 거 아니에요. 오늘 저녁에 관목 숲에 갔었고, 내가 직접 보고 들었어요."
이걸로 충분했다. 그는 너무 놀라고 당황해서 터져 나오는 탄성을 억누르더니, 작은 소리로 "재수 없게 걸렸구먼" 하고 중얼거리고는 바로 옆 의자에 촛불을 내려놓았다. 그러고는 팔짱을 끼고 벽에 등을 기대고 서서 나를 건너다보았다.
"그래서, 뭐 어쩔 건데?" 아서는 몰염치함과 절박함이 섞인 차분하고 뻔뻔한 어투로 물었다.
그래서 내가 이렇게 물었다. "아서와 내 남은 재산을 갖고 나가게만 해주면 돼요. 그렇게 해줄 거예요?"

"어디로 나가?"

"어디든 상관없어요. 아서가 당신의 못된 습성에 물드는 걸 피할 수 있고, 내가 당신에게서 그리고 당신이 나에게서 벗어날 수 있는 곳이라면 어디든 괜찮아요."

"안 돼."

"그럼 돈은 됐고, 아이만 데리고 나가게 해줄래요?"

"안 돼, 애 없이 당신만 나가는 것도 안 돼. 당신의 그 까다로운 변덕 때문에 내가 동네방네 웃음거리가 되는 걸 참아줄 거라고 생각해?"

"그렇다면 나는 이 집에서 미움받고 무시당하며 살 수밖에 없는 거군요. 하지만 지금부터 우리는 이름만 부부인 거예요."

"아주 좋아."

"나는 당신 아들의 엄마, 당신의 가사 관리인일 뿐이니까 당신이 느끼지 못하는 사랑을 가장하려고 더 이상 애쓰지 않아도 돼요. 그리고 앞으로 나는 애정 없는 애무를 요구하지도, 하지도, 견디지도 않을 거예요. 나에게 줄 사랑을 다른 사람한테 주었으니, 의미 없이 텅 빈 가식적인 호칭으로 나를 모욕하지도 말아요!"

"아주 좋아. 당신이 원한다면 그렇게 하지. 누가 먼저 지치는지 두고 보자고."

"만약 내가 지친다면, 그건 허울뿐인 사랑 없이 사는 삶이 아니라, 당신과 같이 이 세상에 사는 삶에 지치는 거겠지요. 당신이 부도덕한 삶에 지쳐서 진정으로 회개하면 나는 당신을 용서할 거고, 어쩌면 (아주 힘들겠지만) 다시 사랑하려고 노력할 수도 있을 거예요."

"흥! 그사이 당신은 하그레이브 부인에게 내 얘기를 하고 맥스웰 이모한테 긴 편지를 써서 당신과 결혼한 이 사악한 죄인을 흉보겠지?"

"아무에게도 흉보지 않을 거예요. 나는 지금까지 남들이 당신의 죄악을 알게 될까 봐 숨기려고 애썼고, 당신이 실제로 갖지 않은 미덕을 갖고 있다고 얘기해왔어요. 하지만 앞으로는 당신이 알아서 살아요."

나는 욕을 섞어가며 투덜거리는 아서를 뒤로하고 내 방으로 올라왔다.

"마님, 얼굴이 너무 안 좋아요." 레이철은 근심 가득한 얼굴로 나를 살폈다.

"레이철, 모두 사실이었어." 나는 그녀의 말이 아닌 근심 어린 표정에 이렇게 답했다.

"알고 있었어요. 그러니까 말을 꺼냈죠."

"하지만 너무 걱정 마." 나는 늙고 창백한 뺨에 입을 맞추었다. "유모가 생각하는 것보다 더 잘 견뎌낼 테니까."

"알아요, 마님은 항상 잘 견뎌왔잖아요. 하지만 제가 마님이라면 견디지 않고 다 쏟아낼 것 같아요. 엉엉 울고, 소문내고, 아주 그냥— 바람피우면 어떻게 되는지 주인님께 본때를 보여줄 텐데—"

"그이랑 얘기도 했고, 할 말 다 했어."

그래도 레이철은 굽히지 않았다. "저 같으면 그러고 나서 지금 마님처럼 창백하고 차분하게, 제 심장이 터져라 참고 있지 않고 엉엉 울 거예요."

나는 참담한 심정이었지만 웃는 얼굴로 말했다. "아까 울었어.

그리고 지금은 정말 괜찮아. 그러니까 다시 무너뜨리지 말아줘. 우리 이 얘기 더 하지 말자고. 하인들한테도 절대 말하지 마. 자, 이제 그만 가서 자. 나 때문에 밤잠 설치지 말고. 난 할 수만 있으면 푹 잘 테니까."

 이런 결심에도 불구하고 누워 있는 게 너무 힘들어서 나는 2시 전에 일어나 아직 꺼지지 않은 골풀 양초로 내 촛불에 불을 붙인 후 가운 차림으로 오늘 있었던 일을 일기장에 적어나갔다. 오래전 과거를 되짚고 두려운 미래에 대해 고민하면서 침대에 누워 있는 것보다 그 편이 나았다. 내 평화를 깬 그 구체적인 정황을 묘사하고 그걸 발견하기까지의 여러 사정을 모두 적었는데, 자는 것보다 이 편이 더 마음을 가라앉혀주었고 다가올 내일에 대비하게 해주었다. 적어도 나는 그렇게 생각한다. 하지만 일기를 다 쓰고 나자 머리가 너무 아팠고, 거울을 보니 얼굴도 아주 수척하고 지쳐 보였다.

 레이철이 단장을 도와주러 와서는 나더러 잠을 설쳤냐고 물었다. 내가 어떤지 보러 온 밀리센트에게는 어제보다는 나은데 잘 못 자서 얼굴이 안 좋은 거라고 이야기했다. 어서 오늘이 지나갔으면 좋겠다! 아침 먹으러 내려갈 생각을 하니 치가 떨린다. 사람들을 다 어떻게 볼까? 하지만 이건 기억하자. 잘못한 건 내가 아니고 아서라는 것, 나는 두려울 게 없다는 것, 그리고 그들이 나를 그들이 지은 죄의 희생자라고 조롱한다면, 나는 그들의 어리석음을 연민하고 그들의 비웃음을 경멸하면 된다는 것을 말이다.

34장
감추기

저녁. 아침 식사는 잘 끝났다. 나는 시종 평온하고 차분했으며, 내 건강에 대한 모든 질문에 침착하게 대답했다. 다들 내 모습이나 행동이 어딘가 이상한 건 모두 어젯밤 나를 일찍 자리에 들게 한 건강상의 문제 때문이라고 생각했다. 그들이 떠날 때까지 남은 열흘 내지 열이틀의 시간을 어떻게 버틸 것인가? 하지만 그들이 떠나기를 그렇게 바랄 일인가? 그들이 떠나고 나면 내 최악의 적인 아서와 어떻게 몇 달, 몇 년을 살아갈 것인가? 그이만큼 나에게 상처를 줄 수 있는 사람은 없다. 아! 내가 얼마나 열렬히 그를 사랑했던가, 얼마나 맹목적으로 그를 믿었던가, 얼마나 한결같이 그를 위해 노력하고 연구하고 기도하고 투쟁했던가, 그런데 그는 얼마나 잔인하게 내 사랑을 짓밟고, 내 믿음을 배신하고, 내 기도와 눈물 그리고 그를 구원하기 위해 기울인 내 노력을 경멸하고, 내 희망을 박살 내고, 내 청춘의 가장 아름다운 감정들을 파괴하고, 최악의 방식으로 나를 절망적인 고통의 삶으로 밀어 넣었던가? 더 이상 남편을 사랑하지 않는다고 말하는 것으로는 충분하지 않다. 나는 그를 증오한다! '증오'라는 단어가 마치 죄에 대한 자백처럼 나를 노려보지만, 그게 사실이다. 나는 그를 증오, 증오한다! 하지만 신이시여, 그의 비참한 영혼에 자비를 베푸소서! 아서가 자신의 죄를 보고 느끼게 해주소서, 그 이상의 복수는 원치 않나이다! 그이가 내게 저지른 잘못을 충분히 알고 느낀다면 나는 충분히 복수했다고 만족하고 모든 것을 너그럽게 용서할 것이다. 하지만 그는 이미 너무 철저히 타락했기 때문에 이번 생에서는 그럴 수 있을 것 같지 않다. 그러나 이 주제에 관해 더 생각하는 것은 무의미하다. 이 사건의 자잘한 세부에 얽매이지 말자.

하그레이브 씨는 종일 진지하고 세심하고 (본인 생각에) 주제넘지 않은 정중함으로 나를 성가시게 했다. 차라리 좀 더 주제넘게 정중했다면 덜 괴로웠을 것이다. 그랬다면 내가 대놓고 짜증을 냈을 테니까. 하지만 그는 진심으로 친절하고 사려 깊게 대해주는 것처럼 보였기 때문에, 내가 짜증을 내면 무례하고 배은망덕하게 보였을 것이다. 어떤 때는 정말 그렇게까지 친절을 가장할 수 있다는 게 놀랍기도 하다. 하지만 나로서는 현재 내가 직면한 이 특이한 상황 때문에라도 그의 선의를 무작정 믿으면 안 될 의무가 있다. 그의 친절이 완전히 가식은 아닐 수도 있다. 하지만 그 친절이 아무리 고마워도 나 자신을 잊으면 안 된다. 얼마 전 있었던 체스 게임, 그때 그 사람이 썼던 표현들 그리고 나를 정말 화나게 한 그 미묘한 표정들을 잊으면 안 된다. 이 모든 걸 자세히 기록해두기를 잘했다.

그는 나와 단둘이 이야기하고 싶어서 하루 종일 기회를 엿보는 것 같다. 하지만 나는 그 상황을 피하려고 노력하고 있다. 그가 할 이야기가 두려운 게 아니라 내 상황이 이미 너무 힘들어서, 그 사람이 나를 모욕적으로 위로한다든가 다른 뭔가를 시도하는 걸 참을 수가 없을 것 같다. 그리고 밀리센트를 봐서라도 그와 싸우는 건 피하고 싶다. 오전에 그는 편지를 써야 한다며 다른 남자들과 사냥하러 나가지 않았다. 그런데 서재로 가지 않고 나와 밀리센트, 로버러 부인이 있는 오전용 거실로 자기 책상을 옮겨달라고 요청했다. 두 여성은 수를 놓기 시작했고, 나는 다른 데로 생각을 돌리고 싶어서라기보다 대화를 하고 싶지 않아서 책을 집어 들었다. 밀리센트는 내가 조용히 있고 싶어 한다는 걸 알고 말을 걸지 않았다. 애너벨라도 틀림없이 느꼈겠지만, 그렇다고 해서 말을 참거나 명랑한 기분을 부러 숨기지는 않았다. 그녀는 아주 자신감 넘치고 친밀한 태도로 거의 나에게만 수다를 떨었고, 내가 더 짧고 더 차갑게 대답할수록 그녀는 더 활기차고 상냥해졌다. 내가 난감해하는 걸 눈치챈 하그레이브 씨는 책상에서 시선을 들어 나 대신 그녀의 질문에 대답도 하고 이런저런 말도 하면서 애너벨라가 자기를 상대하게 만들려고 애썼지만 소용없었다. 그녀는 내가 두통 때문에 이야기하기 힘들어하는 거라고 생각했을 수도 있다. 어쨌든 악의적으로 집요하게 나를 상대로 떠든 걸 보면 자신의 명랑한 수다가 나를 괴롭힌다는 건 알고 있었던 것 같다. 하지만 내가 읽으려다 만 책의 면지에 아래와 같은 메모를 써서 건네주자 곧바로 입을 다물었다.

"나는 당신의 성격과 행동을 너무 잘 알기에 당신을 진정한 친구라고 생각할 수 없어요. 당신처럼 위장하는 능력이 없어서 친구인 척하지도 못하고요. 그러니 이제부터는 우리 둘 사이에 친한 척하는 일이 없기를 바랍니다. 내가 앞으로도 당신을 정중하게, 당신을 마치 배려하고 존중할 만한 사람인 것처럼 대한다면, 그건 당신 때문이 아니라 당신 사촌 밀리센트 때문이라는 걸 알아두세요."

애너벨라는 이 메모를 읽고는 빨개진 얼굴로 입술을 깨물었다. 그러더니 몰래 그 페이지를 뜯어 구겨서 벽난로에 던져버렸다. 그러고는 읽는 척을 한 건지 실제로 읽었는지는 몰라도 책장을 넘겨댔다. 잠시 후 밀리센트는 아기방에 올라갈 건데 같이 가지 않겠냐고 물어왔다.

"애너벨라는 책 읽느라 바빠서 우리가 가도 신경 안 쓸 거야." 밀리센트가 말했다.

"아니, 아니야." 애너벨라가 갑자기 고개를 쳐들고 책을 탁자에 놓으며 소리쳤다. "헬렌이랑 잠깐 얘기하고 싶어. 밀리센트 너 먼저 가, 헬렌도 금방 따라갈 거야." (밀리센트가 나갔다.) "헬렌, 나랑 얘기 좀 할래?"

그녀의 뻔뻔함은 그저 놀라웠다. 하지만 나는 순순히 그녀를 따라 서재로 들어갔고, 그녀는 문을 닫더니 벽난로 쪽으로 걸어갔다.

"이 얘기 누구한테 들었어?" 그녀가 물었다.

"아무한테도요. 나 스스로 알게 된 거예요."

"아, 의심하고 있구나!" 그녀는 마음이 놓였는지 웃으며 말했다. 어떤 절박함 때문에 굳어 있던 그녀의 얼굴에 희망의 빛이 어렸다.

나는 이렇게 대답했다. "내가 정말 의심하고 있었다면 아주 오래전에 당신의 악행을 발견했겠죠. 그게 아니에요, 로버러 부인. 나는 의심만으로 당신을 비난하는 게 아니에요."

"그럼 대체 뭘 근거로 나를 비난하는 거야?" 그녀는 침착해 보이기 위해 티 나게 노력하며 안락의자에 푹 앉더니 벽난로 쪽으로 발을 뻗었다.

"나도 당신처럼 달밤의 산책을 좋아하거든요." 나는 그녀를 똑바로 노려보며 이렇게 말했다. "그중에서도 관목 숲에 가는 걸 좋아하고요."

그녀는 이번에도 얼굴이 새빨개지더니 말없이 손가락으로 앞니를 누르며 난롯불을 응시했다. 나는 잠시 악의적인 만족감을 느끼며 그녀를 지켜보았고, 곧 문 쪽으로 걸어가며 더 할 말 없냐고 차분하게 물었다.

"있지, 있어!" 그녀는 몸을 일으키며 얼른 대답했다. "로버러 경에게 말할 건지 알려줘."

"말한다면요?"

"네가 사람들에게 이 사실을 알리고 싶다면 내가 말릴 순 없겠지. 하지만 이 일을 알면 다들 난리 날걸. 만약 네가 비밀로 해준다면, 나는 너를 세상에서 제일 너그러운 사람으로 생각하고 너를 위해서 정말 뭐든 할게. 다만—"

"내 남편과의 불륜을 그만두는 것 말고는 뭐든 한다는 거죠?"

그녀는 불안감과 당혹감, 감히 드러낼 수 없는 분노가 섞인 표정으로 잠시 말을 멈췄다. 그러다가 낮고 빠른 소리로 이렇게 중얼거렸다. "생명보다 더 귀한 것을 포기할 수는 없어." 그러고는 갑자기 고개를 쳐들고 빛나는 눈으로 나를 건너다보며 호소했다. "헬렌, 헌팅던 부인, 뭐든 원하는 명칭으로 불러줄 테니 로버러 경한테 말할 건지만 알려줘. 네가 너그러운 사람이라면 이번 기회에 그걸 보여주면 되겠네. 네가 자존심이 있다면, 네 경쟁자인 내가 가장 고귀한 인내의 행동을 보여달라고 지금 호소하고 있으니 제발 들어줘."

"말 안 해요."

"안 한다고!" 그녀가 기뻐 소리쳤다. "정말 너무 고마워!"

그녀는 벌떡 일어서서 손을 내밀었다. 하지만 나는 뒤로 물러섰다.

"나한테 고마워하지 마요. 당신 때문에 참는 거 아니니까. 인내의 행동도 아니고요. 당신 남편이 알면 괴로워할까 봐 말 안 하는 거예요."

"그럼 밀리센트는? 그 애한테는 말할 거야?"

"아뇨, 어떻게 해서든 숨기려고요. 친척의 악행과 수치를 알게 할 순 없잖아요!"

"헌팅던 부인, 표현이 좀 과하네. 그래도 용서할게."

내가 말을 이었다. "자, 로버러 부인, 최대한 빨리 이 집을 떠나세요. 헌팅던 씨 입장에선 몰라도 나한테는 당신이 계속 여기 있는 게 얼마나 불쾌한지 알겠죠." 애너벨라의 얼굴에 악의적으로 의기양양한 미소가 어리는 걸 보고 내가 말했다. "당신이 그이를 좋아하면 그이는 당신이 여기 있는 게 좋겠죠. 하지만 늘 당신에 대한 내 진짜 감정을 숨기고 전혀 좋아하지 않는 사람에게 정중하고 깍듯하게 대하는 게 나한테는 너무 괴롭기 때문에, 그리고 당신이 여기 있으면 아직 모르고 있는 두 사람이 당신의 행실을 곧 알게 될 것이기 때문에 당신은 떠나야 해요. 또 당신 남편, 아니 당신 자신을 위해서라도 나는 당신이 당장 이 불륜 관계를 끝내기를,

아직 기회가 있고 끔찍한 일이 벌어지기 전에 얼른 당신의 자리로 돌아가기를 원하고, 진지하게 충고하며, 간청합니다—"

그러자 그녀가 성마른 손짓을 하며 대답했다. "그래, 그래, 물론이지. 그런데 헬렌, 원래 가기로 되어 있던 날까지는 떠날 수가 없어. 바로 떠날 핑계가 없잖아. 혼자 돌아간다고 하면 남편이 용납 안 할 거고, 일주일 정도만 있으면 어차피 갈 건데 남편과 같이 먼저 떠난다고 하면 그런 상황 자체가 수상해 보일 거야. 그 정도는 참아줄 수 있지 않아? 앞으로는 친한 척 건방 떠는 짓 안 할게."

"이제 당신한테 더 이상 할 말 없는데."

"헌팅던에게 이 얘기 했어?" 방을 나서는데 그녀가 이렇게 물었다.

"어떻게 감히 내 앞에서 그이 이름을 입에 올려요?" 나는 그렇게만 대답했다.

그날 이후 우리 두 사람은 꼭 필요하거나 예의상 그래야 하는 경우 말고는 서로에게 한마디도 하지 않았다.

35장
도발

19일. 내가 이 불륜 이야기를 발설하지 않겠다고 약속했기에 겁낼 게 없고, 며칠만 있으면 떠날 상황이 되자 로버러 부인은 점점 더 대담하고 무례하게 처신하고 있다. 다른 사람이 없으면 내 앞에서도 아서와 친밀하고 허물없이 대화하고, 나의 차가운 무관심과 대비되게 하려는 듯 특히 그의 건강과 행복, 아니 그와 관련된 모든 문제에 대해 다정하고 지성스럽게 이야기하곤 한다. 그러면 아서는 그녀가 무심한 나와 달리 정말 다정하다는 걸 잘 알고 있다는 걸 보여주려고 그녀에게 미소 짓고, 눈짓하고, 속삭이고, 대담하게 애정을 표하곤 해서, 보고 있자면 그러고 싶지 않은데도 얼굴이 붉어질 지경이다. 내가 그들의 애정 행각에 신경을 쓰고 괴로워할수록 애너벨라는 더 의기양양하게 행동하고 아서는 내가 무관심한 척하면서도 여전히 자기를 헌신적으로 사랑한다며 우쭐하기 때문에, 둘이 무슨 짓을 하든 신경 안 쓰려고 하는데도 얼굴이 화끈거린다. 가끔은 하그레이브의 구애를 부추기는 척해서 아서에게 내 마음을 보여주고 싶다는 미묘하고 사악한 충동이 일기도 하지만, 내가 너무 끔찍하고 저열한 것 같다는 생각에 깜짝 놀라며 금방 마음을 고쳐먹는다. 그럴 때면 나를 이런 지경에 빠뜨린 아서가 열 배 더 증오스럽다! 주여, 이 증오와 제 사악한 생각들을 용서해주소서! 이 고난이 내 영혼을 더 겸허하고 정결하게 만들어주어야 할 텐데, 실제로는 분노로 가득 채우고 있다. 그 두 사람은 물론 나 자신도 스스로의 영혼을 망가뜨리고 있다. 진정한 기독교도라면 그 두 사람, 특히 애너벨라를 이 정도로 증오하지 않을 것이다. 아서는 조금이라도 회개할 기미가 보이면 기꺼이, 충분히 용서할 용의가 있다. 그런데 그 여자는— 이루 말할 수 없이 증오스러울 뿐이다. 이성은 그러지 말라고 하지만, 감성은 더 증오하도록 부추긴다. 그래서 오래도록 기도하고 노력해야 그 증오심을 어느 정도 가라앉힐 수 있다.

그 여자 꼴을 단 하루도 더 보기 싫은데, 내일이 떠나는 날이라 그나마 다행이다. 그녀는 오늘 평소보다 일찍 일어났고, 내가 아침 먹으러 내려갔을 때 그 방에 혼자 앉아 있었다.

"오, 헬렌! 너야?" 내가 들어가자 그녀가 내 쪽으로 돌아서며 물었다.

그녀는 자기를 보고 나도 모르게 물러서는 모습을 보더니 킥 웃으며 "우리 둘 다 실망한 것 같네?" 했다.

나는 안으로 들어가 아침상을 차렸다.

"오늘이 여기 묵는 마지막 날이구나." 그녀는 식탁에 앉으며 말했다. 이윽고 아서가 들어오자 거의 혼잣말로 "아, 그걸 전혀 반기지 않을 사람이 왔네!" 하고 중얼거렸다.

아서는 그녀와 악수를 하고 아침 인사를 했다. 그러더니 여전히 손을 잡은 채로 그녀를 다정한 눈길로 보면서 서글픈 어조로 "마지막— 마지막 날이라니!" 했다.

"맞아요." 그녀가 약간 퉁명스러운 어조로 말했다. "나는 남은 시간을 최대한 잘 활용하려고 일찍 일어났는데 30분이나 여기 혼자 있었고, 당신은— 이 게으른 사람 같으니—"

그는 "흠, 나도 일찍 왔다고 생각했는데"라고 하더니 목소리를 낮춰 이렇게 말했다. "하지만 우리 둘만 있는 게 아니잖아."

"평소에도 둘만 있은 적 없잖아요." 그런데 그때 나는 창가에서 하늘의 구름을 보며 화를 가라앉히려고 애쓰고 있었기 때문에 둘만 있는 거나 마찬가지였다.

둘은 몇 마디 더 나누었지만 다행히 들리지는 않았다. 그런데 애너벨라가 감히 내 옆으로 오더니 내 어깨에 손을 얹고 작은 소리로 이렇게 말하는 게 아닌가. "헬렌, 나한테 아서 빼앗긴 거 아쉬워하지 마. 나는 네가 절대 할 수 없을 만큼 그이를 사랑하거든."

그 말을 들으니 이루 말할 수 없이 화가 났다. 나는 분노와 혐오감을 억누르지 못한 표정으로 그녀의 손을 움켜쥐고 홱 뿌리쳤다. 이 갑작스러운 폭발에 기겁할 정도로 놀란 그녀는 찍소리도 못 하고 움츠러들었다. 너무 화가 나서 더 심한 말을 내뱉을까 했지만 아서가 조용히 웃는 소리에 정신이 들었다. 나는 하려던 독설을 삼키고, 아서를 그렇게 기분 좋게 해준 걸 후회하며 경멸하는 태도로 돌아섰다. 그는 하그레이브 씨가 들어왔을 때까지도 웃고 있었다. 하그레이브 씨가 들어올 때 보니 문이 약간 열려 있었는데, 밖에서 얼마나 엿들었는지 알 수 없었다. 그는 아서와 자신의 사촌에게 냉랭하게 인사를 하고는 내게는 깊은 연민과 찬탄이 뒤섞인 눈길을 보냈다.
 그는 날씨를 살피는 척 창가로 다가와 내 옆에 서서 작은 소리로 물었다. "저 사람을 얼마나 사랑해요?"
 "전혀요." 나는 그렇게 대답하고 바로 식탁으로 가서 차를 탔다. 하그레이브 씨는 따라와서 뭔가 더 이야기를 할 기색이었지만, 다른 손님들이 들어오기 시작했기 때문에 나는 더 이상 그에게 관심을 기울이지 않고 커피만 건네주었다.
 아침 식사 후, 로버러 부인과 같이 있는 시간을 최소화하기 위해 나는 응접실을 살짝 빠져나와 서재로 올라갔다. 하그레이브 씨는 책을 찾는다는 핑계로 나를 따라왔다. 그는 일단 서가에서 책 한 권을 뽑더니, 조용하지만 결코 소심하지 않게 옆으로 다가와 내가 앉아 있던 의자 등받이에 손을 얹고 부드럽게 물었다. "이제 드디어 자유로워졌다고 생각하시나요?"
 나는 움직이지도, 책에서 눈을 떼지도 않고 이렇게 대답했다. "네. 이제 신과 제 양심에 어긋나지 않는 한 뭐든지 할 수 있는 자유를 얻었죠."
 잠시 침묵이 흘렀다.
 "그렇지요. 부인의 양심이 병적으로 예민하거나, 신에 대한 개념이 과도하게 엄격하지만 않다면요. 하지만 부인의 행복을 위해서는 죽음도 불사할 사람을 행복하게 해주는 게 그 자비로운 존재의 뜻에 어긋나는 일일까요? 부인을 연모하는 사람의 마음을 연옥의 고통에서 천국의 행복 속으로 이끄는 일은요? 부인 스스로나 다른 누구에게 피해를 주지 않고 그렇게 하실 수 있다면 말이에요."

그는 내 쪽으로 몸을 숙인 채 낮고 진지하고 달콤한 음성으로 이렇게 말했다. 이윽고 나는 고개를 들고 그의 눈을 똑바로 마주 보며 차분하게 대답했다. "하그레이브 씨, 저를 모욕하시는 거예요?"

그에게는 완전히 예상 밖의 반응이었던 것 같다. 충격으로 잠시 말문이 막혔던 그는 곧 똑바로 서더니 내 의자에서 손을 떼고 서글프지만 당당한 어조로 말했다. "그럴 생각은 없었습니다."

나는 그저 문 쪽을 바라보며 고개를 까딱하고는 다시 책을 읽었다. 그는 바로 물러났다. 처음에는 너무 화가 나서 힐난을 퍼붓고 싶었는데, 이 편이 나았다. 내 감정을 통제할 수 있다는 게 이렇게 좋은 거구나 싶었다. 이 귀한 능력을 꼭 키워가야겠다. 내 앞에 놓인 이 거칠고 어두운 길을 가면서 이 능력을 얼마나 자주 발휘해야 할지는 주님만이 아시리라.

밀리센트가 어머니와 동생에게 작별 인사를 할 수 있도록 나는 두 여자 손님과 같이 오전에 그로브 저택을 방문했다. 그들은 오후 시간을 친정에서 보내라며 밀리센트를 설득했고, 하그레이브 부인은 저녁에 다시 밀리센트를 우리 집으로 데리고 와서 그 다음 날 손님들이 떠날 때까지 같이 있어주겠다고 약속했다. 그래서 로버러 부인과 나는 단둘이 마차를 타고 집으로 돌아왔다. 처음 몇 킬로미터 동안은 침묵이 이어졌다. 나는 창밖을 내다보았고 그녀는 등받이에 몸을 기대고 있었다. 하지만 그녀를 위해 어느 한 자세로 계속 있어주고 싶지는 않았다. 그래서 창밖으로 몸을 내밀고 얼굴에 매섭게 찬 바람을 맞으며 적갈색 산울타리와 언덕의 뒤엉킨 젖은 풀을 한참 보다가 싫증이 났을 때쯤 나 역시 의자 등받이에 등을 기댔다. 애너벨라는 원래의 뻔뻔한 성격대로 몇 번 대화를 시도했지만, 나는 그저 "맞아요", "아뇨", "흠" 정도로만 대꾸했다. 그러다가 어느 순간, 그녀가 별거 아닌 주제에 대해 내 의견을 묻길래 이렇게 대답했다.

"로버러 부인, 왜 나랑 대화를 하고 싶어 하세요? 내가 당신을 어떻게 생각하는지 알 텐데."

"내가 그렇게 싫다면 어쩔 수 없지. 하지만 난 어느 한 사람 때문에 기분 망치기 싫어." 우리는 곧 집에 도착했다. 마차 문이 열리자마자 그녀는 휙 뛰어내리더니, 숲에서 막 돌아온 남자들을 만나기 위해 정원으로 걸어갔다. 나는 물론 따라가지 않았다.

하지만 그녀의 뻔뻔한 행동은 거기서 끝나지 않았다. 저녁 식사 후 평소처럼 응접실로 가는데 그녀가 따라왔다. 하지만 나는 남자들이 오거나 밀리센트가 어머니와 같이 올 때까지 데리고 있던 두 아이에게만 신경을 쓰기로 작정한 참이었다. 그런데 어린 헬렌이 금세 노는 데 지쳐서 자고 싶어 했다. 그래서 나는 아이를 안고 소파에 앉았고, 옆에 앉은 아서는 어린 헬렌의 섬세한 아맛빛 머리카락을 부드럽게 어루만졌다. 그런데 로버러 부인이 차분한 얼굴로 오더니 반대편에 앉았다.

"헌팅던 부인, 내일부터는 내 꼴 안 봐도 되니 너무 좋지? 그럴 만하지. 그래도 내가 크게 도와준 거 알아? 그게 뭔지 말해줄까?"

"대체 나한테 어떤 도움을 주었는지 알고 싶네요." 그녀의 목소리를 들으니 내 화를 돋우려고 작정한 것 같아서 일부러 침착하게 대답했다.

그녀가 다시 이렇게 말했다. "헌팅던 씨가 아주 좋게 변한 거

눈치 못 챘어? 요즘 얼마나 착실하고 절제 있는지 봤지? 그이가 여러 안 좋은 습관에 빠져들어서 헬렌 너도 걱정했다는 거 알아. 그걸 해결하기 위해서 네가 온갖 노력을 했지만 실패했다는 것도 알고. 내가 도와주니까 비로소 나아졌잖아. 나는 그이에게 당신이 그렇게 타락하는 걸 그냥 두고 볼 수 없다고 몇 마디 했고, 그런 습관을 안 고치면 나는— 아무튼 내가 뭐라고 했든 간에 그이가 고쳐졌다는 거 훤히 보이잖아. 그러니까 너는 나한테 감사해야 해."

나는 일어서서 유모를 불렀다.

"하지만 감사 인사는 됐고, 내가 원하는 대가는 하나뿐이야. 내가 떠난 뒤에 그이를 잘 돌봐주고, 그이가 다시 나쁜 습관에 빠지지 않게 너무 쌀쌀맞게 굴거나 아예 방치하지는 말아달라는 거지."

나는 너무 화가 나서 속이 울렁거렸지만, 어느새 레이철이 문간에 와 있었다. 입을 열면 무슨 말이 튀어나올지 몰라서 나는 손가락으로 아이들을 가리켰고, 아이들과 함께 레이철을 따라 나왔다.

"그래줄 거지, 헬렌?"

내가 매서운 눈길로 쏘아보자 악의적인 미소를 짓고 있던 그녀의 얼굴이 굳었다. 아니면 적어도 그 순간만큼은 억누른 듯했다. 응접실에서 나와 전실로 들어가자 하그레이브 씨가 있었다. 그는 내 표정을 보더니 말을 걸 상태가 아니라는 걸 알고 내가 말없이 지나가게 놔두었다. 그래도 조용한 서재에 몇 분 앉아 있다 보니 기분이 좀 나아졌다. 마침 그때 밀리센트와 하그레이브 부인이 아래층으로 내려와 응접실로 들어가는 소리가 들렸기 때문에 그들을 만나러 가려던 참이었다. 그런데 하그레이브 씨가 어두침침한 전실에 그대로 있었다. 나를 기다리고 있는 눈치였다.

내가 그 방 앞을 지나가자 그가 입을 열었다. "헌팅던 부인, 한 말씀 드려도 되겠습니까?"

"뭔데요? 얼른 말씀하세요."

"아침에는 제가 실례했습니다. 부인께 용서받지 못하면 못 견딜 것 같아서요."

"그럼 더 죄짓지 말고 얼른 떠나세요." 내가 돌아서며 이렇게 말했다.

그러자 그 사람은 내 앞을 가로막더니 급하게 말했다. "아뇨, 잠시만요! 죄송하지만 부디 용서해주세요. 내일이면 떠나는데, 그 전에 대화 나눌 기회가 없을 것 같아서요. 아침에 제가 분수를 망각하고 결례를 범했습니다. 부디 제 경솔하고 건방진 행동을 잊고 용서해주세요. 깊이 반성하고 있으니 제가 그런 말 한 적 없는 것처럼 생각해주세요. 당신의 신망을 잃는 건 너무 심한 벌이라 도저히 견딜 수가 없네요."

"본인이 원한다고 해서 이미 일어난 일을 상대방이 잊을 수는 없겠죠. 그리고 누군가 존중받길 원한다고 해서 제가 그런 대접을 받을 자격이 없는 사람들까지 다 존중해줄 수도 없고요."

"이 실수만 용서해주시면 부인의 존중을 얻기 위해 평생 노력할 겁니다. 용서해주시겠습니까?"

"네."

"'네'라고요! 그런데 참 차갑게 말씀하시네요. 악수해주시면 믿을게요. 싫어요? 그럼 헌팅던 부인, 저를 용서하지 않으시는 거군요!"
 "자, 여기요. 용서해드릴게요. 다만, 더 이상은 죄짓지 마세요."
 그는 차디찬 내 손을 감상적으로 부여잡더니, 내가 응접실로 들어갈 수 있게 말없이 비켜섰다. 모든 사람이 거기 모여 있었다. 내가 들어가고 바로 뒤에 하그레이브가 들어오자 문 가까이 앉아 있던 그림즈비 씨가 나를 보며 도저히 참을 수 없는 내용을 시사하듯 능글맞게 웃었다. 그래서 내가 계속 노려보자 그자는 뚱한 표정으로 시선을 돌렸다. 잠깐이었지만, 부끄러운 것까지는 아니더라도 최소한 당황한 표정이었다. 해터즐리는 하그레이브의 팔을 붙잡고 뭔가 귓속말을 했다. 그 사람이 웃지도, 대답하지도 않고 입꼬리를 살짝 올린 채 팔을 빼고 자기 어머니한테 간 걸 보면 뭔가 저질적인 농담이었던 게 틀림없다. 하그레이브 부인은 로버러 경에게 아들 자랑을 늘어놓고 있었다.
 이들이 내일 다 떠난다니 정말 다행이다.

36장
함께 있어서 외로운 부부

    1824년 12월 20일. 오늘이 우리 부부의 결혼 3주년이다. 우리 둘만 남기고 손님들이 다 떠난 게 두 달 전이다. 지난 9주일 동안 나는 둘 사이에 사랑도 우정도 공감도 없다는 걸 서로 잘 알면서도 한 가정의 남편과 아내로, 귀엽고 명랑한 어린아이의 아버지와 어머니로 같이 사는 결혼의 새로운 단계를 체험했다. 나는 할 수만 있다면 최대한 아서와 평화롭게 살려고 노력 중이다. 그를 나무랄 데 없이 정중하게 대하고, 큰 무리만 없다면 늘 나 자신보다 그를 더 챙기고, 집안 문제에 대해서는 사무적인 태도로 그와 상의했으며, 그보다 내 판단이 낫다는 걸 알면서도 그의 기호와 생각에 결정을 일임했다.

    아서는 애너벨라가 가고 없어서 그런지 처음 한두 주일은 침울하고 신경질적인 상태였고, 특히 내게는 걸핏하면 화를 냈다. 내가 하는 일은 사사건건 다 틀렸고, 나는 냉정하고 박절하고 비정한 사람이며, 창백하고 시큰둥한 내 얼굴은 끔찍이 혐오스럽고 내 목소리를 들으면 치가 떨리는데, 대체 어떻게 나와 같이 겨울을 넘길 수 있을지 모르겠다고 했다. 그렇게 되면 자기는 나 때문에 서서히 죽어갈 거라는 이야기였다. 그래서 원하는 데 가서 지내라고 했더니, 그러면 자기가 너무 나쁜 남편이라 부인이 내보냈다는 소문이 온 동네에 퍼져서 안 된다고 했다. 그러니 같이 지내면서 나를 참아줄 수밖에 없다고.

"내가 당신을 참아줘야 하는 거겠죠. 내가 보수도, 인정도 못 받으면서 집사와 주부의 역할을 성실하게 수행하는 한 당신은 나 없이 살 수 없을 테니까요. 내가 이 생활을 도저히 참을 수 없는 날이 오면 이 역할들을 그만둘 거예요." 이 위협만큼 아서를 효과적으로 통제할 방법은 없을 것 같았다.

내가 볼 때 아서는 자신의 그런 폭언에 내가 좀 더 예민하게 반응하지 않는다는 사실이 무척 실망스러웠던 것 같다. 나한테 특히 상처가 될 법한 말을 일부러 내뱉은 다음 내 얼굴을 유심히 쳐다보고는 별 반응이 없으면 내가 "돌 같은 심장"을 가졌다느니 "야수같이 둔감"하다느니 투덜거렸기 때문이다. 내가 그의 사랑을 잃었다며 슬피 울었다면 그는 애너벨라를 다시 만날 때까지, 또는 적당한 다른 상대를 만날 때까지 자신의 외로움을 달래고 사랑하는 애인의 부재를 위로받고자 선심 쓰는 척 한동안 나를 불쌍히 여기고 아껴주었을지도 모른다. 다행히 나는 그 정도로 약하지는 않다! 한때는 맹목적인 사랑에 푹 빠져 그럴 가치가 없는 남자에게 매달렸지만, 이제 그 마음은 거의 다 사라졌다. 완전히 짓밟히고 시들어버렸다. 그리고 그렇게 된 것은 순전히 그의 처신과 악행 때문이다.

아서는 손님들이 떠난 직후에는 (아마 애인의 지시에 따르느

라) 술에서 위안을 얻고 싶은 충동을 정말 잘 참았다. 그러나 얼마 안 가 그 결심은 조금씩 해이해졌고, 가끔은 과음을 하기도 했으며 지금도 그런다. 때로는 폭음을 하기도 한다. 그래서 간혹 거나하게 취했을 때는 힘이 넘쳐서 야수처럼 행동하는데, 그럴 때는 나도 경멸과 혐오의 감정을 숨기지 않는다. 술이 깬 후 침울할 때는 자신의 고통과 과오를 한탄하면서 그게 다 나 때문이라고 주장한다. 아서 자신도 과음이 몸에 안 좋고 본인에게 해롭다는 걸 알고 있지만, 그게 다 나의 비정상적이고 여자답지 않은 행동 때문이라는 것이다. 이대로 계속하면 파멸에 이르겠지만 전부 다 나 때문이라고. 거기까지 가면 나도 자신을 방어하는데, 가끔은 심한 말을 퍼붓기도 한다. 그냥 참기에는 너무 부당한 주장이기 때문이다. 그를 이 악습에서 구하기 위해 내가 얼마나 오래 고생했던가? 가능만 하다면 지금도 노력하지 않겠는가? 하지만 그가 나를 경멸한다는 걸 알면서 오직 술을 끊게 만들려고 그에게 알랑거리고 그를 어루만질 수는 없지 않은가? 내가 그를 통제할 힘을 잃고 그가 나의 신뢰를 완전히 상실한 것이 내 탓인가? 또한 내가 그를 혐오하고 그가 나를 무시한다는 걸 알면서도, 그가 지금도 여전히 로버러 부인과 연락하고 지낸다는 걸 알면서도 내가 그와 화해하려고 노력해야 할까? 절대, 절대, 절대 그럴 수 없다! 그이가 술 때문에 죽는다고 해도 그건 절대 내 탓이 아니다.

  그렇지만 나는 여전히 아서를 구하려고 나름 노력하고 있다. 술을 마시면 눈빛이 멍해지고 얼굴은 부으면서 붉어지며 몸과 마음이 둔해진다는 걸 알려주고, 애너벨라가 그런 그의 모습을 나처럼 매일 보면 환멸을 느낄 것이며 계속 그렇게 살면 분명 그녀의 마음이 식을 거라고 말해준다. 하지만 그런 말을 하면 그이는 내게 거친 욕설을 퍼부을 뿐이다. 나도 애초에 그런 식의 논리를 동원하는 것은 싫기 때문에 욕을 먹어도 싸다는 생각이 들기도 한다. 하지만 내가 할 수 있는 다른 어떤 말보다 그게 술 취한 그의 마음을 깊이 자극해서, 그런 말을 들으면 아서는 일단 술잔을 놓고 한참 생각하다가, 적어도 그날은 더 마시지 않는다.

지금 나는 아서 없는 시간을 즐기고 있다. 하그레이브 씨와 좀 먼 곳에 사냥하러 갔기 때문에 내일 저녁에나 돌아올 것이다. 전에는 그이가 없으면 완전히 다른 느낌이었는데!

하그레이브 씨는 여전히 그로브 저택에서 지내면서 아서와 함께 자주 사냥을 나간다. 그는 말을 타고 우리 집에 자주 오고, 아서도 그 집에 종종 가곤 한다. 둘이 친구라고는 하지만 서로에 대한 사랑이 넘쳐나는 건 아니다. 그래도 둘이 이렇게 어울리면 소일거리가 되기에, 나는 그 시간만큼은 아서와 같이 있으면서 겪는 불편을 면할 수 있고, 그이 역시 술에 빠져서 정신 못 차리는 것보다 그 편이 낫다. 나로서는 두 남자가 앞으로도 제발 이렇게 지내기를 바라고 있다. 다만 하그레이브가 동네에 있어서 불편한 이유가 딱 하나 있는데, 그 사람과 마주칠까 봐 그의 여동생을 만나러 그로브 저택에 생각만큼 자주 가지 못한다는 점이다. 요즘 그 사람은 내 앞에서 아주 점잖게 행동해서, 전에 그가 했던 짓을 거의 잊어버릴 지경이다. 아마 나의 "존중을 되찾으려고 노력" 중인 것 같다. 계속해서 요즘처럼 처신한다면 그렇게 될 수도 있겠지. 하지만 그렇다고 해서 뭐가 달라지는 것은 아니다. 그가 뭔가 더 얻어내려고 하는 순간 나는 그에 대한 신뢰를 다시 잃을 수밖에 없으니까.

2월 10일. 우리의 너그러운 태도와 선의가 오히려 화가 되어 돌아온다는 건 참 서운하고 씁쓸한 일이다. 나는 요즘 남편에 대한 감정이 서서히 누그러지는 중이었고, 그이가 자신의 외롭고 쓸쓸한 처지를 달래줄 정신적 소양이나 종교적 양심이 결여된 상태라는 걸 안타깝게 느끼려던 참이었다. 그래서 내 자존심을 억누르고 다시 한번 아서를 위해 집안 분위기를 편안하게 만들어 그를 도덕의 길로 이끌어야 한다는 생각이 들었다. 거짓으로 사랑을 속삭인다든가 후회하고 반성하는 척하는 방식으로가 아니라, 평소에 차갑게 대하던 태도를 좀 누그러뜨리고, 기회가 생길 때마다 냉담하게 예의를 차리는 대신 상냥하게 행동하는 방식으로 말이다. 나는 생각만 하는 것을 넘어 이미 그렇게 행동하기 시작한 상태였다. 그런데 그 결과는 어땠던가? 내가 그렇게 잘해보려고 애썼는데도 아서는 단 한 번의 친절함도, 일말의 참회도 없이 그저 늘 짜증 나 있었고, 잘해줄수록 더 많은 걸 요구했으며, 조금만 더 상냥하게 대해도 거봐라 하는 식으로 이기죽거렸다. 그런 일이 반복될 때마다 내 마음은 돌처럼 굳어버렸고, 오늘 아침 드디어 그 과정이 완결되었다. 내 마음이 완전히 돌처럼 변해서 다시는 풀릴 수 없는 상태가 된 것이다. 아서는 우편물 중에서 어떤 편지 하나를 유난히 흡족한 표정으로 읽더니, 탁자를 가로질러 내 쪽으로 휙 밀었다.

"자! 읽고 좀 배워!"

첫 장을 힐끗 보니 로버러 부인의 자유롭고 활달한 글씨체였다. 열렬한 사랑 고백, 하루빨리 보고 싶다는 충동적인 욕망, 신의 뜻에 반하는 불경한 도발과, 두 사람을 갈라놓고 사랑할 수 없는 상대와 힘든 결혼 생활을 하게 만든 신의 섭리에 대한 불평으로 가득한 편지였다. 그는 내 안색이 변하는 걸 보고 킥킥 웃었다. 나는 편지를 다시 접어 들고 자리에서 일어나 아서에게 돌려주면서 한마디 했다.

"고마워요, 잘 배울게요!"

어린 아서는 아빠의 두 다리 사이에 서서 그가 낀 밝은색 루비 반지를 만지며 즐겁게 놀고 있었다. 그걸 보니 갑자기 내 아들을 이 타락한 아빠의 영향에서 벗어나게 해야만 한다는 충동이 일어 얼른 아이를 안고 방을 나왔다. 갑자기 들려 나온 게 싫었던 아서는 뽀로통해지더니 울음을 터뜨렸다. 이미 너무 괴로운데 아이까지 그러니 더 속상했다. 나는 아이를 놔주지 않고 서재로 안고 들어가 문을 닫은 후, 아이 옆의 바닥에 앉아서 껴안고 입을 맞추며 펑펑 울었다. 이 행동에 위로를 받기는커녕 겁이 난 아들은 내 품을 빠져나가려고 몸부림을 치며 큰 소리로 아빠를 불렀다. 나는 아이를 풀어주고 쓰라린 눈물을 흘렸다. 그때 내 눈을 화끈거리고 잘 보이지 않게 한 눈물보다 더 씁쓸한 눈물은 없었다. 아들의 목소리를 들은 아서가 서재로 왔다. 나는 그이가 내 얼굴을 보고 엉뚱한 오해를 할까 봐 바로 돌아서서 나왔고, 그는 나한테 욕을 퍼붓고는 이제 울음을 그친 아들을 데리고 나갔다.

어린 아서가 나보다 아빠를 더 좋아한다는 건 정말 난감한 일이다. 아들을 잘 키우고 제대로 가르치는 게 내 삶의 목적인데, 차가운 무관심이나 강고한 독선보다 더 해로운 아빠의 이기적인 애정 때문에 내 영향이 무력화되기 때문이다. 내가 아이 자신을 위해 아이의 사소한 요구를 거절하면 바로 아빠에게 쪼르르 달려가고, 그러면 아서는 평소에는 혼자만 편하면 그만이면서도 좀 귀찮아도 얼른 일어나 아이가 원하는 걸 해준다. 내가 아이의 뜻을 꺾으려 하거나 말을 안 들어서 좀 엄격하게 쳐다보면 아빠는 웃으면서 아이 편을 들어준다. 그러니 나는 아이가 지닌 아빠의 성향을 경계해야 할 뿐 아니라, 아이 안의 부도덕한 인자를 찾아서 없애야 하고, 아빠와의 관계와 아빠의 본보기를 통해 습득할 나쁜 행태들을 고쳐줄 필요가 있다. 그런데 남편은 이미 아이를 위한 나의 힘든 노력을 무력화하고, 아이의 예민한 정신에 미칠 내 영향력을 없애고, 엄마를 아예 미워하게 만들려고 하고 있다. 아들에게 사랑받는 것이 내 이번 생의 유일한 희망인데, 아서는 그걸 파괴하는 데서 악마적인 기쁨을 느끼는 것 같다.

하지만 절망은 금물이다. 이런 상황에 처한 사람들에게 했던 선지자의 말을 기억하자. "주님을 경외하고 그의 종의 말에 복종하는 사람들, 한 가닥 빛도 없는 어둠 속에 앉아 있는 이들이여, 주님의 이름을 믿고 주님께 의지할지어다."*

---

* 이사야 50장 10절 인용.

37장
유혹

1825년 12월 20일. 또 한 해가 저물었다. 나는 이승에서의 삶에 지쳤지만, 차마 떠날 수가 없다. 여기서 어떤 고난을 겪더라도 나의 소중한 아이를 이 어둡고 사악한 세상에 혼자 남겨두고 갈 수는 없다. 아이에게는 이 고달픈 미로에서 길잡이가 되어주고, 수없이 많은 덫으로부터 구해주고, 사방에 널린 온갖 위험으로부터 지켜줄 친구가 필요하다. 내가 아들의 유일한 벗으로 알맞은 재목이 아닌 건 알지만, 나를 대신할 사람이 없는 상황이다. 나는 다른 유모나 엄마들이 그러듯 아들을 즐겁게 해주고 같이 놀아주기에는 너무 근엄하고, 가끔 아이가 너무 즐겁게 날뛰면 놀라고 걱정이 되기도 한다. 그럴 때면 아이가 남편의 성격과 기질을 물려받은 게 보여서 나는 그 결과를 상상하며 전율하고, 걸핏하면 아이와 같이 즐거워해야 할 순간에 찬물을 끼얹기도 한다. 반면에 남편은 마음이 슬픔에 짓눌려 있지도 않고, 아들의 미래에 대해 어떤 두려움도 우려도 없다. 특히 아들이 아빠를 제일 자주, 제일 오래 보는 저녁 시간에는 아서가 제일 기분이 좋고 다정한 상태라, (나만 아니면) 누가 무슨 이야기를 하든 그는 잘 웃고 농담도 잘하는 반면 나는 유난히 조용하고 우울하다. 그래서 아이는 즐겁고 잘 웃기고 자기 뜻을 다 받아주는 아빠를 좋아하고, 언제든 엄마 대신 아빠와 있고 싶어 한다. 그럴 때는 정말 마음이 너무 아프다. 아들의 애정 때문이라기보다(나는 아들의 애정을 중시하고, 아들의 사랑을 받을 권리가 있다고 생각하며, 그걸 누릴 만큼 노력해왔다고 생각하지만) 아이에게 끼칠 영향 때문이다. 나는 아들의 인생을 위해 영향력을 꼭 얻고 싶고 유지하고 싶지만, 아서는 쓸데없는 이기심 때문에 그리고 순전히 심술을 부리느라 그 힘을 빼앗으며 즐거워한다. 그리고 나를 괴롭히고 아들을 망쳐놓는 데에만 자신의 영향력을 사용한다. 나의 유일한 위안은 남편이 집에서 지내는 시간이 비교적 적기 때문에, 그이가 런던이나 다른 곳에 있을 때는 내가 빼앗긴 영향력을 어느 정도 되찾고, 그가 아이를 의도적으로 잘못 이끌어 끼친 해악을 좋은 영향력으로 고쳐놓을 수 있다는 것이다. 그런데 아서가 런던에서 돌아올 때마다 그동안의 내 노력을 뒤집고, 순수하고 다정하고 온순한 내 아들을 이기적이고 반항적이고 짓궂은 아이로 바꿔놓음으로써 본인의 뒤틀린 정신 속에서 그토록 성공적으로 배양해온 여러 악(惡)의 씨앗을 심을 토양을 준비하는 데 최선을 다하는 걸 지켜보는 건 너무 고통스러운 시련이다.

다행히도 지난가을에는 그라스데일에 아서의 '친구들'을 한 명도 초대하지 않았고, 대신 아서 자신이 그들 중 몇 사람을 방문하러 갔다. 해마다 그랬으면 좋겠고, 그이가 가까운 친구들이 많아서 1년 내내 그들의 집에 초대되어 가 있었으면 좋겠다. 정말 안타깝게도 하그레이브 씨는 그이와 같이 가지 않았다. 하지만 이제 그 사람 일은 잘 처리된 것 같다.

  7, 8개월 동안 그 사람이 너무 공손하게 행동하고 교묘하게 처신해서 나는 거의 완전히 경계를 풀었었고, 그 사람을 친구로 생각하기 시작했으며 (그럴 필요가 있다고 별로 생각하지도 않았지만) 어느 정도 신중한 제한을 두고 심지어 정말 친구처럼 대하기 시작한 참이었다. 그런데 내가 믿고 베푼 친절을 기화로 그 사람은 오랫동안 지켜온 절제와 예절의 선을 넘으려 했다. 5월 말의 어느 아름다운 저녁이었다. 정원에서 산책을 하고 있는데, 그 사람이 말을 달려 지나가다가 나를 보더니 정문에 말을 묶어 놓고는 실례를 무릅쓰고 내 쪽으로 다가왔다. 어머니나 여동생과 같이 온 것도 아니고 심지어 그들의 메시지를 전하러 왔다는 평계도 없이, 남편이 떠나고 내가 혼자 남겨진 후 처음으로 정원 울타리 안으로 들어온 거였다. 하지만 그 사람이 너무도 차분하고 편하고 친절하면서도 정중하고 침착해 보여서, 나는 약간 놀라긴 했지만 그의 이 평소답지 않게 제멋대로인 행동에 크게 불안해하거나 분개하지 않았다. 그 사람은 나와 함께 물푸레나무 아래를 지나 물가를 걸으면서 상당히 활달하고 영민하고 높은 안목으로 이런저런 주제에 대해 이야기했고, 나는 슬슬 그를 보내야겠다고 생각하던 참이었다. 한동안 우리는 잔잔한 푸른 호수를 말없이 바라보고 있었는데, 나는 어떻게 하면 깍듯이 예의를 지키면서도 그를 돌아가게 만들 수 있을지 궁리했고, 그 사람은 필시 그때 눈앞에 펼쳐져 있던 아름다운 풍경이나 소리와는 전혀 상관없는 생각에 빠져 있었던 게 틀림없었다. 그런데 어느 순간 갑자기 그가 자신이 구사할 수 있는 가장 대담하면서도 교

묘한 언변과, 낮고 부드럽지만 아주 또렷하게 들리는 특이한 어조로 진솔하고 열렬하게 사랑을 고백하기 시작했다. 나는 중간에 그의 말을 끊고는 아주 확고하고 단호하며 경멸과 분노가 섞인 어조로 그를 퇴짜 놓았고, 그의 어리석은 영혼에 대해 슬픔과 연민의 정을 느낀다는 말을 아주 침착하고 차분한 어조로 덧붙였다. 그 사람은 큰 충격과 굴욕감에 빠져 물러갔다. 나는 며칠 후 그가 런던으로 떠났다는 소식을 들었다. 하지만 8, 9주 후에는 다시 돌아왔고, 나를 완전히 모르는 척하지는 않았지만 아주 어색하게 행동했기 때문에 눈치 빠른 에스터는 뭔가 달라졌다는 걸 금세 알아차렸다.

"헌팅던 부인, 오빠한테 무슨 짓을 하신 거예요?" 그로브 저택을 방문한 어느 날 아침, 그 사람이 차갑게 정중한 말투로 몇 마디 나누고 방을 나가버리자 그녀가 그렇게 물었다. "요즘 오빠가 지나치게 격식을 차리고 중후하게 행동하는데, 부인이 엄청나게 큰 실례를 범하지 않았다면 대체 왜 그러는지 짐작이 안 가요. 제가 나서서 화해시켜드릴 테니 무슨 일인지 얘기해주세요."

"일부러 실례를 범한 적은 없는데. 혹시 하그레이브 씨가 그렇게 느꼈다면 무슨 일이 있었는지 직접 얘기해줄 수 있겠지."

그러자 에스터는 "제가 물어볼게요. 오빠 지금 정원에 있거든요." 하더니, 신이 나 벌떡 일어서서는 창밖으로 얼굴을 내밀고 소리쳤다. "오빠!"

"안 돼, 그러지 마, 에스터! 나 화낸다. 지금 바로 나가서 몇 달, 어쩌면 몇 년 동안 안 보러 올 거야."

"에스터, 나 불렀니?" 그 사람이 밖에서 창문으로 다가오며 물었다.

"응, 뭐 좀 물어보려고—"
"잘 있어, 에스터." 내가 그녀의 손을 잡고 힘주어 꽉 쥐며 말했다.
 그러자 그녀는 "헌팅던 부인 드릴 장미 한 송이만 꺾어다 줄 수 있어?" 했고, 그는 저쪽으로 걸어갔다. 에스터는 여전히 내 손을 꼭 잡은 채로 이렇게 소리쳤다. "헌팅던 부인, 저 정말 놀랐어요. 부인도 오빠 못지않게 화가 나 있고, 서먹서먹하고 차갑게 행동하고 있잖아요. 떠나시기 전에 반드시 오빠와 화해하게 만들 거예요."
 "에스터, 어쩌면 그렇게 무례하게 행동할 수 있니!" 안락의자에 앉아서 열심히 뜨개질을 하던 하그레이브 부인이 소리쳤다. "너는 대체 언제쯤 숙녀답게 행동할 거니?"
 "엄마, 엄마가 얘기했었잖아요—" 하지만 하그레이브 부인이 아주 엄하게 고개를 저으며 손가락을 쳐들자 에스터는 입을 다물었다.
 "엄마 정말 화났나 봐요." 에스터가 내게 속삭였다. 그래서 나도 한마디 해주려던 차에 하그레이브 씨가 아름다운 이끼장미 한 송이를 들고 창가에 나타났다.
 "에스터, 여기, 장미 꺾어 왔어." 그는 동생에게 꽃을 건네며 말했다.
 "이 바보야! 오빠가 직접 드려." 우리 둘 사이에서 얼른 빠져나가며 그녀가 소리쳤다.
 "헌팅던 부인은 너한테서 받고 싶으실 거야." 그 사람이 아주 진지하게, 하지만 어머니에게는 안 들릴 작은 목소리로 말했다.
 에스터는 꽃을 받아다가 내게 전해주었다.

"헌팅던 부인, 오빠의 선물이에요. 오빠는 앞으로 부인과 더 잘 지내고 싶다네요. 오빠, 이러면 됐지?" 에스터가 창틀에 기대선 오빠 쪽으로 돌아서더니 그의 목을 한 팔로 껴안으며 짓궂게 말했다. "아니면, 예민하게 굴어서 죄송하다네요 했어야 하나? 그것도 아니면, 오빠가 잘못을 용서해달래요, 이랬어야 되나?"

"이 바보 같으니! 알지도 못하면서." 그 사람이 엄숙하게 말했다.

"맞아, 왜들 이러는지 정말 모르겠어!"

"자, 에스터." 아들과 내가 왜 틀어졌는지는 본인도 잘 모르지만, 그래도 딸이 너무 버릇없이 행동하는 걸 본 하그레이브 부인이 끼어들었다. "빨리 여기서 나가렴!"

"그러실 필요 없어요, 하그레이브 부인. 저도 가려던 참이었어요." 나는 이렇게 말하고 바로 작별 인사를 했다.

일주일쯤 후 하그레이브 씨가 동생을 우리 집에 태워다 주러 왔다. 처음에는 평소처럼 차갑고 서먹하게, 반쯤은 중후하고 반쯤은 침울하며 전반적으로 상처받은 사람처럼 행동했는데, 이번에는 에스터도 그걸 보고 아무 소리 안 했다. 어머니에게 단단히 훈계를 들은 눈치였다. 그녀는 나와 이야기를 나누고 어린 아서와 웃으며 뛰어놀았다. 아들도 그녀를 따랐고, 그녀도 아이를 좋아했다. 아서가 숨바꼭질을 하면서 에스터를 방에서 현관으로, 거기서 다시 정원으로 이끄는 바람에 좀 불편해졌다. 내가 일어나서 벽난로의 장작을 뒤적이자 하그레이브 씨는 춥냐고 묻더니 방문을 닫았다. 밖에서 요란하게 뛰놀고 있는 두 아이가 곧 돌아오지 않으면 따라 나가볼 셈이었기 때문에 그 행동은 정말 불필요한 친절이었다. 그는 다시 벽난로 쪽으로 걸어오더니, 헌팅던 씨가 지금 로버러 경 저택에 있고 거기 한참 더 있다 온다는 이야기를 들었느냐고 물었다.

"아뇨. 하지만 상관없어요." 내가 무관심한 어조로 대답했다. 그 사람이 말해준 내용보다 그런 질문을 던졌다는 사실 때문에 얼굴이 화끈거렸다.

"싫지 않으세요?"

"전혀요. 로버러 경이 아서가 와 있는 걸 좋아하면 괜찮죠."

"그렇다면 아서를 전혀 사랑하지 않으시는 건가요?"

"전혀요."

"그럴 줄 알았어요. 부인처럼 고결하고 순수한 분이 그토록 철저히 거짓되고 타락한 사람에 대해 분노와 경멸 섞인 혐오감 말고 다른 감정을 느낄 리 없다고 생각했어요!"

"그 사람 당신 친구 아닌가요?" 나는 난롯불을 보고 있다가 고개를 돌려 그가 방금 열거한 감정들이 살짝 실린 눈빛으로 그를 바라보았다.

그러자 그 사람이 아까처럼 차분하고 진지한 어조로 대답했다. "전에는 그랬죠. 하지만 한 사람을 그토록 악랄하게, 그토록 불경스럽게 저버리고 상처 입힌 자를 제가 아직도 친구로 여기고 존중한다고 생각하신다면 저를 모독하시는 겁니다. 그런데 복수하고 싶다는 생각은 하신 적 없어요?"

"복수라니! 아뇨. 그게 무슨 소용이 있겠어요? 그런다고 그 사람이 더 나아질 리도 없고, 제가 더 행복해질 리도 없잖아요."

그러자 하그레이브 씨가 웃으며 말했다. "헌팅던 부인, 부인과는 어떻게 대화를 해야 할지 잘 모르겠어요. 부인은 반만 인간이에요. 반은 인간, 반은 천사의 성품을 가지신 거죠. 너무 선해서 외경심이 든다고 할까. 저로서는 잘 이해가 안 돼요."

"평범한 인간에 불과한 제가 당신보다 그렇게나 더 많이 나은 사람이라고 하시면, 지금보다 아주 많이 나아지셔야겠네요. 우리 둘 사이에는 통하는 부분이 이렇게나 적으니 둘 다 더 비슷한 친구를 찾는 게 좋을 것 같아요." 나는 그 즉시 창가로 걸어가서 아들과 에스터가 어디 있는지 내다보았다.

그러자 하그레이브 씨가 이렇게 대답했다. "아뇨, 평범한 인간은 저예요. 제가 남들보다 더 나쁘다고 생각 안 합니다. 하지만 부인은— 제가 볼 때 당신 같은 사람은 없어요. 그런데 부인께서는 행복하신가요?" 그가 진지한 어조로 물었다.

"남들만큼은 행복하겠죠."

"원하시는 만큼 행복한가요?"

"이승에서 그렇게까지 행복한 사람은 없어요."

그러자 그 사람이 깊고 서글픈 한숨을 내쉬며 대답했다. "한 가지는 확실해요. 저보다는 말할 수 없이 더 행복하실 겁니다."

"정말 안타까운 일이네요." 나는 그렇게 대답할 수밖에 없었다.

"정말 그렇게 생각하세요? 아닐걸요. 그렇게 생각하신다면 저를 구해주시겠죠."

"그랬을 때 저 자신이나 다른 사람에게 해가 가지 않는다면 그렇게 하겠죠."

"제가 부인께서 스스로를 해하기를 바란다고 생각하세요? 아뇨, 그 반대예요. 저한테는 제 행복보다 당신의 행복이 훨씬 더 중요해요. 당신은 지금 불행해요, 헌팅던 부인." 그는 대담하게 내 얼굴을 들여다보며 이야기했다. "괴롭다는 말은 안 하시지만 저는 부인이 아주 불행하다는 걸 볼 수 있고 느낄 수 있어요. 그리고 아직도 뜨겁고 뛰고 있는 심장을 얼음벽으로 둘러싸고 계시는 동안에는 계속 불행하겠죠. 저 역시 불행합니다. 하지만 부인이 웃어주시면 저는 행복할 거예요. 그렇게 된다면, 그리고 당신이 정말 여인이 맞다면, 틀림없이 당신도 행복해질 겁니다. 난 당신을 행복하게 해줄 수 있고, 당신이 거부한다 해도 그렇게 할 테니까요!" 그가 이를 악물고 말했다. "이건 우리 둘 사이의 일입니다. 당신은 당신 남편에게 상처를 입힐 수 없고, 다른 사람들은 이 일과 아무 연관이 없지요."

"하그레이브 씨, 제겐 아들이 있고 당신에겐 어머니가 계시잖아요." 나는 나를 따라온 하그레이브 씨가 서 있던 창가를 떠나며 말했다.

"그들은 몰라도 돼요." 그런데 그 사람이나 내가 뭐라고 더 말하기 전에 에스터와 아서가 돌아왔다. 에스터는 오빠와 나의 흥분하고 상기된 얼굴(각자 다른 이유에서 그런 거지만)을 보더니 우리 둘이 심하게 싸웠다고 생각했는지 어쩔 줄 몰라 하는 표정이었다. 하지만 그 이야기를 꺼내기에는 너무 예의가 발랐거나 오빠의 화가 두려운 듯했다. 그래서 그녀는 그냥 소파에 앉아서 바람에 날려 얼굴을 덮은 금빛 고수머리를 뒤로 넘겼다. 그러고는 곧바로 정원과 아서에 대해 이야기하기 시작했고, 평소처럼 재잘재잘 수다를 떨었다. 이윽고 하그레이브 씨가 집에 가자고 동생을 불렀다.

"제가 오늘 너무 주제넘은 말씀을 드린 거라면 용서해주세요. 안 그러면 평생 저 자신을 용서하지 못할 것 같아요." 하그레이브 씨가 떠나면서 이렇게 속삭였다. 에스터는 빙긋 웃고는 나를 흘깃 보더니, 내가 말없이 목례만 하자 표정이 어두워졌다. 오빠가 이렇게까지 양보하는데 내가 대답이 없자 너무하다고 생각해 실망한 눈치였다. 가여운 아가씨, 그녀는 자기가 어떤 세상에 살고 있는지 모른다.

그 후 몇 주 동안 하그레이브 씨와 단둘이 이야기할 기회가 없었다. 그러다가 다시 만났을 때 보니 전보다 기죽고 침울해 보였다. 아, 정말 봐주기 힘든 모습이었다! 결국 나는 그로브 저택에 발을 끊을 수밖에 없었다. 그러자 하그레이브 부인은 분노했고, 다른 친구가 없는 에스터는 심각하게 괴로워했다. 그 애가 오빠 때문에 그렇게 상처받으면 안 되는데. 그런데도 하그레이브 씨는 포기하지 않고 끈질기게 기회를 엿보았다. 나도 그렇고, 레이철도 그 사람이 말을 타고 찬찬히 주변을 둘러보면서 우리 집 옆을 지나가는 걸 여러 번 보았다. 예리한 레이철은 우리 둘 사이가 어떤지 금방 간파하고, 저택의 꼭대기 층에 있는 아기방에서 적의 움직임을 지켜보았다. 그래서 그 사람이 주변에 있는 것 같은데 내가 산책 나갈 채비를 하거나, 내가 가려고 하는 방향에 그가 나타날 것 같으면 넌지시 말을 해주었다. 그러면 그날은 산책을 미루거나 저택의 공원과 정원만 걷고 말았다. 만약 내가 중요한 일로 외출을 해야 하는 날이면, 이를테면 아프거나 곤경에 처한 사람들을 도우러 가는 날이면 레이철을 데리고 나갔는데, 그러면 그 사람은 나타나지 않았다.

그런데 11월 초의 어느 따스하고 햇살 밝은 날, 혼자 마을 학교와 가난한 소작인 몇 사람을 방문하고 돌아오는 길에 뒤에서 일정한 속도로 빠르게 달려오는 말발굽 소리가 들려 가슴이 철렁했다. 주변에는 들판으로 빠져나갈 수 있는 층계형 통로나 개구멍도 없어서, 나는 '그 사람이 아닐 수도 있어. 만약 그 사람이 맞더라도 나를 또 괴롭히면 다시는 그러지 못하게 할 거야. 그 정도로 질기게 대놓고 무례하게 굴거나 메스껍게 감상적으로 나오면 나도 말이나 표정으로 끝장을 내줄 거니까'라고 속으로 다짐하면서 조용히 걸어갔다.

곧 말이 나를 따라잡았고, 내 바로 옆에 섰다. 하그레이브 씨가 맞았다. 그 사람은 부드럽고 우울한 미소로 인사하려 했지만, 드디어 나를 따라잡았다는 기쁨이 너무 노골적으로 드러나 그 시도는 완전히 실패로 돌아갔다. 나는 짤막하게 인사에 답례하고 그의 어머니와 여동생의 안부를 물은 뒤 다시 걷기 시작했다. 그는 집까지 같이 갈 작정인지 말을 타고 계속 옆에서 걸었다.

'흥! 상관없어. 또 한 번 차이고 싶다면 그렇게 해주지, 뭐. 자, 다음은 뭐죠?' 나는 속으로 이렇게 생각했다.

그런데 속으로만 생각한 그 말에 곧 답이 돌아왔다. 그는 잠시 이런저런 이야기를 하더니, 갑자기 진지한 어조로 이렇게 호소했다.

"다음 4월이면 제가 부인을 만난 지 4년이 됩니다, 헌팅던 부인— 당신은 그 상황을 잊으셨겠지만 저는 그럴 수가 없습니다. 그때는 당신을 너무도 흠모했지만 감히 사랑할 수는 없었어요. 그 이듬해 가을에는 당신의 완벽함을 너무나 많이 목격했기 때문에 사랑할 수밖에 없었지만 감히 드러내지는 못했고요. 3년이 넘도록 저는 완전히 순교자 같은 삶을 살고 있습니다. 억누른 감정, 강렬하지만 채울 수 없는 그리움, 말할 수 없는 슬픔, 좌절된 희망, 짓밟힌 애정의 괴로움으로 저는 당신이 상상도 할 수 없고 저 자신도 이루 다 표현할 수 없는 고통을 겪었는데— 모두 당신 때문이었고, 당신도 어느 정도는 알고 있었을 겁니다. 제 청춘은 하릴없이 사라지고 있고, 제 미래는 암담하고, 삶은 황량한 공허일 뿐입니다. 저는 낮에도 밤에도 쉬지 못하고, 저 자신과 주변 사람들에게 짐이 되어가고 있어요. 당신은 눈길 한 번, 말 한마디로 저를 구할 수 있는데, 그걸 안 해주다니— 이게 맞나요?"

"일단 저는 당신의 말을 믿지 않아요. 둘째로, 당신이 그토록 어리석게 굴 거라면 저도 막을 도리가 없지요."

그러자 하그레이브 씨가 진지하게 대답했다. "당신은 인간의 가장 선하고 가장 강하고 가장 거룩한 충동을 어리석음이라고 생각한다고 말하고 있지만, 저는 그 말 믿지 않아요. 당신은 냉정하고 차가운 사람인 척하는데— 당신도 한때는 사랑을 느꼈고, 그걸 당신의 남편에게 바친 걸 알아요. 그리고 아서가 그 보물을 가질 자격이 전혀 없다는 걸 알았을 때 당신은 그걸 도로 거두어들였죠. 그런데 그 세속적인 바람둥이 난봉꾼을 너무 깊고 헌신적으로 사랑했기 때문에 평생 다시는 다른 사람을 사랑할 수 없다고 주장하시는 건 아니죠? 당신의 마음속에 아직 한 번도 발현되지 않은 감정들이 깃들어 있다는 걸 저는 알아요. 그리고 지금 이렇게 무시당하고 외로운 상태에서 당신이 아주 불행하다는 것, 불행할 수밖에 없다는 것도 알고요. 당신은 두 사람을 고통으로부터 너그럽고 고귀하고 이타적인 사랑만이 줄 수 있는 최고의 행복으로 이끌 힘을 갖고 있어요(당신이 원한다면 저를 사랑할 수 있으니까). 당신은 저를 경멸하고 혐오한다고 말하지만, 당신이 먼저 솔직하게 말하는 모습을 보여줬으니 저도 솔직히 말할게요, 저는 당신의 그 말을 믿지 않아요! 하지만 당신은 그렇게 해주지 않겠죠! 당신은 우리 두 사람을 비참하게 만들고, 그게 신의 뜻이라고 강변하면서 앞으로도 그렇게 살아야 한다고 말하겠죠. 당신은 이걸 신앙이라고 하겠지만, 제가 보기엔 말도 안 되는 광신(狂信)이에요!"
 그래서 나는 이렇게 대답했다. "당신과 저는 다르게 살 수 있어요. 지금 우리가 눈물의 씨앗을 뿌리는 게 주님의 뜻이라면, 나중에 기쁨의 열매를 거둬들일 거예요. 세속적인 욕망을 채우느라 다른 사람들을 해치면 안 된다는 게 주님의 뜻이잖아요. 당신에겐 당신이 치욕적인 일을 저지르면 심각하게 상처 입을 어머니, 두 여동생, 친구들이 있고, 저 역시 저 자신의 행복을 위해 고통받게 하면 안 되는 친구들이 있어요. 설사 제게 이 세상에 배려할 친구가 단 한 명도 없다 하더라도 저에게는 저의 주님과 종교가 있고, 저와 다른 누군가의 거짓되고 덧없는 몇 년간의 행복—이승에서도 슬픔으로 끝날 행복이지만—을 얻기 위해 저의 소명을 더럽히고 주님과의 믿음을 깨느니 차라리 죽는 게 나아요."
 하그레이브 씨는 포기하지 않았다. "그 누구도 치욕이나 고통을 겪을 필요 없고, 희생할 필요도 없어요. 저는 부인께 집을 나오라거나 사회의 편견에 맞서라고 하는 게 아니에요." 하지만 여기서 그가 했던 말을 다 되풀이할 필요는 없다. 나는 그의 논리를 최대한 조리 있게 반박했다. 하지만 내 논리가 너무 약해서 화가 났다. 하그레이브 씨가 감히 나한테 그런 말을 했다는 사실이 너무 분하고 치욕스러워서 그의 강력한 궤변을 제대로 깨부술 사고력이나 언변을 유지하기가 힘들었다. 그러나 논리로 그의 입을 막을 수 없고, 어쩌면 본인이 이기고 있다는 사실에 속으로 쾌재를 부르고 있을 수도 있다는 생각이 들어 나는 작전을 바꾸기로 마음먹고 다른 수를 써봤다.
 "저를 정말 사랑하세요?" 나는 걸음을 멈추고 침착하게 그의 얼굴을 바라보며 진지하게 물었다.

"부인을 사랑하느냐고요!" 그가 소리쳤다.
"진심으로 사랑하세요?" 내가 다시 물었다.
그의 얼굴이 환해졌다. 승리의 순간이 임박했다고 생각한 것이다. 그는 열띤 어조로 나를 얼마나 진실하게, 얼마나 열렬히 사랑하는지 설명하기 시작했다. 나는 그의 말을 끊고 다른 질문을 던졌다.
"하지만 그건 이기적인 사랑 아닌가요? 저를 위해 당신의 행복을 희생할 수 있을 만큼 이타적인 애정을 갖고 계세요?"
"당신을 위해서라면 목숨이라도 내놓을 수 있어요."
"당신의 목숨은 필요 없어요. 하지만 제 고통을 덜어주기 위해 노력을 기울일 만큼 제게 진실한 연민을 느끼시는지요? 당신에게는 조금 불편할 수 있더라도 말이에요."
"말씀하시는 대로 할 테니 한번 지켜보세요."
"그렇다면, 다시는 이 문제를 거론하지 마세요. 또다시 이 얘기를 꺼내면 당신이 그렇게 절절히 안타까워한 저의 고통이 두 배로 커질 거예요. 지금 제게 남은 건 깨끗한 양심이 주는 위안과 주님에 대한 믿음과 희망뿐인데, 당신은 이 두 가지를 앗아 가려고 끊임없이 노력하시네요. 계속 이러시면 저는 당신을 최악의 적으로 생각할 수밖에 없어요."
"부인, 잠깐만 제 얘기 들어보세요―"
"아뇨! 당신은 저를 위해 목숨이라도 바친다고 했어요. 저는 단 한 가지 주제에 대해 거론하지 말아달라고 부탁드리는 것뿐이에요. 저는 솔직하게 제 생각을 말했고, 제가 한 말은 모두 진심이에요. 또 이런 식으로 저를 괴롭히신다면, 사랑한다는 그 말은 모두 새빨간 거짓말이고, 말로는 열렬히 사랑한다고 하지만 실은 그만큼 저를 열렬히 미워한다고 생각할 수밖에 없어요."
 그는 입술을 깨물고 잠시 말없이 땅바닥을 내려다보았다.
 "그럼 제가 부인을 떠나야겠군요." 마침내 그 사람은 이렇게 말하고는, 내가 이 엄중한 말을 듣고 견딜 수 없이 괴로워하거나 당황하는지 보려고 내 얼굴을 빤히 쳐다보았다. 마지막 희망을 걸어본 것이다. "그러면 당신을 떠나야만 하겠어요. 제 생각과 소망을 독차지하는 한 가지 주제에 대해 얘기할 수 없다면, 여기서 살 수 없죠."
 "전에는 외지에 많이 나가 계셨던 걸로 알아요. 만약 꼭 그래야만 한다면 다시 한동안 집을 떠나 있어도 큰 문제는 없을 것 같은데요." 내가 대답했다.
 "그게 정말 가능하다면요. 어쩌면 그렇게 아무렇지도 않게 떠나라고 해요? 정말 제가 그러길 바라요?"
 "당연하죠. 최근에 그랬듯이 만날 때마다 저를 괴롭히실 거라면 저는 당신과 기꺼이 작별하고 다시는 안 볼 거예요."
 그는 아무런 대답 없이 말 위에서 몸을 기울여 내게 손을 내밀었고, 얼굴을 보니 쓰라린 실망 때문인지, 상처받은 자존심 때문인지, 미련 때문인지, 엄청난 분노 때문인지, 진실로 고통스러운 표정이었다. 나는 친구에게 작별을 고하듯 선선히 손을 내밀었다. 그는 내 손을 꽉 쥐더니, 바로 말에 박차를 가해 빠르게 달려 사라졌다. 그로부터 불과 며칠 후 그는 파리로 떠났고, 아직도 거기 있다고 들었다. 그 사람이 거기 오래 있을수록 나한테는 좋은 일이다.
 일이 이렇게 풀려서 정말 다행이다!

38장
상처 입은 남자

　1826년 12월 20일. 내 다섯 번째 결혼기념일이고, 내 생각에 이 집에서 보내는 마지막 결혼기념일이 될 것 같다. 난 결심이 섰고, 계획도 짰으며, 일부는 이미 실행 중이다. 양심의 가책은 없다. 하지만 결심이 무르익는 동안 이 길고 긴 겨울 저녁을 일기를 쓰면서 보낼 생각이다. 그리 유쾌한 작업은 아니지만 유용한 일이라는 기분이 들고, 무언가를 해야만 한다면 더 가벼운 일보다는 이 편이 낫기 때문이다.
　9월, 조용했던 그라스데일은 다시 (소위) 신사 숙녀들로 떠들썩해졌고, 재작년에 왔던 손님들에 하그레이브 부인과 에스터 등 두세 명이 더해진 상태였다. 아서를 즐겁고 편하게 해주기 위해 로버러 경 부부도 초대했다. 다른 숙녀들은 아마 구색을 갖추고, 나를 제어하고, 내가 신중하고 조신하게 행동하게 만들려고 초대한 것 같다. 하지만 여자 손님들은 3주만 있다 갔고, 남자들은 두 명 빼고는 모두 두 달 이상 머물렀다. 친절한 집주인이 그들을 보내고 본인의 뛰어난 지성과 깨끗한 양심, 살뜰한 아내와 만 남겨지는 것을 피하고 싶었기 때문이다.

로버러 부인이 도착한 날, 나는 그녀의 방으로 따라 올라가서 솔직하게 이야기했다. 그녀가 아직도 내 남편과 불륜 관계를 지속하고 있다는 증거가 나오면 아무리 고통스럽고 후과가 두렵더라도 그녀의 남편에게 상황을 알리겠다고, 최소한 의심을 심어주겠다고 말이다. 내가 너무도 예기치 않게, 너무도 확고하지만 차분하게 이 말을 하자 그녀는 처음에는 깜짝 놀라더니, 바로 정신을 차리고는 자기가 아서에게 뭔가 의심스럽거나 부적절한 행동을 하면 얼마든지 남편에게 이야기해도 좋다고 침착하게 대답했다. 그 정도면 됐다고 생각했기 때문에 나는 돌아서서 나왔고, 그 후 그녀의 행동을 지켜보니 아서에게 특별히 의심스럽거나 부적절한 행동을 하는 것 같지 않았다. 그러나 나는 다른 손님들도 챙겨야 했기에 아주 유심히 살피지는 않았다. 고백하자면, 둘 사이에서 무언가를 목격할까 봐 두려웠기 때문이다. 그 일은 더 이상 내 관심사가 아니었을뿐더러, 로버러 경에게 알리는 게 나의 의무라면 그건 고통스러운 의무였기 때문에 그 일을 해야만 하는 때가 올까 봐 걱정이었다.

그런데 그 걱정은 예기치 않은 방식으로 끝이 났다. 손님들이 도착하고 두 주일쯤 지난 어느 날 저녁, 억지로 명랑한 척을 하고 지루한 대화를 이어가느라 지친 나는 잠깐 쉬려고 서재로 들어갔다. 혼자 지내는 건 지루한 적도 많았지만, 그래도 그렇게 오랫동안 조용히 살다가 갑자기 내 감정과 상관없이 손님들을 상대하고, 억지로 대화하고 웃고 이야기를 들어주고, 여주인으로서 손님들을 꼼꼼히 챙기고 심지어 그들에게 쾌활한 친구가 되어주려다 보니 가끔은 너무 힘에 부쳤다. 그래서 나는 퇴창에 앉아 서쪽 하늘을 바라보고 있었다. 붉은 저녁놀을 배경으로 어둑한 산들이 뚜렷한 대조를 이루며 솟아 있었는데, 노을은 점차 스러지다가 그 위 창공의 맑은 청색에 녹아들었고, 거기엔 별 하나가 밝게 빛나고 있었다. 별은 이렇게 약속하는 듯했다. "저 노을빛이 사라져도 세상은 어둠 속에 잠기지 않을 것이다. 불신과 죄악의 안개로 마음이 흐려지지 않은 신자들은 언제나 의지할 데가 있으리라." 그런데 갑자기 누군가 급히 다가오는 소리가 들리더니 로버러 경이 들어왔다. 그는 여전히 서재에 있는 걸 좋아했다. 그런데 평소와 달리 문을 거칠게 열더니, 모자를 아무 데나 휙 벗어 던졌다. 대체 무슨 일이 있었던 걸까? 얼굴은 창백하고 시선은 바닥에 박혀 있었으며, 이를 앙다문 그의 이마에는 고뇌의 땀방울이 맺혀 있었다. 마침내 부인의 불륜을 알게 된 게 틀림없었다!

　로버러 경은 내가 있는 줄 모르고, 완전히 격앙된 상태에서 손을 격하게 쥐어짜고 낮은 신음 소리를 내고 뜻 모를 말을 내뱉으며 이리저리 걸어 다녔다. 내가 여기 있다고 손짓을 했지만 그는 너무 흥분한 상태라 알아채지 못했다. 그 사람이 다른 쪽을 보고 있을 때 방을 가로질러 살짝 빠져나가도 눈치채지 못할 것 같아서 그럴 생각으로 자리에서 일어섰는데, 그는 그제야 나를 보고 깜짝 놀라며 잠깐 멈추어 섰다. 그러더니 줄줄 흐르는 이마의 땀을 훔치고는 어딘지 억지스럽게 차분한 얼굴로 다가왔다. 그리고 무덤 속에서 들려오는 듯한 깊은 소리로 이렇게 말했다. "헌팅던 부인, 저는 내일 떠날까 합니다."

　"내일요!" 나는 그의 말을 되풀이했다. "이유는 묻지 않을게

요."

"그렇다면 이유를 알고 계시는 거군요. 그런데 그렇게 침착하시다고요!" 그는 깊은 충격에 빠진 표정으로 나를 쳐다보았다. 서운하고 원망스러운 마음도 섞여 있는 듯했다.

"아주 오래전부터—" 나는 잠깐 말을 멈췄다가 덧붙였다. "남편의 성격을 알고 있었던지라, 어떤 일이 생겨도 놀랍지가 않네요."

"하지만 이건— 이건 언제부터 알고 계셨던 거예요?" 그가 자기 옆의 탁자에 꽉 쥔 주먹을 올려놓고는 내 얼굴을 날카롭게 쏘아보며 이렇게 물었다.

죄인이 된 기분이었다.

"저도 얼마 전에 알았어요."

"알고 있었다고요!" 그는 격분한 어조로 소리쳤다. "그러면서도 말을 안 해준 거네요! 날 속이는 걸 도와준 거죠!"

"로버러 경, 속이는 걸 도와준 건 결코 아니에요."

"그럼 왜 저한테 안 알려주신 거죠?"

"알면 너무 괴로우실 테니까요. 부인이 제 바람대로 그 관계를 끝내고 가정으로 돌아가면 로버러 경께서 이 끔찍한 고통을 안 겪으셔도 될 거라는 생각에—"

"세상에! 둘이 언제부터 그런 사이였던 거죠? 얼마나 오래된 거예요, 헌팅던 부인? 말해주세요— 꼭 알아야겠어요!" 그는 무서울 정도로 강한 어조로 물었다.

"2년 정도 된 것 같아요."

"그럴 수가! 그럼 그동안 쭉 저를 속여온 거잖아요!" 그는 고통에 찬 신음 소리를 억누르며 돌아섰다. 그러더니 다시 엄청나게 흥분한 상태로 이리저리 걸었다. 내 마음도 너무 괴로웠지만, 그래도 그를 위로하고 싶었다. 뭐라고 해야 위로가 될지는 알 수 없었지만.

"로버러 부인은 사악한 사람이에요. 당신을 아주 저열하게 속이고 배반했어요. 그녀는 당신의 사랑을 받을 자격도 없지만, 당신이 슬퍼할 가치도 없는 사람이에요. 그러니까 그런 여자 때문에 더 이상 괴로워하지 마세요. 그녀를 버리고 홀로 서세요."

그러자 로버러 경이 걸음을 멈추고 내 쪽으로 돌아서며 엄한 어조로 말했다. "그리고 부인, 부인께서도 잔인하게 이 일을 숨겨서 제게 상처를 주셨어요!"

그 말을 듣자 갑자기 마음속에 반감이 차올랐다. 그가 너무 안쓰러워서 숨긴 건데 이렇게 박절하게 나오다니, 그에 상응하는 엄격함으로 강하게 항의하고 싶은 충동이 들었다. 그래도 다행히 그러지는 않았다. 로버러 경은 너무 괴로운 듯 갑자기 자기 이마를 때리고 창가 쪽으로 홱 돌아서더니 맑은 하늘을 쳐다보며 격렬한 어조로 "아, 차라리 죽는 게 낫지!" 하고 중얼거렸다. 이미 흘러넘치고 있는 그 슬픔의 잔에 고통을 한 방울 더 얹는 것은 너무 잔인하다는 생각이 들었다. 그런데도 나는 부드럽다기보다 차가운 어조로 이렇게 말했다. "숨길 만한 이유가 여러 가지 있었지만, 굳이 열거하지 않을게요—"

그러자 로버러 경이 곧바로 대답했다. "저도 알아요. 부인께선 그게 부인의 일이 아니었다고 하시겠죠. 제가 알아서 잘했어야 하는 일이라고, 제가 아둔해서 이 지옥의 불구덩이 속에 빠진 거라면 제가 더 현명하지 못해서 일어난 일에 대해 남을 원망하면 안 되는 거라고 하실 수도 있겠고요."

나는 그의 원망에 찬 반박에 이렇게 대답했다. "제 생각이 짧았어요. 하지만 용기가 없어서 그랬든 로버러 경을 보호하고 싶어서 그랬든, 제 실수를 너무 심하게 비난하시네요. 2주 전, 로버러 부인이 여기 도착하자마자 저는 계속 로버러 경을 속이면 제가 직접 알리겠다고 경고했어요. 그랬더니 부인은 본인이 혹시라도 의심스럽거나 부적절한 행동을 하면 얼마든지 로버러 경께 얘기해도 좋다고 했고요. 최근에는 그런 행동을 못 봐서 아서와 헤어진 줄 알았어요."

내가 이렇게 말하는 동안 로버러 경은 아무런 대답 없이 창밖을 응시했다. 그러나 내 말을 들으면서 이런저런 일들이 떠오르는 듯, 바닥을 발로 차고, 이를 갈고, 엄청난 육체적 고통에 시달리는 사람처럼 이마를 찌푸리기도 했다.

그러다 마침내 이렇게 중얼거렸다. "그건 나쁜 짓, 나쁜 짓이야! 어떤 변명으로도 용서할 수 없고, 어떻게 해서도 속죄할 수 없어. 천치같이 믿고 지낸 그 세월은 무엇으로도 되돌릴 수 없고 지워버릴 수도 없으니까! 그 무엇으로도, 무엇으로도!" 그는 작은 소리로 이렇게 되뇌었고, 그 모습이 너무 절망스럽고 고통스러워 보여서 내가 섭섭해할 계제가 아니었다.

"제가 봤을 때도 이건 물론 잘못된 일이었어요." 내가 대답했다. "다만 이 문제를 로버러 경의 입장에서 보지 못한 게, 그리고 아까 말씀하셨듯이 지나간 세월은 무엇으로도 되돌릴 수 없다는 게 한스럽네요."

나의 목소리나 이 대답에 깃든 무언가가 그의 마음을 바꿔놓은 것 같았다. 로버러 경은 내 쪽으로 돌아서서 침침한 빛 속에서 내 얼굴을 주의 깊게 살피더니, 아까보다 부드러운 어조로 말했다. "부인께서도 힘드셨을 것 같아요."
"처음에는 많이 괴로웠지요."
"그게 언젠데요?"
"2년 전이죠. 2년 후에는 로버러 경께서도 지금의 저만큼 편해지실 거고, 저보다 훨씬 더 행복하실 거예요. 남자들은 원하는 대로 살 수 있으니까요."
한순간 로버러 경의 얼굴에 비록 아주 쓰라리긴 하지만 미소 비슷한 게 떠올랐다.
"요즘 행복하지 않으셨죠?" 그는 안정을 되찾으려고 애쓰면서 이렇게 물었다. 더 이상 본인의 불행에 대해 이야기하고 싶지 않은 눈치였다.
"행복요?" 나는 그 말을 되풀이했다. 그런 질문을 들으니 거의 화가 치밀 지경이었다. "남편이 그런 사람인데 제가 행복할 수 있을까요?"
"결혼 초기 이후로 부인의 모습이 조금씩 변하더군요." 로버러 경은 말했다. 그러더니 이를 악물고는, "저는 그게 헌팅던 그 인간 때문이라고 생각했는데 —"라고 내뱉고 말을 이었다. "그자는 부인 자신의 둔한 성격 때문이라고 하더라고요. 그 성격 때문에 부인이 제 나이보다 더 늙고 미워지고 있고, 자기 가정을 수녀원처럼 썰렁하게 만들고 있다고 했어요. 이런 말을 듣고도 웃으시네요, 헌팅던 부인. 어떤 일이 있어도 침착하시군요. 저도 부인처럼 심지가 굳었으면 좋겠어요."
그래서 내가 이렇게 대답했다. "원래는 안 그랬는데, 여러 번의 가혹한 체험과 반복된 노력을 통해 얻은 결과죠."
바로 이때 해터즐리 씨가 뛰어 들어왔다.

그는 "어이, 로버러!" 하고는 나를 보더니 "아, 실례합니다" 했고, "두 분이 대화 중이신지 몰랐어요. 어이, 기운 내"라고 말을 이었다. 그러면서 로버러 경의 등을 탁탁 두드렸는데, 그러자 로버러 경은 극도의 혐오감과 짜증이 섞인 표정으로 몸을 피했다. "나가지, 자네한테 할 말이 있어."
 "말해봐."
 "숙녀분 앞에서 얘기해도 될 문제인지 잘 모르겠네."
 "그럼 나한테도 하면 안 될 이야기 같은데." 로버러 경이 이렇게 대답하고는 돌아서서 방을 나갔다.
 "아냐, 자네는 들어도 돼." 해터즐리가 그를 쫓아가며 소리쳤다. "자네가 정말 남자다운 남자라면 자네한테 아주 딱 맞는 얘기일 거거든. 자, 들어봐." 그는 목소리를 살짝 낮췄지만, 그의 말은 반쯤 닫힌 문 너머로도 한마디도 빠짐없이 다 들렸다. "내가 볼 때 자네는 피해자야. 가만, 가만, 화내지 말아봐. 속상하게 하려는 건 아니야, 그냥 내 말투가 원래 거칠어서 그래. 어차피 말할 거 그냥 솔직하게 얘기하겠네. 자, 잠깐만 좀 들어봐! 자네를 돕고 싶어서 온 거니까. 헌팅던은 내 친구지만, 우리 모두 알다시피 아주 나쁜 놈이잖나. 나는 일단은 자네 편이 되어서 문제를 해결해보려고 해. 이걸 바로잡으려면 어떻게 해야 할지 말해주겠네. 그 친구와 결투를 하는 거야. 그러고 나면 자네 기분도 나아질 걸세. 혹시라도 사고가 나면 — 자네처럼 막다른 골목에 몰린 사람에게는 뭐, 그것도 나쁘지 않지. 자, 손 이리 줘, 악수 한번 하고 마음 풀게. 시간과 장소만 정해주면 나머지는 내가 준비하겠네."
 그러자 더 낮고 신중한 로버러 경의 목소리가 이렇게 대답했다. "바로 그게 내가 (또는 내 안에 있는 악마가) 바라는 해결책이었어. 그를 만나서 반드시 피를 보고 단절하는 것. 둘 중 어느 쪽이 또는 둘 다 쓰러져도 상관없어. 오히려 말할 수 없이 마음이 편해질 것 같아, 만약—"

"그렇지! 자, 그러면—"

"안 돼!" 로버러 경이 깊고 강경한 음성으로 힘주어 말했다. "그자를 정말 증오하고, 그자에게 어떤 불행이든 닥치면 기분 좋겠지만, 그래도 나는 그를 주님 손에 맡길 거야. 그리고 혐오스러운 내 삶도 주님께 맡기려고 하네."

"그렇지만 이 경우에는—" 해터즐리가 사정했다.

"됐어, 그만해!" 로버러 경이 바로 돌아서며 이렇게 소리쳤다. "한마디도 더 하지 마. 내 안의 악마와 싸우는 것만도 벅차니까."

"그럼 자네는 비겁한 바보야. 나도 자네 일에서 손 뗄 걸세." 해터즐리는 이렇게 투덜거리더니 휙 돌아서서 나가버렸다.

"정말, 정말 잘하셨어요." 나는 곧바로 뛰쳐나가서는, 계단으로 걸어가는 그의 뜨거운 손을 부여잡고 이렇게 말했다. "세상에, 당신 같은 분이 계시다니!" 내가 갑자기 튀어나와 이런 격찬을 하니 로버러 경은 깜짝 놀라 우울하고 당혹스러운 표정으로 나를 마주 보았고, 그 얼굴을 보니 그렇게 충동적으로 행동한 게 부끄러웠다. 하지만 다음 순간 그는 좀 더 편안해진 얼굴로 내 손을 상냥하게 잡았다. 그러더니 진솔함이 깃든 눈빛으로 "주님께서 우리 두 사람 다 지켜주시기를!" 하고 말했다.

"아멘!" 나는 그렇게 대답하고 응접실로 내려갔다.

손님들 대부분이 안주인인 내가 같이하기를 기대할 것이고, 한두 사람은 진실로 나를 보고 싶어 할 것이었다. 전실에 가니 해터즐리 씨가 몇 사람 앞에서 로버러 경의 비겁한 행동을 비난하고 있었고, 헌팅던 씨는 탁자에 기대앉아 본인의 사악한 배신 행위를 과시하며 로버러 경을 비웃고 있었다. 그림즈비 씨는 그 옆에 서서 말없이 손을 비비며 악랄한 만족감에 젖어 있었다. 내가 그쪽을 힐긋 보자 해터즐리는 비난을 멈추고 수송아지처럼 나를 바라보았고, 그림즈비는 악질적이고 사나운 눈길로 노려봤으며, 남편은 거칠고 험악한 저주를 내까렸다.

응접실에서는 로버러 부인이 불편한 심기를 감추려고 애써 평소보다 더 명랑하고 활기차게 떠들고 있었다. 집에서 안 좋은 소식이 와서 남편은 바로 떠나야 하는데, 너무 걱정을 많이 해서 심한 두통이 생긴 데다 급히 떠나려니 얼른 짐도 싸야 해서, 남편이 오늘 저녁에는 손님들과 어울릴 수 없다는 이야기임을 감안하면 상황에 맞지 않는 행동이었다. 하지만 사업상의 문제라서 자기는 신경 안 쓸 거라고도 했다. 그녀는 내가 들어서는 순간 이 이야기를 하고 있다가 너무도 무례하고 도전적인 눈빛으로 나를 노려보았고, 그걸 보니 정말 놀랍고 역겨웠다.

그녀는 이렇게 말을 이었다. "저도 정말 걱정되고 당혹스러워요. 아내 된 도리로 로버러 경과 같이 가야겠지만 이렇게 갑자기, 이렇게 일찍 좋은 친구들과 헤어져야 한다니 정말 아쉽네요."

그러자 옆에 앉아 있던 에스터가 말했다. "그래도 애너벨라 언니, 오늘처럼 행복해 보인 적이 없었던 것 같은데요."

"바로 그거야. 내일 떠나면 언제 다시 볼지 모르니까 오늘 이 시간을 한껏 즐기고 싶고, 여기 있는 모든 사람에게 좋은 인상을 남기고 싶어." 그녀는 좌중을 둘러보다가 자기를 너무 빤히 쳐다보는 하그레이브 부인과 눈이 마주치자 벌떡 일어서며 이렇게 말했다. "그래서 노래를 한 곡 불러드리고 싶은데, 숙모, 어때요? 헌팅던 부인은요? 신사 숙녀 여러분 모두 괜찮으세요? 좋아요. 최선을 다해 불러볼게요."

애너벨라와 로버러 경은 내 옆방을 썼는데, 그날 밤 그녀는 어떻게 지냈는지 모르겠지만, 나는 거의 뜬눈으로 밤을 새우며 그녀의 남편이 무거운 발걸음으로 내 침실 바로 옆에 붙은 의상실을 왔다 갔다 하는 소리를 들었다. 한번은 멈춰 서서 심한 욕설을 내뱉으며 뭔가를 창밖으로 내던지는 소리도 들렸다. 아침에 두 사람이 떠난 후 살펴보니 날이 예리한 주머니칼이 잔디밭에 떨어져 있었다. 난로 속 잿더미에도 동강 난 면도기가 파묻혀 있었는데, 꺼져가는 잉걸불에 한쪽이 그을려 있었다. 자신의 비참한 삶을 끝내고 싶은 유혹이 너무도 강했지만, 그 유혹을 이겨내야 한다는 의지 또한 그에 못지않게 강했던 것이다.

몇 시간을 이리저리 걸어 다니는 로버러 경의 발소리를 듣고 있자니 가슴이 아려왔다. 그 전까지는 내 생각만 하고 그 사람 입장에는 거의 관심이 없었다. 그런데 나는 이제 내 고통은 잊고 그 사람의 고통만 생각하고 있었다. 열렬히 사랑했지만 참담하게 무시당했고, 굳게 믿었지만 잔인하게 배신당했으며, 그의─아니, 그의 잘못은 논외로 하자. 어쨌든 그런 생각을 하니, 나 자신보다 로버러 경이 겪는 고통 때문에 그의 부인과 내 남편이 그 어느 때보다 더 싫어졌다.

나는 이런 생각을 했다. '저 사람은 자기 친구들과 까다로운 세상 사람들의 눈에 경멸의 대상이다. 바람난 부인과 그를 배신한 친구도 저 사람만큼 멸시당하거나 무시당하지는 않는데. 게

다가 상처를 입고도 복수를 포기했기 때문에, 남들의 연민도 얻지 못하고 명성은 더한 불명예로 더럽혀졌다. 저 사람도 이걸 알기에 두 배로 괴로울 것이다. 그는 이게 부당하다는 걸 알면서도 맞설 배포가 없다. 그를 지탱해줄 자존감이 없기 때문이다. 자존감이 있어야 본인의 품격을 당당하게 지키고, 적들의 악랄한 비방을 물리치고, 경멸에는 경멸로 대적하고, 더 나아가 이 지상의 더럽고 거친 풍진(風塵) 위로 솟아올라 천국의 영원한 햇살 아래 쉴 수 있다. 그는 하느님께서 공정하시다는 건 알지만 지금은 그걸 보지 못한다. 인생이 짧다는 건 알지만 죽음은 견딜 수 없이 멀게 느껴진다. 내세가 있다는 건 알지만 이 세상에서의 고통에 너무 시달려서, 천국에서의 행복한 안식을 실감하지 못한다. 저 사람은 그저 폭풍에 머리를 숙인 채 자신이 옳다고 생각하는 것에 맹목적이고 절망적인 마음으로 매달릴 수밖에 없다. 그는 지금 마치 조난당한 선원처럼, 눈도 안 보이고 귀도 안 들리며 대혼란에 빠진 상태로 뗏목만 붙잡은 채 탈출할 희망도 없이 파도에 휩쓸리고 있지만, 이 뗏목밖에 희망이 없다는 걸 알고 있고, 생명과 의식이 남아 있는 한은 이걸 지키기 위해 모든 힘을 바치고 있다. 아, 내가 저 사람을 위로할 권리를 가진 친구라면 참 좋을 텐데. 그러면 오늘 밤만큼 그가 고귀해 보인 적이 없었다고 말해줄 텐데!'

로버러 부부는 나 말고는 아직 아무도 내려오지 않은 이른 아침에 길을 떠났다. 내가 방에서 막 나온 순간 로버러 경이 마차를 타러 계단을 내려가고 있었다. 애너벨라는 이미 마차에 타 있었고, 아서(내 아들과 이름이 같기에 나는 헌팅던 씨라고 부르는 편을 더 선호한다)는 뻔뻔하게도 가운 차림으로 나와서 자기

'친구'와 작별 인사를 나누고 있었다.

"로버러, 벌써 가다니, 참! 잘 가게." 그이가 웃으며 손을 내밀었다.

그 순간 헌팅던 씨가 본능적으로 뒤로 물러나지 않았다면 로버러 경은 그를 그 자리에서 때려눕혔을 것이다. 로버러 경은 너무 화가 치밀어 손가락 관절이 하얗게 번들거리고 손이 부들부들 떨릴 정도로 앙상한 주먹을 꽉 쥐었고, 격렬한 혐오감으로 파랗게 질린 얼굴로 그를 노려보며 평소 같으면 절대 입에 올리지 않을 심한 욕설을 내뱉었다.

"정말 기독교도답지 않은 행동이구먼." 헌팅던 씨가 말했다. "하지만 아내 때문에 오랜 친구를 포기할 순 없지. 원한다면 내 아내를 가져도 된다네. 그럼 공정하겠군. 나로서는 배상을 제안하는 수밖에 없지 않나?"

하지만 로버러 경은 이미 계단을 다 내려가 현관을 가로지르고 있었다. 헌팅던 씨는 난간 너머로 "애너벨라에게 인사 전해주고, 조심히 돌아가게" 하고 외치고는 웃으며 자기 방으로 들어갔다.

나중에 그는 애너벨라가 떠나서 오히려 다행이라고 했다. "너무 엄하고 잔소리가 심했어. 이제 다시 내 맘대로 살 수 있으니 마음이 훨씬 편하구먼."

그 후 로버러 경이 어떤 조치들을 더 취했는지는 모른다. 그런데 밀리센트가 해준 이야기에 따르면 이유는 모르겠지만 두 사람은 완전히 별거 중인데, 애너벨라는 런던과 시골을 오가며 즐겁고 멋지게 지내고 있고, 로버러 경은 북부에 있는 본인의 고성(古城)에 틀어박혀 살고 있다고 한다. 자녀들은 둘 다 로버러 경과 지내고 있는데, 아서와 비슷한 나이의 영특한 아들은 상속자

이면서 아빠에게 희망과 위안이 되어주는 존재다. 반면 푸른 눈과 엷은 밤색 머리칼을 지닌 두 살이 채 안 된 딸은 그런 엄마 밑에서 보고 배우게 둘 수 없어 단지 양심 때문에 맡아 기르는 것이었다. 그 엄마는 아이들을 좋아하지 않았고, 자기 자녀들에 대해서도 모성애가 별로 없었다. 내 짐작에 그녀는 자식들과 완전히 떨어져, 그들을 기르는 데 드는 수고와 책임에서 벗어난 걸 다행으로 생각할 것 같다.

로버러 부부가 가고 불과 며칠 후 다른 숙녀들도 그라스데일을 떠났다. 더 오래 있을 수도 있었겠지만, 나도 아서도 더 있다가라고 붙잡지 않았다. 사실 아서는 노골적으로 그들이 가주길 바라는 눈치였고, 하그레이브 부인과 그녀의 두 딸과 손주들(이제 세 명이었다)은 그로브 저택으로 돌아갔다. 그런데 신사들은 떠나지 않았고, 헌팅던 씨는 내가 앞에서 암시했듯이 될 수 있는 한 오래 그들을 붙잡아둘 작정이었다. 눈치 볼 필요가 없어지자 그들은 타고난 광기과 어리석음과 폭력성을 마음껏 드러내며 매일 밤 집 안을 광란, 소란, 혼란의 무대로 바꿔놓았다. 그중 누가 최악이었고 누가 제일 나았는지 명확히 꼽기는 어렵다. 앞으로 일이 어떤 식으로 돌아갈지 알게 된 순간, 나는 매일 저녁 식사가 끝나자마자 2층으로 올라가거나 서재에 들어가 다음 날 아침 식사 때까지 그들을 보지 않기로 작정했기 때문이다. 하지만 하그레이브 씨에 대해서 이것만은 밝혀두어야겠다. 적어도 내가 본 바로는 그는 다른 손님들에 비해 아주 점잖았고, 술에 취하지도 않았으며, 정중하게 처신했다.

그는 유럽에 있었기 때문에 다른 손님들이 오고 일주일에서 열흘 후에 합류했다. 나는 그 사람이 이 초대를 거절했으면 좋겠다고 생각했는데, 그는 그러지 않았다. 하지만 처음 몇 주 동안 그는 내가 바라던 바로 그런 방식대로 처신했다. 전혀 침울하거나 우울한 기색 없이 아주 깍듯하고 공손했고, 도도하지는 않았지만 충분히 거리를 두었으며, 밀리센트가 당황하거나 의아해할 정도로 또는 하그레이브 부인이 유심히 살펴볼 정도로 눈에 띄게 딱딱하거나 냉정하게 굴지도 않았다.

39장
탈출 계획

 이 어려운 시기에 나를 가장 힘들게 한 건 내 아들이었다. 아이 아빠와 그 친구들이 아서를 부추겨 나쁜 짓을 하게 만들고, 아이에게 온갖 나쁜 습관을 들이고 있었기 때문이다. '아들 남자 만들기'가 그들의 주요 놀이였으니 내 입장에서는 아서가 걱정될 수밖에 없었고, 아이를 그들로부터 떼어놓기 위해 뭐든 해야만 했다. 그래서 처음에는 늘 내 옆에 데리고 있거나 아기방에 있게 했고, 레이철에게 이 '신사분'들이 있을 때는 절대 디저트 시간에 아서를 내려오지 못하게 하라고 지시했다. 하지만 그래봤자 소용없었다. 어떤 지시를 내리든 남편이 그 즉시 그와 반대되는 명령을 내리거나 내 말을 뒤엎어버렸기 때문이다. 어린애를 늙은 유모와 바보 같은 엄마 사이에서 우울한 약골로 크게 놔둘 수 없다는 것이었다. 그래서 엄마가 아무리 반대해도 아서는 매일 저녁 아래층으로 내려와, 아빠처럼 와인을 홀짝거리고 해터즐리 씨처럼 욕을 하고 남자답게 제 고집대로 하는 법을 배웠고, 엄마가 말리면 "지옥에나 가버려" 하고 소리쳤다. 그 귀여운 아이가 천진한 악동처럼 그런 짓을 하는 걸 보고, 작고 어린 목소리로 그런 욕을 하는 걸 들으며 헌팅던 씨와 친구들은 이상하게 자극적이고 못 견디게 재밌다고 생각했지만, 엄마인 나로서는 이루 말할 수 없이 슬프고 고통스러웠다. 어린 아서는 어른들이 박장대소를 하면 즐거운 얼굴로 모두를 둘러보며 앳된 목소리로 함께 깔깔 웃었다. 그러다가 나를 보면 일순간 그 푸른 눈의 빛이 사라졌고, 살짝 걱정스러운 표정으로 "엄마, 엄마는 왜 안 웃어요? 아빠, 엄마 좀 웃게 만들어봐요. 엄마가 절대 안 웃어요" 했다.

원래 같으면 식탁을 치우자마자 올라가버렸을 텐데, 이렇게 야수 같은 인간들이 내 아이를 데리고 노니 거기 있으면서 아이를 데려갈 기회를 엿볼 수밖에 없었다. 아이는 절대 안 올라가려고 했기 때문에 여러 번 힘으로 끌고 나와야 했고, 그러면 엄마가 너무 잔인하고 부당하다고 투덜댔다. 어떨 때는 남편이 아이를 그냥 두라고 고집하기도 했는데, 그럴 때면 나는 아들을 거기 놔두고 혼자 나와 분노와 절망감에 빠져들거나, 이 일을 어떻게 해결할지 열심히 머리를 굴렸다.

그런데 이런 상황에서도 하그레이브 씨만은 어린 아서가 나쁜 짓을 해도 절대 웃지 않았고, 다른 사람들이 남자다운 행동을 해보라고 아서를 부추길 때도 말 한 번 보태지 않았다. 하지만 아이가 뭔가 특히 우려스러운 행동을 했을 때는 내가 해석할 수도, 규정할 수도 없는 어떤 표정이 그의 얼굴에 스쳐 지나갔다. 입술이 파르르 떨리기도 했고, 갑자기 날카로운 시선으로 아이를 획 쳐다본 다음 나를 건너다보기도 했는데, 그런 순간에는 내 얼굴에 틀림없이 드러났을 분노와 무력감, 고뇌를 본 그의 얼굴에 가혹하고 예리하고 어두운 만족감이 나타나곤 했다. 한번은 아들이 유난히 속을 썩이고, 헌팅턴 씨와 그 친구들이 내게 아주 충격적이고 모욕적인 방식으로 아이를 부추겨서, 얼른 아이를 데리고 나오고 싶은 마음에 체면이고 뭐고 격하게 고함을 지르려던 참이었다. 그런데 하그레이브 씨가 갑자기 단호한 표정으로 벌떡 일어서더니, 반쯤 술에 취한 상태로 아빠 무릎에 앉아 고개를 갸웃거리면서 뜻도 잘 모르는 심한 욕설을 나에게 지껄이던 아서를 들어 올려 방 밖으로 나갔고, 아이를 복도에 내려놓고는 내가 나올 수 있게 문을 잡고 서 있었다. 그러고는 내가 나오자 엄숙하게 절을 하고 문을 닫았다. 당황하고 어리둥절해하는 아들을 데리고 올라가는데, 그 사람이 반쯤 취한 헌팅턴 씨와 언성 높여 다투는 소리가 들려왔다.

하지만 계속 이렇게 지낼 수는 없다. 내 아들이 타락하도록 마냥 놔둘 수 없다. 저런 아빠와 사치스럽고 부유하게 사느니, 도망자인 엄마와 함께 집을 떠나 가난하고 초라하게 사는 편이 훨씬 낫다. 이 손님들은 곧 돌아가겠지만 나중에 또 올 것이고, 아이에게 제일 큰 피해를 입히고 있는 최악의 적인 남편은 여기 남아 있을 것이다. 나는 이 상황을 견딜 수 있지만 내 아들이 더 견디게 놔둘 수는 없다. 세상이 뭐라고 하고 내 친지들이 어떻게 느끼든 이 일에 있어서만큼은 중요하지 않고, 그것 때문에 내 의무를 저버리면 안 된다. 그런데 대체 어디로 도망가야 할까? 아들과 둘이 어떻게 먹고살 수 있을까? 아, 새벽에 내 소중한 아이를 데리고 M──까지 마차를 타고 간 다음 ──항(港)으로 가서 대서양을 건너고, 뉴잉글랜드에 소박하고 조용한 집을 구해

내 힘으로 우리 둘을 부양할 것이다. 한때 취미로 즐겼던 그림을 이제는 생계 수단으로 삼아야 한다. 그런데 내가 친구도 추천인도 없는 낯선 나라에서 그림으로 먹고살 만큼 뛰어난 화가인가? 아니다, 좀 더 기다려야 한다. 열심히 연습해서 실력을 더 키우고, 화가로서든 교습자로서든 충분히 자격이 된다는 걸 보여줄 작품을 그려내야 한다. 대단한 성공을 바라진 않지만, 완전히 실패하지는 않도록 어느 정도의 안전망은 필요하기 때문이다. 아들을 데리고 나가서 굶길 수는 없으니까. 또한 M——까지 가는 여비, 대서양을 건너가는 뱃삯, 그리고 그림 일이 처음부터 성공적이지 못할 경우 숨어 지내는 동안 필요할 어느 정도의 돈을 마련해야 하는데, 너무 적어도 안 될 일이다. 고객들의 무관심이나 무시, 나 자신의 경험 부족이나 능력 부족으로 고객들의 안목에 맞는 작품을 생산하지 못하는 기간이 얼마나 오래 지속될지 누가 어떻게 알겠는가? 그러니 그런 상황에 대비해 돈을 준비해야 한다.

그렇다면 뭘 해야 할까? 오빠에게 연락해 내 상황과 이런 결심을 설명해야 할까? 아니, 그건 안 된다. 오빠에게 내 처지를 설명하는 것도 탐탁지 않지만, 설사 모든 걸 다 안다 해도 오빠는 극구 말릴 것이다. 오빠는 내 계획이 완전히 미친 짓이라고 생각할 테고, 그건 이모와 이모부, 밀리센트도 마찬가지일 것이다. 아니, 나는 인내심을 가지고 나 스스로 돈을 모아야 한다. 레이철에게만 이야기하는 게 좋겠다. 그녀는 내 계획에 동참하도록 설득할 수 있을 것 같다. 먼저 멀리 떨어진 지역의 화상(畫商)을 알아봐달라고 한 다음, 그녀를 통해서 내가 현재 가지고 있는 그림들과 앞으로 그릴 그림들을 팔아보려 한다. 집안 대대로 내려오는 보석은 제외하고, 결혼할 때 집에서 가지고 온 몇 안 되는 보석과 이모부가 주신 패물들은 처분할 생각이다. 몇 달 열심히 노력하면 목표를 달성할 수 있지 않을까. 아들이 그 몇 달 사이에 지금보다 더 많이 망가지진 않겠지.

이런 계획을 짠 후 나는 곧바로 실행에 들어갔다. 이런 결심을 굳혀주고 지금껏 그 결심을 고수하게 해주었으며, 그런 계획을 세우길 잘했다고 생각하게 해주고 그걸 실행하기 위해 더 노력하게 해준 어떤 사건이 일어나지 않았다면, 이 계획을 관철할 의지가 약해지거나, 장단점을 검토하다가 결국 단점이 더 크다고 판단되어 계획 자체를 완전히 포기하거나, 실행 시기를 무한정 미루었을 수도 있다.

로버터 경이 떠난 후, 나는 서재를 내 차지라고 생각해 언제든 들어가서 쉬곤 했다. 우리 집에 와 있는 손님 중 하그레이브 씨를 제외하고는 아무도 독서에 관심이 없었고, 그도 요즘은 그날그날 오는 신문과 잡지만 보고 있었다. 그리고 그 사람은 혹시 서재에 들르더라도 내가 있으면 바로 나갈 거라는 확신이 들었다. 나는 그가 전보다 덜 서먹하게 굴 줄 알았는데, 자기 어머니와 여동생이 떠난 후 그와 훨씬 더 서먹해졌기 때문이다. 그건 내가 바라던 일이었다. 어쨌든 그래서 나는 서재에 이젤을 세우고 아침부터 저녁까지, 꼭 나가야 할 일이 있거나 어린 아서를 돌볼 때(나는 아직도 매일 일정 시간은 아들을 가르치고 즐겁게 놀아주는 일에 쏟아야 한다고 생각하므로) 말고는 거의 쉬지 않고 그림을 그렸다. 그런데 내 기대와 달리, 서재에서 그림을 그리기 시작한 지 사흘째 되던 날 하그레이브 씨가 서재에 들어왔는데, 그는 나를 보고도 곧바로 나가지 않았다. 그는 방해해서 미안하다고 하면서 책을 가지러 왔다고 했다. 그런데 그 책을 찾고 나서도 나가지 않고 내 그림을 들여다보았다. 안목이 높은 사람이라 그는 미술뿐 아니라 이런저런 주제에 대해 이야기하더니, 조심스럽게 내 그림에 대해서도 몇 마디 했다. 내가 별 반응을 안 보이자 예술 전반에 대해 이것저것 설명했고, 그래도 내가 잠자코 있자 그는 입은 다물었지만 나가지는 않았다.

"저희와 자리를 같이해주시는 시간이 별로 많지 않네요." 하그레이브 씨는 잠깐 말없이 서 있다가 이렇게 말했다. 그동안에도 나는 차분히 물감을 섞고 이겼다. "제가 봐도 그럴 수밖에 없을 것 같아요. 저희 모두를 아주 싫어하시잖아요. 저도 제 친구들이 너무 부끄럽고, 그들의 몰상식한 대화와 행동이 지긋지긋해요. 부인이 그들을 내버려둔 후로는 교화하거나 말려줄 사람도 없어서, 저도 곧, 아마 이번 주 안에는 떠나려고 합니다. 제가 떠나도 부인께선 아쉬워하시지 않겠죠."

그는 잠시 말을 멈추었다. 나는 대꾸하지 않았다.

그는 빙긋 웃으며 이렇게 덧붙였다. "이 문제에 대한 부인의 유일한 아쉬움은 아마 제가 제 친구들을 다 안 데려가고 혼자만 떠난다는 점이겠죠. 가끔 저는 제가 이 친구들과 같이 어울리긴 해도 그들과는 다르다고 생각하는데, 그래도 부인께서 제가 떠나는 걸 기뻐하시는 것도 당연합니다. 그래서 저는 아쉽지만, 그건 부인 탓이 아니죠."

"당신이 떠나는 건 기쁘지 않아요. 신사답게 행동하시잖아요." 그 사람의 좋은 처신을 어느 정도 인정해줘야 한다는 생각에 나는 이렇게 대답했다. "그렇지만, 박절해 보일 수 있어도, 나머지 분들이 다 떠나시면 정말 기쁠 것 같아요."

그러자 그 사람이 엄숙하게 대답했다. "그렇게 말씀하셔도 아무도, 심지어 저 친구들까지도 부인 탓을 할 순 없을 거예요. 이 이야기만 해드릴게요." 하그레이브 씨는 갑자기 어떤 결심이 선 듯 이렇게 말했다. "어젯밤 부인이 나가신 뒤 식당에서 어떤 얘기가 오갔는지요. 어떤 점들에 대해서는 완전히 달관하신 듯하니 별로 개의치 않으실 것 같기도 하지만요." 그 사람이 살짝 비웃는 듯한 미소를 지으며 말했다. "다 같이 로버러 경과 그의 매력적인 부인에 대해서 얘기했는데, 그들이 갑자기 떠난 이유를 다들 알고, 그녀의 성격도 익히 다 알죠. 그래서 저는 그녀의 친척인데도 감싸줄 수가 없었어요. 망할!" 그는 화가 나서 투덜댔다. "반드시 혼내줄 겁니다. 집안 체면에 이렇게 먹칠을 하고, 그걸 자기가 아는 모든 건달에게 떠벌리기까지 하다니! 죄송합니다, 헌팅던 부인. 어쨌든 이런 얘기들을 하다가, 그중 몇 사람이 이제 그 여자가 남편과 헤어졌으니 언제든 만나도 되겠다고 헌팅던에게 말하더군요.

그러자 아서가 이렇게 말했어요. '지금은 충분히 본 것 같아. 그녀가 와주면 몰라도 내가 굳이 그녀를 만나러 가고 싶지는 않아.'

'그럼 우리가 떠난 후에는 뭘 할 건가?' 랠프 해터즐리가 이렇게 물었어요. '지금까지의 잘못을 반성하고 좋은 남편, 좋은 아빠로 살아가려고? 자네가 친구라고 부르는 이 시끌벅적한 작자들과 자네를 안 만날 때 내가 그러듯이 말일세. 이제 그럴 때도 됐지. 자네 아내는 자네보다 50배는 더 훌륭해, 자네도 알겠지만—'

그러더니 부인 앞에서 옮기기 곤란한 말로 (해터즐리가 늘 그러듯 점잖지도 못하고 판단력도 없이 대놓고) 부인을 칭찬하더라고요. 그런 친구들 앞에서는 부인의 이름을 들먹이는 것 자체가 모욕인데요. 해터즐리 그 자신도 부인의 진정한 미덕을 이해할 수 없고, 제대로 평가할 수도 없는 친구지요. 그 와중에 헌팅던은 말없이 와인을 마시면서, 중간에 끼어들거나 대답하지 않고 그냥 웃음 띤 얼굴로 술잔을 들여다보고 있더군요. 그러자 해터즐리가 큰 소리로 물었어요. '자네 지금 내 말 듣고 있는 거야?'
'그럼, 계속해.'
'아니, 다 했어.' 해터즐리가 대답했어요. '자네가 내 충고를 받아들일지 궁금한 것뿐이야.'
'어떤 충고?'
'반성하고 새 삶을 살라는 거 말이야, 이 난봉꾼아.' 랠프가 소리쳤어요. '그리고 부인에게 용서를 빌고, 앞으로는 착하게 살아.'
그러자 술잔을 보고 있던 아서가 얼굴을 들고 천진하게 대답했어요. '내 아내라니! 무슨 아내? 나 아내 없어. 만약 내게 아내가 있다면, 여러분, 나는 그녀가 너무 훌륭하다고 생각하기 때문에, 여러분 중 그녀를 좋아하는 사람이 있다면 누구든지 가져도 좋아. 내가 허락할 테니 얼마든지 가져도 된다고!'
제가— 에헴, 누군가가 그게 정말이냐고 묻자, 아서는 엄숙히 맹세하건대 진심이고, 잘못 말한 게 아니라고 대답하더군요. 헌팅던 부인, 그 말에 대해 어떻게 생각하세요?" 하그레이브 씨는 잠깐 말을 멈추고 그를 반쯤 외면하고 있는 내 얼굴을 찬찬히 뜯어보며 물었다.

나는 차분하게 대답했다. "그토록 가볍게 여기는 소유물을 그는 곧 잃게 될 겁니다."

"그렇게 악랄한 자의 혐오스러운 행위 때문에 너무 상심해서 돌아가신다는 말씀은 아니시죠?"

"그럴 리가요. 제 심장은 너무 바짝 말라서 그렇게 쉽게 상심하지 않아요. 저는 할 수 있는 한 오래 살 거고요."
"그렇다면 아서를 떠날 생각이신가요?"
"네."
"언제, 어떻게요?" 그가 간절한 어조로 물었다.
"준비가 됐을 때 가겠죠. 제일 효율적인 방법으로요."
"아이는요?"
"저랑 같이 가야죠."
"아서가 허락 안 할걸요."
"허락해달라고 안 할 거예요."
"아, 그럼 몰래 떠나실 생각이군요! 그런데 누구랑요, 헌팅던 부인?"
"제 아들하고요. 유모도 같이 갈 수도 있고요."
"보호자도 없이 혼자서요! 하지만 어디로 가시려고요? 뭘 하실 수 있는데요? 헌팅던이 쫓아가서 도로 데려올 거예요."
"그럴 수 없게 계획을 짜놨어요. 그라스데일만 벗어나면 안전할 거예요."
하그레이브 씨는 한 걸음 다가오더니 내 얼굴을 마주 보고 뭔가 말하려는 듯 숨을 들이켰다. 하지만 그 표정과 홍조, 갑자기 반짝이는 눈을 보니 화가 치밀었다. 나는 홱 돌아서서 붓을 집어 들고 캔버스에 아무렇게나, 지나치게 힘을 주어 마구 색을 칠했다.
그러자 그 사람이 고통스러울 정도로 쓰라린 어조로 말했다. "헌팅던 부인, 정말 잔인하세요. 제게도 잔인하시고, 부인 자신에게도 잔인하십니다."
"하그레이브 씨, 지난번에 하신 약속 기억하세요."

"이 말은 꼭 해야겠어요. 안 그러면 가슴이 터질 것 같아요! 너무 오래 함구하고 있었는데, 이 말은 꼭 들어주셔야 해요!" 그가 나가려는 나를 대담하게 막아서며 소리쳤다. "부인은 남편을 전혀 사랑하지 않는다고 하시고, 헌팅던도 내놓고 부인에게 질렸다고 하면서 아무렇지도 않게 원하면 아무나 부인을 가지라고 말하고 있어요. 부인께서는 곧 집을 나갈 거라고 하셨는데, 아무도 당신이 혼자 갔을 거라고 생각하지 않을 겁니다. 세상 사람들은 다 이렇게 말하겠지요. '결국 그 사람을 떠났구나, 그럴 수밖에 없었겠지. 부인을 비난할 사람은 별로 없고, 그 남편을 안됐다고 생각할 사람은 더욱 적을 거야. 그런데 부인은 누구와 도망간 걸까?' 누구도 당신이 도덕적이라고 생각 안 할 겁니다(여성이 남자 없이 혼자 집을 나가는 게 도덕적인 일이라고 할 수 있다고 해도 말이죠). 부인과 가장 가까운 이들마저도 부인이 혼자 갔다고 생각 안 할 거예요. 여자 혼자 집을 나간다는 건 너무도 기괴망측한 일인 데다가, 주부의 가출로 인한 잔인한 결과를 직접 감당해야 하는 가족들 입장에서는 더욱 믿기 힘든 일일 테니까요. 이 거칠고 냉정한 세상에서 부인 혼자 뭘 하실 수 있겠습니까? 부인께서는 젊고 경험도 없는 데다, 원래 귀하게 자랐고, 완전히—"

"간단히 말하면, 그냥 집에 있으라는 거죠? 그건 제가 알아서 할게요." 내가 말을 잘랐다.

"아뇨, 어떻게 해서든 꼭 나가세요!" 그가 간곡한 어조로 소리쳤다. "하지만 혼자서는 안 돼요! 헬렌! 제가 당신을 보호하게 해주세요!"

"제가 미치지 않는 한, 그건 절대 안 됩니다!" 나는 그가 멋대로 부여잡은 손을 홱 빼며 대답했다. 그런데 그는 이미 선을 넘었고, 쉽게 물러나지 않을 기세였다. 이성을 잃고 완전히 흥분해서, 어떤 수를 써서라도 자기 뜻을 관철할 작정인 것 같았다.

"날 거부하지 말아요!" 하그레이브 씨가 열띤 음성으로 소리치더니 내 두 손을 꽉 부여잡고 무릎을 꿇었다. 그러고는 애원하는 듯하면서도 고압적인 눈빛으로 나를 올려다보았다. "부인은 지금 이성적인 상태가 아니에요. 신의 섭리에 맞서는 행동을 하려고 하시잖아요. 신께서 제게 부인을 위로하고 보호할 임무를 맡기신 거예요. 마치 그분이 제게 직접 '너희 두 사람은 한 몸을 이루어라'* 하고 말씀하신 것처럼 전 확실히 알고, 느낄 수 있어요. 그런데 부인은 저를 거부하시네요—"

"하그레이브 씨, 놔주세요!" 내가 단호한 어조로 말했지만 그는 내 손을 더 꽉 잡았다.

"놔주세요!" 나는 분노로 부르르 떨며 다시 소리쳤다.

무릎을 꿇은 그의 얼굴은 유리창 바로 앞에 있었다. 그가 갑자기 창 쪽을 보는 걸 보고 나는 움찔했다. 다음 순간 그의 얼굴에 악랄한 승리의 미소가 어렸다. 어깨 너머를 돌아보니 누군가의 그림자가 막 모퉁이를 돌아가고 있었다.

하그레이브 씨가 의도적인 어조로 말했다. "그림즈비네요. 아마 지금 본 걸 양념까지 쳐서 헌팅던과 거기 있는 모든 사람에게 얘기하겠죠. 헌팅던 부인, 저 친구는 부인을 좋아하지 않고, 여성에 대한 존중도, 도덕성에 대한 신념도 없는 데다, 좋은 사람처럼 보이고 싶어 하지도 않아요. 그래서 듣는 사람들이 부인

---

* 마태오의 복음서 19장 5절, 마르코의 복음서 10장 8절, 에페소인들에게 보낸 편지 5장 31절 인용.

의 인품에 대해 의심할 여지 없이 안 좋게 생각하도록 이야기를 각색해서 퍼뜨릴 거예요. 이제 부인의 평판은 완전히 망가질 거고, 부인이나 제가 무슨 말을 하든 소용없을 거예요. 그러니 제게 부인을 보호하고, 당신을 모욕하는 자들을 혼내줄 권한을 주세요!"

"제 평생 그 누구도 감히 지금 당신만큼 저를 모욕한 적은 없었어요!" 내가 마침내 손을 빼고 그로부터 물러서며 말했다.

그러자 그가 소리쳤다. "저는 부인을 모욕하는 게 아니라 숭배하는 겁니다. 당신은 나의 천사, 나의 여신이에요! 지금 제 힘을 당신께 바치니 부디 받아주세요. 받아주셔야 합니다." 그가 벌떡 일어서며 외쳤다. "제가 당신을 위무하고 지킬게요! 만약 그게 양심에 걸리시면 제가 억지로 그랬다고, 거부할 수가 없었다고 말씀하시면 돼요!"

사람이 그렇게 흥분한 건 처음 보았다. 그가 달려들었고, 나는 팔레트나이프를 집어 들고 그에게 맞섰다. 이에 그는 깜짝 놀라 나를 응시했다. 나 역시 그 사람 못지않게 흥분하고 분연한 표정이었을 것이다. 내가 종 쪽으로 다가가 줄에 손을 얹자 더 위축된 눈치더니, 권위적이면서도 호소하는 듯한 손짓으로 종을 울리지 못하게 말렸다.

"그럼 물러나세요!" 내가 말했고, 그가 물러섰다. "그리고 제 말 잘 들으세요. 저는 당신을 좋아하지 않아요." 나는 그가 알아듣게끔 가능한 한 최고로 신중하고 단호한 어조로 이렇게 말했다. "제가 이혼을 하거나 남편이 죽더라도 당신과는 결혼 안 해요. 자! 이제 됐죠."

그는 너무 화가 나서 얼굴이 하얗게 질렸다.

그러더니 성난 어조로 말했다. "당신처럼 냉정하고, 비정상적이고, 배은망덕한 여자는 처음 봤어요!"
"배은망덕하다고요?"
"배은망덕하죠."
"그렇게 말씀하시면 안 되죠, 하그레이브 씨. 당신이 지금까지 저를 위해 해주신 것과 해주고 싶어 하신 모든 것에는 진심으로 감사드려요. 당신이 해왔고, 하려고 한 모든 나쁜 행동에 대해서는 주님께서 용서해주시길, 그리고 당신이 더 좋은 사람이 되게 해주시길 기도할게요."
이때 문이 확 열리더니 헌팅던 씨와 해터즐리 씨가 나타났다. 해터즐리 씨는 문밖에 서서 자신의 총과 꽂을대를 만졌고, 헌팅던 씨는 방으로 들어와 벽난로를 등지고 서더니 뻔뻔한 표정과 교활하고 악의적인 눈빛을 띤 채 의미심장한 미소를 지으며 하그레이브 씨와 나를, 특히 하그레이브 씨를 훑어보았다.
그러자 하그레이브가 방어적인 자세를 취하며 이렇게 물었다. "무슨 일인가?"
"그러게." 아서가 말했다.
"월터, 자네도 꿩 사냥 같이 갈 수 있는지 물어보러 온 거야." 밖에서 해터즐리가 말했다. "빨리 와! 오늘 산토끼 한두 마리랑 꿩 말고 다른 게 총 맞을 일은 없어야 할 텐데."
하그레이브는 아무 대답도 하지 않고 마음을 가라앉히려 창가로 걸어갔다. 헌팅던 씨는 작은 소리로 휘파람을 불고는 그를 지켜보았다. 하그레이브는 화가 나서 얼굴이 살짝 붉어졌지만, 금세 차분히 돌아서서 가볍게 말했다.
"헌팅던 부인께 작별을 고하고 내일 떠난다고 말씀드리러 온 걸세."

"이런! 난데없이 그런 결심을 했다고. 이렇게 일찍 떠나는 이유가 뭔가?"

"사업 때문이지." 그는 못 믿겠다는 표정으로 이죽거리는 헌팅던 씨를 경멸스럽게 노려보며 이렇게 대답했다.

"알겠네." 헌팅던 씨가 대답했고, 하그레이브가 방을 나갔다. 그러자 헌팅던 씨는 팔짱을 끼고 벽난로 선반에 어깨를 기대더니 거의 안 들릴 정도로 작고 낮은 소리로 나를 향해 사람이 상상하거나 내뱉을 수 있는 최악의 욕설과 폭언을 퍼부었다. 나는 말리지 않고 가만히 있었지만 속에서는 부아가 치밀었고, 그가 말을 마쳤을 때 이렇게 물었다. "헌팅던 씨, 만약 당신 말이 사실이라면, 어떻게 감히 나를 탓해요?"

"옳으신 말씀!" 해터즐리가 총을 벽에 기대놓고 방으로 들어오며 말했다. 그러더니 친구의 팔을 잡고 데리고 나가려 했다. "자, 가자고. 그게 사실이든 아니든 자네는 부인을 탓할 자격이 없지. 어젯밤 자네가 한 말을 생각하면 그 친구를 탓할 일도 아니고."

그 말에는 도저히 참을 수 없는 암시가 내포되어 있었다.

"해터즐리 씨, 지금 감히 저를 의심하시는 건가요?" 나는 제정신이 아닐 정도로 화가 나 있었다.

"아니에요, 저는 아무도 의심하지 않아요. 괜찮아요, 괜찮아. 헌팅던, 어서 나와, 이 나쁜 친구야."

그러자 분노와 만족감이 뒤섞인 미소를 지으며 헌팅던 씨가 말했다. "저 여자는 부인 못 할 거야! 죽어도 아니라고 말 못 할 걸!" 그러더니 또 욕설을 퍼붓고는 방에서 나가 탁자에서 모자와 총을 집어 들었다.

"굳이 당신한테 변명하고 싶지 않아요!" 나는 그렇게 말하고 해터즐리를 향해 돌아섰다. "제 말을 못 믿겠으면 하그레이브 씨에게 물어보세요."

그러자 그 두 사람은 아주 무례하게 껄껄 웃었고, 나는 너무 화가 나서 그야말로 손끝까지 얼얼할 지경이었다.

"그 사람 어디 있어요? 제가 직접 물어보겠어요!" 내가 그들을 향해 걸어가며 말했다.

해터즐리는 다시 터지려는 웃음을 억누르며 바깥문을 가리켰다. 문이 반쯤 열려 있었고, 그의 처남이 현관 밖에 서 있었다.

"하그레이브 씨, 이쪽으로 좀 와주실래요?" 내가 말했다.

그가 돌아서더니 매우 놀란 얼굴로 나를 바라보았다.

"이쪽으로 좀 와주세요!" 내가 아주 단호한 태도로 다시 말하니 그 사람도 그 요청을 거부할 수 없었거나, 거부하지 않기를 택했다. 그는 약간 망설이는 듯한 태도로 계단을 올라와 현관 안으로 한두 걸음 들어왔다.

"이 신사분들에게—" 나는 잠시 멈췄다가 다시 말을 이었다. "이 사람들에게 제가 당신의 유혹에 응했는지 얘기해주세요."

"헌팅던 부인, 무슨 말씀이신지 잘 모르겠어요."

"무슨 말인지 잘 아시잖아요. 신사로서의 명예를 걸고(그런 명예를 갖고 있다면 말이죠) 솔직하게 얘기해주세요. 제가 응했는지, 응하지 않았는지."

"응하지 않으셨습니다." 그는 이렇게 중얼거리고 돌아섰다.

"크게 말씀해주세요. 저분들은 안 들리는 모양이니까. 제가 당신의 요구를 받아들였나요?"

"받아들이지 않으셨어요."

"맞아, 안 받아들이신 게 틀림없어. 그게 아니라면 자네가 이렇게 화났을 리 없지." 해터즐리가 말했다.

"헌팅던, 결투를 원한다면 그렇게 해주겠네." 하그레이브 씨는 차분하게, 하지만 얼굴에는 차가운 냉소를 띤 채 말했다.

"얼른 꺼져!" 헌팅던 씨가 조급하게 머리를 홱 돌리며 대꾸했다. 그러자 하그레이브가 냉랭한 멸시가 깃든 눈빛으로 그를 보며 말했다. "결투를 원하면 친구를 보내게. 내 주소 아니까."

이 통고에 헌팅던 씨는 욕설과 저주만 퍼붓고 말았다.

"자, 헌팅던, 이제 알겠지! 한 점의 의혹도 없이 다 밝혀진 거다." 해터즐리가 말했다.

"그이가 뭘 보든, 뭘 상상하든 저는 신경 안 써요. 하지만 해터즐리 씨, 누가 저에 대해 거짓말을 하거나 저를 모략하면 당신은 방어해주실 거죠?"

"그렇게 할게요. 하늘이 두 쪽 나도 꼭 그렇게 할 겁니다!"

나는 곧바로 거기서 나와 서재로 들어갔다. 내가 그런 사람한테 왜 그런 부탁을 했는지 나도 잘 모르겠다. 하지만 물에 빠진 사람은 지푸라기라도 잡는다고 하지 않는가. 아까는 하도 다급해서 내가 무슨 말을 하는지도 모를 지경이었다. 해터즐리 말고는 그 패거리에게, 그리고 어쩌면 그들을 통해 온 세상에 이 일이 새어 나갔을 때 내 결백을 증명해줄 사람이 아무도 없었다. 또한 방종한 망종(亡種)인 내 남편과 저열하고 심술궂은 그림즈비 그리고 거짓된 악당 하그레이브에 비하면, 이 촌스러운 깡패 해터즐리는 거칠고 조잡하긴 해도 벌레 같은 그 패거리 중에서는 그나마 어둠 속에서 빛나는 반딧불이 같은 존재였다.

정말 기가 찬 노릇이었다! 내 집에서 그런 모욕을 당할 거라고는 상상도 못 했다. 스스로 신사라고 자부하는 사람들이 내 앞에서, 아니 대놓고 나'한테', 나'에 대해' 그런 말들을 하다니? 게다가 내가 그걸 그처럼 차분하게 견뎌내고, 그들의 모욕을 그처럼 단호하고 대담하게 물리칠 수 있을 거라고 상상이나 했나? 이런 강인함은 거친 역경과 절망을 통해서만 배울 수 있는 것 같다.

서재에서 왔다 갔다 하는 동안 이런 생각들이 꼬리에 꼬리를 물고 이어졌고, 아, 한시라도 빨리, 지금 당장 내 아들을 데리고 떠나고 싶었다! 하지만 그럴 수는 없었다. 지금은 반드시 해야 할 일이, 아주 어려운 일이 있었다.

"그렇다면 쓸데없이 한탄이나 하고 내 운명과 나를 고생시킨 사람들을 한가하게 탓하는 대신 얼른 내 할 일을 하자."

그래서 나는 통분(痛憤)한 마음을 애써 가라앉히고, 다시 붓을 잡고 하루 종일 열심히 그림을 그렸다.

하그레이브 씨는 정말 그다음 날 떠났고, 그 뒤로는 본 적이 없다. 다른 사람들은 두세 주 더 있다 갔지만 나는 가능한 한 거리를 두고 내 일에 매달렸고, 지금까지도 그러고 있다. 그 일이 있고 얼마 후 레이철에게 내 계획과 그 이유, 의도를 다 털어놓았는데, 다행히도 쉽게 공감해주었다. 그녀는 침착하고 신중한 사람이지만 헌팅던 씨를 너무 싫어하고 나와 아들을 너무 사랑하기 때문에, 이야기를 들으면서는 두어 번 탄성을 지르기도 하고 살짝 반대도 하고 내가 그런 처지가 됐다는 사실에 많이 울고 탄식도 했지만, 이야기가 끝난 후에는 나의 결정에 박수를 보냈고, 온 힘을 다해 도와주겠다고 했다. 그런데 조건이 하나 있었다. 본인도 같이 가야 한다는 것이었다. 나와 아서 둘이서만 집을 나간다는 건 완전히 미친 짓이라며, 반드시 자기를 데리고 가야 한다고 고집했다. 그러면서 조심스럽게, 그동안 모은 돈을 보태고 싶다며, "주제넘은 제안이지만 빌려드리는 걸로 생각해 주시면 아주 기쁘겠다"라고 너그러운 제안을 했다. 정말 가슴이 뭉클했다. 물론 그럴 수는 없었다. 하지만 다행히 그동안 돈도 꽤 모았고 준비도 상당히 해놨기 때문에, 조만간 떠날 수 있을 것 같다. 폭풍우가 몰아치는 이 엄혹한 겨울 날씨가 좀 풀리기만 하면, 어느 날 아침을 먹으러 내려온 헌팅던 씨는 보이지 않는 아내와 아들의 이름을 부르며 온 집 안을 돌아다니겠지. 하지만 우리는 동이 트기 수 시간 전에 출발하여 이미 미국을 향해 80킬로미터, 아니 어쩌면 그 이상을 달려간 상태일 것이다. 그이는 그날 하루가 한참 지나가고 나서야 우리가 떠난 걸 알게 되리라.

나는 이 계획이 불러올 안 좋은 결과들을 너무도 잘 알고 있다. 하지만 머릿속에 늘 아들이 있기 때문에 흔들리지 않는다. 바로 오늘 아침, 평소처럼 그림을 그리고 있는데 내 발치에 앉아 카펫에 널린 캔버스 조각들을 조용히 가지고 놀던 아서는 마음속으로 다른 생각을 하고 있었던지 조금 뒤에 내 얼굴을 골똘히 쳐다보며 심각한 어조로 이렇게 물었다. "엄마, 엄마는 왜 사악해요?"

"누가 그런 말을 하든?"

"레이철이요."

"아니, 레이철은 그런 말 한 적 없어. 확실해."

"아, 그럼 아빠였나 봐요." 아서가 생각에 잠긴 채 대답했다. 그러다 잠시 기억을 더듬더니 이렇게 덧붙였다. "아무튼 어떻게 알게 된 건지는 생각이 나요. 아빠랑 있을 때 엄마가 저를 오라고 한다든지 아빠가 시킨 일을 엄마가 못 하게 했다고 하면 아빠가 늘 그러거든요. '엄마는 지옥에나 떨어지라지.' 그리고 레이철은 사악한 사람들만 지옥에 간다고 하고요. 그래서 엄마가 사악하다고 생각한 거예요. 그런데 저는 엄마가 지옥에 안 갔으면 좋겠어요."

"우리 아들, 엄마는 사악하지 않아. 그리고 그렇게 나쁜 말들은 흔히 사악한 사람들이 자기들보다 더 나은 사람들에 대해 이야기할 때 쓰는 말이야. 그런 말을 듣는다고 해서 지옥에 가게 되거나 그들이 정말 사악하다는 뜻은 아니란다. 하느님께서는 남들이 우리에 대해 하는 말이 아니라 우리 자신의 생각과 행동에 따라 우리를 심판하시거든. 그리고 아서, 누가 그런 말을 쓰는 걸 들어도 절대 따라 하면 안 돼. 그런 말을 듣는 사람이 사악한 게 아니라, 다른 사람에 대해 그런 말을 하는 사람이 사악한 거니까"

"그럼 아빠가 사악한 거네요." 아서가 안타까운 듯 말했다.

"아빠가 그런 말을 쓴 건 잘못된 거고, 이제 네가 그 의미를 알면서도 그걸 모방하면 그것도 잘못된 일이지."

"모방하는 게 뭔데요?"

"다른 사람이 하는 걸 따라 하는 거야."

"아빠도 그게 잘못된 일이라는 걸 알까요?"

"그럴 수도 있지. 하지만 그건 너한테는 중요하지 않아."

"엄마, 아빠가 모르면 엄마가 알려줘야죠."

"이미 알려줬단다."

아들은 말없이 생각에 잠겼다. 아이의 주의를 돌려보려 했지만 소용없었다.

　마침내 아들이 쓸쓸한 어조로 말했다. "아빠가 사악해 속상해요. 그러더니 울음을 터뜨리며 말했다. "아빠가 지옥 가는 거 싫단 말이야!"

　나는 아빠가 달라져서 죽기 전에 더 착한 사람이 될 수도 있다며 아들을 달랬다. 하지만 이제 그런 아빠에게서 아서를 구해낼 때가 되었다.

40장
좌절된 계획

1827년 1월 10일. 어젯밤, 위의 일기를 쓸 때 나는 응접실에 있었다. 헌팅던 씨는 내 뒤에 있었지만 소파에서 자고 있는 줄 알았다. 그런데 내가 모르는 사이에 깨어났고, 일종의 저열한 호기심에 이끌려 얼마나 오랫동안인지 몰라도 내 어깨 너머로 이 일기장을 보고 있었던 것이다. 내가 펜을 내려놓고 일기장을 닫으려는 순간, 그이가 갑자기 거기 손을 얹더니 이렇게 말했다. "당신만 괜찮다면 내가 이걸 좀 봐야겠어." 그러더니 강제로 일기장을 휙 채어 갔고, 의자를 탁자 앞으로 끌고 가 차분히 앉아서는 맥락을 파악하려고 이리저리 넘겨가며 읽기 시작했다. 나에게는 불운하게도 어젯밤 남편은 평소 그 시간보다 덜 취한 상태였다.

물론 나는 그이가 내 일기장을 편히 읽도록 놔두지 않았다. 몇 번이나 빼앗으려고 애써봤지만, 그는 공책을 꽉 붙잡고 놓지 않았다. 나는 그의 심술궂고 수치스러운 행동에 화도 나고 한심스럽다는 생각이 들어 몇 마디 퍼부었지만 별 소용이 없었다. 그래서 촛불을 둘 다 꺼버렸더니 빙 돌아앉아 벽난로 불을 더 키우고는 그 빛으로 차분히 계속 읽어나갔다. 물 한 병을 가져와 난롯불을 꺼볼까 생각도 했는데, 그런다고 해서 그의 왕성한 호기심이 꺼질 것 같진 않았다. 게다가 내가 불안해하면서 못 읽게 할수록 그이는 더 읽고 싶어 할 것 같았고, 일은 이미 벌어진 상황이었다.

"아주 흥미로운 내용이구먼." 그이가 고개를 들어 나를 쳐다보며 이렇게 말했다. 나는 너무 화가 나고 괴로워서 말없이 손을 쥐어짜고 있었다. "그런데 너무 길군. 다음에 계속 읽어야겠어. 그러니 열쇠 좀 가져와."

"무슨 열쇠요?"

"당신 수납장, 책상, 서랍, 그 밖에 당신이 가진 모든 것의 열쇠 말야." 그가 일어서서 손을 내밀었다.

"나한테 없어요." 사실 그때 내 책상 열쇠는 자물쇠에 꽂아놓은 채였고, 다른 열쇠들도 다 거기 달려 있었다.

"그럼 하녀를 시켜 가져오라고 해. 그 늙은 악마 레이철이 열쇠를 당장 가져오지 않으면 내일 당장 내쫓아버릴 거야."

"레이철은 그게 어디 있는지 몰라요." 나는 손으로 책상 자물쇠를 가만히 덮으며 이렇게 대답하고는, 그가 보지 못했다고 생각하며 열쇠를 뺐다. "나는 그게 어디 있는지 알지만, 아무 이유 없이 당신한테 넘겨줄 수는 없어요."

"그게 어디 있는지 나도 알지." 그는 그러더니 주먹을 쥐고 있던 내 손을 갑자기 붙잡아 억지로 열쇠들을 빼앗았다. 그러고는 벽난로 불에 양초 하나를 다시 켰다.

그는 나를 비웃으며 이렇게 말했다. "자, 이제 소지품을 압수해야겠군. 하지만 일단 화실부터 구경해야겠어."

그는 열쇠 꾸러미를 호주머니에 넣고 서재로 들어갔다. 막연히 그가 저지르는 짓을 막아야겠다는 생각으로 그랬는지, 아니면 최악의 상황을 알고 있어야 해서 그랬는지는 잘 모르겠지만, 어쨌든 너무 걱정이 되어서 나도 얼른 따라갔다. 내 화구들은 다음 날 쓸 수 있게 구석에 있는 탁자에 정리해서 천으로만 덮어놓은 상태였다. 그걸 찾아낸 아서는 촛불을 내려놓더니 팔레트, 물감, 물감 주머니, 연필, 붓, 바니시를 집어다가 차근차근 난롯불에 던져버렸다. 나는 그 옆에 서서 화구들이 다 불타 없어지고, 팔레트나이프들이 탁탁 부러지고, 기름과 테레빈유가 타면서 굴뚝으로 쉭쉭 소리와 함께 빠져나가는 걸 지켜보았다. 이윽고 그가 종을 울렸다.

"벤슨, 이것들 다 내가게." 그가 이젤, 캔버스, 캔버스 틀을 가리키며 말했다. "하녀한테 땔감으로 쓰라고 해. 마님이 이제 안 쓰신다고 하니까."

벤슨이 아연실색한 얼굴로 나를 처다보았다.

"벤슨, 전부 내가세요." 내가 말했다. 헌팅던 씨가 욕을 내뱉었다.

"이것도요, 주인님?" 깜짝 놀란 하인은 반쯤 그린 그림을 가리키며 물었다.

"그래, 그것도 다 치워." 주인은 그렇게 대답했고, 모든 화구와 그림이 치워졌다.

그러고 나서 헌팅던 씨는 2층으로 올라갔다. 나는 따라가지 않고 조용히, 눈물도 흘리지 않고, 거의 미동도 없이 안락의자에 앉아 있었다. 그런데 약 30분 후, 그이가 내려와 내 앞으로 걸어오더니 견딜 수 없이 모욕적인 표정으로 웃으면서 촛불로 내 얼굴을 비춰 보았다. 나는 홱 손을 내둘러 촛불을 바닥에 내동댕이쳤다.

"허!" 그가 놀라 뒤로 물러서며 이렇게 중얼거렸다. "원귀(冤鬼)가 따로 없네. 저런 눈은 평생 처음 봐! 고양이 눈처럼 어둠 속에서도 빛이 나는군. 아, 귀엽네!" 그 사람은 그러면서 양초와 촛대를 집어 들었다. 양초는 꺼졌을 뿐만 아니라 아예 부러져 있어서, 그는 종을 울려 새 양초를 가져오라고 했다.

"벤슨, 자네 마님이 양초를 분질렀어. 하나 더 가져오게."

"당신 본색을 제대로 보여주는군요." 벤슨이 나가자 내가 말했다.

"내가 부러뜨렸다고는 안 했는데, 안 그래?" 그는 그렇게 말하고는 열쇠 뭉치를 내 무릎 위로 던졌다. "자! 돈, 패물, 그리고 당신이 팔아먹지 못하게 내가 갖고 있어야 할 몇 가지 물건 말고는 다 그대로 두었어. 당신 지갑에 금화 몇 개 넣어두었으니까 이번 달은 그걸로 쓰면 돼. 더 필요하면 어디다 쓸지 얘기하고. 앞으로 당신이 개인적으로 쓸 용돈은 매달 얼마씩 줄 거야. 내 재산은 집사를 고용해서 관리할 테니 뭘 빼돌릴 생각은 하지 말고. 집안일에 관해서는 아주 세세하게 지출 내역을 관리하도록 그리브스 부인에게 지시할 생각이야. 이제부터는 완전히 다른 체제로 갈 거야―"

"어떤 대단한 걸 발견했는데요, 헌팅던 씨? 내가 당신 재산을 빼돌리기라도 했어요?"

"엄밀히 말해서 돈을 훔친 건 아닌 것 같아. 그래도 당신이 그런 유혹에 빠질 수 있으니 미리 조심해야지."

이때 벤슨이 촛불을 가져왔고, 잠시 침묵이 흘렀다. 나는 여전히 안락의자에 앉아 있었고, 헌팅던 씨는 벽난로를 등지고 서서 나를 절망에 빠뜨린 걸 조용히 자축하고 있었다.

이윽고 그가 이렇게 말했다. "가출해서 화가가 되어 그림으로 먹고살면서 남편을 망신시키려고 한 거야, 정말로? 내 아들을 빼앗아 가서 더러운 양키 장사꾼이나 천하고 거지 같은 화가로 기를 셈이었냐고?"

"맞아요, 자기 아버지 같은 신사가 되는 걸 막으려고요."

"당신이 비밀을 못 지켜서 다행이지, 하하! 여자들이 수다를 잘 떨어서 다행이고. 여자들은 얘기할 친구가 없으면 자기 비밀을 물고기에게라도 속삭여야 하고, 모래 위든 어디든 쓰기라도 한다니까. 지금 생각해보니 내가 오늘 만취해 있었던 건 아니었나 봐. 완전히 취해 있었으면 당신이 뭘 하고 있는지 살펴볼 생각도 못 했을 거고, 그렇게 철저히 조사할 정신도 기운도 없었겠지."

자축하는 그를 뒤로하고 나는 일어서서 쓰고 있던 글을 챙기러 갔다. 생각해보니 응접실 탁자 위에 그대로 놔두었는데, 그 사람이 그것까지 읽으면 너무 치욕스러울 것 같았다. 앞부분 말고는 남편에 대해 좋은 이야기는 별로 없지만, 그래도 그가 나의 내밀한 생각과 회상을 읽으며 킥킥대는 건 못 견딜 것 같았다. 그리고 아, 내가 바보같이 그를 사랑했던 기간에 쓴 부분을 그가 읽게 놔두느니 차라리 그 일기장 전체를 태워버리는 편이 낫다!

내가 방을 나오는데 그가 소리쳤다. "참, 그리고 그 망할 염탐꾼 유모한테 하루이틀은 내 눈에 띄지 말라고 하는 게 좋을걸. 내일 당장 보수를 주고 내쫓고 싶지만, 나가서 더 많은 말썽을 부릴 것 같으니 잡아두는 게 낫겠지."

나오면서 들으니 그는 나의 충실한 친구이자 하녀인 레이첼을 향해 차마 여기 옮길 수 없는 저주와 욕설을 퍼붓고 있었다. 나는 응접실에 있던 내 일기장을 치우고 바로 레이첼에게 가서 우리의 계획이 다 탄로 났다는 걸 알려주었다. 그녀는 나만큼이나, 최소한 그날 밤의 나보다는 더 괴롭고 겁에 질린 표정이었다. 막 들켰을 때의 나는 충격 때문에 조금 멍했고, 내가 얼마나 분개했는지 새삼 깨달으면서 오히려 용감하고 들뜬 기분이 들기도 했으니까. 그런데 아침에 깨어보니 그토록 오랫동안 내게 힘과 위안을 주었던 희망이 사라진 기분이었다. 그래서 오늘은 하루 종일 남편을 피하며 불안하고 목표도 없는 상태로 이리저리 돌아다녔다. 실은 어린 아서 앞에서도 위축되는 느낌이었다. 이제 난 그의 좋은 스승도, 친구도 될 수 없다는 것을 알았고, 그의 미래에 대한 희망도 사라졌으니, 차라리 아서가 안 태어났으면 얼마나 좋았을까 싶었다. 그런 생각을 하니 그제야 내 처지가 얼마나 엄혹한지 뼈저리게 느낄 수 있었고, 지금 이 순간에도 그렇게 느끼고 있다. 이 느낌은 앞으로도 매일매일 되풀이될 것이다. 나는 노예이자 죄수이지만, 그건 아무것도 아니다. 내가 홀몸이라면 불평하지 않을 것이다. 그런데 이제 나는 내 아들을 파멸로부터 구해낼 수 없고, 한때 내 유일한 위안이었던 아들은 이제 내 절망의 가장 큰 원인이 되었다.

 내가 주님에 대한 믿음을 잃은 걸까? 주님을 올려다보고 마음속에 희망을 품어보려 하지만, 내 심장은 먼지 속에 처박혀버린다.* 지금은 이런 말밖에 할 수가 없다. "주님께서는 내가 빠져나

---

* 시편 119장 25절 참고.

가지 못하도록 나를 무거운 쇠사슬로 묶어 산울타리 안에 가두셨네.** 나를 쓴 나물로 배불리시고, 소태즙을 한가득 마시게 하셨네.***" 이 말도 덧붙여야겠다. "주님께서는 극히 자비로우시어 고통을 주시다가도 가엾이 여기시네. 그분께서는 사람의 아들들을 일부러 괴롭게 하시거나 슬프게 하시지 않으니."**** 그리고 이 사실도 꼭 기억해야 한다. 이승에서 내가 슬픔만 겪는다 하더라도 내세에서 영원히 평화롭게 살 수 있다면 여기서 100년을 비참하게 산들 그게 대수랴. 아들 문제도 그렇다. 그 아이에게 친구가 나밖에 없을까? "어린아이들이 죽는 것은 하늘에 계신 아버지의 뜻이 아니다"*****라고 하신 분이 누구였던가?

**   애가 3장 7절 인용.
*** 애가 3장 15절 인용.
**** 애가 3장 32~33절 인용.
***** 마태오의 복음서 18장 14절 참고. 어린 아서에게는 엄마뿐 아니라 예수님도 계시다는 뜻이다.

41장
"끊임없이 되살아나는 희망"

 3월 20일. 헌팅던 씨가 사교 시즌 내내 타지에 가 있게 되니 마음이 한결 밝아졌다. 그는 2월 초에 떠났는데, 그가 떠난 순간 숨통이 트이고 생기가 돌아오는 게 느껴졌다. 내가 떠날 기회를 그가 완전히 차단하고 갔기에 탈출할 수 있다는 희망은 없었지만, 현재 상황을 최대한 좋게 활용해볼 결심이 섰기 때문이다. 드디어 아들이 내 차지가 되었기 때문에 나는 우울한 무력감에서 벗어나 그의 어린 마음에 뿌리 내린 잡초들을 온 힘을 다해서 뽑아내고, 그 잡초들 때문에 제대로 싹을 틔우지 못한 좋은 씨앗을 다시 뿌렸다. 다행히 아서의 마음은 황무지나 자갈밭이 아니었다. 잡초가 잘 자라는 땅이라면 더 나은 식물도 쉽게 싹을 틔울 것이다. 아서는 아빠보다 이해도 빠르고 아주 다정한 성격이었다. 누가 내 노력을 방해만 하지 않는다면 아들을 고분고분하게 만들고, 자신의 진정한 친구가 누구인지 알아보고 사랑하도록 가르칠 수 있을 것 같다.

처음에는 아빠가 가르친 나쁜 습관을 버리게 하는 데 무척 애를 먹었지만, 그건 이미 거의 해결됐다. 나쁜 말도 잘 안 쓰게 됐고, 술에 대해 완전히 거부감을 갖도록 하는 데 성공했다. 이건 아빠나 그 친구들이 아무리 노력해도 다시 돌려놓을 수 없을 것이다. 아서는 어린 나이에도 술을 아주 좋아했는데, 불운한 나의 아버지나 아서의 아빠가 술 때문에 어떻게 됐는지 아는 나로서는 두려울 수밖에 없었다. 하지만 아서가 평소 마시는 것보다 적은 양을 주거나 아예 못 마시게 하면 술을 더 좋아하게 될 수도 있고 전보다 더 특별한 무언가로 생각할 수도 있기 때문에, 남편이 평소 주던 만큼, 아니 아이가 원하는 만큼 양껏 마시게 놔두었다. 하지만 와인을 줄 때 실제로 토할 만큼은 아니지만 비위를 뒤집고 기분을 안 좋게 할 딱 그 정도 분량의 토주석(吐酒石)을 매번 몰래 섞어 넣었다. 와인을 마실 때마다 그렇게 불쾌한 증상을 겪다 보니 아서는 곧 안 마시고 싶어 했지만 그럴수록 나는 더 강하게 밀어붙였고, 결국 아들은 종류에 상관없이 와인만 보면 질색을 하게 되었다. 그 후 아들의 요청에 따라 그 애가 잘 아는 다른 술, 물 탄 브랜디나 물 탄 진도 마시게 해봤는데, 나는 그 술들 역시 와인과 똑같이 혐오하게 만들기로 작정했고, 성공했다. 아서가 술이라면 종류에 상관없이 맛도, 냄새도, 보는 것도 끔찍하다고 했기 때문에 이제 평소에는 더 이상 음주 문제로 괴롭히지 않지만, 가끔 뭔가 잘못을 저질렀을 때는 술을 주겠다고 겁을 준다. "아서, 계속 그러면 와인 한 잔 줄 거야"라든가, "아서, 너 그런 말 또 하면 물 탄 브랜디 마셔야 해"라고 하는 식이다. 그러면 다른 어떤 수단 못지않게 효과가 있었다. 한두 번은 아이가 아플 때 토주석 없이 물만 탄 와인을 약으로 준 적도 있다. 이건 앞으로도 한동안 계속할 생각이다. 실제로 치료에 도움이 될 거라고 생각해서가 아니라, 아이를 위해 내가 동원할 수 있는 모든 연상 작용을 활용하려는 것이다. 술에 대한 혐오감이 아서의 머릿속 아주 깊이 뿌리 내려서, 후에 경험할 그 어떤 것도 그걸 바꾸지 못하게 만들고 싶다.

 이렇게 나는 아들을 이 한 가지 악으로부터는 지켜낼 거라고 자부한다. 헌팅던 씨가 돌아와서 내가 가르친 것들을 다 무산시키고, 아들로 하여금 엄마를 경멸하고 자신의 사악함을 따라 하도록 가르치려 한다 해도, 나는 아들을 그의 영향에서 안전하게 구해낼 것이다. 그럴 경우에 시도해볼 만한 계획을 또 하나 고안했다. 만약 오빠가 내 계획에 찬성하고 도와준다면 이 계획은 성공할 수 있다. 나와 오빠가 태어나고 어머니가 돌아가신 오래된 저택이 있는데, 지금은 사람이 살고 있지 않지만 내 생각에 완전히 퇴락한 상태도 아니다. 오빠가 방 한두 개를 살 만하게 손보아 마치 모르는 사람인 것처럼 내게 임대해준다면, 나는 아이와 함께 그 집에서 내가 좋아하는 그림으로 생계를 유지하며 가명으로 살아갈 수도 있다. 처음에는 오빠한테 빌린 돈으로 살아야겠지만, 나중에 다 갚을 것이다. 집이 꽤 외딴곳에 있고 인구도 많지 않은 동네라 다른 사람들과 교류하지 않는 소박하고 독립적인 삶을 살 수 있을 것이고, 그림은 오빠가 대신 팔아주면 된다. 머릿속에 계획은 다 세워놨으니 프레더릭 오빠만 동조해주면 된다. 오빠가 곧 나를 보러 온다고 하니, 먼저 왜 이런 계획을 세워야 했는지 내 상황을 충분히 설명한 다음 제안해봐야겠다.

 내 생각에 오빠는 이미 이 상황에 대해 내가 이야기한 것보다 훨씬 더 많이 알고 있는 것 같다. 편지를 읽어보면 부드러운 슬품이 가득하고, 내 남편 이야기를 거의 안 하는 데다가 이야기를 할 때면 은근한 분노가 느껴진다. 헌팅던 씨가 집에 있을 때는 절대 방문하러 오지 않는 것도 그 때문인 것 같다. 하지만 내놓고 그이를 비난하거나 나를 연민하지는 않는다. 나한테 뭘 물어본 적도 없고, 속내를 이야기해달라고 요구한 적도 없다. 오빠가 물어보고 요구했더라면 나도 더 많은 이야기를 했을 텐데. 내가 너무 말을 안 해서 섭섭했을지도 모른다. 오빠는 특이한 사람이다. 우리가 서로를 좀 더 잘 알면 좋을 텐데. 내가 결혼하기 전에는 해마다 스태닝글리에 와서 한 달 정도 있다 가곤 했는데, 우리 아버지가 돌아가신 이후에는 지금까지 딱 한 번밖에 못 봤다. 헌팅던 씨가 없는 사이 우리 집에 며칠 다녀간 게 다였다. 하지만 오빠는 이번에는 더 오래 있을 것이고, 우리는 어린 시절 이후 그 어느 때보다 더 다정하고 솔직한 대화도 나눌 수 있을 것이다. 외로움에 지친 상태라 그 어느 때보다 더 오빠에게 의지하게 되는 것 같다.

4월 16일. 오빠가 다녀갔다. 두 주일 이상은 묵을 수 없다고 했다. 시간은 빠르게, 하지만 아주 행복하게 흘러갔고, 내게 큰 도움이 되었다. 그동안 겪은 안 좋은 일들 때문에 이렇게나 극도로 뚱하고 냉소적으로 변한 걸 보면 내가 성격이 안 좋은가 보다. 나도 모르게 다른 사람들, 특히 남자들에 대해 아주 적대적인 감정을 갖게 됐는데, 그들 중 적어도 한 사람은 믿고 존중할 수 있다는 게 마음에 위안이 되었다. 그런 사람이 하나 있다는 건, 더 있을 수도 있다는 뜻이니까. 가여운 로버러 경을 제외하고는 아직 한 번도 본 적은 없고, 그런 로버러 경조차도 젊었을 때는 안 좋은 짓을 많이 했지만 말이다. 하지만 프레더릭 오빠가 보통 사람들처럼 살면서 내가 본 그런 남자들과 어릴 때부터 어울렸다면 어떤 사람이 됐을까? 그리고 그토록 사랑스러운 성품을 갖고 태어난 우리 아서는 내가 그런 세상, 그런 남자들로부터 구해내지 않는다면 어떤 사람이 될까? 프레더릭 오빠가 도착한 다음 날 저녁, 나는 아서를 인사시키면서 이런 고민을 털어놓고, 탈출 계획도 들려주었다.

"어떨 때 보면 아서는 자기 아빠보다 오빠랑 더 비슷해. 그래서 다행이야."

"과찬이야, 헬렌." 오빠가 아서의 부드러운 고수머리를 쓰다듬으며 대답했다.

"아니, 자기 아빠보다 차라리 벤슨을 닮았으면 하고 생각할 때가 있다는 걸 알면 방금 한 말이 칭찬으로 안 들릴걸."

오빠는 눈썹을 살짝 치켜올렸지만 아무 말도 하지 않았다.

"헌팅던 씨가 어떤 사람인지 알아?" 내가 물었다.

"대충 알 것 같아."

"내가 저 아이와 함께 도망쳐 어딘가에 숨어 살면서 다시는 그 사람을 보지 않고 평화롭게 지내고 싶다고 말했을 때 놀라거나 반대하지 않을 만큼 정확히 알아?"

"정말 그 정도야?"

"잘 모르겠다면 좀 더 말해줄게." 나는 남편의 전반적인 행실에 대해 이야기해주고 아서와 관련된 일들을 몇 가지 말해준 다음, 아들 때문에 걱정되는 점들과, 남편이 아서에게 끼칠 영향으로부터 아이를 보호하려는 내 계획을 설명했다.

프레더릭 오빠는 헌팅던 씨에 대해 아주 분개했고 내 걱정도 많이 했지만, 그럼에도 내 계획은 너무 황당하고 비현실적이라고 했다. 그러더니 그 사람에 대한 나의 우려가 상황에 비해 너무 과장되어 있다며, 내 계획의 여러 문제점을 지적하고 현 상황을 개선할 수 있는 덜 극단적인 방법들을 제시했다. 그래서 나는 오빠를 설득하기 위해 남편이 절대 나아지지 않을 거라는 사실을 보여주는 여러 사례를 들려주어야 했고, 내가 어떻게 되든 남편은 절대 아이를 포기하지 않을 거라고 이야기했다. 내가 아이를 포기할 수 없듯이 남편 역시 아이를 절대로 보내주지 않을 것이기 때문에, 전에 내가 하려고 했던 대로 미국으로 이민을 가는 게 아니라면 이 방법밖에 없다고. 그러자 오빠는 이민은 가지 말라고 나를 말리며, 그 집의 동(棟) 하나를 살 만하게 고쳐줄 테니 급할 때 쓰라고 했다. 그러면서도 정말 어쩔 수 없는 상황이 아니라면 그곳을 이용할 일이 없기를 바란다고 말했다. 나는 알겠다고 기꺼이 약속했다. 나 자신만 생각한다면 지금 이 집에 비해 그 낡은 집이 낙원 같겠지만, 내 마음의 자매인 밀리센트와 에스터, 그라스데일의 가난한 소작인들 그리고 누구보다 우리 이모를 생각해서 여기서 버틸 수 있을 때까지 최대한 버틸 것이다.

6월 29일. 하그레이브 부인과 에스터가 런던에서 돌아왔다. 에스터는 런던에서 보낸 첫 사교 시즌에 온통 들떠 있었지만, 아직 사랑에 빠져본 적도 없고 약혼도 안 한 상태였다. 하그레이브 부인은 멋진 신랑감을 찾았고 심지어 딸에게 청혼도 하게 만들었지만 에스터가 대담하게도 그를 차버렸다. 집안도 좋고 재산도 많은 남자였는데 이 말괄량이 아가씨는 그 사람이 성경의 아담만큼이나 늙었고 기막히게 못생긴 데다 (차마 이름을 밝힐 수 없는) 아무개만큼이나 밉살맞다고 했다.

"저 정말 힘들었어요." 에스터가 말했다. "엄마는 이 야심 찬 계획이 틀어져서 말도 못 하게 실망하셨어요. 제가 절대 안 한다고 고집을 부리니까 엄청나게 화나셨는데, 지금도 화나 계세요. 그렇지만 저도 어쩔 수 없어요. 월터 오빠도 제가 고집이 세고 말도 안 되게 변덕스럽다면서 굉장히 못마땅해했는데, 영영 용서 안 해줄까 봐 걱정이에요. 오빠가 요즘처럼 그렇게 불친절할 수도 있다는 거 처음 알았거든요. 하지만 밀리센트 언니가 저한테 절대 굴복하지 말라고 간곡히 부탁했고, 헌팅던 부인도 엄마랑 오빠가 저한테 갖다 붙이려고 한 그 남자 보셨으면 차버리라고 하셨을 거예요."

그래서 내가 말했다. "그 남자를 봤든 안 봤든 난 그렇게 말했을 거야. 네가 싫다면 아닌 거지."

"엄마는 부인이 제 행동을 알면 충격받으실 거라고 주장했지만 저는 부인이 그렇게 말씀하실 줄 알았어요. 엄마가 저한테 뭐라고 하시는지 부인은 상상도 못 하실 거예요. 반항적이고 배은망덕하다, 엄마의 바람을 짓밟는다, 오빠에게 못되게 군다, 엄마에게 짐이 된다 등, 별소리를 다 하시거든요. 그래서 어떨 때는 엄마가 제 뜻을 꺾을 수도 있겠다는 생각이 들기도 해요. 저도 의지가 강하지만 엄마도 그렇거든요. 엄마가 그렇게 세게 밀어붙이시면 저도 그냥 엄마가 시키는 대로 할까 싶고, 그렇게 결혼해서 불행한 처지가 되면 '봐요, 엄마, 이게 다 엄마 때문이에요' 하고 원망하고 싶기도 해요."

내가 말했다. "제발 그러지 마! 그런 동기에서 엄마 뜻에 복종하면 그건 적극적인 죄악이고, 반드시 거기에 따른 벌을 받게 될 거야. 네가 굳건히 버티면 엄마도 얼마 안 가 구박하는 걸 멈추실 거고, 그 남자도 네가 계속 거절하면 더는 쫓아다니지 않을 거야."
"아, 그렇지 않을걸요! 주변 사람들이 다 지쳐서 나가떨어지기 전에 엄마가 먼저 지치실 리는 없어요. 게다가 올드필드 씨한테 제가 청혼을 거절한 이유를 설명하면서, 제가 그분이 싫어서가 아니라 어리고 철이 없어서 아직은 어떤 상황에서든 결혼한다는 생각을 못 하기 때문이라고 하셨대요. 그러면서, 다음 시즌에는 틀림없이 제가 철이 들어서 그런 어린애 같은 망상은 버릴 거라고 하셨다는 거예요. 엄마는 그러고 저를 집에 데리고 오셔서는 제가 해야 하는 도리를 몇 시간씩 설교하셨어요. 제 생각에 엄마는 제가 굴복하지 않는 한 내년에 굳이 돈 들여서 저를 런던에 데리고 가지 않으실 것 같아요. 엄마 말씀으로는 그냥 가서 재미있게 즐기라고 저를 런던에 데려갈 여유는 없대요. 그리고 제가 스스로를 얼마나 매력적이라고 생각하는지는 몰라도, 지참금도 없는 저를 받아줄 남자는 드물다고 하셨어요."
"아, 에스터, 정말 안됐어. 하지만 다시 말하는데, 그래도 꿋꿋이 버텨. 네가 싫어하는 남자랑 결혼하느니 차라리 그냥 노예로 팔려 가는 게 나아. 엄마랑 오빠가 구박하면 떠날 수 있지만, 결혼하면 평생 남편에게서 못 벗어난다는 거 잊지 마."
"하지만 결혼하지 않는 한 엄마랑 오빠를 떠날 수가 없잖아요. 아무도 저를 못 보면 결혼도 못 하고요. 런던에서 맘에 드는 남자를 한두 명 봤는데, 장남이 아니었어요. 그래서 엄마가 아예 못 만나게 하시더라고요. 특히 그중에 한 명이 저를 좋아하는 눈치였는데, 그 사람이랑 얘기 못 하게 엄마가 온갖 수단을 다 동원해서 막으시더라니까요. 정말 짜증 나지 않아요?"

"너는 물론 그렇게 느끼겠지. 그런데 그 사람과 결혼하면 올드 필드 씨랑 하는 게 나았을 거라며 나중에 후회하게 될 수도 있어. 내가 사랑 없는 결혼은 하지 말라고 하는 건, 사랑만을 위해 결혼하라는 뜻이 아니야. 결혼할 때 고려할 점은 수없이 많은데, 정말 맘에 들지 않는 한 절대 마음과 손을 쉽게 내주지 마. 만약 기회가 안 와서 독신으로 살게 된다면, 즐거울 일이 아주 많진 않겠지만 최소한 견딜 수 없는 슬픔도 많지는 않을 거라는 사실을 위안으로 삼아. 결혼하면 상황이 더 나아질 수도 있지만, 개인적인 생각으로는 더 안 좋아질 가능성이 더 큰 것 같아."

"밀리센트 언니도 그렇게 생각해요. 그런데 저는 생각이 달라요. 제가 노처녀로 늙어 죽을 거라고 생각하면 더 이상 제 삶을 소중하게 여기지 않을 것 같아요. 수십 년을 그로브 저택에서 엄마와 오빠의 객식구로, 쓸데없이 땅만 차지하는 잡목 같은 존재* (이제 엄마랑 오빠가 그런 상황을 어떻게 생각할지 아니까요)로 산다고 생각하면 도저히 못 견딜 것 같아요. 그러느니 차라리 집 사랑 도망치는 게 나아요."

"네 상황이 특이하긴 하지. 하지만 인내심을 갖고, 아무것도 경솔하게 결정하지 마. 너는 아직 열아홉 살도 안 됐고, 노처녀가 되려면 아주 멀었어. 앞으로 어떤 일이 생길지 알 수 없잖아. 엄마와 오빠가 뭐라고 하든 간에 너한테는 그 두 사람의 보호와 지원을 받으며 살아갈 권리가 당연히 있다는 거 잊지 마."

에스터가 잠시 가만히 있다가 이렇게 말했다. "헌팅던 부인,

---

* 루가의 복음서 13장 6~9절의 무화과나무의 비유를 참고한 것.

부인은 정말 진지하세요. 밀리센트 언니가 결혼에 대해서 똑같이 그렇게 부정적인 말을 하길래 지금 행복하냐고 물어봤거든요. 그랬더니 그렇다고 하더라고요. 그런데 별로 그래 보이지 않았어요. 지금 똑같은 질문을 부인께 드려볼게요."

나는 웃으며 대답했다. "그건 어린 소녀가 자기보다 훨씬 나이 많은 유부녀에게 하기엔 너무 주제넘은 질문인데? 대답 안 할 거야."

"죄송해요, 부인." 에스터는 웃으며 내 품에 안겼고, 다정하게 내 볼에 입을 맞추었다. 그런데 그녀가 내 품에 머리를 떨굴 때 내 목에 눈물이 떨어지는 게 느껴졌다. 그녀는 슬프면서도 장난스럽고, 수줍으면서도 대담한 기묘한 어조로 말을 이었다. "제가 나중에 결혼해서 누리고 싶어 하는 행복한 삶을 지금 부인께서는 살고 계시지 못한 거죠? 1년의 반을 그라스데일에서 혼자 지내시는 동안 헌팅던 씨는 원하는 데서 원하는 방식으로 즐기고 다니시잖아요. 제 남편은 모든 걸 저와 함께 즐겨야 할 거예요. 그 사람이 저와 같이 있는 걸 최고의 기쁨으로 생각하지 않는다면, 흠, 본인한테 안 좋을걸요."

"에스터, 결혼에 대해 그렇게 생각한다면 넌 상대방을 정말 신중하게 골라야 해. 아니면 아예 결혼을 안 하는 게 나을 수도 있단다."

42장
개심

9월 1일. 헌팅던 씨는 아직 돌아오지 않았다. 크리스마스까지 친구들과 같이 있을 셈인지도 모른다. 그러다가 내년 봄에 다시 떠나겠지. 계속 이런 식이면 나는 그라스데일에서 그런대로 잘 지낼 수 있다. 즉, 안 나가고 여기서 지내도 된다는 거고, 내게는 그걸로 충분하다. 가끔 사냥철에 남편이 친구들을 몇 명 데리고 오더라도, 어린 아서가 나와 아주 가까워지고, 그들이 오기 전에 양식과 원칙을 확고히 세운다면 나는 이성(理性)과 사랑으로 아들을 그들의 악영향으로부터 깨끗하게 지켜낼 수 있을 것이다. 이게 헛된 희망일까 봐 두렵다! 하지만 그런 고난의 순간이 오기 전까지는 사랑하는 옛집으로 도망쳐 조용히 살려는 계획에 대해 생각하지 않을 것이다.

해터즐리 부부가 두 주일 전부터 그로브 저택에서 지내고 있다. 여전히 하그레이브 씨도 없고 날씨도 너무 좋아서, 그 집에서든 우리 집에서든 매일같이 밀리센트와 에스터를 만나고 있다. 며칠 전, 해터즐리 씨가 마차에 어린 헬렌과 랠프까지 태워 그라스데일에 와서 우리 모두 정원에서 즐거운 시간을 보내고 있던 때였다. 두 자매가 아이들과 노는 동안 나는 잠깐 해터즐리 씨와 대화를 나누었다.

"헌팅던 부인, 남편 소식 전해드릴까요?"

"아뇨, 언제 오는지나 알려주세요."

"그건 저도 몰라요. 안 왔으면 좋겠죠?" 그가 환히 웃으며 물었다.

"네."

"그래요, 확실히 그 친구가 없는 게 부인께는 편하죠. 저도 이제 그 친구라면 완전 신물이 나요. 행실을 고치지 않으면 안 만나겠다고 했는데, 절대 안 고치더군요. 그래서 이제 안 봅니다. 저, 부인이 생각하시는 것만큼 나쁜 놈 아니에요. 앞으로는 아서와 그 패거리 전부 안 볼까도 진지하게 고민하고 있어요. 기독교도이자 한 가정의 아버지답게 착실하고 진지하게 살아볼까 싶어서요. 어떻게 생각하세요?"

"진즉 그러셨어야죠."

"저 아직 서른도 안 됐는걸요. 너무 늦은 건 아니겠죠?"

"개심을 하고 싶어 하는 분별력과 그 결심을 실행에 옮길 힘만 있다면 몇 살에 시작하든 상관없죠."

"사실 이 생각을 전에도 여러 번 했었어요. 하지만 아서와 같이 있으면 너무 지나치게 즐거워요. 완전히 고주망태가 되기 전, 적당히 술이 올랐을 때 그 친구가 얼마나 쾌활한지 부인은 상상도 못 하실 거예요. 우리는 아서를 존경하진 않지만, 마음 한편에는 다들 애정을 갖고 있어요."

"하지만 그 사람처럼 되고 싶은 건 아니죠?"

"그렇죠. 저도 착한 사람은 아니지만, 그래도 저 자신으로 살고 싶어요."

"지금까지 당신이 살아온 대로 계속 살면 매일매일 점점 더 나쁘고 야만적으로 바뀔 거고, 그러면 그 사람하고 비슷해질 거예요."

이 예상치 않은 말을 듣자 해터즐리 씨는 반쯤은 화나고 반쯤은 당혹감에 빠진 우스운 표정을 지었고, 그 모습에 나는 빙긋 웃을 수밖에 없었다.

"너무 솔직하게 얘기해서 죄송해요. 어디까지나 좋은 마음에서 그런 거예요. 하지만 당신 아들들도 헌팅던 씨나— 아니면 해터즐리 씨 본인처럼 되길 바라세요?"

"그건 절대 안 되죠!"

"당신 딸이 당신을 멸시하거나, 당신한테 존경의 마음이라곤 전혀 없고, 애정이 있더라도 쓰라린 슬픔이 섞여 있다면 어떨 것 같아요?"

"아, 그럼 안 되죠. 그러면 못 견딜 것 같아요."

"그리고 마지막으로, 당신 아내가 당신 얘기가 나올 때마다 너무 부끄러워서 쥐구멍에라도 들어가고 싶어 한다든지, 당신 목소리만 들어도 진저리를 치고, 당신이 다가갈 때마다 부들부들 떤다면 어떨 것 같아요?"

"제 아내가 그럴 리 없죠. 그 사람은 제가 뭘 하든 늘 저를 사랑해요."

"그럴 리가요, 해터즐리 씨! 그 친구가 말없이 순종하는 걸 사랑으로 착각하시면 안 돼요."

"이런, 제기랄—"

"그렇다고 그렇게 폭발하지는 마시고요. 그 친구가 당신을 사랑하지 않는다는 건 아니에요. 사실은 당신 분에 넘치도록 당신을 사랑하죠. 하지만 제가 확실히 말씀드리는데, 당신이 더 잘하면 그 친구는 당신을 더욱더 사랑할 거예요. 반대로 당신이 더 나쁘게 행동하면 점차 사랑이 식을 거고, 결국 마음속으로 몰래 당신을 증오하고 경멸하게 되거나, 적어도 사랑은 다 사라지고 두려움, 혐오감, 원망만이 남겠지요. 하지만 사랑 문제는 그렇다 치고, 당신은 독재자처럼 그녀의 삶에서 모든 기쁨을 빼앗고 그녀를 완전히 불행하게 만들고 싶은가요?"

"물론 아니죠. 지금도 안 그러고 있고, 앞으로도 안 그럴 거예요."

"생각하시는 것보다 더 많이 그랬거든요."

"말도 안 돼요! 밀리센트는 부인이 생각하시는 것처럼 예민하고 불안하고 근심 많은 사람이 아니에요. 아내는 온순하고 차분하고 사랑이 많은 그런 사람이에요. 가끔은 부루퉁하지만, 평소에는 조용하고 침착하고 현실적이죠."

"5년 전 결혼할 당시에 그녀가 어떤 사람이었는지, 지금은 어떤 사람인지 생각해보세요."

"그때는 작고 통통했고, 뽀얀 얼굴에 홍조가 어린 아가씨였죠. 지금은 불쌍하게도 바짝 오그라지고 시들어 눈사람처럼 스러지고 있는 상태고요. 하지만— 그게 저 때문은 아니지 않나요?"

"그렇다면 뭐 때문일까요? 나이 때문은 아니죠, 이제 겨우 스물다섯 살이니까요."

"그거야 본인 건강이 나빠서 그런 거죠! 제기랄, 부인! 저를 뭐라고 생각하시는 거예요? 애들, 두 애들 때문에 너무 걱정이 돼서 저렇게 약해지는 거겠죠."
 "아니에요, 해터즐리 씨. 아이들은 밀리센트에게 고통보다 더 큰 기쁨을 줘요. 둘 다 건강하고 성격도 좋잖아요—"
 "맞아요— 이쁜 녀석들!"
 "그런데 왜 애들을 탓하세요? 제가 정확하게 말씀드릴게요. 제 생각에 밀리센트는 당신 때문에 늘 초조해하고 불안해하느라, 그리고 신체적으로 무서워서도 그런 것 같아요. 당신이 잘해주면 기뻐하면서도 한편으로 불안해하더라고요. 당신의 판단력이나 원칙이 확고하거나 믿음직하지 않기 때문에, 그런 잠깐의 행복이 언제 깨질지 몰라 계속 두려워하는 거예요. 당신이 나쁘게 행동할 때면 말할 수 없이 두려워하고 참담해하고요. 그런 안 좋은 일들을 계속 참다 보니, 다른 사람이 잘못을 저질러도 그걸 탓하거나 지적하지 못하는 상태가 된 거죠. 그 친구가 아무 말 안 하니까 신경을 안 쓰는 거라고 착각하시는데, 따라오세요. 제가 편지 한두 통 보여드릴게요. 배우자에게 보여주는 거니 신뢰를 깨는 행위는 아니겠죠."
 그는 나를 따라 서재로 들어왔고, 내가 찾아 준 밀리센트의 편지 두 통을 읽었다. 하나는 그가 실컷 난봉을 부리고 다니던 때에 런던에서 쓴 거였고, 또 하나는 그가 잠깐 성실하게 살 때 시골에서 쓴 것이었다. 첫 번째 편지는 슬픔과 고뇌로 가득 차 있었는데, 그를 탓하는 게 아니라 자기 남편이 그 방탕한 패거리와 엮인 걸 진심으로 안타까워하면서, 그림즈비 씨와 그 일행을 비난하고 헌팅던 씨를 원망하는 등 자기 남편의 악행들을 다른 사람의 탓으로 돌리는 내용이었다. 두 번째 편지는 희망과 기쁨으로 가득 차 있었는데, 그러면서도 이 행복이 끝날 거라는 두려움도 함께였다. 남편이 얼마나 좋은 사람인지 한껏 치켜세우고 있었지만, 다른 한편으로는 그게 충동이 아니라 더 굳건한 토대에 뿌리박고 있었으면 좋았을 거라는 아쉬움이 드러나 있었다. 그녀는 그게 모래 위에 지은 집이라 무너질 수 있다고 생각했고, 실제로 얼마 안 가서 그렇게 되었다. 해터즐리도 편지를 읽으면서 그 사실을 의식했을 것이다.

첫 번째 편지를 읽기 시작한 해터즐리 씨가 예기치 않게 얼굴을 붉히는 걸 보니 기분이 좋았다. 하지만 그는 곧바로 반대쪽으로 돌아서더니 창가에서 편지를 마저 읽었다. 두 번째 편지를 읽을 때 보니 그는 한두 번 손을 쳐들어 얼굴을 급히 문질렀다. 눈물을 닦았던 걸까? 이윽고 두 번째 편지를 마저 읽고는 잠시 목을 가다듬고 창밖을 내다보았다. 그러다가 좋아하는 가락을 휘파람으로 불더니 돌아서서 편지를 돌려주고 말없이 내 손을 잡고 악수를 했다.

"제가 정말 나쁜 놈이었네요." 그는 내 손을 꽉 잡으며 이렇게 말했다. "하지만 이제부터 고칠 거예요. 안 고치면 전 정말 지옥에나 떨어질—"

"해터즐리 씨, 본인을 저주하지 마세요. 만약 신께서 당신이 그동안 내뱉은 저주와 욕설을 반이라도 들으셨으면 당신은 벌써 오래전에 지옥에 떨어졌을걸요. 미래에 잘한다고 과거의 잘못을 보상할 수 없고, 당신은 창조주께 진 의무만 다하시면 돼요. 다른 누군가가 당신이 과거에 저지른 잘못을 보상할 거예요. 그러니 개심하고 싶으시면 신의 축복을 간구하세요. 그분의 저주가 아니라 자비와 조력을 청하세요."

"그렇다면 주여, 저를 도우소서— 그분의 도움이 반드시 필요할 테니까요. 밀리센트는 지금 어디 있어요?"

"저기, 오빠랑 막 들어오네요."

그는 유리문을 열고 나가 그들을 맞이했다. 나는 조금 떨어져서 그를 뒤따라갔는데, 그가 갑자기 아내를 번쩍 들어 꽉 껴안고 뜨겁게 입 맞추자 그녀는 깜짝 놀랐다. 그는 그러고는 아내의 두 어깨에 손을 얹고 앞으로 해나갈 멋진 일들을 이야기하는 것 같았다. 밀리센트가 갑자기 그를 껴안더니 눈물을 흘리며 이렇게 소리쳤기 때문이다. "그래요, 꼭 그렇게 해요, 랠프! 우리는 아주 행복해질 거예요! 당신은 정말 너무 좋은 사람이에요!"

"아니, 내가 아니야." 해터즐리 씨가 아내를 빙 돌리더니 나한테 밀었다. "헌팅던 부인께 고맙다고 해. 이분 덕이거든."

밀리센트는 내게 날듯이 뛰어와서는 너무너무 고맙다고 말했다. 나는 내 덕이 아니라고, 해터즐리 씨가 더 나은 사람이 되려고 이미 마음을 먹고 있었기에 내가 몇 가지 당부와 격려를 해주자 바로 그런 결정을 한 것이며, 나는 그저 밀리센트 본인도 할 수 있고, 했어야 하는 역할을 한 것뿐이라고 말해주었다.

"아, 아니야!" 밀리센트가 말했다. "나는 어떤 말로도 그이에게 영향을 줄 수 없었을 거야. 내가 그런 걸 시도했다면 어설프게 설득하다가 혼만 났겠지."

"밀리, 나한테 그런 얘기 하려고 해본 적도 없잖아." 그가 말했다.

그들은 며칠 후 친정을 떠났고, 지금은 해터즐리의 부친을 방문 중이다. 그 후에는 시골집으로 돌아간다고 한다. 해터즐리가 결심한 내용을 잘 지켜서, 가여운 밀리센트가 또다시 실망하는 일이 없었으면 좋겠다. 가장 최근에 온 편지를 보니 현재의 행복과 미래에 대한 기대로 가득 차 있었다. 하지만 아직은 해터즐리를 시험할 만한 특별한 유혹이 없었던 것 같다. 어쨌든 앞으로 밀리센트는 전보다 덜 소극적이고 덜 조심스러웠으면 좋겠고, 그녀의 남편은 더 상냥하고 사려 깊은 사람이 됐으면 좋겠다. 그러면 그녀의 희망은 근거 있는 희망이 될 테고, 나는 최소한 한 사람은 행복하게 살고 있다는 걸 기쁘게 기억할 수 있을 것이다,

43장
선을 넘다

 10월 10일. 헌팅던 씨가 약 3주 전에 돌아왔다. 그의 행색, 태도, 말 그리고 그에 대한 나의 감정은 굳이 여기 기록할 필요가 없을 것 같다. 그런데 돌아온 다음 날, 그가 어린 아서를 가르칠 가정교사를 고용하겠다고 해서 깜짝 놀랐다. 나는 이번 계절에는 그럴 필요 없고, 그러는 게 오히려 이상할 거라고 이야기했다. 그리고 적어도 앞으로 몇 년은 내가 직접 아서를 가르칠 능력이 충분히 있는 데다 아들을 가르치는 게 나의 유일한 즐거움이자 일이라고도. 그 외에는 내가 할 일을 다 빼앗아 갔으니, 이것만은 하게 해달라고 했다.
 남편은 내가 아이들을 가르치는 건 물론이고 아이들과 같이 있을 자격도 없다고 했다. 이미 아들을 자동인형같이 만들어놨다면서, 내가 너무 엄하게 가르쳐서 아들의 훌륭한 기질을 망쳤으며, 나한테 더 맡겨놓으면 아이의 명랑한 천성을 죽이고 나처럼 침울한 금욕주의자로 만들 거라는 말이었다. 그이는 늘 그러듯이 가여운 레이철에 대해서도 한바탕 심한 욕설을 늘어놓았다. 레이철이 그 자신에 대해 너무 잘 알기 때문에 그토록 싫어하는 것 같다.

나는 레이철과 내가 아서를 기르고 가르칠 능력이 있다고 차분하게 설득하면서 가정교사를 들이지 말라고 거듭 이야기했다. 하지만 남편은 이미 적임자를 고용했고 다음 주에 오기로 되어 있으니 더 말할 것 없다며 내 말을 잘랐고, 그녀를 맞을 준비나 하라고 했다. 정말 놀라운 이야기였다. 그래서 나는 그녀의 이름과 주소, 추천인 또는 고용하게 된 경위를 말해달라고 했다.

"아주 훌륭하고 독실한 아가씨니까 걱정하지 마. 이름은 마이어스였던 것 같고, 종교계에서 아주 덕망이 높은 어떤 점잖은 미망인이 소개해준 거야. 직접 만나본 적이 없어서 용모나 언변은 어떤지 잘 모르겠지만, 그 미망인의 말이 옳다면 가정교사가 갖춰야 할 모든 장점을 다 갖춘 사람이야. 그중 하나가 아이들을 무척 사랑한다는 거지."

그는 조용하고 진지한 어조로 이렇게 말했지만, 반쯤 얼굴을 돌리고 있는데도 그의 눈에 악마적인 미소가 깃든 게 보였고 불길한 예감이 들었다. 하지만 최악의 경우 ──셔에 있는 그 집으로 가면 된다는 생각에 더 이상 반박하지 않았다.

마이어스 양이 도착했을 때 나는 별로 반갑게 맞아줄 기분이 아니었다. 용모도 첫눈에 별로 호감형은 아니었고, 태도와 행동거지도 실제로 그녀를 보기 전에 생긴 편견을 없애주지 못했다. 학식도 높지 않았고 지성도 별로 뛰어나지 않았다. 목소리가 좋았고, 직접 피아노 반주를 하면서 노래를 꾀꼬리처럼 잘했다. 그게 그녀의 유일한 특기였다. 그런데 그녀의 얼굴과 목소리에는 간교하고 교활한 느낌이 있었다. 그녀는 나를 두려워하는 듯했고, 내가 갑자기 다가가면 깜짝 놀라곤 했다. 행동으로는 비굴하다고 할 정도로 정중하고 공손했다. 처음에는 나한테 아첨도 하고 알랑거리길래 얼마 안 가서 그건 하지 못하게 했다. 어린 아서를 지나칠 정도로 귀여워해서, 너무 오냐오냐하지 말고 도를 넘은 칭찬도 삼가달라고 이야기해야 했다. 그런데 아서는 그녀를 좋아하지 않았다. 남편은 그녀가 독실하다고 했지만, 가끔 한숨을 쉬고, 고개를 들어 천장을 쳐다보고, 찬송가 몇 구절을 흥얼거리는 게 다였다. 그녀는 자기가 성직자의 딸로 태어났고 어려서 고아가 됐지만, 다행히 아주 신심이 깊은 집안에서 일을 할 수 있었다면서, 그 집안 식구들이 베푼 친절에 대해 아주 감사하다는 말을 늘어놓았다. 그 말을 들으니 그녀를 좋지 않게 생각하고 친절하게 대해주지 않은 게 미안해서 한동안 마음이 풀어졌었다. 하지만 그것도 잠깐이었다. 내가 그 아가씨를 싫어하는 데는 이유가 있었고, 의심에는 근거가 있었다. 그러니 그 의심이 깨끗이 사라지거나 확인될 때까지 잘 지켜보고 면밀히 조사하는 게 내 의무였다.

나는 그 친절하고 독실한 가족의 이름과 주소가 뭐냐고 물었다. 그러자 그녀는 흔한 성씨를 대고, 들어보지 못한 먼 지역의 주소를 말해주었다. 그러더니 지금은 그 가족이 유럽 대륙에 가 있어서 현재 주소는 모른다고 했다. 그녀가 헌팅던 씨에게 말을 거는 건 별로 못 봤지만, 그이는 내가 없을 때 자주 학습실을 들여다보며 아서가 새 가정교사와 잘 지내는지 확인하곤 했다. 마이어스 양은 저녁이면 우리와 같이 응접실에 있으면서 (우리를 위해 하는 척했지만) 그이를 위해 피아노를 치며 노래를 불러주었고, 그이가 뭘 원하는지에 무척 관심이 많았으며 그이를 주의 깊게 살펴보다가 알아서 미리 챙겨주곤 했는데, 그러면서도 이야기는 나하고만 했다. 그도 그럴 것이, 그이는 누구와 대화 나눌 상태가 아닐 때가 많았다. 그녀가 다른 사람이었다면—점잖은 사람이 보기에 그이 상태가 너무 남사스러울 때가 많긴 했지만—우리 사이에 그녀의 존재가 있는 걸 다행으로 여겼을 것이다.

그 아가씨가 의심스럽다는 말을 한 적이 없는데도 이 죄악과 슬픔의 나라에서 반세기나 살아온 레이철은 스스로 의심을 품고 있었다. 그녀는 처음부터 "그 새 가정교사 의심스러워요"라고 했는데, 그 후 나 못지않게 열심히 그녀를 감시해온 것 같았다. 나는 진실을 알고 싶었기 때문에 다행이었다. 그라스데일의 분위기가 너무 숨 막혀서, 와일드펠 저택을 생각하며 간신히 견디고 있다.

마침내 어느 날 아침, 레이철이 그와 관련된 정보를 가져와 들려줬는데, 그녀의 말이 끝나기도 전에 나는 그라스데일을 떠나기로 결심했다. 그녀가 옷을 입혀주는 동안 나는 내 계획과 그녀가 도와줘야 할 것들을 설명했고, 내 물건 중 짐에 넣을 것들과 그녀가 가질 것들을 말해주었다. 그렇게 오래 충실하게 나를 돌봐줬는데, 이렇게 갑자기 떠나게 되면서 따로 보상해줄 길이 없으니 그렇게라도 보답하고 싶었기 때문이다. 정말 그렇게 헤어지고 싶지 않았지만 어쩔 수가 없는 상황이었다.

"레이철은 이제 어쩔 거야?" 내가 물었다. "집으로 돌아가? 아니면 다른 데 취직할 거야?"

"마님, 저는 마님 곁 말고는 집이 없어요. 마님과 헤어지면 죽을 때까지 다른 데 취직 안 할 거예요."

"하지만 나는 이제 숙녀처럼 살 돈이 없어. 내가 직접 살림도 하고 애도 키워야 해."

그러자 레이철이 약간 흥분한 표정으로 이렇게 말했다. "그럼 청소하고 빨래하고 요리할 사람이 필요하시잖아요, 안 그래요? 제가 다 할 수 있고, 급여는 안 주셔도 돼요. 그동안 모아놓은 돈이 좀 있거든요. 마님이 저를 놓고 가시면 그 돈으로 어딘가에서 하숙을 하든지 아니면 모르는 사람들 틈에서 일을 해야 하는데, 저는 그래본 적이 없잖아요. 그러니까 마님 편한 대로 하세요." 그녀는 떨리는 목소리로 이렇게 말했다. 두 눈에는 눈물이 고여 있었다.

"레이철, 그래주면 나한테는 제일 좋지. 급여도 형편 닿는 대로 챙겨줄게. 두루치기 일꾼 월급만큼은 줄 수 있어. 하지만 아무 잘못도 없는데 나랑 그 고생을 해야 한다는 게 너무 면목 없어서 그러지."

"무슨 그런 말씀을 하세요!" 그녀가 소리쳤다.

"게다가 앞으로 나는 과거와 완전히 다른 방식의 삶을 살 텐데, 레이철이 겪어보지 못한 일이 너무 많을 거고—"

"마님, 마님이나 우리 어린 도련님이 견디는 일을 제가 못 견딜 것 같으세요? 저는 그 정도로 자존심이 강하거나 까다롭지 않아요."

"하지만 나는 젊잖아. 그러니까 견딜 수 있어. 아서는 어리니까 그 정도는 아무것도 아닐 거고."

"저한테도 마찬가지예요. 제 자식처럼 사랑하는 마님과 도련님을 돕고 편하게 해줄 수 있다면 그 정도 고생, 그 정도 일은 할 수 있을 정도로 쌩쌩해요. 하지만 두 분을 힘들고 위험한 상황에 남겨두고 모르는 사람들 곁으로 가서 사는 걸 견디기에는 나이가 너무 많아요."

"그러면 그건 안 되지!" 나는 충실한 내 친구를 껴안으며 이렇게 말했다. "우리 다 같이 떠나자. 그리고 우리가 살아갈 새 삶이 레이철에게 맞는지 한번 보자고."

"고마워요, 마님!" 레이철이 나를 다정하게 마주 안으며 말했다. "이 사악한 집구석에서 나가기만 하면 어딜 가든 괜찮게 살 거예요. 두고 보세요."

"나도 그렇게 생각해." 그 일은 그렇게 정리되었다.

그날 아침 나는 프레더릭 오빠에게 급히 몇 줄 적어 보냈다. 이 편지를 받았다면 아마 하루 안에 거기 도착할 테니 바로 들어갈 수 있게 집을 준비해달라고 부탁했고, 이렇게 갑자기 떠나기로 결심한 이유를 간단히 설명했다. 그런 다음 세 사람에게 작별 편지를 썼다. 먼저 에스터 하그레이브에게, 더 이상 그라스데일에 살 수도, 그렇다고 아이를 아빠 손에 맡기고 갈 수도 없어 함께 떠난다고 알렸다. 또한 우리가 살 집 주소는 헌팅던 씨와 그 친구들이 알면 안 되기에 친오빠한테만 알려줄 것인데, 앞으로 친구들과는 오빠를 통해 소식을 주고받을 테니 그 주소로 자주 편지해달라고 썼다. 마지막으로 그녀의 상황과 관련하여 전에 해준 조언을 다시 쓰고는 잘 있으라고 작별을 고했다.

두 번째 편지는 밀리센트에게 썼는데, 에스터에게 쓴 것과 비슷한 내용이었지만 그녀는 나와 더 오래 알고 지낸 사이이고, 동생보다 경험도 더 많으며, 나의 상황에 대해 더 많이 알기 때문에 좀 더 내밀한 내용을 적었다.

세 번째 편지는 이모에게 썼다. 앞의 두 편지보다 훨씬 더 쓰기 어렵고 고통스러워서 마지막으로 미루어두었다. 하지만 내가 왜 이런 엄청난 일을 벌였는지 가급적 빨리 설명할 필요가 있었다. 내가 사라지면 헌팅던 씨가 이모와 이모부에게 내 소재를 물을 것이 분명했고, 그러면 틀림없이 두 분은 하루이틀 안에 이 사실을 알게 되실 터였으므로. 나는 이 행동이 잘못됐다는 걸 알고, 그에 따른 벌을 달게 받을 것이며, 이 일로 인해 친지들이 피해를 볼 것 같아 죄송하다고, 하지만 아들 때문에 더 이상 이 상황을 참을 수 없으며 아이를 아버지의 악영향으로부터 벗어나게 하려면 집을 떠날 수밖에 없다고 적었다. 이모와 이모부가 이 일에 대해 전혀 아는 게 없다고 진실되게 말씀하실 수 있어야 하니 새 주소는 알려드릴 수 없지만, 내게 연락을 해야 할 때는 오빠 주소로 하면 확실히 전달될 거라고 말씀드렸다. 나는 이모와 이모부께 용서를 빌면서, 두 분이 모든 걸 다 아시면 나를 탓하지 않으실 것이며, 나 때문에 괴로워하실 필요 없다고, 두 분 생각에 마음은 아프지만 안전하게 그 은신처에 도착해서 별일 없이 지낼 수만 있다면 나는 아주 행복할 것이고, 아들을 잘 기르고 자기 부모의 실수를 똑같이 범하지 않게 교육하는 데 헌신할 수 있다면 외롭고 조용한 삶에도 충분히 만족할 거라고 썼다.

이 편지 세 통은 어제 썼고, 떠날 준비를 하는 데 꼬박 이틀을 들였다. 오빠가 우리가 지낼 방들을 손보고, 도와줄 사람이 나밖에 없는 상황에서 레이철이 아무도 모르게 조심히 짐을 싸려면 시간이 좀 더 필요했기 때문이다. 나는 물건들을 모아 올 수만 있었지 상자 안에 최대한 자리를 덜 차지하게 집어넣는 건 할 줄 몰랐기에 그 일은 레이철 몫이었는데, 그녀는 물론 나와 아서의 물건 말고도 본인 물건도 챙겨야 했다. 나는 지갑에 몇 기니

밖에 없었기 때문에 최대한 많은 물건을 가져가야 했고, 레이첼은 내가 뭔가를 남기고 가면 아마 마이어스 양이 차지할 테니 그게 싫으면 잘 챙기라고 했다.

이 이틀 동안 정말 힘들었던 것은 최대한 차분하고 침착한 모습을 유지하면서 필요할 때마다 그 두 사람을 평소처럼 대하고, 몇 시간씩 그녀의 손에 어린 아들을 맡겨두어야 한다는 사실이었다! 하지만 그런 고통도 이제 끝이다. 나는 안전을 위해 아들을 내 침대에 재웠고, 앞으로 그 두 사람의 입맞춤이 아이의 입술을 더럽히거나 그들의 말이 아이의 귀를 오염하는 일은 두 번 다시 없을 것이다. 그런데 정말 무사히 탈출할 수 있을까? 아, 지금이 아침이고, 최소한 우리가 길을 가고 있다면 좋을 텐데! 오늘 저녁, 레이첼을 다 도와주고 나서 마음으로 기도하며 기다리는 일만 남자 나는 너무 흥분되어서 뭘 하면 좋을지 몰라 우왕좌왕했다. 저녁 식사를 하러 내려갔지만 도저히 먹을 수가 없었다. 헌팅던 씨가 그걸 눈치채고 말을 꺼냈다.

"이번엔 또 무슨 일인데?" 두 번째 코스를 치우는 동안 주변을 둘러본 그가 물었다.

"속이 안 좋아서 좀 누워야 할 것 같아요. 나 없어도 괜찮겠죠?"

"그럼. 실은 그게 더 좋아, 아주 약간 더." 방을 나오는데 그가 중얼거렸다. "그 자리에 다른 사람이 앉아 있는 걸 상상할 수 있으니까."

'내일이면 그렇게 될 거예요.' 나는 그렇게 생각했지만, 입 밖으로 꺼내지는 않았다. "자! 당신과는 이게 마지막이길 바라요." 나는 문을 닫으며 중얼거렸다.

레이첼은 동이 트기 전에 떠나야 하니 내일 여행을 위해 기운을 모아야 한다면서 얼른 누우라고 했다. 하지만 너무 들뜨고 불안한 상태라 잠을 잘 수가 없었다. 출발 시간까지 분초를 세면서 앉아 있거나 방 안을 이리저리 돌아다닐 수도 없었다. 누군가 우리의 계획을 알게 되어 일러바칠까 봐 무슨 소리가 날 때마다 덜덜 떨면서 귀를 쫑긋 세울 게 뻔했기 때문이다. 그래서 책을 읽으려고 해봤지만, 눈은 책장 위를 헤맸고 내용은 머릿속에 전혀 들어오지 않았다. 그렇다면 이 마지막 밤을 늘 하던 대로 일기를 쓰면서 보내는 건 어떨까? 그래서 다시 한번 일기장을 펴고 위의 내용을 적은 것이다. 처음에는 힘들었지만, 차츰 마음이 안정되고 차분해졌다. 그렇게 몇 시간이 지났고, 출발 시간이 다 가오고 있다. 이제 눈꺼풀도 무겁고 몸도 나른하다. 주님께 성공을 기원하는 기도를 드린 다음 한두 시간 자야겠다. 그러고 나면 그다음에는―!

어린 아서는 달게 자고 있다. 집 전체가 고요하고, 지켜보는 사람도 없는 것 같다. 상자들은 모두 벤슨이 끈으로 묶어서 밤에 뒤쪽 계단으로 내려다 놨다가, 수레에 실어 M――의 역마차 사무소로 부쳤다. 짐 상자에 붙인 라벨에는 그레이엄 부인이라고 썼다. 앞으로는 그 이름으로 살아갈 것이다. 엄마의 처녀 적 이름이니 나와 어느 정도 연관도 있고, 내 원래 이름 다음으로 좋아하는 이름이기도 하다. 내 원래 이름은 이제 감히 다시 쓸 수 없다.

44장
도피

10월 24일. 드디어 자유롭고 안전한 몸이 되었다. 감사한 일이다. 우리는 일찍 일어나 조용하고 재빠르게 옷을 입고 몰래 살금살금 계단을 내려왔다. 벤슨이 촛불을 들고 서 있다가 문을 열어주었고, 우리가 나오자 다시 잠갔다. 짐 부치는 일을 비롯하여 몇 가지 문제 때문에 한 사람에게는 비밀을 털어놓을 수밖에 없었는데, 하인들도 모두 아서의 행실에 대해 익히 알고 있기 때문에 존이든 벤슨이든 기꺼이 도와줄 것 같았다. 하지만 벤슨이 나이도 더 많고 차분한 성격인 데다 레이철과 친한 사이라서, 필요할 때는 그에게 도움을 청하라고 레이철에게 지시했다. 이 일로 벤슨이 고생할 일이 없기를 바라고, 위험을 무릅쓰고 그렇게 선뜻 도와준 게 너무 고마워서 어떻게든 보답을 하고 싶었다. 정직한 잿빛 눈에는 눈물을, 진지한 얼굴에는 우리가 잘되기를 바라는 마음을 가득 담은 채 현관에 서서 우리가 무사히 나갈 수 있게 불을 비춰준 그에게 나는 금화 두 개를 쥐여주었다. 더 많이 주고 싶었지만, 여비도 빠듯할 것 같아서 어쩔 수 없었다.

저택 정원의 작은 쪽문을 빠져나오는 순간 너무 기뻐서 몸이 부르르 떨릴 정도였다! 그 순간 나는 잠깐 서서 그 상쾌한 공기를 들이마시고, 집을 마지막으로 한 번 돌아보았다. 사방이 어둡고 조용한 가운데, 유리창 안의 불도 모두 꺼져 있었고, 차가운 하늘에 반짝이는 별빛을 가릴 연기 한 줄기 보이지 않았다. 너무 많은 죄와 고통으로 얼룩진 그 집에 영원한 작별을 고하면서, 지금 떠나는 게 다행이라는 생각이 들었다. 그 전에 떠났으면 정말 떠나는 게 맞는지 고민도 되었을 것 같고, 남편에 대한 미련도 약간 남았을 것 같다. 하지만 이제는 들킬지 모른다는 걱정 외에는 그저 기쁠 뿐이었다. 나아가는 한 걸음 한 걸음이 우리를 그 위험으로부터 더 안전하게 지켜줄 터였다.

그라스데일로부터 꽤 멀리 가서야 붉고 둥근 해가 떠올라 해방된 우리를 맞아주었다. 혹시 그 동네 사람이 우리를 보았더라도 마차에 탄 우리가 누군지 알아보기는 어려웠을 것이다. 나는 과부로 보이려고 소박한 검은 실크 드레스에 망토를 두르고 검은 베일(나는 출발하고 첫 30~50킬로미터까지는 그걸로 얼굴을 꼼꼼히 가렸다)을 쓰고 있었다. 그 위에는 (나한테는 그런 모자가 없어서) 레이철에게서 빌린 검은 실크 보닛까지 쓴 상태였다. 유행에는 안 맞는 차림이었지만, 현재 상황에서는 아무 상관 없었다. 아서는 가진 것 중 제일 소박한 옷을 입고 두꺼운 울 숄에 싸여 있었다. 레이철은 아주 오래된 회색 망토와 모자로 몸을 감싸고 있었는데, 그러다 보니 숙녀의 몸종보다는 점잖고 평범한 할머니같이 보였.

아, 금빛 아침 햇살 속에서 모든 것이 밝고 환하게 웃는 낯선 동네를 통과하는 마차에 높이 앉아, 얼굴에는 신선한 아침 바람을 맞으며 내 충실한 친구 옆에서, 거의 나만큼이나 행복해하는 내 소중한 아들을 품에 안은 채 햇빛에 물든 넓은 길을 따라 덜컹거리며 달려가니 그렇게 기쁠 수가 없었다. 말이 발을 내디딜 때마다 감옥 같은 집에서 절망에 빠져 있던 시간은 점점 멀어지고, 자유와 희망이 다가왔다! 나를 해방해주신 주님을 찬미하는 기도가 절로 나왔고, 너무 기쁜 나머지 환성을 질러 아서와 레이철이 깜짝 놀라기도 했다.

 하지만 아주 긴 여행이어서 목적지 가까이 왔을 때는 다들 지쳐 있었다. L── 마을에 도착했을 때 이미 한밤중이었는데, 와일드펠 저택까지는 아직도 11킬로미터 정도를 더 가야 했다. 역마차는 운행이 끝났고, 수레 이외에는 다른 이동 수단이 없었다. 마을 사람들 대부분이 이미 자러 간 시간이라 그마저도 간신히 구했고, 우리는 춥고 지친 상태로 붙잡거나 기댈 것도 없이 짐 상자 위에 앉아, 울퉁불퉁하고 가파른 길을 심하게 흔들리며 여정의 마지막 부분을 느릿느릿 음울하게 이동했다. 하지만 아서는 유모의 품에 안겨 곤히 자고 있었기 때문에 아이는 그녀와 내가 차가운 밤바람으로부터 그런대로 잘 지켜줄 수 있었다.

 드디어 우리는 아주 가파른 돌길을 올라가기 시작했다. 어두운데도 레이철은 이 길이 잘 기억난다고 했다. 어린 나를 안고 자주 오간 길이었는데, 이렇게 오랜 시간이 흐른 후에 지금 같은 상황에서 다시 오게 될 줄은 몰랐다고도 했다. 덜컹거리면서 가다 서다 하는 수레 때문에 아서가 잠에서 깼기 때문에 우리는 모두 내려서 걷기 시작했다. 그렇게 먼 거리는 아니었다. 하지만 프레더릭 오빠가 내 편지를 못 받았으면 어떡하지? 하는 생각이

들었다. 시간이 너무 촉박해서 방들을 치워놓지 못했으면? 그래서 이렇게 힘들게 왔는데 집은 어둡고 습하고 쓸쓸하고, 음식도 난롯불도 가구도 없으면 어떻게 해야 하나?

마침내 어둡고 황량한 저택이 눈앞에 나타났다. 우리는 뒷길을 따라 들어갔다. 안마당은 정말 황폐한 상태였다. 우리는 숨 막히게 불안한 심정으로 폐허 같은 마당을 둘러보았다. 그런데 다행히도 컴컴하고 적막한 저택 한쪽의 상태가 괜찮은 격자창에서 희미한 붉은 불빛이 새어 나왔다. 문은 잠겨 있었지만, 노크를 하고 한참 기다린 뒤에 2층 창문에서 들려오는 누군가의 목소리에 대답하고 나니, 우리가 올 때까지 환기를 하고 집 안을 정리하고 있도록 고용된 노파가 문을 열어주었다. 들어가보니 저택의 식기실이었던 공간을 오빠가 꽤 아늑한 부엌으로 꾸며놓은 상태였다. 노파는 촛불을 가져오고 난롯불을 더 활활 타게 만든 다음 곧바로 간단한 저녁을 차려주었다. 그사이 우리는 입고 온 겉옷을 벗어놓고 얼른 집 안을 둘러보았다. 부엌 외에 침실 두 개와 꽤 널찍한 응접실 하나, 그리고 그보다 조금 작은 응접실이 하나 있었는데, 그 방은 화실로 쓸 생각이다. 모든 방이 상쾌하고 깔끔한 상태였으나, 가구가 몇 개 없었다. 원래 이 저택에 있었던 오래되고 육중한 검은 참나무 가구들이었는데, 오빠가 일종의 골동품으로 자기 집으로 옮겨놨다가 급히 다시 옮겨 온 것들이었다.

노파는 나와 아서의 저녁을 응접실에 차려주고는 정중한 어조로 이렇게 말했다. "주인님께서 그레이엄 부인께 안부 전하라고 하시면서, 짧은 시간 내에 최대한 열심히 준비했다고 하셨어요. 그리고 내일 직접 들러서 뭐가 더 필요한지 여쭤보시겠다고 하셨고요."

나는 기쁜 마음으로 육중한 돌계단을 올라 아이와 함께 오래되고 음울한 침대에 누웠다. 아서는 금세 잠들었지만, 나는 그렇게 피곤했는데도 흥분과 온갖 궁리로 동 틀 무렵까지 잠을 설쳤다. 하지만 결국에는 달콤하고 상쾌한 잠에 빠져들었고, 어린 아서가 입맞춤으로 나를 깨웠는데, 여기 내 아들이 못된 아빠로부터 아주 먼 곳에, 내 품에 안전하게 안겨 있다니 이루 말할 수 없이 행복했다! 짙은 가을 안개가 끼어 있었지만 해가 하늘 높이 떠 있었기에 햇빛이 집 안을 밝게 물들였다.

사실 주변 풍경은 집 안팎 모두 그 자체로는 그다지 유쾌해 보이지 않았다. 크고 텅 빈 방과 우중충한 고가구, 좁은 격자창들을 통해 보이는 흐린 잿빛 하늘과 황폐한 벌판, 그리고 한때 그 자리에 정원이 있었음을 시사하는 시커먼 돌담과 철문, 무성하게 우거진 잔디와 잡초, 희한한 형태의 강인한 상록수들. 그 너머에 펼쳐진 황량하고 헐벗은 들판은 다른 때 봤으면 음울하게 느껴졌겠지만, 오늘은 그 하나하나가 넘치는 희망과 자유를 상징하는 것 같았고, 어릴 보든 오래전 과거에 가졌던 아련한 꿈들과 미래에 대한 밝은 기대가 나를 반기는 것 같았다. 우리와 그라스데일 사이에 드넓은 바다가 놓여 있었다면 더 편한 마음으로 기뻐했을 텐데.* 어쨌든 나는 이 외진 곳에서 무명으로 살 수 있을 것이고, 오빠가 가끔 들러주면 덜 외로울 것 같다.

그날 아침 오빠가 찾아왔고, 그 후에도 몇 번 더 만났다. 하지만 우리를 보러 올 때면 시간과 방법을 아주 신중하게 선택해야 한다. 오빠의 하인이나 가까운 친구들조차도 오빠가 와일드펠에

---

* 대서양을 건너 뉴잉글랜드로 가고 싶었으나 영국 내에서 피신한 상황을 가리킨다.

온다는 걸 알면 안 되는 상황이다. 사실에 기반한 것이든 중상모략이든 나에 대한 의심을 불러일으키면 안 되기 때문에, 오빠는 집주인이 외지에서 온 세입자를 찾아오는 것 정도로 방문을 제한해야 했다.

　이제 거의 2주 동안 여기 살았는데, 들킬 수도 있다는 불안감을 빼고는 새집에 적응해서 편안하게 잘 지내고 있다. 프레더릭 오빠가 필요한 가구와 화구를 전부 갖춰주었다. 레이철은 먼 동네에 가서 내 옷들을 거의 다 팔고 그 돈으로 지금 내 상황에 더 어울리는 옷들을 사 왔다. 응접실에는 중고 피아노도 들이고, 제법 잘 정선된 책들이 꽂힌 서가도 놓았다. 작은 응접실은 전문적인 직업 화가의 공간처럼 꾸몄다. 오빠가 이 모든 걸 갖춰주느라 쓴 돈을 갚기 위해 나는 열심히 그림을 그리고 있다. 사실 그럴 필요가 전혀 없는데도, 그렇게 할 수 있다면 너무 뿌듯할 것 같다. 내가 정직하게 번 돈으로 살고 있고, 내가 가진 얼마 안 되는 살림살이가 다 정말 내 것이며, 내 사치나 낭비로 인해 누구도 (적어도 금전적으로는) 고통받지 않는다는 생각을 할 수 있다면, 그림 그리는 일과 그림을 팔아서 버는 돈, 내 검소한 식단과 가계, 이 모든 것이 더 기쁘게 느껴질 것이다. 오빠가 너무 기분 나빠하지만 않는다면 마지막 한 푼까지 다 갚고 싶다. 짐을 꾸릴 때 레이철에게 그림들은 다 챙기라고 했기 때문에, 내게는 팔 그림이 이미 몇 점 있다. 레이철이 내 지시를 어찌나 잘 수행했는지, 결혼 첫해에 그린 헌팅던 씨의 초상화까지 짐에 들어 있었다. 상자에서 그 그림을 꺼내서 비웃는 듯한 미소를 머금고 나를 마주 보는 그의 눈을 본 순간 나는 너무 당황했다. 그 눈은 마치 지금까지도 내 운명을 좌우할 힘을 가졌다는 듯 의기양양했고,

탈출하려는 내 노력을 조롱하는 것 같았기 때문이다.

그 초상화를 그릴 때와 지금 그 그림을 보며 느끼는 내 감정이 어찌나 판이한지! 그땐 내가 생각한 그 사람의 모습을 제대로 그리기 위해 얼마나 열심히 연구하고 노력했던가! 그토록 열심히 그린 그림을 보며 얼마나 뿌듯하고 얼마나 아쉬웠던가! 실물과 비슷해서 뿌듯했고, 실물만큼 멋지지 않아서 아쉬웠다. 그런데 지금 보니 하나도 아름답지 않다. 제대로 표현된 부분이 하나도 없고, 지금의 그보다 너무 잘생겼고 매력적이다. 훨씬 덜 혐오스럽다고 할까. 지난 6년이라는 세월은 그에 대한 나의 감정 못지않게 그의 외모에도 큰 변화를 가져왔기 때문이다. 하지만 액자 자체는 멋지니 다른 그림을 넣어야겠다. 처음에는 그 초상화를 폐기할 생각이었는데, 그냥 한쪽에 두기로 했다. 그때 느낀 사랑의 기억이 소중하거나 내 실수를 뉘우치고 싶어서가 아니라, 아서가 컸을 때 피부색이나 이목구비를 비교해서 아빠를 얼마나 닮았는지 판단하고 싶었기 때문이다. 그때까지 남편의 얼굴을 다시 볼 일 없이 아들을 내가 쭉 키울 수 있다면 말이다. 정말 그럴 수 있을지 모르겠지만.

헌팅던 씨가 나 있는 곳을 찾으려고 갖은 애를 쓰고 있는 것 같다. 우리가 있는지 확인하고 없으면 소식이라도 들으려고 스태닝글리에 직접 찾아갔고, 정말 아무렇지도 않게 너무 많은 거짓말을 지껄여서 반쯤 그의 말을 믿으신 이모부는 나더러 빨리 돌아가 다시 화해하라고 하신다. 하지만 이모는 속지 않으셨다. 아주 침착하고 신중한 성격인 데다 남편과 나의 성격을 너무 잘 아시기 때문에, 그가 무슨 거짓말을 지어냈든 믿지 않으셨다. 두 분 말로는 헌팅던 씨는 내가 아니라 아들을 되찾고 싶어 한다.

내가 별거하고 싶다고 하면 그렇게 해줄 용의가 있고, 얼마간의 용돈까지 줄 생각이 있으니 아들만 얼른 돌려달라는 이야기였다. 하지만 그 돈이 없어서 둘 다 굶는 한이 있더라도 돈 때문에 아들을 팔아넘기지는 않을 것이다. 아빠와 사는 것보다 나와 같이 죽는 게 낫다.

프레더릭 오빠가 남편에게서 온 편지를 보여주었다. 그를 모르는 사람이 보면 깜짝 놀랄 만큼 대놓고 뻔뻔스러운 내용이었는데, 내가 볼 때 오빠야말로 그런 편지에 제대로 한 방 먹일 수 있는 사람이다. 내게 답장의 내용을 자세히 알려주지는 않았지만 이것만은 말해주었다. 내가 어찌나 절박한 상황에 처했는지 가장 가까운 친구나 친척에게도 가는 곳을 말해주지 않아서 오빠 본인은 물론 그 누구도 내가 어디 있는지 모르니 그 문제라면 더 이상 친척들에게 연락하지 말라고 함으로써 나의 소재를 전혀 모른다는 식으로 말을 했다는 것이다. 또, 혹시 내가 있는 곳을 알았거나 알게 되더라도 당신에게는 절대 알려주지 않을 것이며, 오빠가 알기로 나는 어디에 있든, 어떤 상황이든, 어떤 이유에서든 절대로 아이를 포기하지 않을 사람이니 더 이상 아이를 데려가려고 애쓰지 말라고도 썼다고 한다.

30일. 아! 친절한 동네 사람들이 나를 가만 내버려두지를 않는다. 어떻게 알았는지 이웃들이 나를 찾아냈고, 내가 누구고, 어떤 사람이고, 어디서 왔고, 왜 이런 집에서 사는지 알아내기 위해 세 가족이 나를 찾아왔다. 나는 그런 사람들과의 교류가 필요하지 않고, 그들의 호기심이 귀찮고 겁난다. 그 질문들에 답을 해주면 아들이 위험에 빠질 수 있고, 너무 감추면 의심과 온갖 추측을 불러일으키고 더 심하게 파헤치게 만들 수도 있다. 그러다 보면 이 동네에서 저 동네로 소문이 퍼져서 그라스데일 장원의 주인에게 그 이야기를 전해줄 사람의 귀에 들어갈 수도 있고.

나도 당연히 답례 방문을 해야 하는데, 아서를 데리고 가기에 너무 먼 집은 한동안 미룰 수밖에 없을 것 같다. 교회에 갈 때 말고는 아서를 집에 두고 나가기가 너무 불안한데, 그것도 아직 안 해봤다. 바보 같은 생각인지 모르겠지만, 누가 나타나서 아들을 홱 채 갈까 무서워서 아이가 내 옆에 있지 않으면 마음이 불편하다. 교회에 가더라도 그 불안감 때문에 예배에 집중할 수 없을 것 같고, 그러면 참례하는 게 무의미할 것이다. 그렇지만 다음 일요일에는 레이첼에게 아서를 몇 시간 맡기고 교회에 나가볼 생각이다. 어렵겠지만 해야 하는 일이다. 신부님이 그 문제로 찾아와 꾸짖고 가셨다. 마땅히 댈 핑계가 없어서 별일 없으면 다음 일요일에 나가겠다고 약속했다. 불신자로 낙인찍히고 싶지는 않다. 그리고 가끔 예배에 참석해서, 집에 두고 온 아들 생각에만 매달리거나 집에 돌아갔을 때 아들이 없을까 봐 걱정하지 않고 예배에 집중할 수만 있다면 큰 위안과 용기를 얻을 수 있을 것이다. 자비로운 주님께서는 나는 몰라도 내 아들을 봐서라도 그렇게 끔찍한 시련은 주지 않으실 것이고, 헌팅던 씨가 내 아들을 빼앗아 가도록 놔두지 않으실 것이다.

11월 3일. 동네 사람들을 좀 더 알게 되었다. 이 근처 여러 교구에서 인기 있는(적어도 본인은 그렇게 생각하는 것 같다) 훌륭한 청년이 있는데 그 사람은······

일기는 여기서 끝나고, 나머지는 뜯겨 나간 상태라네. 막 내 이름을 언급하려는 참에 뚝 끊기다니 정말 잔인하지! 그녀가 이야기하려는 사람이 틀림없이 나라는 걸 난 알아. 물론 별로 좋은 말은 아니었겠지만. 위의 몇 줄과, 우리가 처음 알게 됐을 때 그녀가 나에게 보였던 표정과 태도를 생각하면 확실하지. 그 전에 얼마나 대단한 남자들을 봤었는지 알고 나니 그녀가 나에 대해 가졌던 편견과 남성 전반에 대해 느끼는 악감정을 쉽게 용서할 수 있었다네.

그렇지만 그녀는 나에 대해서는 처음에 가졌던 편견을 버리고, 그와 전혀 다른 의견을 갖게 됐던 것 같아. 처음에는 실제보다 안 좋게 보았는데, 나중에는 실제보다 더 좋게 본 것 같거든. 일기의 첫 부분을 뜯어낸 게 내게 상처를 줄까 봐 그런 거라면, 일기의 뒷부분을 뜯어낸 건 내가 자만할까 봐 그런 것 같기도 해. 어쨌든, 뜯어낸 부분들을 볼 수 있다면 뭘 줘도 아깝지 않을 것 같네. 서서히 변해가는 그 과정을 목도하고, 나에 대한 그녀의 존경심과 우정, 그리고 그게 뭐든 간에 나를 향해 가진 따뜻한 감정이 커가는 걸 지켜보고, 또 나에 대한 감정 중 얼만큼이 사랑이었는지, 도덕적인 결심과 ——하려는 힘든 노력에도 불구하고 그녀의 마음속에 그 사랑이 어떻게 커갔는지 볼 수 있다면 좋을 텐데— 하지만 아니지, 내게는 그걸 볼 권리가 없지. 그건 너무 신성해서 그녀 자신 말고는 아무도 보면 안 될 것 같고, 그녀가 그걸 나한테 보여주지 않은 건 잘한 일이야.

45장
화해

자, 해퍼드, 그녀의 일기를 본 소감이 어때? 그리고 읽으면서, 그걸 처음 읽을 때 내가 어떤 기분이었을지 상상해봤나? 아마 안 해봤겠지. 여기서 그 이야기는 자세히 하지 않겠네. 그냥 이 정도만 말해두지. 내게는 일기의 전반부가 후반부보다 특히 더 고통스러웠어. 그게 인간의 본성과 나 자신의 성품에 대해 명예롭지 못한 일이더라도 말이지. 헌팅던 부인이 당한 부당한 취급이나 고난이 물론 안타깝게 느껴졌지만, 솔직히 나는 그 남편이 점점 그녀의 사랑을 잃다가 결국 전혀 사랑받지 못하는 존재가 되는 걸 보면서 이기적인 만족감을 느꼈다네. 하지만 그녀에 대한 연민과 그에 대한 분노에도 불구하고, 일기 전체를 읽으면서 내게 중요했던 건 내 마음속에 있던 견디기 힘든 짐을 내려놓고 가슴을 기쁨으로 가득 채울 수 있었다는 사실이야. 마치 어떤 친구가 무서운 악몽으로부터 나를 깨워준 것 같았어.

이제 아침 8시가 다 되어가는군. 그녀의 일기를 반쯤 읽었을 때 양초가 다 닳아버려서, 집안 식구들을 놀라게 하더라도 새 양초를 가져다 켜든지 일단 잠자리에 들고 아침 해가 뜨기를 기다렸다가 다시 읽든지 둘 중 하나를 택해야 했거든. 혹시 엄마가 놀라실까 봐 나는 두 번째를 택했는데, 실제로 얼마나 잤는지는 자네 짐작에 맡기겠네.

나는 해가 뜨자마자 일어나 그녀의 일기를 들고 창가로 갔는데, 너무 어두워서 아직은 읽을 수가 없었어. 옷을 차려입으며 30분 정도를 보내고 나서 다시 시도하니 약간 어려웠지만 그래도 읽을 수는 있었고, 나는 엄청난 열성으로 나머지를 읽어치웠다네. 끝까지 다 읽고, 갑작스러운 결말에 잠깐 아쉬워한 뒤, 창밖으로 얼굴을 내밀고 상쾌한 바람을 맞으며 맑은 아침 공기를 깊이 들이마셨어. 눈부시게 아름다운 아침이었지. 반쯤 언 이슬이 풀밭을 두껍게 덮고 있었고, 제비들이 지지배배 내 주변을 날아다니고 떼까마귀가 깍깍대고 멀리서 소들이 음매 울었고, 대기 중에는 이른 서리와 여름 햇살이 감미롭게 섞여 있었어. 하지만 나는 그 생각을 하고 있지 않았다네. 멍하니 자연의 아름다운 얼굴을 보고 있자니 수많은 생각과 온갖 감정이 마음속에 밀려들었어. 그러나 그 모든 잡념과 느낌은 곧 사라지고 두 가지 감정만 뚜렷이 남았지. 내가 사랑하는 헬렌이 내가 원하는 모든 것(그녀의 인품은 세상의 중상모략에서 피어오르는 역겨운 안개와 나 자신의 엉뚱한 오해를 뚫고, 내가 차마 쳐다볼 수 없는 저 태양처럼 밝고 맑고 깨끗하게 빛났다네)이라는 사실에서 오는 이루 말할 수 없는 기쁨과, 나 자신의 행태에 대한 치욕감과 깊은 후회가 그것이었다네.

아침을 먹자마자 나는 서둘러 와일드펠 저택으로 달려갔어.

어제보다 훨씬 더 존경스럽게 느껴지는 레이철에게 오래된 친구처럼 인사를 하고 싶었지만, 이런 충동은 문을 열어준 그녀의 냉랭한 의심의 눈초리 앞에서 바로 얼어붙었다네. 이 나이 든 여인은 자기 주인의 명예를 지키는 수호자를 자처하고 있으니, 내게서 제2의 하그레이브 씨를 본 것 같았어. 거기다 주인이 믿고 존경하니 더욱 위험해 보였겠지.
"마님은 오늘 몸이 안 좋으셔서 아무도 못 만나요." 그레이엄 부인의 안부를 묻자 레이철은 이렇게 대답했어.
"하지만 오늘 꼭 봐야 해요, 레이철." 그녀가 바로 닫아버릴까 봐 문을 잡으며 내가 말했지.
"절대 안 된다니까요." 그녀는 아까보다 훨씬 더 엄한 표정이었어.
"제가 왔다는 말이라도 전해줘요."
"소용없어요, 마컴 씨. 몸이 안 좋으시다니까요."
억지로 문을 밀고 들어가 부인을 부르는 무례를 범하기 직전에 안쪽 문이 열리더니 어린 아서가 장난꾸러기 놀이 친구인 개를 데리고 나오더군. 아이는 웃는 얼굴로 두 손으로 내 손을 잡아끌었어.
"엄마가 마컴 씨는 들어오시고, 저는 밖에 나가서 로버와 놀라고 하셨어요."
레이철이 한숨을 쉬며 물러가고, 나는 응접실로 들어가 문을 닫았다네. 거기, 많은 슬픔에 시달린 늘씬하고 우아한 여인이 벽난로 앞에 서 있었지. 나는 탁자 위에 일기장을 놓고 그녀의 얼굴을 보았어. 초조하고 창백한 얼굴로 나를 바라보고 있더군. 맑은 갈색 눈이 어찌나 강렬하게 진솔한 시선으로 나를 보고 있던지, 마치 마법인 듯 나를 사로잡았다네.

"읽어봤어요?" 그녀가 조용히 물었고, 마법이 풀렸어.

"다 읽었습니다." 나는 방 안으로 더 들어가며 대답했어. "저를 용서하실지, 용서하실 수 있을지 궁금합니다."

그녀는 대답하지 않았지만, 입술과 뺨이 살짝 상기되고 눈이 빛났다네. 내가 다가가자 부인은 휙 돌아서더니 창가로 걸어갔어. 화가 나서 그런 게 아니라 감정을 숨기거나 억누르려고 그러는 게 분명했지. 그래서 창가로 따라가 말없이 부인 옆에 섰고, 그녀는 고개를 돌리지는 않았지만 내게 손을 내밀었어. 그러더니 떨리는 목소리를 애써 억누르며 이렇게 말하더군.

"당신은 저를 용서하실 수 있나요?"

그녀의 손에 입을 맞추는 건 신뢰를 깨는 일 같아서, 그냥 가볍게 잡고 웃으며 대답했어. "글쎄요. 진즉 이런 얘기를 해주셨어야죠. 저를 믿지 못한 거잖아요—"

"아, 아니에요." 그녀가 얼른 내 말을 막더군. "그건 아니었어요. 못 믿어서 그런 게 아니라, 제 과거를 조금이라도 이야기하면 제 행동을 정당화하기 위해 전부 이야기해야 될 것 같아서 그런 거예요. 꼭 얘기해야만 할 때가 오기 전까지는 그러기가 쉽지 않았어요. 하지만, 저를 용서하실 수 있나요? 제가 잘못한 게 너무 많다는 거 저도 알아요. 그렇지만 다른 때도 그랬듯이 이번에도 저는 그 오판의 대가를 쓰라리게 치렀고, 끝까지 치러야겠죠."

부인은 확고한 강인함으로 누르고는 있지만 그래도 너무나 쓰라린 고뇌가 엿보이는 어조로 이렇게 말했다네. 나는 눈물이 앞을 가려 차마 말은 못 하고, 그저 그녀의 손을 잡고 몇 번이고 열렬히 입을 맞추었지. 부인은 이 격렬한 애무에 저항도, 비난도 하지 않고 그냥 서 있더니, 갑자기 돌아서서 두어 번 방 안을 왔다 갔다 했어. 이마를 찡그리고, 입술을 악물고, 두 손을 쥐어짜는 걸 보니 마음속에서 이성과 감정이 소리 없이 격심한 대결을 벌이는 것 같았다네. 그러다가 마침내 텅 빈 벽난로 앞에 멈춰 서더니, 나를 보며 차분한 어조로 말하더군. 그토록 치열한 노력의 결과물을 차분함이라고 부를 수 있을지 모르겠지만.
"자, 길버트, 이제 그만 가주세요. 당장은 아니더라도 곧 떠나세요— 그리고 다시는 돌아오지 마세요."
"헬렌, 다시는 오지 말라니요? 당신을 그 어느 때보다 사랑하는데."
"바로 그렇기 때문에 그러는 거예요. 우리는 다시 만나면 안 돼요. 오늘의 이 만남은 꼭 필요하다고 생각했어요, 아니 최소한 저는 그렇다고 저 자신을 설득했어요. 우리 둘 다 전에 있었던 일을 서로 용서하고 용서받아야 할 것 같았거든요. 하지만, 이후에는 다시 만날 명분이 없어요. 저는 다른 은신처를 찾는 대로 바로 이 집을 떠날 거예요. 우리 관계는 여기서 끝나야 해요."
"여기서 끝나다니!" 나는 이렇게 중얼거리며 조각으로 장식된 높은 벽난로 선반 앞으로 걸어가 묵직한 쇠시리에 손을 짚고 어둡고 우울한 심정으로 말없이 이마를 기댔다네.
"다시는 찾아오지 마세요." 그녀가 말을 이었어. 목소리가 살짝 떨리는 것 같았지만, 그렇게 엄청난 말을 하는 사람치고는 태도가 황당할 만큼 차분했지. 그녀는 이렇게 덧붙였어. "제가 왜 이런 말을 하는지 아실 거예요. 그리고 단번에 헤어지는 편이 더 낫다는 것도 아시겠죠. 이별을 질질 끄는 게 힘들다면 저를 도와주셔야죠." 그녀가 잠시 말을 멈췄지만 나는 대답하지 않았어. "다시는 안 온다고 약속해주실 거죠? 약속 안 해주시고 다시 찾아오시면 저는 새로운 은신처도, 그런 곳을 찾을 방법도 없는 상태에서 여길 떠나야 해요."

나는 그녀 쪽으로 홱 돌아서며 말했어. "헬렌, 나는 당신처럼 그렇게 차분하고 침착한 태도로 영원한 이별을 얘기할 수 없어요. 나한테 이건 단순한 편의의 문제가 아니라 죽느냐 사느냐의 문제거든요."

그녀는 말이 없었어. 창백한 입술이 파르르 떨리고, 유일하게 간직한 귀중품인 작은 금시계를 달아놓은 머리띠를 쥔 손가락이 흥분으로 바들거리더군. 내가 부당하고 잔인한 말을 했기 때문인데, 이제 그보다 더 안 좋은 말을 해야 했어.

나는 감히 그녀의 눈을 마주 보지 못한 채 부드럽고 나지막한 어조로 입을 열었다네. "하지만 헬렌! 그 사람은 당신 남편이 아니잖아요! 그 사람은 주님 앞에서 모든 권리를—" 그러자 부인이 놀랄 만한 힘으로 내 팔을 움켜쥐더군.

"길버트, 그런 말 하지 말아요!" 돌로 된 심장도 꿰뚫을 듯한 소리로 그녀가 소리쳤어. "당신만은 제발 그런 논리 펴지 말아요! 악마도 나를 이렇게 괴롭힐 순 없을 거예요!"

"안 해요, 안 해요!" 나는 나 자신의 실언과 그녀의 격렬한 반응에 놀라 부드럽게 그녀의 손에 손을 얹으며 말했지.

그녀가 내 손을 놓고 안락의자에 주저앉으며 이렇게 말하더군. "진정한 친구처럼 행동하고, 온 힘을 다해 나를 돕고, 감정에 대항해 옳은 일을 하려는 투쟁에 일조하는 대신 당신은 모든 짐을 나한테 떠넘기네요. 그걸로도 만족하지 않고, 그걸 알면서도 최선을 다해 나와 맞서 싸우고요!" 그녀는 입을 다물고 손수건에 얼굴을 묻었어.

"헬렌, 날 용서해줘요!" 내가 호소했지. "이 일에 대해 앞으로 한마디도 안 할게요. 하지만 친구로는 만날 수 있지 않나요?"

그러자 부인은 서글프게 고개를 젓더니 "그렇게는 안 되죠"라고 하며 '당신도 나 못지않게 잘 알 텐데요' 하는 듯 약간 원망스러운 표정으로 내 눈을 마주 보았어.

"그럼 우리는 도대체 어떻게 해야 해요?" 나는 흥분해서 소리쳤지만, 바로 다음 순간 더 조용한 어조로 덧붙였어. "당신이 원하는 대로 다 할 테니, 오늘이 마지막 만남이라는 말만은 하지 말아요."

"그럼 어떡해요? 만날 때마다 마지막 이별에 대한 생각 때문에 점점 더 괴로워질 텐데요. 만날 때마다 상대방이 점점 더 소중해지고 있잖아요?"

그녀는 이 마지막 질문을 작은 소리로 빠르게 던졌는데, 내리깐 눈과 짙은 홍조를 보니 최소한 그녀는 그 사실을 느꼈다는 걸 분명히 알 수 있었어. 그걸 인정하는 것과, 바로 뒤이어 "지금은 내가 당신에게 떠나라고 말할 수 있지만, 다음번에는 다를 수도 있어요"라고 말하는 건 별로 신중한 행동이 아니었지. 하지만 나는 그녀의 그런 솔직한 행동을 악용할 만큼 저열한 인간은 아니었다네.

"서로 편지를 주고받을 수는 있잖아요. 그 위안까지 거부하시지는 않겠죠?" 내가 조심스럽게 제안했지.

"제 오빠를 통해서 소식은 들을 수 있을 거예요."

"당신 오빠라고요!" 후회와 수치심이 나를 꿰뚫었다네. 부인은 내가 자기 오빠를 때린 사실을 모르는 듯했고, 내 입으로 그걸 말할 용기는 없었어. "당신 오빠는 우리를 돕지 않을 거예요. 우리 둘 사이의 교류를 완전히 끝내버릴걸요."

"그게 맞겠죠. 오빠는 당신과 나, 둘의 친구로서 우리 둘 다 잘되기를 바랄 거고, 우리는 그렇게 생각 안 해도 친구들은 모두 우리가 서로를 잊는 게 우리에게도 좋고, 도리에도 맞다고 생각할 거예요. 하지만 길버트, 걱정하지 말아요." 내가 너무 혼란스러워하니까 그녀가 서글프게 웃으며 이렇게 말하더군. "내가 당신을 잊을 가능성은 별로 없으니까요. 오빠가 우리의 편지를 전해주지는 않겠지만, 오빠를 통해서 서로의 안부를 들을 수는 있을 거예요. 그걸로 만족해야죠. 길버트 당신은 젊으니까 당연히 결혼을 해야 하고, 지금은 그럴 리 없다고 생각하겠지만 곧 하게 될 거예요. 지금 당신에게 나를 잊어달라고 말하는 게 쉽지는 않지만, 당신은 본인과 미래의 당신 아내의 행복을 위해 나를 잊어야 해요. 그러니 나는 당신이 나를 잊기를 바라야 하고, 그러라고 말할 거예요." 그녀는 단호한 어조로 이렇게 덧붙였다네.

그래서 나는 대담하게 대답했어. "헬렌, 당신도 젊잖아요. 그 난봉꾼이 죽으면 당신은 내 청혼을 받아들이겠죠. 그때까지 기다릴게요."

하지만 그녀는 이 위안을 남겨주지 않았어. 누군가가 먼저 죽는다는 걸 전제로 희망을 품는 행동이 부도덕하다는 사실을 차치하고라도, 그 누군가인 남편이 이 세상에서는 잘 살지 못했어도 저세상에서는 다를 수도 있다는 걸 명심해야 한다는 이야기였지. 혹시 그가 회개하면 천국에 가서 우리를 만날 테니 그가 죄를 지어서 지옥에 가야 우리에게 기회가 올 것이고, 그런 희망을 품는 건 미친 짓이라는 말이었다네. 그뿐 아니라, 헌팅던 씨처럼 막사는 부류 중에는 비참하지만 긴 노후를 사는 사람도 많다고 했어. "나는 나이는 젊지만 많은 슬픔을 겪었어요. 하지만 안 좋은 생활 방식이 그를 죽이기 전에 슬픔이 내 목숨을 앗아가지 못하더라도, 생각해보세요. 그가 50살쯤 됐을 때면 당신은 15년 내지 20년을 기다려야 하는데, 불확실하고 불안한 상황 속에서 오늘부터 그때까지 나를 전혀 만나지도 못한 채로, 청춘과 성년기의 절정을 다 보낸 뒤에 마침내 시들고 늙어빠진 나와 결혼한다고요? 그러지 못하실 겁니다." 한결같은 사랑으로 그녀를 기다리겠다는 나의 맹세를 중간에 자르며 그녀가 이렇게 말하더군. "당신이 그럴 마음이 있어도, 그러면 안 돼요. 길버트, 내 말 믿어요. 이 문제는 내가 당신보다 더 잘 알아요. 내가 차갑고 무정하다고 생각할 수도 있겠지만—"

"그렇게 생각 안 해요, 헬렌."

"아, 됐어요. 나중에 그렇게 생각할 수도 있어요. 하지만 나도 혼자 있는 동안 아무 생각 없이 지낸 거 아니에요. 그리고 지금 당신처럼 순간적인 충동에서 이런 말을 하는 것도 아니고요. 나는 이 문제들에 대해 아주 여러 번, 생각하고 또 생각했어요. 이 주제에 대해 나 자신과 많은 토론을 했고, 우리의 과거와 현재, 미래를 꼼꼼히 검토해봤어요. 그리고 마침내 옳은 결론에 도달했어요. 당신 자신의 감정보다 내 말을 믿으세요. 그러면 몇 년 안에 내 말이 옳았다는 걸 깨닫게 될 거예요. 지금은 나 자신도 내 생각이 맞는지 잘 모르겠지만요." 그녀는 한숨을 내쉬며 손에 머리를 기댔어. "그리고 더 이상 내게 반론을 제기하지 말아요. 당신이 제기할 모든 반론은 이미 나 자신도 마음속에서 제기해봤고, 내 이성에 의해 반박되었으니까요. 내 마음속의 제안들과 싸우는 것도 너무 힘들었는데, 당신의 입으로 들으니 열 배는 더 힘드네요. 그게 나를 얼마나 아프게 하는지 알면 당신은 당장 그만둘 겁니다. 당신이 지금 내 마음을 안다면, 당신의 감정을 희생해서라도 나를 달래주려고 할 거예요."

"내가 떠나는 게 당신을 편하게 해준다면, 나는 1분 후에 떠나서— 영원히 안 돌아올게요!" 나는 쓰라린 어조로 이렇게 대답했다네. "하지만 우리가 영원히 만날 수 없고 다시 만날 희망도 없다면, 편지를 주고받는 게 그렇게 죄가 될까요? 두 육신이 어떤 운명과 어떤 상황에 처하든, 비슷한 두 영혼은 영적 교감을 통해 만나고 교류할 수 있지 않나요?"

"그럼요, 그럴 수 있죠!" 그녀가 순간적으로 기쁨에 넘쳐 이렇게 소리쳤다. "나도 그 생각은 했었어요, 길버트. 하지만 당신이 이 문제에 대한 내 생각을 이해 못 할까 봐 말을 못 꺼냈죠. 지금도 그게 걱정되긴 해요. 좋은 친구라면 누구나, 우리가 둘 다 그 이상의 관계에 대한 희망이나 전망 없이, 헛된 후회나 괴로운 소망, 가혹하고 매정하게 사라지도록 방치해야 하는 생각들을 키우지 않고 그저 한결같이 영적인 교감만을 이어갈 수 있다는 망상에 빠져 있다고 말할 것 같아요."

"친구들 생각은 신경 쓰지 말아요. 그들이 우리 둘의 육신을 떼어놓는 건 괜찮아요. 하지만 주님의 이름으로, 우리의 영혼은 갈라놓지 못하게 해야 해요!" 나는 그녀가 마지막 남은 이 위안마저 앗아 갈까 두려워서 얼른 이렇게 소리쳤다네.

"하지만 여기서는 우리 둘 사이에 어떤 편지도 오갈 수 없어요. 그러면 또 소문이 날 거예요." 그녀가 이렇게 말하더군. "원래는 다른 데로 이사 가면 당신에게 (그리고 그 어떤 사람에게도) 새 주소를 안 알려줄 생각이었어요. 찾아오지 않겠다는 당신 약속을 못 믿는 건 아니지만, 주소 자체를 모르면 어차피 못 찾아오니 당신 마음이 더 편할 것 같았거든요. 그리고 내가 있는 곳을 모르면 머릿속으로 내 일상을 그려볼 수 없으니 나를 더 쉽게 잊을 수 있을 거라고 생각했어요. 하지만 들어봐요." 그녀가 빙긋 웃으며 손가락을 들어 내가 급히 하려던 말을 막았다. "6개월 후에 프레더릭 오빠한테서 내가 정확히 어디 있는지 듣게 될 거예요. 그때까지도 나한테 편지하고 싶다는 생각이 남아 있고, 몸이 없는 영혼들이나, 적어도 감정이 없는 친구들끼리 주고받을 만한 글을 쓸 수 있다면, 편지하세요. 그러면 답장할게요."

"6개월!"

"네, 지금 당신이 느끼는 열정이 좀 가라앉고, 내 영혼에 대한 당신 영혼의 사랑이 얼마나 진실되고 굳건한지 시험해볼 만한 시간이죠. 자, 이만하면 충분히 얘기한 것 같네요. 그럼 이제 얼른 헤어져요." 그녀가 잠깐 입을 다물더니 두 손을 꽉 맞잡고 갑자기 일어서며 거의 격렬한 어조로 이렇게 소리치더군. 나는 지체 없이 떠나주는 게 도리라고 생각했어. 그래서 그녀에게 다가가 작별 인사를 하려고 손을 내밀었더니, 그녀가 말없이 손을 잡더라고. 하지만 이게 마지막 작별이라는 게 너무 견디기 힘들었어. 내 심장의 피를 쥐어짜는 것 같았고, 발이 바닥에 붙은 것 같았지.

"그리고 다시는 만나지 말자고요?" 영혼의 고통에 시달리며 내가 이렇게 중얼거렸어.

"우리는 나중에 천국에서 만날 거예요. 그걸 기억해요." 그녀가 필사적으로 침착한 어조로 대답했어. 하지만 그녀의 눈은 미친 듯 빛났고, 얼굴은 죽은 듯이 창백했다네.

"하지만 그때의 우리는 지금의 우리와는 다르겠죠." 나도 모르게 이런 대답이 나오더군. "당신을 육체 없는 영혼이나, 완벽하고 찬란하지만 지금과는 다른 존재로, 그리고 어쩌면 나를 완전히 잊은 사람으로 다시 만난다는 건 전혀 위안이 안 되는데요!"

"그렇지 않아요, 길버트, 천국에는 완벽한 사랑이 있어요!"

"너무 완벽해서 서로 구별이 안 되는 사랑이겠죠. 그때 당신은 나를 우리 주변에 있을 수천만의 천사들, 무수히 많은 축복받은 영혼들과 한 치의 차이도 없이 똑같이 사랑하겠지요."

"내가 뭐가 됐든 당신은 똑같을 테니 아쉬워할 일 없을 거예요. 천국에서 우리가 변한다면 그건 더 나아지는 것일 테고요."

"그런데 내가 너무 많이 변해서 당신을 나의 온 마음, 온 영혼으로 숭배할 수 없다면, 당신을 그 어떤 존재보다 더 사랑할 수 없다면, 그건 더 이상 내가 아닐 거예요. 그리고 설사 내가 천국에 가게 된다 해도, 그때의 나는 지금의 나보다 무한히 더 선하고 행복할 것이기 때문에, 지상에서의 내 영혼은 나중에 내가 그런 완벽한 축복을 누리게 될 거라는 생각을 하기가 어렵네요. 그때의 나는 지금의 내 존재와 지금 내가 느끼는 이 사랑의 기쁨을 완전히 초월한 상태일 테니까요."

"그럼 당신의 사랑은 순전히 이승에서의 사랑인가요?"

"아뇨, 하지만 천국에서는 우리 둘의 교감이 다른 영혼들과의 교감보다 특별히 더 깊을 것 같지가 않아요."

"만약 그렇다면 그건 우리가 서로를 덜 사랑해서가 아니라 그들을 더 사랑해서 그러는 거겠죠. 천국에서 영혼들이 서로, 그리고 순수하게 나누는 사랑이라면, 그 사랑이 커질수록 행복도 커질 거예요."

"그런데 헬렌, 무수히 많은 천국의 빛나는 영혼들 무리 속에서 나를 잃는 상황을 즐거운 마음으로 상상할 수 있어요?"

"솔직히 어렵죠. 하지만 정말 그럴지는 모르는 일이잖아요. 게다가 천국에서의 기쁨을 위해 지상에서의 즐거움을 포기하는 걸 아쉬워하는 건, 마치 기어다니는 애벌레가 언젠가 뜯어 먹던 잎사귀를 버리고 높이 날아올라 여기저기 날아다니며 이 꽃 저 꽃 자유롭게 꿀을 빨고, 햇빛에 물든 꽃잎에 앉아 볕을 쬐게 될 걸 한탄하는 거랑 똑같잖아요. 얼마나 큰 변화가 기다리고 있는지 안다면 이 작은 벌레들은 분명 유감스러워하겠지요. 하지만 그런 슬픔은 다 오류 아닐까요? 이 비유가 맘에 안 든다면 다른 비유를 들어볼게요. 우리는 지금 어린이고, 어린이처럼 느끼고 어린이처럼 생각해요. 그런데 누가 우리한테 어른이 되면 우리는 장난감을 갖고 놀지 않을 거고, 우리 친구들도 지금 너무 재미있게 느껴지는 유치한 운동이나 놀이들을 하지 않을 거라고 말해준다면, 그렇게 변할 걸 생각하며 우리는 슬퍼하겠죠. 하지만 그건 나이가 들면서 우리의 정신이 더 커지고 드높아져서 지금은 그토록 좋아하는 장난감이나 활동들을 그때는 시시하다고 생각하게 되고, 친구들도 그런 유치한 놀이에 동참하는 대신 다른 즐거움을 찾으며 지금은 생각할 수도 없는 더 높은 목표와 더 귀한 일들을 우리와 어울려 추구하게 되리라는 것을 모르기 때문이에요. 그렇다고 그때 그것들이 지금 우리가 좋아하는 것들보다 흥미나 가치가 덜한 건 아니에요. 하지만 지금이나 그때

나 우리는 본질적으로 같은 사람들이잖아요. 그런데 길버트, 우리가 나중에 고통도 슬픔도 없고, 죄짓지 않으려고 애쓰지 않아도 되고, 영혼과 육체가 서로 투쟁하지도 않는 곳에서, 우리 둘이 같은 진리를 보고, 같은 빛과 선의 샘(우리 둘 다 똑같은 깊은 신앙심으로 숭배하는 하느님)에서 고귀하고 드높은 기쁨을 마시고, 순수하고 행복한 영혼들이 똑같이 신성한 애정으로 서로 사랑하는 그곳에서 다시 만날 거라는 사실에서 정말 전혀 위안을 얻지 못하나요? 만약 그렇다면 나한테 절대 편지하지 말아요!"

"헬렌, 그럴 수 있어요! 내가 신심을 잃지 않는다면요."

그러자 그녀가 소리쳤어. "그렇다면, 우리 마음속에 이 희망이 강하게 살아 있는 지금—"

"헤어집시다." 내가 대답했지. "그래야 당신이 나를 쫓아 보내려고 또 한 번 그토록 고통스럽게 노력하지 않죠. 지금 바로 떠날게요. 하지만—"

나는 원하는 바를 입 밖에 내지 않았어. 하지만 그녀는 본능적으로 그걸 느꼈고, 이번에는 그녀도 받아들였다네. 아니, 한 쪽이 요구하고 다른 쪽이 들어주는 그런 게 아니었어. 그냥 우리 둘 다 억누를 수 없는 충동에 사로잡혔다고 할까. 그 자리에 서서 그녀와 마주 보고 있었는데, 다음 순간 나는 품에 그녀를 껴안고 있었고, 우리는 어떤 물리적, 정신적 힘으로도 절대 떼어낼 수 없을 정도로 하나가 되어 있었어. 그녀는 "신의 축복이 함께하길! 어서 가요, 어서" 하고 속삭였지만, 그렇게 말하면서도 나를 너무 꽉 껴안고 있어서, 엄청난 힘으로 밀어내지 않는 한 그 말을 따를 수가 없었지. 하지만 마침내 필사적인 의지력으로 우리는 서로를 놓아주었고, 나는 쏜살같이 집으로 달려갔다네.

 어린 아서가 정원 산책로를 따라 내게 뛰어오는 장면, 그 아이를 피하려고 내가 담을 뛰어넘는 장면 등, 그날 있었던 일들은 머릿속에 어지럽게 남아 있다네. 경사진 들판을 달리고, 돌담과 산울타리를 피해 달려가다 보니 드디어 와일드펠 저택이 완전히 안 보이는 언덕 발치에 이르렀어. 나는 그 후 몇 시간 동안 외진 계곡에서 울고 한탄하고 울적한 생각을 하며, 잎이 우거진 큰 나무들을 통해 불어오는 서풍과 졸졸 콸콸 자갈 바닥 위를 흘러가는 시냇물 등 영원한 자연의 음악을 들었다네. 두 눈은 햇살을 받아 빛나는 내 발치의 풀밭 위에서 끊임없이 일렁이는 깊고 얼룩덜룩한 그림자를 멍하니 보고 있었지. 가끔 낙엽이 한두 개 춤추듯 날아와 그 풀밭에 흥을 더했다네. 하지만 내 마음은 그녀가 혼자 쓸쓸하게 울고 있는 그 어둑한 방에 가 있었어. 세월이나 고통이 우리를 약화해서 우리의 정신을 육체로부터 갈라놓을 때까지는 위로할 수도, 다시 볼 수도 없는 그녀가 앉아 있는 그 방에.

 자네도 짐작하겠지만, 그날은 거의 아무것도 못 했다네. 농장 일은 일꾼들에게 맡겨버렸고, 일꾼들은 각자 알아서 일을 했어. 하지만 한 가지 일은 꼭 처리해야 했지. 프레더릭 로런스를 공격했던 일에 대해 아직 찾아가서 사과를 못 했거든. 그래서 그다음 날 찾아가려고 했는데, 그사이에 로런스가 동생한테 그 사건 이야기를 하면 큰일일 것 같았어. 절대 안 될 일이지! 그러니 오늘 그에게 가서, 혹시 그녀에게 꼭 그 이야기를 해야만 한다면 좀 관대하게 해달라고 부탁해야 했어. 그런데 너무 심란해서 낮에는 갈 수가 없었고, 저녁때가 되어 충격도 좀 가라앉고—인간의 심리는 정말 희한하게 작동하는지라!—마음속에 뭔가 희미한 희망이 싹틀 때까지 미루었지. 낮에 그녀와 나눈 대화를 생각하면 그런 희망을 품으면 안 되었지만, 그런 희망이 없어도 살 수 있게 될 때까지는 그 싹을 키우지는 않더라도 짓눌러버리면 안 될 것 같았어.

프레더릭의 저택인 우드퍼드에 도착하니 하인이 바로 문을 열어주긴 했는데, 주인이 많이 아프다면서 나를 만날 수 있을지 모르겠다고 하더라고. 그렇다고 포기할 수는 없었지. 나는 차분히 서서 하인이 돌아오길 기다렸어. 날 안 보겠다고 해도 물러나지 않을 작정이었지. 하인이 예상했던 답을 가지고 왔어. 미안하지만 고열 때문에 쉬어야 하기 때문에 아무도 만날 수 없다는 이야기였지.

그래서 내가 말했어. "오래 있지 않을 걸세. 하지만 잠깐이라도 꼭 봐야 해. 중요한 문제거든."

"주인님께 말씀드릴게요." 나는 그를 따라 거의 그 친구 방문 앞까지 갔어. 침대에 누워 있는 것 같지는 않았거든. 하인이 들고 온 답은, 지금은 뭘 처리할 상태가 아니니 편지를 보내든지 하인에게 메시지를 남겨달라는 거였지.

"자네를 볼 수 있다면 나도 만날 수 있을 것 같은데." 나는 그렇게 말하고는 깜짝 놀란 하인을 제치고 대담하게 방문을 두드렸고, 들어가서 문을 닫았지. 그의 방은 넓었고, 멋지게 꾸며져 있었으며, 독신남의 방치고는 아주 화려해 보였어. 윤나는 쇠살대 안에 밝은 난롯불이 활활 타고 있었고, 편하고 안락하게 살아온 듯한 늙은 그레이하운드가 두텁고 부드러운 양탄자에 엎드려 난롯불을 쬐고 있었지. 양탄자 한쪽 끝에는 날렵한 사냥용 스패니얼이 앉아서 주인이 쓰다듬어주거나 다정한 말을 들려주길 기다리는 듯 아련한 눈길로 주인의 얼굴을 쳐다보고 있었어. 프레더릭 본인은 우아한 가운을 입고 실크 손수건으로 이마를 싸맨 흥미로운 모습으로 소파에 비스듬히 앉아 있더군. 평소 창백한 얼굴은 고열로 인해 붉게 상기되어 있었고, 내가 들어가자 그는 반쯤 감고 있던 눈을 크게 떴다네. 지루함을 달래느라 읽고 있었던 듯한 작은 책을 든 손은 힘없이 소파 등받이에 올리고 있었는데, 내가 방으로 걸어 들어가 그의 앞에 서자 놀라고 화나서 책을 떨어뜨리더군. 그는 일어나 앉아 쿠션에 팔꿈치를 기댄 채 분노와 충격, 불안과 공포감이 뒤섞인 표정으로 나를 쳐다봤어.

"마컴, 이건 좀 뜻밖이군!" 이렇게 말하는 그의 얼굴에서 핏기가 사라졌어.

"그렇겠지. 하지만 잠깐만 시간 내주면 내가 온 이유를 말해주겠네." 내가 아무 생각 없이 한두 걸음 다가가자, 그는 내 의도와 달리 혐오감과 본능적인 신체적 공포로 움찔했다네. 나는 뒤로 물러섰어.

"짧게 얘기해주게." 그는 자기 옆 탁자에 있는 작은 은제 종에 손을 올리며 이렇게 말하더군. "안 그러면 하인을 부를 거야. 지금 자네의 폭언을 듣거나 자네랑 같이 있을 상태가 아니라서." 실제로 그의 이마에 땀방울이 배어나더라고.

그걸 보니 내가 하러 온 말을 꺼내기가 더 어렵게 느껴지더군. 그렇더라도 어떤 식으로든 할 말은 해야 했어. 그래서 곧바로 이야기를 시작해서 되는대로 내 마음을 털어놓았다네.

"로런스, 최근에, 특히 지난번에 내가 자네한테 큰 실례를 범한 것 같아. 그래서 내가 한 행동에 대해 사과를 하고 용서를 빌러 왔어." 하지만 그 친구의 표정을 보고 얼른 이렇게 덧붙였지. "용서해주기 싫으면 안 해줘도 된다네. 그래도 내 도리는 해야 할 것 같았어."

그는 냉소에 가까운 미소를 띤 채 이렇게 말하더군. "뚜렷한 이유도 없이 욕을 하고 친구의 머리를 내려쳐놓고는, 좀 잘못된 행동이었다고 하면서 용서 안 해줘도 상관없다니, 세상 참 쉽게 사는군."

"깜박하고 말을 못 했는데, 내가 그런 짓을 한 건 오해 때문이었어. 내가 백배사죄해야 했는데, 자네가 하도— 하지만 다 내 잘못이지. 나는 자네가 그레이엄 부인의 오빠인지 몰랐고, 자네가 그녀에게 하는 이런저런 말과 행동을 보면서 불쾌한 의심을 하게 됐었어. 자네가 나를 믿고 솔직하게 말해줬으면 그런 의심들이 다 해소됐을 텐데. 그러다가 어느 날, 자네와 그레이엄 부인이 나누는 대화를 듣고 그 의심이 사실이라고 생각하게 됐지."

"그런데 헬렌이 내 동생이라는 건 어떻게 알게 됐나?" 그 친구가 좀 불안한 기색으로 묻더군.

"부인이 직접 말해줬어. 모든 걸 다 말해줬다네. 나를 믿을 수 있다고 생각했던 거지. 하지만 앞으로 다시는 볼 일 없으니까 이 문제로 부인한테 따지지 않아도 되네."

"다시 볼 일이 없다라! 그럼 헬렌이 떠났다는 건가?"

"아니네. 하지만 나한테 작별을 고했고, 나는 부인이 그 집에 살고 있는 동안은 다시 안 가겠다고 약속했어." 이 이야기를 하다 보니 그녀를 다시 보지 못한다는 사실이 너무 비통해서 신음소리를 낼 뻔했지만, 꾹 참고 그저 주먹을 움켜쥐고는 양탄자에 발을 굴렀다네. 그런데 그 친구는 적이 안도하는 눈치였어.

"정말 잘했네." 그는 얼굴이 환해지더니 칭찬하는 어조로 말하더군. "그 오해에 대해서는, 나도 우리 둘 사이에 그런 일이 생겨 유감이라네. 솔직하지 못한 건 미안하지만 최근에 자네가 나를 어떻게 대했는지 생각해보면 조금 이해가 되려나."

"그래, 그래, 모든 게 다 기억이 나네. 이 세상에서 내가 제일 원망스러운 게 바로 나거든. 어쨌든 자네 말대로 나는 나의 폭력 행위를 진심으로 후회하고 있다네."

그러자 프레더릭은 약간 웃는 얼굴로 대답했어. "신경 쓰지 말게. 자네와 나 사이에 있었던 불쾌한 언사와 행동들은 이제 다 잊어버리고, 우리가 후회할 만한 일들은 모두 망각 속으로 던져버리자고. 자, 내 손을 안 잡을 이유가 또 있나, 아니면 아예 안 잡을 건가?" 그런데 그 친구가 워낙 기운이 없는 상태라 내가 잡기도 전에 손이 툭 떨어졌다네. 그래서 내가 그 친구의 손을 잡아 굳게 악수를 했는데, 프레더릭은 그렇게 할 기운도 없었어.

"로런스, 자네 손이 너무 건조하고 뜨거운데. 정말 아픈데 내가 이렇게 떠들어서 더 힘들게 했구먼."

"아, 별거 아니야. 비 맞아서 감기 걸린 거야."

"내 탓도 있지."

"그건 신경 쓰지 말게. 그런데 혹시 헬렌한테 그 얘기 했나?"

"사실 그럴 용기가 없었다네. 하지만 혹시 그 얘기를 하게 된다면 내가 정말 후회하고 있다고 말해주겠나?"

"아, 걱정 말게! 자네가 헬렌한테 접근하지 않는다는 약속만 지켜주면 자네에 대해 안 좋은 얘기는 안 할 거니까. 그런데 헬렌이 내가 아프다는 거 알고 있나?"

"아닐걸."

"다행이야. 누가 헬렌한테 내가 아프다거나 죽어가고 있다는 말을 했을까 봐 너무 걱정이었거든. 그러면 헬렌은 내 소식도 못 듣고 나를 도와주지도 못한 게 괴로워서 나를 보러 오는 엄청난 실수를 범할 수도 있었겠지. 가능하다면 그러기 전에 내 소식을 어떻게든 전해야 해." 프레더릭은 생각에 잠긴 표정으로 말을 잇더군. "안 그러면 누군가로부터 그런 얘기를 들을 거야. 다들 헬렌이 그런 얘기를 듣고 어떻게 나올지 궁금해할 테니까. 그 헛소문에 헬렌이 잘못 반응하면 또 새로운 소문이 퍼지겠지."

"말해줄 걸 그랬어. 그 약속만 아니면 지금 말해줄 수도 있는데."

"아닐세! 그 생각을 한 건 아니야. 하지만 내가 자네 이름은 거론하지 않고, 그냥 내가 감기 때문에 보러 가지 못하고 있다는 것과, 혹시 내가 아픈 걸 과장해서 전해주는 사람이 있다면 거기 속아 넘어가지 말라고 하는 짧은 편지를 써주면 가는 길에 그걸 우체국에 가서 부쳐줄 수 있겠나? 하인들에게 믿고 맡길 일이 아니어서."

나는 반색하며 그러겠다고 하고 얼른 이동식 책상을 가져다주었다네. 프레더릭은 필체를 위장할 필요도 없었어. 너무 기운이 없어서 글씨를 간신히 쓰는 수준이라 읽기도 힘든 편지가 되었거든. 그가 편지를 다 쓰자 나는 이만 가겠다고 인사를 하며, 크든 작든 그의 고통을 덜어주고 내가 입힌 상처를 치유하기 위해 내가 해줄 수 있는 일이 있느냐고 물었어.

"아닐세, 이미 많이 했다네. 자네가 최고의 의사보다 더 도움이 됐어. 헬렌의 안부를 알려주어 걱정을 덜어주고, 나에게 위해를 가한 데 대해 사과를 해줬잖나. 다른 무엇보다 이 두 가지 때문에 너무 괴로워서 고열이 났던 것 같거든. 이제 곧 나을 것 같아. 한 가지만 더 해줬으면 하는데, 가끔 만나러 와주면 좋겠네. 보다시피 여기는 아주 고적하거든. 앞으로는 자네가 오면 바로 모시라고 일러둘게."

나는 그러겠다고 하며 다정하게 악수를 하고 나와서는 집으로 오는 길에 편지를 부쳤어. 한 줄이라도 덧붙이고 싶은 마음이 간절했지만, 초인적인 인내심으로 참았다네.

46장
친구의 조언

 악소문에 시달리는 와일드펠 저택 세입자의 인품과 상황에 대해 어머니와 로즈에게 이야기하고 싶은 마음이 굴뚝같았고, 미리 부인의 허락을 받아두지 않은 게 후회막심이었지만, 다시 생각해보니 만약 어머니와 로즈에게 부인 이야기를 했으면 밀워드가나 윌슨가 사람들에게 금방 새어 나갔을 것이고, 이제 제대로 알게 된 일라이저 밀워드의 성격을 생각하면 그녀는 이 이야기에서 실마리를 찾는 즉시 헌팅던 씨에게 그레이엄 부인의 소재를 알려줄 방도를 찾았을 걸세. 그래서 나는 이 지루한 6개월이 끝날 때까지 진득이 기다렸다가, 부인이 새집을 찾고 내가 다시 편지를 쏠 수 있게 되었을 때 그녀의 허락을 받아 그동안 그녀에 대해 퍼진 악소문을 다 해소하기로 마음먹었어. 그때까지는 그저 그 소문이 다 근거 없는 헛소리고, 언젠가는 거짓이라는 게 밝혀져서 그런 소문을 퍼뜨린 사람들이 욕먹을 거라고 주장하는 수밖에는 없었던 것 같아. 아무도 그 말을 믿은 것 같지는 않았지만, 그래도 그때부터는 내 앞에서 부인에 대해 은근히 추문을 암시하거나 감히 그녀의 이름을 들먹이는 사람이 없었지. 그들은 내가 부인의 유혹에 완전히 넘어간 상태라 이성을 잃은 채 그녀를 감싸는 데만 골몰하고 있다고 생각했다네. 내가 만나는 모든 사람이 그녀에 대해 마음속으로 안 좋은 생각을 품고 있고, 그럴 용기만 있다면 입 밖에 내놓을 거라 생각하니 견딜 수 없이 침울하고 사람들이 싫어지더군. 어머니는 나 때문에 아주 힘들어하셨어. 어쩔 수 없는 일이었지만, 그래도 불효를 저지르고 있다는 생각에 가끔은 죄송해서 잘해드리려고 노력했고, 어떤 때는 어머니도 좋아하셨다네. 실제로 나는 로런스 씨 다음으로 우리 어머니께 부드럽게 대했지. 로즈와 퍼거스는 나를 슬슬 피했는데, 그건 잘한 일이었어. 현 상황에서 동생들과 나는 서로 이야기를 안 하는 게 나았으니까.

   헌팅던 부인은 우리가 작별하고 두 달여 후에나 와일드펠 저택을 떠났어. 그 기간 동안 부인은 교회에 나오지 않았고, 나 역시 그 집 근처에는 가지 않았다네. 그녀에 대해 내가 물은 수많은 질문에 로런스 씨가 한 답을 통해 부인이 아직 거기 있다는 걸 알았을 뿐이지. 그가 병을 앓고 회복하는 그 두 달 동안 나는 자주 찾아가서 아주 세심하게 그를 챙겨주었어. 그가 하루속히 회복되길 바랐고, 그의 마음을 밝게 해주고 나의 '폭력 행위'에 대해 최대한 속죄하고 싶었을 뿐 아니라, 그가 더 좋아지고 같이 있는 게 갈수록 즐거워져서 그랬다네. 나를 점점 더 친근하게 대해주어서 그런 것도 있었지만, 무엇보다 사랑하는 헬렌의 형제이면서 나처럼 그녀를 사랑하는 사람이라 더 그랬던 것 같아. 겉으로 표현하지는 않았지만 나는 그를 많이 좋아했고, 여자가 아닌데도 그레이엄 부인의 손가락과 놀라울 정도로 비슷한 그의 가늘고 하얀 손가락을 잡고, 그의 희고 창백한 얼굴에 나타나는 표정의 변화를 지켜보고, 그가 말하는 동안 음성의 변화를 감지하고, 전에는 알아차리지 못한 두 사람의 유사성을 찾아내면서 은밀한 기쁨을 느꼈다네. 하지만 프레더릭이 가끔 그녀에 대한 대화를 노골적으로 피할 때면 화가 나더라고. 나를 위해 그러는 걸 알면서도 말일세.

그는 본인이 생각한 것보다 더 오랜 시간이 지나서야 회복이 되었어. 우리가 화해하고 두 주일이 지나서야 자신의 조랑말에 올라탈 수 있었고, 기운을 되찾자 바로 동생을 만나러 갔다네. 두 사람 모두에게 위험한 일이었지만, 본인의 건강에 대한 그녀의 우려를 해소해주고 싶기도 했고, 동생이 와일드펠 저택을 떠난다고 했기 때문에 그 문제에 대해 반드시 상의를 해야 했기 때문이지. 결과적으로 병세가 약간 악화되긴 했지만 와일드펠 저택의 식구들 말고는 아무도 이 방문을 알지 못했어. 나한테도 이 일을 말할 의도는 없었던 것 같은데, 그다음 날 그를 만나러 갔을 때 예상보다 상태가 안 좋아 보인다고 하자 너무 늦은 시간에 나갔다 와서 감기가 들었다고만 대답하더라고.

"자네 스스로 몸 안 챙기면 평생 동생 보러 못 갈 텐데." 그도 걱정이 되긴 했지만 그레이엄 부인의 상황이 너무 걱정되어서 좀 짜증이 난 내가 말했지.

"이미 만났다네." 그가 조용히 대답했어.

"만났다고!" 나는 깜짝 놀라 되물었어.

"응." 그러더니 그럴 수밖에 없었던 이유와, 어떤 예방 조치를 취했는지 말해주더라고.

"부인은 지금 어때?" 내가 기대에 찬 어조로 물었어.

"평소랑 똑같지." 그가 짧지만 슬프게 답했어.

"평소랑 똑같다고. 전혀 행복하지 않고, 전혀 강인하지 않다는 뜻이네."

"아프진 않아. 시간이 흐르면 물론 정신적으로도 회복하겠지. 하지만 온갖 고난 때문에 너무 힘들었으니까. 저것 봐, 구름이 아주 험악하구먼." 그가 창밖을 내다보며 이렇게 말했어. "밤이 되기 전에 천둥을 동반한 소나기가 쏟아지겠어. 일꾼들이 밀 다발을 쌓는 중인데. 자네는 다 거둬들였나?"

"아니. 그런데 로런스, 혹시 그녀가— 그러니까 자네 동생이 내 얘기 하던가?"

"최근에 자네를 만난 적이 있냐고 묻더군."

"다른 말은 안 하고?"

그러자 그 친구가 미소 띤 얼굴로 답했다네. "동생이 한 말을 다 전할 수는 없지. 잠깐 있었지만 너무 많은 얘기를 했거든. 하지만 주로 이사에 관한 얘기였는데, 내가 회복해서 동생이 이사 갈 집을 찾는 걸 더 잘 도와줄 수 있을 때까지 좀 기다려달라고 했어."

"내 얘기는 더 안 하던가?"

"마컴, 동생은 자네 얘기는 별로 안 했어. 그러려고 했어도 내가 말렸겠지. 하지만 다행히 그러지 않았고, 그냥 자네에 대해 몇 가지 물어봤다네. 간단간단하게 대답해줬는데, 그걸로 만족한 눈치였어. 그 점에서는 동생이 자네보다 더 현명하더군. 내가 볼 때 동생은 자네가 자기를 잊는 것보다 너무 많이 생각하는 걸 더 걱정하는 것 같았어."

"합당한 걱정이야."
"그런데 자네의 걱정은 동생과 반대인 것 같은데."
"아니, 그렇지 않아. 나는 그녀가 행복하길 바라. 하지만 나를 완전히 잊지는 않았으면 좋겠어. 그녀는 내가 자신을 완전히 잊을 수 없다는 걸 알고 있고, 자기를 너무 많이 생각하지 않길 바라는 것도 당연해. 나는 그녀가 나 때문에 너무 괴로워하지는 않았으면 좋겠어. 하지만 그녀가 나 때문에 크게 불행해지는 일은 없을 걸세. 난 그녀를 아주 많이 사랑한다는 것 말고는 그럴 가치가 없는 사람이거든."
"동생과 자네, 둘 다 사랑 때문에 상처받아야 하는 사람들이 아닌데. 지금까지 두 사람이 서로 때문에 한숨 짓고 눈물 흘리고 슬픈 생각에 빠졌던 건 다 부질없는 일이었고, 앞으로도 그럴 가능성이 높아 보이는구먼. 그런데 지금 두 사람은 서로를 실제보다 더 대단한 존재로 보고 있는 것 같아. 자네보다는 동생의 감정이 더 강렬하고 충실한 듯하지만, 동생은 그 감정에 맞설 양식(良識)과 의지력을 갖고 있지. 그러니 완전히 떨쳐버릴 때까지 노력할 걸세. 그러니까—" 그가 머뭇거리더군.
"나에 대한 생각을 말이지." 내가 말했어.
"자네도 내 동생을 잊기 위해 노력했으면 좋겠네."
"동생이 그렇게 할 거라고 얘기하던가?"
"아니. 둘이 그런 얘기는 안 했어. 하지만 동생이 그런 결심을 했다고 확신했기 때문에 그런 얘기를 할 필요도 없었지."
"나를 잊겠다는 결심 말인가?"
"그렇지, 마컴! 왜 아니겠나?"
"글쎄." 나는 그러고 말았어. 하지만 마음속으로는 많은 생각을 했다네. '아니, 로렌스, 자네 생각이 틀렸어. 그녀는 나를 잊겠다고 결심하지 않았어. 그처럼 깊이, 그처럼 헌신적으로 그녀를 사랑하는 사람을, 나처럼 그녀의 탁월함을 소상히 이해하고 그녀의 모든 생각에 공감할 수 있는 사람을 잊으면 안 되지. 나 또한 그처럼 뛰어나고 멋진 신의 피조물인 그녀를, 내가 한때 진심으로 사랑했고 잘 알았던 그녀를 잊으면 안 되고.' 하지만 나는 그 친구에게 이 문제에 대해 더 이상 이야기하지 않았다네. 바로 화제를 바꾸었고, 그 친구에 대한 애정이 보통 때보다 좀 덜한 걸 느끼며 그 집을 나섰지. 내게 그에게 짜증을 낼 권리는 없었지만, 그래도 짜증이 났다네.

그로부터 약 일주일 후, 나는 윌슨 가족을 방문하고 돌아오던 프레더릭과 마주쳤어. 그의 기분을 상하게 할 수도 있고, 듣기 싫은 정보를 주거나 상대가 원하지 않는데도 충고를 하는 사람들이 흔히 그러듯 불쾌감을 줄 수도 있겠지만, 그래도 이번에는 내가 그에게 도움이 될 이야기를 해주기로 결심했다네. 그 친구가 최근에 몇 번 나한테 짜증을 냈었는데, 맹세코 그걸 앙갚음하려는 의도는 아니고, 윌슨 양에 대한 악의적인 적개심 때문도 아니었어. 그저 그런 여자가 헌팅던 부인의 올케가 되는 걸 참을 수가 없어서 그런 거였지. 프레더릭이 속아서 그렇게 형편없는 여자와 결혼하고, 그렇게 철저히 안 어울리는 여자가 그의 조용한 집에 들어가 살면서 그의 삶의 동반자가 된다는 것은 나로서는 도저히 참을 수 없는 일이었고, 그레이엄 부인뿐 아니라 프레더릭에게도 안 좋은 일이었거든. 그 친구도 그런 안 좋은 의심이 들긴 했을 텐데, 그는 경험이 많지 않았고, 그녀가 워낙 매력적인 데다 젊은 그의 마음을 사로잡기 위해 그 매력을 한껏 발휘했기 때문에 그런 의심을 별로 오래 이어가지는 않았던 것 같아. 내가 볼 때 그 친구가 지금껏 실제로 사랑 고백을 하지 않고 망설여온 유일한 현실적 이유는 그녀의 가족, 특히 그녀의 어머니 때문이었다네. 그 여자를 정말 싫어했거든. 친정이 멀었으면 괜찮다고 생각할 수도 있었겠지만, 우드퍼드와 고작 3~4킬로미터 거리였기 때문에 결코 가벼운 문제가 아니었어.
"로런스, 윌슨가에 다녀오는 길이지?" 내가 그의 조랑말 옆에서 걸으며 이렇게 물었어.
그러자 프레더릭이 살짝 고개를 돌리며 그렇다고 하더군. "내가 아파서 쉬고 있는 동안 내내 그 식구들이 아주 세심하고 한결같이 안부를 물어주었거든. 그러니 그렇게 챙겨준 분들을 바로 찾아뵙는 게 예의라고 생각했어."
"그거 다 윌슨 양이 시킨 거야."
"그게 사실이더라도, 그게 내가 답례를 하면 안 되는 이유가 되나?" 프레더릭이 눈에 띄게 얼굴을 붉히며 이렇게 물었어.
"자네가 그녀가 원하는 답례를 하지 말아야 할 이유는 되지."
"그 얘기는 그만하지." 그 친구가 노골적으로 불쾌한 어조로 말하더군.
"아니, 로런스. 자네가 괜찮다면 조금 더 얘기해야 할 것 같아. 이 얘기가 나왔으니 말인데, 자네가 믿든 안 믿든 꼭 해줘야 할 말이 있어. 다만 내가 허튼소리는 안 하는 사람이고, 이 경우에는 진실을 왜곡할 개인적인 동기가 전혀 없다는 것만 기억해주게—"
"글쎄, 마컴, 무슨 얘긴데?"
"윌슨 양은 자네 동생을 싫어해. 자네와 그레이엄 부인의 관계를 모르니 그러는 것도 당연하지만, 그렇더라도 선하고 상냥한 여성이라면 경쟁자라고 생각하는 사람에 대해 그 아가씨만큼 모질고 냉혹하고 교활하게 악랄한 태도를 보일 수는 없거든."

"마컴!"

"맞아. 그뿐 아니라 여기저기 퍼진 그 악소문들도 내가 볼 때는 애초에 그 아가씨와 일라이자 밀워드가 꾸며냈거나 적어도 일부러 쏘삭이며 열심히 퍼뜨린 거야. 그녀는 물론 자네 이름이 얽혀 들어가는 걸 원하지는 않았겠지만, 자신의 악의를 너무 노골적으로 드러내지는 않으면서 그야말로 최선을 다해 자네 동생의 명예를 더럽히는 걸 즐겼고, 지금도 그러고 있다네."

"못 믿겠는데." 프레더릭이 화가 나서 얼굴이 벌게진 채 말하더군.

"증명할 길이 없으니 나로서는 내가 아는 한 그게 사실이라고 주장하는 걸로 만족해야지. 하지만 만약 이게 정말 사실이면 자네도 윌슨 양과 결혼하는 걸 망설일 것 아닌가. 내 말이 틀렸다는 게 입증될 때까지는 신중히 행동하는 게 좋을 걸세."

"마컴, 내가 윌슨 양과 결혼할 생각이라고 한 적은 없는데." 프레더릭이 거만하게 말했어.

"맞아, 하지만 자네가 원튼 원치 않든 윌슨 양은 자네와 결혼할 생각이야."

"그 아가씨가 그렇게 말하던가?"

"아니, 하지만—"

"그렇다면 자네가 그녀에 대해 그런 주장을 할 권리는 없는데." 그 친구가 조랑말의 속도를 살짝 높였지만, 나는 이야기를 마저 하기 위해 조랑말의 갈기에 손을 얹었다네.

"잠깐, 로런스, 내가 설명할 테니 그렇게 뻣뻣하게 굴지 말고 한번 들어봐. 나는 자네가 제인 윌슨에 대해 어떻게 생각하는지도 알고, 그게 얼마나 잘못된 생각인지도 알고 있네. 자네는 그 여자가 아주 매력적이고 우아하고 양식 있고 세련됐다고 생각하지. 그런데 그 여자가 실은 이기적이고 냉정하고 야심만만하고 교활하고 피상적이라는 건 모르잖나―"

"됐어, 마컴, 그만해!"

"아니, 내 말 마저 듣게. 그 여자와 결혼하면 자네 집은 빛도, 편안함도 없는 그런 곳이 될 것이고, 자네는 안목, 감정, 생각을 전혀 공유하지 못하고, 감성이나 긍정적인 감정, 영혼의 고귀함을 전혀 갖추지 못한 배우자와 결혼했다는 걸 깨닫고 가슴이 찢어질 걸세."

"할 말 다 했나?" 프레더릭이 조용히 물었어.

"그래. 내가 주제넘게 구는 걸 자네가 싫어하는 건 알지만, 자네가 그렇게 치명적인 실수를 하는 걸 막을 수만 있다면 상관없어."

"흠!" 그 친구가 차가운 미소를 지으며 말하더군. "남의 일을 그렇게까지 연구하고 남의 미래에 혹시 일어날 수도 있는 재앙에 대해 그렇게까지 고민할 정도로 자네 자신의 고난을 극복하거나 잊었다니 다행이네."

우리는 다시 약간 서먹하게 헤어졌다네. 하지만 여전히 친하게 지냈고, 윌슨 양에 대한 나의 충언은, 내가 좀 더 신중하게 이야기하고 그 친구가 좀 더 감사하게 받아들였으면 좋았겠지만, 그래도 어느 정도 효과가 있었던 것 같아. 프레더릭은 그 후 다시는 윌슨가를 방문하지 않았고, 나중에 그 친구를 만났을 때 우리 둘 다 그녀의 이름을 언급하지는 않았지만, 그는 마음속으로 내 이야기를 잘 생각해보고 다른 쪽에서 신중하지만 열심히 그녀에 대한 정보를 수집한 다음, 내가 그녀에 대해 말한 것과 본인이 본 것들이나 다른 사람들이 해준 이야기를 비교해서 드디어 판단을 내린 것 같았어. 모든 것을 종합해봤을 때 그녀가 우드퍼드 저택의 로런스 부인이 되는 것보다는 라이코트 농장의 윌슨 양으로 살아가는 게 훨씬 나을 것이라는 결론이었지. 그는 또한 본인이 전에 그런 사람을 그렇게 좋아했었다는 사실에 남몰래 놀라며 그런 사람과의 결혼을 피하다니 정말 다행이라고 생각한 것 같았지만, 내게 그런 말을 하거나 구해줘서 고맙다는 말은 일절 하지 않았어. 하지만 그 친구의 성격을 아는지라 놀랍지도 않더라고.

제인 윌슨은 본인을 좋아하던 프레더릭이 갑자기 차갑게 변하고 결국 발을 끊자 물론 실망하고 원통해했어. 그녀의 간절한 희망을 망쳐놓은 내가 잘못한 걸까? 나는 그렇지 않다고 생각해. 그날 이후 지금까지 나는 그 일에 대해 양심의 가책을 느낀 적이 한 번도 없다네.

47장
충격적인 소식

　11월 초의 어느 날, 아침을 먹고 사무적인 내용의 편지를 쓰고 있는데 일라이자 밀워드가 로즈를 찾아왔다네. 동생은 나와 달리 그 작은 악마에 대한 경계심도 적의도 없어서 여전히 친하게 지내고 있었거든. 그런데 그녀가 왔을 때 어머니와 로즈는 집안일로 외출 중이라 집에는 퍼거스와 나뿐이었어. 하지만 다른 사람은 어떻든 간에 나는 그녀를 상대해줄 마음이 없어서, 그냥 간단히 인사만 하고는 퍼거스가 상대하도록 놔두고 다시 편지를 썼지. 그런데 그녀는 나를 놀려주고 싶었나 봐.
　"마컴 씨, 댁에서 만나니 정말 반갑네요!" 그녀가 엉큼하고 악랄한 미소를 띠며 이렇게 말하더군. "사제관에 안 오시니 요즘은 정말 만나기 힘드네요. 아빠가 정말이지 무척 속상해하세요." 그녀가 건방지게 웃으며 장난스럽게 덧붙였다네. 그러고는 내 책상의 옆과 앞 사이에, 즉 탁자의 모서리에 앉더라고.
　"요즘 할 일이 너무 많았어요." 나는 편지를 쓰면서 얼굴도 들지 않고 이렇게 말했지.

"아, 그러셨구나! 누가 그러던데, 마컴 씨가 지난 몇 달 동안 이상하게 일을 방기하고 있다고요."

"그 누가 틀렸어요. 전 지난 두 달 동안 특히 열심히 일했는데요."

"아! 괴로운 사람에게 제일 위로가 되는 게 열심히 일하는 거 겠죠. 그런데 지금 아주 안 좋아 보이시고, 다들 마컴 씨가 요즘 굉장히 우울하고 생각이 많아 보인다고 하더라고요. 제가 볼 때는 마음을 갉아먹는 비밀스러운 근심거리가 있으신 것 같은데." 그러다가 조심스럽게 말하더군. "이전 같으면 그게 뭐냐고 감히 물어보고, 어떻게 해야 위로가 될지 물어봤을 텐데, 지금은 그럴 엄두가 안 나네요."

"일라이자 양, 참 친절하시네요. 그대가 나를 위로해줄 뭔가를 할 수 있다는 생각이 들면 바로 알려드리죠."

"꼭 알려주세요! 마컴 씨의 고민거리가 뭔지 맞혀봐도 되나요?"

"그냥 알려드릴 테니 안 맞혀도 돼요. 지금 내가 제일 힘들 건, 한 아가씨가 내 옆에 앉아서 내가 얼른 편지를 마저 쓰고 일하러 가는 걸 방해하고 있다는 거예요."

그녀가 이 불친절한 말에 대꾸를 하기도 전에 로즈가 방으로 들어왔고, 일라이자 양이 일어서서 동생을 맞았어. 두 사람은 벽난로 앞에 앉았지. 게으른 퍼거스는 다리를 꼰 채로 벽난로 선반 모서리에 어깨를 기대고 바지 주머니에 손을 넣고 있었고.

"자, 로즈, 새로운 소식 하나 알려줄게. 지금 처음 듣는 거면 좋 겠다. 좋은 일이든 안 좋은 일이든 자기랑 별 관계 없는 일이든, 다들 새 소식은 제일 먼저 알려주고 싶어 하잖아. 그 가여운 그레이엄 부인 얘기야ㅡ"

"쉬-이!" 퍼거스가 심각한 어조로 속삭였어. "우리 집에서는 그분 얘기를 하면 안 되고, 이름도 들먹이면 안 돼요." 고개를 들어보니 퍼거스가 나를 곁눈질로 보면서 손가락으로 자기 이마를 가리키고 있었어. 그러다가 서글프게 고개를 저으며 그녀를 향해 윙크를 하더니 이렇게 말하더군. "완전 편집광이거든요. 하지만 그 얘기는 하지 마요, 다른 건 다 좋은데 그건 안 돼."

"난 누구도 속상하게 하고 싶지 않아요." 그녀가 작은 소리로 대답하더군. "그럼 다음에 얘기해줄게."

"말해봐요, 일라이자 양!" 나는 두 사람의 수작에 맞춰주지 않고 이렇게 말했어. "내 앞에서는 무슨 얘기를 하든 괜찮아요."

"음, 이미 들었을 수도 있는데, 그레이엄 부인 남편은 죽은 게 아니고, 부인이 그냥 도망 나왔던 거래요." 나는 깜짝 놀랐고, 얼굴이 붉어지는 걸 느꼈어. 그래도 고개를 숙인 채 편지를 마저 쓰고 접었지. 그녀는 계속 말을 이어갔어. "하지만 지금은 남편에게 돌아갔고, 둘이 완전히 화해했다는 건 몰랐을걸요?" 그녀는 당황한 로즈를 향해 이렇게 말했어. "그 남자 정말 바보인가 봐!"

나는 로즈의 탄성을 무시하며 이렇게 물었어. "이걸 누구한테 들었죠?"

"아주 믿을 만한 사람한테 들었어요."

"그게 누군데요?"

"우드퍼드의 하인이 말한 거예요."

"아! 로런스 씨 집안사람들하고 그렇게 친한지 몰랐네요."

"제가 그 하인한테 직접 들은 게 아니고, 그 사람이 우리 집 하녀인 세라에게 은밀히 알려준 걸 세라가 나한테 말해준 거예요."

"은밀하게 말해준 거군요. 그리고 당신은 우리에게 은밀히 말해주는 거고요? 그런데 그건 말도 안 되는 소리고, 사실이라고 하더라도 반은 틀렸어요."

이렇게 말하는 동안 나는 약간 떨리는 손으로 편지를 봉하고 주소를 썼다네. 침착을 유지하려고 노력하고 말도 안 되는 이야기라고 생각해도, 그러니까 그레이엄 부인이 자발적으로 남편에게 돌아갔을 리도, 그와 화해를 하고 싶어 할 리도 없다고 생각을 해도 떨리는 건 마찬가지였어. 그녀가 떠난 건 사실이겠지. 하지만 이 이야기를 한 하인은 그녀가 어떻게 됐는지는 모르는 채로 그런 추측을 했을 거고, 일라이자는 그 추측을 사실이라고 믿고 나를 괴롭힐 좋은 기회라고 생각해서 찾아온 거겠지. 하지만 누군가의 배신으로 그녀가 강제로 끌려갔을 가능성도 (아주 적지만) 있었어. 무슨 일이 일어났는지 알아내기 위해 나는 얼른 편지를 호주머니에 넣고 우편 접수 시간에 늦겠다는 둥 핑계를 대며 방에서 나와 쏜살같이 마당으로 나가서 말을 내오라고 소리쳤어. 아무도 없길래 직접 마구간에 가서 말을 끌고 나와 말 등에 안장을 얹고 고삐를 채웠고, 얼른 올라타 우드퍼드로 빠르게 달려갔다네. 가보니 프레더릭이 침울한 표정으로 뜰을 거닐고 있더군.

"자네 동생 떠났나?" 평소에는 그 친구 건강이 어떤지부터 묻곤 했는데, 그날은 이 말부터 했지.

"맞아, 떠났어." 프레더릭이 아주 차분하게 대답하는 걸 들으니 바로 마음이 놓이더군.

"지금 어디 있는지는 안 알려줄 거지?" 나는 이렇게 말하며 말에서 내려 정원사에게 말을 맡겼어. 가까이 있는 하인이 그 사람

뿐이랴 잔디밭의 낙엽을 갈퀴로 긁어모으던 그를 프레더릭이 불러 내 말을 마구간으로 데려가게 한 거였다네.

 프레더릭은 엄숙하게 내 팔을 잡더니 정원으로 데리고 가서 내 질문에 대답을 해주었어. "헬렌은 지금 ──셔의 그라스데일 장원에 있어."

 "어디라고?" 내가 경련하듯 놀라며 물었지.

 "그라스데일 장원에 있다고."

 "어떻게 된 일이야? 누가 배신을 한 거지?" 내가 숨을 헐떡이며 물었다네.

 "동생이 자발적으로 간 거야."

 "말도 안 돼, 로런스! 그녀가 그렇게까지 정신이 나갔을 리 없어!" 그 친구의 팔을 미친 듯이 움켜잡으며 내가 소리쳤지. 그렇게 해서라도 그 끔찍한 말을 취소하게 만들고 싶었어.

 "정말이야." 그 친구는 여전히 엄숙하고 차분한 어조로 이렇게 말했다네. "그럴 이유가 있었어." 그는 자기 팔을 움켜쥔 내 손을 부드럽게 풀며 덧붙였지. "헌팅던 씨가 아프거든."

 "그래서 간호를 하러 간 건가?"

 "그렇지."

 "바보!" 나도 모르게 이렇게 소리치니 로런스가 약간 나무라는 듯한 시선으로 나를 쳐다보더군. "그럼 죽어가고 있나?"

 "마컴, 그건 아닐걸."

 "간호하는 여자가 몇 명이나 되지? 그를 돌보고 있는 여자가 몇 명이나 있느냔 말일세."

 "한 명도 없어. 혼자 있었다더군. 그렇지 않았다면 동생이 안 갔겠지."

"아, 말도 안 돼! 이건 정말 못 참겠어!"
"뭐를? 그 사람이 혼자 있었다는 걸?"
나는 대답하지 않았어. 이 상황이 내 생각을 흔들어놓을 수도 있을 것 같아서, 나는 손으로 이마를 짚고 말없이 괴로워하며 계속 걸었다네. 그러다가 갑자기 멈춰 서서 프레더릭에게 짜증 난 어조로 소리쳤어. "자네 동생은 왜 이런 말도 안 되는 짓을 저질렀을까? 어떤 악마가 이런 짓을 하게 꼬인 거야?"
"누가 꼬인 게 아니라 본인이 의무감에서 그렇게 한 거야."
"거짓말!"
"마컴, 처음에는 나도 그렇게 생각했어. 내가 설득해서 간 게 아니라는 건 알아두게. 나도 자네 못지않게 그 남자를 증오하거든. 그래도 죽는 것보단 개과천선하는 게 더 좋겠지만. 나는 그저 그 사람이 (사냥 중에 말에서 떨어져서) 아프다는 것과, 그 마이어스라는 불쌍한 아가씨가 얼마 전에 떠났다는 사실을 알려줬을 뿐이야."
"자네가 실수한 거야! 그 남자는 자네 동생이 옆에 있는 게 편하다는 걸 알게 되면 온갖 거짓말과 마음에 없는 약속들을 늘어놓아서 믿게 만들 텐데, 그러면 그녀의 처지는 전보다 열 배 더 나빠지고 열 배 더 돌이키기 힘들어질 걸세."
"지금으로서는 그런 걱정은 할 필요 없을 것 같아." 프레더릭이 호주머니에서 편지 한 통을 꺼내 보였어. "오늘 아침에 받은 건데, 내가 보기에는—"
그녀의 필체였네! 나도 모르게 손을 내밀었고, "좀 보여주게"라는 말이 절로 나왔지. 프레더릭은 보여주기 싫은 기색이었지만, 그가 망설이는 사이 내가 편지를 홱 잡아챘다네. 하지만 바로 다음 순간 정신을 차리고 다시 그에게 돌려주려고 했지.
"자, 여기 있네. 내가 읽는 게 싫으면 도로 가져가게."
"아냐, 읽고 싶으면 읽어."
그래서 나는 그녀의 편지를 읽었지. 자네도 읽어보게.

그라스데일, 11월 4일.

프레더릭 오빠, 내 소식 많이 기다렸지. 가능한 한 자세히 이야기해줄게. 헌팅던 씨는 많이 아프지만 죽을 것 같지는 않고, 당장 위험한 상황도 아니야. 내가 처음 왔을 때보다는 꽤 나아진 것 같아. 집에 와보니 모든 게 엉망이었어. 그리브스 부인이나 벤슨처럼 괜찮은 하인들은 다 떠났고, 그 사람들 대신 고용된 하인들은 좋게 말해서 태만하고 기강이 해이해서, 내가 여기 있게 되면 다 내보내고 다시 뽑아야 할 것 같아. 험상궂고 단호한 늙은 전문 간호사가 그이를 돌보고 있더라고. 그이는 통증이 심한데 그걸 견뎌낼 근기(根氣)도 없어. 사실 사고로 입은 부상은 심하지 않고, 의사 말로는 건강한 생활 습관을 가진 사람이었다면 별거 아니었을 텐데 그이의 경우에는 완전히 다르다고 하더라고. 내가 도착한 날 밤, 처음 헌팅던 씨 방에 들어갔을 때 그이는 반쯤 섬망 상태에 빠져 있었어. 말을 걸기 전에는 내가 온 줄도 모르고 있더니, 나를 다른 사람으로 착각하더라고.
"앨리스, 돌아왔구나. 대체 왜 떠났던 거야?"
"아서, 나예요. 당신 아내 헬렌이에요." 내가 대답했어.
"내 아내라!" 그이는 깜짝 놀라며 말했어. "제발 그 여자 얘기는 하지 말아줘. 나는 아내가 없어. 망할 여자 같으니!" 그러더니 다음 순간 이렇게 말했지. "그리고 너도 마찬가지야. 왜 그런 거야?"

나는 더 이상 아무 말도 하지 않았어. 그이가 자꾸 침대 발치를 보길래 그쪽으로 가서 불빛이 내 얼굴을 잘 비추도록 하고 앉았어. 죽어가는 거라면 내가 온 걸 보여주고 싶었거든. 그는 오랫동안 말없이 나를 바라보더라고. 처음에는 공허한 눈길로 봤지만, 얼마 후부터는 점점 더 강한 시선으로 나를 뚫어지게 쳐다봤어. 그러다가 갑자기 침대에 팔꿈치를 짚고 약간 일어나 앉더니 여전히 나를 뚫어지게 바라보며 겁에 질린 어조로 속삭였어. "당신 누구야?"

나 역시 조용히 일어나 눈에 덜 띄는 자리로 옮겨 가며 대답했지. "헬렌 헌팅던이에요."

"내가 미쳐가는 건가. 아니면 섬망 같은 건지도 모르지. 당신이 누구든 간에 얼른 나가. 그 하얀 얼굴과 그 눈을 보고 있을 수가 없으니까. 제발 나가, 그리고 저렇게 생기지 않은 다른 사람을 보내줘!"

나는 바로 그 방을 나와서 고용된 간호사를 그이에게 보냈어. 하지만 다음 날 아침 다시 그의 침실에 가서 간호사를 내보내고 그녀가 앉아 있던 침대 옆자리에 앉았지. 가능한 한 내 얼굴을 보이지 않고 꼭 필요할 때만 아주 작은 소리로 말을 하면서, 몇 시간 동안 그이를 지켜보고 시중을 들었어. 그는 처음에는 내가 간호사인 줄 알더니, 창문의 블라인드를 열어달라고 해서 방을 가로질러 가는 걸 보고는 이렇게 말했어. "아, 간호사가 아니고 앨리스구나. 제발 내 옆에 있어줘, 그 할망구랑 있으면 죽을 것 같아."

"옆에 있을 거예요." 내가 이렇게 말하자 그때부터는 나를 앨리스라고 부르거나, 그 못지않게 듣기 싫은 다른 사람의 이름으로 불렀어. 아니라고 하면 그이가 너무 혼란스러워할까 봐 한동안은 억지로 참았는데, 물을 달라고 해서 물컵을 입에 대주니 그가 "고마워, 달링!" 하더라고. 그때 나는 참지 못하고 "내가 누군지 알면 그런 말 못 했을 텐데" 했고, 내 이름을 말해줄 참이었지. 하지만 그이가 알아듣기 힘든 소리를 웅얼거리길래 그냥 내버려두었어. 그런데 얼마 후 내가 고열과 두통을 완화해주려고 식초 탄 물로 이마와 관자놀이를 닦아주고 있자니 그이가 나를 몇 분 동안 골똘히 지켜보고는 이렇게 말하더라고. "요즘 이상한 생각이 드는데, 떨쳐버릴 수도 없고, 계속 날 괴롭혀. 그중에서도 제일 특이하고 끈질긴 생각이, 당신이 그 여자의 얼굴과 목소리를 갖고 있다는 거야. 지금 이 순간에도 그 여자가 내 옆에 있는 것 같아."

"맞아요, 지금 여기 있어요." 내가 말했어.

"다행이네." 그는 내 말에 신경 쓰지 않고 말을 이어갔어. "당신이 그러고 있으면 다른 생각은 스러져버리거든. 그런데 이 생각은 더 강해져. 이 생각마저 사라질 때까지 계속해, 계속. 이런 망상은 견딜 수가 없어. 이거 때문에 죽을 것 같아!"

"그 망상은 절대 사라지지 않을 거예요. 그건 사실이니까요!"

"사실이라고!" 그가 독사에게 물린 듯 기겁하며 말했어. "설마 당신이 정말 그 여자라고 말하는 거야?"

"맞아요. 하지만 내가 당신의 철천지원수인 것처럼 그렇게 움츠리지 않아도 돼요. 나는 당신을 돌보고, 그들이 해주지 않았던 것들을 하려고 온 거니까."

"제발 지금 날 괴롭히지 마!" 그이가 애처로운 어조로 소리치고는, 나와 나를 데려온 운명을 향해 심한 욕설을 퍼붓기 시작했어. 나는 스펀지와 대야를 내려놓고 다시 그의 침대 옆에 앉았지.

"다들 어디 있지? 하인들도 그렇고, 다 떠나버렸나?"

"하인들은 당신이 부르면 올 수 있는 거리에 있어요. 이제 그만 말하고 누워서 좀 쉬어요. 그 하인들 중 누구도 나만큼 세심하게 당신을 돌볼 수는 없고, 그럴 생각도 없을 거예요."

그는 혼란스럽고 당황한 표정이었어. "이 모든 게 이해가 안 가. 그게 꿈이었나—?" 그이는 이 수수께끼를 풀어보려는 듯 두 손으로 눈을 가렸지.

"아니, 아서, 당신 처신 때문에 내가 하는 수 없이 집을 나갔던 건 꿈이 아니에요. 하지만 당신이 아프고 혼자 있다고 해서 간호하려고 돌아왔어요. 걱정하지 말고 나를 믿어요. 필요한 게 있으면 뭐든 말해요. 다 들어주려고 노력할 테니까. 당신을 돌봐줄 사람은 나뿐이고, 지금 나는 당신을 비난하고 싶지 않아요."

"아! 알았다." 그가 비통한 미소를 지으며 말했어. "나는 지옥의 더 깊은 구덩이에 묻고 당신은 천국의 더 높은 자리에 오르기 위해 자비를 베푸는 거로군."

"아니에요. 이 상황에서 당신에게 필요한 걸 해주고 당신을 편하게 해주려고 온 거예요. 내가 당신의 신체뿐 아니라 영혼에까지 도움을 주고, 조금이라도 뉘우치게 해줄 수 있다면—"

"아, 그렇지. 당신이 나를 후회와 혼란으로 압도할 수 있다면 지금이 그 기회네. 우리 아들은 어떻게 했어?"

"아서는 잘 있어요. 지금은 아니지만 당신이 안정되면 보게 해줄게요."

"지금 어디 있는데?"

"안전하게 있어요."

"여기 있어?"

"아서가 지금 어디에 있든, 내가 전적으로 돌보고 보호하도록 해주고, 다시 데리고 나갈 필요가 있을 때면 언제 어디로든 내가 원하는 대로 아서를 데리고 가도 된다고 약속해주지 않으면 당신은 아들을 볼 수 없을 거예요. 하지만 그 얘기는 내일 하고, 오늘은 이만 쉬어요."

"안 돼, 지금 만나게 해줘. 정말 필요하다면 그렇게 하겠다고 약속할게."

"안 돼요—"

"하늘에 걸고 맹세한다니까! 자, 이제 아서를 만나게 해줘."

"하지만 나는 당신의 맹세와 약속을 믿지 않아요. 증인 앞에서 당신이 서명한 문서가 있어야 해요. 하지만 오늘은 아니에요. 내일 해요."

"안 돼, 오늘, 지금 만나게 해줘." 그가 고집을 부렸어. 그런데 그이가 너무 흥분해 있고, 당장 아이를 봐야겠다고 작정을 한 것 같았던 데다, 그래야만 안정을 되찾을 것 같아서, 바로 그렇게 해주는 게 좋을 것 같았어. 하지만 나는 아들의 이익은 반드시 지키기로 결심했고, 그에게 약속해달라고 한 것들을 이미 종이에 명확하게 써놨었기 때문에, 그걸 그이에게 찬찬히 읽어준 다음 레이첼을 증인으로 삼아 그이의 서명을 받았지. 헌팅던 씨는 내가 자신의 약속을 믿지 않는다는 걸 쓸데없이 하인 앞에서 드러낼 거 있느냐면서, 제발 그러지 말자고 했어. 나는 미안하지만 당신은 내 믿음을 저버렸기 때문에 그 대가를 치러야 한다고 했고. 그러자 그는 펜을 잡을 기운이 없다고 했어. 내가 "그럼 펜을 잡을 수 있을 때까지 기다리죠"라고 하자, 그럼 해보겠다고 하더니, 이번에는 눈이 잘 안 보여서 못 쓰겠다고 했지. 나는 서명할 자리를 손가락으로 짚으며, 안 보여도 여기 이름을 쓰면 된다고 했어. 하지만 그는 글씨를 쓸 힘이 없다고 하더라고. 그래서 내가 "그러면 너무 아파서 아이도 못 보겠네요" 하며 굽히지 않자 그는 마침내 서류에 서명을 했고, 나는 레이철에게 아들을 보내라고 했어.

 이 모든 게 가혹해 보일 수도 있겠지만, 나는 이 유리한 기회를 놓치면 안 된다고 생각했고, 이 남자의 감정에 대한 잘못된 배려 때문에 아들의 미래의 행복이 희생되면 안 된다고 생각했어. 어린 아서는 아버지를 잊지는 않았지만 13개월이나 떠나 있었고, 그 기간 동안 그에 대한 이야기를 거의 듣지 못한 데다 그의 이름조차 속삭여본 적이 거의 없었기 때문에 좀 부끄러워했지. 어두운 방에 들어온 아이는 고열로 얼굴이 붉어지고 눈이 번득이는, 전과 너무 달라진 모습의 아버지를 보자 본능적으로 나에게 매달리며 기쁨보다는 두려움이 느껴지는 표정으로 그를 건너다보았어.

 그이가 손을 내밀며 아이를 불렀어. "아서, 이리 와봐." 아들은 다가가서 조심스럽게 아버지의 뜨거운 손을 잡았지만, 그이가 갑자기 팔을 붙잡고 자기 쪽으로 끌어당기자 화들짝 놀랐어.

 "내가 누군지 알겠어?" 헌팅던 씨가 아들의 얼굴을 면밀히 살피며 이렇게 묻더라고.

 "네."

 "내가 누군데?"

"아빠요."
"아빠 보니까 좋아?"
"네."
"아닌데!" 실망한 그이는 아들의 팔을 놓고는 내게 비난하는 눈길을 던졌어.

풀려난 아서는 내 옆으로 돌아와 내 손을 잡았지. 아이가 자기를 싫어하게 만들었다며 그이는 내게 심한 욕설과 저주를 퍼부었어. 나는 곧바로 아이를 내보냈고, 그이가 잠시 욕설을 멈추고 숨을 고르는 사이 그러지 않았다고 차분히 말해주었어. 아들에게 그이를 나쁘게 말한 적 없다고.

"당신과, 특히 당신이 아이에게 가르친 것들을 잊게 만들고 싶긴 했죠. 그런 목적도 있었고, 들키는 걸 피하기 위해서도 아이가 아빠 얘기 하는 걸 말린 건 맞아요. 하지만 그것 때문에 나를 비난할 사람은 없을걸요."

헌팅던 씨는 너무 화가 나서 베개에 머리를 마구 굴리며 큰 소리로 신음했어.

"나는 이미 지옥에 와 있어!" 그가 소리쳤지. "이 망할 놈의 갈증이 내 심장을 재로 만들고 있다고! 아무나 나 좀—"

그가 이 문장을 마무리하기 전에 나는 탁자에 있던 식초 탄 냉수를 따라서 그에게 가져다주었어. 그는 벌컥벌컥 마시더니, 내가 컵을 치우자 "내 머리에 숯불을 놓고 있다고 생각하는 거지?"* 하더라고.

나는 그 말은 못 들은 척하고, 더 필요한 게 있는지 물었어.

* 잠언 25장 22절 인용.

"있어. 기독교도의 자비를 베풀 기회를 또 한 번 주지." 그가 빈정거렸어. "내 베개를 반듯이 놓고, 이 망할 놈의 이불도 좀 정리해줘." 그렇게 해주자 아서는 "좋아. 이제 그 물 한 번 더 줘" 했고, 물을 다시 가져다가 입에 대주자 악랄하게 웃으며 "이거 정말 즐거운데?" 하고는 이렇게 말했어. "이렇게 좋은 기회가 올 줄 몰랐지?"

"자, 여기 더 있어줄까요? 아니면 간호사를 불러주면 더 조용히 있을래요?" 내가 물잔을 다시 탁자에 놓으며 물었지.

"아, 그래, 당신은 참으로 부드럽고 친절해! 하지만 그것 때문에 나는 미칠 것 같았다고!" 그가 짜증스럽게 뒤척이며 말했어.

"그럼 전 나갈게요." 그날은 잠깐씩 그의 방에 들러 그가 어떤 상태인지, 뭘 원하는지 살펴보기만 하고 다시 돌아가지 않았어.

다음 날 아침 의사가 사혈을 하자 아서는 좀 더 차분하고 편안해졌어. 나는 한나절을 그의 방에 들락거리며 보냈는데, 내가 들어가도 그이는 전처럼 흥분하거나 짜증 내는 것 같지 않았고, 내가 뭘 해주면 비꼬거나 투덜거리지 않고 조용히 받더라고. 뭐가 필요할 때 빼고는 별로 말도 없었고, 그럴 때도 아주 간단히 했지. 하지만 그다음 날에는, 극도로 약하고 혼란스러운 상태에서 어느 정도 회복되면서 그의 악랄한 성격도 되돌아오는 듯했어.

"아, 이 달콤한 복수여!" 그를 최대한 편하게 해주고, 간호사의 부주의로 인한 문제들을 바로잡고 나자 아서가 이렇게 말했어. "게다가 이 모든 건 당신의 의무이니, 나는 그냥 편안한 마음으로 즐기면 되는 거네."

"내 의무를 다할 수 있어서 참 다행이네요." 나는 화를 참지 못하고 이렇게 말했어. "그게 나의 유일한 위안이거든요. 그리고 내 양심을 만족시키는 것, 그게 내가 받을 유일한 보상인 것 같고요!"

그이는 나의 진지한 태도에 좀 놀란 눈치였어.

"어떤 보상을 바랐는데?" 그이가 물었어.

"내가 대답하면 거짓말이라고 할걸요. 하지만 나는 정말로 당신을 돕고 싶었어요. 병 치료도 돕고, 잘못을 뉘우치게도 하고 싶었죠. 하지만 당신의 못된 천성 때문에 내 노력은 아무 소용이 없네요. 당신이 그렇게 나오니까, 내 감정을 희생하고 내게 남겨진 작은 세속적 안위를 다 바쳐서 간호해준 것이 다 헛짓이 되어버렸어요. 당신은 내가 당신을 위해 하는 모든 일이 독선적인 악의와 위장된 복수심에서 나오는 거라고 왜곡하고 있으니까요!"

그러자 헌팅던 씨가 멍하지만 놀란 눈으로 내 눈치를 보며 대답했어. "그래, 정말 대단하구먼. 그리고 나는 그토록 너그럽고 초인적으로 선한 당신의 희생에 뉘우침과 감복의 눈물을 흘려야겠지. 그런데 나는 지금 그럴 수 있는 상황이 아니야. 하지만 나를 돕는 일에서 조금의 즐거움이라도 느낀다면 얼마든지 도와줘. 나는 지금 당신이 바라는 만큼 비참한 처지니까 말야. 솔직히 당신이 온 이후 나는 그 전보다 더 정성스럽게 간호받았어. 하인들은 나를 파렴치하게 방치했고, 전에 알던 친구들은 다 나를 떠난 것 같거든. 정말 힘든 시간이었지. 가끔은 내가 죽었어야 한다는 생각도 들었어. 그럴 가능성이 있을까?"

"죽을 가능성은 언제나 있죠. 그리고 늘 그 가능성을 생각하며 사는 게 좋고요."

"맞아, 그렇지! 그런데 이 병으로 죽을 수도 있을까?"

"모르겠어요. 하지만 만약 그렇다면, 최후를 어떻게 준비할 거예요?"

"글쎄, 의사는 그런 생각 하지 말라고 하던데. 자기가 처방해 준 치료법을 따르고 지어준 약을 먹으면 확실히 나을 거라고 했어."

"아서, 나도 그러길 바라고 있어요. 그런데 의사도 나도 이런 경우에는 확실하게 예측하기가 힘들어요. 내부손상이 있는데, 그게 어느 정도인지 알 수가 없거든요."

"그만해! 겁나서 죽으라는 건가?"

"아니에요. 하지만 거짓말로 안심시키기는 싫어서요. 삶의 불확실성을 의식함으로써 당신이 진지하고 유용한 생각을 하게 된다면, 나중에 병이 낫든 안 낫든 나는 당신이 그런 생각을 할 기회를 주고 싶어요. 죽는다고 생각하니 그렇게 무서워요?"

"죽음에 대해 생각하면 정말 못 견디겠어. 혹시 좋은 수가 있다면—"

"하지만 언젠가는 겪을 일이잖아요." 내가 끼어들었어. "몇 년 후든 오늘이든 갑자기 닥쳐올 건 똑같으니까요. 나중에 오더라도 만약 당신이—"

"아, 제발 그만해! 날 당장 죽이고 싶은 게 아니라면 지금 설교로 고문하지 마. 그건 정말 못 참겠어. 그게 아니라도 괴로운 게 너무 많아. 내가 위독하다고 생각하면 나를 구해줘. 그러고 나면 감사의 마음으로 당신이 하는 말 뭐든 다 들을게."

그래서 나는 그가 꺼리는 죽음에 대한 이야기는 더 이상 하지 않았어. 프레더릭 오빠, 이 편지는 여기서 마무리해야겠어. 내가 말한 이런저런 내용을 보면 헌팅던 씨의 현재 상태, 그리고 나 자신의 처지와 미래에 대한 전망을 짐작할 수 있겠지. 조만간 답장 보내줘, 그러면 나도 여기 소식 다시 전해줄게. 이제 그이가 나의 간호를 용인할 뿐 아니라 필요하다고 하는 상황이라, 그이와 어린 아서를 둘 다 돌보려면 시간 여유가 별로 없을 거야. 그이 때문에 아들을 마냥 방치할 수는 없잖아. 아이를 하루 종일 레이철 옆에만 둘 수도 없고, 다른 하인들에게는 잠깐이라도 맡기기가 조심스러운 데다, 그렇다고 혼자 두면 그들과 마주칠 수도 있으니까. 만약 그이의 병세가 더 나빠지면, 최소한 내가 집안을 다시 정비할 때까지만이라도 에스터 하그레이브에게 맡길까 해. 하지만 내가 쭉 데리고 있을 수 있다면 그게 제일 좋겠지.

지금 내 입장이 참 특이해. 남편의 쾌유와 회개를 위해 최선을 다하고 있는데, 그이가 정말로 건강을 회복하고 개심하면 나는 어떻게 해야 하는 걸까? 물론 아내의 의무를 다해야겠지만─어떻게? 됐어. 일단 당장 필요한 일을 하면 주님께서 그다음 할 일을 해낼 힘을 주실 거야. 사랑하는 프레더릭 오빠, 이만 안녕.

헬렌 헌팅던.

"읽어보니까 어때?" 내가 말없이 편지를 접자 프레더릭이 이렇게 묻더군.

"부인은 지금 돼지 앞에 진주를 던지고 있는 것 같아. 그들이 진주를 짓밟는 데 만족하고, 돌아서서 부인을 해치지 않았으면 좋겠네! 하지만 부인에 대해 안 좋은 얘기는 그만할 거야. 부인은 가장 선하고 고귀한 마음에서 그 사람을 간호하고 있으니까. 그게 현명한 판단이 아니라면, 그 결과로부터 하늘이 부인을 지켜주시길! 로런스, 이 편지 혹시 내가 가져도 되겠나? 단 한 번도 나를 언급하지 않았고 나와 관련된 얘기를 하지도 않았으니 내가 가져간다고 부적절하거나 해로울 건 없겠지."

"그런데 왜 갖고 싶어 하지?"

"부인이 쓴 글씨니까. 그녀가 생각한 단어들이고, 그중 상당수는 그녀가 실제로 말한 단어들이니까."

"흠." 프레더릭은 그러고 말았어. 그래서 내가 그 편지를 갖고 왔지. 안 그랬다면 해퍼드 자네가 그 내용을 이렇게 자세히 알 수는 없었을 걸세.

"부인한테 답장 쓸 때, 혹시 동네 사람들이 부인에게 저지른 온갖 부당한 행동들을 일깨워줄 만큼만 부인의 과거와 상황에 대해 우리 어머니와 동생에게 얘기해도 되냐고 물어봐줄 수 있을까? 사랑한다는 말은 안 전해줘도 되지만, 이것만은 꼭 물어봐주게. 그게 부인이 내게 베풀어줄 수 있는 최고의 친절이라고도 말해주고. 그리고 부디— 아, 아니야, 그 말만 전해줘. 나도 거기 주소를 알고 있으니 내가 직접 편지를 쓸 수도 있겠지만, 참아야겠지."

"그래, 마컴, 그렇게 전해줄게."

"답장이 오면 바로 좀 알려주겠나?"

"답장이 오면 내가 직접 와서 바로 알려주겠네."

48장
이후의 소식

 그로부터 대엿새 후 로런스가 찾아왔고, 나와 단둘이 있게 되자—나는 되도록 빨리 그 기회를 만들려고 밖에 나가서 밀 낟가리를 보자고 했지—부인이 보낸 답장을 보여주더라고. 이번 편지는 아주 선선히 내주었어. 내게 힘이 될 거라고 생각한 것 같았지. 내 물음에 대한 답은 이것뿐이었다네.
 "필요하면 얼마든지 나에 대해 얘기해도 된다고 마컴 씨께 전해줘. 가급적 적게 말하면 좋다는 건 그 사람도 알겠지만. 그 사람이 잘 지내고 있길 바라. 나에 대해 생각하지 말아달라고도 전해줘."
 프레더릭이 이 편지도 주고 갔으니, 몇 군데 뽑아서 보여주겠네. 내가 허황된 희망이나 상상을 품지 못하게 하려고 일부러 준 것 같기도 하지만.

그이는 전보다는 확실히 나아졌지만, 심각한 병세와 엄격히 따라야 하는 치료법 때문에 아주 침울한 상태야. 예전과 완전히 다른 생활 방식이거든. 과거의 생활 습관이 한때 그토록 건장했던 그의 몸을 완전히 망치고 신진대사를 약화한 걸 보면 참담해. 하지만 의사 말로는 지금처럼 조심하고 필요한 제한 사항을 따르면 죽을 위험은 없다고 해. 강장 음료를 먹어야 하지만, 잘 희석해서 조금씩 복용해야 한다고 했어. 그런데 그게 쉽지가 않네. 처음에는 죽을까 봐 그 말을 잘 따랐는데, 심했던 통증이 좀 가라앉고 죽을 것 같지 않다는 말을 듣더니 점점 말을 안 들어. 식욕도 돌아오고 있고, 오래 이어온 방종한 생활 습관 때문에 심각한 문제가 생기고 있어. 옆에서 잘 지켜보면서 최대한 말려보고 있지만, 그이는 내가 지나치게 엄하다면서 종종 심한 욕을 퍼붓곤 해. 내 감시를 피하려고 할 때도 있고 대놓고 어길 때도 있어. 그런데 전반적으로는 내 간호에 완전히 익숙해져서 꼭 자기 옆에 있으라고 해. 그에게는 엄하게 대할 수밖에 없는데, 안 그러면 나를 완전히 노예로 만들 거고, 내가 그이만을 위해서 다른 모든 일을 희생하는 건 용서받지 못할 나약함인 걸 아닐까. 나는 하인들도 감독해야 하고 아들도 돌봐야 하고 나 자신의 건강도 챙겨야 하는데, 그이의 지나친 요구를 다 들어주려면 그런 걸 다 포기해야 하거든. 보통 밤에는 나 대신 간호사가 그이의 시중을 들도록 하고 있어. 그런 일은 나보다는 전문 간호사가 더 잘할 테니까. 그렇지만 중간에 깨지 않고 쭉 자는 날은 거의 없고, 그런 건 기대도 할 수 없어. 그이는 자기가 뭘 원하거나 내가 필요하면 언제든 거리낌 없이 나를 부르거든. 그래도 내가 화내는 건 확실히 무서워하는 것 같아. 어떨 때는 말도 안 되는 요구와 짜증 섞인 불평과 비방으로 내 인내심을 시험하다가, 자기가 너무 나갔다 싶으면 비굴할 정도로 고분고분하게 굴면서 자기가 못나서 그렇다며 사과를 하기도 해. 하지만 이런 건 얼마든지 용서할 수 있어. 몸이 안 좋고 신경이 교란되어서 그런 것일 테니까. 내가 제일 참을 수 없는 건, 가끔 다정하게 애정 표현을 한다는 거야. 아서가 나에게 그런 감정을 느낄 리 없고 나 역시 마찬가지인데 말야. 그 사람을 증오하지는 않아. 만약 그이가 진솔한 자세로 조용히 있고 현재의 상태를 있는 그대로 받아들인다면, 그가 겪고 있는 고통과 나의 정성 어린 간호 때문에라도 나도 그를 더 존중하고 아껴줄 수 있을 것 같아. 하지만 그이가 나를 회유하려 할수록 나는 그에게서, 그리고 미래로부터 움츠러들게 돼.

"헬렌, 내가 나으면 어떻게 할 거야? 다시 도망갈 거야?" 오늘 아침에 그이가 이렇게 묻더라고.

"그건 전적으로 당신의 행동에 달렸죠."

"아, 난 완전히 착하게 살 거야."

"하지만 내가 떠날 상황이 돼도 이번에는 '도망가지' 않을 거예요. 언제든 떠나도 되고, 아이를 데리고 가도 된다고 당신한테 약속받았으니까요."

"아, 하지만 떠날 이유가 없을 거야." 그러면서 그가 온갖 멋진 결의를 늘어놓길래 내가 차갑게 그만두라고 했지.

"그럼 나를 용서 안 한다는 얘기야?"

"이미 용서했어요. 하지만 당신도 전처럼 나를 사랑하지는 못

할 거예요. 당신이 만약 그런다면 그건 아주 안타까운 일이 될 테고요. 나는 도저히 그 사랑에 응하는 척할 수가 없을 테니까요. 그러니까 그 얘기는 그만하고, 다시는 꺼내지 말아요. 지금까지 내가 당신한테 해온 걸 보면 앞으로 내가 어떻게 할지 짐작이 갈 거예요. 그게 아들에 대한 나의 더 중요한 의무와 충돌하지 않는 한도 내에서 말이죠. (아들에 대한 의무가 더 중요한 것은, 아들은 자신의 권리를 망친 적이 없고, 내가 당신에게 해줄 수 있는 것보다 아들에게 훨씬 더 많은 걸 해주고 싶기 때문이에요.) 내가 당신을 좋아하길 바란다면 말이 아니라 행동을 하세요. 나의 애정과 존경은 말이 아니라 행동으로 얻을 수 있는 것이니까요."

이 말을 듣고 그이는 얼굴을 살짝 찡그리고 어깨를 조금 으쓱했을 뿐이야. 아, 불행한 사람! 그에게는 말이 행동보다 훨씬 더 쉽거든. 내가 한 말이 그에게는 "네가 원하는 걸 사려면 펜스가 아니라 파운드가 있어야 해"처럼 들렸을 거야. 그러고 나서 그는 그렇게 많은 숭배자의 사랑과 구애를 받던 자신이 버림을 받아, 이제 가혹하고 엄격하고 냉정한 여자의 자비에 내맡겨져서 그 여자가 베푸는 친절에 감지덕지해야 하는 처지를 한탄하는지, 짜증스럽고 자기 연민에 빠진 듯한 한숨을 내쉬더라고.

"안타깝죠, 그렇지 않아요?" 내가 그렇게 말했어. 그이가 정말 그런 생각을 했는지는 모르겠지만, 내 말이 뭔가 반향을 일으켰던지 그이는 서글픈 미소를 지으며 "어쩔 수 없지"라고 대답했어.

나는 에스터 하그레이브를 두 번 만났어. 매력적인 아가씨지만, 그녀가 차버린 구혼자에게 그녀를 시집보내려는 엄마의 끈질긴 박해 때문에 씩씩한 기상은 거의 짓눌리고, 다정한 성격은 거의 망가져 있었어. 계속 떨어지는 물방울처럼, 폭력적이지는 않지만 피곤하고 끊임없이 계속되는 박해였지. 그 이상한 엄마는 에스터가 본인의 뜻을 따르지 않으면 딸의 삶을 무거운 짐으로 만들기로 작정했더라고.

에스터가 이렇게 말했어. "엄마는 내가 가족의 짐이나 거치적거리는 존재, 세상에서 제일 배은망덕하고 이기적인 불효자식이라고 느끼게 만들려고 온갖 노력을 하고 있어요. 제가 그 결혼을 거부했을 때 엄마가 이렇게까지 괴롭힐 걸 알았으면 처음에 그냥 수락할 걸 그랬어요. 하지만 이제는 그동안 부린 고집 때문에라도 그 청혼 절대 안 받아들일 거예요!"

"결심은 좋은데 이유가 안 좋네." 내가 말했어. "하지만 사실 그보다 더 나은 이유 때문에 그러는 거 나도 알아. 그 이유들을 늘 기억해야 해."

"꼭 그렇게 할게요. 가끔은 엄마한테, 더 이상 괴롭히면 집 나갈 거라고, 그래서 스스로 벌어먹고 살면서 집안의 명예를 더럽힐 거라고 말해요. 그러면 좀 겁을 내시더라고요. 하지만 가족들이 계속 저러면 전 정말 그렇게 할 거예요."

"조용히 참고 견디면 더 나은 시간이 올 거야." 내가 말했어.

가여운 에스터! 그녀와 어울릴 만큼 좋은 사람이 나타나서 그녀를 데려가면 좋겠어. 오빠도 그렇게 생각하지 않아?

이 편지를 읽고 나니 헬렌과 나의 미래가 더 걱정되더군. 하지만 한 가지 큰 위안이 있었다네. 이제 내가 그녀에 대한 악소문을 다 해소할 수 있게 됐다는 거지. 밀워드가와 윌슨가 사람들은 구름에서 터져 나오는 눈부신 햇살을 자기들 눈으로 직접 보게 될 거고, 그 빛에 눈이 부시고 타는 경험을 하게 되겠지. 내 친지들도 그걸 봐야 해. 그레이엄 부인에 대한 그들의 의심이 내 영혼을 너무 괴롭혔거든. 땅에 씨앗 하나만 심으면 금세 가지가 무성히 우거진 멋진 나무로 자라날 터였어. 엄마와 로즈에게 몇 마디만 해두면 그 소식은 내가 가만히 있어도 온 동네에 금방 퍼질 테니까.

로즈는 반색을 했어. 부인에 대해 이야기해도 되겠다고 생각한 내용(나도 그것밖에 모르는 척했지)을 말해주자마자 로즈는 순식간에 보닛과 숄을 쓰고는 이 기쁜 소식을 밀워드가와 윌슨가에 전해주러 달려갔어. 내가 볼 때는 로즈 본인과 메리 밀워드에게만 좋은 소식이겠지만. 메리 밀워드 양은 외모는 별로였지만, 그레이엄 부인은 착실하고 지혜로운 그녀의 진가를 금세 알아보고 높이 평가했었지. 메리 또한 이 동네 그 누구보다 부인의 인품과 자질을 높이 평가하고 좋아했었고.

그녀를 다시 언급할 기회가 없을까 봐 여기서 말해두자면, 그 아가씨는 당시 리처드 윌슨과 비밀리에 약혼한 상태였어. 내 생각에는 본인들 말고는 아무도 몰랐던 것 같아. 그 뛰어난 청년은 케임브리지 대학에 들어갔는데, 타의 귀감이 되는 행실과 학구열로 상도 타고 명성도 얻으며 무사히 졸업을 했다네. 졸업 후에는 밀워드 신부의 첫 번째이자 유일한 보좌사제가 되었지. 밀워드 신부는 자기보다 젊은데 덜 활동적인 신부들 앞에서 노익장을 과시하곤 했지만, 나이가 들면서 그 넓은 교구를 다 관리하기가 힘들어졌다는 걸 결국 인정해야 했거든. 한결같은 마음으로 서로를 사랑한 메리와 리처드는 계획을 세워놓고 몇 년이나 조용히 이 기회를 기다렸던 거야. 마침내 두 사람이 결혼을 하자 오래전부터 이들을 평생 독신으로 살 사람들이라고 치부해온 동네 사람들은 말할 수 없이 놀랐다네. 그 창백하고 숫기 없는 책벌레가 청혼할 용기를 낸 것도, 그걸 받아준 여자가 있다는 것도 놀랍고, 그렇게 못생기고 솔직하고 매력 없고 딱딱한 밀워드 양이 남편감을 찾았다는 것 또한 믿기 힘들다는 이야기였지.

두 사람은 지금도 사제관에 살고 있어. 밀워드 양은 아버지, 남편, 교구의 가난한 사람들 그리고 늘어나는 자녀들을 돌봤지. 그러다가 연로하고 존경받는 마이클 밀워드 신부가 세상을 떠나자 리처드 윌슨이 린든호프의 교구사제가 되었어. 교구민들은 오랫동안 훌륭하게 자질을 발휘해온 사제와 탁월하고 사랑받는 사모를 모시게 되어 아주 좋아했다네.

그 사모의 동생 일라이자가 어떻게 됐는지 궁금하다면, 다른 데서 들었을 수도 있겠지만, 내가 아는 바로는 언니 집에 얹혀살다가 12~13년 전에 L——에 사는 부유한 상인과 결혼을 했다네. 그 가여운 남편은 부인 때문에 힘겹게 살고 있는데, 다행히 별로 영민하지 못한 편이라 본인이 얼마나 불행한지 잘 모른다고 하더라고. 난 그녀에게 관심도 없고, 아주 오랫동안 그녀를 만난 적도 없어. 하지만 내가 볼 때 그녀는 전 애인이나, 그 애인이 젊을 때 그녀를 좋아한 게 얼마나 어리석은 짓이었는지 깨닫게 해준 더 탁월한 여성을 잊지도, 용서하지도 않았을 것 같아.

　리처드 윌슨의 누나 제인은 로런스 씨를 되찾지도 못하고, 자기가 생각하는 이상적인 남편감의 이미지에 맞을 정도로 돈 많고 세련된 남자를 찾지도 못해서 여전히 행복한 독신 생활을 영위하고 있다네. 그녀는 어머니가 돌아가시자 거의 바로 라이코트 농장을 떠나 ──셔 수도에 하숙집을 얻었고, 지금도 거기 살고 있어. 정직한 로버트와 그의 훌륭한 아내의 촌스러운 태도와 순박한 생활 방식, 그리고 그런 천한 사람들과 가족으로 보인다는 사실을 더 이상은 참을 수 없었기 때문이지. 그녀는 주로 수예와 뒷담화로 시간을 보내며 주변 사람들에게도 아무런 도움이 되지 않고 자기 자신에게도 별로 이로울 게 없는 인색하고 냉담하고 불편한 상류층 숙녀의 삶을 영위하고 있는 것 같더라고. 로버트나 그의 아내 이야기를 남들과 할 때 절대 '내 농부 동생'이나 '내 농부 올케'라고 부르는 법은 없으면서, 걸핏하면 "내 사제 동생"이니 "내 사모 올케"를 들먹였지. 될 수 있으면 최소한의 비용으로 여러 사람을 만났지만, 아무도 좋아하지 않고 누구에게도 사랑받지 못한 채 냉정하고 오만하고 예리하며 교활하게 비판적인 노처녀로 살아가고 있다고 하네.

49장
"비가 내리고 큰물이 밀려오고 바람이 들이치자
그 집은 완전히 무너지고 말았다"*

로런스의 건강이 완전히 회복된 후에도, 전처럼 오래 있지는 않았지만 나는 여전히 우드퍼드에 자주 들렀어. 헌팅던 부인에 대해 이야기를 나누는 일은 거의 없었지만, 만날 때마다 언급은 꼭 한 번씩 했지. 나는 그녀 소식을 듣고 싶을 때 그를 찾아갔고, 내가 워낙 자주 들러서 그는 나를 찾아올 이유가 없었으니까. 갈 때마다 나는 일단 다른 이야기를 먼저 하면서 그 친구가 부인 이야기를 꺼내길 기다렸어. 그런데 한동안 그 이야기가 안 나오면 가볍게 "요즘 동생한테서 연락 온 거 있나?" 하고 물었고, 그 친구가 "아니" 하면 더 이상 묻지 않았지. 그 친구가 "응-" 하고 대답하면 "어떻게 지낸대?"라고 물었고. 하지만 "남편은 어떻대?"라는 질문은 한 번도 던지지 않았어. 너무도 궁금했지만, 그가 회복되기를 빈다는 위선적인 말은 하기 싫었고 그 반대 결과를

---

* 마태오의 복음서 7장 27절 인용.

바란다고 말할 정도로 뻔뻔하지는 못했기 때문이지. 그걸 바란 적 있냐고? 솔직히 있지. 하지만 내 고백을 들었으니 변명도 들어주게. 내 양심의 가책을 덜기 위해 내가 생각해낸 몇 가지 핑계들을 말해보겠네.

자네도 알다시피 일단 그의 삶은 다른 사람들에게 해를 끼쳤고, 듣기로는 본인에게도 별 도움이 안 됐어. 나는 그 삶이 끝나기를 바랐지만, 설사 내가 손가락 하나 쳐드는 것만으로도 그렇게 만들 수 있거나, 어떤 정령이 나타나 내가 마음속으로 바라기만 해도 그가 죽을 거라 하더라도, 혹시 그가 죽음으로써 인류에 도움이 되고 친지들이 애도할 다른 누군가를 살릴 수 있다면 모를까, 그런 게 아니라면 나는 그걸 재촉하고 싶지는 않았어. 하지만 그해가 가기 전에 세상을 떠날 수천 명의 사람 중 하나인 이 비참한 인간의 죽음을 바라는 게 무슨 해가 될까? 그렇지는 않겠지. 그래서 나는 신께서 그를 더 나은 세계로 데려가시길, 그게 안 된다면 적어도 이 세상에서는 없애주시길 온 마음으로 기도했어. 그자가 지금 죽지 않는다면, 병도 치료했고 그렇게 천사 같은 사람도 옆에 있으니, 앞으로도 안 죽을 것 같았기 때문이야. 오히려 건강이 돌아오면 육욕과 못된 성미도 돌아올 것이고, 완전히 건강해질 거라는 자신감이 생기고 그녀의 너그럽고 착한 심성에 더 익숙해지면 그의 감정도 더 둔해지고 그녀의 설득에 더 완강하게 맞서게 될 가능성도 있었어. 그렇지만 주님께서 제일 지혜로우셨지. 그런데 당시에는 주님께서 어떤 결정을 내리실지 몰랐으니 아주 초조할 수밖에 없었다네. 헬렌이 남편의 건재를 얼마나 원하든, 그의 운명을 얼마나 슬퍼하든, (나 자신을 완전히 배제하고 생각하더라도) 그가 살아 있는 한 그녀는 불행할 테니까.

 그 후 두 주일 동안은 동생한테서 편지가 왔냐고 물을 때마다 프레더릭은 안 왔다고 했어. 그러던 어느 날 내가 또 그 질문을 던지자 그 친구가 마침내 "왔어"라고 대답했고, 그래서 나는 두 번째 질문을 던졌다네. 로런스는 나의 초조한 마음을 알았기 때문에 내가 가급적 꼬치꼬치 캐묻지 않는 것을 좋게 봐주었지. 난 처음에는 그가 불충분한 대답으로 나를 괴롭히거나, 내가 알고 싶어 하는 걸 안 알려주거나, 직접 캐묻게 만들어서 조금씩 조금씩 알려줄 생각인 줄 알았어. 자네는 '그래도 싸지'라고 생각하겠지. 그런데 프레더릭은 그러지 않고 잠시 후 동생의 편지를 내게 건네주었어. 나는 조용히 읽고 말없이 그에게 돌려주었지. 그는 이런 방식이 아주 마음에 들었던지, 그 후로는 만날 때마다 내가 동생의 '안부를 물으면' 그녀한테서 편지가 와 있는 경우에는 바로 편지를 건네주더라고. 내용을 말해주는 것보다 직접 읽게 해주는 게 훨씬 편하기 때문이었지. 나는 그 편지들을 아주 조용하고 신중한 태도로 받아 보았기 때문에 프레더릭은 그 후로도 계속 그렇게 해주었다네.

 하지만 나는 그 소중한 편지들을 눈으로 탐독했고, 그 내용을 다 마음에 새기고 나서야 돌려주었어. 그리고 집에 오면 그날의 주요 사건들과 함께 편지의 가장 중요한 구절들을 일기에 적어두었지.

 프레더릭이 이런 식으로 전해준 부인의 첫 편지에는 헌팅던 씨의 병세가 심각하게 악화되었다는 소식이 들어 있었는데, 그건 순전히 그가 강장 음료를 제멋대로 계속 마셨기 때문이었다네. 부인은 말려도 보고 와인에 물을 타서 주기도 했지만, 그에게 그녀의 설득과 애원은 골칫거리, 그녀의 간섭은 참을 수 없는 모욕이었고, 결국 어느 날 약한 포트와인에 몰래 물을 타서 준 걸 알게 되자 그는 술병을 창밖으로 던져버리고는 어린애처럼 속아 넘어가지 않겠다며, 하인을 불러 와인 창고에서 가장 독한 와인을 가지고 오지 않으면 당장 해고하겠다고 소리를 질러댔다고 하더군. 본인 뜻대로 생활하게 놔두었으면 한참 전에 회복했을 거라며, 그녀가 자신을 좌지우지하려고 일부러 병약한 상태로 만든 거라고 주장했다더라고. 앞으로 자기는 절대 속지 않겠다며, 한 손에는 술잔, 다른 손에는 술병을 들고 단번에 다 마셔버렸다고 하네. 부인이 "무모한 행동"이라고 점잖게 표현한 이 일 이후 곧바로 여러 증세가 악화되기 시작했지. 그리고 그때부터 나아지지는 않고 더 나빠지고 있다네. 그래서 답장이 그렇게 늦어진 거라고 그녀는 설명했어. 전에 있던 증상들이 모두 훨씬 더 안 좋은 상태로 재발했다더군. 반쯤 아물었던 피부의 상처가 다시 벌어졌고, 내장에 염증이 생겨 빨리 제거하지 않으면 생명에 위협이 될 수도 있다고 했다더라고. 이런 상황에서 환자의 심리 상태는 좋아지기는커녕 거의 견딜 수 없는 지경이 되었을 텐데, 부인은 불평 한마디 안 썼어. 편지에는, 본인이 지속적으로 환자를 돌봐야 할 형편이라 결국 아들을 에스터 하그레이브에게 보낼 수밖에 없었다고 썼더군. 어린 아서는 엄마 옆에 있으면서 아빠 간호를 돕겠다고 했고, 그러라고 했으면 분명 방해되지 않게 조용히 있었겠지만, 어리고 예민한 아들의 마음을 생각하면 아빠가 겪고 있는 그토록 심한 고통을 목격하거나, 그가 아프거나 짜증스러울 때 하는 끔찍한 언사를 듣게 하고 싶지 않았다고 하네.

(그녀가 편지에 이어 쓰기를) "헌팅던 씨는 병세가 악화되자 그날 본인이 했던 일을 후회했지만, 평소에도 그랬듯이 그게 다 나 때문이라고 했어. 내가 자기를 이성적인 사람으로 대우하며 잘 설득했으면 본인이 그러지 않았을 거라는 말이었지. 상대방이 자기를 어린애나 바보로 취급하면 누구나 인내심을 잃고 본인에게 해가 되더라도 마음대로 행동하게 되는 거라고 주장했어. 지금까지 내가 얼마나 여러 번 '인내심을 잃고' 날뛰는 그를 설득하려고 했는지 잊어버린 거지. 그는 자신의 심각한 상황을 감지하긴 했지만, 그 현실을 똑바로 보려고 하지 않았어. 어느 날 밤, 내가 심한 갈증에 시달리는 그에게 물을 가져다주자 그이는 예전처럼 신랄하게 비꼬는 어투로 이렇게 말하더라고. '그래, 지금은 아주 지극정성이네! 이제 나를 위해 뭐든 다 해주겠지?'

나는 그의 태도에 좀 놀라서 이렇게 물었어. '당신의 고통을 덜어줄 수 있다면 뭐든 다 해줄 거라는 거 당신도 알잖아요.'

'그렇지, 지금은 그렇겠지, 나의 완벽한 천사! 하지만 당신은 선행에 대한 보상을 받아 안전하게 천국에 있고, 나는 지옥 불 속에서 울부짖고 있을 때, 그때도 과연 나를 도와줄까? 그럴 리 없지! 편안하게 나를 지켜보면서, 내 혀를 식혀주기 위해 물에 손가락 한 번 안 적실걸!'

'내가 만약 그런다면 그건 우리 사이에 놓인 거대한 협곡을 건너갈 수가 없기 때문이겠죠. 내가 그때 당신을 편안한 마음으로 지켜볼 수 있다면, 그건 내가 느끼는 행복을 당신도 누릴 수 있도록 죄악을 씻어내는 과정에 있다고 확신하기 때문일 거고요. 그런데 아서, 나를 천국에서 만날 수 없다고 확신하는 거예요?'

'흥! 내가 천국에서 대체 뭘 하겠어?'

'그러게요, 나도 모르겠네요. 당신의 취향과 감정이 아주 많이 변해야 천국의 기쁨을 누릴 수 있을 것 같긴 해요. 그런데 당신은 정말 노력도 안 해보고 당신이 상상하는 지옥으로 떨어지길 원하는 거예요?'

그러자 아서가 경멸적인 표정으로 말했어. '아, 그거 다 허구야.'

'확실해요, 아서? 정말 그렇게 믿어요? 만약 실은 그렇지 않다는 걸, 결국 당신의 생각이 틀렸다는 걸 너무 늦게 알게 되면—'

'그러면 물론 난처하겠지. 하지만 귀찮게 지금 그런 얘기 하지 마. 아직 안 죽을 거니까. 난 아직은 죽을 수 없고, 죽고 싶지도 않아.' 그런데 갑자기 그 무서운 순간의 공포를 느꼈는지 그는 격렬한 어조로 이렇게 덧붙였어. '헬렌, 제발 나 좀 도와줘!' 그는 절박한 표정으로 내 손을 붙잡은 채 진지한 눈빛으로 내 눈을 응시했어. 그걸 보니 가슴이 찢어질 듯 아프고 눈물이 쏟아져서 말을 못 하겠더라고."

───◆───

그다음 편지는 헌팅던 씨의 병세가 급격히 악화되고 있다는 내용을 담고 있었어. 그는 신체적 고통보다 죽음에 대한 공포 때문에 더 괴로워하고 있었지. 모든 친구가 그를 버린 건 아니었어. 해터즐리 씨가 그의 상황을 알고는 머나먼 북부에 있는 집에서 찾아왔고, 그의 부인도 오랫동안 보지 못한 친한 친구와 친정어머니, 동생을 보기 위해 같이 왔다네.

헌팅던 부인은 밀리센트를 다시 만났고, 그녀가 아주 행복하고 건강한 모습을 보며 정말 기뻤다고 썼어. 그리고 이어서 이렇게 썼다네. "밀리센트는 그로브 저택에서 지내고 있지만 나를 자주 만나러 오고, 해터즐리 씨는 많은 시간을 아서 옆에서 보내고 있어. 그는 내가 생각했던 것보다 더 좋은 심성을 보여주고 있어. 불행한 친구의 처지를 깊이 슬퍼하며, 실제로 큰 도움은 안 돼도 정성을 다해 간호하고 있거든. 가끔 농담으로 아서를 웃게 만들려고 하는데 성공하지는 못하더라고. 때로는 환자를 즐겁게 해주려고 옛날 일을 이야기하기도 하는데, 그건 어떨 때는 아서를 슬픈 생각에서 벗어나게 해주지만, 어떨 때는 더 우울하게 만들기도 해. 그럴 때면 해터즐리 씨는 당황한 나머지 아무 말도 못 하고 있다가, 신부님을 청하는 게 어떻겠냐고 조심스럽게 묻곤 해. 하지만 아서는 절대 안 된다고 하더라고. 전에 신부가 선의로 한 충고를 비웃으면서 거절했는데 이제 와서 그 사람한테서 위안을 얻을 수는 없다는 거지.

가끔 해터즐리 씨가 나 대신 간호를 하겠다고 하는데, 아서는 나를 계속 옆에 붙들어두려고 해. 몸 상태가 나빠질수록 그 이상한 집착은 점점 더 심해지고 있어. 나는 거의 계속 그이 옆에 있다가 어쩌다 한 번씩 아서가 조용할 때 옆방에 가서 한 시간 정도 눈을 붙이곤 하는데, 그럴 때도 부르면 언제든 갈 수 있다는 걸 아서가 알도록 문은 늘 열어놔. 지금도 그이 옆에 앉아서 편지를 쓰고 있는데, 자주 일어나서 시중도 들고 해터즐리 씨까지 같이 있는데도 그이는 내가 뭔가 하고 있으면 싫어해. 해터즐리 씨는 나더러 나를 만나러 온 밀리센트, 에스터와 함께 어린 아서를 데리고 이 화창하고 서리 내린 아침에 공원을 한 바퀴 돌며 쉬고 오라고 했어. 그런데 아서는 그게 무정한 제안이라고 생각하는 것 같았고, 내가 그걸 받아들이면 정말 잔인한 행동이라고 느낄 것 같았지. 그래서 나는 잠깐 나가서 인사만 하고 돌아오겠다고 하고는 현관 앞에 서서 차갑고 신선한 공기를 들이마셨어. 세 사람은 조금만 더 있다 가라고, 공원 한 바퀴만 같이 돌고 가라고 간곡히 청했지만, 나는 힘겹게 거절하고 환자 곁으로 돌아왔지. 겨우 5분 나갔다 온 건데도 그이는 자기를 내팽개쳐두었네, 경솔한 처신이었네 하며 심하게 비난했고, 해터즐리 씨는 나를 감싸주었어.

'그만, 그만, 부인께 너무 가혹한 거 아닌가? 부인도 먹고 자고 가끔은 신선한 공기도 쐬어야지, 안 그러면 견뎌내질 못하실 거야. 부인 얼굴 좀 보라고! 정말 뼈만 남았잖아.'

'내가 겪는 고통에 비하면 새 발의 피지. 헬렌, 나를 간호하는 게 그렇게 귀찮아?'

'아뇨, 아서, 당신을 도울 수 있다면 뭐든 괜찮아요. 할 수만 있다면 목숨이라도 바쳐서 당신을 구하겠어요.'

'그래? 정말이야? 그럴 리가!'

'그럴 수만 있다면 기꺼이요.'

'아! 그건 나보다 당신이 더 죽음에 맞다고 생각해서 그러는 거지!'

잠시 고통스러운 침묵이 흘렀어. 그이는 암울한 생각에 빠져 있는 것 같았지. 그이에게 겁을 주지 않으면서도 도움이 될 만한 말이 뭐가 있을까 생각하고 있는데, 해터즐리 씨도 비슷한 생각을 하고 있었던지 이렇게 말했어. '헌팅던, 교구사제를 부르는 게 어떨까. 교구사제가 싫으면 보좌사제나 다른 사람을 불러도 되고.'

'아니, 헬렌이 도와줄 수 없다면 그 누구도 도움이 안 될 거야.' 그러더니 눈물을 쏟으며 이렇게 소리쳤어. '아, 헬렌, 당신 말을 들었더라면 이렇게 되진 않았을 텐데! 오래전에 당신 말을 들었더라면, 아, 신이시여! 완전히 다르게 살았을 텐데!'

그래서 그이의 손을 부드럽게 잡으며 내가 말했어. '그럼 내 말 좀 들어봐요.'

'이제 너무 늦었어.' 그는 낙담한 어조로 대답했고, 곧이어 발작적인 고통이 또다시 시작되었어. 의식이 혼미해졌고, 곧 숨을 거둘 것 같았는데, 아편을 투약하자 고통이 누그러지고 점차 안정을 되찾더니 마침내 선잠에 빠졌어. 지금은 안정된 상태고, 해터즐리 씨는 내일 다시 왔을 때는 좀 더 나아져 있었으면 좋겠다며 돌아갔어.

'내가 회복될 수도 있지. 그거야 누가 알겠어? 이게 위기였을 수도 있으니까 말이야. 헬렌, 당신은 어떻게 생각해?'

그이가 낙담하지 않게 최대한 밝은 쪽으로 대답을 했지만, 그래도 (내가 볼 때는 확실한) 그 경우에 대비해 마음의 준비는 하라고 이야기했어. 그런데 그이는 희망을 가져보겠다고 하더라고. 그러고 나서 곧 일종의 가수면 상태에 빠졌는데, 지금은 다시 끙끙 앓고 있어.

무언가가 바뀌었어. 갑자기 아주 이상하고 흥분된 목소리로 나를 옆으로 부르길래 정신이 혼미해진 줄 알았는데, 그게 아니었어. 그는 들뜬 목소리로 '헬렌, 아까 그게 위기였던 거야! 여기 통증이 있었는데, 이제 거의 사라졌어. 말에서 떨어진 날부터 지금까지 한 번도 편한 적이 없었는데— 아주 멀쩡하다니까!'라고 말하고는 너무 기쁜 나머지 내 손을 부여잡고 입을 맞추더라고.

그러다가 내가 같이 기뻐하는 것 같지 않으니까 내 손을 홱 뿌리치고는 나더러 어쩌면 그렇게 냉정하고 무심하냐고 욕을 퍼부었어. 그런 상황에서 내가 뭐라고 대답할 수 있었겠어? 그래서 그 옆에 꿇어앉아서—집을 나간 이후 처음으로—그이의 손에 다정하게 입을 맞추었고, 눈물이 앞을 가려 말을 하기도 힘들었지만, 그래도 내가 대답을 안 한 건 기쁘지 않아서가 아니라 갑자기 통증이 사라진 것이 그이가 생각하는 것처럼 좋은 일이 아닐 수도 있어서 그런 거라고 말했어. 그러고는 바로 의사를 모셔 오라고 지시했고, 우리는 초조하게 기다리는 중이야. 의사가 뭐라고 하는지 알려줄게. 아직도 통증이 전혀 없고, 제일 아팠던 부위에도 아무런 감각이 없대.

제일 걱정했던 일이 벌어졌어. 괴저(壞疽)가 시작된 거야. 의사가 희망이 없다고 했고, 아서는 이루 말할 수 없이 괴로워하고 있어. 더는 못 쓰겠어."

─────◆─────

그다음 부분의 내용은 더 참담했다네. 환자의 상태는 점점 더 나빠졌고, 그는 그토록 두려워했고 어떤 고뇌나 기도로도 벗어날 수 없는 무서운 벼랑의 끝까지 끌려갔지. 이제 그에게는 아무것도 위안이 되지 못했고, 그를 위로하려는 해터즐리 씨의 투박한 시도들은 완전히 헛수고로 끝났어. 그에게 이 세상은 이제 아무것도 아니었어. 이승에서의 삶과 모든 흥밋거리, 사소한 근심과 부질없는 쾌락은 모두 잔인한 조롱에 불과했지. 과거에 대한 이야기는 헛된 회한을 불러왔고, 미래에 대해 이야기하면 더 고통스러워했지만, 모두가 침묵하고 있으면 후회와 두려움이 밀려든다고 했다는군. 그는 죽어가고 있는 자신의 육신의 운명을, 이미 천천히, 조금씩 자신의 몸을 잠식하고 있는 죽음과, 수의(壽衣), 관, 어둡고 쓸쓸한 무덤 그리고 끔찍한 부패 과정을 충격적일 정도로 상세히 상상했지.

슬픔에 빠진 부인은 이렇게 썼어. "내가 그런 것들 말고 더 영적인 것들을 생각하라고 해도 별 소용 없었어. 아서는 '그럴수록 더 괴로워!' 하고 말했지. '정말 사후에 삶이 있고 심판을 받는다면, 내가 그걸 어떻게 견뎌낼 수 있을까?' 나로서는 도와줄 길이 없어. 그는 내가 무슨 말을 해도 거기서 깨달음도 힘도 위로도 얻지 못하거든. 그런데도 내가 자신을 그 무서운 운명으로부터 지켜줄 수 있다고 생각하는 건지, 어린애처럼 끈질기게 내게 매달려. 밤낮으로 자기 옆에 있게 하고, 지금도 내가 오른손으로 글씨를 쓰니까 왼손을 붙잡고 있어. 그렇게 붙잡고 있은 지도 벌써 몇 시간째야. 어떨 때는 창백한 얼굴로 나를 쳐다보면서 말없이 손만 잡고 있고, 어떨 때는 눈앞에 보이는 (또는 보인다고 생각하는) 뭔가를 생각하며 이마에 큰 땀방울이 송골송골 맺힌 채로 내 팔을 난폭하게 움켜잡기도 해. 내가 잠시라도 손을 빼면 너무 괴로워하고.

'헬렌, 내 옆에 있어줘. 당신이 여기 있으면 아무 일 없을 것 같으니까 제발 당신을 붙잡고 있게 해줘. 하지만 죽음은 다가오겠지 — 지금 다가오고 있어 — 빠르게, 빠르게! 아, 죽음 후에 아무것도 없다고 믿을 수만 있다면!'

'그렇게 믿으려고 하지 말아요, 아서. 회개만 한다면 죽음 후에 기쁨과 영광을 누릴 수 있어요!'

'뭐라고, 내가?' 아서가 헛웃음을 치며 물었어. '몸으로 행한 바대로 심판받는 거 아니었어? 신의 규범에 어긋나게 아무렇게나 살다가 가장 선한 사람들과 똑같이 천국에 갈 수 있다면, 최악의 죄인들이 그저 '회개합니다!' 한마디로 가장 거룩한 성자들과 같은 보상을 받을 수 있다면, 이 세상에서의 삶이 왜 존재하겠어?'
'하지만 당신이 진심으로 뉘우친다면—'
'나는 뉘우칠 수 없어. 두렵기만 해.'
'단지 벌이 두려워서 과거를 후회하는 건가요?'
'맞아. 당신한테 잘못한 것만 빼고는. 당신은 나한테 정말 잘해줬잖아.'
'신의 은혜를 생각하면 그분의 뜻을 어긴 게 후회스러울 수밖에 없을 거예요.'
'신이 도대체 뭔데? 신은 볼 수도, 들을 수도 없어. 그냥 하나의 개념이잖아.'
'신은 무한한 지혜와 권능과 선, 그리고 사랑이죠. 그런데 이 개념이 인간인 당신의 능력으로 이해하기에 너무 거창하고, 당신 생각이 이 압도적인 무한함 속에서 헤맨다면, 인간의 몸을 빌려 태어나시고 광휘에 휩싸인 사람의 몸으로 천국으로 올라가셨으며, 온전한 신성이 깃들어 빛나는 그분*만을 생각해봐요.'
하지만 아서는 고개를 흔들고 한숨만 내쉬었어. 그러더니 또다시 공포가 밀려왔는지 부르르 떨면서 내 손과 팔을 더 꽉 움켜잡고는 신음하고 한탄하며 그야말로 거칠고 간절하게, 필사적으로 매달려왔어. 그이를 도울 수 없다는 걸 알기에 그 모습이 너

---

* 골로사이인들에게 보낸 편지 2장 9절 인용.

무 가슴 아팠지만, 나는 최선을 다해 그를 달래고 위로해주었지.

'죽음은 너무 끔찍해. 도저히 견딜 수가 없어! 당신은 몰라, 헬렌, 당신은 눈앞에 두고 있지를 않으니 상상할 수가 없는 거야! 내가 묻히고 나면 당신은 원래 살던 대로 즐겁게 살겠지. 세상은 마치 내가 존재한 적도 없는 것처럼 여전히 분주하고 즐겁게 돌아갈 테고. 그동안 나는─' 그이는 울음을 터뜨렸어.

'그런 생각 때문에 괴로워할 필요는 없어요. 우리도 모두 곧 당신 뒤를 따라갈 거니까요.'

그러자 그이가 소리쳤어. '신께서 지금 당신과 같이 갈 수 있게 해주면 좋을 텐데! 당신이 나 대신 기도해봐.'

'사람이 사람을 구원할 수 없고, 하느님께 대신 목숨값을 치를 수도 없다.'* 나는 이렇게 대답했어. '그들의 영혼값은 너무나 비싸 그 값을 치르기는 감히 생각도 못 할 일이다.** 우리를 악마의 속박에서 구해내기 위해서, 자신은 완벽하고 죄 없는 분, 인간의 몸을 입고 태어나신 주님의 피가 필요했지요. 그분께 기도해봐요.'

하지만 그런 말을 해봤자 소용없었어. 그이는 전처럼 이런 성경 말씀을 비웃지는 않았지만, 믿거나 이해하지는 못하더라고. 그가 오래 버티지는 못할 것 같아. 그는 너무 고통스러워하고, 시중드는 우리도 마찬가지야. 하지만 더 이상 자세히 설명하지는 않을게. 이 정도 이야기했으면 그이를 간호하러 돌아온 게 잘한 결정이라는 걸 오빠도 알겠지."

---

* 시편 49장 7절 인용.
** 시편 49장 8절 인용.

정말 너무 가여운 헬렌! 얼마나 지독하게 힘들었을까! 그런데 나는 그 고통을 덜어주기는커녕— 아니, 오히려 내 비밀스러운 욕망으로 인해 내가 직접 그 고통을 안겨준 것만 같았지. 헌팅던과 그녀가 겪은 고통을 보면 내가 그런 소망을 품은 데 대한 벌처럼 느껴지기도 했다네.

이틀 후 다음 편지가 왔어. 프레더릭은 그 편지도 아무 말 없이 내 손에 쥐여주더군. 그 내용은 다음과 같네.

12월 5일

그이가 결국 떠났어. 나는 밤새도록 그이의 손을 꼭 잡고 옆에 앉아서, 그의 얼굴에 나타나는 변화를 살피고, 그의 약해지는 호흡에 귀를 기울였어. 오랫동안 아무 말이 없기에 다시는 말을 안 할 줄 알았는데, 어느 순간 아주 작지만 또렷한 소리로 이렇게 속삭이더라고. "헬렌, 나를 위해 기도해줘!"

"매시간 매분 당신을 위해 기도하고 있어요, 아서. 하지만 당신도 스스로 기도해야 해요."

그의 입술이 움직였지만 소리는 나오지 않았어. 그러더니 이목구비가 일그러졌지. 가끔 새어 나오는 단편적인 단어들을 보니 의식이 없는 것 같아서, 나는 가만히 손을 빼고 밖에 나가 신선한 공기를 마시려 했어. 벌써 거의 기절할 것 같았거든. 그런데 그이의 손가락이 갑자기 경련하듯 움직이더니, "나 두고 가지 마!" 하고 속삭이는 소리가 들려서 얼른 도로 앉았지. 나는 다시 그이의 손을 잡았고, 그이가 떠날 때까지 계속 잡고 있다가— 실신했어. 슬픔 때문이라기보다는 지쳐서 그랬던 것 같아. 그때까지 간신히 버틴 거지. 아, 오빠! 죽어가는 그 순간의 정신적, 신체적 고통은 아무도 상상 못 할 거야! 두려움에 떨던 그 가여운 영혼이 영원한 고통 속으로 끌려가버렸다니, 생각할수록 견디기 힘들고 미쳐버릴 것 같아. 하지만 다행히 희망은 있어. 그이가 어쩌면 마지막 순간에 드디어 회개하고 용서받았을 수도 있고, 죄지은 영혼이 거쳐야 하는 정화의 불길을 지나 다른 운명을 맞이할 수도 있으니까. 당신이 만드신 것은 그 무엇도 미워하지 않는 신께서 결국에는 그이의 영혼을 축복할 수도 있으니까!

  아서의 육신은 목요일에 그이가 그토록 두려워하던 어두운 무덤에 묻히게 될 테지만, 관은 최대한 빨리 닫아야 해. 혹시 장례식에 올 거라면 빨리 와줘. 도움이 필요해.

헬렌 헌팅던

50장
의심과 실망

이 편지를 읽고 나서 프레더릭 로런스에게 내 기쁨과 희망을 감출 이유가 없었어. 부끄러워할 일이 아니었으니까. 나는 오직 그의 동생이 드디어 힘들고 고된 일에서 해방되었다는 사실에 기쁨을 느꼈고, 시간이 흐르면 그녀가 이 사건의 고통에서 회복되어 적어도 여생은 평화롭고 조용하게 살 수 있을 거라는 사실에 희망을 가졌지. (헌팅던의 모든 고통은 본인이 자초한 것이고, 마땅히 겪어야 할 고통이었다고 생각하면서도) 나는 그녀의 불행한 남편 때문에 큰 슬픔에 빠졌고, 그녀의 고난에 깊은 연민을 느꼈다네. 힘에 부치는 간호와 끔찍한 철야, 살아 있는 시신 같은 남편 옆에 줄곧 붙어서 건강을 해칠 만큼 힘들게 갇혀 있어야 하는 일상, 이런 생활이 그녀에게 미쳤을 악영향이 못내 불안했어. 게다가 부인은 편지에 본인이 견뎌야 했던 고통의 절반도 채 이야기하지 않았을 테니까.

나는 프레더릭에게 편지를 돌려주며 물었어. "로런스, 가볼 거지?"

"그럼. 바로 가봐야지."

"그래! 그럼 떠날 준비 하게, 나는 이만 가보겠네."

"자네가 오기 전에, 그리고 자네가 편지 읽는 동안에 준비는 다 했어. 마차가 문 앞으로 들어오고 있군."

나는 마음속으로 프레더릭의 기민한 대처를 칭찬하며 작별 인사를 하고 나왔어. 헤어질 때 악수를 하는데 그 친구가 내 표정을 유심히 살피더군. 하지만 내 얼굴에서 뭘 기대했든, 나는 그 순간에 어울리는 아주 진중한 표정만을 짓고 있었다네. 그의 머릿속을 스쳐 갔을 듯한 어떤 생각 때문에 한순간 기분이 나빠서 좀 준엄한 표정이 섞여 있었을지도 모르지.

내가 나 자신의 미래와 열렬한 사랑, 끈질긴 희망을 잊었느냐고? 지금 그걸 생각하는 건 신성모독 같았지만, 잊은 건 아니었어. 하지만 말을 타고 천천히 집으로 돌아오면서 생각해보니 나의 미래는 어두울 것 같았고, 희망은 잘못된 것 같았으며, 그녀에 대한 사랑은 부질없는 일같이 느껴졌어. 헌팅던 부인은 이제 독신이고, 그녀를 생각하는 건 더 이상 죄가 아니었지. 그런데 부인은 한 번이라도 나를 생각했을까? 물론 지금은 그럴 계제가 아니고 그런 걸 바라지도 않지만, 이 충격이 가시고 나면 나를 생각할까? (본인과 나, 우리 둘 다의 친구라고 했던) 오빠에게 보낸 모든 편지에서 그녀는 내 이야기를 딱 한 번 했다네. 그것도 할 수밖에 없는 맥락이었지. 이 사실 하나만 봐도 부인은 이미 나를 잊었을 가능성이 아주 컸어. 하지만 그보다 더 최악인 건, 그녀가 내 이야기를 안 한 건 의무감 때문이고, 사실은 나를 잊으려고 노력하는 중일 수도 있다는 거지. 그뿐 아니라, 부인이 보고 느낀 끔찍한 현실, 한때 사랑했던 사람과의 화해, 그의 참혹한 고통과 죽음이 그녀의 마음에서 나에 대한 사랑을 완전히 지워버렸을 수도 있다는 우울한 생각도 들었다네. 부인이 그런 고통으로부터 벗어나 이전의 건강과 평안함, 심지어 명랑함을 되찾더라도, 나에 대한 사랑은 일시적인 감정, 헛되고 부질없는 꿈으로 간주해서 그냥 떨쳐버릴 가능성도 있었지. 주변에 나의 존재를 상기시켜줄 사람도 없고, 이렇게 멀리 떨어져 있는 상황에서 예의상 앞으로 적어도 몇 달 동안은 만나러 가거나 편지를 보낼 수도 없는데, 나의 변함없는 열정을 확인시켜줄 수단도 없으니 당연히 그럴 수 있었어. 어떻게 해야 프레더릭의 도움을 받을 수 있을까? 어떻게 해야 그 수줍고 쌀쌀한 침묵을 깰 수 있을까? 어쩌면 프레더릭은 예전만큼이나 내 사랑을 안 좋게 볼 수도 있었어. 자기 동생에 비해 내가 너무 가난하고 출신이 비천하다고 생각할 수도 있고. 거기다 또 다른 장애물도 있었지. 그라스데일 장원의 안주인인 헌팅던 부인과, 화가이자 와일드펠 저택의 세입자인 그레이엄 부인의 지위와 처지는 당연하게도 완전히 달랐거든. 내가 헌팅던 부인에게 구애하는 건, 그녀 자신은 어쩔지 몰라도 세상과 그녀의 친구들이 볼 때는 주제넘은 짓일 수 있었지. 부인이 나를 사랑한다는 확신이 있다면 감내할 수 있는 일이지만, 그게 아니라면 그걸 어떻게 감수할 수 있겠어? 그리고 마지막으로, 평소 이기적인 그녀의 남편이 그녀의 재혼을 막으려고 유언장에 뭔가 조건을 걸어놓았을 수도 있었어. 그러니 그때의 나는 마음먹기에 따라 절망에 빠질 이유가 한두 가지가 아니었다네.

그래도 나는 프레더릭이 그라스데일에서 돌아올 날을 손꼽아

기다렸고, 그의 귀환이 늦어질수록 점점 더 초조해졌다네. 그 친구는 열흘에서 열이틀을 떠나 있었어. 동생을 위로하고 돕느라가 있는 건 당연한 일이었지만, 부인의 안부나 최소한 자기가 돌아올 날짜 정도는 편지로 알려줬으면 좋았을 텐데. 내가 그녀에 대한 걱정과 나 자신의 미래에 대한 불안감으로 말할 수 없이 괴로운 상태라는 걸 알았을 테니 말일세. 그런데 그 친구가 돌아와서 부인에 대해 말해준 것이라곤, 자신의 삶을 망쳐놓고 거의 무덤 입구까지 끌고 간 남편을 밤낮으로 간호하느라 그녀가 아주 지치고 야위었고, 아직도 그의 슬픈 종말과 거기 따른 여러 상황 때문에 심한 충격과 우울감에 시달리고 있다는 사실뿐이었어. 나에 대해서는 아무 말 없었고, 그녀가 내 이름을 언급한 적도, 그녀가 있는 자리에서 내 이름이 나온 적도 없다고 하더군. 물론 내가 그런 걸 물어본 건 아니었다네. 내가 부인과 맺어지는 걸 프레더릭이 원치 않는다고 생각했기 때문에, 나는 차마 그런 걸 물어볼 엄두를 못 냈지.

그는 이번 방문에 대해 내가 더 많은 질문을 할 거라고 생각하는 눈치였어. 질투심의 발로인지 자긍심에 위협을 느낀 건지 아니면 뭔가 형언하기 어려운 감정 때문인지 모르겠지만, 그 친구는 더 이상의 질문을 받고 싶지 않은 표정이었고, 내가 더 묻지 않자 좋아한다기보다 놀란 것 같더라고. 나는 물론 불같이 화가 났지만, 자존심 때문에 그 친구와 대화하는 동안 내내 감정을 억누르고, 아무렇지도 않은 표정을 짓고, 최소한 침착을 유지하려고 애썼다네. 그러길 잘한 것이, 나중에 제정신을 차리고 되돌아보니 그 상황에서 내가 그 친구와 싸웠더라면 정말 터무니없고 부적절한 행동이었을 것 같더라고. 내가 그를 부당하게 오해했다는 사실도 고백해야겠네. 사실 그 친구는 나를 정말 좋아했지만, 헌팅던 부인과 나의 결혼이 이른바 강혼(降婚)이라는 사실도 잘 알고 있었어. 그는 천성적으로 세상과 맞서는 사람이 아니었고, 특히 이 경우 본인이 아니라 동생이 빈축을 사고 비난을 받을 것이었기에 훨씬 더 끔찍하게 느껴졌겠지. 하지만 이 결혼이 두 사람 모두의, 아니면 적어도 한 사람의 행복에 반드시 필요하고, 내가 그녀를 얼마나 열렬히 사랑하는지 알았다면 그 친구도 달리 처신했을 거야. 그런데 내가 그렇게 차분하고 침착하게 행동하니, 절대로 나를 대척하지는 않으면서, 이 결혼을 적극적으로 반대하지는 않더라도 그걸 성사하려는 노력은 전혀 하지 않을 셈이었다네. 감정보다는 이성에 치중하여, 우리 두 사람이 서로에 대한 사랑을 키우지 않고 극복하도록 도와주려는 생각이었지. 자네는 "그게 맞지"라고 하겠지. 어쩌면 그가 맞았을지도 몰라. 어쨌든 나는 그 친구를 그렇게 원망할 이유가 없었다네. 하지만 그때는 상황을 그렇게 온건하게 볼 수가 없었어. 그래서 나는 잠시 그와 이런저런 이야기를 나누다가, 부인이 정말 나를 잊었을 수도 있다는 생각과, 내가 사랑하는 그녀가 몸도 안 좋고 침울한 상태로 혼자 고통받고 있는데 로런스를 통해 소통할 길이 완전히 막혔으니 이제 그녀를 위로하거나 도울 수 없다는 사실, 그리고 상처 난 자부심과 구멍 난 우정에 미칠 듯 괴로운 마음으로 그 집을 나왔다네.

하지만 내가 어떻게 해야 할까? 그저 기다리면서 부인이 내게 안부를 전해오길 바랄 수밖에 없는데, 그건 프레더릭이 내 편지를 전해주지 않으면 절대 일어날 수 없는 일이겠지. 그런데 그 친구가 그렇게 해줄 리 없고, 그러면 아, 생각만 해도 두려운데,

부인은 내가 답장을 안 하는 걸 보고 내 마음이 식었다고 생각할 수도 있었어. 어쩌면 프레더릭이 이미 그녀에게 내가 그녀를 잊었다고 말했을 수도 있고. 그래도 나는 우리가 헤어진 지 6개월이 지날 때까지(2월 말쯤일 텐데)는 기다렸다가 그녀에게 편지를 쓸 생각이었네. 6개월이 지나면 편지를 써도 좋다고 한 그녀의 말을 상기시키고, 그 기회를 활용하는 거라고 하면서, 그녀가 최근에 겪은 고난에 대한 진심 어린 위로와 그녀의 너그러운 행동에 대한 찬사와 그녀가 건강을 완전히 회복했기를 바라는 마음을 보내고, 그 누구보다 누릴 자격이 있는데도 너무나 오랫동안 누리지 못한 편안하고 행복한 일상을 곧 되찾길 바란다고 쓸 생각이었어. 물론 어린 아서의 안부 또한 묻고 그 아이가 나를 잊지 않았기를 바란다고 하면서, 지난날을 회상하고 내가 그녀와 함께 지낸 즐거운 시간들에 대해 몇 마디 덧붙이며, 기억 속에 생생히 남아 있는 그 순간들을 돌아보는 게 내 삶의 기쁨이자 위안이라고, 그리고 최근에 겪은 고난 때문에 나를 완전히 잊어버리지 않았기를 바란다고도 쓰려고 했다네. 부인이 이 편지를 받고 답장을 해주지 않으면 나는 물론 다시 연락하지 않겠지만, 만약 답장을 해주면(틀림없이 어떤 식으로든 답을 할 텐데) 그 내용을 보고 앞으로 어떻게 할지 정할 생각이었다네.

    그렇게 고통스럽게 불확실한 상태에서 10주를 기다리는 건 정말 힘들었어. 그래도 용기를 내어 기다려야 했지! 그사이 나는 전처럼 자주는 아니지만 가끔 로런스를 만나 평소대로 부인의 안부를 묻고, 최근에 편지 온 거 있는지, 그녀는 어떻게 지내는지 정도만 물어봤다네.

    그런데 로런스는 약 오르게도 늘 내가 한 글자 그대로의 질문에 대한 답만 알려주었다네. 부인은 여전히 전처럼 지내고 있고, 아프다고 하지는 않지만 가장 최근에 온 편지의 분위기를 보면 마음이 아주 우울한 것 같다고. 하지만 이제 나아졌고, 잘 지내고 있으며, 아들의 교육과 고인이 된 남편의 재산을 처리하고 관리하는 문제 때문에 바쁘다고 했대. 그런데 프레더릭은 얄밉게도 헌팅던 씨의 재산을 어떻게 처리했는지, 그 사람이 생전에 유언장을 작성했는지에 대해서는 한마디도 안 하더라고. 하지만 그걸 물어보면 내가 돈에 관심이 있다고 오해할 수도 있었기에 죽어도 못 물어보겠더군. 그때쯤엔 부인의 편지를 보고 싶냐고 묻지도 않았고, 나도 보여달라고 부탁하지 않았다네. 하지만 곧 2월이었어. 12월이 지나갔고, 드디어 1월도 거의 끝나가고 있었지. 몇 주만 더 있으면 이 긴 기다림의 시간이 끝나고, 절망해야 할지 다시 희망을 품어도 될지 결판이 날 것이었어.

그런데 아! 바로 그쯤에 부인은 또 한 번 큰일을 겪었다네. 이모부가 돌아가신 거야. 사람 자체만 보면 쓸모없는 늙은이였지만 헌팅던 부인을 그 누구보다 아끼고 사랑해주었고, 그녀도 그분을 아버지처럼 생각했거든. 그녀는 이모부의 임종을 지켰고 이모를 도와 마지막 순간까지 열심히 간호했다네. 프레더릭은 스태닝글리에 가서 장례식에 참례했고, 돌아와서는 그녀가 이모를 위로하느라 아직 거기서 지내고 있으며 앞으로도 한동안은 거기 있을 거라고 전해주었어. 나로서는 안 좋은 소식이었지. 부인이 거기 있는 동안은 주소를 모르니 편지를 보낼 수가 없는데, 프레더릭에게 그 집 주소를 물어볼 수도 없었거든. 한 주 한 주 시간이 흘렀고, 그 친구에게 부인의 소재를 물을 때마다 아직도 거기 있다는 답만 돌아왔어.

마침내 내가 그에게 물었어. "도대체 스태닝글리가 어딘데?"
"——셔에 있어." 그 친구가 짧게 대답했지. 그런데 아주 차갑고 건조한 태도로 말했기 때문에 더 이상 자세히 물어볼 엄두가 안 났어.
"부인은 언제 그라스데일로 돌아간대?"가 나의 두 번째 질문이었다네.
"나도 몰라."
"제기랄!" 내가 중얼거렸지.
"마컴, 왜 그러나?" 프레더릭이 아무것도 모르는 척 놀란 얼굴로 물었어. 나는 말없이 경멸하는 눈길만 던지고는 대답하지 않았지. 그에 그는 반대쪽으로 돌아서며 반쯤은 생각에 잠긴 듯하고 반쯤은 재미있다는 듯한 옅은 미소를 띤 얼굴로 카펫을 내려다보다가, 갑자기 고개를 들고는 즐겁고 친밀한 대화를 시작할 셈으로 다른 이야기를 하기 시작하더군. 하지만 나는 너무 화가 나서 곧 나와버렸어.
자네도 보다시피 로런스와 나는 당시에 걸핏하면 부딪쳤다네. 내 생각에 그때 우리는 둘 다 너무 예민했고, 상대방이 그럴 의도가 없는 경우에도 오해를 하고 화를 내곤 해서 문제였지. 해퍼드 자네도 알겠지만, 이제 나는 그런 성격이 아니야. 나는 밝고 지혜로워지는 법을 배웠고, 스스로에게 좀 더 너그러워진 데다 주변 사람들에게도 더 잘해주게 되었으며, 로런스와 자네를 놀리기도 하잖나.
우연히 그렇게 된 것도 있고 일부러 피한 것도 있는데(그 친구가 정말 싫어지려는 참이었거든), 아무튼 나는 몇 주 후에야 프레더릭을 만나게 됐어. 그 친구가 나를 찾아왔더군. 6월 초의 어느 화창한 아침, 막 건초를 베기 시작하는데 그 친구가 밭으로 걸어 들어왔어.

서로 몇 마디 주고받고 나자 그 친구가 이렇게 말하더군. "오랜만에 보네, 마컴. 우드퍼드에는 다시 안 올 셈이야?"

"한 번 갔었는데 외출 중이던데."

"미안, 하지만 그건 오래전이잖나. 자네가 다시 올 줄 알았는데. 하도 안 오길래 내가 찾아왔더니 이제 자네가 외출 중이잖아. 자네는 원래 집에 잘 없으니까. 그것만 아니었다면 내가 더 자주 찾아왔겠지. 아무튼 이번에는 꼭 만나려고 조랑말을 길에 묶어놓고 산울타리와 도랑을 통과해서 이리 온 거야. 한동안 우드퍼드를 떠나 있을 거라, 한두 달 뒤에야 다시 만날 수 있을 것 같거든."

"어디 가는데?"

"먼저 그라스데일에 갈 거야." 프레더릭이 번지는 미소를 애써 참으며 대답했어.

"그라스데일이라! 그럼 부인이 지금 거기 계신 건가?"

"맞아, 하지만 하루이틀 후에 바다 공기를 마시러 맥스웰 부인과 함께 F——시로 떠날 거야. 나도 같이 갈 거고." (그때 F——시는 조용하고 품위 있는 온천지였는데, 지금은 관광객이 훨씬 많아졌지.)

로런스는 내가 이 기회를 이용해 동생에게 편지를 전해달라고 하기를 기대한 것 같았어. 내가 가만히 있으면 자기가 먼저 그런 걸 전해주겠다는 제안을 하지는 않았겠지만, 내가 부탁할 생각을 했다면 아마 반대하지 않고 들어줬겠지. 하지만 나는 그 부탁을 할 용기가 없었고, 그 친구가 떠난 다음에야 내가 얼마나 좋은 기회를 놓쳤는지 깨달았어. 나의 아둔함과 어리석은 자존심을 깊이 후회했지만, 이미 너무 늦은 후였다네.

프레더릭은 8월 하순에야 돌아왔어. F——시에 있는 동안 두세 번 편지를 보내왔는데, 내 입장에서는 내용이 너무 빈약했지. 부인에 대한 이야기는 거의 없고 본인 이야기도 별로 없이, 내가 아무 관심 없는 그냥 일반적인 이야기나 사소한 이야기들, 또는 당시 나로서는 그와 똑같이 달갑지 않았던 온갖 상상이나 생각으로 가득 차 있었거든. 일단 그가 돌아올 때까지 기다렸다가 직접 물어보는 수밖에 없을 것 같았어. 그래야 더 많은 이야기를 들을 수 있을 것 같았지. 어쨌든 지금 부인은 프레더릭과, 그 친구보다도 내 주제넘은 야망에 훨씬 더 적대적일 게 분명한 이모님과 같이 있으니, 그녀가 조용하고 한적한 자기 집으로 돌아왔을 때 편지를 보내는 게 제일 좋을 것 같았어.

그런데 로런스는 돌아온 후에도 부인 이야기는 거의 안 했어. 그저 F——시에서의 요양이 부인의 건강에 큰 도움이 됐고, 어린 아서는 아주 건강하며, 아! 부인과 아들은 맥스웰 부인과 함께 스태닝글리로 돌아갔고 최소한 세 달은 거기 있을 거라는 내용이었지. 하지만 그 당시 나의 원통함, 기대와 실망, 깊은 우울과 깜박이는 희망에 대한 이야기와, 포기해야겠다는 결의와 버티겠다는 결의, 대담하게 밀어붙여야겠다는 생각과 그냥 흘러가는 대로 놔두고 좋은 기회를 기다려야겠다는 생각 사이에서 오락가락하던 것에 대한 지루한 이야기는 잠시 멈추겠네. 그리고 이 이야기에 등장은 했지만 나중에 다시 언급할 기회가 없을 것 같은 인물들에 대해 간단하게 살펴보고 넘어가려 하네.

헌팅던 씨가 세상을 뜨기 얼마 전, 로버러 부인은 또 다른 남자와 유럽으로 도망가서 신나게 놀고 방탕하게 살다가 그와 싸우고 헤어졌다고 하네. 그녀는 한 시즌 더 그렇게 지냈지만, 나이가 들고 돈이 떨어지자 가난과 빚에 빠져 치욕과 불행을 견디다가, 결국 돌봐주는 사람도 없이 아주 궁핍하고 비참한 상황에서 세상을 떴다고 하더군. 하지만 이건 다 소문일 뿐이야. 어쩌면 나나 그녀의 친척들이나 전의 지인들이 모르는 곳에서 아직 살고 있을 수도 있지. 다들 오래전에 그녀와 연락이 끊겼고, 할 수만 있다면 그녀를 완전히 잊어버렸을 테니까. 하지만 그녀의 남편은 이 두 번째 외도를 알게 되자마자 바로 이혼을 요구해서 얻어냈고, 얼마 후 재혼을 했어. 잘한 일이야. 로버러 경은 침울하고 감정 기복도 심해 보이지만 독신으로 살 사람은 아니거든. 공공의 이익도, 거창한 사업도, 활동적인 오락도, 심지어 우정(친구가 있었다면 말이지)마저도 그 친구에게는 편안하고 화목한 가정에 비하면 아무것도 아니었지. 그에게는 아들 하나와 아빠가 다른 딸이 하나 있었는데, 아이들을 보면 그 엄마가 생각났고, 특히 가여운 애너벨라를 볼 때면 늘 고통스러웠어. 그는 딸에게 잘해주려고 애썼고, 아이를 미워하지 않으려고 노력했고, 나중에는 아빠를 향한 아이의 천진하고 순수한 애정에 감동해 더 상냥하게 대하려고 했지만, 그 무고한 아이를 향해 내심 느끼는 감정에 대한 자기혐오와 (본래 너그럽지 않은 성품인지라) 본성의 사악한 충동을 억누르려는 부단한 노력은, 가까운 사람들은 어느 정도 짐작했지만, 오직 하느님과 본인만이 알았겠지. 또, 젊은 시절의 악습으로 돌아가고 싶다는 유혹을 이겨내는 것도 아주 힘든 일이었어. 과거에 자신을 그토록 속박하고 타락시켰으며, 건강과 양식(良識)과 미덕 모두를 해치는 술을 다시 실컷 마시면, 그동안의 고난도 잊고, 부인의 배신으로 인해 감정적으로 황폐해진 비참한 현실도 외면하고, 기쁨도 친구도 없는 삶과 병적으로 침울한 상태까지도 다 잊을 수 있었으니까.

그런데 두 번째 부인은 애너벨라와 아주 달랐어. 어떤 사람들은 그런 상대를 고른 것에 의아해하고 비웃기도 했지. 하지만 로버트 경보다 그런 사람들이 더 어리석은 건 분명했다네. 그 여성은 로버트 경과 비슷한 나이, 즉 서른에서 마흔 살 사이였고, 눈에 띄게 예쁘지도, 돈이 많지도, 교양이 풍부하지도 않은 데다 특별히 잘난 것도 없었지만, 훌륭한 분별력과 흔들리지 않는 도덕성, 깊은 신앙심, 따뜻하고 너그러운 성품과 명랑한 성격을 가지고 있었어. 자네도 금방 간파했겠지만, 이런 면들을 가진 그녀는 자녀들에게는 최고의 엄마가, 로버트 경에게는 더할 나위 없이 좋은 아내가 되어주었지. 평소 자기 비하를 하는 경향이 있는 그 친구는 그녀가 자기한테 너무 과분한 상대라고 생각했고, 그렇게 좋은 사람을 내려준 하늘의 친절함과 다른 남자가 아닌 자기를 선택해준 그녀의 안목에 경이로워하며 그녀에게 정성을 다했다네. 그리하여 그 부인은 그때도 지금도 영국에서 제일 행복하고 다정한 아내 중 한 명이지. 그 두 사람의 안목을 의심하는 사람들은, 그 진정한 만족감의 절반이라도 느낄 수 있게 해주고, 그 영속적이고 진정한 사랑의 절반이라도 돌려주는 상대를 만날 수 있다면 하늘에 감사해야 할 거야.

그 치사한 악당 그림즈비의 운명이 궁금하다면, 그자는 자기 클럽 회원 중에서도 최악인 자들과만 어울리고 사회의 제일 저열한 자들만 사귀며(세상 나머지 사람들에게는 다행한 일이지) 점점 더 사악하고 악랄한 길로 빠져들었고, 결국에는 노름하다

속인 다른 악당과 술김에 싸우다가 그의 손에 살해되었다고 하더군.

해터즐리 씨는 "그 무리에서 빠져나와"* 제대로 된 사람이자 진정한 기독교도로 살겠다는 결심을 잊은 적이 없었고, 한때 즐겁게 어울렸던 헌팅던이 방종한 생활 때문에 병에 걸려 비참하게 죽는 걸 보고 너무도 깊은 인상을 받았기에 다시는 그런 실수를 범하지 않았다네. 그는 도시의 유혹을 멀리하고 시골에 살며 원기 왕성하고 활동적인 시골 지주의 삶을 이어갔지. 농사도 짓고 가축도 기르며 때때로 사냥도 했고, 가끔은 (젊은 시절의 친구들보다 나은) 친구들과 어울리기도 하면서 (지금은 더 밝고 친밀해진) 명랑한 아내와 든든한 아들, 예쁜 딸들과 잘 살고 있다네. 몇 년 전에 돌아가신 은행가 아버지로부터 전 재산을 물려받아 자신의 주된 취미를 마음껏 즐기고 있는데, 랠프 해터즐리 씨가 영국 전역에서 명마(名馬)로 유명하다는 건 자네도 알고 있겠지.

---

*   고린토인들에게 보낸 둘째 편지 6장 17절 인용.

51장
예기치 않은 사건

첫눈이 황량한 들판과 얼어붙은 도로에는 얇게 덮이고, 지금은 다 말라서 굳었지만 11월의 폭우로 생겼던 진창길에 깊게 파인 마차 바큇자국과 말과 사람들의 발자국에는 좀 더 깊게 쌓이던 12월 초의 어느 조용하고 춥고 구름 낀 오후였다네. 나는 사제관을 나와 일라이자 밀워드 양과 함께 집으로 걸어가고 있었어. 내가 아니라 오직 어머니를 기쁘게 해드리기 위해 신부님을 방문한 거였지. 한때는 그렇게 매료됐던 일라이자가 싫은 것도 있었지만, 헌팅던 부인을 안 좋게 봤던 신부님을 용서할 수가 없어서 그 집 근처에도 가기 싫었거든. 그 나이 든 신사는 지금은 할 수 없이 자신의 이전 판단이 틀렸다고 인정하면서도, 여전히 부인이 남편을 떠나 가출한 건 잘못이라고 주장하셨어. 아내로서의 신성한 의무를 저버리는 행동이고 유혹에 자신을 내맡기는 일종의 일탈이라며, (심각한 수준의) 신체적인 가정 폭력에 시달리는 경우가 아니라면 용서받지 못할 행동이라는 거야. 그리고 그 경우에도 집을 나올 게 아니라 법에 호소해야 한다는 거였지. 하지만 지금은 그분이 아니라 그 딸 일라이자에 대해 이야기하려던 참이었네. 내가 막 신부님께 작별 인사를 하고 있는데 그 아가씨가 외출복 차림으로 들어오더라고.

"마컴 씨, 마침 로즈를 보러 가려던 차였어요. 괜찮으시면 같이 가요. 전 걸을 때는 누구랑 같이 있는 게 좋더라고요. 마컴 씨도 그렇지 않아요?"

"그렇죠. 좋은 친구라면요."

"그야 당연하죠." 그녀가 짓궂은 미소를 지으며 대답하더군.

그래서 우리는 같이 걸어갔다네.

"지금 로즈가 집에 있을까요?" 정원 문을 닫고 나와 린든카로 향하는 순간 그녀가 물었어.

"그럴 것 같은데요."

"있었으면 좋겠네요. 들려줄 소식이 있거든요. 마컴 씨한테서 이미 들었을 수도 있지만요."

"저한테서요?"

"네. 로런스 씨가 왜 갔는지 아세요?" 그녀는 초조한 눈빛으로 나를 쳐다보았어.

"그 친구가 어딜 갔나요?" 내가 말하자 그녀의 얼굴이 환해지더군.

"아, 그 사람이 자기 동생 얘기 안 하던가요?"

"동생이— 왜요?" 혹시 그녀에게 안 좋은 일이 생겼을까 봐 나는 불안해하며 물었지.

"아, 마컴 씨, 얼굴이 빨개지시네요!" 일라이자가 놀리듯 웃었어. "하하, 아직 그 여자를 못 잊었나 봐요. 그럼 빨리 서두르셔야 할걸요. 아, 이를 어째! 그 여자 다음 주 목요일에 결혼한다던데요!"

"아뇨, 일라이자 양, 그렇지 않아요."

"지금 제가 거짓말한다는 거예요?"

"잘못 안 거예요."

"그래요? 그럼 그게 아니라는 거예요?"

"그럴 거예요."

"그럼 왜 그렇게 얼굴이 파랗게 질렸어요?" 그녀가 내 얼굴에 드러난 감정을 보고 즐겁게 웃었어. "제가 그런 거짓말을 해서 화난 건가요? 글쎄요, 저는 '들은 대로 말하는 것'*뿐인데요. 그 소문이 사실인지는 모르겠지만, 세라가 굳이 저를 속이거나 그 소문을 전해준 사람이 세라를 속일 이유가 없잖아요. 로런스 씨 하인이 세라한테 그랬대요. 헌팅던 부인이 다음 주 목요일에 결혼을 해서 로런스 씨가 결혼식에 참석하러 갔다고요. 신랑 이름도 말해줬는데, 그건 기억이 안 나네요. 어쩌면 마컴 씨가 아실 수도 있겠어요. 그 집 근처에 살거나 그 동네를 자주 방문하고, 오래전부터 그 여자를 좋아한 사람이라던데. 미스터— 아, 이런! 미스터—"

"하그레이브?" 내가 씁쓸하게 웃으며 물었지.

"맞아요, 바로 그 이름이었어요."

"말도 안 돼요, 일라이자 양!" 내가 소리치자 그녀가 깜짝 놀라더군.

---

* 월터 스콧의 서사시 '마지막 음유시인의 노래(The Lay of the Last Minstrel)'에서 인용.

"흠, 저는 그렇게 들었어요." 그녀는 차분한 표정으로 나를 지켜보더라고. 그러더니 갑자기 웃음을 터뜨리며 아주 오래 깔깔 웃었어. 그걸 보니 화가 머리끝까지 치밀었다네.

"아, 정말 미안한 말이지만, 하하하! 설마 그 여자와 결혼하려고 했어요? 이런, 이런, 정말 안됐네요! 하하! 세상에, 마컴 씨, 기절하시는 거 아니죠? 아, 이런! 저 사람 부를까요? 제이컵, 여기—" 더 이상 말을 못 하도록 내가 생각해도 꽤 모질게 팔을 움켜쥐자 그녀는 아픈 건지 무서운 건지 살짝 비명을 지르면서 몸을 움츠리더군. 하지만 기가 죽은 것은 아니었고, 금방 다시 활기를 되찾더니 걱정해주는 척을 했어. "어떻게 해줄까요? 물이나 브랜디 좀 마실래요? 저쪽에 있는 술집에서 팔 거예요. 얼른 사 올게요."

"그만하시죠!" 내가 엄하게 대꾸하자 그녀는 순간적으로 당황한, 거의 겁먹은 듯한 표정이었어. "제가 그런 장난 싫어하는 거 알잖아요."

"장난이라고요! 장난 아니에요!"

"계속 웃고 있었잖아요. 비웃음당하는 거 불쾌하거든요." 나는 품위를 지키면서 차분한 태도로 조리 있고 양식 있는 말만 하려고 필사적으로 노력했다네. "그리고 이렇게 기분이 좋으시니 일라이자 양 혼자 가셔도 충분할 것 같네요. 생각해보니 저는 다른 일이 있어서 먼저 가볼게요."

나는 그렇게 말하고는(그러자 그녀가 악의적인 웃음을 멈추더군) 옆으로 틀어 들판으로 접어들었고, 언덕을 넘어 제일 가까운 산울타리의 틈을 통과했어. 그리고 그녀가 말한 게 사실인지—그보다는 거짓말인지—당장 확인하기 위해 최대한 빨리

우드퍼드로 달려갔지. 처음에는 굽은 길을 따라 평소처럼 걸어갔지만, 일라이자가 시야에서 사라지자마자 산울타리를 통과하고 도랑과 울타리를 뛰어넘으며 새가 날듯이 목초지와 휴경지, 그루터기만 남은 포장(圃場)과 오솔길을 지나 프레더릭의 대문 앞에 도착했다네. 내가 부인을 얼마나 열렬히 사랑하는지 그때야 실감이 나더군. 그녀가 언젠가는 내 사람이 될 수도 있을 거라는 생각이나, 그게 아니라면 적어도 부인이 나에 대한 기억과 우리의 우정과 사랑에 대한 추억을 희미하게라도 가슴속에 영원히 간직할 거라는 생각에 끈질기게 매달리면서 아무리 암담한 순간에도 완전히 포기한 적은 없었던 내 희망의 힘을 그제야 느낀 거지. 나는 프레더릭을 만나면 당당하게 동생의 소식을 묻고, 더는 기다리거나 망설이지 않고 가식적인 예의범절이나 바보 같은 자존심은 다 버린 채 바로 내 운명을 알아내기로 작정하고 그 집 대문 앞으로 걸어갔다네.

"로런스 씨 집에 있나?" 나는 문을 열어준 하인에게 열띤 어조로 물었어.

"아뇨, 주인님은 어제 떠나셨는데요." 하인이 경계심 가득한 태도로 대답하더군.

"어디로?"

"그라스데일에요. 모르셨어요? 주인님이 워낙 말수가 적으시죠." 하인이 바보 같은 선웃음을 지으며 말하더라고. "제 생각에는 아마—"

하지만 나는 그의 말을 끝까지 듣지 않고 바로 돌아섰어. 나의 괴로운 심정을 그런 자의 건방진 웃음과 주제넘은 호기심에 노출하고 싶지 않았거든.

그럼 이제 어쩌면 좋을까? 그녀가 정말 나를 버리고 그 남자를 선택한 걸까? 그럴 것 같지는 않았어. 나를 버릴 수는 있지만, 그런 자에게 자신을 바친다고! 일단 어찌 된 일인지 확인할 필요가 있었지. 이렇게 의심과 두려움, 질투와 분노의 폭풍에 휘말린 채로는 일상을 영위할 수 없었으니까. (저녁 마차는 이미 떠난 시간이었으니) L── 마을에서 출발하는 아침 마차를 타고 얼른 그라스데일에 가야 했어. 반드시 결혼식이 거행되기 전에 도착해야 하니까. 그런데 왜? 왜냐하면, 어쩌면 내가 이 결혼식을 막을 수 있을지도 모르겠다는 생각이 들었거든. 그러지 않으면 그녀도 나도 죽는 날까지 후회할지도 모르겠다는 생각도. 문득 누군가 부인에게 나를 모략했을 수도 있겠다 싶었어. 프레더릭이 그랬을 수도 있지. 맞아, 분명 그 친구가 부인에게 내가 거짓되고 믿지 못할 사람이라고 한 거야. 그리고 그 말에 분노하고 앞으로의 삶에 대해 낙담한 부인의 상태를 이용해서 그녀를 나에게서 떼어놓기 위해 하그레이브와 결혼하도록 교묘하고 잔인하게 밀어붙였을 수도 있고. 만약 이게 사실이고, 부인이 뒤늦게야 자기가 실수한 걸 깨닫는다면 ── 나는 물론 그녀도 평생 얼마나 참담하고 후회스러울 것인가. 게다가 내가 바보같이 이런저런 이유로 너무 망설이는 바람에 그런 일이 일어났다고 생각하면 얼마나 한스러울지! 아, 부인을 빨리 만나야 했어. 미친 사람이나 무모한 바보라는 말을 들을 수도 있고, 심지어 부인이 결혼식에 소란을 일으킨다고 기분 나빠하거나 너무 늦었다고 할 수도 있겠지만, 결혼식이 열리는 교회 문 앞에서라도 내 마음을 전해야 했지! 그리고 만약 내가 정말로 그녀를 구할 수 있다면, 그녀가 내 것이 될 수 있다면 ── 생각만 해도 너무 황홀했어.

이런 희망에 들뜨고 두려움에 사로잡힌 채, 나는 서둘러 집에 돌아가서 다음 날 아침에 떠날 짐을 챙겼다네. 어머니께는 지금은 뭔지 말 못 하지만 미룰 수 없는 급한 일이 생겼다고 말씀드렸지.

어머니는 내가 얼마나 초조한지, 얼마나 강렬하게 무언가에 사로잡혀 있는지 간파하셨어. 나는 뭔가 큰일이 벌어졌을까 봐 불안해하는 어머니의 마음을 달래드리느라 애를 썼다네.

그날 밤 폭설이 쏟아지는 바람에 다음 날 마차들이 너무 느리게 달렸고, 나는 초조해서 미칠 지경이었어. 마차는 밤새도록 달렸지. 그날이 수요일이었고, 그다음 날이면 결혼식이 열리는 목요일이었거든. 그날 밤은 정말 길고 어두웠어. 눈이 마차 바퀴에 두껍게 끼고 말굽에도 엉겨 붙으니 말들이 지쳐서 빨리 달리지를 못하고, 마차꾼들은 끔찍이도 조심스럽게 운행을 하는데, 승객들은 될 대로 되라는 식으로 늘어져서는 마차가 아무리 느리게 달려도 신경도 안 쓰는 거야. 내가 마차꾼들을 혼내는 걸 돕지는 못할망정 그냥 멍하니 지켜보거나 왜 저렇게 재촉하나 하는 식으로 웃고만 있더라니까. 한 작자는 심지어 나를 놀리기까지 하더라고. 그래서 무섭게 쏘아보았더니 도착할 때까지 한마디도 더 안 하더군. 마지막 구간에 와서는 내가 직접 마차를 몰겠다고 나섰는데, 모두 그건 안 된다고 반대했어.

마차는 날이 훤히 밝아올 때가 되어서야 M——시에 도착해서 '로즈앤드크라운' 여관 앞에 섰다네. 나는 얼른 뛰어내려서 큰 소리로 그라스데일행 사륜 역마차를 찾았지. 그런데 그 동네에 딱 한 대 있는 그 마차가 수리 중이라는 거야. "이륜마차든 경마차든, 뭐든 빠른 걸로 부탁하네!" 그랬더니 이륜마차는 있는데 그걸 끌 말이 없다는 게 아닌가. 그래서 시내로 들어가서 말을 찾는데, 알아봐준다는 사람들이 다들 너무 느려터져서 차라리 걸어가는 게 빠를 것 같았어. 그래서 한 시간 안에 말이든 마차든 구할 수 있으면 보내라고 하고 최대한 빠른 속도로 걷기 시작했지. 거리는 10킬로미터 남짓이었지만 낯선 길이라서 여러 번 멈춰 서서 물어봐야 했다네. 겨울 아침이라 오가는 사람이 별로 없어서 지나가는 짐마차꾼이나 행인을 불러 물어보고, 동네 농가에 들어가서 알아보기도 했어. 겨울이라 할 일도 거의 없고 먹거리나 땔감도 부족해서인지 일어나기 싫어하는 사람들을 억지로 깨워서 물어보기도 했지. 하지만 그들의 심정을 헤아릴 여유는 없었고, 나는 지치고 절박한 상태로 서둘러 걸어갔다네. 이륜마차는 끝내 나타나지 않았어. 많이 안 기다리고 바로 걷기 시작한 게 다행이었지. 오히려 그만큼 기다린 것도 바보 같아서 약이 올랐어.

드디어 그라스데일에 들어서자 저만치에 작은 시골 교회가 보였고, 가까이 다가가자 그 앞에 마차 여러 대가 줄지어 서 있었어. 하인들과 말들이 달고 있는 흰색 장식 리본과 구경하러 모여든 동네 사람들의 명랑한 목소리가 없어도 안에서 결혼식이 진행되고 있다는 걸 알 수 있었지. 나는 그들 사이로 뛰어 들어가 다급한 어조로 결혼식이 언제쯤 시작되었는지 물었다네. 사람들은 그저 놀라서 입을 벌리고 나를 쳐다봤어. 급한 마음에 하객들 사이를 비집고 들어가 교회 경내로 통하는 문으로 막 들어가려고 하던 차에, 벌떼처럼 창가에 달라붙어 있던 꼬마들이 갑자기 흩어지며 투박한 사투리로 "끝났다! 밖으로 나오고 있어!"라고 소리치며 교회 현관 쪽으로 몰려갔지.

그 순간 일라이자 밀워드가 나를 봤다면 아주 고소해했겠지. 맥이 풀린 나는 문설주를 붙잡고 선 채로, 내 영혼의 기쁨인 그녀를 마지막으로 보고, 그녀를 내게서 앗아 가 불행과 공허한 후회의 삶(그녀가 그와 어떤 행복을 즐길 수 있단 말인가?)으로 이끈 그 밉살스러운 작자를 처음으로 보기 위해 교회 문 쪽을 뚫어져라 쳐다보았어. 갑자기 나타나서 그녀를 놀라게 하고 싶지는 않았지만 걸어서 다른 곳으로 갈 기운이 없었다네. 드디어 신랑과 신부가 나왔는데, 신랑은 보이지 않고 신부에게만 눈길이 갔지. 긴 베일이 그녀의 우아한 자태를 반쯤 가리고 있었지만, 신부가 고개는 꼿꼿이 들고 눈은 내리깐 채로 목과 얼굴을 빨갛게 물들인 건 보였어. 하지만 만면에 웃음이 가득했고, 안개처럼 하얀 베일을 통해 보인 건 금빛 고수머리였지! 오, 하느님, 신부는 나의 헬렌이 아니었어! 신부를 처음 봤을 때 깜짝 놀랐는데, 나는 너무 지치고 절망스러워서 눈이 흐릿해져 있었거든. 내 눈을 믿어도 되나? 하지만, 맞아— 신부는 헬렌이 아니었어! 그녀보다 더 젊고, 체구가 작고, 피부도 더 장밋빛이었지. 아름다웠지만 그녀보다는 품위와 영혼의 깊이가 덜했고, 상대의 마음—적어도 나의 마음—을 사로잡고 지배하는 힘, 그 말할 수 없는 우아함, 그 예리하게 영적이지만 부드러운 매력이 이 신부에게는 없었어. 그리고 신랑을 보니— 프레더릭 로런스였어! 나는 이마에 흐르는 차가운 땀방울을 훔치고는 그가 다가오자 뒤로 물러섰다네. 하지만 그 친구는 나를 보았고, 내 모습이 평소와 달랐을 텐데도 바로 알아보더라고.

"마컴? 자네 맞지?" 프레더릭은 유령처럼 나타난 나를 보고, 아마 나의 해괴한 몰골 때문에도 놀라고 당황한 기색이었어.

"맞아, 로런스. 자네 맞지?" 나는 정신을 차리고 대답했어.

그는 반은 자랑스럽고 반은 민망한 듯 얼굴을 붉히며 빙긋 웃었어. 그렇게 아름다운 신부를 얻었으니 자랑스러웠을 것이고, 그런 행운을 이토록 오래 숨겼으니 면목 없었겠지.

프레더릭은 천진하게 즐거운 기색으로 이 어색한 상황을 넘기려고 애썼어. "내 신부와 인사 나누게. 에스터, 이쪽은 내 친구 마컴, 마컴, 이쪽은 방금 로런스 부인이 된 하그레이브 양이라네."

나는 신부에게 인사를 하며 신랑의 손을 힘주어 꽉 움켜쥐었다네.

"왜 얘기 안 했나?" 나는 분개한 척하며 따지듯 물었지. (사실 분개하기는커녕 오늘 결혼한 사람이 헬렌이 아니라는 사실에 너무 행복해서 정신이 나갈 지경이었고, 동생에게 나를 나쁘게 이야기한 줄 알고 지난 40시간 동안 그를 악마처럼 증오했는데, 그렇게 오해한 것에 대해 미안한 마음이 너무 커서 그 순간만큼은 이걸 감춘 것은 물론이고 그가 내게 저지른 모든 잘못을 다 용서하고, 그런 잘못에도 불구하고 그를 한껏 사랑하고 싶었다네.)

"하지만 얘기했는데." 그 친구가 미안하고 당혹스러운 기색으로 대답했어. "내 편지 받았지?"

"무슨 편지?"

"내 결혼식에 대한 편지 말이야."

"그런 비슷한 편지도 받은 적이 없는데."

"그럼 자네와 엇갈렸나 보네. 어제 아침에 도착했어야 맞는데, 좀 늦게 발송을 해서 그런가 봐. 그런데 그 편지를 못 받았으면 여기는 왜 왔나?"

이제 내가 설명해야 할 차례였어. 하지만 발로 눈을 톡톡 밟으며 우리의 짧은 대화를 듣고 있던 신부가 그 친구의 팔을 꼬집으며 마차에 같이 타고 가자고 초대하라고 속삭인 덕분에 그럴 필요가 없어졌지. 그녀는 수많은 사람이 지켜보고 있는 자리를 얼른 벗어나 친지들에게 가고 싶어서 그런 제안을 한 것이었어.

"그렇지, 날씨도 너무 춥고!" 프레더릭은 겸연쩍은 얼굴로 드레스만 입은 신부를 돌아보더니 곧바로 그녀를 마차에 태웠다네. "마컴, 자네도 탈 텐가? 우리는 파리에 가는데, 여기서 도버까지 가는 길 도중에 어디든 내려줄 수 있어."

"고맙지만 괜찮아. 잘 가게. 즐겁게 다녀오라는 말은 안 해도 되겠지? 하지만 나중에 사과 제대로 하고, 다시 만나기 전에 편지 많이 보내주게."

프레더릭은 나와 악수를 하고 얼른 신부 옆자리에 올라탔어. 설명을 하거나 이야기를 나눌 상황이 아니었지. 물론 이 일은 내가 이 이야기를 쓰거나 심지어 자네가 읽는 데 걸리는 시간보다도 훨씬 더 짧은 시간 동안에 벌어졌지만, 이미 동네 구경꾼들의 의문을 자아내고, 어쩌면 신부 측 하객들의 분노를 살 만큼 오래 이어졌거든. 마차 앞에 서 있자니 신부가 발그레한 뺨을 프레더릭의 어깨에 기대고 프레더릭이 행복한 얼굴로 신부의 허리를 다정히 껴안는 모습이 열린 창문 너머로 보이더군. 사랑과 믿음에서 오는 기쁨의 화신들 같았다고나 할까. 마차꾼이 문을 닫고 자리를 잡는 사이 그녀는 미소 띤 갈색 눈으로 신랑의 얼굴을 쳐다보며 장난스러운 어조로 말했어. "프레더릭, 내가 무심하다고 생각할 수도 있겠네요. 보통 이럴 때 여자들이 운다고 하더라고요. 하지만 나는 아무리 애를 써도 눈물이 한 방울도 안 나올 것 같아요."

프레더릭은 그저 말없이 입을 맞추고 그녀를 더 바짝 끌어안았어.

"그런데 어찌 된 일이야? 이런, 에스터, 지금 울고 있잖아!"

"아, 아무것도 아니에요. 그냥 너무 행복해서 그래요." 그녀가 울먹이며 말했어. "헬렌 언니도 우리만큼 행복했으면 좋겠어요."

'그렇게 말해주니 너무 고마워요!' 둘을 태운 마차가 출발하는 걸 보면서 나는 마음속으로 이렇게 대답했어. '그 소망이 꼭 이루어지면 좋겠네요.'

그런데 에스터가 그 말을 할 때 프레더릭의 얼굴이 살짝 흐려지는 것 같았다네. 그는 무슨 생각을 하고 있었을까? 소중한 동생과 자기 친구가 자신과 같은 행복을 누리는 걸 반대할 수 있었을까? 그런 순간에는 그럴 수 없었겠지. 동생의 운명과 자기 자신의 운명이 얼마나 대조적인지 생각하면 그의 행복은 한동안 흐려졌을 거야. 어쩌면 내 생각을 했을 수도 있고. 그녀와 나의 사랑을 적극적으로 방해하지는 않았지만(그건 이제 나도 인정하고, 그 친구를 그렇게 의심한 것을 깊이 뉘우치고 있다네), 도와주지 않음으로써 우리 둘의 결합을 방해한 것을 후회하고 있었을 수도 있지. 그래도 그 친구는 우리에게 잘못을 저질렀어. 아니, 그랬기를 바라고, 그랬다고 믿었지. 프레더릭은 실제로 둑을 쌓아 그녀와 나의 사랑을 막지는 않았지만, 우리 사이를 갈라놓는 장애물들을 치우지 않고, 하나로 합쳐지기 전에 둘 다 모래 속으로 사라져버리기를 몰래 바라면서 두 사랑의 강물이 삶의 황무지를 이리저리 헤매며 흘러가도록 손 놓고 지켜보았으니까. 그러면서 자신의 일은 조용히 추진하고 있었다니. 어쩌면 머리와 마음이 모두 아름다운 하그레이브 양에 대한 사랑으로 가득 차서 다른 사람들을 생각할 여유가 없었는지도 모르지. 프레더릭이 그 아가씨와 처음 알게 된 건—적어도 친하게 지내게 된 건—3개월간 F——시에 가 있었을 때였을 거야. 지금 생각해보니 그때 어떤 젊은 친구가 그의 이모님과 동생 집에 와 있다는 말을 한 적이 있었어. 그렇다면 그때 그렇게 편지가 뜸했던 게 절반은 그녀 때문이었을 거야. 그것 말고도 내가 약간 의아하게 생각했던 많은 일들이 그제야 이해가 가더라고. 프레더릭은 여러 번 우드퍼드를 떠나서 며칠씩 있다가 돌아오곤 했는데, 명확하게 설명을 안 해줬을 뿐 아니라 돌아왔을 때 내가 그에 대해 물어보면 아주 싫어했던 것도 그중 하나였어. 과연 하인이 자기 주인을 가리켜 "워낙 말수가 적다"라고 할 만했지. 그래도 나한테 왜 숨겼을까? 아까 말했듯이 워낙 과묵해서 그랬을 수도 있고, 내 감정을 배려해서, 사랑이라는 예민한 주제가 나오면 내 마음이 어지러워질까 봐 그랬을 수도 있을 것 같아.

52장
변화무쌍한 세상사

아침에 부탁했던 이륜마차가 드디어 도착했어. 그래서 마차를 몰고 온 사람한테 그라스데일 장원으로 가달라고 부탁했지. 머릿속이 복잡해서 직접 몰고 가기는 힘들 것 같았거든. 헌팅던 부인의 남편이 세상을 떠난 지 1년도 넘었으니 이제 그녀를 만나도 부적절한 행동은 아니었고, 내가 예고 없이 나타났을 때 부인이 무관심한지 기뻐하는지 보면 그녀가 나를 정말 사랑하는지 알 수 있을 것 같았어. 그런데 말 많고 주제넘은 마차꾼 때문에 혼자 조용히 생각할 수가 없었다네.

그는 우리 앞에 줄지어 달리는 마차들을 보며 말했어. "저것 좀 보세요! 오늘이나 내일 저기서 멋진 행사가 있나 봐요. 저 집안에 대해 좀 아세요? 아니면 이 동네에 처음 오신 거예요?"

"얘기만 들었다네."

"이런! 주인공들은 이미 가버렸고, 나이 든 부인은 이 일이 다 마무리되면 상속받은 데서 살려고 떠날 것 같아요. 젊은 부인은,

아니 적어도 새 부인(그분도 아주 젊지는 않아요)은 그로브 저택에서 살려고 온다더라고요."

"그럼 하그레이브 씨는 결혼했나?"

"예, 몇 달 전에 결혼했어요. 전에도 어떤 과부와 결혼할 뻔했다가 돈 문제로 깨졌다고 들었어요. 재산이 아주 많은 여자였는데, 하그레이브가 그걸 다 자기 이름으로 해달라고 했대요. 여자가 거절하니까 헤어진 거죠. 결혼한 여자는 그렇게까지 부자는 아니고 얼굴도 그보다 덜 예쁜데 초혼이라고 해요. 아주 박색에 나이가 마흔 살이나 그 이상이라고 들었어요. 그러니 이 기회를 놓치면 그만한 상대를 만날 수 없다고 생각했겠죠. 그렇게 젊고 잘생긴 남자면 전 재산을 다 줘도 괜찮다고 생각했을 거고, 그 남편도 얼씨구나 했겠지만, 아마 얼마 안 가서 후회할걸요. 듣기로는 벌써 남편이 결혼 전에 생각했던 것만큼 그렇게 상냥하고 너그럽고 깍듯하고 유쾌한 사람이 아니라고 느낀대요. 좀 무심하고 부인을 휘두르는 성격이라나 봐요. 앞으로 더 딱딱하고 무심하다고 느끼게 될걸요?"

"그 남편을 잘 아는 모양이지?" 내가 이렇게 물었다네.

"맞아요. 저는 그분이 아주 젊을 때부터 알았어요. 자존심도 강하고 고집도 센 성격이었죠. 그 집에 하인으로 몇 년 있었는데, 너무 인색하고 잔소리도 심한 데다 늘 감시하고 쩨쩨하게 굴어서 그만두고 다른 집으로 갔어요."

"이제 거의 다 오지 않았나?" 내가 그의 말을 자르며 물었어.

"맞아요. 저기가 그 집 공원이에요."

광활한 영지 한가운데 서 있는 웅장한 저택을 보니 가슴이 철렁하더군. 여름의 화려한 녹음이 우거졌을 때만큼이나 흰 눈에 덮여 있는 지금의 모습도 아름다운 공원과, 사슴들이 한 줄로 걸어간 구불구불하고 긴 발자국 빼고는 아무런 얼룩도 자국도 없는 깨끗한 흰 눈에 덮여 눈부시게 반짝이며 오르락내리락 뻗어 있는 멋진 진입로, 흐린 잿빛 하늘 아래, 가지마다 눈이 무겁게 쌓여 하얗게 반짝이는 거대한 목재용 나무들, 공원을 겹겹이 둘러싸고 있는 숲, 얼음장 아래 잠든 넓고 고요한 호수, 호수 위로 눈 덮인 가지를 죽죽 늘어뜨리고 있는 물푸레나무와 버드나무들. 누가 봐도 웅장하고 아름다운 풍경이었지만, 나로서는 마음이 착잡해질 수밖에 없었어. 그래도 그나마 다행인 것은, 이 저택은 어린 아서가 물려받았기 때문에 그 어떤 경우에도 엄밀히 말해서 부인의 소유가 될 수는 없다는 사실이었지. 그런데 지금 부인은 어떤 상황일까? 말 많은 마차꾼 앞에서 부인의 이름을 입에 올리는 게 탐탁지 않았지만, 나는 애써 용기를 내어 헌팅던 씨가 유언장을 남겼는지, 어떻게 재산을 배분했는지 아느냐고 물었다네. 그러자 당연히 안다고 하더라고. 부인은 아들이 성인이 될 때까지 영지를 관리할 전권을 부여받았고, 그녀 자신의 재산(많지는 않지만 아버지가 물려준 돈과 남편에게서 결혼 전에 받은 돈)을 온전히 본인 몫으로 소유하게 되었다는 이야기였어.

마차꾼의 설명을 듣다 보니 저택의 대문 앞이더군. 이제 그녀의 본심을 알아볼 차례였지. 아, 그런데 안에 있을지, 아직도 스태닝글리에 있는지 알 길이 없었어. 프레더릭이 부인의 소재에 대해서는 이야기한 바가 없었거든. 수위에게 헌팅던 부인이 집에 있느냐고 물었더니, 지금은 ──셔에 있는 이모 댁에 있는데, 크리스마스 전에 돌아올 거라고 하더군. 그녀는 보통 대부분의 시간을 스태닝글리에서 보내고, 그라스데일에는 영지 관리가 필요하거나 소작인과 하인들에 관련된 일을 처리해야 할 때 한 번씩 온다고 했어.

"스태닝글리는 어느 마을 옆에 있나?" 그러자 마차꾼이 자세히 설명해주더군. 그래서 내가 이렇게 말했어. "자, 이제 내가 마차를 몰 테니 M──시로 다시 돌아가자고. '로즈앤드크라운' 여관에서 아침을 먹고 스태닝글리로 가는 첫 역마차를 타야겠어."

"오늘 중으로는 도착 못 해요."

"상관없네. 도중에 하루 자고 내일 도착하려고 하거든."

"여관에서 주무시려고요? 그러느니 저희 집에서 묵고 내일 아침에 출발하시죠. 내일 종일 가시면 되니까."

"에이, 그럼 열두 시간을 버리는 거잖나. 그러긴 싫네."

"혹시 헌팅던 부인 친척이세요?" 마차꾼은 돈 챙길 기회가 사라지자 이번에는 궁금증을 풀고 싶어진 듯했어.

"그런 행운은 타고나지 못했다네."

"아! 그렇군요." 그는 흙탕물이 튄 내 회색 바지와 거친 잠바를 이상하다는 듯이 곁눈질로 보며 이렇게 말하더군. 그러더니 힘내라는 듯 이렇게 덧붙였어. "그래도 그렇게 돈 많은 마님 중에 나리보다 더 가난한 친척들이 있는 분들도 많을 거예요."

"그렇겠지. 그리고 자네가 말하는 그 마님의 친척인 것을 크나큰 영광으로 생각하는 신사분들도 많을 걸세."

그러자 마차꾼은 얍삽한 눈길로 내 얼굴을 살피며 이렇게 말하더라고. "혹시 손님이─"

그가 뭐라고 할지 뻔해서 그 주제넘은 질문을 이렇게 잘라버렸지. "좀 바쁘니 잠깐 조용히 해주게."

"바쁘시다고요?"

"응, 머릿속이 바빠서 생각하는 데 방해받고 싶지 않아."
"그러시군요."
  오늘 중으로 못 간다는 게 그렇게 실망스럽진 않았어. 만약 그랬다면 그 건방진 마차꾼의 수다를 그렇게 차분히 참아주지 못했을 테니까. 사실 이것저것 고려해보니 부인을 그날 보는 것보다 그다음 날 만나는 게 더 나을 수 있겠더라고. 부인이 아니라 프레더릭이 결혼한다는 걸 알고 갑자기 황홀한 기쁨에 휩싸였다가 이제 더 큰 실망에 빠질 게 뻔했는데, 그 전에 마음을 좀 가다듬고 싶었거든. 게다가 꼬박 하루 밤낮을 쉬지 않고 여행하고, 새로 내린 눈을 뚫고 9킬로미터를 황급히 달리고 나면 차림새도 좀 다듬을 필요가 있을 테고.
  M──시에 도착해서는 역마차가 오기 전에 아침을 든든히 먹고, 세면도구도 사고, 차림새도 가다듬고, (효자답게) 어머니께 별일 없었고 예정된 시간보다 늦게 가게 되어 죄송하다는 내용으로 짧은 편지를 써 보냈어. 지금과 달리 그때는 스태닝글리까지 가려면 오래 걸렸다네. 나는 도중에 밥도 먹고 길가 여관에서 하룻밤 잠도 잤지. 갑자기 나타난 나를 보고 안 그래도 놀랄 부인과 그녀의 이모님 앞에 지치고 초라하고 남루한 모습을 보이느니 조금 늦더라도 그 편이 나을 것 같았거든. 그래서 다음 날 아침, 마음은 복잡했지만 최대한 제대로 식사를 챙겨 먹었고, 여행 가방에서 새 속옷과 솔질해둔 옷, 윤나게 닦은 신발, 멋진 새 장갑을 꺼내서 평소보다 더 시간을 들여 단장했어. 그런 다음 '번개'라는 이름의 마차를 타고 다시 길을 떠났다네. 도착지까지는 아직 역이 두 개 더 남아 있었지만, 내가 탄 역마차가 스태닝글리 근처 동네를 통과한다는 이야기를 듣고 나는 최대한 그 집

가까이 내려달라고 했지. 그러고 나니 달리 할 일이 없어서 그냥 팔짱을 끼고 앉아 도착 시간만 기다렸다네.

그날 아침은 맑고 쌀쌀했어. 마차 위에 높이 앉아서 눈 덮인 풍경과 햇살 밝은 하늘을 보고 깨끗하고 상쾌한 공기를 마시며 바삭하게 언 눈 위를 달려가는 것 자체가 기분 좋은 일이었는데, 거기다 내가 그 동네에 가고 있는 이유와 가서 만날 사람까지 생각하면 그날 내 기분이 어땠을지 어느 정도 상상이 갈 거야. 자네로서는 어느 정도밖에 상상할 수 없겠지만. 그날 나는 헬렌과 나의 지위 차이, 우리가 헤어진 후 그녀가 겪은 많은 일들, 그렇게 오랫동안 한 번도 연락하지 않은 그녀의 심정, 그리고 무엇보다도 그녀가 다시는 무시하지 못할 침착하고 신중한 그녀의 이모에 대한 합리적인 생각들로 감정을 가라앉히려고 신중하게 노력했지만, 그럼에도 이루 말할 수 없는 기쁨에 가슴이 부풀어 올랐고, 그야말로 하늘을 나는 기분이었다네. 앞에서 언급한 생각들 때문에 불안한 마음이 들고 얼른 그 고비를 넘기고 싶다는 간절함에 가슴이 두근거렸어도, 내 마음속에 있는 그녀의 모습은 여전히 또렷했고 우리 둘 사이에 오간 말과 감정도 생생히 기억났으며, 앞으로 일어날 일에 대한 내 간절한 기대를 꺾어놓지는 못했지. 사실 이제 그런 문제들이 크게 걱정되지도 않더라고. 그런데 도착할 무렵, 승객 몇 명이 친절히도 내 자신감을 꺾어놓았어.

"정말 좋은 땅이에요." 그중 한 사람이 오른쪽에 보이는 울창한 산울타리와 깊고 잘 파인 도랑, 때로는 밭 가장자리에, 때로는 한가운데 서 있는 훌륭한 목재용 나무들을 우산으로 가리키며 이렇게 말했어. "여름이나 봄에 봤으면 정말 멋진 땅이었을 것 같아요."

"맞아요." 다른 승객이 이렇게 대답했다네. 목소리가 걸걸한 늙수그레한 남자였는데, 칙칙한 색의 외투를 턱까지 단추를 채워 입고 두 무릎 사이에 면 우산을 끼고 있었지. "아마 맥스웰 씨 땅일 겁니다."

"그랬었죠. 그런데 그분은 돌아가셨고, 이 땅을 전부 조카딸에게 남겨주었잖아요."

"이 땅 전부를?"

"한 평도 남김없이요. 저택과 세간까지 전부 줬다고 하더라고요. ──셔에 사는 조카한테 일종의 기념으로 떼어준 아주 약간의 유산과 부인에게 남긴 연금만 제외하고요."

"이상한 일이네요!"

"그렇죠. 심지어 자기 조카도 아니래요. 자기 쪽 친척은 없고, 조카가 하나 있는데 사이가 틀어졌다나 봐요. 평소에도 이 조카딸을 더 아꼈다고도 하고요. 사람들 말로는 부인이 그렇게 하라고 했다더라고요. 재산 대부분이 부인이 결혼할 때 가져온 건데, 조카딸에게 주면 좋겠다고 얘기했대요."

"아! 그 조카딸과 결혼할 사람은 좋겠네요."

"그렇겠죠. 과부라던데, 아직 아주 젊고 굉장히 예쁜 데다, 자기 재산도 있고 자식도 하나뿐이래요. 거기다 아들이 받은 대단한 영지를 관리하고 있다고 하더라고요. (나와 다른 승객의 옆구리를 쿡 찌르며) 그렇게 가진 게 많으니 우리 같은 사람은 기회도 없겠죠. (이번에는 내게) 하하하! 그쪽 들으라고 한 말은 아니니 오해 마세요. 내 생각에도 그런 여자는 귀족하고만 결혼할 것 같아요. 저기 보세요." 그가 다른 승객을 돌아보며 이렇게 말하고는 우산을 들어 내 앞을 가리키며 말을 이었다네. "저게 그 저택이에요. 공원도 넓고 숲도 큰데, 목재용 나무도 충분하고 사냥감도 많죠. 응? 무슨 일이지?"

마차가 갑자기 그 집 대문 앞에 멈춰 서자 그 사람이 놀라 물은 거였어.

"스태닝글리 저택에서 내리는 분?" 마차꾼이 소리쳤고, 나는 일어서서 내 여행 가방을 땅에 던지고 뒤따라 내릴 준비를 했어.

"속이 안 좋아요?" 말 많은 내 옆 승객이 내 얼굴을 보며 물었다네. 아마 백지장같이 창백했을 거야.

"아뇨. 차비 여기요!"

"고맙습니다. 자, 출발!"

마차꾼이 내가 준 차비를 호주머니에 넣고 출발했고, 나는 저택 공원으로 들어가지 않고 팔짱을 낀 채 땅바닥을 보면서 대문 앞에서 왔다 갔다 했어. 온갖 이미지와 생각, 인상이 머릿속을 가득 채웠는데, 그중 딱 하나만 확실해 보였지. 내가 품어온 사랑은 부질없고 내 희망은 영원히 사라졌다는 느낌이었어. 그러니 나는 얼른 여기를 떠나, 마치 황당하고 미친 꿈의 기억인 것처럼 그녀에 대한 생각을 모두 버리거나 억눌러야 했지. 먼발치에서라도 부인을 볼 수 있다면 몇 시간이고 여기서 기다릴 수 있었지만, 그건 안 될 일이었어. 그러다가 그녀의 눈에 띄면 안 되니까. 나에 대한 그녀의 사랑을 되살리고, 그 후에 그녀와 결혼하고 싶어서 여기 온 건데, 부인이 내가 그럴 수 있다고 생각하게 둘 수는 없었어. 신분을 숨기고 낯선 데로 도망 와서, 재산도 가족도 인맥도 없는 상황에서 자기 힘으로 생계를 이어가던 그 시기에 우연히 알게 되고 좋아했다는 이유로 그녀가 본래의 지위를 회복한 이때 갑자기 나타나 그녀의 재산을 공유하려 든다면…… 만약 그녀가 그런 곤경에 처하지 않았더라면 나 같은 사람은 영원히 모르고 살았을 것 아닌가? 게다가 그녀는 16개월 전에 헤어질 때 이승에서는 절대 다시 만나면 안 된다고 하고는, 그때부터 지금까지 편지 한 줄, 전언 한마디 없었지 않은가? 그래! 그녀를 다시 만나 결혼하기를 바란다는 것 자체가 절대 있을 수 없는 일이었지.

설사 그녀의 마음속에 나에 대한 애정이 조금 남아 있다 하더라도, 편안하게 살고 있는 그녀를 찾아와 그런 감정들을 되살리고, 그 구체적인 대상과 내용이 어떻든 간에 의무감과 사랑 사이에서 갈등하게 만드는 게 도리에 맞는 행동일까? 나에 대한 사랑과 변치 않는 마음이라는 낭만적인 생각을 위해 세상 사람들의 비난과 모욕, 사랑하는 이들의 슬픔과 불만을 감수하는 게 자신의 의무라고 생각할지, 아니면 가족, 친지들의 감정과 신중하고 상식적이어야 한다는 평소의 신념을 고려하여 자기 자신의 욕망을 희생하는 게 자신의 의무라고 생각할지는 모르겠지만 말일세. 아니, 그건 도리에 맞지 않았고, 그녀가 그런 희생을 하게 만들 수는 없었지! 나는 당장 그곳을 떠나 내가 자기 집 앞에 왔었다는 사실을 부인이 모르게 해야 했어. 그녀와 결혼하고 싶다는 생각, 친구로 남고 싶다는 생각을 전부 버렸다고 하더라도, 내가 왔었다는 사실 때문에 그녀의 평화가 깨져서는 안 되고, 나의 변함없는 사랑을 접하고 그녀가 가슴 아파하면 안 되니까.

"사랑하는 헬렌, 그럼 안녕! 영원히, 영원히 안녕!"

그렇게 말은 했지만 차마 발길이 떨어지지 않았어. 나는 몇 걸음 걷다가, 다시는 볼 수 없을 그녀의 모습만큼이나 그 멋진 저택을 마음속에 확실히 새기고 싶어서 마지막으로 한 번 더 보려고 고개를 돌렸다네. 그러고는 몇 걸음 더 걷다가, 슬픈 상념에 젖어 또다시 걸음을 멈추고 길옆에 있는 울퉁불퉁하고 오래된 나무에 등을 기대었지.

53장
결말

 거기 그렇게 서서 우울한 상념에 빠져 있는데 마차 한 대가 길모퉁이를 돌아오더군. 그쪽으로는 눈길도 주지 않았기에, 그냥 조용히 지나갔으면 마차가 나타났었다는 사실조차 기억 못 했을 거야. 그런데 그 마차에서 "엄마, 엄마, 마컴 씨가 오셨어요!" 하는 어린아이의 목소리가 들렸어.
 그 말에 대답하는 소리는 안 들렸지만, 다음 순간 같은 목소리가 "엄마, 정말이에요. 직접 보세요" 하더라고.
 나는 고개를 들지 않았는데, 그 엄마가 정말 나를 보았는지 맑고 듣기 좋은 목소리가 나의 전신을 꿰뚫으며 이렇게 외쳤어. "아, 이모! 아서 친구 마컴 씨예요. 리처드, 마차 세워요!"
 그 몇 마디에 애써 억누른 즐거운 흥분이 담긴 게 너무나 생생히 느껴져서—특히 살짝 떨리는 듯한 어조로 말한 "아, 이모!"가 그랬지—나는 무척 당혹스러웠다네. 마차가 곧바로 멈춰 섰고, 고개를 드니 창백하고 근엄하고 나이 지긋한 숙녀가 유리창을 열고 나를 내려다보고 있더라고. 그녀가 인사를 하길래 나도 고개를 숙였고, 안에서는 어린 아서가 하인에게 빨리 내려달라고 난리였어. 그런데 하인이 마부석에서 내리기도 전에 창밖으로 누가 말없이 손을 내밀었어. 검은 장갑에 가려 섬세하게 흰 피부와 우아한 비율의 절반 정도는 보이지도 않았지만, 그 손은 기억하고 있었지. 나는 재빨리 그 손을 당겨 잠깐 동안 열렬하게 부여잡았지만, 곧바로 정신을 차리고 놓아주었어. 그랬더니 부인도 얼른 손을 거두더라고.

"우리를 보러 온 거예요, 아니면 그냥 지나가는 길이에요?" 부인이 나지막한 목소리로 묻더군. 두꺼운 검은 베일 때문에 얼굴은 안 보였지만, 반대편에서 나를 면밀히 살펴보는 것 같았지.

"나는— 나는 이곳을 보러 온 거예요." 나는 더듬거렸어.

"이곳을요." 부인은 놀라움보다 불만과 실망을 담은 듯한 어조로 이렇게 말하더군.

"그럼 안 들어오실 거예요?"

"부인이 원하신다면—"

"어떨 것 같아요?"

"원해요, 원해요! 들어오시라고 해요." 마차의 반대편 문으로 내린 아서가 내 쪽으로 달려오면서 소리쳤지. 그러고는 두 손으로 내 손을 부여잡고 신나게 흔들었어.

"저 기억하세요?" 아서가 물었어.

"그럼, 좀 변하긴 했지만 똑똑히 기억하지." 전에 비해 더 크고 홀쭉해진 아서는 아름답고 영특해 보이는 엄마의 이목구비를 쏙 빼닮았더군. 기쁨으로 빛나는 푸른 눈과 모자 아래로 삐져나온 금발은 아빠를 닮은 것 같았지만.

아서가 몸을 쭉 펴며 "저 커진 것 같죠?" 하고 물었어.

"그럼! 8센티미터는 큰 것 같은데!"

"저 지난 생일에 일곱 살 됐어요." 아서가 자랑스러운 얼굴로 말했어. "7년 후에는 거의 마컴 씨만큼 클걸요."

"아서, 마컴 씨한테 들어오시라고 해. 리처드, 어서 가세." 아이 엄마가 말했어.

그녀의 목소리는 차갑기도 하고 슬프기도 했는데, 왜인지는 알 길이 없었지. 마차는 계속 달려 대문을 통과했지. 아서는 계속 즐겁게 재잘거리며 내 손을 잡고 진입로를 걸었어. 현관문 앞에 도착했을 때, 나는 계단 위에 멈춰 서서 주변을 둘러보며 어떻게든 마음을 가라앉히려고 애썼다네. 적어도 아까 했던 결심과, 그런 결심의 바탕이 된 원칙을 다시 한번 마음속에 새겼어. 아서는 계속 내 코트 자락을 잡아끌며 들어가자고 졸랐고, 결국 나도 아이를 따라 이모님과 부인이 기다리고 있는 응접실로 들어갔지.

내가 들어서자 헬렌은 부드럽고 진지한 얼굴로 나를 훑어보더니 어머니와 로즈의 안부를 정중하게 물었고, 나는 예의 바르게 대답했다네. 맥스웰 부인은 날씨가 춥다고 하면서, 그날 아침에 혹시 먼 거리를 여행해 온 거냐며 어서 앉으라고 권했어.

"32킬로미터 좀 안 되게 달려왔어요." 내가 대답했지.

"설마 정말 뛰어서 온 건 아니죠?"

"아뇨, 마차로 달려왔습니다."

"마컴 씨, 레이철 왔어요." 우리 중 유일하게 티 없이 행복한 아서가 부인의 외출복을 받아 걸려고 들어온 유모에게 내 관심을 돌리며 말했어. 그녀는 거의 우호적인 미소로 아는 척을 하더군. 그래서 정중하게 인사를 했더니, 레이철도 공손하게 답례를 하더라고. 전에 나를 안 좋게 본 게 오해였다는 걸 깨달은 것 같았어.

헬렌이 검은 모자와 베일, 무거운 겨울 망토를 벗자 그녀의 본모습이 드러났는데, 내가 감당하기 어려울 정도로 아름다웠다네. 그중에서도 가리지 않아서 풍성하게 굽이치는 윤나는 검은 머리카락이 특히 인상적이었지.

"엄마는 삼촌의 결혼을 축하하며 상복 모자를 벗었어요." 순진한 아서가 내 표정을 예리하게 간파하고는 이렇게 말했어. 아이 엄마는 엄숙해 보였고, 맥스웰 부인은 머리를 저었지. "그런데 맥스웰 이모할머니는 절대 안 벗겠다고 했어요." 아서가 짓궂게 덧붙였어. 하지만 자기가 한 말이 이모할머니를 불쾌하고 고통스럽게 만든 걸 보자 그분께 가서 목을 껴안고 뺨에 입을 맞추었고, 그러고 나서는 커다란 퇴창 앞에 가서 조용히 자기 개와 놀더라고. 그러는 동안 맥스웰 부인은 나와 날씨, 계절, 도로 사정 같은 흥미로운 주제들에 대해 진지한 토론을 이어갔지. 그분이 같이 있어서 정말 다행이었다네. 그분이 안 계셨다면 나의 본능적인 충동을 억제하기 힘들었을 것 같아. 이성과 의지를 다 버리고 들끓는 감정에 휩쓸려버렸을 것 같거든. 그 순간 그런 충동을 억제하는 게 너무 괴로웠고, 이모님의 말에 귀를 기울이고 평소처럼 예의 바르게 대답하는 일이 말할 수 없이 힘들었어. 헬렌이 불과 몇 발짝 거리, 벽난로 앞에 서 있었으니까. 감히 그녀를 쳐다보지는 못했지만, 그녀가 나를 건너다보고 있는 게 느껴졌지. 한순간 슬쩍 그녀를 쳐다봤더니 뺨이 살짝 상기된 채, 격한 흥분으로 바들바들 떨리는 손가락으로 회중시계의 줄을 만지작거리고 있더라고.

 맥스웰 부인과 나의 대화가 처음으로 멈춘 순간—또다시 슬쩍 그녀를 훔쳐봤더니—부인이 시곗줄을 내려다보며 낮은 소리로 빠르게 물었어. "린든호프 사람들은 어떻게 지내고 있어요? 제가 떠난 후에 별일 없었나요?"

 "별일 없었어요."

 "그동안 죽거나 결혼한 사람도 없고요?"

 "네, 없어요."

 "아님— 결혼을 앞둔 사람은요? 만나다가 헤어졌거나 새로 맺어진 사람들은요? 잊히거나 다른 사람들도 대체된 옛 친구는 없었고요?"

 마지막 문장은 부인이 너무 낮은 소리로 말했기 때문에 나만 겨우 들을 수 있었어. 그 질문을 던지면서 그녀는 정말 달콤하게 서글픈 미소를 띠었고, 조심스럽지만 날카로운 표정을 했지. 그에 내 얼굴은 이루 말할 수 없는 감정에 빨갛게 달아올랐다네.

 "다른 사람들도 나처럼 거의 안 변했다면, 그런 경우도 없었을걸요." 그녀도 나와 같은 마음인지 얼굴이 붉어지더라고.

 "그런데 정말 우리를 방문할 생각이 없었다고요?" 부인이 소리쳤어.

 "혹시 실례될까 봐서요."

 "실례된다고요!" 부인이 성마른 몸짓을 했어. "그게 무슨—" 하지만 이모님이 같이 계시다는 걸 깨닫고는 얼른 어조를 가다듬고 이렇게 말했지. "이모, 이분은 오빠의 친한 친구고, 전에 (최소한 몇 달 동안) 저와 가까이 지낸 지인이자 아서를 아주 많이 아껴준 사람인데, 자기 동네에서 수십 킬로미터 떨어진 우리 집 앞을 지나가면서 혹시라도 실례가 될까 봐 그냥 가려고 했다는 거잖아요!"

"마컴 씨가 너무 조심스러우시구나." 맥스웰 부인이 말했어. "지나치게 격식을 차린다고 해야 하나, 그것도 아니면 너무— 아, 그건 아무래도 상관없어요." 그녀는 내게서 고개를 돌리더니 탁자 옆 의자에 앉아 책을 하나 끌어당겨서는 세게 책장을 넘기기 시작했지.

그래서 내가 이렇게 말했다네. "만약 부인께서 저를 절친한 지인으로 기억하고 계시다는 걸 알았다면 부인을 방문하는 즐거움을 포기하지 않았을 겁니다. 그런데 저는 부인이 오래전에 저를 잊으신 줄 알았거든요."

"마컴 씨는 다른 이들도 본인 같다고 생각하시나 봐요." 그녀는 책에서 눈도 떼지 않고 이렇게 중얼거렸어. 하지만 볼이 붉어지더니, 한 번에 열두어 장을 휙 넘기더라고.

잠시 침묵이 흐르자 아서가 잘생긴 자기 강아지를 나한테 소개하면서 그 개가 얼마나 잘 컸고 좋아졌는지 설명했고, 그 아비인 산초는 잘 지내는지 물어보더군. 맥스웰 부인은 옷을 갈아입으려고 나갔어. 그러자 헬렌이 바로 책을 치우고는 말없이 아들과 나, 강아지를 훑어보았지. 그러더니 아들에게 새 책을 가져와서 나한테 보여주라고 하더라고. 아서는 얼른 책을 가지러 갔고, 나는 여전히 강아지를 쓰다듬고 있었어. 아서가 돌아올 때까지 가만히 있을 생각이었는데, 30초쯤 지나자 부인이 성마른 기색으로 일어서더니 아까처럼 나와 벽난로 사이에 서서 간절한 어조로 이렇게 말했다네.

"길버트, 대체 어떻게 된 거예요? 왜 이렇게 많이 변했어요?

아주 점잖지 못한 질문인 거 저도 알아요." 그러고는 얼른 이렇게 덧붙였어. "아주 무례한 질문일 수도 있죠. 혹시 그렇게 생각하면 답하지 않아도 돼요. 하지만 둘러대거나 숨기는 건 정말 싫어요."

"헬렌, 나는 변하지 않았어요. 안타깝게도 나는 지금도 당신을 열렬히 사랑하고 있죠. 변한 건 내가 아니라 상황이에요."

"어떤 상황이요? 말해봐요!" 그녀는 너무 초조한지 얼굴이 하얗게 질렸어. 내가 경솔하게 다른 사람과 약혼했다고 생각한 걸까?

"바로 말해줄게요. 당신 보러 여기 온 거 맞아요(감히 그래도 되는 건지 걱정했고 막상 왔을 때는 환영받지 못할까 봐 두렵기도 했지만). 그런데 역마차의 마지막 역에서 승객 두 사람의 대화를 듣고 이 영지가 당신 소유라는 걸 알게 됐고, 내가 품어온 희망이 얼마나 어리석은 것이었는지, 그런 생각을 한순간이라도 더 지속하는 게 얼마나 말도 안 되는 짓인지 깨달았어요. 그래서 이 집 앞에 내리긴 했지만 들어오지 않기로 결심했고, 부인을 보지 않고 M──으로 돌아가려다가 잠깐 구경하고 있었던 거예요."

"그럼 만약 내가 이모와 그때 아침 드라이브에서 돌아오지 않았다면 더 이상 당신을 보거나 당신의 소식을 듣는 일은 없었겠네요?"

"만나지 않는 게 우리 둘 다에게 좋을 거라고 생각했어요." 나는 가능한 한 차분히 대답하려 했지만 목소리가 너무 떨려서 아주 작게 말했고, 못 버티고 무너질까 봐 감히 그녀의 얼굴을 마주 볼 수도 없었다네. "우리가 만나면 부인의 마음도 흔들리고 나도 미쳐버릴 것 같았거든요. 하지만 당신을 한 번 더 보고, 당신도 나를 잊지 않았다는 걸 알게 되고, 앞으로 당신을 영원히 기억하겠다는 약속을 할 기회가 생겨서 다행이에요."

잠시 침묵이 흘렀어. 헌팅던 부인은 저쪽으로 걸어가더니 퇴창 안쪽에 서더라고. 내가 조심하느라 그녀에게 청혼을 안 하는 것이라는 뜻으로 알아들었을까? 최대한 점잖게 나를 쫓아낼 방법을 찾고 있는 걸까? 그런데, 내가 그런 고민 할 필요 없다고 말하기도 전에 그녀가 갑자기 내 쪽으로 돌아서며 이렇게 말했어.

"저한테 편지를 보냈으면 진즉에 그럴 기회가 있었을 텐데요. 당신이 나를 좋은 마음으로 기억하고 있다고 말할 수 있었을 테고, 그럼 내가 나도 같은 마음이라고 답장했겠죠."

"당신의 주소를 알았다면 편지를 썼을 거예요. 그런데 내가 당신에게 편지 쓰는 걸 프레더릭이 반대할 거라고 생각했기 때문에 주소를 물어볼 수가 없었어요. 그렇지만 당신이 내 편지를 받고 싶어 한다거나 불쌍한 나를 잠깐이라도 기억할 거라고 생각했다면 그 친구가 반대했어도 주소를 물어봤겠지요. 하지만 당신에게서 아무 연락이 없어서 나는 당연히 당신이 나를 잊었다고 생각했어요."

"그렇다면 당신은 내가 편지를 보내기를 기대한 거예요?"

"아뇨, 헬렌— 헌팅던 부인." 혹시라도 내가 그녀를 탓한다고 생각할까 봐 나는 얼굴을 붉히며 대답했어. "그럴 리가요. 하지만 당신이 오빠를 통해 연락을 줬거나, 가끔 오빠한테 내 안부를 묻기라도 했다면—"

"당신 안부 자주 물었어요. 하지만 당신이 내 건강에 대해 몇 번 물어보기만 했다길래 더 이상 안부도 안 물어볼 참이었지요." 그녀가 미소 지으며 말했지.

"프레더릭은 당신이 내 이름을 언급했다는 말을 한 적이 없는 걸요."

"오빠한테 물어본 적 있어요?"

"아뇨. 당신에 대해 묻는 걸 싫어하는 것 같았고, 나의 굳건한 사랑을 응원하거나 도와줄 마음이 전혀 없어 보였거든요." 헬렌은 대답하지 않았어. "그 친구 입장에서는 당연한 일이죠." 내가 이렇게 덧붙였는데, 부인은 말없이 눈 덮인 잔디밭만 내다보고 있더군. '아, 이만 사라져줘야겠어!' 그런 생각을 하고 나는 엄청난 결단력을 발휘해 바로 일어섰지. 하지만 사실 자존심에서 나온 결정이었고, 자존심이 없었다면 거기까지 끌고 가지도 못했을 걸세.

"벌써 가는 거예요?" 내가 손을 내밀자 부인은 그 손을 잡은 채 이렇게 물었어.

"더 있을 이유가 없잖아요."

"최소한 아서가 돌아올 때까지는 기다려주세요."

나는 그 말에 기꺼이 복종하여 그 퇴창의 다른 쪽 끝에 기대섰지.

"안 변했다더니 아주 많이 변했네요."

"그렇지 않아요, 헌팅던 부인. 변해야 하는데요."

"그럼 우리가 마지막으로 만났을 때와 같은 마음으로 나를 생각한다는 거예요?"

"그럼요. 하지만 이제 그런 얘기 하면 안 돼요."

"길버트, 그때 그런 얘기를 하면 안 됐죠. 지금은 해도 괜찮아요. 그게 진실을 왜곡하는 게 아니라면 말이죠."

나는 너무 흥분해서 말을 할 수가 없었어. 그런데 부인은 내 대답을 기다리지 않고 눈물 어린 눈과 빨갛게 달아오른 얼굴을 반대편으로 돌렸고, 창문을 휙 열더니 밖을 내다보더군. 흥분된 감정을 가라앉히려고 그러는 건지, 부끄러움을 누그러뜨리려 하는 건지, 아니면 밖에 있는 관목에 달린 반쯤 핀 귀여운 여로(藜蘆)꽃을 꺾으려는 건지는 알 수 없었다네. 서리로부터 그 꽃을 지켜줬던 눈은 이제 햇빛에 막 녹고 있었지. 그녀는 그 꽃을 꺾더니 잎에 묻은 반짝이는 눈을 가볍게 털어내고는 자기 입술에 대고 이렇게 말했어.

"이 장미는 여름에 피는 꽃만큼 향기롭진 않지만, 여름꽃들은 감당하지 못할 많은 고난을 견뎌냈어요. 차가운 겨울비를 먹고 자랐고, 약한 겨울 햇빛에 몸을 녹였고, 거친 바람이 불어닥쳐도 색이 바래거나 가지가 부러지지 않았고, 날카로운 서리에도 병들지 않았지요. 봐요, 길버트, 지금 이 순간에도 꽃잎에 눈이 묻어 있지만, 여전히 예쁘고 싱싱하게 피어 있어요. 받아줄래요?"

나는 손을 내밀었어. 하지만 감정이 폭발할까 봐 감히 말을 하지는 못했지. 그녀가 꽃을 내 손바닥에 놓아줬지만, 나는 그녀가 무슨 뜻으로 그런 말을 했는지, 이럴 때 내가 어떻게 행동하고 뭐라고 해야 하는지, 내 감정을 표현해야 할지 억눌러야 할지 생각하느라 그 꽃을 쥐지도 못했다네. 그렇게 망설이고 있자 부인은 내가 그 꽃을 받을 생각이 없거나 주저하는 줄 알고 갑자기 획 채 가더니 창밖에 던져버리고는 유리창을 쾅 닫은 다음 벽난로 앞으로 걸어가버렸어.

"헬렌, 왜 이러는 거예요?" 나는 그녀의 이 충격적인 태도 변화에 벼락이라도 맞은 듯 놀랐어.

"당신은 내 선물을 이해하지 못했고, 그보다 더 나쁜 건, 그 선물을 무시했어요. 그걸 준 게 후회스러워요. 하지만 실수는 이미 저질렀으니 그걸 거두어 오는 게 유일한 해결책이었어요."

"너무 잔인한 오해예요." 나는 이렇게 대답하고는, 유리창을 다시 열고 뛰어넘어 가서 그 꽃을 집어다가 그녀에게 건네며 내게 다시 달라고 했어. 그러면 그녀를 위해 그것을 영원히 간직하고, 내가 가진 그 무엇보다 더 귀하게 여기겠다고 약속했지.

"그걸로 충분하겠어요?" 그녀가 꽃을 받아 들며 물었어.

"그럼요."

"그럼 받아주세요."

나는 그 꽃에 입을 맞추고 안주머니에 넣었고, 부인은 반쯤 빈정대는 듯한 미소를 띠고 그런 나를 지켜보았지.

"이제 떠나는 거예요?" 부인이 물었어.

"가야만 한다면— 가야죠."

"당신은 정말 변했어요. 그사이에 너무 오만하거나 너무 무관심해진 것 같아요."

"나는 오만하지도 무관심하지도 않아요, 헬렌— 아니 헌팅던 부인. 내 마음을 보여줄 수 있다면—"

"둘 다이거나 적어도 하나는 맞는 것 같은데요. 그리고 왜 전처럼 헬렌이라고 안 하고 갑자기 헌팅던 부인이라고 해요?"

"그렇다면 헬렌— 사랑하는 헬렌!" 내가 속삭였어. 나는 사랑, 희망, 기쁨, 불확실성 그리고 긴장감에 휩싸여 고통받고 있었지.

"당신에게 준 그 장미는 내 마음의 상징이었어요. 그 꽃을 받고도 나를 여기 혼자 두고 갈 거예요?" 부인이 물었어.

"내가 청혼하면 받아줄 건가요?"

"더 이상의 말이 필요한가요?" 그녀가 너무도 매혹적으로 미소 지으며 물었지. 나는 그녀의 손을 잡고 열렬히 입 맞추려다가 갑자기 멈추고 이렇게 물었어.

"그 결과를 생각해봤어요?"

"별로요. 내가 그런 걸 생각했으면, 너무 오만해서 나를 받아들이지 않고, 너무 무관심해서 내 재산보다 자신의 사랑이 가볍다고 생각하는 사람한테 나 자신을 받아달라고 하지 않았겠죠."

나는 정말 바보 천치였어! 그녀를 껴안고 싶어서 몸이 떨렸지만, 그렇게 큰 기쁨이 존재할 수 있다는 게 믿기지 않아서 일단 참고 말했다네.

"하지만 혹시라도 당신이 나중에 후회하게 된다면!"

그러자 그녀가 대답했어. "그러면 그건 당신 탓이겠죠. 당신이 엄청나게 실망스러운 일을 하지 않는 한 절대 후회 안 할 거니까요. 이 말을 믿을 만큼 나를 사랑하지 않는다면 그냥 가세요."

"나의 소중한 천사— 나의 헬렌—" 나는 여태 잡고 있던 그녀의 손에 열렬히 입을 맞추었고, 왼팔로 그녀를 껴안았어. "내 행동에만 달려 있다면 절대 후회할 일 없을 거예요. 그런데 이모님이 어떻게 나오실지 생각해봤어요?" 나는 떨리는 마음으로 그녀의 대답을 기다리며, 이제야 찾은 내 보물을 잃게 될까 봐 더 꽉 껴안았다네.

"이모한테는 아직 말하면 안 돼요. 이모는 내가 당신을 얼마나 잘 아는지 모르시기 때문에, 지금 얘기하면 경솔하고 무모한 행동이라고 생각하실 거예요. 그 전에 이모가 당신을 알고 좋아하게 해야 해요. 오늘은 점심 먹고 나서 떠나고, 봄에 다시 와서 더 오래 있으면서 이모와 더 가까워지세요. 내 생각에는 둘이 서로 좋아하게 될 것 같아요."

"그러고 나면 당신은 내 사람이 되겠죠." 나는 그녀의 입술에 입을 맞추고 또 맞추었어. 이전에 자제하고 소심했던 만큼 이제 대담하고 충동적인 기분이었거든.

"아뇨— 후년에요." 그녀가 여전히 다정하게 손을 잡은 채 몸을 빼며 대답했어.

"후년이라니! 아, 헬렌, 나 그렇게 오래 못 기다려요!"

"당신의 변함없는 사랑은 어디 간 거죠?"

"그렇게 오래 떨어져 있는 건 너무 괴롭잖아요."

"떨어져 있는 건 아닐 거예요. 서로 매일 편지를 쓸 거고, 내 마음은 늘 당신과 함께 있을 거니까요. 가끔 당신이 찾아와도 되고요. 그렇게 오래 기다리는 게 좋다고 말할 만큼 나 위선적인 사람 아니에요. 그런데 이 결혼은 나 혼자만의 생각이라서, 시기에 대해서는 친지들의 의견을 들어봐야 해요."

"당신 친지들은 반대하겠죠."

"사랑하는 길버트, 그분들도 심하게 반대하진 않을 거예요." 그녀가 내 손에 다정하게 입을 맞추며 말했어. "당신을 알게 되면 반대할 수 없을 거예요. 당신을 알고도 반대하면 진정한 친구가 아닐 테고, 그럼 사이가 나빠져도 상관없어요. 이제 만족하나요?" 그녀는 이루 말할 수 없이 다정한 표정으로 내 얼굴을 쳐다보았어.

"당신의 사랑이 있는데 만족할 수밖에 없죠? 당신도 나를 사랑하나요, 헬렌?" 그녀를 의심해서가 아니라, 그녀에게서 직접 듣고 싶어서 물어본 거였지.

"당신이 나처럼 사랑했다면 이렇게 나를 거의 놓칠 뻔하는 일은 없었을 거예요. 쓸데없는 예의범절과 자존심 때문에 그렇게 고생하지도 않았겠지요. 두 사람이 비슷한 생각과 감정, 진정으로 사랑하고 공감하는 마음을 갖고 있다면, 계급, 출신, 재산 같은 사회적 지위의 차이는 먼지 같은 존재에 불과하다는 걸 알았을 테니까요."

그래서 내가 또다시 그녀를 껴안으며 이렇게 말했다네. "하지만 내가 이렇게 큰 행복을 누릴 자격이 있는지 모르겠어요. 이런 행복을 감히 믿어도 될지 당혹스러운데, 기다리는 시간이 길어지면 뭔가가 끼어들어 당신을 앗아 갈까 봐 두려울 것 같아요. 당신도 생각해봐요, 1년 동안 얼마나 많은 일이 일어날 수 있는지! 나는 그 1년 내내 끊임없이 불안하고 초조할 것 같아요. 겨울이 원래 견디기 힘든 계절이기도 하고요."

그러자 부인이 진지한 어조로 대답했어. "나도 그렇게 생각해요." 그러더니 오싹하다는 듯 몸을 떨며 이렇게 덧붙이더군. "아무튼 나는 겨울에는, 적어도 12월에는 결혼하지 않을 거예요." 그녀를 전남편과 맺어준 그 불행한 결혼과, 그녀를 그로부터 풀어준 그 끔찍한 죽음이 둘 다 12월에 일어났기 때문이었어. "그래서 1년 있다가 봄에 결혼하자고 한 거예요."

"내년 봄에요?"

"아니, 아니. 가을은 어때요?"

"그럼 여름?"

"글쎄요, 그럼 여름이 끝날 때쯤 하죠. 자! 그러면 되겠죠?"

부인이 이렇게 말하는데 아서가 다시 들어왔어. 그렇게 오랜 시간을 기다려주다니 참 기특한 아이였지.

"엄마, 엄마가 말해준 두 군데 다 찾아봤는데도 책이 없었어요." (아이 엄마의 얼굴을 보니, '그랬을 거야, 네가 못 찾을 거라는 거 알고 있었어' 하는 표정으로 미소 짓고 있더라고.) "그런데 결국 레이철이 그 책을 찾아줬어요. 보세요, 마컴 씨, 온갖 종류의 새와 동물이 있는 생물 도감인데, 글도 그림만큼 좋아요!"

한껏 기쁨에 들떠 있던 나는 의자에 앉아 아서를 무릎에 앉히고 같이 그 책을 보았어. 1분만 일찍 들어왔어도 그렇게까지 반갑지는 않았을 텐데, 지금은 다정하게 아이의 고수머리를 쓰다듬고 뽀얀 이마에 입을 맞추었다네. 사랑하는 헬렌의 아들이니 나의 아들이기도 했어. 지금까지도 물론 그렇게 생각하고. 그 예쁜 꼬마는 이제 멋진 청년이 되었고, 엄마의 높은 기대에 부응하는 인재로 성장했다네. 지금은 그라스데일 장원에서 자기 아내, 바로 명랑한 꼬마 헬렌 해터즐리와 살고 있지.

둘이 책을 반쯤 읽었을 때 맥스웰 부인이 오더니 다른 방에서 점심을 먹자고 하셨어. 처음에는 그분의 차갑고 서먹한 태도가 무서웠지만, 그 짧은 첫 방문 때부터 최대한 친해지려고 노력했더니 어느 정도 가까워진 것 같았지. 내가 명랑하게 이야기하니 부인도 점차 더 상냥하고 따뜻해졌고, 내가 떠날 때는 곧 다시 보자고 하면서 아주 친절하게 송별해주셨다네.

"그래도 이모의 겨울 정원은 보고 가요." 최대한 차분하고 의연하게 작별 인사를 하려고 다가가니 헬렌이 이렇게 말하더군.

나는 기꺼이 그 제안을 받아들였고, 겨울인데도 꽃이 만발해 있는 크고 아름다운 온실로 따라 들어갔어. 물론 꽃은 내 안중에 없었지만. 그런데 부인이 나를 그곳으로 데려간 건 밀어를 속삭이기 위해서가 아니었다네.

"이모는 꽃을 아주 좋아하시고, 스태닝글리도 좋아하세요. 한 가지 부탁할 게 있어서 여기 오자고 한 거예요. 이모가 살아 계시는 동안은 이 집에 있게 해드리고 싶어요. 그러면 저도 언제든 이모를 볼 수 있고, 같이 시간을 보낼 수 있잖아요. 이모는 나를 떠나보내기 싫어하실 거고, 평소에 혼자 조용히 계시는 편이긴 하지만 그래도 너무 오래 혼자 계시면 우울해하시거든요."

"당연히 그래야죠! 당신 집이니 당신 마음대로 해요. 어떤 일이 있어도 이모님이 이 집을 떠나시는 건 나도 바라지 않아요. 우리야 여기든 다른 곳이든 당신과 이모님이 원하는 곳에서 살면 되니까요. 당신은 원할 때면 언제든 이모님을 뵙고요. 당신과 헤어지기 싫어하실 테니, 내 힘이 닿는 한 그런 일 없게 도와야죠. 나는 당신 때문에 당신 이모님을 사랑하고, 내게는 우리 어머니만큼이나 당신 이모님의 행복도 중요해요."

"고마워요! 그렇게 말해주었으니 키스 한 번 해줄게요. 잘 가요. 그만, 그만, 길버트, 얼른 놔줘요, 아서 오잖아요. 당신이 이러는 거 보면 아들 놀라요."

하지만 이제 이 이야기를 마무리할 시간이네. 자네 외의 다른 사람들은 다 이미 너무 길다고 하겠지만, 자네를 위해 몇 가지 더 이야기해주겠네. 자네도 맥스웰 부인에 대해 호감을 느꼈을 것이고, 그분의 여생이 궁금하겠지. 나는 그다음 해 봄에 그 집을 다시 방문했고, 헬렌이 귀띔한 대로 그분과 친해지려고 노력했어. 이모님은 조카로부터 좋은 이야기를 많이 들었던지 아주 상냥하게 나를 맞아주셨고, 나도 이모님께 잘해드리려고 최선을 다했기 때문에 우리 둘은 대단히 사이좋게 지냈다네. 내가 결혼 이야기를 꺼내자 그분은 내가 생각했던 것보다 훨씬 더 선선히

받아주셨어. 단, 한 가지 요구를 덧붙이셨지.

"마컴 씨, 우리 조카딸을 데려가겠다는 거죠. 좋아요. 신께서 이 결혼을 축복해주시기를, 그리고 마침내 우리 헬렌도 행복해지기를 바랍니다. 조카가 독신으로 산다고 했으면 나야 더 좋았겠지만, 재혼해야 한다면 내가 볼 때 그 나이 대 남자 중에 당신만큼 좋은 남편감은 없을 것 같고, 당신만큼 그 애의 가치를 이해하고 그 애를 행복하게 해줄 사람도 없을 것 같아요."

나는 물론 이 말씀을 듣고 너무 기뻤고, 앞으로 이모님의 그런 기대에 꼭 부응하기로 마음먹었다네.

"그런데 한 가지 부탁이 있어요. 스태닝글리는 지금 내 집이지만, 내가 헬렌을 아끼듯이 헬렌도 나와 이 집에 애착을 갖고 있으니, 마컴 씨도 이 집을 자기 집으로 생각해줘요. 그라스데일에는 그 애가 잊기 어려운 고통스러운 기억이 많아요. 둘이 여기 살더라도 나는 끼어들거나 참견하지 않을 거고, 원래 조용한 성격이라 주로 내 거처에서 내 할 일을 하며 지내고, 두 사람은 가끔만 만날 생각이에요."

나는 물론 바로 알겠다고 했지. 몇 년 후 이모님이 돌아가실 때까지 우리는 온 가족이 아주 화목하게 지냈다네. 그분은 담담하게 최후를 맞이하셨지만(끝은 조용히 다가왔고, 이모님도 이승에서의 여행을 이만 마치고 싶어 하셨기 때문에), 남은 친지들과 하인들에게는 너무 슬픈 사건이었어.

다시 내 이야기로 돌아오자면, 나는 8월의 눈부시게 아름다운 여름 아침에 결혼했다네. 어머니께서 며느릿감에 대한 편견을 버리고 내가 린든그레인지를 떠나 그렇게 먼 곳에 살게 된다는 사실을 받아들이시는 데 꼬박 8개월이 걸렸거든. 그렇지만 결국 아들의 행운에 기뻐하셨고, 그 모든 게 나의 미덕과 자질 덕분이라고 자부하셨다네. 나는 농장을 퍼거스에게 양도해주었고, 동생이 1년 전보다는 더 잘 운영할 거라고 생각했어. 그 무렵에 L──시 교구사제의 장녀와 사랑에 빠졌거든. 그 훌륭한 아가씨를 보면서 내 동생도 자신의 잠재력을 깨달았고, 놀라울 정도의 노력을 기울였다네. 그녀의 사랑과 존경을 얻고 그녀에게 청혼할 수 있을 만큼 재산을 갖추고 싶어서 그런 것도 있었지만, 그녀의 부모님은 물론 본인 생각에도 그녀와 어울리는 사람이 되고 싶었기 때문이야. 그리고 자네도 이미 알겠지만 퍼거스는 성공을 거두었지. 헬렌과 나는 말할 필요도 없이 아주 행복하다네. 우리는 함께 있어서 여전히 너무 좋고, 유망한 자녀들 덕에 아주 뿌듯하게 살고 있지. 지금 우리는 매년 이맘때 방문하는 자네와 로즈를 즐거운 마음으로 기다리고 있어. 매연과 소음으로 피곤하고 번잡한 도시를 떠나 상쾌한 휴식과 휴가를 즐기러 오게.

그때까지 안녕히.
길버트 마컴

1847년 6월 10일, 스태닝글리에서.

― 끝 ―

| 해 설 |

《와일드펠 저택의 여인》, 최초의 본격적인 페미니즘 소설

1. 기적과 비극의 86년

900여 년 동안 영국의 가혹한 식민 통치에 시달리다가 20세기 중반에야 독립한 아일랜드의 벽촌에서 가난한 농부의 열 남매 중 장남으로 태어난 패트릭 브런티(Patrick Brunty, 1777~1861)가 뛰어난 재능과 노력으로 영국 최고의 대학 케임브리지에 장학생으로 입학한 것은 1802년이었다.* 대학 졸업 후 그는 영국성공회의 사제가 되었고, 몇 군데 임지를 거쳐 1812년 요크셔 가이즐리에 있는 우드하우스그로브 학교의 시험관으로 부임한다. 콘

---

* 패트릭 브런티(Brunty)가 성을 바꾼 것은 케임브리지에 진학한 1802년쯤인데, 학자들의 연구에 따르면 '브론테(Brontë)'는 허레이쇼 넬슨 제독이 1799년 나일 해전을 승리로 이끌었을 때 나폴리의 왕이 그에게 시칠리아의 에트나 화산 인근에 있는 영지 '브론테'를 하사하며 공작의 작위를 내린 데서 유래했다고 한다. 이후 넬슨은 모든 문서에 '넬슨 및 브론테'라는 이름으로 서명을 했다. 아일랜드 출신임이 확연히 드러나는 '브런티'라는 성을 '브론테'로 변경한 패트릭 본인의 글은 물론 《셜리》 등 딸들의 작품에도 넬슨 제독에 대한 깊은 애정과 존경이 묻어난다.

월 출신이지만 고모부가 설립한 같은 학교에 일하러 온 마리아 브랜웰(Maria Branwell, 1783~1821)은 패트릭과 만나자마자 사랑에 빠졌고, 부유한 감리교 집안의 딸로 우아하고 사치스러운 환경에서 자란 그녀는 그해 12월, 집안의 격렬한 반대에도 불구하고 그와 결혼한다.

결혼 후 패트릭은 목회 활동을 이어가며, 다른 한편으로 다수의 시와 두 권의 소설*을 출간하고, 가끔 타지에 초대받아 강연을 진행하기도 한다. 그사이 지적이고 쾌활한 성격의 마리아는 결혼 2년 차인 1814년 1월부터 1820년 1월까지 6년 동안 아들 하나와 딸 다섯, 총 여섯 명의 아이를 낳고, 앤 브론테가 태어난 지 20개월 후인 1821년 9월 15일 서른여덟의 나이로 병사한다. 여러 사업체를 운영하던 명망 있는 지역 유지인 부친 밑에서 화려하게 성장한 그녀는 그와 전혀 다른 풍토와 상황에서 거의 해마다 아이를 낳으며 때로 현실의 무게에 좌절한다.

"생활 필수품이 모자라면 정말 괴롭지 않은가? 꼭 필요한 물자가 없어서 (…) 추위와 굶주림에 시달리는 것보다 비통한 일이 있을까? 당신이 줄 수 없는 것을 달라며 울어대는 자녀들의 목소리를 들으면 정말 가슴이 찢어지지 않는가? 당신과 당신 가족은 생필품이 없어서 쓰러져가는데 어떤 사람들은 넘치도록 풍요롭게 사는 걸 보면 더 고통스럽지 않은가?"

(마리아 브론테, '종교적 측면에서 본 가난의 이점들'
- 1815년 8월경에 쓴 것으로 추정)

---

*   《숲속의 오두막집(The Cottage In the Wood)》(1815, 1818), 《킬라니의 처녀(The Maid of Killarney)》(1818).

아내가 세상을 떠난 후, 패트릭은 넉넉지 않은 형편에도 책과 생활용품을 아낌없이 사주며 어린 자녀들을 열심히 돌보았고, 처형 엘리자베스와 함께 그들을 가르치고 지도했다. 하지만 친지의 추천을 받아 알게 된 가난한 성직자 자녀들을 위한 일종의 자선 기숙학교에 보낸 네 명의 자매 중 마리아(11세)와 엘리자베스(10세)가 극도로 열악한 환경 속에서 폐결핵으로 사망하면서 두 번째 비극이 브론테 가족을 찾아온다(1825년). 두 언니와 같이 카우언브리지 기숙학교에 들어갔던 셋째 딸 샬럿이 후일 《제인 에어》에서 그린 엽기적인 로우드 기숙학교의 모습은 문학적 허구나 과장이 아니라 현실이었다.

그런데 브론테 자매가 여러 작품에서 그처럼 가난과 상실, 죽음으로 점철된 어린 시절을 언제나 포근하고 행복하며 '사라진 낙원' 같은 시간으로 회상하는 이유는 바로 넘치는 사랑으로 어린 자녀들을 돌본 어머니, 그들의 복지와 교육에 헌신적이었던 아버지, 그리고 근엄하고 과묵했지만 자신의 연금까지 써가며 조카들을 양육하고, 세상을 떠날 때 남은 재산을 모두 물려줌으로써 그들이 힘겨운 가정교사 일을 그만두고 집으로 돌아와 창작에 집중할 수 있게 해준 이모 덕분일 것이다. 너무 어릴 때 어머니를 잃어 그녀를 기억조차 못 하는 막내 앤 브론테도 여러 시에서 유년기의 즐거움을 애틋하게 회상하고 있고**, 자전적인 소설 《아그네스 그레이》에서도 시종일관 주인공의 가정을 사랑

** "(…) 아, 홀로 핀 그 꽃을 보니/ 블루벨이 요정의 선물 같고, 꽃 중에서 제일 예뻐 보이던/ 나의 행복한 어린 시절이 떠올랐네// 마음과 영혼이 자유롭고/ 나를 사랑하고 아껴주는/ 이들과 같이 살던/ 즐거움이 넘치던 햇살 밝은 그 시절// (…) 다시는 돌아오지 않을/ 그 행복한 시절을 생각하며 눈물 흘리려니." '블루벨(The Bluebell)' 중에서.

과 헌신으로 가득한 기쁨의 안식처로 묘사하고 있다.

문학적인 관점에서 볼 때, 브론테 남매의 성장 과정에서 가장 중요한 사건은 아마도 스스로 일련의 가상 세계를 만들어 그를 소재로 끊임없이 상상의 날개를 펼치고, 그 내용을 여러 형태의 글로 상세하게 기록한 체험일 것이다. 어머니를 잃은 상황에서 형편도 넉넉지 않았고, 에밀리의 경우 언니 샬럿이 가르치는 로헤드 학교에 들어갔다가 건강 이상으로 불과 세 달 만에 돌아오면서 정규교육도 별로 못 받았지만, 브랜웰과 세 자매는 1826년 초 아버지가 선물한 열두 명의 목제 병사 인형에 각각 이름을 붙이고 그들의 이야기를 지어냈고, 다음 해 말부터는 다양한 형태의 글로 이를 기록하기 시작했다. 아프리카를 배경으로 하는 '유리 타운(Glass Town)', '앵그리아 제국(Empire of Angria)', 북태평양의 섬을 배경으로 한 '곤달(Gondal)' 등, 아이들은 1830년경부터 수년간 다양한 인물과 사건, 줄거리를 만들고 써나갔는데, 이것이 이후 그들이 장성해서 쓴 시와 소설에서 드러나는 탄탄한 필력과 강렬한 상상력, 개성 넘치는 세계관의 원천이 되었을 것이다. 20년 후, 세 자매가 일견 갑자기 걸작들을 쏟아낸 듯 보이지만, 사실 이들은 이미 어릴 때부터 끊임없이 동화, 잡지, 성경, 고전, 신작들을 읽고, 가상의 세계를 만들어내고, 그와 관련된 수많은 이야기를 글로 쓰며 성장한, 그 누구보다 철저히 준비된 신인들이었다.

6남매 중 유일한 아들인 브랜웰 역시 어려서부터 아버지로부터 체계적인 고전 교육을 받았고, 당시 최고의 문예지로 평가받은 〈블랙우드매거진〉(1817~1980)을 탐독하고, 11세에 이미 〈브랜웰의 블랙우드매거진〉을 시작해 자신의 시, 희곡 비평, 역사 관련 수필을 실은 문학 소년이었다. 사실 브론테 남매가 오랫동안 이어간 가상 세계 놀이도 브랜웰의 '유리 타운'에서 시작된 것이었다. 그러나 그는 한 분야에 정착하지 못하고, 작가는 물론 화가, 철도사 직원, 가정교사 등 다양한 직업을 전전했다. 그러다가 1843년 1월, 동생 앤이 온갖 어려움을 극복하며 3년이나 근무한 에드먼드 로빈슨 신부 집에 가정교사로 취업한다. 하지만 로빈슨의 아들을 지도하는 동안 학생의 어머니이며 15세 연상인 리디아와 부적절한 관계를 맺었고, 1845년 7월 그 전모가 발각되면서 결국 30개월 만에 집으로 돌아오게 된다. 이후 그는 별다른 직업을 갖지 못한 채 술과 아편에 중독되어 갖가지 기행을 일삼다가 폐결핵으로 1848년 31세의 나이로 세상을 떠난다. 어머니를 잃고 어려서부터 독서와 가상 세계 놀이로 그들만의 문학적 공동체를 영위해오던 네 남매는 이렇게 브랜웰을 잃고, 셋이서 본격적인 창작 단계에 들어간다.

 그리하여 1846년 샬럿의 《교수》 집필을 시작으로*, 세 자매는 1847년 《제인 에어》, 《폭풍의 언덕》, 《아그네스 그레이》를 출간하고, 1848년 《와일드펠 저택의 여인》**, 1849년 《셜리》, 그리고 동생들이 모두 세상을 떠나고 홀로 남은 샬럿이 1853년 《빌레트》를 출간함으로써 문학사에서 유래를 찾기 힘든 눈부신 성취가 완결된다. 이들이 1847년 중성적인 필명으로 펴낸 세 권의 소설 중 특히 《제인 에어》와 《폭풍의 언덕》은 단숨에 독자들을 사로잡았고, 비평가들 역시 경탄과 찬사를 쏟아냈다. 그리고 불과 1, 2년 후 나온 《와일드펠 저택》과 《셜리》는 당대 사회 현실

---

* 출간은 1857년, 사후.
** 이후 《와일드펠 저택》으로 축약.

에 대한 과감한 비판과 선구적인 비전, 강렬하고 파격적인 형식으로 같은 작가의 작품이라고 믿기 어려울 정도로 달라진 모습을 보여준다. 그중 특히 《와일드펠 저택》은 출간되자마자 《제인 에어》와 《폭풍의 언덕》의 인기를 뛰어넘는 놀라운 판매고를 기록했고, 탄탄한 필력과 혁명적인 내용으로 평단의 관심을 모았다. 앤 자신도 제2판 서문에서 "분에 넘치는 호평"을 받은 것에 놀라움을 표하면서, 몇몇 편협한 논평에 대한 자신의 입장을 당당하게 밝히고, 더 나은 차기작을 예고하고 있다. 그러나 이 작품이 나오고 채 1년도 안 된 1849년 5월 그녀는 29세의 나이로 생을 마감한다. 브랜웰과 에밀리 역시 그 전해인 1848년에 폐결핵으로 사망한 후였다.*

마리아 브론테의 언니이자 이 아홉 가족 중 가장 연상인 이모 엘리자베스 브랜웰이 태어난 것이 1776년, 모든 가족을 앞세우고 패트릭 브론테가 세상을 떠난 것이 1861년 6월이었다. 이 86년 사이에 이모와 마리아 브론테, 그녀의 여섯 자녀가 태어났다가 세계문학사에 빛날 책들을 펴내고 사망했고, 아버지 패트릭은 장녀 샬럿보다도 6년을 더 살고 86세의 나이로 타계했다. 100년도 안 되는 짧은 기간 동안, 너무도 많은 사랑과 고통이 브론테 가족을 뒤흔들고 결국 후사 한 명 없이 지상에서 사라지게 했지

---

* 브론테 가족의 운명, 특히 여섯 자녀가 모두 아버지보다 먼저 세상을 떠나고 그들의 죽음으로 대가 끊겼다는 사실은 특히 비극적으로 느껴지는데, 사실 당시 브론테 가족이 거주한 하워스(Haworth) 마을의 평균 수명은 25.8세, 6개월 이내 영아 사망률은 41%였다. 인근 지역에 비해 유난히 척박한 토양 때문에 브론테 신부 가족 역시 다른 주민들과 비슷하게 죽과 감자 등의 간소한 식사로 버텨야 했고, 하수구와 정화조가 없었기에 생활 오수와 4만 명 가량이 묻힌 거대한 교회 묘지를 통과해온 물로 오염된 우물을 사용하고 있었기 때문이다.

만, 그사이 세 딸이 불꽃 같은 예술혼으로 창조해낸 아름다운 작품들은 오늘도 생생히 살아 숨 쉬며 전 세계 독자들에게 위로와 각성의 순간들을 선물하고 있다.

2. 작품 소개

2016년 11월 영국 BBC가 발표한 '가장 영향력 있는 100대 소설(100 Most Inspiring Novels)'은 여러 면에서 기존에 나온 여타 리스트와 좀 다르다. 선정 기준이 문학성이나 역사적 의의가 아니라 현대 사회 형성에 영향을 준 작품들이다 보니 영화나 드라마로 각색된 《브리짓 존스의 일기》(1996), 여러 온라인 게임의 원작이 된 《왕좌의 게임》(1996) 같은 일견 대중적인 소설도 여러 편 들어 있다. 리스트의 100권 중 1818년에 나온 메리 셸리의 《프랑켄슈타인》을 필두로 1900년 이전에 나온 소설은 여덟 편뿐이고, 브론테 자매의 일곱 소설 중 이 리스트에 포함된 작품은 《와일드펠 저택》뿐이다. 다른 건 몰라도 적어도 '현대성'의 관점에서 보면 브론테 자매의 소설 중 가장 주목할 만한 작품이라는 뜻이리라.

이 책이 나오고 엄청난 인기를 끌던 상황에서 당시 평자들이 보인 반응을 보면 그 점을 잘 알 수 있다. 다들 성별 미상의 작가 액턴 벨(Acton Bell)의 필력은 인정했지만, 소설의 내용이 얼마나 위험한지 소리 높여 지적하면서, 특히 여성 독자들은 절대 읽지 말라고 권고했다. 그런 기조를 대표하는 것이 〈샵스런던매거진〉의 서평란에 실린 글이다. 《와일드펠 저택》을 여성 작가가 썼다는 얘기도 있지만, 내가 볼 때 여성이 이런 작품을 썼을 리 없기 때문에, 나는 독자들, 특히 여성들에게 이 책을 읽지 말라고 경고하고 싶다"라고 하면서, '정말 강렬한 줄거리'와 '대단한 필력', '탁월한 교훈'을 지닌 작품임은 인정하지만, "세이렌의 위험한 노래처럼, 이 책은 완벽하기 때문에 더 위험하고, 그렇기 때문에 절대 읽어서는 안 된다"라고 주장한다.*

무엇이 그처럼 격렬한 반응을 불러일으켰을까? 퍼시 비시 셸리가 '시의 옹호'에서 "시는 미래가 현재에 드리우는 그림자"라고 하면서, 그래서 시인은 "어둠 속에 홀로 앉아 노래로 자신을 위로하는 나이팅게일"이라고 했는데, 이 자전적이고 무서운 예언은 특히 페미니즘 작가들의 경우 어김없이 현실이 되었다. 《여권의 옹호》(1792)를 쓴 메리 울스턴크래프트가 극단적인 혐오와 박해 속에 젊어서 세상을 떠났고, 《각성》(1899)의 작가 케이트 쇼팽 역시 작품 출간 후 수구적인 뉴올리언스 사교계 전체의 반감과 극심한 따돌림으로 고통받다가 암으로 일찍 사망했다. 앤 브론테 역시 책이 나오고 약 1년 후에 사망해서 그렇지 살아 있었다면 어떤 삶을 살았을지 상상하기 두렵다.

페미니즘의 기반이자 주춧돌이 된 《여권의 옹호》는 두 가지 핵심적인 주장을 담고 있다. 여성도 자유롭고 이성적인 존재이고 공화국의 어머니가 될 사람이니 남성과 같이 교육받게 해달라, 그리고 독립적이고 윤리적인 존재로 살려면 스스로 돈을 벌어야 하니 직업을 갖게 해달라는 것이다. 그러지 않으면 어떤 계층의 여성이든 상관없이 남성의 경제력에 의존해 살아가야 하고, 따라서 부도덕한 사람이 될 수밖에 없다는 것이다. 교육과

---

* 1848년 7~10월호 181~4쪽 인용. 강조는 역자가 추가한 것.

취업의 기회가 없으면 자신의 의무를 다할 능력도, 기회도 없기 때문이다.

《와일드펠 저택》은 이 두 가지 주장에 더해, 종교적인 차원에서도 위험천만한 작품이었다. 당시 일부 지식인들 사이에서는 성경의 권위에 도전하는 위협적인 내용을 담은 라이엘(Charles Lyell)의 《지질학의 원리(Principles of Geology)》(1830~1833)가 알려져 있었지만,** 《와일드펠 저택》은 라이엘의 책을 토대로 한 다윈의 탐사와 그 결과물인 《종의 기원》(1859)이 영국 전역에 걸쳐 본격적으로 기독교적 세계관을 뒤흔들기 10여 년 전에 출간된 소설이었는데, 작품 속에서 이미 여주인공 헬렌의 남편은 지옥의 존재를 의심하고, 교회와 성직자의 권위를 인정하지 않을 뿐 아니라 걸핏하면 조롱하고 모욕하고 있기 때문이다. 주요 등장인물, 그것도 주인공의 남편이자 상류층 지주인 인물이 내세와 지옥의 존재를 믿지 않고 기독교와 성직자에 대해 신성모독적 발언을 일삼다니, 당시 사회 분위기에서는 용납될 수 없는 작품이었다.

이 소설은 이처럼 당시 영국 사회의 가장 중요한 이념적 근간인 기독교의 권위에 위협을 가했을 뿐 아니라, 여성의 삶과 법적·경제적 지위에 대한 기존 관념을 심각하게 교란하는 여주인

** 《와일드펠 저택》에서 길버트 마컴은 헬렌과의 대화에 대해 이렇게 말하고 있다. "우리는 그림, 시, 음악, 신학, 지질학, 철학에 대해 이야기했고, 한두 번은 내가 책을 빌려주었고 그에 대한 보답으로 부인이 내게 책을 빌려주기도 했다네"(95쪽, 강조는 역자가 추가한 것). 지질학이 헬렌과 길버트 같은 일반인들의 대화 주제로 등장한 것은 역사상 이때가 거의 유일할 것이다. 다윈은 라이엘의 지질학적 발견을 토대로 탐사와 연구를 진행했고, 그것이 그의 진화론으로 이어졌다.

공을 당당하고 성공적인 인물로 그려내기도 했다. 당시 유럽 사회는 프랑스혁명과 나폴레옹의 집권 이후 이전보다 여성의 지위가 오히려 더 낮아진 상태였고, 그것을 법적으로 구체화한 것이 《나폴레옹법전》이었는데, 헬렌은 거기 명시된 주요 법적 규범을 모두 어기면서도 파멸하지 않고 오히려 성공한다. 당시 결혼한 여성은 1) 남편의 재산으로 여겨졌고, 법적으로도 남편에게 완전히 종속된 존재였기에, 2) 자신이 가져온 동산, 부동산을 포함해 가정의 모든 재산은 남편의 소유였고, 3) 남편이 지정한 장소에서 생활해야만 했으며, 4) 아이의 양육권 역시 전적으로 남편이 갖고 있었다. 그런 상황에서 헬렌은 1) 남편에 의한 아들의 타락을 막고 본인의 행복을 위해 가출을 결심하고, 2) 본인의 노동으로 돈을 벌어서 탈출 자금을 마련하며, 3) 남편의 허락 없이 집을 나와 그가 찾을 수 없는 곳에 숨어서 생활하고, 4) 남편의 반대에도 불구하고 아들을 데리고 나와 본인의 방식으로 양육하고, 필요하면 아이를 데리고 미국 뉴잉글랜드로 이민 갈 생각까지 한다.

법적으로 볼 때, 이혼한 여성이 16세 이하 자녀의 양육권을 갖고 남편의 면접권을 교섭할 수 있게 된 것은 1873년('자녀 양육권법'), 결혼이 성사(聖事)가 아니라 세속적 계약이고, 따라서 그럴 만한 사유가 있으면 성직자의 개입 없이 법적으로 이혼을 청구할 수 있게 된 것은 1857년('이혼 및 결혼 사유법'), 그리고 결혼한 여성도 재산을 소유할 수 있게 된 것은 1870년('기혼 여성 재산법')이었다. 말하자면 헬렌은 법적, 제도적으로 수십 년을 앞서서 자신의 몸과 아이, 재산, 자유를 지키고, 행복을 추구하고, 자력으로 본인이 원하는 삶을 일구어낸 여주인공인 것이다.

불과 얼마 전까지도 페미니즘 계열 소설의 여주인공들이 거의 다 고립이나 자살, 파멸 같은 비극적 말로를 맞는 것으로 그려져 왔다는 사실을 생각하면 이 소설의 결말은 가히 혁명적이었고, 당시 평자들이 극히 위험한 작품이라고 느낀 것도 그 때문이다. 남성도 아닌 여성이, 당대의 법을 다 어겼는데도 죽거나 파멸하지 않고, 오히려 유복하고 행복하고 존경받는 삶을 살게 되었다는 것은 그들로서는 결코 용납할 수 없는 결말이었다.

《와일드펠 저택》은 형식적으로도 두 언니의 작품과 비교할 때 단연 압도적이다. 샬럿의 《제인 에어》와 에밀리의 《폭풍의 언덕》은 18~19세기 초에 유행한 고딕소설과 판타지 소설의 특징을 다수 포함하고 있고, 《셜리》 같은 경우는 18세기 초에 유행한, 교훈적인 전지적 일인칭 화자가 수시로 독자를 직접 소환하는 방식으로 쓰였기 때문에 집필과 출판 시기는 19세기 중반임에도 형식적으로는 상당히 복고적인 느낌을 주고, 내용 또한 적잖이 보수적이고 환상적이다. 그런데 앤은 고대와 중세, 그리고 당대의 여러 장르를 자유롭게 활용한 낭만주의 시인들처럼*, 중세 로맨스, 18세기 서한체 소설**, 그리고 당시 유행 중이던 찰스 디킨스식 사실주의 등 여러 시대의 다양한 장르를 자유롭게 활용하며 현대적인 시각과 주제를 충실하게 구현하고 있다. 언니

---

*   존 키츠의 '성 아그네스 축일 전야(The Eve of St. Agnes)', '무정한 미녀(La Belle Dame Sans Merci)' 등이 중세풍 로맨스(Romance)의 시적 표현을, 키츠의 다섯 편의 '위대한 오드(Great Odes)', 퍼시 비시 셸리의 '서풍부', 윌리엄 워즈워스의 '오드: 전생에 대한 예감' 등은 모두 고대 그리스에서 유행한 오드(Ode) 형식을 차용한 작품이다.

** 발간 즉시 엄청난 판매고를 올리며 사상 최초의 베스트셀러라는 평가를 받은 장자크 루소의 《쥘리: 신엘로이즈》(1761), 서한과 로맨스 장르를 결합한 라파예트 부인의 《클레브 공작부인》(1678) 등이 서한체 소설의 대표적인 예.

들의 작품은 물론 본인의 전작 《아그네스 그레이》와 비교해봐도 규모, 여러 장르의 능란한 조합, 정교한 평행 구조 활용*, 그림, 꽃, 책 등의 효과적인 상징체계 이용 등, 문학적 완성도와 흥행성에 있어 그야말로 극적인 발전을 보이고 있다. 이처럼 앤은 이 소설에서 사실주의를 뼈대로 현대적인 기법과 선구적인 비전을 펼쳐보임으로써 페미니즘 소설이라는 새 장르를 정립했다.**

3. 플롯

《와일드펠 저택》은 사건의 주 무대가 되는 장소 및 사건들을 중심으로 크게 세 부분으로 구분할 수 있다. 작품 전체는 주인공인 길버트 마컴이 자신의 매제인 잭 헤퍼드에게 헬렌과 만나고 결혼한 경위를 설명하는 여러 통의 편지와 헬렌의 일기로 이루어져 있는데, 첫 번째 부분은 길버트가 젊을 때 살던 린든카 마을을 배경으로 한다. 소설은 사제관의 밀워드 신부 가족을 중심으로 온 마을 사람이 서로 잘 알고 지내는 조용한 시골 마을에 갑자기 아름답고 도도한 '과부' 헬렌 그레이엄이 어린 아들을 데리고 등장하면서 시작된다. 길버트는 처음에는 그때까지 보아온 여성들과 너무 다른 그녀를 보면서 매혹과 거부감을 동시에 느

---

* 일례로, 1824년 10월 7일 헬렌이 그라스데일의 정원에서 아서와 애너벨라의 대화를 엿들은 사건(397~399쪽)과, 길버트가 와일드펠 저택의 정원에서 헬렌과 프레더릭 로런스의 대화를 엿들은 사건(140~141쪽)이 평행 구조를 이룬다.

** Cf. 해리슨과 스탠퍼드는 앤 브론테를 "영국 최초의 사실주의 여성 작가"로 평가했고(Ada Harrison & Derek Stanford, *Anne Brontë: Her Life and Work*, 1959, p. 242), 게린은 《와일드펠 저택》을 "여성 해방 운동의 첫 번째 선언문"이라고 보았다(*Winifred Gérin, Anne Brontë*, 1959, p. 251).

낀다. 그러나 곧 그녀를 깊이 사랑하게 되고, 낡고 황폐한 고택에서 외롭게 지내며 그림을 팔아 아들과 어렵게 살아가는 그녀를 연민하며 그녀의 사랑을 얻기 위해 최선을 다한다. 교회, 음주, 자녀 교육, 사교 등 많은 주제에 대해 주민들과 너무 다른 견해를 여과 없이 표현한 헬렌은 곧 신부를 포함한 여러 사람의 빈축을 사게 되고, 결국 프레더릭 로런스라는 청년 지주와 불륜 관계이며 아서는 그의 아들이라는 악소문에 시달리게 된다. 오래전부터 길버트와의 결혼을 꿈꿔온 일라이자 밀워드와, 부유하고 세련된 프레더릭과 결혼하고 싶었던 제인 윌슨이 이 악소문을 열심히 퍼뜨리고, 길버트는 헬렌의 인품을 믿었지만, 어느 날 저녁 우연히 그녀와 프레더릭의 다정한 대화를 엿들은 후 소문을 믿게 되고, 결국 프레더릭을 심하게 폭행하면서 헬렌과의 관계가 위태로워진다.

두 번째 부분에서 헬렌은 자신에 대한 사랑과 질투 때문에 이성을 잃은 길버트에게 처녀 시절부터 써온 일기장을 건네준다. 일기에서 그녀는 1821년 6월 사교계 데뷔 당시 처음 만난 잘생긴 청년 지주 아서에 대한 열렬한 사랑과 그리움을 시작으로, 같은 해 9월에 있었던 청혼, 12월에 있었던 결혼식, 기대와 전혀 달랐던 신혼여행, 그리고 1822년 2월 헌팅던 부인으로 남편의 저택 그라스데일에 도착한 날의 소회 등을 묘사한다. 그림과 독서를 좋아하며 별 교우 관계도 없이 엄격한 이모 부부의 철저한 감독하에 성장한 18세의 순진한 소녀가 28세의 청년으로부터 청혼을 받고, 19세에 큰 장원과 소작농, 하인들을 관리 감독하는 여주인이 된 것이다. 18세에 생전 처음으로 사교계에 나간 그녀는 딱 봐도 마흔이 넘은 보럼 씨나 25세인 애너벨라 윌못의 나이 많은 삼촌 등, 자신보다 두서너 배 나이가 많은 여러 남성의 집요한 구애와 청혼에 시달리고, 그녀를 맡아 기른 이모부는 나이나 인품과 상관없이 돈 많은 남자와 결혼하도록 조카를 강하게 압박한다. 아서의 난봉꾼 기질을 익히 아는 이모는 끝까지 그와의 결혼을 반대하지만, 자신이 젊은 시절 "통탄할 정도로 무모했다"고 자인한 이모부는 그때 어울렸던 친구의 아들인 아서 헌팅던이 얼마나 부도덕한 난봉꾼일지 익히 알면서도 그의 자산 현황을 자세히 파악하고는 곧바로 결혼을 추진한다.*

결혼식 후, 남자를 전혀 모르는 19세 소녀 헬렌과 오랫동안 다양한 지위와 연령대의 여성을 만나온 29세의 아서는 정신적, 육체적으로 거의 아무런 공통점을 찾지 못하고, 사냥과 주색잡기 이외에는 아는 것도, 즐기는 것도 별로 없는 아서는 결국 지루한 시골 생활에 지친 나머지 신혼여행에서 돌아온 지 세 달도 안

* 이모부는 세상을 뜨기 전 조카 헬렌에게 전 재산을 물려주는데, 그 재산은 원래 이모가 시집 올 때 가져온 것이었다. 꼭 헬렌처럼 이모 역시 형편없는 난봉꾼이었던 이모부를 만나 결혼했고, 결혼하면 전 재산이 남편에게 넘어가는 그 당시 법에 따라 모든 걸 양도했지만, 둘 사이에 자녀가 없었기 때문에 맥스웰 이모부는 세상을 떠날 때 그 재산을 나이 든 부인 대신 헬렌에게 넘긴 것이다. 부인의 재산으로 평생 유복하게 산 맥스웰 이모부는, 적어도 이 작품의 내용을 바탕으로 생각하면, 아서와 달리 결혼 후 노골적으로 폭음이나 도박, 가정 폭력을 지속하지도 않았고, 부인을 놔두고 불륜을 저지르지도 않은 것 같다. 다만, 헬렌만큼 소박하고 독실한 이모와, 아서 및 아서의 부친처럼 최악의 난봉꾼이었던 맥스웰 씨의 신혼 기간이 어땠을지는 작품 속에 나와 있지 않으니 추측만 해볼 뿐이다. 16장('경험자의 경고')에서 사교계 데뷔를 앞둔 조카에게 이모가 너무도 간곡하게 미모나 매력보다 도덕성과 품위를 지닌 사람을 택하라고 당부하고 경계하는 걸 보면, 적어도 일정 기간 동안은 맥스웰 씨와의 결혼이 이모에게 크나큰 시련이었을 가능성이 있다. 그걸 다 알면서도 이모부는 아서와의 결혼을 허락하고 서두르는데, 그에게는 결혼이 두 사람의 진정한 사랑이나 행복의 문제가 아니라 주로 사회적 위상과 재산의 문제임을 보여주는 에피소드이다.

된 5월 8일에 헬렌과 함께 런던으로 떠났다가, 원래부터 그를 좋아한 애너벨라와 어울리기 위해 아내를 먼저 돌려보내고 8월에야 귀환한다. 아서는 그 뒤로도 걸핏하면 런던에 가서 전부터 늘 해오던 대로 비슷한 취향을 가진 클럽 친구들과 몇 달씩 어울리다가, 가끔 그들을 몰고 와 자신의 저택에서 요란한 술 파티와 사냥을 즐기며 헬렌을 대놓고 모욕하기도 한다. 결국 같은 해 10월 그는 애너벨라의 손에 입 맞추는 장면을 아내에게 들키고, 2년 후에는 두 사람이 그라스데일의 정원에서 밀회를 하는 장면이 헬렌에게 발각되기도 한다. 결혼 5년 차인 1826년 9월, 애너벨라의 남편 로버러 경이 둘의 불륜을 알게 되고 이혼을 결심한다. 애너벨라의 두 번째 아이의 아빠는 아서인 것으로 드러난다. 이런 일이 벌어지자 전부터 헬렌을 흠모하던 월터 하그레이브는 그녀에게 사랑을 고백하고 같이 떠나자고 유혹한다.

남편이 외도에 더해 친구들과 연일 난장판을 벌이며 어린 아서에게 술을 마시게 하고 엄마를 모독하는 말을 하도록 강요하자 헬렌은 집을 나가기로 결심하고, 그림을 더 그리고 보석을 팔아 자금을 마련하려 한다. 이를 알게 된 아서가 그녀의 화구를 불태우고 돈과 보석을 빼앗지만, 어느 날 아들의 가정교사라며 데려온 젊은 여성 앨리스 마이어스 양과 아서가 불륜 관계임을 보여주는 사건이 벌어지자 헬렌은 지체 없이 짐을 챙겨서 그라스데일을 떠나 어릴 때 살던 와일드펠 저택으로 돌아간다. 그리고 남편의 추적을 피하기 위해 헌팅던이라는 성을 버리고 어머니의 원래 성을 차용해 '그레이엄 부인'으로 살아간다(24세).

세 번째 부분에서는 잔뜩 취한 상태에서 말을 달리다 떨어져 병에 걸린 남편 아서를 간호하기 위해 헬렌이 아들을 데리고 그라스데일로 돌아간다(1828년 11월). 갑자기 떠난 헬렌 때문에 충격과 슬픔에 빠진 길버트에게 프레더릭이 그라스데일의 상황을 전해주고, 그녀의 편지를 보여주기도 한다. 그녀의 정성스러운 간호 덕분에 위기를 넘기고 회복 중이던 아서는 어느 날부터 다시 폭음을 하고, 그 결과 급격히 상태가 악화되면서 결국 12월 5일에 세상을 떠난다. 헬렌이 그로 하여금 아들에게 전 재산을 넘기고, 아들이 장성할 때까지 그 관리를 본인에게 위임하는 유언장에 서명을 하게 만든 후였다. 다음 해 2월 이모부가 세상을 떠나고, 로런스는 이모, 헬렌과 바닷가 휴양지에서 휴가를 보내며 에스터 하그레이브를 만나 사랑에 빠진다.

작품의 마지막 부분에서 길버트는 그라스데일에서 결혼식이 있다는 말을 듣고 헬렌이 일기에서 언급한 월터와 결혼하는 줄 알고 급히 갔다가 프레더릭과 에스터 하그레이브의 결혼식을 목도한다. 그리고 헬렌을 만나기 위해 헬렌의 이모님 댁이 있는 스태닝글리로 가서 헬렌과 어린 아서, 이모를 만난다. 1830년 8월, 길버트와 헬렌이 결혼하고, 그로부터 17년 후인 1847년 6월 10일, 길버트가 매제이자 친구인 잭 해퍼드에게 결혼 이후 일어난 일들을 설명하는 마지막 편지를 끝으로 작품은 마무리된다.

4. 《와일드펠 저택》의 주요 주제: 여성의 일과 사랑

이 작품은 한편으로는 한 쌍의 청춘 남녀가 많은 어려움을 극복하고 행복한 결혼에 이르는 아름다운 연애소설이지만, 동시에 최초의 페미니즘 소설이라는 평가에 걸맞게 19세기 초반 영국에서 진행된 여권운동의 주요 이슈들이 총망라되어 있는 작품이기도 하다. 18세기 후반부터 페미니즘 계열 작가들과 감리교도들이 집중적으로 추진했던 금주운동(Temperance Movement), 산업혁명의 여파로 더욱 공고해진 가정과 일의 분리(남성의 영역과 여성의 영역의 분리)*, 지질학과 진화론의 등장 및 산업 발전으로 위기에 처한 기독교와 내세의 문제,** 이혼과 양육권 문제 등이 제인 오스틴식 가정소설의 프레임 속에서 치열하게 들끓고 있는 게 이 소설이다. 여기서는 그중 가장 핵심적인 일과 사랑의 문제를 살펴보고자 한다.

《와일드펠 저택》의 주인공 헬렌 로런스/헌팅던/'그레이엄'/마컴은 여러 면에서 특이하고 특별한 인물이다. 결혼, 양육권, 재산, 자녀 교육 등 당시 중요한 문제와 관련해 온갖 실정법을 어기고, 남편의 가정 폭력, 주변 사람들의 강력한 제재와 따돌림에

---

*　이 주제는 19세기 후반은 물론 20세기에도 자주 등장하는데, 남성들의 욕망을 적나라하게 대변하는 대표적인 유토피아 소설에서 여성은 남성의 일자리를 빼앗아 가는 경쟁자로 그려지기도 하고(에드워드 벨러미, 《뒤를 돌아보면서: 2000-1887》), 아예 일을 하지 못하고 가정 안에서 임신과 출산만을 반복하는 제한적인 역할의 존재로 그려지기도 한다(허버트 조지 웰스, 《모던 유토피아(A Modern Utopia)》(1905). 20세기 후반에 쏟아져 나온 많은 페미니즘 디스토피아와 SF 소설에서도 같은 주제가 빈번히 등장한다.

**　가장 유명한 예가 앨프리드 테니슨의 《비가(In Memoriam)》(1850)이다. 《와일드펠 저택》 45장에서, 길버트를 좋아하지만 자신이 기혼 여성이기에 지상에서의 결합은 포기하고 사후 천국에서 영원한 사랑을 기약하자고 고집하는 헬렌과, 거기에 격렬한 반론을 펼치는 길버트의 긴 대화는 테니슨의 시가 대표하는 빅토리아시대 신학 논쟁의 충실한 축소판이라 할 수 있다. 지질학과 진화론의 등장으로 기독교와 성서의 권위가 위기에 처했을 때, 내세에서 지복과 이루지 못한 사랑이나 그리운 이와의 재회를 과연 기대해도 되는지, 천국과 지옥이 과연 존재하는지에 관한 문제는 당대 가장 중요한 논쟁거리 중 하나였다.

부딪히면서도 결국 자신의 힘으로 생계를 해결하고, 일견 불가능해 보이는 길버트와의 연애와 결혼에 성공하고, 남편의 재산과 이모부의 유산을 모두 물려받아 아들의 미래와 자신의 지위를 확고하게 정립한다. 그뿐 아니라, 체계적인 교육이나 훈련을 받지 않았음에도 그라스데일과 스태닝글리라는 큰 장원들을 성공적으로 관리하고, 가족 구성원 및 많은 친지들과 안정적이고 행복한 우정의 네트워크를 구축하고 발전시킨다. 성(姓)이 세 번이나 바뀌는 동안 그녀는 수많은 고통과 갈등을 겪지만, 결국 자신의 양심과 정체성을 토대로 한 신중하고 지혜로운 결정과 용기 있는 행동으로 최선의 결과를 얻어낸다.

그렇다면 거개가 좌절이나 죽음 또는 비극으로 끝나는 전통적인 페미니즘 소설의 주인공들과 헬렌의 가장 큰 차이는 무엇일까? 물론 길버트 마컴이라는 특별한 연인을 만난 덕분이기도 하지만, 헬렌을 성공적인 어머니, 행복한 아내이자 여주인으로 만들어주는 것은 그녀의 독특한 노동 윤리이다. 그녀는 당대의 다른 소녀들에 비해 특별한 교육을 받은 건 아니지만, 십대에 이미 그림에 대한 애정과 열정을 갖고 있고, 그것을 자신의 중요한 표현 수단으로 활용한다. 그녀가 사랑에 빠졌을 때 가장 열심히 한 것이 아서의 초상을 수없이 그리는 거였고, 무도회에서 우연히 그 사실을 알게 된 아서는 그 어떤 찬사나 고백보다 더 큰 감동과 자부심을 느낀다. 어린 헬렌이 자신의 가장 중요한 표현 수단을 동원해 그에 대한 사랑을 절절히 표현한 것이기 때문이다. 결혼 후에 아서가 아내의 미술 활동을 도와주거나 격려하지는 않지만 그녀는 틈틈이 기량을 길렀고, 어린 아서를 데리고 가출하기로 결심했을 때 "아들을 데리고 나가서 굶길 수는 없"다는 생각에 더욱 치열하게 실력 향상에 몰두한다. 남편 몰래 숨어 살아야 하는 처지에 그녀가 돈을 벌 수 있는 유일한 방법이 바로 사람들이 비싼 값을 주고 살 만큼 좋은 작품을 그려서 파는 것이었기 때문이다.

그런데 미술은 헬렌에게 자아 표현이나 생계 수단에 그치지 않는다. 《와일드펠 저택》 도처에서 그녀는 화가로서의 자부심과 고뇌를 표현하고, 그림의 소재를 찾아 험한 길도 마다하지 않고 걸어가며, 조금이라도 더 나은 작품을 만들기 위해 다른 사람의 조언을 구하기도 한다. 길버트가 노을에 물든 아름다운 정원 풍경을 찬미하자 그녀는 그 광경을 제대로 표현할 수 없다는 예술적 한계를 탄식하고, 화가가 아닌 이들을 부러워한다. 고립되고 제한된 생활환경에서 다양한 그림 소재를 구할 수 없게 되자 와일드펠 저택을 여러 각도에서, 각각 다른 날씨와 시간을 배경으로 그려보기도 한다. 그림은 그녀에게 예술가라는 새로운 정체성을 부여해주기도 하고, 끊임없는 노력과 연구로 더 나은 화가가 될 거라는 희망을 선물하기도 한다. 말하자면 헬렌은 당대 여타의 여주인공들과 달리 모든 의미에서 진정한 화가이고, 전문가다운 노력과 안목, 상업적 감각을 통해 세 사람의 생계를 해결할 돈을 번다. 부모나 남편의 경제력에 전적으로 의존해 살아가야만 하는 당시 다른 작품의 주인공들과 달리, 헬렌은 어디에 있든 자신의 능력으로 독립적인 생활을 영위할 수 있는 직업인인 것이다.

가출을 위해 몰래 준비해둔 돈과 화구를 남편이 다 몰수하고 부수고 불태웠기에 거의 빈손으로 나와 친오빠 프레더릭의 도움으로 이사를 하지만, 헬렌은 그림을 팔아 그 돈까지 갚으려고 한다. "오빠가 너무 기분 나빠하지만 않는다면 마지막 한 푼까지 다 갚고 싶다"(518쪽)라고 생각하는 것이다. 그 후 좀 더 형편이 나아지자 어느 순간 자신의 소유물, 생활비, 책과 피아노 등이 모두 진정한 자기 것이라는 생각에 뿌듯해하기도 한다. 남편이나 가족이 준 돈이 아니라 자신의 손으로 직접 번 돈으로 가재도구를 구입한 것에 직업인으로서 보람과 자부심을 느끼는 것이다. 심지어 미술이 단순한 수입원이 아니라 자신이 가장 좋아하고 즐기는 일이라는 사실을 행운으로 느끼기도 한다. "어쨌든 불평하면 안 된다는 생각은 해요. 저처럼 좋아하는 일을 하면서 그걸로 생계를 해결하는 사람은 많지 않거든요."(112쪽) 이런 부분을 보면 그녀가 1840년대 소설이 아니라 그로부터 50년, 100년 후 소설의 주인공처럼 느껴진다. 이것이 얼마나 특별하고 독특한 것인지 알기 위해서는 멀리 갈 것도 없이 이 작품 안의 다른 여성 인물들을 생각해보면 된다. 길버트 마컴의 어머니와 여동생, 일라이자 밀워드를 비롯한 린든카 마을의 주부와 처녀들과, 애너벨라 윌못, 밀리센트 하그레이브를 비롯한 작품 속의 상류층 여성들 중 그 누구도 헬렌처럼 노동을 통해 생활비를 벌고, 성취감과 자부심, 기쁨을 느끼지 않는다.

그림은 헬렌과 길버트의 특별한 사랑과 결혼의 중요한 단초이기도 하다. 그녀를 키운 이모 부부, 아서와 그 친구들, 린든카의 주민들 중 그 누구도 헬렌의 미술적 재능을 여성적 '교양' 이상으로 보지 않는다. 아서는 자신을 수없이 여러 번 그린 그녀의 순정에 감동했지, 그 그림의 수준이나 헬렌의 화가로서의 능력에는 전혀 관심이 없다. 그녀를 좋아하고 따르는 밀리센트 하그레이브와 에스터 하그레이브, 끈질긴 구애와 유혹으로 그녀를 괴롭히는 그들의 오빠 월터 하그레이브 역시 헬렌의 그림에 대해 진지한 관심을 표명하지 않는다. 심지어 어릴 때부터 평생 그녀를 사랑으로 키우고 돌봐온 이모와 유모 레이철조차 그녀를 전문적인 화가로 간주하거나 그녀의 작품에 감탄하는 장면은 없다. 《와일드펠 저택》에서 그야말로 유일하게 그녀의 그림을 보며 경탄하고, 더 나은 그림으로 발전시키는 데 필요한 조언을 해주는 사람이 길버트 마컴이다. "나는 그림에 더 다가가서 자세히 살펴보며 이렇게 말했다네. 그림이 주는 감동과 기쁨이 나도 모르게 얼굴에 나타났던 것 같아."(62쪽) 헬렌이 예술적인 고민이나 보람을 털어놓는 유일한 상대 역시 길버트다. 화가로서의 그녀를 인정해주고, 그녀의 작품을 보며 진심으로 탄복하고, 그녀의 예술적 안목과 선택을 존중하고 작업을 밀어주는 사람, 길버트는 헬렌에게 그런 연인이다.

그뿐 아니라 두 사람은 일종의 거대한 결혼 박물관 같은 이 소설에서 유일하게 낭만적이고 현대적인 사랑과 결혼에 성공하는 커플이기도 하다. 결혼과 동시에 아내는 남편의 '재산'이 되고, 그녀가 가진 모든 것이 그의 소유물이 되며, 그의 허락 없이는 원하는 곳에 가 있을 수도 없는 존재인 1840년대 영국에서, 헬렌과 길버트는 지금 우리가 봐도 건강하고 평등하며 행복한 관계를 이루는 특이한 사람들이다.

작품 속에 등장하는 다른 부부들을 돌이켜보면, 남편 아서의 외도와 폭언, 방기(放棄)로 고통받는 헬렌 자신의 결혼은 물론이고, 지나치게 교조적이고 독실한 이모와 그만큼 세속적이고 돈에 좌우되는 이모부, 작고 연약한 아내 밀리센트를 밀쳐 바닥에

팽개치고 폭언을 일삼는 해터즐리, 남편의 작위만 보고 결혼했다가 그를 경멸하고 무시하며 아서와의 불륜으로 딸까지 낳는 애너벨라, 매력적인 유부녀 헬렌을 필사적으로 쫓아다니다가 후일 못생기고 늙었지만 돈이 많은 여성과 결혼하는 월터 하그레이브 등*, 이 작품은 전반적으로 제인 오스틴이나 조지 엘리엇의 작품에 나오는 결혼과는 상당히 다른 모습의 결혼을 주로 보여준다. 계층과 경제적 지위, 성향에 따라 조금씩 다르지만 하나같이 폭력적이고 타산적이며 비인간적인 날것 그대로의 이 작품 속 결혼 풍경은 21세기 뉴스나 드라마 못지않게 공포스럽다. 헬렌이나 애너벨라처럼 돈이 많아도, 밀리센트나 월터처럼 돈이 없어도, 결혼 성립의 가장 큰 요인이 재산이고, 남성에게는 적어도 가정 내에서는 무한에 가까운 권력과 선택권, 느슨한 윤리의식이 허용되던 사회였기에, 그들이 아내를 때리든 모욕하든 아서처럼 불륜 상대를 집 안으로 끌어들이든 아무 문제도 없었던 것이다.

그런 사회에서 길버트 마컴은 21세기에서 온 시간 여행자처럼 생각하고 행동한다. 그를 기른 어머니는 딸 로즈에게 "네 생각만 하면 안 돼. 살림할 때는 두 가지만 명심하렴. 어떻게 하는 게 적절한지, 그리고 어떻게 하는 게 집안 남자들에게 제일 만족스러운지"(75~76쪽)라고 강조한다. 그러면서 늘 장남의 기분에 맞게 모든 것을 준비하고 대령하도록 하는데, 정작 길버트 자신

* 물론 그 반대 극단에 진솔하고 독실한 메리 밀워드와 리처드 윌슨 목사 부부, 짧은 교제 기간을 거쳐 동화처럼 낭만적인 결혼에 이르는 젊은 프레드릭 로런스와 에스터 하그레이브 부부도 있지만, 그들의 관계는 너무 단편적이고 미화되어 있어서 개연성도 떨어지고 이 작품에 그려진 다른 부부들의 경우와 결이 너무 다르다.

은 전혀 다른 태도를 보여준다. 그는 "어머니. 제가 다른 사람의 능력이나 선의의 덕만 보려고 이 세상에 태어난 건 아니잖아요. (…) 제가 결혼하면, 아내 덕에 제가 즐겁고 편안하게 살기보다 제가 아내를 그렇게 살게 해주어야 더 행복할 것 같아요. 받기보다는 주고 싶거든요"(76~77쪽)라고 말함으로써 마컴 부인을 충격에 빠뜨린다.

여러 명의 일꾼과 하인을 둔 호농 길버트는 늘 깨끗이 차려입고, 놀고먹는 동생 퍼거스와 달리 거의 매일 들판에 나가 일꾼들과 같이 농사일을 한다. 남편에게 돈과 보석, 화구를 다 빼앗기고 집을 나오기 직전, 늘 상류층으로 살아온 헬렌이 유모 레이철에게 앞으로 월급을 못 주니 떠나라면서 자신이 모든 가사를 하고 아들도 돌보겠다고 하는 것이나, 와일드펠 저택에 정착해서는 정원에 채소와 꽃을 직접 심어 가꾸는 것과 궤를 같이하는 행동이다. 주인과 하인, 상류층과 평민 간의 격차가 엄청나고, 대부분의 상류층 여성이 하녀와 하인의 시중을 받으며 살던 19세기 초에, 거대한 장원의 여주인이며 런던 사교계에 나가 화려한 파티를 주최할 만한 재력과 사회적 네트워크를 가진 아서 헌팅던의 부인인 헬렌이 직접 풀을 매고 채소를 가꾼다는 것은 당대의 다른 소설에서는 상상하기도 어려운 일이다. 19세기 초 소설, 특히 낭만적인 사랑을 그린 연애소설에서 이처럼 중산층과 상류층의 주인공들이 육체노동을 하고, 자기 집 거실에 들어가기 전 흙으로 범벅이 된 신발을 갈아 신고, 그러면서도 동시에 연인과 시와 소설, 지질학과 신학을 진지하게 토론하는 장면이 등장하는 소설은 유례를 찾아보기 어렵다.

헬렌과 길버트는 또한 재산이나 계층의 차이에 대해 이상할 정도로 무관심하고, 작품 속 대부분의 인물이 금과옥조로 삼는 당시의 여러 관습과 규율로부터 놀라울 정도로 자유로우며, 자신들의 가치관과 판단에 따라 결정하고 행동한다. 너무 차이가 심한 재산과 사회적 지위 때문에 결혼을 망설이는 길버트에게 "두 사람이 비슷한 생각과 감정, 진정으로 사랑하고 공감하는 마음을 갖고 있다면, 계급, 출신, 재산 같은 사회적 지위의 차이는 먼지 같은 존재에 불과하다는 걸 알았을 테니까요"(645쪽)라고 말하며 소위 강혼(降婚)을 감행하는 헬렌은 당시 독자들에게는 너무도 생소하고 받아들이기 힘든 인물이었을 것이다. 그녀의 이런 개방성과 포용력은 해터즐리를 좋은 남편으로 변화시키고, 에스터를 타산적이고 잔인한 어머니 하그레이브 부인의 강압과 정략결혼으로부터 구원하고, 남편과 재산을 잃은 이모 맥스웰 부인에게 느긋하고 행복한 노후를 선사하고, 자칫 푸른 수염 같은 아버지 밑에서 그와 비슷한 남성으로 성장했을 어린 아서를 반듯하고 행복한 지주이자 남편으로 길러내는 결과로 이어진다.

그뿐 아니라, 지주의 아들이면서도 귀족 한량처럼 빈둥거리며 농담이나 일삼던 길버트의 동생 퍼거스가 형 못지않게 성실하고 근면한 지주로 변신하고, 철저히 가부장적인 어머니의 복사판 같았던 로즈까지도 이 서한체 소설 전체의 수신인인 잭 해퍼드라는 지적이고 사려 깊은 청년과 결혼하면서, 아서와 애너벨라 등 빌런 몇 명을 제외한 거의 모든 등장인물이 서로 우정과 신뢰로 이어지고 성숙해가는 아름다운 네트워크의 중심에 헬렌이 자리한다.

이런 파격적이고 '현대적인' 요소들 덕분에 《와일드펠 저택》은 영국 최초의 본격적인 페미니즘 소설이라는 이름에 충분히 값할 뿐 아니라, 좀 더 역사적인 맥락 안에서 평가하자면, 그로부터 2년 후인 1850년에 나온 미국의 《주홍글씨》를 예고하는 본형(本形) 같은 작품이기도 하다. 호손은 린든카보다도 훨씬 더 편협하고 변화와 상상력에 적대적이며 여성에게 폭력적인 청교도 시대의 보스턴을 무대로, 헤스터 프린이라는 여주인공이 핍박과 고립, 푸른수염형 남편 칠링워스의 계략, 자기 자신보다 더 사랑한 연인 딤스데일의 죽음, 자신과 어린 딸의 생계 문제 등 온갖 악조건을 극복하고, 수예와 본초학에서 탁월한 능력을 발휘하여 온전히 자력으로 딸과 본인의 생계를 해결하고, 결국은 그녀를 괴물 같은 존재로 악마화하고 탄압했던 공동체로 돌아와 모두를 감싸고 돌보는 모성(母性)의 화신으로 거듭나는 과정을 그려낸다. 19세기 중반, 대서양 양안(兩岸)에서 앤 브론테와 너새니얼 호손은 공동체의 강고한 가치 체계와 편견에 맞서, 자신의 능력과 의지력 그리고 여성 특유의 강렬한 모성애와 연대의식으로 사랑하는 사람들을 지키고, 공동체를 변화시키고, 모든 구성원이 한결 자유롭고 평화로우며 개방적인 삶을 영위하게 하는 두 주인공을 그림으로써, 메리 울스턴크래프트가 꿈꾼 새로운 여성, 현대의 우리와 놀라울 정도로 닮은 독립적이고 다면적인 여성을 처음으로 선보이고 있다.

《와일드펠 저택》은 이렇듯 자연법칙처럼 굳어진 성 역할의 굴레와 편협하고 고착된 계층구조뿐 아니라 시대적 한계마저 뛰어넘어 진솔한 사랑과 행복한 공동체를 일군 여주인공의 삶을 미학적으로 아름답고 유기적인 형식 속에 그려냄으로써 독자의 몰입과 공감을 이끌어내고, 휘몰아치는 폭풍우 속에서 저 멀리 보이는 따뜻하게 빛나는 등불처럼, 더 자유롭고 평등한 개인과 사회를 향해 느리지만 꾸준히 나아가도록 후대의 여성들에게 용기를 주고 있다.

  사랑하는 딸 지혜에게 이 번역을 바칩니다.

손영미

와일드펠 저택의 여인

1판 1쇄 발행 2025년 6월 27일
1판 2쇄 발행 2025년 7월 21일

지은이 · 앤 브론테
옮긴이 · 손영미
펴낸이 · 주연선

(주)은행나무

04035 서울특별시 마포구 양화로11길 54
전화 · 02)3143-0651~3 | 팩스 · 02)3143-0654
신고번호 · 제 1997—000168호(1997. 12. 12)
www.ehbook.co.kr
ehbook@ehbook.co.kr

ISBN 979-11-6737-563-6 (03840)

• 이 책의 판권은 지은이와 은행나무에 있습니다. 이 책 내용의 일부 또는 전부를 재사용하려면 반드시 양측의 서면 동의를 받아야 합니다.

• 잘못된 책은 구입처에서 바꿔드립니다.